Victor Hugo

1793

Europäischer Geschichtsverlag

Victor Hugo

1793

1. Auflage | ISBN: 978-3-73400-100-0

Erscheinungsort: Paderborn, Deutschland

Erscheinungsjahr: 2015

Europäischer Geschichtsverlag ist ein Imprint der Salzwasser Verlag GmbH, Paderborn.

Erster Teil.

Auf hoher See.

Erstes Buch.

Im Wald von La Saudraie.

Ende Mai 1793 wurde eines der Pariser Bataillone, die unter Santerre in die Bretagne eingerückt waren, zu einem Streifzug durch den schauerlichen Wald von La Saudraie, Bezirk Astillé, kommandiert. Dieses Bataillon war nur dreihundert Mann stark, denn es hatte in jenen harten Kriegszeiten sehr notgelitten - Zeiten episch heldenhaften Ringens, wo von den sechshundert Freiwilligen des ersten Pariser Bataillons siebenundzwanzig, des zweiten dreiunddreißig und des dritten siebenundfünfzig Mann aus der Argonne und den Schlachten von Valmy und Jemmappes zurückgekehrt waren.

Die Bataillone, die von Paris nach der Vendée abmarschierten, zählten neunhundertundzwölf Mann und führten jedes drei Geschütze. Ihr Zustandekommen war ein sehr rasches gewesen: Den 25. April, also zur Zeit, da Gohier die Justiz und Bouchotte das Kriegswesen leiteten, war vom Stadtbezirk Bon-Conseil der Vorschlag ausgegangen, in die Vendée Freiwilligenbataillone zu entsenden; hierauf hatte ein Mitglied des Stadtrats namens Lubin Bericht darüber erstattet, und am ersten Mai hatte Santerre bereits zwölftausend Mann nebst einem Bataillon Artillerie und dreißig Feldgeschützen zusammen. Trotz aller Eile war die Art und Weise der Mobilmachung so vorzüglich, dass sie heutzutage der Einteilung der Linienkompanien zugrunde gelegt wird; es ist dadurch das frühere numerische Verhältnis zwischen Truppe und Unteroffizieren ein anderes geworden.

Unter dem Datum des 28. April war vom Pariser Stadtrat an die Freiwilligen von Santerre die Ordre ergangen: »Keine Gnade, keinen Pardon!« Ende Mai waren von den zwölftausend Parisern achttausend gefallen.

Das Bataillon, welches im Walde von La Saudraie operierte, rückte sehr behutsam vor. Von Hast keine Spur, ein fortwährendes Spähen nach rechts und links, vor sich hin und rückwärts: »Der Soldat muss ein Auge im Rücken haben«, meinte Kleber. Marschiert wurde schon lang. Wie viel Uhr oder welche Tageszeit es sein mochte, hätte sich schwer bestimmen lassen, denn in einem so urwüchsigen Dickicht weicht ein gewisses abendliches Dämmern auch der hellsten Mittagssonne nicht.

Deshalb drangen die Soldaten so vorsichtig weiter.

Tragische Erinnerungen knüpften sich an diesen Wald: In diesem Gestrüpp hatte, schon im November 1792, der Bürgerkrieg seine Gräueltaten begonnen; der wilde, hinkende Mousqueton war dieser Baumnacht entstiegen, die nunmehr ein Grab unzähliger Opfer schaudervollsten Mordes, eine Stätte des Entsetzens war; deshalb drangen die Soldaten so vorsichtig weiter in die Tiefen. Und doch blühte alles rings um sie her und wob sich von allen Seiten zu einer zitternden Mauer von zart belaubten, kühlfächelnden Zweigen zusammen; hin und wieder schillerte ein Sonnenstrahl in die grünende Finsternis hinein und auf der Erde dehnte sich ein dichtüppiger Rasenteppich, gestickt und verbrämt mit Schwertlilien, Narzissen, lenzduftigem Safran und jenen kleinen Blumen, die das schöne Wetter ankündigen, und allen Moosgattungen in jeder erdenklichen Form durcheinanderwimmelnd, hier gekrümmt wie eine Raupe und dort gezackt wie ein Stern. Langsamen Schritts und schweigend bahnten sich die Soldaten einen Weg durch das leise auseinandergeschobene Astwerk, indem die Vögelchen über ihren Bajonetten weiterzwitscherten.

Ein fortwährendes Spähen nach rechts und links.

Früher, in friedlichen Zeiten, hatte in den Gebüschen von La Saudraie die »Houiche-ba« floriert, so heißt dort nämlich das nächtliche Jagen auf jene Vögelchen; jetzt wurde nur noch Jagd gemacht auf Menschen.

In diesem Wald gediehen an hochstämmigen Holzarten nur Birke, Buche und Eiche; das ebene, mit Moos und Gras dicht bewachsene Terrain gab keinen Laut von sich unter den Tritten der schreitenden Männer; wenn sich ausnahmsweise ein Fußpfad zeigte, so war's nur auf einer ganz kurzen Strecke; vor lauter Stechpalmen, Schlehdornen, Farnkräuterstauden, Heuhecheln und Brombeerhecken konnte man einen Menschen auf eine Entfernung von nur zehn Schritten unmöglich gewahr werden.

Ein Reiher oder ein Wasserhuhn, die zuweilen durch die Wipfel hinflatterten, deuteten an, dass ein Sumpf in der Nähe war.

Der Zug bewegte sich auf gut Glück hin immer vorwärts, gespannt und besorgt, Gesuchtes zu finden.

Hin und wieder zeigten abgebrannte oder ausgetretene Stellen, kreuzförmig aufgerichtete Stöcke, blutige Zweige die Spuren menschlichen Aufenthaltes: Hier war Menage gekocht, dort Messe gelesen worden, und dort hatte man die Verwundeten gepflegt. Aber die hier ausrasteten, waren verschwunden - wohin? Vielleicht schon in weite Ferne; vielleicht auch mochten sie nur wenige Schritte weit mit zielenden Stutzen im Hinterhalt liegen. Einstweilen war der Wald wie ausgestorben. Das Bataillon marschierte mit steigender Vorsicht; Einsamkeit und Misstrauen halten gleichen Schritt. Weit und breit keine Seele, also ein Grund mehr zur Besorgnis in dieser berüchtigten Einöde; wie nahe lag da die Wahrscheinlichkeit einer listig gestellten Falle.

Dreißig Grenadiere unter der Führung eines Sergeanten gingen in beträchtlicher Entfernung vom Kern des Bataillons als Eclaireurs voraus, mit ihnen die Marketenderin.

Marketenderinnen schließen sich überhaupt lieber der Avant-Garde an: Es ist dies zwar mit Gefahr verbunden, aber man bekommt dabei doch etwas zu sehen, und die Neugierde ist einmal eine der Äußerungen weiblicher Tapferkeit.

Plötzlich durchzuckte jeden Einzelnen dieses kleinen Vortrabs jener den Jägern wohlbekannte Schauer, wenn sie auf ein Wild gestoßen sind. Mitten aus einem Dickicht heraus hatte man etwas wie ein Aufatmen vernommen, und nun schien es auch, als ob es sich im Laubwerk rührte. Die Soldaten winkten einander zu.

In den Späher- und Lauscherdienst der Eclaireurs braucht kein Offizier einzugreifen; was geschehen soll, geschieht schon von selbst. Vor Ablauf einer Minute war die verdächtige Stelle bereits umstellt und ein Kreis von Gewehrläufen darauf gerichtet; von allen Seiten her hatten die Soldaten den dunkeln Mittelpunkt des Dickichts aufs Korn genommen und erwarteten, den Finger am Drücker und den Blick auf das verdächtige Objekt geheftet, nur noch das Kommando des Sergeanten, um einen Kugelregen hinzusenden.

Da, im Moment, wo der Sergeant abfeuern lassen wollte, rief die Marketenderin: Halt!

Da rief die Marketenderin: Halt!

Sie hatte es gewagt, einen Blick durch das Buschwerk zu tun und setzte nun, zu den Soldaten gewendet, hinzu:

- Kameraden schießt nicht!

Hierauf eilte sie ins Dickicht. Die Übrigen folgten ihr nach, und wirklich fand sich jemand in dem Versteck vor.

Mitten im dichtesten Gestrüpp, am Rande einer jener kleinen kreisförmigen Lichtungen, die in den Wäldern durch Kohlenmeier entstehen, welche die Baumwurzeln rundum versengen, saß in einem von Zweigen gebildeten Nest, einer Art Laubkammer, die wie ein Alkoven nach einer Seite hin halb offen stand, ein Weib mit einem Säugling an der Brust und zwei blondlockigen schlafenden Kindern auf dem Schoß.

Das also war der Feind.

- Sie, was tun Sie hier? Rief die Marketenderin.

Das Weib blickte von dem Säugling zu ihr auf.

– Sind Sie verrückt, hier so zu sitzen, fuhr die Marketenderin fort, und fügte dann hinzu:

– Nur noch eine Minute, und Sie waren über den Haufen geschossen!

Und zu den Soldaten gewendet, erklärte sie:

– Es ist ein Weib.

– Donnerwetter! Soviel sehen wir auch, sagte einer von den Grenadieren.

– In den Wald rennen, um sich über den Haufen schießen zu lassen, begann die Marketenderin von Neuem, ist so was Dummes je da gewesen!

Das Weib, verblüfft und starr vor Bestürzung, glotzte wie im Traum all die Gewehre, Säbel, Bajonette und wilden Gesichter um sich an.

Die beiden Kinder wachten auf und schrien.

Das eine rief: Mich hungert.

Das andere: Mutter, ich fürchte mich.

Der Säugling trank ruhig weiter.

– Am Gescheutesten bist du dran, sagte die Marketenderin zu ihm.

Die Mutter war vor Entsetzen sprachlos.

– Nur nicht ängstlich, rief ihr der Sergeant zu, wir sind das Bataillon Bonnet-rouge.

Das Weib erzitterte am ganzen Leibe und starrte in des Sergeanten hartes Gesicht, von dem eigentlich nur die Brauen, der Schnurrbart und die zwei kohlschwarz glühenden Augen sichtbar waren.

– Vormals das Bataillon von der Croix-Rouge, erläuterte die Marketenderin.

Und der Sergeant fuhr fort:

– Wer bist du, meine Dame?

Immer noch starrte das Weib schaudernd zu ihm hinüber. Sie war jung, blass, abgezehrt, und trug, wie alle bretonischen Bäuerinnen, nur ganz zerfetzt, die große Kapuze und die mit einer Schnur um den Hals zurückgeschlagene Wolldecke. Mit der Gleichgültigkeit der Verwilderung ließ sie ihren Busen entblößt. Ihre nackten Füße bluteten.

– Es ist eine Arme, sagte der Sergeant.

Und die Marketenderin begann wieder in ihrem soldatisch weiblichen, nur so verstohlen mild anklingenden Ton:

- Wie heißen Sie?

Das Weib stammelte leise, fast unverständlich vor sich hin:

- Michelle Fléchard.

Die Marketenderin fuhr dem Säugling mit ihrer breiten Hand streichelnd über das Köpfchen und fragte:

- Wie alt ist der Käfer?

Da die Mutter keine Antwort gab, wiederholte sie ihre Frage:

- Wie alt das Ding da ist, möcht ich wissen.

- Ach so, sagte nun die Mutter, achtzehn Monate.

- Ei, das ist ja schon altes Eisen, sagte die Marketenderin. Das hat lang genug an der Brust gelegen. Das muss entwöhnt werden. Wollens mit Suppe füttern.

Die Mutter erholte sich allmählich von ihrem Schrecken. Die zwei wach gewordenen Kleinen waren eher neugierig als ängstlich. Sie staunten die schönen Federbüsche der Soldaten an.

- Ach! Sagte die Mutter, sie sind recht hungrig, und setzte dann noch hinzu: Mir ist die Milch ausgegangen.

- Sollen schon was zu essen kriegen, rief der Sergeant ihr zu, und du auch. Aber das ist nicht alles. Was hast du für politische Gesinnungen?

Das Weib schaute den Sergeanten an, ohne ihm zu antworten.

- Hast du mich nicht verstanden?

Darauf erwiderte sie:

- Ganz klein bin ich ins Kloster gekommen, aber ich habe geheiratet; ich bin keine Klosterfrau geworden. Bei den Schwestern habe ich französisch reden lernen. Unser Dorf ist angezündet worden. Wir sind so schnell davongelaufen, dass ich nicht einmal Schuhe angezogen habe.

- Nach deinen politischen Gesinnungen frage ich.

- Das weiß ich nicht.

- Bloß, weil es Kundschafterinnen gibt, hier herum, fuhr der Sergeant fort. Dergleichen wird von uns mit blauen Bohnen traktiert. Na, so sprich einmal! Eine Zigeunerin bist du doch nicht? Du hast doch ein Vaterland?

- Ich weiß nicht, antwortete sie.

- Was? Du weißt nicht, wo deine Heimat ist?

- Ah so, meine Heimat - o doch.

– Nun also, wie heißt dein Vaterland, deine Heimat?

– Die Maierei von Siscoignard in der Gemeinde von Azé.

Jetzt war an den Sergeanten die Reihe gekommen, verblüfft dreinzuschauen. Nachdem er einen Augenblick nachdenklich da gestanden, begann er wieder:

– Wie hast du gesagt?

– Siscoignard.

– Das ist aber noch immer kein Vaterland, so ein Nest.

– Aber so heißt meine Heimat, sagte die Frau, schien dann eine Minute lang über etwas nachzusinnen, und fügte schließlich hinzu:

– Nun versteh ich's, mein Herr: Sie sind aus Frankreich; ich bin aus der Bretagne.

– Und was weiter?

– Ja, das ist nicht die nämliche Heimat.

– Aber das nämliche Vaterland! Schrie der Sergeant.

Die Frau erwiderte hierauf nur:

– Ich bin aus Siscoignard.

– Gut; lassen wir's gelten, dein Siscoignard, entgegnete der Sergeant. Dort ist also deine Familie her?

– Ja.

– Und was treiben sie, die Leute?

– Sie sind alle gestorben. Ich habe niemand mehr.

Der Sergeant, der sich nicht ganz ungern reden hörte, inquirierte weiter:

– Eltern hat man doch zum Teufel! Oder hat sie gehabt. Wer bist du? Heraus mit der Sprache!

Das Weib lauschte in dumpfem Staunen den drei Worten »hat sie gehabt«, die schon mehr wie ein Niesen als wie eine menschliche Rede klangen.

Die Marketenderin fühlte das Bedürfnis, sich ins Mittel zu legen. Sie begann abermals den Säugling zu streicheln und klopfte den zwei anderen Kindern auf die Backen.

– Wie heißt der Milchegel da? Fragte sie. Aber nein, es ist offenbar ein Mädel.

– Georgette, antwortete die Mutter.

– Und der Älteste? Denn der wenigstens ist doch ein Mannsbild, der Schlingel dort.

– René-Jean.

– Und der Jüngere, der ja auch ein Mannsbild ist und noch dazu zwei Backen hat wie ein Trompeter?

– Das ist mein Dicker, Alain.

– Nett sind sie, die kleinen Kerle, sagte die Marketenderin; das stolziert euch schon so einher wie etwas Vernünftiges.

Der Sergeant aber ließ nicht ab:

– Heraus jetzt mit der Sprache, meine Dame! Hast du ein Haus?

– Ich habe eins gehabt.

– Wo?

– In Azé.

– Und warum bist du nicht mehr in diesem Haus?

– Weil man mir's verbrannt hat.

– Wer?

– Ich weiß nicht – so eine Schlacht eben.

– Woher kommst du?

– Von dort drüben her.

– Wohin gehst du?

– Ich weiß nicht.

– Zur Sache endlich: Wer bist du?

– Ich weiß nicht.

– Was, du weißt nicht, wer du bist?

– Wir sind eben Leute, die sich flüchten.

– Mit welcher Partei hältst du's?

– Ich weiß nicht.

– Stehst du zu den Blauen oder stehst du zu den Weißen? Zu wem stehst du?

– Zu meinen Kindern steh ich.

Es entstand eine Stille; dann sagte die Marketenderin:

– Ich habe nie eins gehabt, ein Kind: Ich war immer so in Eile.

– Aber von deinen Eltern weißt du doch etwas? Hob der Sergeant wieder an. Heraus damit, meine Dame: Wie war's mit deinen Eltern bestellt? Ich heiße Radoub; ich bin Sergeant; ich stamme aus der Straße Cherche-Midi wie mein Vater und meine Mutter; ich kann von meinen Eltern erzählen. Erzähle du uns von den Deinigen. Sage uns, was das für Leute gewesen sind.

– Fléchard nannten sie sich. Weiter ists nichts mit ihnen.

– Allerdings, ein Fléchard heißt Fléchard, gerade wie ein Radoub Radoub heißt. Aber man treibt doch irgendein Gewerbe? Womit haben sie sich beschäftigt? Womit beschäftigen sie sich? Wie haben sie sich durch die Existenz fléchardiert, deine Fléchards?

– Sie waren Bauersleute. Mein Vater war verstümmelt und arbeitsunfähig von wegen der Stockprügel, die der gnädige Herr, sein und unser gnädiger Herr, ihm hatte geben lassen, was noch aus Güte geschah, weil mein Vater ein Kaninchen weggenommen hatte, weswegen man zum Tod verurteilt wurde; aber der gnädige Herr war barmherzig gewesen und hatte gesagt: Gebt ihm bloß hundert Stockprügel; und so ist mein Vater ein Krüppel geworden.

– Weiter.

– Mein Großvater war ein Hugenott. Der hochwürdige Herr Pfarrer hat ihn auf eine Galeere schicken lassen. Ich war noch ganz klein.

– Weiter.

– Meines Mannes Vater war ein Salzschmuggler. Der König hat ihn erhängen lassen.

– Und dein Mann, was treibt der?

– Dieser Tage hat er sich geschlagen.

– Für wen?

– Für den König.

– Weiter.

– Nun ja, und für seinen gnädigen Herrn.

– Weiter.

– Nun ja, und für den hochwürdigen Herrn Pfarrer.

– Himmelherrgottsakramentsochsen! Platzte ein Grenadier heraus.

Das Weib fuhr vor Entsetzen in die Höhe.

– Sie sehen, werte Frau, dass wir echte Pariser sind, sagte die Marketenderin verbindlich.

Das Weib faltete die Hände und rief:

- Jesus, Maria und Joseph!

- Nur keine abergläubischen Faxen, ermahnte sie der Sergeant.

Die Marketenderin setzte sich neben sie und zog den ältesten Knaben zu sich her, der es auch gern geschehen ließ. Kinder beruhigen sich gerade so, wie sie erschrecken: Man weiß nicht weshalb; sie haben einen geheimnisvollen innerlichen Tastsinn.

- Sie arme gute Frau vom Land, Sie haben da ein nett Paar Rangen; das ist immerhin etwas. Man sieht ihnen ihr Alter an: Der Größere geht ins fünfte Jahr, der Andere ins vierte. Aber das muss ich sagen, der Wurm, den Sie an der Brust haben, ist ein verteufelter Vielfraß. O du kleines Ungeheuer, ob du wohl aufhören wirst, deine Mama so abzugrasen!

Wissen Sie Frau, Sie müssen keine Furcht haben. Eigentlich sollten Sie sich ins Bataillon aufnehmen lassen und es machen wie ich. Mich heißen sie die Husarin; ein Spitzname, was? Aber lieber will ich so heißen als Mamsell Bicorneau wie meine Mutter. Ich bin die Marketenderin, heißt so viel wie eine Person, welche Erfrischungen herumreicht, wenn man sich zusammenkartätscht und abschlachtet, wenn der Teufel los ist, was? Wir haben ungefähr den gleichen Fuß; ich werde Ihnen ein Paar von meinen Schuhen geben. Ich habe den 10. August mitgemacht zu Paris. Westermann hat von meinem Schnaps getrunken. Ich habe auch Ludwig XVI., das heißt Ludwig Capet köpfen sehen. Er wollte nicht dran; ist auch ganz begreiflich; wenn man bedenkt, dass er am 13. Januar noch Kastanien gebraten hat und gelacht mit seiner Familie! Als man ihn mit Gewalt auf das Fallbrett legte, wie man's nennt, trug er weder Rock noch Schuhwerk mehr, bloß das Hemd, eine gesteppte Weste, eine graue Tuchhose und grauseidene Strümpfe. Der Fiaker, in dem er angefahren kam, war grün angestrichen. Sehen Sie, Sie täten am besten, mit uns zu gehen; wir sind ein Bataillon von lauter guten Kerlen; Sie wären dann die Marketenderin Nummer zwei; Sie werden den Rummel bald los haben; ich will Ihnen schon zeigen, wie einfach das Geschäft ist: Da hat man sein Fässchen mit der Schelle und geht eben in den Lärm, ins Pelotonfeuer, in die Kanonenschüsse, kurz mitten in die Suppe hinein und ruft: Nun, Kinder, mag keiner eins trinken? Das ist die ganze Hexerei. Von mir kriegt jeder einen Schluck, auf Ehre ja, die Weißen wie die Blauen, obschon ich blau bin und das in der Wolle gefärbt; aber trinken dürfen sie alle; das hat eine trockene Leber, so ein Verwundeter, und dann sucht sich ja der Tod die Leute nicht nach ihrem Glaubensbekenntnis aus. Im Angesicht des Todes sollten die Menschen einander eine Hand geben. Eigentlich ist es etwas Einfältiges, so eine Keilerei.

Kommen Sie nur mit! Wenn ich aus dem Leben muss, können Sie dann das Geschäft fortsetzen.

Ich sehe nur so aus, wissen Sie; im Grunde bin ich ein gutmütiges Weib und ein braver Kerl; vor mir brauchen Sie sich nicht zu fürchten.

Als die Marketenderin schwieg, murmelte die Arme vor sich hin:

– Unsere Nachbarin hieß Marie-Jeanne und unsere Magd Marie-Claude. Unterdessen belehrte der Sergeant Radoub den einen Grenadier:

– Sei still! Du hast die Frau erschreckt. In Damengesellschaft flucht man nicht.

– Aber, entgegnete der Grenadier, es ist denn doch die reine Seekrankheit für die Intellektualität eines honetten Menschen, wenn man solche chinesische Kaffern sieht, denen der gnädige Herr den Schwiegervater zum Krüppel gehauen, denen der hochwürdige Herr Pfarrer den Großvater ins Zuchthaus, denen der König den Vater an den Galgen gebracht hat, und die sich zuguterletzt noch herumholzen und eine Rebellion anfangen und sich abtakeln lassen für den König, den gnädigen Herrn und den hochwürdigen Herrn Pfarrer!

– Keine Widerreden! Rief der Sergeant.

– Man schweigt ja schon, murrte der Grenadier; aber verdrießen darf es einen, wenn eine so nette Frau wie die sich der Gefahr aussetzt, bloß für den Jux eines Pfaffen den Schädel eingeschlagen zu bekommen.

– Mann, sagte der Sergeant, wir sind hier nicht im Klub unseres Stadtviertels; darum sei kein Cicero.

Und er wendete sich wieder zu dem Weib: – Aber dein Mann, meine Dame? Was treibt er? Was ist aus ihm geworden?

– Nichts: Man hat ihn ja umgebracht.

– Wo denn?

– Im Busch.

– Wann?

– Vor drei Tagen.

– Und wer?

– Ich weiß nicht.

– Was? Du weißt nicht, wer dir deinen Mann umgebracht hat?

- Nein.

- War's ein Blauer oder war's ein Weißer?

- Eine Flintenkugel war's.

- Und vor drei Tagen?

- Ja.

- Wozugegen war's?

- Bei Ernée. Dort ist er gefallen, ja.

- Und du, was treibst du, seitdem du deinen Mann verloren hast?

- Ich trage meine Kinder fort.

- Wohin willst du sie tragen?

- Vorwärts.

- Und wo schläfst du?

- Auf der Erde.

- Und wovon nährst du dich?

- Von nichts.

Der Sergeant machte jene militärische Grimasse, wobei der Schnurrbart bis zur Nasenspitze hinaufgezogen wird:

- Also von nichts?

- Heißt das von Schlehen, von Brombeeren, wenn noch welche vom vergangenen Jahre her übrig geblieben sind, dann auch von Heidelbeeren und von den Schösslingen am Farnkraut.

- Allerdings gleichbedeutend mit nichts.

Das älteste Kind schien zu verstehen und sagte:

- Mich hungert.

Da zog der Sergeant ein Stück Kommissbrot aus der Tasche und reichte es der Mutter hin. Diese brach das Brod in zwei Teile, die sie den Kindern gab. Gierig fielen die Kleinen darüber her.

- Für sich hat sie nichts behalten, brummte der Sergeant.

- Sie hat eben keine Lust zum Essen, sagte ein Soldat.

- Sie ist eben die Mutter, entgegnete der Sergeant.

Die Kinder hielten inne:

- Trinken! Sagte das Eine: - Trinken! Wiederholte das Andere.

– Gibt's denn kein Wasser in dem verteufelten Wald? Sagte der Sergeant.

Da nahm die Marketenderin den kleinen kupfernen Becher, der neben dem Glöckchen an ihrem Gürtel hing, drehte den Hahn des Fässchens, das sie querüber an einem Riemen trug, ließ ein paar Tropfen in den Becher rinnen und setzte ihn den Kindern an die Lippen.

Das ältere trank, und verzog das Gesicht. Das jüngere spuckte aus.

– Aber es ist doch etwas Gutes, sagte die Marketenderin.

– Ein Schwerenöter? Fragte der Sergeant.

– Und noch dazu vom Besten. Es sind halt Bauern, antwortete sie, indem sie den Becher auswischte.

Der Sergeant begann abermals:

– So viel steht also fest, meine Dame, dass du davonläufst?

– Ich muss ja wohl.

– Immer querfeldein, so auf gut Glück hin?

– Erst renne ich aus Leibeskräften, dann geh ich nur noch, und nachher fall ich hin.

– Traurige Wirtschaft, das! Meinte die Marketenderin.

– Es wird ja gerauft, stammelte das Weib. Ringsum ist alles eine große Schießerei. Ich weiß nicht, was sie gegeneinander haben. Meinen Mann haben sie mir umgebracht. Weiter versteh ich nichts davon.

Der Sergeant stampfte mit seinem Flintenkolben auf die Erde, dass es klirrte: – Ja, ein dummer Krieg, hol mich der Teufel!

– Gestern Nacht, fuhr das Weib fort, haben wir uns in einer Höhlung schlafen gelegt.

– Selb Vieren?

– Selb Vieren.

– Schlafen gelegt?

– Schlafen gelegt.

– Also aufrecht schlafen gelegt, bemerkte der Sergeant. Und zu den Soldaten gewendet:

– Kameraden, sagte er, eine Höhlung heißt in der Sprache dieser Eingeborenen ein alter, hohler, abgestorbener Baum, in den ein Mensch nur hineinschlüpfen kann wie ein Säbel in die Scheide. Aber was ist da zu machen? Es gehört einmal nicht zu den Naturnotwendigkeiten, dass jeder in Paris geboren wird.

– In einem Baumstamm übernachten! Staunte die Marketenderin, und dazu mit drei Kindern!

– Und wenn nun die Heulerei der Kleinen losging, fuhr der Sergeant fort, muss es den Leuten, die ihr Weg vorüberführte und die gar nichts sehen konnten, ganz schnurrig vorgekommen sein, einen Baum »Papa« und »Mama!« schreien zu hören.

– Es ist noch Sommer, gottlob! Seufzte das Weib. Und sie starrte zu Boden, in Ergebung, mit dem Staunen der Geschöpfe, die einer Naturgewalt unterliegen.

Schweigend umstanden die Soldaten dieses Elend: Eine Witwe, drei Waisen, auf der Flucht, ausgestoßen, preisgegeben dem ringsum grollenden Krieg, dem Hunger, dem Durst, ohne eine andere Nahrung als das Gras des Feldes, ein anderes Obdach als den freien Himmel. Der Sergeant trat näher und betrachtete den Säugling. Da ließ die Kleine die Mutterbrust los, wendete langsam das Köpfchen um und schaute mit einem Lächeln aus seinen schönen blauen Augen in das unheimlich wilde, struppige, borstige Gesicht, das sich hinbeugte über sie. Der Sergeant richtete sich wieder auf: Es rann ihm eine große Träne längs der Wange herab und blieb wie eine Perle an der Spitze seines Schnurrbarts hängen. Mit fester Stimme sprach er:

– Kameraden, aus der ganzen Bescherung lässt sich schließen, dass dem Bataillon Vaterfreuden bevorstehen. Alles einverstanden? Die drei Kleinen werden an Kindesstatt angenommen.

– Die Republik hoch! Riefen die Grenadiere.

– Abgemacht, sagte der Sergeant und streckte beide Arme über die Mutter und die Kleinen aus:

– Hier seht ihr also die Kinder des Bataillons Bonnetrouge.

Die Marketenderin sprang vor Freude in die Höhe und rief:

– Recht so, drei Köpfe unter einer Kappe. Dann drückte sie schluchzend, überschwänglich die arme Witwe an ihr Herz und sagte:

– Wie doch die Kleine schon so mutwillig dreinschaut!

– Hoch die Republik! Ertönte es nochmals aus aller Mund, und der Sergeant sprach zur Mutter:

– Komm mit, Bürgerin.

Zweites Buch.

Die Korvette »Claymore«.

I.

Englisch-französische Mischung.

Im Frühling 1793, während Frankreich, von allen Seiten her gleichzeitig angegriffen, sich mit einem pathetischen Intermezzo, dem Sturz der Gironde, beschäftigte, trug sich auf der Inselgruppe des Kanals Folgendes zu.

Eines Abends, am 1. Juni, auf Jersey, etwa eine Stunde vor Sonnenuntergang, bei nebliger Witterung, die für eine heimliche Abfahrt gerade in Folge ihrer Gefährlichkeit günstig ist, segelte eine Korvette aus der kleinen öden Bucht von Bonnenuit. Das Fahrzeug hatte eine französische

Mannschaft an Bord, gehörte jedoch zu der englischen Flottille, die wie ein Vorposten bei der östlichen Spitze der Insel ihre Station hatte. Die englische Flottille stand unter dem Kommando des Fürsten von la Tour-d'Auvergne, aus dem Geschlechte der Bouillon, und auf seinen Befehl war die Korvette mit einem eigenen und dringenden Auftrag detachiert worden.

Diese in Trinity-House unter dem Namen »The Claymore« eingetragene Korvette war scheinbar ein Fracht-, in Wirklichkeit aber ein Kriegsschiff. Trotz ihrem schwerfälligen, friedfertig merkantilen Aussehen, war ihr keineswegs zu trauen, denn bei ihrem Bau hatte man einen Doppelzweck im Auge gehabt: List, um womöglich zu täuschen, und Kraft, um nötigenfalls zu kämpfen. Für den heutigen Nachtdienst hatte die Ladung des Zwischendecks dreißig kurzen Marinegeschützen von schwerem Kaliber den Platz räumen müssen. In Voraussicht eines Sturmes oder vielmehr um dem Fahrzeug seine harmlose Figur zu belassen, waren dieselben eingezogen, das heißt mit dreifachen Ketten dergestalt nach innen zu festgehalten, dass die Mündungen die überdies zugestopften Luken kaum berührten; von außen war also nichts sichtbar; auch die Stückpforten waren geblendet, jede Öffnung geschlossen; kurz die Korvette trug gewissermaßen eine Maske. Die ordonnanzmäßigen Korvetten führen ihre Geschütze nur auf dem Verdeck; dieses Schiff hingegen, für Trug und Überfall berechnet, war so gebaut, dass, wie wir bereits wissen, die Batterie nicht auf dem Deck, sondern im Zwischendeck untergebracht war. Obgleich nach einem massiven, gedrungenen Modell konstruiert, war der »Claymore« den Schnellseglern beizuzählen; seine Schale war so fest wie sonst keine zweite in der englischen Marine und im Gefecht blieb seine Leistungsfähigkeit kaum hinter der einer Fregatte zurück, obwohl er anstelle des Besanmastes einen ungleich kleineren mit einer einfachen Brigantine führte. Von seltenem Scharfsinn zeugte das ausgezeichnete geschweifte Fugenwerk am Steuer, welches auf den Werften von Southampton mit fünfzig Pfund Sterling bezahlt worden war.

Die ausschließlich französische Schiffsmannschaft bestand aus übergelaufenen Matrosen und war von Emigranten befehligt. Unter diesen sorgfältig ausgesuchten Leuten befand sich auch nicht einer, der nicht ein guter Seemann, ein guter Soldat und ein guter Royalist gewesen wäre; alle bekannten sie sich zu dem dreifach schwärmerischen Kultus: Schiff, Waffe, König. Behufs einer eventuellen Landung war ihnen ein halbes Bataillon Marinetruppen beigegeben worden. Kapitän der Korvette war der Graf du Boisberthelot, Ritter des Sankt-Ludwigsordens und einer der verdienstvollsten Marineoffiziere des früheren Regime, Lieutenant der Chevalier von La Vieuville, der bei den Gardes-françaises die Kompanie kommandiert hatte, in welcher Hoche Sergeant gewesen, und Lotse Philipp Gacquoil, der geschickteste Fachmann von ganz Jersey.

Dass das Fahrzeug etwas Außerordentliches vorhatte, unterlag keinem Zweifel, umsomehr als ein Mann an Bord gekommen war, dem man irgendein Wagnis zutrauen musste. Es war ein hochgewachsener Greis, rüstig, von aufrechter Haltung und strengen Gesichtszügen; sein Alter genau festzustellen hätte schwerfallen dürfen, da er zugleich bejahrt und doch wieder jung erschien – eine jener Gestalten voller Furchen und voller Kraft, mit weißem Haar auf der Stirn und einem Blitz im Auge, an Körperstärke Vierziger und Achtziger an geistigem Ansehen. Während er die Korvette bestieg, hatte man durch den klaffenden Schlitz seines Schiffermantels wahrnehmen können, dass er sogenannte »Bragou-Bras« oder Pumphosen trug, ferner hohe Stiefel und eine Jacke aus Ziegenfell, das seidengestickte Leder nach außen, das raue, borstige Haar nach innen zugekehrt, also ganz, wie ein bretonischer Bauer gekleidet war. Jene altmodischen bretonischen Jacken ließen sich auf zweierlei Arten tragen, sowohl an Festtagen wie bei der Arbeit, je nachdem man sie nach der glatten oder der behaarten Seite wendete; so ging man die Woche über im Pelz, am Sonntag in der Stickerei.

Der Bauernanzug dieses Greises war überdies, gleichsam zur Vervollständigung seiner trügerisch beabsichtigten Echtheit, an Knien und Ellenbogen wie durch langjährigen Gebrauch abgenutzt, und auch der grobe Tuchmantel glich dem heruntergekommenen Erbstück einer Fischerfamilie. Als Kopfbedeckung trug der Mann den Hut von hoher Form mit breiter Krempe, der, wenn man letztere in der waagerechten Stellung lässt, ländlich aussieht, kriegerisch aber, wenn man sie auf einer Seite vermittelst einer Schnur und Kokarde aufstülpt. Er trug ihn nach Bauernmanier einfach mit hängender Krempe, ohne Schnur noch Kokarde.

Der Gouverneur der Insel und der Fürst von la Tour-d'Auvergne hatten ihn persönlich an Bord geführt und untergebracht, und der geheime Agent des Prinzen, Gélambre, ein ehemaliger Garde-du-corps des Herrn Grafen von Artois, der schon die Einrichtung der Kajüte selber überwacht hatte, war trotz seinem alten Adel in der Rücksicht und Hochachtung so weit gegangen, dem Greis die Reisetasche nachzutragen. Auch hatte sich Herr von Gélambre, als er das Schiff wieder verließ, vor dem Bauern tief verneigt; Lord Balcarras hatte ihm noch zugerufen: »Glück auf, General!« und der Fürst von la Tour-d'Auvergne: »Lieber Vetter, auf Wiedersehen!«

Herr v. Gélambre hatte sich vor dem Bauern tief verneigt.

»Der Bauer.« So wurde der Passagier auch wirklich gleich nach seinem Erscheinen vom Schiffsvolk in jenen wortkargen Gesprächen bezeichnet, die Seeleute miteinander führen; doch wenn ihnen auch der Schlüssel des Rätsels fehlte, so viel wussten sie immerhin, dass jener Bauer ebenso wenig ein Bauer war wie der »Claymore« ein Kauffahrer.

Bei spärlichem Wind ging die Korvette unter Segel, steuerte an Boulay-Bay vorüber und blieb noch eine gute Weile lavierend in Sicht, bis sie, immer mehr zusammenschrumpfend, in der sinkenden Nacht verschwand.

Eine Stunde später schickte Gélambre von seiner Wohnung in Saint-Hélier aus folgende kurze Zeilen via Southampton an den Herrn Grafen von Artois ins Hauptquartier des Herzogs von York: »Königliche Hoheit, die Abfahrt hat soeben stattgefunden. Erfolg gesichert. In acht Tagen steht die ganze Küste in Flammen, von Granville bis Saint-Malo.«

Vier Tage vorher war dem Abgeordneten Prieur vom Marne-Departement, Kommissär des Nationalkonvents bei der Armee von Cherbourg, derzeit in Granville beschäftigt, durch einen geheimen Eilboten und von derselben Hand wie obige Depesche geschrieben, dies Billett zugestellt worden: »Bürger Abgeordneter, den 1. Juni, zur Ebbezeit, wird die Kriegskorvette mit maskierter Batterie »The Claymore« auslaufen, um einen Mann an die französische Küste zu bringen, dessen Personalbeschreibung anbei folgt: hoher Wuchs, alt, Haar weiß, Bauernkleider und Aristokratenhände. Morgen ein Näheres. Er wird am Zweiten in der Frühe landen. Alarmieren Sie die Kreuzer, kapern Sie die Korvette, lassen Sie den Mann guillotinieren.«

II.

Über Schiff und Passagier Nacht.

Die Korvette, anstatt südlich gegen Sainte-Catherine zuzusegeln, hatte ihren Kurs nach Norden, dann nach Osten gerichtet und war schließlich resolut zwischen Serk und Jersey in die Meerenge eingedrungen, die man le Passage de la Deroute nennt. Damals gab es weder auf dem einen noch auf dem anderen Ufer einen Leuchtturm.

Die Sonne war völlig untergegangen und die Nacht dunkler als es sonst im Sommer zu sein pflegt; eine Mondnacht, aber ein Himmel, eher an die Äquinoktial- als an die Sonnenwendezeit erinnernd, so gleichmäßig war er mit schweren Wolken ausgefüttert; demnach konnte, aller Wahrscheinlichkeit nach, der Mond erst im Untergehen, bei seiner Berührung mit dem Horizont sichtbar werden. Einige Wolken hingen sogar bis auf das Meer herab und bedeckten es mit Nebeln.

Die allseitige Dunkelheit war jedoch günstig. Der Lotse Gacquoil hatte den Plan, Jersey links und Guernesey rechts liegen lassend, nach einer kühnen Durchfahrt zwischen Les Hanois und Les Douvres in irgendeine Bucht an der Küste von Saint-Malo einzulaufen; dieser Weg war zwar weniger kurz als der über Les Minquiers, aber sicherer, da die französischen Kreuzer bis auf weiteren Befehl Ordre hatten, vor allem die Strecke zwischen Saint-Helier und Granville im Auge zu behalten.

Mit Aufgebot aller Mittel hoffte Gacquoil, unvorhergesehene Zwischenfälle abgerechnet, bei einigermaßen günstigem Wind die französische Küste vor Tagesgrauen zu erreichen.

Bis jetzt ging alles nach Wunsch; die Korvette war eben an Gros-Nez vorbeigesegelt; das Wetter schien, wie der Seemann sagt, schmollen zu wollen; der Wind wurde stärker und die Wellen bewegter; aber gerade dieser Wind war gut und die See ging hoch, ohne deshalb stürmisch zu sein. Nur bekam bei gewissen Wogenschlägen das Vorderteil des Fahrzeugs etwas zu viel Senkung.

Der »Bauer«, den Lord Balcarras »General« genannt, und zu dem der Fürst von la Tour-d'Auvergne »Lieber Vetter« gesagt, hatte den Matrosenschritt und spazierte ruhig und gravitätisch auf dem Deck auf und nieder. Dass das Schiff heftig hin und hergeworfen wurde, schien er nicht zu bemerken.

Der Bauer spazierte ruhig und gravitätisch auf und nieder.

Von Zeit zu Zeit zog er aus der Tasche seines Wamses ein Schokoladetäfelchen, von dem er ein Stück abbrach und verzehrte: Trotz seinem weißen Haar hatte er noch alle seine Zähne. Nur den Kapitän redete er zuweilen leise und bündig an, sonst keine Seele, und dieser hörte ehrerbietig zu, als hielte er eher seinen Passagier als sich selber für den eigentlich Kommandierenden.

Der »Claymore« fuhr nun, in Nebel eingehüllt, sehr geschickt die gedehnte, steile Nordküste von Jersey entlang, dem Lande möglichst nah, wegen der gefürchteten Klippe Pierres de Leeq, die sich in der Mitte der Meerenge zwischen Jersey und Serk befindet. Gacquoil, aufrecht beim Steuer, die Richtung von Grève de Leeq Gros-Nez, Plémont der Reihe nach angebend, ließ die Korvette einigermaßen blindlings, aber mit vollkommener Sicherheit, wie einer, der zum Haus gehört und das ganze Winkelwerk des Meeres kennt, zwischen all den Verkettungen von Hindernissen einhergleiten. Das Vorderteil des Schiffes hatte kein Licht aus Furcht vor einem Entdecktwerden in diesen so argwöhnisch überwachten Gegenden. Man wünschte sich zu dem Nebel Glück. Jetzt war man bei La Grande-Etaque, und die Finsternis so dicht, dass man die ragenden Umrisse des Pinacle kaum zu unterscheiden vermochte. Auf dem Thurm von Saint-Ouen hörte man die zehnte Stunde schlagen, ein Zeichen, dass man immer noch den Wind im Rücken hatte. Die Gunst der Elemente ließ nicht nach; die See ging höher, weil man sich nicht weit von La Corbière bewegte.

Kurz nach Zehn geleiteten der Graf du Boisberthelot und der Chevalier von La Vieuville den »Bauern« nach seiner Kajüte, die keine andere war als die des Kapitäns. Beim Eintreten sagte der Greis mit gedämpfter Stimme:

- Sie wissen, meine Herren, das Geheimnis muss gewahrt werden. Kein Wort also, bis die Mine springt. Sie allein kennen hier meinen Namen.

- Wir würden ihn mitnehmen ins Grab, antwortete Boisberthelot.

- Ich für mein Teil, erwiderte der Greis, verschweige ihn, selbst im Angesicht des Todes.

So verabschiedeten sich die Drei.

III.

Adelig-bürgerliche Mischung.

Der Kapitän und sein Lieutenant stiegen wieder aufs Deck und gingen plaudernd nebeneinander auf und ab. Sie unterhielten sich offenbar über ihren Passagier. Dies im großen Ganzen ihr Gespräch, das ihnen der Wind vom Mund in die Nacht entführte.

- Es wird sich bald zeigen, ob er der rechte Mann ist, brummte Boisberthelot dem Chevalier halblaut ins Ohr.

- Einstweilen ist er ein Fürst, entgegnete La Vieuville.

- Beinahe.

- Französischer Edelmann, aber bretonischer Fürst.

- Wie die La Trémoille, wie die Rohan.

- Mit denen er auch verschwägert ist.

Boisberthelot begann wieder:

- In Frankreich und in den Galawagen des Königs ist er der Marquis, gerade wie ich Graf bin und Sie Chevalier.

- Eine verschollene Mär, die Galawagen! rief La Vieuville. Jetzt ist der Karren Trumpf.

Nach einer Pause sagte Boisberthelot:

- In Ermangelung eines französischen Fürsten behilft man sich schon mit einem Bretonen.

- Wenn die Tauben nicht mehr gebraten herumfliegen, so ... Nein, wenn kein Adler herumfliegt, begnügt man sich mit einem Raben.

- Ein Geier wäre mir lieber, erwiderte Boisberthelot.

- Allerdings! Meinte La Vieuville, ein Schnabel und zwei Klauen.

- Es wird sich ja zeigen.

– Hoffentlich, antwortete La Vieuville, denn zu lang schon tut ein Führer Not. Ich sage wie Tinténiac: »Nur einen Führer und Patronen!« Sehen Sie, Graf, ich kenne sie so ziemlich, alle möglichen und unmöglichen Führer, die von gestern, die von heut und die von morgen: Nicht einer hat den Soldatenschädel, den wir gerade brauchen. In dieser verteufelten Vendée muss der General auch ein Inquisitor sein; den Feind abhetzen muss er, ihm jede Mühle, den Busch, den Graben, die Erdscholle streitig machen, ihm faule Händel zwischen die Beine werfen, alles verwerten, nichts aus den Augen verlieren, viel massakrieren, abschrecken, den Schlaf und die Barmherzigkeit davonjagen. Zur Stunde gibt es in jener Armee von Bauern wohl Helden, aber keine Kommandeurs. Von Elbée ist eine Null, Lescure ein kranker Mann, Bonchamps ein Pardonierer: Mitleid dummes Zeug! La Rochejacquelein mag einen prächtigen Infanterielieutenant abgeben; Silz weiß mit der Taktik, aber nicht mit den Notbehelfen des Freischarenkriegs umzugehen. Cathelineau ist ein naiver Fuhrmann, Stofflet ein durchtriebener Förster, Bérard ein untauglicher, Boulainvilliers ein lächerlicher, Charette ein abscheulicher Mensch; den Barbier Gaston will ich hier gar nicht erwähnen, denn Sapperlot noch einmal! Weshalb liegen wir der Revolution in den Haaren, und was soll uns von den Republikanern unterscheiden, wenn wir den Edelleuten Perrückenmacher als Kommandanten zumuten?

– Diese Schandrevolution steckt eben auch uns mit an.

– Wie eine Räude – ganz Frankreich.

– Ja, die Räude des dritten Standes, fuhr Boisberthelot fort. Nur England kann uns davon kurieren.

– Und das wird es auch, verlassen Sie sich darauf, Kapitän.

– Einstweilen bleibt's etwas Unappetitliches.

– Und wie! Überall Plebs; die Monarchie mit Stofflet, dem Förster des Herrn von Maulevrier als Generalissimus, braucht die Republik um den Portiersohn des Herzogs von Castries, Seine Exzellenz Herrn Staatsminister Pache, nicht zu beneiden. Ein sauberes Gegenüber, dieser Vendéer Krieg: Auf der einen Seite der Bierbrauer Santerre und auf der andern Gaston, der Haarkünstler.

– Mein lieber La Vieuville, auf diesen Gaston halte ich gewissermaßen etwas. Er hat sich in seinem Rayon von Guéménée nicht übel benommen und dreihundert Blaue ganz hübsch zusammengepfeffert, die zuvor noch ihre eigene Grube graben mussten.

– Recht brav, aber das hätte ich gerade so gut besorgt.

- Ei der Tausend, ich auch.

- Große Kriegstaten, begann La Vieuville abermals, beanspruchen bei dem, der sie vollbringen soll, Noblesse; sie geziemen den Rittern kurzweg und nicht einem Ritter vom Kamm.

- Und dennoch, entgegnete Boisberthelot, gibt es in jenem dritten Stand anständige Menschen. Da haben Sie zum Beispiel einen gewissen Uhrmacher Joly, vormals Sergeant beim Regiment Flandern: Der Mann geht Ihnen unter die Vendéer und sammelt eine Bande bei der Küste; nun hat er aber einen Sohn, der als Republikaner bei den Blauen dient, während er zu den Weißen hält. Schließlich Zusammenstoß, Gefecht. Der Vater nimmt seinen Sohn gefangen und jagt ihm eine Kugel durch das Hirn.

- Der ist allerdings nicht ohne, sagte La Vieuville.

- Ein monarchischer Brutus, setzte Boisberthelot hinzu.

- Unerträglich bleibt es aber trotz alledem doch, unter dem Kommando eines Coquereau zu stehen, eines Jean-Jean, Moulins, Focart, Bouju oder Chouppes!

- Lieber Chevalier, drüben beim Feind ärgern sie sich genauso. Wir stecken voll geringer Leute und sie voll Adel. Oder meinen Sie, dass die Sansculotten ein Wohlgefallen finden an Bürgergeneralen wie dem Grafen von Canclaux, dem Vicomte von Miranda, dem Vicomte von Beauharnais, dem Grafen von Valence, dem Marquis von Custine, dem Herzog von Biron?

- Ein tolles Durcheinander!

- Und dem Grafen von Chartres nun gar!

- Dem Sohn von Egalité? Apropos, wann wird denn der Vater wohl einmal König?

- Niemals.

- Er rückt dem Throne näher. Seine Verbrechen kommen ihm zustatten.

- Aber seine Laster gestatten ihm nicht, zu kommen, sagte Boisberthelot. Und nach einer Pause setzte er wieder hinzu:

- Und doch hatte er eine Aussöhnung angestrebt. Er hatte den König besucht. Ich war dabei, in Versailles, wie ihm auf den Rücken gespuckt wurde.

- Von der großen Treppe herab?

- Ja.

- Geschah ihm ganz recht.

- Unter uns nannten wir ihn Philipp, »das liebe Vieh«.[1]

- Eine Glatze, ein Gesicht voller Beulen, ein Königsmörder - ekelhaft! Und La Vieuville setzte noch hinzu:

- Ich war bei Quessant mit ihm zusammen.

- Auf dem »Saint-Esprit?«

- Ja.

- Wäre er dem Signal gefolgt, das ihm befahl, unter dem Wind des Admiralsschiffs von d'Orvillers zu bleiben, so hätte er die Engländer am Durchbrechen verhindert.

- Gewiss.

- Hat er sich damals wirklich bis zum Kiel hinab verkrochen?

- Das nicht. Aber behaupten muss man es doch, sagte La Vieuville und brach in Lachen aus.

- Dummköpfe gibt's einmal, ergänzte Boisberthelot. Nehmen Sie nur zum Beispiel jenen Boulainvilliers, den Sie soeben erwähnt: Ich hab ihn gekannt, hab ihn wirtschaften sehen. Zu Anfang waren die Bauern mit Piken bewaffnet; hatte sich der Mensch wahrhaftig in den Kopf gesetzt, sie auf die Pike abzurichten! Er ließ ihnen Handgriffe einüben: Pike schräg! Oder: Schleift die Pike Spitze herab! Liniensoldaten aus diesen Wilden zu machen, war seine Marotte. Er glaubte, ihnen beibringen zu können, wie man Carrés mit vorgeschobenen Schützen oder hohle Vierecke formiert. Dabei radebrechte er die Kommandosprache von Olims Zeiten und nannte den Feldwebel noch Rottmeister wie unter Ludwig XIV. Er war förmlich darauf versessen, all die Wilderer zu einem Regiment zusammenzuschweißen; er hatte regelrechte Kompanien organisiert, deren Sergeanten jeden Abend einen Kreis um ihn bilden mussten, um die Parole und Gegenparole vom Leibkompanie-Sergeanten des Obersten zu empfangen, der sie dem Leibkompanie-Sergeanten des Majors zuflüsterte, welcher sie wiederum seinem nächsten Nachbar übermittelte und so von Ohr zu Ohr bis herab zum letzten Mann. Einmal sogar kassierte er einen Offizier, der sich mit bedecktem Haupte erhoben hatte, als ihm der Sergeant die Parole geben sollte. Wie das anschlug, können Sie sich schon vorstellen. Dem Strohkopf ging nicht ein, dass Rüpel rüpelhaft geführt sein wollen, und dass sich aus Waldmenschen

[1] Im französischen Bourbon le Bourbeux, was unter Beibehaltung des Wortspieles im Deutschen nicht wiederzugeben ist.

keine Kasernenmenschen machen lassen. Ich hab ihn wirtschaften sehen, diesen Boulainvilliers.

Sie taten ein paar Schritte, jeder mit eigenen Gedanken beschäftigt. Dann wurde das Gespräch wieder aufgenommen:

– Apropos, bestätigt sich's auch, dass Dampierre gefallen ist?

– Ja wohl, Kapitän.

– Vor Condé?

– Im Lager von Pamars. Eine Kanonenkugel.

Boisbertheloi seufzte.

– Der Graf von Dampierre! Auch einer von den Unsern, der zu den ihren zählte.

– Er reise glücklich!« sagte La Vieuville.

– Und Mèsdames? Wo sind die?

– In Triest.

– Immer noch?

– Immer. Und La Vieuville setzte heftig hinzu:

– O über diese Republik! So viel Verwüstungen um einer Bagatelle willen! Wenn man bedenkt, dass diese Revolution aus einem Defizit von ein paar Millionen herausgewachsen ist! ...

– Kleine Ausgangspunkte niemals unterschätzen, bemerkte Boisberthelot.

– Uns geht doch *Alles* schief, fuhr La Vieuville fort.

– Leider: La Rouarie ist tot und Du Dresnay versimpelt. Sind das traurige Parteihäupter, diese Bischöfe samt und sonders, dieser Coucy von La Rochelle und dieser Beaupoil Saint-Aulaire von Poitiers und dieser Mercy von Luçon mit seiner verliebten Frau von l'Eschasserie .....

– Welche eigentlich Servanteau heißt, denn Sie werden ja wissen, Kapitän, dass l'Eschasserie ein Gutsname ist.

– Und dieser falsche Bischof von Agra, der nebenbei Pfarrer ist von Dingsda!

– Von Dol! Er heißt Guillot von Folleville. Hat übrigens Courage, denn er schlägt sich.

– Priester, wenn wir Soldaten brauchen! Bischöfe, die keine Bischöfe, und Generale, die keine Generale sind! ...

– Nicht wahr, Kapitän, unterbrach La Vieuville, Sie haben doch den »Moniteur« in Ihrer Kajüte?

– Allerdings.

– Was wird denn gegenwärtig in Paris gespielt?

– »Paul und Adele« und »die Höhle«.

– Ins Theater möcht ich wieder einmal.

– Sie werden nicht lang mehr darauf warten, denn in einem Monat sind wir in Paris. Und nachdem er einen Augenblick nachgerechnet, fügte Boisberthelot hinzu:

– Allerspätestens. Lord Hood weiß es von Herrn Windham.

– Aber wenn dem so ist, Kapitän, gehen die Dinge gar so schief nicht.

– Am Schnürchen würden sie gehen, nur muss der Krieg in der Bretagne ordentlich geführt werden.

La Vieuville schüttelte den Kopf und fragte dann:

– Kapitän, wird unsere Marine-Infanterie ausgeschifft?

– Wenn es die Beschaffenheit der Küste zulässt, ja, wo nicht, nein. Der Krieg muss je nach Umständen in ein Ding hineinhageln oder hineinschleichen, zumal der Bürgerkrieg, der immer einen Nachschlüssel in der Tasche haben soll. Was geschehen kann, wird geschehen. Die Hauptsache ist und bleibt aber der Chef. Und halb in Gedanken tat Boisberthelot die Frage:

– La Veuville, was halten Sie von dem Chevalier von Dieuzie?

– Dem Jungen?

– Ja.

– Als Kommandeur?

– Ja.

– Wieder nur ein Taktiker fürs Flachland. Mit dem Busch wird nur der Bauer fertig.

– Dann bleibt Ihnen auch nichts Anderes übrig, als den General Stofflet und den General Cathelineau in Geduld hinzunehmen.

La Vieuville stand eine Minute nachdenklich; dann sagte er:

– Ein Prinz müsste kommen, ein französischer Prinz, ein Prinz von Geblüt, ein echter Prinz.

– Sie meinen? Durchgebrannte Prinzen ...

- Fürchten das Feuer - ich weiß schon, Kapitän; man muss aber den aufgerissenen Ochsenaugen der Bauernburschen etwas zu verschlingen geben.

- Lieber Chevalier, unsere Prinzen werden fernbleiben.

- Wir werden uns drein ergeben.

Boisberthelot fuhr sich mit einer mechanischen Gebärde über die Stirn, als wolle er einen Gedanken herauspressen, und sagte schließlich:

- Nun versuchen wir's vorläufig mit diesem General.

- Er hat wenigstens einen Namen.

- Glauben Sie, dass er ansprechen wird?

- Wenn er nur nicht ohne ist! Antwortete Vieuville.

- Das heißt, entsetzlich, sagte Boisberthelot.

Der Graf und der Chevalier schauten einander an.

- Sie haben den richtigen Ausdruck gefunden, Herr du Boisberthelot: entsetzlich. Das ist es, was nottut. In dem Krieg aufs Messer, der gegenwärtig ausgekämpft wird, ist die Blutgier das Zeitgemäße. Die Königsmörder haben Ludwig XVI. das Haupt abgeschlagen; wir wollen dafür den Königsmördern die Glieder vom Leib reißen. Ja, unser General muss die generalgewordene Unerbittlichkeit sein. In Anjou und im oberen Poitou, wo die Führer sich auf die Großmütigen hinausspielen, wird mit der Stange in der Barmherzigkeit herumgefahren: Nichts kommt vom Fleck; im Marais und in der Gegend von Retz ist man entsetzlich: Da steckt alles. Bloß weil Charette entsetzlich ist, behauptet er gegen Parrain das Feld. Hyäne wider Hyäne.

Boisberthelot musste die Antwort schuldig bleiben, denn ein Verzweiflungsschrei schnitt La Vieuville plötzlich die Rede ab, und gleichzeitig erdröhnte etwas, das nichts sonst Gehörtem gleichkam. Beides, der Schrei und dieses Etwas aus den untern Schiffsräumen.

Kapitän und Lieutenant stürzten zum Zwischendeck, vermochten jedoch nicht, in dasselbe einzudringen. Alle Artilleristen stürmten ihnen fassungslos entgegen.

Ein furchtbares Ereignis hatte stattgefunden.

IV.

Tormentum belli.[2]

Ein Geschütz der Batterie, ein Vierundzwanzigpfünder, war losgerissen.

Im ganzen Seeleben gibt es vielleicht keinen gleich schrecklichen Moment. Es ist dies das Furchtbarste, was einem Kriegsschiff auf offener See begegnen kann. Ein Geschütz, das seine Bande entzweibricht, verwandelt sich urplötzlich wie in ein übernatürliches Wesen. Die Maschine ist zum Ungeheuer geworden, und diese Masse rollt nun mit den Sprüngen einer Billardkugel auf ihren Rädern umher, seitwärts, wenn das Schiff der Breite nach, vorwärts, wenn es der Länge nach bewegt wird; sie kommt und geht, steht still, als sänne sie über etwas nach, rast dann von Neuem wieder auf und davon, wie ein Pfeil von einem Ende des Fahrzeugs zum andern fliegend: das schlägt Pirouetten und entwischt, schnellt hin und bäumt sich, stößt, schmettert, mordet, vernichtet. Es gleicht einem Sturmbock, der nach Willkür eine Mauer berennt; dabei ist

[2] Das Werkzeug des Krieges.

der Sturmbock von Erz und die Mauer von Holz. Es ist, als ob sich die Materie, dieser ewige Sklave, befreit hätte, um Rache zu nehmen, als löse die Bosheit der sogenannten leblosen Dinge sich los und breche plötzlich vor, die Geduld abschüttelnd, dumpf rätselhaft antobend gegen alles; es gibt nichts Unwiderstehlicheres als solch Wüten der willenlosen Masse. Der toll gewordene Metallblock vereinigt die Sprungkraft des Panthers mit der Schwerfälligkeit des Elefanten, der Behändigkeit der Maus, der Ausdauer der Axt, der Unberechenbarkeit der Windsbraut, dem Zickzack des Blitzes, der Taubheit der Gruft; er wiegt zehntausend Pfund und hüpft hin und wieder wie der Spielball eines Kindes, in sinnverwirrendem Wechsel zwischen schwindelnden Kreisen und geradwinkligem Abspringen. Und was vermag da der Mensch? Was soll er beginnen? Ein Sturm legt sich, ein Wirbelwind saust vorüber, ein Orkan erlahmt, ein geborstener Mast lässt sich ersetzen, ein Leck verstopfen, eine Feuersbrunst löschen. Wie aber soll man vor dieser kolossalen erzenen Bestie bestehen? Wo sie anfassen? Einem Köter kann man zureden, einen Stier stutzig machen, eine Schlange einschläfern, einen Tiger fortschrecken, einen Löwen zähmen; diesem Ungeheuer, dem losgebrochenen Geschütz gegenüber vermag man nichts: Man kann es nicht töten: Es ist leblos, und dennoch hat es eine Existenz, eine grausige, von Naturkräften ihm verliehene Existenz: Das Schiff, dessen Fußboden es schaukelt, wird von den Wellen und diese werden von dem Wind in Bewegung erhalten; die Vertilgungsmaschine ist ihr Spielzeug; Schiff, Wellen, Windstöße, alles greift ineinander und haucht ihr eine elementarische Seele ein. Wie ist diesem Kausalsystem beizukommen? Wie diesem übermenschlichen Räderwerk des Schiffbruchs Halt zu gebieten? Und wie lässt es sich berechnen, dieses abwechselnde Kommen und Gehen, Wiederkehren, Stehenbleiben und Anprallen? Jeder einzelne Stoß gegen die Verkleidung des Fahrzeugs kann sie entzweisprengen. Wie die Ursachen dieses mäandrischen Herumtobens ergründen? Man hat es mit einem Geschoss zu tun, das sich fortwährend eines Bessern zu besinnen, die vermutete Richtung zu ändern, rätselhafte Absichten zu haben scheint. Kann man etwas aufhalten, dem man ausweichen muss? Die fürchterliche Kanone tummelt sich, stürmt voran, zurück, schlägt nach allen Seiten aus, entwischt, braust vorbei, spottet aller Voraussicht, rennt jedes Hindernis über den Haufen, zermalmt die Menschen, als wären es Fliegen. Die ganze Entsetzlichkeit der Situation liegt in der Beweglichkeit des Fußbodens: Wie lässt sich ankämpfen gegen eine schiefe Fläche, deren Launen ewig wechseln? So ein Fahrzeug trägt gewissermaßen einen Blitz zwischen den Lenden, der aus dem Kerker hinausstrebt, etwas wie ein Donnerschlag, der über einem Erdbeben dahin rollt.

In einer Sekunde war die ganze Mannschaft auf den Beinen. Verschuldet hatte alles der Stückmeister, der die Schraubenmutter der Kette nicht genug geschlossen und die vier Räder des Geschützes mangelhaft befestigt hatte, wodurch die Schwelle und die Einfassung gelockert, die zwei Scheiben aus dem richtigen Verhältnis gebracht und schließlich die Anhalttaue verschoben worden waren; so ging denn das Stückwerk auseinander, und die Lafette war gelockert. Feste Anhalttaue, die den Rückstoß verhindern, wurden zu jener Zeit noch nicht gebraucht. Als nun eine starke Welle gegen die Stückpforte anprallte, wurde die nachlässig befestigte Kanone zurückgetrieben, die Kette riss, und das verhängnisvolle Rasen durch das Zwischendeck nahm seinen Lauf.

Um sich dieses ungeheuerliche Hingleiten deutlich zu machen, braucht man bloß an das Herabrinnen des Tropfens längs einer Fensterscheibe zu denken.

Im Augenblick, wo die Kette riss, waren die Artilleristen im Zwischendeck zugegen, einzeln oder in Gruppen, mit den Vorbereitungen beschäftigt, welche Seeleute für den Fall eines Angriffs zu treffen pflegen. Durch eine Senkung des Schiffes nach vorn ins Rollen gebracht, bohrte die Kanone sich durch all diese Leute hindurch und zermalmte mit einem Ruck vier Mann, dann schnitt sie, durch eine Seitenbewegung des Fahrzeugs aus der Bahn geschleudert, einen fünften Unglücklichen mitten entzwei und rannte gegen Backbord auf ein Geschütz, das sofort von der Lafette stürzte. In diesem Augenblick war der oben vernommene Verzweiflungsschrei ertönt. Alle Artilleristen stürmten die Leitertreppe hinauf, und im Handumdrehen stand das Zwischendeck leer.

Das kolossale Geschütz blieb sich selber überlassen, sein eigener Herr und Herr über das ganze Schiff, das nun seinem Wüten preisgegeben war. Die Matrosen, lauter Leute, die im Kampfgewühl nur ein Lachen hatten, jetzt standen sie zitternd da, in unbeschreiblichem Entsetzen.

Boisberthelot und La Neuville, sonst die Unerschrockenheit selber, starrten noch immer wortlos, farblos, ratlos vom Treppenrand hinab, als sie sich plötzlich beiseitegeschoben fühlten durch jemand, der auch sofort ins Zwischendeck hinunterstieg.

Es war ihr Passagier, der »Bauer«, von dem sie eben zuvor gesprochen hatten.

Auf der untersten Sprosse der Leitertreppe stand dieser Mann stille.

V.

Vis et vir.[3]

Wie der leibhaftige Wagen aus der Apokalypse fuhr die Kanone im Zwischendeck ab und zu, und der zitternde Schein der Laterne, die unter dem Vordersteven der Batterie hing, umwob die ganze Erscheinung mit einem zwischen Licht und Schatten schwindelnd hin und herwogenden Flimmer. Die Umrisse des Geschützes verschwanden in der Schnelligkeit seiner Flucht; bald huschte es schwarz durch die Helle, bald schimmerte es weißlich durch das Dunkel. Es führte sein Vertilgungswerk immer weiter: Vier andere Kanonen hatte es bereits zertrümmert und in die Schiffswand zwei Lücken gebrochen, glücklicherweise über der Wasserlinie, aber doch so, dass bei stärkeren Windstößen die Wellen hineinschlagen mussten. Tollwütend stürmte es gegen das Fugenwerk an; zwar

---

[3] Kraft und Mann, hier so viel wie die rohe Naturgewalt gegenüber der schwachen Menschenkraft.

leisteten die sehr starken Spanten noch Widerstand, denn das Krummholz besitzt eine eigentümliche Festigkeit; aber man hörte sie unter dieser ungeheuren Keule krachen, die in unfasslicher Allgegenwart von jeder Seite zugleich auf sie einhieb. Das Schrot, wenn man es in einer Flasche hin und herschüttelt, schlägt nicht toller und unmittelbarer um sich. Immer wieder rasten die vier Räder über die Toten weg und zerschnitten, zerlegten, zerrissen die fünf Leichen in zwanzig herumgeschleuderte Fetzen; die Köpfe schienen noch aufzuschreien, und auf dem Boden folgte ein rieselnder Blutstrom den Schwankungen des Schiffes. Die mehrfach beschädigte Schiffsverkleidung ging bereits auseinander. Und bei alledem fortwährend der dämonische Lärm.

Der Kapitän, der seine Fassung bald wiedergewonnen hatte, ließ durch die Luke alles ins Zwischendeck hinabwerfen, was den wilden Lauf der Kanone irgendwie hemmen konnte, die Matratzen, die Hängematten, die Segel- und Tauvorräte, die Säcke der Mannschaft und die Ballen falscher Assignatscheine, von denen eine ganze Ladung an Bord war, denn diese Niederträchtigkeit hielt man englischerseits für kriegsrechtlich erlaubt. Aber was nützte das alles, da sich niemand hinuntertraute, um es so zu ordnen, dass ein Vorteil daraus hätte erwachsen können? Wenige Minuten und das Ganze beinah war zu Charpie zerfetzt.

Die See ging gerade hoch genug, um dem Unheil möglichst Vorschub zu leisten. Ein Sturm wäre noch wünschenswerter gewesen, denn er hätte die Kanone vielleicht umgeworfen, und sobald sie nur einmal nicht mehr auf den Rädern lief, konnte man ihr beikommen. Unterdessen wurden die Verheerungen immer bedrohlicher. Schon waren die Masten, welche, im Balkenwerk des Kiels wurzelnd, durch alle Etagen der Fahrzeuge wie große runde Pfeiler emporragen, stellenweise gesplittert und sogar geborsten. Der Fockmast hatte unter den konvulsivischen Stößen des Geschützes einen Riss bekommen, und selbst der Mittelmast war beschädigt. Die Batterie ging in die Brüche; von dreißig Geschützen waren zehn bereits kampfunfähig. Die Lücken in der Schiffsverkleidung mehrten sich, und das Wasser begann schon, einzudringen.

Der alte Passagier unten an der Treppe des Zwischendecks schien zu Stein erstarrt. Regungslos und mit strengem Blick schaute er der Verwüstung zu. Ein Schritt vorwärts schien ein Ding der Unmöglichkeit. Jede Bewegung der entfesselten Kanone rückte den Untergang näher. In kürzester Frist konnte der Schiffbruch nicht mehr abgewendet werden. Sterben oder dem Unheil Halt gebieten, zu etwas musste man sich aufraffen, aber zu was? Und welch ein ungleicher Kampf! Galt es doch, diesen entsetzlichen, wahnsinnigen Block festzuhalten, mit einem Blitze zu raufen, einen Donnerschlag niederzudonnern.

– Chevalier, fragte Boisberthelot, glauben Sie an Gott?

La Vieuville antwortete: – Ja, heißt das Nein, oder zuweilen doch.

– Beim Sturm?

– Ja, und in Augenblicken wie jetzt.

– Uns kann in der Tat auch nur Gott weiter helfen, sagte Boisberthelot.

Alles schwieg, nur der höllische Lärm der Kanone nicht, und von außen antwortete die andringende Flut den Schlägen des Geschützes mit den Schlägen ihrer Wellen; es war, als ob zwei Hämmer einander wechselseitig ablösten.

Plötzlich erschien in dem unzugänglichen Raum, wo die ausgerissene Kanone wie in einem Zirkus umhertollte, ein Mann mit einer Eisenstange. Es war der Urheber der Katastrophe, jener Stückmeister, dessen Fahrlässigkeit alles verschuldet hatte, und der nun, da er den Schaden angerichtet hatte, ihn auch wieder gut machen wollte. Er hatte mit der einen Hand nach einer Notspake, mit der anderen nach einem geschlungenen Tau gegriffen und war so durch die Luke ins Zwischendeck gesprungen.

Und nun begann ein titanisches Schauspiel: das Ringen der Kanone mit dem Kanonier; eine Schlacht zwischen Materie und Intelligenz, ein Zweikampf zwischen Mensch und Sache.

Der Mann hatte in einer Ecke Posto gefasst.

Der Mann hatte in einer Ecke Posto gefasst und wartete, Stange und Tau krampfhaft festhaltend, mit der ganzen Spannkraft seiner Muskeln wie auf zwei ehernen Säulen wider eine Spante gestemmt und im Boden wurzelnd, totenbleich, in tragischer Ruhe.

Er wartete auf den Moment, wo das Geschütz an ihm vorbeirollen würde.

Der Kanonier war mit seiner Kanone vertraut, und ihn dünkte, auch sie müsse ihn kennen. Hatte er doch schon lange Zeit mit ihr zusammengelebt und - wie so oft - seinem dienstbaren Ungeheuer die Hand in den Rachen gesteckt. Jetzt redete er sie an, wie der Herr seinen Hund:

- Komm her!

Vielleicht war sie ihm lieb geworden. Er schien es zu wünschen, dass sie auf ihn zukommen möge. Aber auf ihn zukommen, hieß so viel, wie über ihn kommen, und dann war er ja verloren; wie konnte er der Zermalmung entgehen? Das war die Frage, und alle starrten entsetzt auf ihn herab. In jeder Brust stockte der Atem, nur vielleicht in der des Greises nicht, der als finsterer Zeuge bei den zwei Fechtern im Zwischendeck stand. Auch ihn konnte die Kanone zerschmettern. Er rührte sich nicht, und unter den Füßen Aller lenkten die blinden Wellen die Schlacht.

Im Augenblick, wo der Artillerist seine Kanone zum Zweikampf Brust an Brust herausforderte, fügten es die Schwankungen der Flut zufällig so, dass das Geschütz auf einen Moment wie vor Staunen innehielt:

- So komm doch! Sagte der Mann.

Es war, als ob ihn das Ding verstünde. Plötzlich sprang es auf ihn zu. Der Mann wich aus, und die unerhörte Schlacht begann: Das Zerbrechliche rang mit dem Unverwundbaren, der Tierbändiger von Fleisch und Bein griff die erzene Bestie an, die Seele eine Kraft. Das alles ging in einem Helldunkel vor sich gleich einem verschwimmenden übernatürlichen Gesicht. Eine Seele! Seltsam; es war, als ob auch die Kanone eine hätte, aber eine Seele von lauter Hass und Wut. Dies blinde Ungeheuer schien Augen zu haben und dem Menschen aufzulauern. Es steckte, wenigstens hätte man es fast glauben mögen, etwas Hinterlistiges in diesem Klumpen. Auch er wartete den günstigen Zeitpunkt ab. Man hätte ihn für ein Rieseninsekt aus Eisen mit oder scheinbar mit der Willenskraft eines Dämons halten können. Stellenweise sprang er, eine kolossale Heuschrecke, bis zur niedrigen Decke der Batterie empor, fiel dann wie der Tiger auf seine Klauen, auf seine vier Räder zurück und machte wieder Jagd auf den Menschen. Dieser, geschmeidig, behänd, gewandt, glitt gleich einer Schlange zwischen den züngelnden Blitzen einher. Alle Stöße aber, denen er so flink zu entschlüpfen verstand, trafen das Schiff und setzten die Zerstörung fort.

An der Kanone war ein Stück von der zerrissenen Kette zurückgeblieben und hatte sich, wer kann sagen wie? Um die Schraube hinten am

Knauf geschlungen, sodass eines der Enden an der Lafette hing, während das andere, freie, in wilden Kreisen um das Geschütz herumflog, zehnmal beweglicher noch als das Geschütz selber. Die Schraube hielt es wie mit geschlossener Hand fest und nun schlug diese Kette, mit zehn Geißelhieben für jeden Hieb des Sturmbocks, in grässlichem Wirbel um sich, eine eiserne Peitsche in eherner Faust. Dadurch war der Kampf noch schwieriger geworden. Und dennoch kämpfte der Mensch weiter. Hier und da war sogar er der Verfolger. Er schlich mit seiner Stange und seinem Tau längs der Schiffsverkleidung hin, und die Kanone, die ihn zu verstehen und eine Überlistung zu befürchten schien, entfloh, hinterher der gewaltige Jäger.

Dergleichen Dinge können nicht von Dauer sein. Auf einmal, als ob sie zu sich selber gesagt hätte: Nein, jetzt muss es ein Ende nehmen! Blieb die Kanone stehen. Man fühlte, dass die Entscheidung herannahte. Hinter dieser scheinbaren Unentschlossenheit schien oder war - denn Allen galt das Geschütz für beseelt - ein grässlicher Vorsatz verborgen. Plötzlich stürzte es auf den Artilleristen los. Dieser sprang beiseite und rief ihm ein lachendes »da capo!« nach. Wie um sich zu rächen, rannte das Ungeheuer eine Backbordkanone um und fuhr dann, von der unsichtbaren Schleuder, der es als Stein diente, wieder fortgeschnellt, nach Steuerbord, wo es anstatt des abermals ausweichenden Mannes drei Kanonen niederriss. Dann, wie blind und seiner selbst nicht mehr bewusst, wandte es dem Mann den Rücken, durchmaß die ganze Länge der Batterie, beschädigte die Steven und schlug eine Lücke in die Vorderwand. Der Mann hatte sich neben die Treppe geflüchtet, nicht weit von dem zuschauenden Greis, und hielt seine Notspake bereit. Das schien die Kanone zu merken, und ohne sich die Mühe des Umwendens zu geben, flog sie rücklings mit der Schnelligkeit eines Axthiebs auf den Mann zu, der, eingekeilt in seinen Winkel, verloren war. Die ganze Mannschaft tat einen Schrei. Aber der bisher so unbewegliche alte Passagier, rascher als jene grässlich verkörperte Raschheit selbst, hatte vorstürzend und auf die Gefahr hin, zermalmt zu werden, einen übergebliebenen Ballen falscher Assignate erfasst und vor die Räder der Kanone geschleudert. Diese entscheidende, halsbrecherische Tat mit mehr Sicherheit und Genauigkeit auszuführen, wäre selbst einem solchen nicht gelungen, der mit allen im Buche von Dunosel über »das Exerzieren mit Marinegeschützen« beschriebenen Kunstgriffen vertraut gewesen wäre.

Der Ballen war von durchschlagender Wirkung, wie oft auch ein Kiesel einen Felsblock festhalten oder ein Baumzweig einer Lawine eine andere Richtung geben kann. Die Kanone strauchelte. Der Artillerist seinerseits wusste sofort diesen ungeheuren Vorteil auszubeuten und stemmte seine Eisenstange einem der Hinterräder zwischen die Speichen. Das Geschütz stand still; dann neigte es sich etwas seitwärts. Der Mann benutzte die Stange so lang als Hebel, bis er es ins Schwanken brachte, und endlich, als die schwere Masse mit dem Gedröhne einer herunterfallenden Glocke niedergesunken war, stürzte er blindlings, von Schweiß strömend darüber her, um dem zu Boden geworfenen Scheusal die Schlinge seines Taues um den Hals von Erz zu legen. Es war vorüber. Der Mensch hatte gesiegt, die Ameise gegen den Mastodonten recht behalten, ein Zwerg den Donner zu seinem Gefangenen gemacht.

Die Soldaten und Seeleute klatschten Beifall. Mit Tauen und Ketten eilte die ganze Schiffsmannschaft herbei, und um ein Handumdrehen stand die Kanone wieder an Ort und Stelle.

Der Artillerist sagte salutierend zum Passagier:

– Mein Herr, Ihnen verdanke ich das Leben.

Der Greis aber hatte seine teilnahmslose Haltung wieder angenommen und antwortete mit keiner Silbe.

VI.

Die zwei Wagschalen.

Wohl hatte der Mensch gesiegt, aber dasselbe ließ sich auch von der Kanone behaupten, denn die Gefahr eines unmittelbaren Schiffbruchs war zwar geschwunden, aber die Korvette damit keineswegs gerettet. Die Wirkungen des Unfalls zu beseitigen, schien ein Ding der Unmöglichkeit: An der Schiffsverkleidung zählte man bis zu fünf Lücken, wovon eine sehr beträchtliche beim Bugspriet; zwanzig Kanonen auf dreißig lagen darnieder. Auch das eingefangene, wieder an Ort und Stelle gebrachte Geschütz versagte den Dienst, weil die Knaufschraube verdreht war und man es infolgedessen nicht mehr hätte richten können. Die Batterie war auf neun Stück zusammengeschmolzen. Ein Leck machte sofortige Abhilfe durch die Pumpen notwendig. Das Zwischendeck bot jetzt, da man es betreten durfte, einen grässlichen Anblick. Das Innere eines Käfigs, in dem ein Elefant gewütet, weist keine größere Verwüstung auf.

Wie viel der Korvette auch daran liegen musste, nicht erblickt zu werden, so lag die gebieterische Notwendigkeit der unmittelbaren Rettung doch ungleich näher, und man sah sich gezwungen, zur Beleuchtung des Verdecks an den Brüstungen einige Laternen anzubringen.

Während der ganzen Dauer dieses tragischen Zwischenfalls, wobei die Lebensfrage alles Denken in Anspruch nahm, hatte man sich um die Außenverhältnisse blutwenig gekümmert. Indessen hatte sich der Nebel verdichtet und die Witterung verändert; der Wind war mit dem Schiffe ganz nach Gutdünken umgegangen; die Route war nicht eingehalten worden, und man befand sich nun, von Jersey und Guernesey nicht mehr gedeckt, weiter südlich, als beabsichtigt war. Die See ging höher; mächtige Wellen leckten mit gefahrverkündenden Zungen an den offenen Wunden der Korvette. Das Meer wurde bedrohlich; die Brise artete in Windsbraut aus; es war ein Unwetter, vielleicht auch ein Sturm im Anzug. Über die vierte Woge hinaus konnte man nichts mehr unterscheiden.

Während die Seeleute die Beschädigungen im Zwischendeck, soweit dies vorläufig in aller Eile möglich war, ausbesserten, die Lücken beseitigten und die verschont gebliebenen Geschütze wieder instand setzten, war der alte Passagier wieder auf das Verdeck gestiegen und lehnte am Mittelmast.

Ihm war eine Bewegung, die in der Nähe stattgefunden, ganz entgangen; der Chevalier von La Vieuville hatte nämlich auf beiden Seiten des Mittelmastes die Marinetruppen in Schlachtordnung aufstellen und die in der Takelage beschäftigten Matrosen durch einen grellen Pfiff auf die Raaen kommandieren lassen. Nun trat Graf du Boisberthelot zu dem Passagier hin; hinter ihm her schritt ein Mann in beschmutzten Kleidern, verstört, atemlos, und doch mit einem Ausdruck der Zufriedenheit auf dem Gesicht; es war der Artillerist, der sich zu so gelegener Zeit als Tierbändiger ausgezeichnet und die Kanone bemeistert hatte.

Der Graf salutiert vor dem »Bauern« und sagte:

– Herr General, hier wäre der Mann.

Der Artillerist blieb aufrecht, mit gesenktem Blick in vorschriftsmäßiger Positur stehen.

– Herr General, setzte Graf du Boisberthelot hinzu, sind Sie nicht der Meinung, in Anbetracht dessen, was der Mann soeben geleistet, könnten seine Vorgesetzten schon etwas für ihn tun?

– Der Meinung bin ich.

– Wollen Sie demnach befehlen, antwortete Boisberthelot.

– Befehlen Sie; Sie sind der Kapitän.

– Sie aber der General, antwortete Boisberthelot. Der Greis betrachtete den Mann; dann sprach er:

- Tritt näher.

Hierauf tat der Artillerist einen Schritt vorwärts. Der Greis wendete sich gegen den Grafen du Boisberthelot, nahm das Ludwigskreuz von dessen Brust und heftete es an den Kittel des Kanoniers.

- Hurra! Riefen die Matrosen. Die Marinesoldaten präsentierten das Gewehr. Der Passagier aber fügte, auf den von seinem Glück geblendeten Artilleristen deutend hinzu:

- So, nun führe man ihn zum Tode!

Der Jubel war zur Bestürzung erstarrt. Und mitten in einer Grabesstille erhob der Greis die Stimme und sprach:

- Dieses Schiff ist durch Fahrlässigkeit dem Verderben ausgesetzt worden. Zur Stunde ist es vielleicht verloren. An Bord sein, heißt so viel wie vor dem Feind stehen. Ein Schiff auf hoher See ist ein Heer im Gefecht; der Sturm verbirgt sich zwar, aber er verschwindet nicht; das ganze Meer ist ein einziger Hinterhalt. Pulver und Blei für jedes Vergehen im

Feld! Ein Vergehen lässt sich nie wieder gut machen. Der Mut muss belohnt, der Leichtsinn bestraft werden.

Diese Reden fielen in gleichmäßigen Zwischenräumen, langsam, feierlich, so zu sagen im Takte der Unerbittlichkeit, wie Axthiebe gegen einen Baum. Und der Greis, mit einem Blick auf die Soldaten, befahl:

- Sofort!

Der Mann, an dessen Brust das Ludwigskreuz erglänzte, senkte das Haupt.

Auf ein Zeichen des Grafen du Boisberthelot stiegen zwei Matrosen ins Zwischendeck hinunter und kamen mit einem Leichentuch zurück. Der Schiffsgeistliche, welcher, seitdem in See gestochen worden war, in der Offizierskajüte im Gebet lag, begleitete sie. Ein Sergeant ließ zwölf Mann vor die Front treten, die er je sechs in zwei Reihen ausstellte. Ohne einen Laut von sich zu geben, trat der Kanonier in die Mitte. Der Priester, mit einem Kruzifix in der Hand, verfügte sich an seine Seite.

– Vorwärts Marsch! Kommandiert der Sergeant, und der Zug bewegte sich langsam nach dem Vorderteil des Schiffes: Die beiden Matrosen mit dem Leichentuch folgten. Auf der Korvette herrschte düsteres Schweigen; fern her grollte ein Wetter.

Einige Minuten darauf hallte eine Gewehrsalve einem Blitz folgend hinaus in die Nacht; dann wurde es wieder still, und man vernahm das Geräusch, welches ein schwerer Gegenstand verursacht, der ins Wasser geworfen wird.

Der alte Passagier lehnte noch immer an dem Mittelmast: Er hatte die Arme übereinandergeschlagen und sann über etwas nach. Boisberthelot aber flüsterte, mit dem Zeigefinger hinweisend, dem Chevalier die Worte zu:

- Jetzt hat die Vendée einen Kopf.

VII.

Wer den Anker lichtet, setzt in eine Lotterie.

Was sollte die Korvette ferner noch für Schicksale erleben?

Die Wolken, die im Lauf dieser Nacht den Wellen fortwährend näher gerückt waren, hatten sich schließlich so tief gelegt, dass es keinen Horizont mehr gab und die ganze Meeresfläche, wie mit einem Mantel zugedeckt war. Nebel und nichts als Nebel – unter allen Umständen eine Gefahr, selbst für ein unbeschädigtes Fahrzeug. Und zu dem Nebel gesellte sich noch eine hohle See!

Die Zeit war nicht unbenutzt verstrichen. Man hatte den Tiefgang der Korvette dadurch vermindert, dass man alles hinauswarf, was von den Verwüstungen der Korvette hatte weggeräumt werden können, die unbrauchbaren Geschütze, die zerschlagenen Lafetten, das verbogene oder losgebrochene Fugenwerk, die zertrümmerten Holz- und Eisenteile; man hatte die Stückpfosten geöffnet und die Leichen nebst den zusammengelesenen Gliedmaßen im Segeltuch eingewickelt über ein Brett ins Meer hinuntergleiten lassen.

Mit der See war beinah nicht mehr auszukommen, nicht etwa weil der Sturm in allernächster Zeit loszubrechen drohte – im Gegenteil, der Orkan, den man in der Ferne toben hörte, schien eher nachzulassen und das Unwetter sich gegen Norden verziehen zu wollen; aber der immer noch sehr hohe Wellenschlag wies auf schlechten Grund hin und die starke Brandung konnte der Korvette, die, krank wie sie war, den Erschütterungen nur einen mangelhaften Widerstand entgegenzusetzen vermochte, verhängnisvoll werden. Gacquoil stand am Steuerrad, vor sich hinbrütend.

Gacquoil stand am Steuerrad.

Zum bösen Spiel gute Miene machen, ist bei Seeoffizieren Brauch; darum redete La Vieuville, der für Notlagen ein lustiges Naturell bei der Hand hatte, Meister Gacquoil an:

– Nun, Lotse, da verpufft ja der Sturm. Den Himmel kitzelt's, aber zum Niesen bringt er's nicht. Werden mit einem blauen Auge davonkommen. Wind wird's eben geben, weiter nichts.

Gacquoil antwortete ernsthaft: – Wer den Wind hat, hat auch die Flut.

Weder lustig noch traurig, so hält's der echte Seemann. Die Antwort bedeutete indessen nichts Gutes.

Flut haben heißt bei einem lecken Schiff so viel, wie schnell trinken. Deshalb hatte Gacquoil seinen Ausspruch mit einem leisen Stirnrunzeln gewissermaßen unterstrichen. Vielleicht auch mochten La Vieuvilles scherzhafte, ans Leichtfertige grenzenden Worte zu bald auf die Katastrophe mit der Kanone und dem Kanonier erfolgt sein. Es gibt Dinge, die kein Glück bringen auf hoher See. Das Meer hat seine Geheimnisse; man weiß nie, wie man eigentlich mit ihm daran ist; darum Vorsicht.

La Vieuville fühlte, dass hier doch der Ernst am Platze sei und fragte: – Lotse, wo sind wir jetzt?

– Wir sind in der Hand Gottes, sagte dieser.

Ein Lotse ist ein Machthaber: Man muss ihn immer gewähren lassen, auch im Reden. Reden tun übrigens diese Leute wenig. La Vieuville entfernte sich wieder. Auf die Frage, die er an den Lotsen gestellt hatte, antwortete der Horizont, denn plötzlich wurde das Meer frei. Der Nebel, der auf den Wellen lungerte, war allenthalben geborsten; in blassem Dämmerschein breitete sich das dunkle Durcheinanderwühlen der Wogen unabsehbar aus, und man gewahrte Folgendes: Oben eine feste, deckelförmige Wolkenmasse, die jedoch nicht mehr bis zur See herunterreichte; östlich eine weißliche Helle, das Grauen des Tages, westlich, wo der Mond unterging, einen anderen fahlen Schimmer, sodass am Horizont, zwischen der dunklen Flut und dem dunklen Himmel, zwei dünne, fahle Lichtstreifen einander gegenüberlagen. Von diesen beiden Lichtstreifen hob sich, schwarz, aufrecht, unbeweglich, der Schattenriss von Gegenständen ab: Im Occident am mondbeschienenen Himmel ragten, senkrecht wie keltische Peulvens, drei hochgezackte Felsen; im Orient beim bleichdämmernden Sonnenaufgang in bedrohlich geordneter Reihe, durch gleichmäßige Zwischenräume voneinander getrennt, acht Segel. Die drei Felsen waren ein Riff, die acht Segel ein Geschwader; im Rücken hatte man die berüchtigten Klippen Les Minquiers und vor sich die französischen Kreuzer; gegen Abend den Abgrund, gegen Morgen das Blutbad; man schwamm zwischen einem Schiffbruch und zwischen einer Schlacht. Dem Schiffbruch gegenüber hatte die Korvette einen durchlöcherten Rumpf, schadhaftes Takelwerk, in der Wurzel erschütterte Masten; der Schlacht gegenüber eine Artillerie, von welcher einundzwanzig Kanonen auf dreißig unbrauchbar und von deren Bedienung die besten tot waren.

Der Widerschein der Sonne war sehr matt und man hatte um sich her noch immer die Nacht, vielleicht sogar auf längere Zeit hinaus, wenn sich die Wolken nicht verzogen, die schwer und dicht zusammengeballt wie ein festes Gewölbe anzusehen waren.

Derselbe Wind, der zuvor die Nebel verjagt hatte, trieb nun die Korvette gegen Les Minquiers; gänzlich erschöpft und zerrüttet, gehorchte sie kaum mehr dem Steuer; es war weniger ein Segeln als ein widerstandsloses, flutgepeitschtes Hinrollen. Das schauerliche Riff Les Minquiers war damals noch zackiger als jetzt. Mehrere Türme dieser Hochfeste der Untiefen sind durch die unablässige Zerstückelungsarbeit des Meeres abgetragen worden. Auch die Gestalt der Klippen ist eine veränderliche und es liegt ein Sinn darin, dass der Ausdruck »lame«, womit der Franzose die Meereswelle bezeichnet, zugleich Klinge bedeutet, denn jedes Branden entspricht in der Tat einem Sägeschnitt. Les Minquiers damals berühren, hieß untergehen.

Was das Geschwader anbelangt, so war es dasselbe Geschwader von Cancale, welches seitdem unter jenes Kapitän Duchesnes Führung berühmt wurde, welchen Lequinio den »Père Duchesne« nannte.

Die Lage war mehr als bedenklich. Während des Kampfes mit der Kanone war die Korvette unmerklich von der beabsichtigten Route abgewichen und eher auf Granville als auf Saint-Malo zugefahren. Jetzt hinderte, selbst wenn das Schiff ganz unversehrt geblieben wäre, die Klippe eine Rückkehr nach Jersey und das Geschwader ein Einlaufen in eine französische Bucht.

Im Übrigen blieb der Sturm richtig aus, aber, wie es der Lotse vorausgesagt, die See ging sehr hoch, und wild rollten die Wellen unter den heftigen Windstößen über dem zerklüfteten Grund. Das Meer gibt seine ganze Absicht niemals kund; in seinen Untiefen schlummert alles Mögliche, sogar etwas wie Schikane. Es ließe sich fast behaupten, dass das Meer ein nur ihm allein bekanntes Verfahren beobachtet; es dringt vor und entweicht, macht einen Vorschlag und nimmt ihn zurück, entwirft ein Unwetter, und gibt es wieder auf, verspricht den Untergang, ohne sein Wort zu halten, droht gegen Norden zu, um nach Süden hin den Streich zu führen. So hatte man die ganze Nacht hindurch an Bord des »Claymore«, mitten im Nebel, das Losbrechen des Orkans befürchtet, den das Meer nun widerrufen hatte, widerrufen, aber mit welcher Tücke! Es hatte den Sturm in Aussicht gestellt und machte nun Ernst mit der Klippe. Auch das war Schiffbruch, nur in verschiedener Form. Und als ob zwei Feinde einander in die Hände arbeiten wollten, gesellte sich noch zu der Gefahr des Scheiterns die Gefahr der ungleichen Schlacht. La Vieuville aber bekam sein tapferes Lachen:

– Schiffbruch hier und Treffen dort.. Karambolage müssen wir machen.

VIII.

9 = 380.

Die Korvette war nicht mehr um Vieles besser daran als ein Wrack. Aus dem fahlen hin und widerschwimmenden Zwielicht, aus dem schwarzen Gewölk, aus den unbestimmten Schwankungen am Horizont, aus dem geheimnisvollen Aufschauern der Wellen wehte ein todesfeierlicher Hauch. Den Wind ausgenommen, der feindselig das Fahrzeug umbrauste, war alles still. In stummer Majestät entstieg die letzte Stunde ihrer Nacht. Man fühlte sich eher einer Vision als einem Angriff gegenüber. Nichts regte sich auf den Klippen und drüben auf den Schiffen nichts. Allenthalben ein ungeheures Schweigen. War man noch in der Wirklichkeit oder schwebte ein Traumbild über den Wassern? Es gibt Schifferlegenden, die von derartigen Erscheinungen berichten: Die Korvette war wie hingezaubert zwischen den Kraken und die Gespensterflotte.

Graf du Boisberthelot erteilte dem Chevalier halblaut einige Befehle, mit welchen sich dieser ins Zwischendeck begab; dann ergriff er sein Fernrohr und trat zu Gacquoil hin, der, immer noch am Steuerrad, alles aufbot, um die Korvette in der Richtung des Wellenschlags zu erhalten, denn wenn Wind und See sie von der Seite fassten, war sie rettungslos verloren.

– Lotse, sagte der Kapitän, wo sind wir?

– Auf Les Minquiers.

– Auf welcher Seite?

– Auf der schlimmen.

– Der Grund?

– Lauter Felsen.

– Können wir uns vor Anker legen?

– Sterben kann man immer, antwortete der Lotse.

Der Kapitän richtete das Glas nach Westen und untersuchte das Riff; dann wendete er sich nach Osten nach den Schiffen, die dort in Sicht waren. Wie mit sich selber redend, fuhr Gacquoil fort:

– Les Minquiers. Die lustige Möve ruht darauf aus, wenn sie aus Holland vorbeikommt und die große Seemöve mit den schwarz umränderten Flügeln.

Der Kapitän hatte die Schiffe gezählt. Es waren ihrer in der Tat acht, die, in ganz korrekter Ordnung ihr kriegerisches Profil über dem Wasserspiegel zeigten. In der Mitte konnte man die hohe Gestalt eines Dreideckers unterscheiden.

– Kennen Sie die Segel? Fragte der Kapitän den Lotsen.

– Gewiss! Antwortete Gacquoil.

– Nun?

– Es ist das Geschwader.

– Das französische Geschwader?

– Das Geschwader des Teufels. Es entstand eine Pause.

– Vollzählig? Hob du Boisberthelot wieder an.

– Nein.

Jetzt erinnerte sich der Kapitän, dass ja dem durch Valazé dem Nationalkonvent am 2. April erstatteten Bericht zufolge, zehn Fregatten und sechs Linienschiffe im Kanal kreuzten.

In der Tat, sagte er, es könnten ihrer sechszehn sein, und dort sind ihrer nur acht.

– Die übrigen, bemerkte Gacquoil, lungern weiter drüben herum, die ganze Küste entlang, und spionieren.

– Ein Dreidecker, zwei Fregatten ersten Ranges, fünf Fregatten zweiten Ranges, murmelte der Kapitän, während er durch das Fernrohr schaute, vor sich hin.

– Aber auch ich habe spioniert, murrte Gacquoil in den Bart hinein.

– Schönes Material, sagte der Kapitän. Habe auf jedem seiner Zeit ein Weilchen kommandiert.

– Ich habe sie mir in der Nähe angesehen, meinte Gacquoil. Ich verwechsle keins mit dem anderen; habe ihre Personalbeschreibung im Hirnschädel drin. Der Kapitän trat nun sein Fernrohr an Gacquoil ab:

– Lotse, unterscheiden Sie das Linienschiff genau?

– Ja, Herr Kapitän, es ist der Dreidecker »La Côte d'Or«.

– Den sie umgetauft haben, bemerkte der Kapitän. Früher hieß er: »Les Etats de Bourgogne«. Neues Schiff. Hundertachtundzwanzig Kanonen.

Er nahm ein Notizbuch und einen Bleistift aus der Tasche und schrieb die Zahl 128 auf. Dann fragte er weiter:

- Lotse, wie heißt das erste Segel an Backbord?

- »L 'Expérimentée«.

- Fregatte ersten Ranges. Zweiundfünfzig Kanonen. Wurde vor zwei Monaten in Brest ausgerüstet. Und der Kapitän notierte abermals: 52.

- Lotse, fuhr er fort, wie heißt das zweite Segel an Backbord?

- »La Dryade«.

- Fregatte ersten Ranges. Vierzig Achtzehnpfünder. War in Indien, hat eine schöne militärische Laufbahn hinter sich. Und er schrieb unter die Zahl 52 die Zahl 40; dann blickte er wieder auf:

- Und an Steuerbord?

- Lauter Fregatten zweiten Ranges, Herr Kapitän. Es sind ihrer fünfe.

- Wie heißt die nächste beim Dreidecker?

- »La Résolue«.

- Zweiunddreißig Achtzehnpfünder. Und die zweite?

- »La Richemont«.

- Desgleichen. Weiter.

- »L'Athée«.

- Kurioser Name das, um in See zu stechen. Weiter.

- »La Calypso«.

- Weiter.

- »La Preneuse«.

- Fünf Fregatten von je zweiunddreißig. Und der Kapitän schrieb unter die vorhergehenden Zahlen: 160.

- Lotse, sagte er dann. Sie erkennen sie doch genau?

- Und Sie, erwiderte Gacquoil, Sie *kennen* sie genau, Herr Kapitän. Das Erkennen hat schon etwas für sich, aber das Kennen ist mehr wert.

Der Kapitän, mit seinem Notizbuch beschäftigt, addierte zwischen den Zähnen: Hundertachtundzwanzig, zweiundfünfzig, vierzig, hundertundsechzig. In diesem Augenblick betrat La Vieuville wieder das Verdeck.

- Chevalier, rief ihm der Kapitän entgegen, wir haben dreihundertundachtzig Geschütze vor uns.

- Gut, sagte La Vieuville.

- Sie kommen von der Inspektion, La Vieuville: Wie viel Geschütze bleiben uns schließlich übrig?

- Neun.

- Gut, sagte nun auch Boisberthelot.

Er nahm das Fernrohr dem Lotsen aus der Hand und richtete es wieder nach dem Horizont. Die acht Schiffe, stumm und schwarz, schienen sich nicht zu rühren; nur wurden sie allmählich größer: Sie rückten langsam näher.

La Vieuville machte die Honneurs und sagte:

- Herr Kapitän, ich habe dieser Korvette »Claymore« von vornherein nicht getraut. Es ist immer fatal, urplötzlich an Bord eines Fahrzeugs zu kommen, das einem weder bekannt noch vertraut ist. Ein englisches Schiff, wenn auch Franzosen es führen, das tut nicht gut. Die verdammte Kanone war uns ein Beweis dafür. Ich melde gehorsamst, dass ich die Inspektion vorgenommen habe: Anker trefflich, nicht Roheisen, geschweißtes Stabeisen, starke Flügel. Taue vorzüglich, handlich, von vorschriftsmäßiger Länge, hundertundzwanzig Faden. Reichliche Munition. Sechs Tote. Jedes Geschütz kann hunderteinundsiebzig Mal feuern.

- Weil es nur noch ihrer neun sind, murmelte der Kapitän vor sich hin, indem er wieder das Fernrohr über den Horizont schweifen ließ. Langsam aber stetig rückte das Geschwader heran.

Die Geschütze des »Claymore«, Caronaden genannt, hatten zwar das für sich, dass sie bloß drei Mann Bedienung erforderten, hatten aber hinwieder gegen sich, dass sie weniger weit und sicher trafen als die gewöhnlichen Kanonen; deshalb musste man das Geschwader um so viel näher rücken lassen.

Der Kapitän erteilte seine Befehle mit leiser Stimme. Lautlose Stille herrschte am Bord. Das Verdeck wurde ohne das übliche Glockensignal zum Gefecht klar gemacht. Dem Feinde gegenüber war die Korvette ebenso kampfunfähig wie den Wellen. Man verwertete die wenigen noch verfügbaren Verteidigungsmittel so gut es eben ging; trug auf den Laufplanken und auf dem Back das zur Wiederherstellung der Takelage etwa erforderliche Tau- und Takelwerk zusammen und richtete die Verbandstelle her.

Nach dem damaligen Brauch wurde die Schanzverkleidung auf Deck vorgespannt, was zwar gegen das Gewehrfeuer, nicht aber gegen die Artillerie Schutz gewährte. Man schaffte die Kugelmaße herbei, trotzdem zu der Prüfung der Kaliber die Zeit kaum mehr hinreichte. Hatte doch niemand so mannigfaltige Zwischenfälle vorhersehen können. Jeder Matrose bekam eine Patronentasche und steckte ein Paar Pistolen und ein Dolchmesser in den Gürtel. Die Hängematten wurden zusammengelegt, die Geschütze gerichtet, die Musketen, die Enterbeile und Haken bereitgehalten, die Stückpatronen und Kugeln verteilt, die Pulverkammer geöffnet. Jeder trat an seinen Posten, und das alles in düsterer Eile, mit dem Schweigen, das im Gemach eines Sterbenden herrscht.

Und nun ankerte die Korvette. Sie hatte sechs Anker wie die Fregatten; man warf sie alle sechs, vorn den Tagsanker, über das Heck den schweren Werfanker, den Leichtern der See, den Raumanker der Klippenseite zu, an Steuerbord vorn den Teyanker und den Pflichtanker an Backbord.

Die am Leben gebliebenen Geschütze wurden alle neun auf einer Seite dem Feinde zu in Batterie aufgepflanzt.

Die acht Schiffe hatten indessen, ebenso schweigsam, ihre Gefechtsstellung eingenommen, und segelten jetzt in einem Halbkreis heran, von dem les Minquiers die Sehne bildeten. In diesem Halbkreis gefangen und übrigens schon durch seine Anker festgehalten, lehnte sich der »Claymore« an les Minquiers, das heißt an den Schiffbruch an. Man hätte ihn mit einem von der Meute umringten Eber vergleichen können; nur kläfften die Verfolger nicht, sondern zeigten stumm die Zähne. Jeder Teil schien auf den Andern zu warten.

Die Kanoniere des »Claymore« standen mit der Lunte in der Hand bereit.

Boisberthelot sagte zu La Vieuville:

– Den ersten Schuss möchte ich mir nicht nehmen lassen! Und La Vieuville antwortete:

– Wer für etwas stirbt, darf sich das Bischen Koketterie schon erlauben.

IX.

Einer entkommt.

Der Passagier hatte das Verdeck nicht verlassen; ohne eine Miene zu verziehen, schaute er zu.

– Herr General, sagte Boisberthelot, der vor ihn hingetreten war, wir sind nunmehr festgeklammert an unser Grab und werden es auch nicht fahren lassen. Eingekeilt zwischen Feind und Riff, bleibt uns außer der Gefangenschaft oder dem Schiffbruch nur eine Wahl, der Schlachtentod. Kämpfen ist noch besser als Scheitern; lieber als ich ertrinke, lass ich mich zusammenschießen; im Feuer stirbt sich's schöner als im Wasser. Dieses Sterben haben jedoch nur wir Kleinen zu besorgen, nicht aber Sie mit uns. Sie sind der Bevollmächtigte des Prinzen, sind zu einer großen Sendung auserwählt, zum Oberbefehl über unsere Truppen in der Vendée. Wenn Sie fallen, fällt vielleicht die monarchische Fahne; also müssen Sie leben, und wie unsere Pflicht erheischt, dass wir hier ausharren, so erheischt die Ihrige, dass Sie sich retten; deshalb, Herr General, werden Sie das Schiff verlassen. Ich stelle Ihnen ein Boot und einen Ruderer zur Verfügung; auf Umwegen die Küste zu erreichen, ist nicht unmöglich; es ist noch nicht Tag; die Wellen gehen hoch; auf dem Meer ist es noch dunkel; Sie werden entkommen. Unter gewissen Umständen heißt Flucht nicht mehr Flucht, sondern Sieg.

Der Greis gab durch ein langsames Senken seines strengen Hauptes seine Zustimmung zu erkennen, und Boisberthelot rief mit lauter Stimme:

- Soldaten und Matrosen! ...

Sofort ließ vom Steuer bis zum Bugspriet jeder von seiner Beschäftigung ab und schaute nach dem Kapitän, welcher also fortfuhr:

- Der Mann, der sich hier unter uns befindet, ist der Vertreter Seiner Majestät des Königs. Er ward unserer Obhut anvertraut; wir müssen ihn unserer Sache erhalten. Die Krone Frankreichs bedarf seiner. In Ermangelung eines unserer Prinzen wird, wir hoffen es wenigstens, er das Oberhaupt der Vendée sein. Er ist ein großer Führer im Feld. Mit uns sollte er in Frankreich landen; jetzt muss er es ohne uns versuchen. Wenn der Führer gerettet wird, so ist auch die Sache gerettet.

- Ja! Ja! Ertönte es von allen Seiten. Und der Kapitän sprach weiter:

- Auch er wird ernstliche Gefahren bestehen müssen. Das Ufer zu erreichen, ist nichts weniger als leicht. Um der hohen See zu trotzen, wäre ein großes Boot nötig; er aber muss ein kleines nehmen, damit ihn die Kreuzer nicht bemerken. Die Aufgabe besteht darin, an irgendeiner entlegenen Stelle zu landen, womöglich näher bei Fougères als bei Coutances; gewachsen ist dieser Aufgabe nur ein vielerfahrener Seemann, ein unermüdlicher Ruderer, der auf jener Küste geboren und mit ihren kleinsten Einzelheiten vertraut ist. Es ist jetzt gerade noch so weit dunkel, dass das Boot die Korvette verlassen kann, ohne entdeckt zu werden, umso mehr als der Pulverdampf mit Nächstem das Seinige beitragen wird. Mit einem kleinen Boot lässt sich schon, eben weil es klein ist, über die versteckten Klippen hinwegkommen; wo der Panther stecken bleibt, schlüpft das Wiesel durch. Für uns gibt es kein Entrinnen, wohl aber für ihn. Das Boot wird sich mit voller Ruderkraft entfernen und dem Feind unsichtbar bleiben, dem wir übrigens, wie gesagt, unterdessen Stoff genug zur Unterhaltung geben werden - nicht wahr?

- Ja! Ja! Stimmte alles ein. - Jede Minute ist kostbar, schloss der Kapitän. Wer meldet sich?

- Ich, sprach eine Stimme, und ein Matrose trat in der Dunkelheit vor die Front.

X.

Entkommt er wirklich?

Einige Minuten später stieß die kleine Kapitänsjolle vom Schiff ab. Es saßen zwei Männer darin: vorn der Matrose, der sich gemeldet hatte, hinten der Passagier. Es war immer noch ganz finster. Der Matrose ruderte, wie Boisberthelot befohlen hatte, mit aller Gewalt auf les Minquiers los. Einen andern Ausweg gab es ja nicht.

Am Boden der Jolle lagen Mundvorräte, ein Sack voll Zwieback, eine geräucherte Zunge und ein Fässchen Wasser.

Im Augenblick, wo die Zwei sich entfernten, lehnte sich La Vieuville, im Tode noch ein unverdrossener Spötter, über den Hintersteven der Korvette hinunter und rief der Jolle seinen Abschiedsgruß nach:

- Famos zum Fliehen, unschätzbar zum Ertrinken.

- Herr, sagte der Lotse, lassen wir den Scherz beiseite.

Das Boot war hurtig abgestoßen, und hatte bald eine ziemlich bedeutende Strecke zurückgelegt. Wind und Wellen halfen dem Ruderer nach, und immer rascher schaukelte, hinter den hohen Wellen den Blicken entrückt, das kleine Boot im Zwielicht von dannen.

Auf dem Meer lag es wie düstere Erwartung: Da, plötzlich, durch das gedehnte, ungestüm geschäftige Schweigen des Elements, brach eine Stimme, die, verstärkt durch das Sprachrohr wie durch den ehernen Mund an der Maske der griechischen Tragödie, beinah übermenschlich klang. Es war Kapitän du Boisberthelots Stimme:

- Leute des Königs, donnerte er, nagelt die Lilienflagge an den großen Mast. Unsere letzte Sonne geht auf.

Und die Korvette löste eines seiner Geschütze.

- Es lebe der König! Rief die Mannschaft.

Drüben vom Horizont her ertönte ein anderer, mächtiger, in der Ferne verhallender und dennoch deutlich vernehmbarer Ruf:

– Es lebe die Republik!

Und ein Lärm, wie von dreihundert Donnerschlägen rollte über die See.

Der Kampf begann. Das Meer verhüllte sich in Dampf und Blitze. Von allen Seiten bohrten sich die Gischtstrahlen, die unter den einschlagenden Kugeln aufspringen, in die Wogen. Der »Claymore« spie seine Flammen nach den acht Schiffen aus, und diese beschossen aus ihrer Halbmondstellung mit allen Batterien die Korvette. Der Horizont leuchtete feuerrot; ein Vulkan schien dem Meer entstiegen zu sein, und der Wind zerrte diesen ungeheuren Schlachtenpurpur hin und her, in welchem die Schiffe geisterhaft auftauchten und wieder schwanden, und von dem die Korvette wie ein schwarzes Skelett vom brennenden Hintergrund sich abhob. Hoch in den Lüften vom Mittelmast des »Claymore« sahen die zwei Männer in der Jolle noch die Lilienflagge wehen. Sie schwiegen beide.

Das dreieckige Riff les Minquiers, eine kleine unterseeische Trinacria, hat einen weiteren Umfang als die ganze Insel Jersey. Das Plateau, zu dem es sich emporgipfelt, überragt die Wasserfläche bei der höchsten Flut; nordöstlich davon erheben sich in einer Reihe sechs mächtige Felsblöcke, die einer stellenweise eingesunkenen großen Mauer gleichen. Hindurchfahren kann zwischen dem Plateau und den sechs Klippen nur ein Boot mit sehr schwachem Tiefgang. In diesen Kanal, der in die offene See mündet, lenkte der Matrose, der sich zur Rettung des Passagiers erboten hatte, jetzt ein. Auf diese Art schoben sich les Minquiers allmählich zwischen die Schlacht und die Jolle; rechts und links den dichtgegenüberstehenden Felsen ausweichend, schlängelte diese sich mit Gewandtheit weiter. Schon war hinter dem Riff der Kampfplatz verschwunden, und schon begannen die Röte am Horizont und das wilde Getöse der Kanonade in Folge der zunehmenden Entfernung abzunehmen; aber aus der Hartnäckigkeit des Feuers ließ sich schließen, dass die Korvette tapfer ausharrte und ihre hunderteinundneunzig Salven bis auf die letzte abgeben wollte. Über ein Kurzes hatte das Boot Schlacht und Klippe im Rücken und befand sich längst außer Tragweite eines Geschosses auf offener See. Nach und nach hellten sich die äußern Umrisse des Meeres auf, die unmittelbar im Dunkel wieder verschwimmenden Lichtpunkte breiteten sich aus; die quirlenden Schaumkämme brachen in

Strahlenbüschel auseinander und ein weißer Schimmer wiegte sich auf der Halbfläche der Wogen. Es wurde Tag.

Dem Feind war das Boot zwar entronnen, doch das Schwierigste war noch nicht überstanden: Man hatte keine Kugel mehr, aber immerhin den Schiffbruch zu gewärtigen, auf wilder See, in dieser schwindend kleinen Nussschale ohne Deck, ohne Segel, ohne Mast, ohne Kompass, in einem Atom, dem nichts zu Gebote stand als zwei Ruder, um den zwei Riesen Ozean und Orkan zu entfliehen.

Und nun, inmitten dieser unendlichen Einsamkeit, sein Antlitz erhebend, blass gefärbt vom fahlen Widerschein des Morgens, starrte der Mann, welcher vorn in der Jolle saß, dem Manne, der ihm gegenübersaß, in die Augen und sagte zu ihm:

– Ich bin der Bruder von dem, der auf Ihren Befehl erschossen wurde.

Drittes Buch.

Halmalo.

I.

Und der Geist war im Wort.

Nun erhob auch der Greis langsam das Haupt.

Der Mann, der zu ihm gesprochen, war ungefähr dreißig Jahre alt. Seine Stirn war von der Seeluft gebräunt; in eigentümlicher Mischung schaute in ihm der Scharfblick des Matrosen aus den treuherzigen Augen des Bauern. Wuchtig hielt er die Ruder in seinen beiden Fäusten fest. Er hatte etwas Kindliches. Im Gürtel trug er ein Dolchmesser, zwei Pistolen und einen Rosenkranz.

– Wer sind Sie? Fragte der Greis. – Sie haben es gehört.

– Und was wollen Sie von mir?

Der Mann ließ die Ruder los, kreuzte die Arme und sagte:

– Sie umbringen.

– Sie können es, sagte der Greis.

– Halten Sie sich bereit, sprach der Mann mit erhobener Stimme.

– Bereit wozu?

– Zu sterben.

– Warum? Fragte der Greis.

Es entstand eine Pause. Der Mann schien ein paar Augenblicke über die Frage zu staunen. Dann erwiderte er:

- Sie haben's gehört: Ich will Sie umbringen.

- Und ich frage Sie, warum?

In den Augen des Matrosen erglänzte ein flüchtiger Blitz:

- Weil Sie meinen Bruder umgebracht haben.

Der Greis entgegnete ruhig: Nachdem ich ihm zuvor das Leben gerettet.

- Das ist wahr; Sie haben ihn zuerst gerettet und dann umgebracht.

- Nicht ich.

- Wer denn sonst?

- Seine Schuld.

Mit noch größerem Staunen als zuvor sah der Matrose den Greis an; aber bald darauf zog sich seine Stirne wieder in drohende Falten zusammen.

- Wie heißen Sie? Fragte der Greis.

- Ich heiße Halmalo, doch meinen Namen brauchen Sie nicht zu wissen, um von mir umgebracht zu werden.

In diesem Augenblick ging die Sonne auf. Ein heller Strahl fiel auf den Matrosen und leuchtete ihm ins trotzige Gesicht. Forschend betrachtete ihn der Greis. Das Geschützfeuer grollte noch immer aus der Ferne, aber mit Unterbrechungen und stoßweise wie in letzten Zuckungen. Über den Horizont senkte sich eine dichte Dampfwolke. Das Boot trieb, von keinem Ruderer mehr gelenkt, willenlos ins Weite. Der Matrose zog mit der rechten Hand eine seiner Pistolen und mit der Linken seinen Rosenkranz aus dem Gürtel. Aufstehend, hoch emporgerichtet fragte der Greis:

- Glaubst du an einen Gott?

- Unseren Vater im Himmel, versetzte der Matrose und schlug ein Kreuz.

- Hast du deine Mutter noch?

- Ja. Und er bekreuzte sich nochmals. Dann sagte er:

- Es muss sein. Ich schenke Ihnen nur noch eine Minute, gnädiger Herr. Und er schob den Hahn an seinem Pistol zurück.

Es muss sein, ich schenke Ihnen nur noch eine Minute, gnädiger Herr!

– Warum hast du »gnädiger Herr« zu mir gesagt?

– Weil Sie ein Herr sind; das sieht man Ihnen an.

– Hast du einen Herrn?

– Ja, und einen Großen. Einen Herrn muss doch jeder haben.

– Wo ist er, dein Herr?

– Das weiß ich nicht. Fort. Er heißt der Herr Marquis von Lantenac; er ist auch noch Vikomte von Fontenay und Fürst und Herr von Sept-Forêts. Gesehen habe ich ihn zwar nie, aber deshalb bleibt er nicht minder mein Herr.

– Und wenn du ihn sähest, würdest du ihm wohl gehorchen?

– Sicherlich. Wär ich doch ein Heide, wenn ich ihm nicht gehorchen wollte! Zuerst ist man Gott Gehorsam schuldig, dann dem König, weil er Gott am nächsten steht, und dann dem Herrn, weil er dem König am nächsten steht. Aber davon ist jetzt die Rede nicht: Sie haben meinen Bruder umgebracht und darum müssen jetzt auch Sie umgebracht werden.

- Dass ich ihn umgebracht habe, antwortete der Greis, daran tat ich recht.

Der Matrose presste die Finger krampfhaft um sein Pistol und sagte:

- Machen wir ein Ende.

- Meinetwegen, erwiderte der Greis, und setzte ruhig hinzu:

- Wo ist der Priester?

Der Matrose sah ihn fragend an:

- Der Priester?

- Ja wohl, der Priester. Deinen Bruder habe ich nicht ohne Beichte sterben lassen; den Priester bist du mir schuldig.

- Ja, wenn ich ihn hätte, entgegnete der Matrose, und fuhr dann fort:

- Als ob man hier auf offener See einen Priester holen könnte! Immer dumpfer ertönte der konvulsivische Geschützdonner des fernen Todeskampfes.

- Die, welche dort drüben sterben, haben einen, sagte der Greis.

- Schon wahr, murmelte der Matrose. Sie haben den Herrn Schiffsprediger.

Der Greis fuhr fort:

- Du vergreifst dich am Heil meiner Seele, und das fällt schwer ins Gewicht. Der Matrose schaute sinnend vor sich nieder.

- Und mit meinem Seelenheil, sagte der Greis, vernichtest du zugleich auch dein eigenes. Höre mich an: Du dauerst mich. Nachher kannst du's ja noch immer halten, wie du willst. Ich habe der Pflicht die Ehre gegeben, sowohl, als ich vorhin deinem Bruder das Leben rettete, wie auch als ich es ihm wieder nahm, und jetzt gebe ich abermals der Pflicht die Ehre, wenn ich versuche, dir dein Seelenheil zu retten. Gilb wohl Acht; was ich sagen werde, bezieht sich unmittelbar auf dich. Hörst du die Kanonenschüsse dort drüben? In diesem Augenblicke sterben dort Männer, röcheln Verzweifelnde, Gatten, die ihre Frauen, Väter, die ihr Kind, Brüder, die, wie du, ihren Bruder nicht mehr wiedersehen werden. Und das alles durch wessen Schuld? Durch deines Bruders. Du glaubst an einen Gott, nicht wahr? Aber dann musst du auch wissen, dass in diesem Augenblick Gott leidet in seinem allerchristlichsten Sohn, dem König von Frankreich, der ein Kind ist gerade wie das Jesuskind, und den sie in den Thurm des Temple gesperrt haben; dass Gott leidet, soweit die ganze Bretagne reicht, in seiner Kirche, leidet in seinen geschändeten Kathedralen, leidet in seinen zerrissenen heiligen Büchern, leidet in seinen entweihten Andachtsstätten, leidet in seinen hingemordeten Dienern. Warum haben wir uns eingeschifft allesamt auf jenem Wrack, das jetzt eben untergeht? Nur um Gott zu Hilfe zu eilen. Wenn dein Bruder ein treuer Knecht gewesen wäre, wenn er mit Klugheit, Eifer und Ernst seine Pflicht erfüllt hätte, dann wäre das Unglück mit dem Geschütz unterblieben, dann wäre die Korvette nicht beschädigt worden, wäre nicht von ihrem Kurs abgewichen, wäre nicht jenen gottvergessenen Kreuzern in die Hände gefallen, und wir, wir würden alle, jetzt zur Stunde, als tapfere Kriegs- und Seeleute an der heimatlichen Küste landen, den Säbel in der Faust, mit fliegender Lilienfahne, stark an Zahl und stark an frischer Freudigkeit, und würden den wackeren Bauern der Vendée das Vaterland retten helfen, den König retten helfen, Gott retten helfen. Das wollten wir tun; das würden wir tun; das soll ich, der einzig Überlebende, noch immer tun. Aber du, du verhinderst es. In diesem Kampf der Gottlosen gegen die Priester, der Königsmörder gegen den König, des Höllenfürsten gegen Gott ergreifst du die Partei des Höllenfürsten. Dein Bruder war sein erster Helfershelfer; der zweite bist du. Was er begonnen, das führst du zu Ende. Du stehst den Königsmördern bei gegen den Thron, stehst den Gottlosen bei gegen die Kirche, nimmst Gott die letzte Hilfe weg in der Not. Weil ich nicht da sein werde an des Königs Stelle, müssen die Dörfer weiterbrennen, die Weiber weiterweinen, die Priester weiterbluten, muss die Bretagne weiterleiden, der König seine Ketten weitertragen und unser Heiland weiterwanken gen Golgatha in Schmach und Schmerzen. Und wer wird das alles auf dem Gewissen haben? Du. Nun, du hast ja die freie Wahl. Ich durfte zwar von dir gerade das Gegenteil erwarten; etwas Täuschung, und ja! Im Grunde hast du ganz recht: Habe ich nicht deinen Bruder erschießen lassen? Dein Bruder ist mutig gewesen: Ich habe ihn belohnt; er ist schuldig gewesen, und ich habe ihn bestraft. Er hat sich an seiner Pflicht versündigt, ich nicht, und was ich tat, das würde ich wieder tun, und, das schwöre ich dir bei unserer hochheiligen Anna von Auray, die uns in die Herzen schaut: Gerade wie ich deinen Bruder erschießen ließ, hätte ich im gleichen Fall meinen leiblichen Sohn erschießen lassen. Jetzt handle nach Gutdünken, aber ich bedaure dich. Du hast deinen Kapitän angelogen; du willst ein Christ sein und bist ohne Treu und Glauben; du willst ein Bretone sein und hast keine Ehre im Leibe; deiner Redlichkeit bin ich anvertraut worden; dein Verrat hat ja dazu gesagt, und nun wirfst du Allen, denen du gelobt hast, mich zu retten, meinen Kopf vor die Füße. Weißt du auch, wen du dabei strafst? Dich! Du raubst dem König mein Leben und schenkst dafür deine Seele der Hölle. Aber lass dich nicht abhalten, begehe nur dein Verbrechen, tu's! Dein Anteil an der ewigen Seligkeit ist dir feil und wertlos

– gut. Dir also wird es zuzuschreiben sein, dass der Satan siegen wird, dir, dass die Heiden die Kirchen niederreißen, dir, dass sie fortfahren werden, die Glocken zu Kanonen umzugießen, um dann zu töten mit dem, was den Seelen einst das Leben geben half. Jetzt, im Augenblick, da ich zu dir spreche, wird deine Mutter vielleicht zerrissen durch die Glocke, die deine Taufe eingeläutet hat. Aber geh, hilf nur dem bösen Feind, tu's nur. Ja, ich habe deinen Bruder verurteilt, doch wisse, dass ich ein Werkzeug bin, des Allmächtigen. Du aber wirfst dich zum Richter auf über die Maßregeln Gottes – was? Du wirst nun wohl ins Gericht gehen mit dem Blitz des Himmels? Unglückseliger, du wirst gerichtet werden durch ihn. Bedenke wohl, was du tust. Weißt du auch nur, ob ich frei von jeglicher Todsünde aus der Welt gehe? Nein. Aber kehre dich daran nicht und führe deinen Vorsatz nur aus! Es steht dir vollkommen frei, mich der Hölle in den Rachen zu schleudern und dich selber mit. Unser beider Verdammnis liegt in deiner Hand. Die Verantwortlichkeit dafür trifft aber vor Gott nur dich. Wir sind allein, und ringsum gähnt der Abgrund. Vorwärts! Mach ein Ende! Vollbring's! Ich bin ja alt, und du bist jung, ich bin wehrlos und du in Waffen. Losgedrückt! Feuer!

Während der Greis, hochaufrecht und mit einer Stimme, die das Rauschen der Wogen gewaltig übertönte, also sprach, ließen ihn die Schwankungen der Wellen einmal im Dunkeln, dann wieder im Sonnenlicht erscheinen. Der Matrose war kreideweiß geworden; große Schweißtropfen perlten ihm von der Stirn; er zitterte wie das Blatt im Wind; zuweilen führte er den Rosenkranz an seine Lippen. Als der Greis zu sprechen aufhörte, warf er sein Pistol hin und fiel nieder auf die Knie:

– Seien Sie barmherzig, gnädiger Herr! Rief er ihn an, verzeihen Sie mir! Aus Ihnen redet der liebe Gott. Ich habe mich versündigt, und mein Bruder hat sich versündigt. Alles will ich tun, um wieder gut zu machen, was er verbrach. Machen Sie aus mir, was Ihnen beliebt. Befehlen Sie, und ich gehorche.

– Ich erbarme mich deiner, sagte der Greis.

II.

Bauerngedächtnis kann ebenso nützlich sein wie Feldherrntalent.

Die mitgenommenen Vorräte kamen den beiden Flüchtlingen sehr zustatten, denn, auf vielfache Umwege angewiesen, brauchten sie volle sechsunddreißig Stunden, bis sie die Küste erreichten. Sie verbrachten die nächstfolgende Nacht auf hoher See, aber es war eine schöne Nacht, nur etwas zu mondhell für Leute, die ungesehen bleiben wollen.

Zu Anfang mussten sie sich von Frankreich wieder etwas entfernen, wieder gegen Jersey zu. So kam's, dass sie die letzte Geschützsalve der niedergedonnerten Korvette noch hörten, das letzte Gebrüll eines tödlich getroffenen Löwen. Nun trat eine große Stille ein.

Diese Korvette »Claymore« endete in ähnlicher Weise wie der »Vengeur«; aber für sie blieb der Nachruhm aus. Der Kampf gegen das Vaterland lässt kein anerkanntes Heldentum aufkommen.

Halmalo war geradezu überraschend: Er verrichtete wahre Wunder seemännischen Geschicks und Scharfsinns. Diese aus dem Stegreif entworfene Fahrt durch die Klippen, die Wellenschläge und das Auflauern des Feindes war eine Musterleistung.

Nun hatte der Wind nachgelassen, und die See war fügsamer geworden, Halmalo wich vor les Caux des Minquiers aus, beschrieb einen Halbkreis um la Chaussée aux Boeufs und rastete einige Stunden in dem kleinen Schlupfhafen aus, der sich dort an der Nordseite zur Ebbezeit vorfindet; dann stahl er sich, den Kurs wieder nach Süden nehmend, zwischen Granville und den Chausey-Inseln durch, ohne von den beiden Wachtposten von Chausey und von Granville bemerkt zu werden, und lief in die Bucht von Saint-Michel ein, ein kühnes Unterfangen, wenn man die geringe Entfernung von Cancale in Betracht zieht, wo die Kreuzer einen Ankerplatz hatten. Am zweiten Tag abends, etwa eine Stunde nach Sonnenuntergang, landete er, den Mont Saint-Michel im Rücken, an einer Stelle des Strandes, wo sich gewöhnlich niemand hinwagt, weil dort immer ein Auffahren im Sande zu befürchten steht.

Glücklicherweise hatten sie gerade hohe See. Halmalo trieb das Boot mit einem möglichst kräftigen Ruck ans Land, befühlte die Sandfläche, tat dann, als er sie hinlänglich fest befunden, einen Sprung aus der Jolle und zog sie ans Ufer.

Der Greis folgte nach und suchte sich genau zu orientieren.

– Gnädiger Herr, sagte Halmalo, wir sind hier beim Ausfluss des Couesnon und haben an Steuerbord Beauvoir und Huisnes an Backbord. Geradeaus sehen Sie den Kirchturm von Ardevon.

Der Greis bückte sich und nahm ein Stück Zwieback aus dem Boot; dann sagte er zu Halmalo:

– Nimm du den Rest.

Halmalo legte, was von der Ochsenzunge übrig war, zu dem Zwieback, lud den Sack auf die Schulter und fragte:

– Soll ich den gnädigen Herrn führen oder soll ich ihm folgen?

- Keins von beiden.

Halmalo schaute den Greis verwundert an, und dieser fuhr fort:

- Wir werden uns trennen, Halmalo. Selbzweit gehen taugt nicht. Entweder zu Tausend oder jeder für sich allein. Und sich unterbrechend, zog er aus einer seiner Taschen eine grünseidene Schleife, die beinah die Form einer Kokarde hatte und in deren Mitte eine goldene Lilie gestickt war.

- Kannst du lesen? Begann er nun wieder.

- Nein.

- Schon recht; das Lesen tut nicht gut. Hast du ein scharfes Gedächtnis?

- Ja.

- Schön. Und jetzt merke wohl auf, Halmalo: Du wirst rechts gehen und ich links, ich gegen Fougères zu, du gegen Bazouges. Den Sack behältst du bei dir; er gibt dir das Aussehen eines Bauern. Deine Waffen verstecke. Schneide dir einen Stock, krieche über die Äcker - der Roggen steht ja hoch -, schleiche die Hecken entlang, steige über die Pfahlzäune, um ins Freie zu kommen, meide Menschen, Wege und Brücken, halte dich in gehöriger Entfernung von Portorson ... Ach so! Du musst ja über den Couesnon; wie willst du hinüberkommen?

- Durchschwimmen.

- Gut; es gibt übrigens eine Furt; weißt du vielleicht wo?

- Zwischen Ancey und Vieux-Mel.

- Ganz recht; ich sehe, dass du wirklich hier zu Hause bist.

- Aber es wird Nacht. Wo werden der gnädige Herr schlafen?

- Meine Sache; wo wirst du schlafen?

- In irgendeiner Höhlung. Bevor ich Matrose wurde, war ich ein Bauer.

- Den Matrosenhut wirf ins Wasser! Er könnte dich verraten. Du wirst doch irgendwo eine andere Kopfbedeckung auftreiben können?

- O ja, eine Regenkappe, die gibt's überall. Der nächstbeste Fischer wird mir seine verkaufen.

- Gut. Nun höre weiter: Du kennst doch die Wälder hier herum?

- Alle.

- In der ganzen Umgegend?

- Von Noirmoutier bis Laval.

- Kennst du sie auch bei ihren Namen?

– Die Wälder, die Namen, alles.

– Und wirst auch nichts vergessen?

– Nichts.

– Gut, und jetzt aufgepasst! Wie viel Stunden Wegs kannst du in einem Tag wohl zurücklegen?

– Zehn, fünfzehn, wenn's nottut, zwanzig.

– Es wird nottun. Verliere kein Wort von allem, was ich dir jetzt sagen werde: Zunächst begibst du dich in den Wald von Saint-Aubin.

– Bei Lamballe?

– Ja. Am Rande der Schlucht zwischen Saint-Rieul und Plédéliac steht ein großer Kastanienbaum. Bei dem hältst du still. Sehen wirst du niemand.

– Aber es wird doch jemand da sein; weiß schon.

– Du wirst das Zeichen geben. Kennst du das Zeichen auch?

Halmalo blies die Backen auf, wendete sich gegen das Meer und stieß den Eulenruf aus. Man hätte darauf geschworen, dieses »Huhu« ertöne aus tiefster Waldesnacht, so echt war's und schauerlich.

Halmalo schaute den Greis verwundert an.

- Gut, sagte der Greis; du bist ein Wissender.

- Hier, setzte er hinzu, indem er Halmalo die grünseidene Schleife hinhielt, hier hast du meine Kommandoschleife. Stecke sie zu dir. Einstweilen ist noch viel daran gelegen, dass mein Name unbekannt bleibe. Aber die Schleife genügt schon. Diese Lilie hat Madame, die Königin Antoinette, in ihrem Gefängnis mit eigener Hand gestickt.

Halmalo beugte das Knie und griff mit bebender Hand nach der Schleife, die er zu seinen Lippen führte; aber plötzlich innehaltend, fragte er mit innerem Grauen:

- Darf ich denn auch?

- Küssest du das Kruzifix nicht auch? Also.

Und Halmalo küsste die Lilie.

- Steh auf, sagte der Greis. Halmalo stand auf und verwahrte die Schleife an seiner Brust.

– Gilb wohl Acht, fuhr der Greis fort. Die Ordre lautet: Zu den Waffen – ohne Pardon. Beim Kastanienbaum gibst du also das Zeichen, und zwar zu dreien Malen. Nach dem dritten Mal wird ein Mann aus der Erde steigen.

– Aus einem Loch unten an einem Baum; weiß schon.

– Dieser Mann ist Planchenault, auch Coeur-de-Roi geheißen. Dem zeigst du die Schleife vor, und er wird verstehen. Nachher schleichst du auf Wegen, deren Wahl ich dir überlasse, in den Wald von Astillé; dort wirst du einen hinkenden Mann treffen, der den Beinamen Mousqueton führt, und der niemals Pardon gibt. Dem sagst du, dass ich ihn lieb habe, und dass er seine Gemeinden auf die Beine bringen soll. Ferner verfügst du dich in den Wald von Couesbon, eine Stunde von Ploërmel. Dort gibst du abermals das Zeichen und wirst einen Mann aus einer Öffnung hervorkriechen sehen, den Seneschall von Ploël, Herrn Thuault, welcher Mitglied der sogenannten konstituierenden Versammlung war, aber ein Rechtschaffener. Dem sagst du, er möge das Schloss von Couesbon instand setzen, ein Besitztum des ausgewanderten Marquis von Guer. Schluchten, Buschwerk, ungleiches Terrain, lässt sich ausnützen; Herr Thuault ist ein gerader, besonnener Mann. Hieraus gehst du nach Saint-Ouen-les-Toits, wo du mit Jean Chouan sprechen wirst, der in meinen Augen der eigentliche Anführer ist, und von dort in den Wald von Ville-Anglose, wo du Guitter, auch Saint-Martin zubenannt, aufsuchen wirst, um ihm zu sagen, er solle ein Auge haben auf einen gewissen Courmesnil, Schwiegersohn des alten Goupil aus Préfeln und Rädelsführer der Jakobinerbande von Argentan. Präge dir alles genau ins Gedächtnis! Ich gebe dir nichts Schriftliches mit, weil dergleichen nie schriftlich besorgt werden soll. La Rouarie hat ein Namensverzeichnis niedergeschrieben, und alles kam heraus. Dann ermittelst du im Wald von Rougefeu einen Mann, der Miélette heißt und immer einen langen Stock mit eiserner Spitze führt.

– Mit so einem Stock setzt man über die breitesten Gräben.

– Kannst du das auch?

– Ich müsste keine Bretone und kein Bauersmann sein! Der Springstock ist ja unser Freund in der Not; den Arm dehnt er aus und verlängert die Beine.

– Verringert demnach den Feind und verkürzt den Weg.

– Mit meinem Springstock habe ich einmal drei Salzwächter zurückgeschlagen, die mit Säbeln bewaffnet waren.

– Wann war das?

– Vor zehn Jahren.

– Da herrschte ja der König noch.

– Freilich.

– Damals also lehntest du dich auf?

– Gewiss.

– Gegen wen?

– Ja, das weiß ich nicht recht. Ich war Salzschmuggler.

– So.

– Sie nannten es eben den Kampf gegen die Salzsteuer. Haben denn die Salzsteuer und der König etwas mitsammen gemein?

– Ja. Nein ... Aber das sind Dinge, die du nicht zu verstehen brauchst.

– Ich bitte den gnädigen Herrn, mir zu verzeihen, dass ich so frei war, den gnädigen Herrn zu fragen.

– Fahren wir fort: Kennst du La Tourgue?

– Ob ich es kenne! Dort bin ich ja her.

– Wie so her?

– Nun ja, weil ich aus Parigné bin.

– Allerdings: Parigné liegt ganz nah bei La Tourgue.

– Ob ich es kenne, das große runde Schloss! Es ist ja das Stammschloss meines gnädigen Herrn! Ein großes eisernes Tor ist daran, welches das alte Schloss von dem neuen absperrt; mit Kanonen könnte man's nicht sprengen. In dem neuen Schloss ist auch das berühmte Buch über den heiligen Bartholomäus zu sehen, das die Leute ehemals zu betrachten kamen. Ganz klein habe ich auf dem Grasplatz gespielt, wo die vielen Frösche sind. Und der unterirdische Gang erst! Den weiß vielleicht kein Mensch mehr außer mir.

– Ein unterirdischer Gang. – Was willst du damit sagen?

– Das war für die früheren Zeiten, damals als La Tourgue noch belagert wurde. Da konnten die Leute sich durch den Gang flüchten, der unter der Erde bis tief in den Wald hineinführt.

– Einen solchen Gang gibt es allerdings im Schloss La Jupellière und auch in dem von La Hunaudaye und im Turm von Champéon, aber in La Tourgue ist nichts dergleichen vorhanden. – Ja doch, gnädiger Herr. Die Durchgänge, von denen der gnädige Herr sprechen, sind mir zwar unbekannt. Ich weiß bloß um den zu La Tourgue, weil dort eben meine Heimat ist. Aber außer mir dürfte schwerlich jemand darum wissen. Man sprach davon nicht; es war verboten, weil man den Gang zur Zeit des Herrn von Rohan im Krieg benutzt hatte. Mein Vater kannte das Geheimnis und hat mir's gezeigt. So kenne denn auch ich den geheimen Eingang und den geheimen Ausgang; vom Wald kann ich in den Turm und vom Turm in den Wald gelangen, ohne dass mich einer sieht. Und deshalb findet der Feind auch niemand mehr, wenn er in das Schloss eindringt. Ja, so ist das eingerichtet in La Tourgue; ich weiß es genau.

– Du bist offenbar im Irrtum, erwiderte der Greis, nachdem er eine Weile nachgesonnen, wenn etwas Derartiges da wäre, müsste ich es kennen.

– Gnädiger Herr, ich bin meiner Sache gewiss. Es ist ein Stein, der sich dreht.

– So, so! Nun ja, von Steinen wisst ihr Bauern alles Mögliche zu erzählen, von Steinen, welche sich drehen, welche singen oder welche des Nachts an den Bach gehen, um zu trinken. Ammenmärchen.

– Wenn ich aber dem gnädigen Herrn sage, dass ich selber gesehen habe, wie sich der Stein drehte.

– Wie viel Andere haben ihn nicht auch singen hören! La Tourgue, mein Sohn, ist ein sicheres, festes Castell und leicht zu verteidigen; allein wer sich auf einen unterirdischen Weg verlassen wollte, um zu entkommen, der wäre auf dem Holzweg.

– Aber gnädiger Herr ...

– Verlieren wir keine Zeit, unterbrach ihn der Greis mit einem Achselzucken, und kommen wir auf das Wichtigere zurück.

Dieser entschiedene Ton setzte jedem weiteren Betheuern eine Schranke.

– Fahren wir fort, sagte der Greis. Von Rougefeu, hörst du wohl, geht es dann in den Wald von Montchevrier; dort haust Benedicite, das Oberhaupt der Zwölf, auch einer von den Rechten. Während er die Gefangenen füsilieren lässt, pflegt er sein »Benedicite« zu beten. Ja, nur keine Empfindelei in Kriegszeiten. Von Montchevrier gehst du ... Fast hätte ich das Geld vergessen, fiel er sich plötzlich ins Wort, und zog aus seiner Tasche eine Börse und ein Portefeuille, die er Halmalo übergab: Das Portefeuille hier enthält dreißigtausend Livres in Assignaten, etwas wie drei Livres zehn Sous. Die Scheine sind zwar falsch, aber die echten sind deshalb um keinen Heller mehr wert. In dem Beutel, pass auf, sind hundert

Louisdor. Es ist meine ganze Barschaft; hier brauche ich so kein Geld mehr, und es ist auch besser, wenn keines bei mir gefunden werden kann. Jetzt höre weiter: Von Montchevrier begibst du dich nach Antrain zu Herrn von Frotté, von Antrain nach La Jupellière zu Herrn von Rochecotte, von La Jupellière nach Noirieux zu dem Abbé Baudoix. Kannst du das alles auswendig behalten?

- Wie das Vaterunser.

- In Saint-Brice-en-Cogles sprichst du mit Herrn Dubois-Guy, in dem befestigten Marktflecken Morannes mit Herrn von Turpin und in Château-Gonthier mit dem Fürsten von Talmont.

- Darf ich mit einem Fürsten denn auch sprechen?

- Sprichst du nicht auch mit mir?

Halmalo verneigte sich.

- Jeder, dem du die Lilie von Madame vorzeigst, wird dich willkommen heißen. Vergiss nicht, dass du Ortschaften berühren wirst, wo patschfüssiges Gebirgsvolk haust. Du wirst dich dann verkleiden müssen. Geht ganz leicht; so dumm sind diese Republikaner, dass einen keiner beachtet, wenn man nur einen blauen Rock, den dreieckigen Hut und die dreifarbige Kokarde trägt. Regimenter gibt es ja nicht mehr, Uniformen auch nicht; die Abteilungen haben keine Nummern mehr und jeder steckt sich in den Trödel, der ihm gerade passt. Hernach gehst du nach Saint-Hervé zu Gaulier, auch Grand-Pierre geheißen; dann nach Parné, wo Männer mit geschwärzten Gesichtern im Quartier liegen; sie schießen mit Kies und mit doppelter Pulverladung, um mehr Lärm zu machen; daran tun sie auch recht; aber vor allem schärfe ihnen ein: Nur immer totschlagen, totschlagen, totschlagen! Dann gehst du ins Lager von La Vache-Noire, das auf einer Anhöhe mitten im Wald von La Charnie liegt, ferner ins Lager von L'Avoine, ferner ins Lager Camp-Vert, ferner ins Lager von Les Fourmies, ferner nach Le Grand-Bordage, das auch Le Haut-du-Pré genannt wird; dort wohnt eine Witwe, deren Tochter Treton, den sie auch »den Engländer« nennen, geheiratet hat. Le Grand-Bordage gehört zur Gemeinde von Quelaines. Auch Epineux-le-Chevreuil, Sillé-le-Guillaume, Parannes und die nächstliegenden Waldungen wirst du bereisen. Allenthalben wirst du Freunde treffen; die schickst du zur Grenzscheide von Ober- und Nieder-Maine. Endlich wirst du noch Jean Treton in der Gemeinde von Baisges, Sans-Regret in Le Bignon, Chambord in Bonchamps, die Gebrüder Corbin in Maisoncelles in Saint-Jean-sur-Erve le Petit-sans-Peur aufsuchen, der auch Bourdoiseau heißt. Wenn du das alles besorgt und jedem die Parole gegeben hast »Zu den Waffen – ohne Pardon«, wirst du dich der großen katholisch-königlichen Armee anschließen, wo sie zurzeit gerade kampieren wird. Dort meldest du dich bei den Herren d'Elbée, von Lescure, von La Rochejacquelein, kurz bei den Chefs, die dann noch am Leben sein werden, und zeigst Ihnen meine Kommandoschleife vor. Sie werden sie schon erkennen; du bist zwar nur ein Matrose, aber Cathelineau ist auch nicht mehr als ein Fuhrmann. Du wirst ihnen in meinem Namen Folgendes verkünden: Es ist nun an der Zeit, beide Kriege zugleich zu führen, den großen und den kleinen; der große macht lautern Lärm, der kleine ausgiebigere Geschäfte; die Vendée ist allerdings gut, aber die Chouans sind ärger, und im Bürgerkrieg ist das Ärgste stets das Beste, denn der Wert einer Kriegführung lässt sich überhaupt nur nach dem angerichteten Schaden bemessen.

Und in einen anderen Ton übergehend, fuhr der Greis fort:

– Von allem, was ich dir da gesagt habe, hast du vielleicht nicht jedes Einzelne, den Sinn aber des Ganzen gewiss begriffen. Ich habe Vertrauen zu dir gefasst, als ich zusah, wie du unser Boot lenktest; ohne je Geometrie gelernt zu haben, wusstest du doch die überraschendsten, scharfsinnigsten Schwenkungen zu erdenken; wer mit einer Barke so umzugehen versteht, gibt auch einen Lotsen ab für eine Volkserhebung; der Art nach, wie du mit der See fertig geworden bist, darf ich von dir erwarten, dass du alle meine Aufträge in entsprechender Weise ausführen wirst. Vernimm jetzt meine letzten Worte, die du den Generälen mitteilen sollst, dem Sinne nach, so gut du es eben vermagst – es wird schon richtig sein:

Ich ziehe den Krieg im Busch dem Krieg auf offenem Felde vor und trage kein besonderes Gelüste darnach, hunderttausend Bauern vor den Gewehrsalven der Blauen und der Artillerie des Herrn Carnot regelrecht in Reih und Glied zu stellen. Innerhalb eines Monats will ich Fünfmalhunderttausend Schützen auf dem Anstand stehen haben in den Wäldern. Die republikanischen Regimenter sind mein Wild; meine Soldaten sollen Jäger sein; ich bin der Stratege des Busches ... ah, schon wieder ein Ausdruck, der dir nicht geläufig ist; tut aber nichts; klar wird dir schon dieses sein: Keinen Pardon! Überall eine Falle. Weniger Gelehrsamkeit und mehr Hinterlist! Du wirst hinzufügen, dass wir die Engländer auf unserer Seite haben. Nehmen wir die Republik in ein Kreuzfeuer! Europa kommt uns zu Hilfe. Zertreten wir die Revolution! Im Osten hat sie den Krieg mit den Königreichen; im Westen erhebe sich der Kreuzzug der Dörfer! So wirst du zu ihnen sprechen. Hast du verstanden?

– Ja. Dreinfahren mit Feuer und mit Schwert!

- Recht so.

- Niemals Pardon geben.

- Keinem, recht so.

- Ich werde überall hingehen.

- Aber Vorsicht, denn hierzulande wird man leicht ein stiller Mann.

- Mich kümmert das wenig. Man weiß so nie, ob man den ersten Schritt nicht in den letzten Schuhen tut.

- Tapfer gesprochen.

- Und wenn man mich nach dem Namen des gnädigen Herrn fragt?

- Der muss noch verschwiegen werden. Du wirst einfach die Wahrheit sagen, dass du ihn nicht weißt. - Und wo werde ich den gnädigen Herrn wiederfinden?

- Wo ich gerade zugegen sein werde.

- Aber wie soll ich das erfahren?

- Von selbst, denn jedermann wird es wissen. Ehe acht Tage vergehen, will ich von mir reden lassen, will den König und die Kirche durch Strafgerichte rächen, und du wirst schon erkennen, dass ich es bin, von dem geredet wird.

- Ich weiß schon.

- Also nichts vergessen.

- Seien Sie ganz unbesorgt.

- Und jetzt behüte dich Gott. Geh!

- Alles werde ich tun, wie Sie gesagt, werde gehen, werde sprechen, werde befehlen.

- Gut.

- Und wenn mir's gelingt ...

- Mach' ich dich zum Sanct-Ludwigsritter.

- Wie meinen Bruder, und wenn mir's nicht gelingt, mögen Sie mich erschießen lassen.

- Wie deinen Bruder.

- Einverstanden, gnädiger Herr.

Der Greis senkte das Haupt und verfiel in strenges Sinnen. Als er wieder aufblickte, war er allein. Ein schwarzer, schwindender Punkt, verlor sich Halmalo schon am Horizont. Die Sonne war eben untergegangen.

Die großen und kleinen Möven kamen heimgeflogen von draußen, vom Meer. Man fühlte jene Bangigkeit durch die Lüfte zittern, welche der Nacht vorangeht. Mitten unter dem Schmettern des Unkenrufs umflatterten die Wasserschnepfen mit schrillem Schrei die Pfützen, an denen sie gesessen; die Raben, Krähen, Dohlen stimmten ihr abendliches Gekrächze an; alle Vögel des Strandes lockten einander herbei. Von einem menschlichen Wesen keine Spur; in der Bucht kein Segel, kein Bauer drüben auf dem Gefilde. Soweit das Auge reichte, auf der öden Fläche die tiefste Einsamkeit. Die großen Sanddisteln schauerten zusammen; vom weiß verdämmernden Himmel strömte noch über See und Küste ein fahler Widerschein, und fernab auf der finsteren Ebene schillerte hin und wieder ein Teich wie eine hingenagelte große Zinnplatte, indes ein Windhauch landeinwärts hinstrich über die Fluten.

Viertes Buch.

I.

Auf der Düne.

Als Halmalo gänzlich verschwand, hüllte sich der Greis fester in seinen Fischermantel und trat seinen Gang an, langsam, nachdenklich; indessen Halmalo in der Richtung von Beauvoir fortgeeilt war, wendete er sich gegen Huisnes. Hinter ihm ragte das kolossale domgekrönte, mauernumgürtete Dreieck des Mont Saint-Michel mit seinen zwei festen östlichen Türmen, dem runden und dem viereckigen, die dem Felsenhügel die Last seiner Kirche und seines Dorfes tragen zu helfen scheinen. Der Mont Saint-Michel ist die Pyramide dieser Meereswüste.

Der Triebsand der Bucht von Saint-Michel baut seine Dünen nicht immer an denselben Stellen auf. Damals erhob sich zwischen Huisnes und Ardevon eine sehr hohe, seitdem durch eine besonders heftige Sturmflut zerstörte Düne, die ausnahmsweise sehr alt und mit einem Gedenkstein geschmückt war, zur Erinnerung an das Konzil, welches im zwölften Jahrhundert nach der Ermordung des heiligen Thomas von Canterbury zu Avranches zusammenberufen worden. Von dieser Düne aus hatte man weit und breit einen deutlichen Überblick über die ganze Umgebung. Der Greis ging darauf los und bestieg sie. Oben angelangt, setzte er sich auf eine Stufe unten am Gedenkstein, lehnte sich mit dem Rücken an denselben an und schaute hinab auf die lebende Landkarte, die vor ihm ausgebreitet lag. In der ihm sonst wohlbekannten Gegend schien er einen besonderen Weg ausklügeln zu wollen. Die Dämmerung hatte übrigens das große Bild schon zu trüben begonnen, und scharf hob sich nur der Horizont ab, schwarz vom weißen Himmel; doch konnte man noch die Dächergruppen von elf Flecken oder Dörfern genau unterscheiden, sowie auch auf mehrere Meilen hinaus die Kirchtürme am Strande, die sehr hoch gebaut sind, um den Seeleuten nötigenfalls zur Orientierung zu dienen.

Nach einer Weile schien der Greis im Zwielicht das entdeckt zu haben, was er suchte, denn sein Blick ruhte nun mitten in der Ebene auf einem Komplex von Bäumen, Mauern und Dächern, die offenbar zu einer Meierei gehörten, und er nickte befriedigt mit dem Kopfe, wie einer, der zu sich selber sagt: das ist das Richtige; dann begann er, mit dem Finger durch die Luft hin und herfahrend, sich den Entwurf eines Weges durch Felder und Hecken vorzuzeichnen. Von Zeit zu Zeit richtete er seine besondere Aufmerksamkeit auf einen schwankenden undeutlichen Gegenstand, welcher sich über dem Hauptgebäude der Meierei bewegte, und schien sich zu fragen, was das sei; bei dieser vorgerückten Tageszeit sah dieser Gegenstand farblos und verschwommen aus; ein Wetterhahn konnte es nicht sein, denn er flatterte, und zu der Annahme, es sei eine Fahne, war kein Grund vorhanden.

Der Greis war müde; es tat ihm wohl, so dazusitzen und jenem lösenden Vergessen nachzugehen, das mit der ersten Minute des Rastens über den erschöpften Menschen kommt. Es gibt eine Stunde im Tag, die sich durch das Nichtsein jeglichen Geräusches kennzeichnen ließe; es ist die Abendstunde, die Stunde der Weihe. Und die war jetzt da, und der alte Mann ruhte in ihr, und betrachtete ihre Stille und lauschte ihrer Stille. Grausame Naturen empfinden zuweilen eine Regung von Melancholie.

Plötzlich wurde das Schweigen durch menschliche Stimmen eher hervorgehoben als unterbrochen. Frauen- und Kinderstimmen, die, wie die lustige Melodie eines Glockenspiels überraschend, in der ernsten Nacht ertönten. Die Sprechenden, durch Hecken verdeckt, gingen unten an der Düne vorbei, der Ebene und den Wäldern zu, und frisch und klar klang es empor zu dem sinnenden Greis; gerade jetzt war die Gruppe so nah, dass er jedes einzelne Wort vernehmen konnte.

Eine der Frauenstimmen sagte:

– Ist ja die reine Schneckenpost mit der Fléchard. Schneller, Frau! Ist das hier unser Weg?

– Nein, der kleinere dort.

Und nun wurde auf die Fragen der einen, resoluten Stimme von der anderen in schüchternem Tone weiter geantwortet:

– Wie heißt der Meierhof, wo wir kampieren?

– L'Herbe-en-Pail.

– Haben wir noch weit hin?

– Eine starke Viertelstunde.

– Nehmen wir den Weg unter die Füße! Die Suppe wird kalt.

– Wir sind freilich etwas spät dran.

– Laufen wäre eigentlich das Beste. Aber Ihre kleinen Kerle sind müde, und wir zwei können die Würmer doch nicht alle drei auf den Armen fortschleppen. Sie haben an dem Mädel so schon genug zu tragen, Sie Gluckhenne. Ein wahrer Klotz. Entwöhnt haben Sie's freilich, das gefräßige Ding, aber herumtragen tun Sie's immer noch. Schlechte Gewohnheiten das. Sollten's marschieren lassen. Na, jetzt ist doch alles eins. Kalt ist die Suppe so wie so schon.

Sie haben an dem Mädel so schon genug zu tragen.

- Sind das einmal gute Schuhe, die ihr mir geschenkt habt, ganz wie für mich angemessen.

- Ist doch gescheiter, als barfuß hinzutappen.

- René-Jean mach doch größere Schritte!

- Ja, denn du bist schuld daran, dass wir uns verspätet haben. Muss der Schlingel bei jedem kleinen Bauernmädel stehen bleiben und schwatzen. Das will schon ein Mannsbild sein.

- Mein Gott, er geht eben ins fünfte Jahr.

- René-Jean, sage einmal, warum hast du die Kleine drüben im Dorf angeredet?

Eine Kinderstimme, der man anhörte, dass sie eines Knaben Stimme war, erwiderte:

- Weil das Eine ist, die ich kenne.

Die resolute Stimme entgegnete: - Was? Die kennst du?

– Freilich, heute Morgen hat sie mir ja Herrgottskäferchen geschenkt.

– Das ist mir doch etwas bunt! Rief das Weib. Kaum drei Tage hier im Quartier, und die kleine Kröte hat euch schon einen Schatz!

Dann verhallten die Stimmen, und es ward wieder still.

II.

Aures habet, et non audit.[4]

Der Greis regte sich nicht. Er war mehr in ein Träumen als in ein Sinnen vertieft. Rings um ihn her war alles Friede, Schlummer, Vertrauen, Abgeschiedenheit. Auf der Düne war es noch ganz hell, aber auf der Ebene schon dunkel und gegen die Wälder zu ganz schwarz. In Osten ging der Mond auf und am Zenit durchstachen schon einige Sterne das mattblaue Himmelszelt. Der Mann war, trotz aller Gedanken und Leidenschaften, die in ihm wühlten, versenkt in das unaussprechlich Milde der Unendlichkeit. Er fühlte ein rätselhaftes Dämmern in sich emporsteigen – die Hoffnung, wenn sich das Siegesahnen eines Bürgerkriegs eine Hoffnung nennen kann. Im gegenwärtigen Augenblick, eben entronnen jenem unerbittlichen Meer, unter den Füßen wieder festen Boden, dünkte er sich befreit von jeglicher Gefahr. Niemand wusste um seinen Namen; er war allein, jede Spur hinter ihm verloren, denn auf der See lässt keiner eine Fährte zurück; geborgen, unbekannt sogar dem Verdacht, empfand er etwas wie eine triumphierende Besänftigung. Um ein Haar wäre er eingeschlafen. Was für ihn, in dem und um den so vieles tobte, dieser flüchtigen Stunde des Friedens einen so seltenen Reiz verlieh, war jenes tiefe Schweigen im Himmel und auf der Erde. Hören konnte man bloß den Wind von der See her landeinwärts sausen; aber der Wind ist nur eine fortdauernde Bassbegleitung, an die sich das Ohr so schnell gewöhnt, dass er fast aufhört, ein Geräusch zu sein.

Plötzlich sprang der Mann empor.

Etwas Überraschendes hatte ihn aufgeschreckt, etwas, das seinem Blick eine eigene Starrheit verlieh. Sein Blick aber war auf den Horizont geheftet, auf einen Punkt, den Kirchturm von Cormeray, der im Hintergrund in gerader Linie vor ihm stand. In diesem Kirchturm ging in der Tat etwas Absonderliches vor sich. Seine nach oben zu pyramidenförmige Silhouette ragte in scharfen Umrissen, und da wo der Turm in die Pyramide überging, konnte man den viereckigen, durchbrochenen Glockenstuhl unterscheiden, der, ohne Wetterdach, bretonischem Brauch gemäß nach

[4] Er hat Ohren und hört nicht.

allen vier Seiten hin offenstand. Dieser Glockenstuhl nun erschien plötzlich abwechselnd offen und verschlossen, und zwar in gleichmäßigen Zwischenräumen; einmal war sein hohes Fenster ganz weiß, dann wieder ganz schwarz, bald sah man den Himmel durchscheinen, bald wieder nicht mehr, und dieses Hell und Dunkel, dies Öffnen und Schließen erfolgte Sekunde auf Sekunde wie der regelmäßige Schlag des Hammers auf den Amboss. Der Kirchturm von Cormeray stand etwa zwei Meilen weit von der Düne. Der Greis sah nun weiter rechts nach dem Kirchturm von Baguer-Pican, der gleichfalls am Horizont emporragte; auch dort schloss und öffnete sich der Glockenstuhl gleich dem von Cormeran. Er schaute links nach dem Kirchturm von Tanis: Der Glockenstuhl von Tanis ging auf und zu wie der von Baguer-Pican. So betrachtete er der Reihe nach alle am Horizont sichtbaren Türme, links die von Courtils, von Précey, von Crollon und von La Croix-Avranchin, rechts die von Raz-sur-Couesnon, Mordray, les Pas, und geradeaus den Turm von Pontorson; die Glockenstühle all dieser Türme erschienen abwechselnd schwarz und weiß.

Was sollte das? Das konnte nur bedeuten, dass man die Glocken in Bewegung setzte, und zwar musste die Bewegung eine ungeheuer gewaltsame sein, sonst hätten die geschwungenen Glocken die Fenster nicht so vollständig decken und wieder freilassen können. Und warum läuten die Glocken? Sie läuteten offenbar Sturm. Ja, Sturm und wahnsinnig Sturm, Sturm von allen Seiten, von jedem Thurm, in jeder Gemeinde, in jedem Dorf. Und dennoch hörte man nichts, denn die Türme standen zu fern, sodass der Wind, der von der See herbrauste, keinen Ton bis zur Düne vordringen ließ und den Lärm in entgegengesetzter Richtung über den Horizont hinaustrug.

Dort überall die wütenden Glocken, mit ehernen Zungen Groß und Klein herbeibrüllend und hier die Totenstille: Der Gegensatz war grauenvoll.

Der Greis starrte und lauschte. Er sah das Sturmgeläut, anstatt es zu hören. Ein Sturmgeläute sehen: fast ein übernatürliches Schauspiel! Für wen aber flogen diese Glocken? Gegen wen läutete man Sturm?

III.

Ein Vorzug der großen Lettern.

Offenbar wurde Jagd gemacht auf jemand. Aber auf wen? Durch die Stahlnerven des Greises fuhr ein Schauder. Und doch, ihm konnte das wohl nicht gelten. Seine Ankunft hatte man nicht erraten können; die kommissarisch abgeordneten Konventmitglieder konnten davon unmöglich schon unterrichtet sein; er war ja kaum erst gelandet. Von der Korvette war zweifellos nicht ein Mann am Leben geblieben, und, wenn auch, außer Boisberthelot und La Vieuville hatte, an Bord keine Seele um seinen Namen gewusst.

Mechanisch betrachtete und zählte er die Kirchtürme, die ihre wilde Tätigkeit ununterbrochen fortsetzten, und seine Gedanken huschten von einer Vermutung zu der andern mit jener schwanken Hast, welche das Umschlagen gänzlicher Sorglosigkeit in schreckliche Gewissheit mit sich bringt. Da dieses Sturmläuten aber schließlich sich auf die verschiedensten Beweggründe zurückführen ließ, suchte er sich zu guter Letzt durch das Bewusstsein zu beruhigen: »Eigentlich kann weder meine Ankunft noch mein Name irgendwem bekannt sein.«

Seit einigen Augenblicken schon war über und hinter ihm ein leises Geräusch entstanden, ähnlich dem Rascheln des bewegten Blattes eines Baumes. Zuerst beachtete er es nicht; da dieses Geräusch jedoch hartnäckig fortbestand, ja sogar einigermaßen wie auf einer Absicht bestand, drehte er sich endlich um. Und ein Blatt war's auch in der Tat, aber ein Blatt Papier. Der Wind war nämlich damit beschäftigt, ein großes an den Gedenkstein angeklebtes Plakat gerade über den Kopf des Greises loszulösen. Das Plakat war dort erst seit Kurzem angeschlagen, denn es war noch feucht und hatte deshalb vom Wind gefasst werden können, der nun mit ihm spielte und es mit sich fortzureißen drohte. Da der Greis die Düne von der entgegengesetzten Seite bestiegen hatte, war ihm, als er oben ankam, das Plakat nicht aufgefallen. Nun schwang er sich auf die Stufe, wo er eben noch gesessen hatte, und hielt den Zettel an der einen Ecke fest, die im Wind flatterte; der Himmel war noch ziemlich hell, denn im Juni hält die Dämmerung geraume Zeit an; unter der Düne war es stockfinster, aber oben glänzte noch ein Schimmer; übrigens war das Plakat zum Teil mit großen Lettern gedruckt, sodass man es immerhin leidlich lesen konnte. So las der Greis denn Folgendes:

Französische eine und unteilbare Republik.

»Wir, Prieur, Abgeordneter des Departements der Marne, Kommissär des Nationalkonvents bei der Küstenarmee von Cherbourg, verordnen:

Der vormalige Marquis von Lantenac und Vicomte von Fontenay, der sich auch für einen bretonischen Fürsten ausgibt, ist heimlich an der Küste von Granville gelandet und wird hiermit für außer dem Gesetz stehend erklärt. Auf seinen Kopf ist ein Preis von sechzigtausend Livres gesetzt, welche Summe an denjenigen, der ihn tot oder lebendig einliefern wird, ausgezahlt werden soll, und zwar nicht in Assignaten, sondern in Gold. – Ein Bataillon der Küstenarmee von Cherbourg wird sofort zur Verfolgung und Festnahme des vormaligen Marquis von Lantenac ausrücken. –

Die Gemeindebehörden werden aufgefordert, den Truppen hierzu nach Kräften beizustehen. – Gegeben im Rathaus zu Granville am 2. Juni 1793. – Gezeichnet: Prieur (Marne)«.

Unter diesem Namen befand sich noch eine zweite Unterschrift, aber in viel kleineren Lettern, sodass sie bei der eintretenden Dunkelheit nicht mehr zu entziffern war.

Der Greis drückte den Hut tiefer in die Stirn, hüllte sich bis ans Kinn in seinen Fischermantel und stieg mit raschen Schritten in die Ebene hinunter. Für ihn war es offenbar von keinem Nutzen, sich im Zwielicht der Anhöhe länger aufzuhalten.

Vielleicht hatte er sich schon zu lang dort aufgehalten; von der ganzen Landschaft war der obere Teil der Düne der einzige noch beleuchtete Punkt.

Unten in der Dunkelheit angekommen, mäßigte der Greis seinen Schritt. Er schlug den Weg nach dem Meierhof ein, wie er sich's bereits oben vorgezeichnet hatte; zu dieser seiner Wahl bewogen ihn aller Wahrscheinlichkeit nach triftige Gründe der Sicherheit.

Alles war wie ausgestorben. Um diese Stunde war niemand mehr außer Hause.

Hinter einer Hecke blieb er stehen, zog seinen Mantel aus, wendete seine Jacke nach der behaarten Seite, band sich den zerrissenen Mantel wieder um und ging weiter. Man hatte jetzt Mondschein. An einer Stelle, wo sich der Weg abzweigte, erhob sich ein altes, steinernes Kreuz, an dessen Sockel ein weißes Viereck schimmerte, vermutlich ein ähnliches Plakat wie auf der Düne. Der Greis trat darauf zu.

– Wo gehen Sie hin? Rief ihn eine Stimme an.

Er wendete sich um und sah einen Mann zwischen den Hecken stehen, hochgewachsen wie er selbst, wie er alt, wie er weiß von Haar und in der Kleidung noch zerlumpter als er, kurz, beinahe einen Doppelgänger. Dieser Mann, der sich auf einen langen Stock stützte, wiederholte:

– Ich frage Sie, wohin Sie gehen?

– Und ich frage, wo ich bin, lautete die ruhige, fast gebieterische Antwort.

– In der Herrschaft von Tanis, erwiderte der Mann, die mir zum Betteln, Ihnen aber zu eigen gehört.

– Mir zu eigen?

– Ja wohl. Ihnen, Herr Marquis von Lantenac.

IV.

Der »Caimand«.

Der Marquis von Lantenac – von nun an nennen wir ihn bei seinem Namen – antwortete tiefernst:

– Gut. Liefern Sie mich aus.

Der Mann aber fuhr fort: – Wir sind beide hier zu Hause, Sie im Schloss und ich im Busch.

– Machen wir ein Ende. Nur zu! Liefern Sie mich aus, sagte der Marquis.

Der Mann fuhr wieder fort: Sie wollten doch zur Meierei von Herbeen-Pail, nicht? – Ja. – Bleiben Sie weg. – Warum? – Weil dort die Blauen sind. – Seit wann denn? – Seit drei Tagen. – Und haben sich die Leute vom Hof und vom Weiler gewehrt? – Nein. Sie haben alle Türen aufgemacht. – Ach! Sagte der Marquis.

Und der Mann wies mit dem Finger nach dem Dach des Hauptgebäudes, das in einiger Entfernung aus den Bäumen hervorragte:

– Das Dach sehen Sie doch, Herr Marquis? – Ja. – Sehen Sie auch das Ding droben? – Das hin und herweht? – Ja. – Es ist eine Fahne. – Blau weiß rot, sagte der Mann.

Es war das der Gegenstand, der schon auf der Düne die Aufmerksamkeit des Marquis auf sich gelenkt hatte.

– Wird nicht Sturm gelautet? Fragte der Marquis. – Ja. – Und weshalb? – Unzweifelhaft Ihretwegen. – Aber man hört ja nichts? – Von wegen dem Wind. Haben Sie Ihren Zettel schon gesehen? – Ja. – Man fahndet auf Sie. Drüben, setzte er mit einem Blick nach dem Meierhof hinzu, liegt ein halbes Bataillon. – Republikaner? – Pariser. – Nun also, sagte der Marquis, gehen wir! Und er tat einen Schritt in der Richtung der Meierei. Der Mann fasste ihn beim Arm: Gehen Sie nicht hin! – Wohin denn sonst? – Zu mir.

Der Marquis schaute den Bettler an.

- Wissen Sie, Herr Marquis, sagte dieser, schön ist es bei mir nicht, aber geheuer. Ein Keller ist höher als meine Hütte. Mein Fußboden ist eine Streu von Seegras und meine Zimmerdecke ein Geflecht von Zweigen und Gräsern. Kommen Sie mit. In der Meierei würden Sie erschossen werden. Bei mir werden Sie schlafen, denn Sie sind gewiss müde. Morgen früh marschieren die Blauen wieder ab, und Sie können dann weitergehen nach Belieben.

Immer noch betrachtete der Marquis diesen Mann.

- Auf welcher Seite stehen Sie denn eigentlich? Fragte er ihn; sind Sie Republikaner oder sind Sie Royalist? - Ich bin ein Armer. - Weder Royalist noch Republikaner? - Ich glaube kaum. - Sind Sie für den König oder gegen ihn? - Zu derlei Sachen habe ich keine Zeit. - Aber wie denken Sie über alles, was hier vorgeht? - Ich kann mich nicht satt essen. - Aber Sie wollen mir doch helfen. - Ich weiß, dass Sie außer dem Gesetz stehen. Was ist das eigentlich, das Gesetz? Es kann einer also außer ihm stehen? Das begreife ich nicht. Und ich für mein Teil steh' ich innerhalb des Gesetzes oder außerhalb? Weiß ich's? Verhungern, ist das gesetzlich? - Seit wann verhungern Sie? - Seitdem ich lebe. - Und Sie retten mich? - Ja. - Warum? - Weil ich zu mir selber gesagt habe: Der da ist noch ärmer als du; du hast wenigstens das Recht, zu atmen, und er hat nicht einmal das. - Allerdings. Und Sie wollen mich also retten? - Gewiss. Jetzt sind wir Brüder, gnädiger Herr. Ich verlange ein Stück Brot und Sie ein Stück Leben. Wir sind zwei Bettler. - Wissen Sie aber nicht, dass auf meinem Kopf ein Preis steht? - Ja. - Woher wissen Sie's? - Ich habe den Zettel gelesen. - Lesen können Sie? - Ja, und schreiben auch. Warum sollt' ich sein wie das Vieh? - Da Sie also lesen können und den Zettel auch gelesen haben, müssen Sie doch wissen, dass, wer mich ausliefert, sechzigtausend Francs bekommt? - Das weiß ich auch. - Und nicht etwa in Assignaten. - Nein, ich weiß schon in Gold. - Und Sie wissen doch, dass sechzigtausend Francs ein Vermögen sind? - Ja. - Und dass demnach, wer mich ausliefert, sich ein Vermögen macht? - Ja, und was weiter? - Sein Glück macht? - Gerade daran habe ich ja gedacht. Wie ich Sie sah, habe ich für mich selber so gemeint: Wenn man sich sagen muss, dass jeder darauf rechnen kann, sechzigtausend Francs zu bekommen und sein Glück zu machen, wenn er den Mann da ausliefert, - mein Gott! Da hat es wahrhaftig Eile, dass ihn unsereiner in Sicherheit bringt.

Der Marquis folgte dem Bettler. Beide betraten ein Dickicht, das den Schlupfwinkel des Bettlers barg; es war dies eine Art Wohnstätte, in welcher eine große Eiche den Mann duldete, eine unter den Wurzeln des Baumes ausgehöhlte Behausung, der die Wurzeln als Dachsparren dienten, finster, niedrig, eingezwängt, allen Blicken entrückt. Raum war genug vorhanden für zwei.

– Ich bin schon vorgesehen für den Fall, dass ich jemand bei mir bewirte, sagte der Bettler.

Solch ein unterirdisches Obdach kommt in der Bretagne weniger selten vor, als man glauben dürfte, und heißt in der Sprache der dortigen Bauern ein »carnichot«. Mit demselben Namen bezeichnet man auch ein kleines in der Tiefe einer Mauer angebrachtes ähnliches Versteck. Das ganze Mobiliar besteht aus einigen Töpfen, einem elenden Lager von Stroh oder von gewaschenem und getrocknetem Seegras, einer groben Wolldecke und einigen Talglichtern nebst Feuerzeug.

Halb duckend, halb kriechend drangen die beiden Männer in dies Gemach, das durch große Baumwurzeln in wunderliche Fächer eingeteilt war, und setzten sich auf die Streu von Seegras, welche das Bett vorstellte. Der Raum zwischen zwei Wurzeln, durch den sie sich eben durchgezwängt hatten, die Zimmertür also gab noch etwas Licht. Es war allerdings Nacht geworden, aber das Auge, wenn es sich einmal an die Dunkelheit gewöhnt hat, findet immerhin noch ein bisschen Helle in der Finsternis; zudem warf der Mond hier und dort einen matten weißlichen Flimmer durch die Zweige in das Dickicht. In einem Winkel lagen in einer Schüssel neben einem Wasserkrug Kastanien und ein dünner Buchweizenfladen.

– Essen wir etwas, sagte der Arme.

Und sie teilten sich in die Kastanien; der Marquis zog sein Stück Zwieback aus der Tasche und beide aßen sie nun aus *einer* Schüssel und tranken sich zu aus demselben Krug. Der Marquis eröffnete das Gespräch, indem er den Mann weiter ausforschte:

– Ob also alles Mögliche sich ereignet oder gar nichts, das lässt Sie vollkommen kalt?

– So ziemlich. Sie und Ihresgleichen, die großen Herren, haben sich um derlei zu kümmern.

– Aber wenn nun einmal Dinge geschehen ...

– Sie geschehen weit über mir. Und dann, setzte der Bettler hinzu, geschehen noch weiter oben auch Dinge; die Sonne geht auf; der Mond nimmt zu oder ab: Das sind die Dinge, mit denen ich mich beschäftige.

Er tat einen Zug aus seinem Kruge:

– Gutes frisches Wasser, sagte er und wendete sich dann wieder zu dem Marquis: Wie schmeckt Ihnen dieses Wasser, gnädiger Herr?

- Wie heißen Sie denn? Fragte der Marquis.

- Ich heiße Tellmarch, und sie nennen mich den »Caimand«.

- Ja, ich weiß; »Caimand« ist ein altes bretonisches Wort.

- Das so viel bedeutet wie Bettler. Oft werde ich auch der Alte genannt. Schon volle vierzig Jahre, fügte er hinzu, heißen sie mich den Alten.

- Vierzig Jahre! Aber Sie waren doch jung?

- Jung bin ich nie gewesen. Sie, Herr Marquis, sind es immer noch, haben die Beine eines Zwanzigers, können auf die große Düne steigen. Ich fange bereits an, mich des Gehens zu entwöhnen; schon nach der ersten Viertelstunde bin ich erschöpft. Und doch stehen wir in gleichen Jahren. Aber die Reichen haben eben vor unsereinem das voraus, dass sie jeden Tag essen. Essen erhält bei Kräften.

Nach einer kurzen Pause meinte der Bettler:

- Ja, die Armut und der Reichtum, das sind heillose Sachen, die sind an jenem großen Unglück schuld. Mir kommt es wenigstens so vor. Die Armen wollen reich und die Reichen nicht arm werden. Daran scheint mir's zu liegen. Ich mische mich in nichts ein. Was geschieht, lasse ich eben geschehen. Ich halte weder zum Gläubiger noch zum Schuldner. Ich weiß nur, dass es eine Schuld gibt und dass sie bezahlt wird, mehr nicht. Mir wäre lieber gewesen, sie hätten den König nicht umgebracht, aber warum, das könnte ich schwerlich sagen. Übrigens entgegnet man mir andererseits: Aber früher, wie hat man euch da die Leute baumeln lassen für nichts und wider nichts! Sehen Sie, ich war selber dabei, wie zur Strafe für einen elenden Büchsenschuss auf ein königliches Stück Wild ein Mann gehängt wurde, welcher eine Frau und sieben Kinder hatte. Über beide Teile ließe sich eben manches sagen.

Und nachdem er abermals einige Augenblicke geschwiegen, fuhr er fort:

- Sie verstehen ja schon; das sind bloß so Gedanken; man kommt; man geht; es geschehen allerhand Dinge; aber ich, ich betrachte mir die Sterne.

Wieder träumte er eine Weile vor sich hin:

- Ich bin ein klein wenig Bader und Arzt, kenne mancherlei Kräuter und weiß, wofür sie gut sind; weil ich oft bei Kleinigkeiten stehen bleiben kann, halten mich die Bauern so halb und halb für einen Hexenmeister. Aber nachdenken und den Grund finden, sind zweierlei.

- Sie sind wohl in dieser Gegend geboren? Fragte der Marquis.

– Ich bin nie draußen gewesen.

– Sie kennen mich?

– Gewiss. Zum letzten Mal habe ich Sie vor zwei Jahren gesehen, als Sie hier durchkamen, um nach England zu gehen. Und als nun vorhin oben auf der Düne ein so großer Mann stand – hochgewachsene Leute sind ja selten bei uns; einen kleinen Menschenschlag haben wir hier zu Land, in der Bretagne – nun, da habe ich recht hingeschaut; den Zettel hatte ich gelesen, und habe zu mir selber gesagt: Ei, sieh einmal! Und als Sie nun herunterstiegen, da schien der Mond, und ich habe Sie erkannt.

– Aber ich kenne doch Sie nicht.

– Sie haben mich gesehen und doch nicht gesehen. Ich aber, setzte Tellmarch der »Caimand« hinzu, ich sah Sie jedes Mal.

– Bin ich Ihnen früher denn öfters begegnet?

– Gewiss; ich bettle ja auf Ihrem Grund und Boden. Ich war der Arme unten am Schlossweg; Sie haben mir manchmal ein Almosen gegeben; aber der, welcher schenkt, schaut nicht hin; der nur, der empfängt, beobachtet und prüft. Ein Bettler ist ein Späher; ich aber, wenn ich auch nicht selten traurig bin, suche ein Späher zu sein, der's gut meint. Ich hielt die Hand hin, und Sie sahen bloß die Hand und warfen das Almosen hinein, das ich des Morgens bekommen musste, wenn ich am Abend nicht verhungern sollte. Es kann schon leicht passieren, dass man durch vierundzwanzig Stunden keinen Bissen unter die Zähne kriegt; dann ist ein halber Groschen das geschenkte Leben, und so haben Sie mich am Leben erhalten, und das zahle ich Ihnen zurück.

– In der Tat; Sie sind mein Retter.

– Ja, der bin ich, gnädiger Herr, sagte Tellmarch fast feierlich, aber unter einer Bedingung.

– Und die wäre?

– Dass Sie nicht hergekommen sind, um das Böse zu tun.

– Nur Gutes zu stiften, kam ich her, erwiderte der Marquis.

– So legen wir uns denn schlafen, sagte der Bettler. Und sie streckten sich nebeneinander auf das Lager von Seegras hin. Der Bettler schlief gleich in der ersten Minute ein. Der Marquis aber, obwohl er sehr müde war, richtete sich wieder auf und träumte eine Weile vor sich hin; warf dann in der Dunkelheit einen Blick auf den Bettler und legte sich nieder. Wer in einem solchen Bett liegt, liegt auf der Erde; diesen Umstand benutzte der Marquis, um sein Ohr gegen den Boden zu drücken und zu horchen. Er vernahm ein unterirdisches dumpfes Summen. Bekanntlich findet jeder Lärm seinen Widerhall in den Tiefen des Erdbodens, und so konnte man denn hören, dass immer noch Sturm geläutet wurde. Jetzt erst schlief der Marquis ein.

V.

Gezeichnet: Gauvain.

Als er aufwachte, war es Tag. Der Bettler stand, auf seinen Stock gestützt, draußen am Eingang der Höhle, denn drinnen aufrecht zu stehen, war unmöglich. Sein Gesicht war von einem Sonnenstrahl beleuchtet.

– Gnädiger Herr, sagte Tellmarch, eben hat es vier Uhr geschlagen auf dem Kirchturm von Tanis; ich habe jeden Glockenschlag gehört. Also hat sich der Wind gedreht und weht jetzt vom Land her; sonst aber lässt sich nichts vernehmen; also wird nicht mehr Sturm geläutet. Im Hof und im Weiler von Herbe-en-Pail ist alles ruhig; entweder schlafen die Blauen noch oder sie sind schon auf und davon. Die drohendste Gefahr ist vorüber; es wird gut sein, wenn wir uns trennen. Dies ist die Stunde, wo ich mich auf den Weg mache. Und nach einer Seite des Horizonts hindeutend, setzte er hinzu: Nach der Richtung, da gehe ich. Dann bezeichnete er die entgegengesetzte: Gehen Sie nach jener dort.

Hierauf winkte er dem Marquis einen ernsten Gruß zu und sagte noch, indem er auf die Überreste des gestrigen Nachtmahls wies:

– Nehmen Sie sich ein paar Kastanien mit, wenn Sie hungrig sind.

In demselben Augenblick war er hinter den Bäumen verschwunden. Der Marquis stand auf und schlug die von Tellmarch angedeutete Richtung ein. Es war gerade jene liebliche Morgenstunde gekommen, die in der alten Sprache der Bauern aus der Normandie als »das Zwitschern des Tages« bezeichnet wird. Die Distelfinken und Sperlinge unterhielten sich miteinander in den Hecken. Der Marquis verließ das Dickicht und betrat den Fußweg, den er am Abend zuvor mit Tellmarch gegangen war. Über ein Kurzes befand er sich wieder bei jener Straßenverbindung, wo sich das steinerne Kreuz erhob. Schneeweiß schimmerte das Plakat unter der jungen Sonne; man hätte fast meinen dürfen, es habe eine stille Freude an ihr. Da erinnerte sich der Marquis, dass unter der Hauptanzeige noch etwas stand, das er gestern wegen der Feinheit der Lettern und der vorgerückten Tageszeit nicht hatte lesen können. Er trat an den Sockel des Kreuzes. Die Bekanntmachung schloss in der Tat, unter der Unterschrift »Prieur (Marne)«, mit den kleingedruckten Zeilen:

»Gleich nach Feststellung der Identität des vormaligen Marquis von Lantenac wird derselbe standrechtlich erschossen werden. - Gezeichnet: der Bataillonschef und Kommandierende der Streifkolonne, Gauvain.«

Er trat an den Sockel des Kreuzes.

- Gauvain! Murmelte der Marquis, und in tiefem Sinnen, mit beharrlichem Blick den Zettel anschauend, wiederholte er: Gauvain!

Nun tat er ein paar Schritte, wendete aber um, trat wieder vor das Kreuz hin und las die Anzeige nochmals. Dann erst entfernte er sich langsam, und wenn jemand zugegen gewesen wäre, hätte er ihn noch zuweilen vor sich hinmurmeln hören: Gauvain!

Von den Hohlwegen aus, durch die er nun weiter wanderte, waren die Dächer des Meierhofs, den er links liegen gelassen, nicht sichtbar: Er schritt eine steile Anhöhe entlang, die übersät war mit blühenden Stechpfriemen von einer besonderen Gattung, die längere Dornen hat. Diese Anhöhe gipfelte in einer jener Spitzen, die man in der dortigen Gegend einen Kopf nennt. Dicht unten am Abhang verlor sich der Blick in den Bäumen, deren Laub wie getränkt war von Sonnenschein. Die ganze Natur atmete Morgenfreudigkeit.

Da, plötzlich, schlug diese Freudigkeit in ihren Gegensatz um. Wie aus einem Hinterhalt platzte, der Sandsäule in der Wüste gleich, ein Gemisch von Wutgebrüll und Gewehrfeuer auf die in Licht gebadeten Fluren und Wälder herab, und in der Richtung der Meierei erhob sich über züngelnden Flammen eine Rauchwolke, als wären Weiler und Hof eine einzige brennende Garbe. Der unvermittelt plötzliche Übergang vom Ruhen zum Rasen, dieser Ausbruch einer Hölle mitten in dem Morgenfrieden, diese Schreckenshöhe ohne Zwischenstufen, boten einen grauenhaften Anblick. Um Herbe-en-Pail tobte der Krieg. Der Marquis blieb stehen. In derartigen Fällen - jeder hat es an sich schon einmal erprobt - behält die Neugier die Oberhand über das Bewusstsein der Gefahr und lieber als im Unklaren zu bleiben, trotzt man dem Tod. Der Marquis bestieg die Anhöhe, unter welcher sich der Hohlweg hinzog. Zwar konnte er dort gesehen werden, dafür aber sah auch er. In wenig Minuten hatte er den Kopf erklommen und schaute.

Und wirklich, die Gewehrsalve und die Feuersbrunst, das Geschrei und die Flammen ließen nicht mehr daran zweifeln, dass der Meierhof von Herbe-en-Pail den Mittelpunkt einer Katastrophe bildete. Doch welcher Katastrophe? Herbe-en-Pail war angegriffen worden, aber durch wen? War das wirklich ein Gefecht, oder war es nicht eher eine militärische Exekution? Die Blauen steckten häufig, einer revolutionären Verordnung gemäß, die widersetzlichen Höfe und Dörfer zur Strafe in Brand; als abschreckendes Beispiel wurde jeder Hof oder Weiler eingeäschert, der es unterlassen hatte, die gesetzlich vorgeschriebene Anzahl Bäume zu fällen oder der republikanischen Kavallerie durch die Dickichte einen Weg zu brechen und zu bahnen. So war insbesondere die Gemeinde von Bourgon bei Ernée erst vor Kurzem verheert worden. Ob Herbe-en-Pail wohl dieses Schicksal teilte? Dass keine der gesetzlich befohlenen strategischen Arbeiten in den Wäldern und an den Umzäunungen von Tanis und Herbe-en-Pail vorgenommen worden, ließ sich mit Sicherheit behaupten. War das nun die Strafe dafür? Hatte die Avantgarde, welche die Meierei besetzt hielt, einen diesbezüglichen Befehl erhalten? Sie gehörte ja zu einer jener Streifkolonnen, denen der Beiname »infernalisch« zugelegt worden war.

Die Anhöhe, von deren Gipfel aus der Marquis seine Beobachtungen anstellte, war allenthalben von einem äußerst struppigen, wilden Dickicht eingefasst, das man den Busch von Herbe-en-Pail nannte, trotzdem er die Ausdehnung eines Gehölzes hatte; er erstreckte sich bis an die Meierei und barg wie alle Wälder in der Bretagne ein ganzes Netz von Schluchten, Pfaden und Hohlwegen, in deren Labyrinth die republikanischen Truppen ratlos umherirrten.

Die Exekution, wenn es überhaupt eine solche war, musste furchtbar gewesen sein, denn sie war von kurzer Dauer; die Brutalität arbeitet rasch, und der Bürgerkrieg bringt die Brutalität mit sich. Während der Marquis sich in hunderterlei Vermutungen erging und, noch unschlüssig, ob er verschwinden oder bleiben solle, lauschte und spähte, hörte das Vernichtungsgetümmel auf oder stob vielmehr auseinander. Der Marquis vernahm etwas wie das Umherschwärmen wildfröhlicher Schaaren in dem Dickicht, ein schauerliches Hin- und Herwimmeln unter den Bäumen. Von der Meierei hatte sich's in den Wald gewälzt. Geschossen wurde nicht mehr, aber zum Angriff getrommelt. Das Ganze schien jetzt den Charakter eines Treibjagens anzunehmen; das Durchstöbern, Verfolgen und Hetzen deutete darauf hin, dass man jemand auf der Spur war. Das Lärmen war ein räumlich zerstreutes und dennoch nachhaltiges, eine Mischung von Zorn- und Siegesrufen, die zu einem Getöse ineinander schmolzen, sodass der Marquis keinen einzelnen Schrei heraushören konnte, bis plötzlich, wie die Form eines Gegenstandes aus einer abnehmenden Rauchwolke hervorsticht, dieser Lärm einen bestimmten deutlichen Laut von sich gab, einen Namen, der dem Lauschenden tausendstimmig ins Ohr schallte: Lantenac! Lantenac! Der Marquis von Lantenac!

Gefahndet wurde auf ihn.

VI.

Die Wechselfälle im Bürgerkrieg.

Plötzlich, von allen Seiten, blitzte es im Dickicht ringsum von Gewehrläufen, Bajonetten und Säbeln; hinterher ragte im Halbdunkel eine dreifarbige Fahne; der Ruf »Lantenac!« donnerte dem Marquis entgegen, und ihm zu Füßen erschienen verwilderte Gesichter über den Dornbüschen und zwischen den Zweigen. Der Marquis stand allein, allen Blicken ausgesetzt auf der Anhöhe. Er konnte die, welche ihn beim Namen riefen, kaum sehen; sie aber sahen alle ihn. Wenn das Dickicht tausend Flinten barg, so gab er die Zielscheibe ab für alle tausend. Deutlich unterschied er im Dickicht bloß die vielen glühend nach ihm starrenden Augen.

Der Marquis stand allein, allen Blicken ausgesetzt auf der Höhe.

Er nahm seinen Hut vom Kopf, stülpte die Krempe auf, riss von einer Pfriemenstaude einen langen dürren Dorn weg, zog eine weiße Kokarde hervor, heftete die Kokarde an die Krempe und diese an die Hutform fest und, indem er denselben so wieder aufsetzte, dass seine Stirn unter dem befestigten Hutrand und der Kokarde freistand, rief er laut, damit es der ganze Wald auf einmal höre: – Der bin ich, den ihr sucht. Ich bin der Marquis von Lantenac, Vikomte von Fontenay, bretonischer Fürst, Oberstkommandierender der Streitkräfte Seiner Majestät des Königs. Machen wir ein Ende! Legt an! Feuer!

Und die Jacke von Ziegenfell mit beiden Händen auseinanderreißend, entblößte er seine Brust. Als er hinabschaute, die auf ihn gerichteten Musketen mit dem Blick zu suchen, sah er sich umringt von einer knienden Menge, die nun jubelnd aufschrie:

– Hoch Lantenac! Der gnädige Herr, hoch! Vivat unser General! Und Hüte flogen in die Höhe; Säbel wurden unter Jauchzen geschwungen und aus jedem Busch braunwollene Mützen auf langen Stöcken geschwenkt. Die Leute um ihn her, die sich bei seinem Anblick auf die Knie niedergeworfen hatten, waren Vendéer Aufständische. Sagenhaften Berichten aus dem Altertum zufolge sollen in den wildesten Waldrevieren von Thüringen seltsame gigantische Wesen gehaust haben, die sowohl als übermenschliche wie als unmenschliche Geschöpfe behandelt wurden, denn bei den Römern galten sie für Bestien und bei den Germanen für Halbgötter und kamen also je nach Umständen in die Lage, vertilgt oder angebetet zu werden. Der Marquis empfand jetzt wohl etwas Ähnliches wie eines jener Wesen, das schon darauf gefasst, als Untier niedergemetzelt zu werden, nun auf einmal als himmlische Erscheinung verehrt worden wäre. Diese unheimlichen, Blitz sprühenden Augen hingen alle an ihm mit einem wilden Ausdruck von Liebe.

Der lärmende Haufen war mit Flinten, Säbeln, Sensen, Stangen und Stöcken bewaffnet; sämtlich trugen die Leute den großen Filzhut oder die braune Mütze mit der weißen Kokarde, weite, nach unten zu offen stehende kurze Beinkleider, haarige Jacken und lederne Gamaschen, dabei Rosenkränze und Amulette in Fülle; sie hatten langes Haar und nackte Knie und schauten, wenn auch Viele darunter grausam, so doch alle gewissermaßen kindlich drein.

Ein junger, stattlicher Mann, welcher sich durch die kniende Menge Bahn gebrochen hatte, eilte nun zum Marquis hinauf. Wie die Bauern trug auch er einen Filzhut mit aufgestülpter Krempe und weißer Kokarde und eine Jacke aus Ziegenfell, nur waren seine Hände weiß und sein Hemd fein, und überdies unterschied ihn von den Übrigen eine weißseidene Schärpe nebst Degen mit goldenem Griff. Oben angekommen warf er den Hut weg, nahm Schärpe und Degen ab, und sagte, indem er sich auf ein Knie niederließ und beides dem Marquis darbot:

– Wir haben Sie in der Tat gesucht und nun auch gefunden. Hier haben Sie die Zeichen des Kommandos. Diese Leute gehören fortan Ihnen. Bisher war ich der Befehlshaber; jetzt, Monseigneur, avanciere ich zu Ihrem Soldaten. Nehmen Sie unsere Huldigung entgegen, Herr General, und gebieten Sie über uns.

Und auf einen Wink von ihm traten einige Männer mit einer dreifarbigen Fahne zwischen den Bäumen hervor, kamen den Hügel herauf und legten dem Marquis jene Trikolore zu Füßen, die er vorhin im Dickicht hatte ragen sehen.

– Herr General, sagte der junge Mann, der ihm Degen und Schärpe überreicht hatte, es ist dies die Fahne, die wir soeben den Blauen, die in der Meierei von Herbe-en-Pail kampierten, abgenommen haben. Mein Name, Monseigneur, ist Gavard. Ich habe schon unter dem Marquis von la Rouarie gedient.

– Schön, sagte der Marquis, und legte ruhig und ernst die Schärpe an, zog dann den Degen und rief, indem er ihn über seinem Haupt schwenkte: Auf! Und ein Hoch Seiner Majestät dem König!

Alles erhob sich, und durch die Tiefen des Dickichts wirbelte es fort in siegestrunkener Begeisterung: Hoch der König! Hoch unser Marquis! Lantenac hoch! Nun wendete sich der Marquis wieder zu Gavard:

– Wie stark sind wir?

– Siebentausend Mann.

Und im Hinabsteigen von der Anhöhe, während die Bauern die Pfriemenstauden vor den Schritten des Marquis von Lantenac beiseite bogen, fuhr Gavard fort: Die Sache verhält sich nämlich in kurzen Worten ganz einfach so: Die Pulvermine bedurfte bloß mehr eines Funkens, um zu springen, und deshalb hat die Bekanntmachung Ihrer Anwesenheit durch die republikanische Behörde die ganze Gegend zum Kampf für Seine Majestät aufgerufen. Außerdem war uns die Nachricht auch noch unter der Hand durch den Bürgermeister von Granville zugekommen, der uns sehr ergeben ist, und der schon einmal den Abbé Olivier gerettet hat. In der Nacht ist Sturm geläutet worden.

– Wozu?

– Für Sie.

– Ah so! Sagte der Marquis.

– Und hier sind wir, setzte Gavard hinzu.

– Also wirklich siebentausend? – Heute noch; morgen aber sind wir fünfzehntausend; das kann unsere Gegend leisten. Als sich Herr Henri von La Rochejacquelein zur katholischen Armee begeben hat, wurde gleichfalls Sturm geläutet und binnen einer Nacht führten ihm die sechs Gemeinden Isernay, Corqueux, les Echaubroignes, les Aubiers, Saint-Aubin und Nueil allein zehntausend Mann zu. Nur an Munition fehlte es; da fand man noch bei einem Maurer sechzig Pfund Sprengpulver, und damit rückte Herr von La Rochejacquelein ins Feld. Wir dachten wohl, Sie müssten sich irgendwo in diesem Wald aufhalten, und so kommt's, dass wir Sie gleich hier suchten.

– Doch wie war denn das mit den Blauen in der Meierei von Herbe-en-Pail?

– Sie hatten in Folge der Windrichtung von dem Sturmläuten nichts gehört und waren auch sonst ohne allen Verdacht, denn das einfältige Volk im Dörfchen hatte sie freundlich aufgenommen. Heute früh, während die Blauen noch schliefen, haben wir den Hof umzingelt, und im Handumdrehen war alles vorüber. Herr General, ich bin beritten; darf ich die Ehre haben. Ihnen mein Pferd zur Verfügung zu stellen? – Ja.

Ein Schimmel mit militärischer Schabracke wurde von einem der Bauern vorgeführt. Der Marquis bestieg ihn, ohne von Gavards angebotener Hilfe Gebrauch zu machen.

– Hurra! Schrien die Bauern, denn an den Küsten der Bretagne und Normandie, welche in beständiger Geschäftsverbindung mit den Kanalinseln stehen, sind dergleichen Rufe vielfach dem Englischen entlehnt worden.

Gavard fragte salutierend: Monseigneur, wohin verlegen Sie Ihr Hauptquartier?

– Zunächst in den Wald von Fougères. – Eine von Ihren sieben Waldungen, Herr Marquis. – Sorgen Sie mir für einen Geistlichen. – Wir haben einen bereits hier. – Wen? – Den Vikar von La Chapelle-Erbrée. – Den kenne ich. Er hat die Reise nach Jersey gemacht. – Zu dreien Malen, sagte ein Priester, der jetzt vortrat.

Der Marquis wendete sich um:

– Guten Morgen, Herr Vikar. Ich werde Sie sogleich beschäftigen.

– Vortrefflich, Herr Marquis.

– Sie werden Beichte hören, heißt das nur, wenn die Betreffenden einverstanden sind. Gezwungen wird keiner.

– Herr Marquis, entgegnete der Priester, in Guéménée zwingt Gaston die Republikaner zur Beichte.

– Er ist ein Perrückenmacher. Sterben soll man frei.

Gavard, der sich entfernt hatte, um einiges anzuordnen, kam zurück:

– Herr General, ich erwarte Ihre weiteren Befehle.

– Der Sammelplatz ist der Wald von Fougères. Zunächst haben die Leute also auseinanderzugehen und sich dorthin zu verfügen.

– Die Ordre ist bereits gegeben.

– Sagten Sie mir nicht vorhin, dass in Herbe-en-Pail die Blauen eine freundliche Aufnahme gefunden? – Ja wohl, Herr General. – Und der Meierhof ist niedergebrannt worden. – Ja. – Haben Sie den Weiler mit niedergebrannt? – Nein. – So tun Sie's! – Erst haben sich die Blauen gewehrt; aber sie waren ihrer hundertundfünfzig und wir volle sieben Tausend. – Welche Sorte von Blauen war's? – Blaue von Santerre. – Welcher den Trommelwirbel kommandierte, während man den König enthauptete ... Demnach waren es ja Pariser? – Ein halbes Bataillon. – Wie heißt das Bataillon? – Herr General, auf der Fahne steht: »Bonnet-Rouge.« – Bestien also. – Was soll mit den Verwundeten geschehen? – Gebt ihnen den Rest. – Und mit den Gefangenen? – Niederschießen. – Es sind an die achtzig Mann. – Alles nieder. – Dazu noch zwei Weiber. – Mit erschießen. – Mit drei Kindern. – Die gehen einstweilen mit uns, bis ein weiteres über sie beschlossen ist. Und der Marquis trieb sein Pferd voran.

VII.

Ohne Gnade! – Keinen Pardon![5]

Während bei Tanis alle diese Begebenheiten aufeinanderfolgten, war der Bettler in der Richtung von Crollon weitergegangen. Er hatte sich tief in die Schluchten verloren, unter das dichte, schweigsame Laubdach, teilnahmslos, wie er selber gesagt, für alles Einzelne und teilnehmend an nichts, mehr in Träumerei als in Gedanken, denn wer denkt, hat ein Ziel vor sich, der Träumer keines. So schlich und schlenderte er zwecklos einher, blieb zuweilen stehen und aß wilden Ampfer, ein Blatt oder zwei, trank auch aus den Quellen, erhob hin und wieder, wenn von Weitem ein Getöse an sein Ohr schlug, das Haupt und fiel dann in den blendenden Halbschlafzauber der Natur zurück, in Lumpen unter der lieben Sonne, die fernen Anklänge menschlichen Treibens vielleicht wohl hörend, lauschend aber dem Gesang der Vögel.

Langsam und gebrechlich; weit konnte er nicht mehr gehen; er hatte es ja dem Marquis von Lantenac gesagt: nach der ersten Viertelstunde war er schon müde; er machte noch einen kleinen Umweg gegen La Croix-Avranchin zu, und als er heimkehrte, war es bereits Abend.

In geringerer Entfernung von Macey führte ihn der Pfad, dem er folgte, zu einer unbewaldeten Erderhöhung mit einer Fernsicht über den gan-

[5] Ohne Gnade! – war die Parole des revolutionären Pariser Stadtrats, während der Prinz, der an der Spitze der Emigrierten stand, (Artois, der jüngere Bruder Louis XVI. und spätere König Karl X.) die Parole ausgegeben hatte: Keinen Pardon!

zen westlichen Horizont bis ans Meer. Dort oben wurde er auf einen Rauch aufmerksam. Ein emporschwebender Rauch kann die sanftesten, aber auch die schreckhaftesten Betrachtungen wecken; es gibt einen friedlichen und einen verruchten Rauch. Ein Rauch kann uns je nach seiner Beschaffenheit und Farbe in grellem Gegensatz an den Frieden erinnern oder an den Krieg, an Verbrüderung oder Hass, Gastlichkeit oder Grabesgrauen, Leben oder Tod. Wenn zwischen Bäumen eine Rauchsäule aufsteigt, bedeutet sie vielleicht das Lieblichste, was in der Welt zu finden ist, den häuslichen Herd, oder wieder das Schauerlichste, die Feuersbrunst. Und alles menschliche Glück wie aller menschliche Jammer liegt oft in so einer Dampfwolke, die im Winde zerstiebt.

Der Rauch, den Tellmarch bemerkt hatte, war ein besorgniserregender, denn er war schwarz und zuweilen rötlich leuchtend; die Flamme, der er entstammte, schien abwechselnd zu steigen und zu fallen, also dem Erlöschen nahe zu sein, und er stand gerade über Herbe-en-Pail. Tellmarch ging in beschleunigtem Schritt darauf zu. Er war freilich recht erschöpft, aber er wollte doch wissen, wie das sei. Als er den Hügel erklommen hatte, an dessen Fuß Hof und Weiler gelegen waren, war weder Hof noch Weiler mehr zu sehen, nur noch ein glühender Schutthaufen.

Es gibt noch einen schmerzlicher beklemmenden Anblick als einen brennenden Palast, das ist eine brennende Hütte. Aus dem Brande einer Hütte steigt ein unendlich jammervolles Etwas: Der innere Widerspruch, der darin liegt, wenn die Vernichtungswut über das Elend hereinbricht und der Geier den Wurm mit seiner Grausamkeit verfolgt, schnürt einem das Herz zusammen.

Die biblische Legende erzählt, dass ein Zurückschauen auf eine Feuersbrunst ein menschliches Wesen in eine Salzsäule verwandelt hat. In diesem Moment war Tellmarch zu einer solchen Säule erstarrt, gelähmt durch das Schrecknis, das sich ihm darbot. Über der ganzen Verwüstung lag Schweigen. Kein Schrei, kein Wimmern stieg mit dem Rauch empor.

Dieser Schmelzofen fuhr fort, die letzten Überreste des Dorfes zu verzehren, ohne dass man etwas Anderes hätte vernehmen können, als das Krachen der Balken und das Knistern des verglimmenden Dachstrohs. Hier und da riss der Rauchschleier, und dann wurden durch die eingestürzten Decken die gähnenden Wohnräume sichtbar; die Esse ließ ihre Rubinen alle flimmern und das oder jenes arme, alte Möbel leuchtete wie von Purpur zwischen den geröteten Mauern, und Tellmarch schaute dann der Verheerung unheimlich blendende Kehrseite.

Im Kastanienwald, der dicht an die Häuser grenzte, waren einige Bäume von dem Feuer ergriffen worden und flackerten zum Himmel.

Vergebens lauschte der Bettler hinaus nach irgendeiner Stimme, einem Hilferuf, einem Klagelaut. Nichts sah er sich bewegen als die Flammen, und alles schwieg, nur der Brand nicht. So waren denn alle entflohen? Das lebendige, arbeitsame Völkchen von Herbe-en-Pail, wo mochte es jetzt wohl hingekommen sein?

Tellmarch verließ den Hügel. Langsam und mit stierem Blick näherte er sich den Ruinen, diesem düster starrenden Rätsel, das er vor sich hatte, - langsam wie ein Schatten, denn in dieser Grabstätte kam er selber sich vor wie ein Phantom. Nun hatte er die Stelle erreicht, wo sich früher die Einfahrt der Meierei befunden hatte, und sah in den Hof, welcher nun mit seinen eingesunkenen Mauern eins war mit den umliegenden Trümmergruben. Was der Mann bis jetzt gesehen, war aber noch nichts, war nur das Schreckliche; bald sollte er das Grauenhafte erblicken.

Mitten im Hofe lag, von einer Seite durch den Schein des Feuers, von der anderen durch den Mond bloß in wenigen Umrissen undeutlich hervorgehoben, eine schwarze Masse. Diese Masse bestand aus einzelnen Menschen und diese Menschen waren tot. Rings um sie herum stagnierte eine Flüssigkeit, in welcher der Brand sich spiegelte; doch sie bedurfte dessen nicht, um rot zu erscheinen, denn es war Blut.

Tellmarch trat näher und untersuchte diese Körper einen nach dem anderen; sie waren alle leblos. Bei der Beleuchtung der Feuersbrunst und des Mondes konnte er erkennen, dass es Soldatenleichen waren, sämtlich barfuß; die Schuhe waren ihnen ausgezogen worden; auch hatte man die Waffen mit fortgenommen; die Uniform war blau und die Hüte, die unter dieser Anhäufung von ausgestreckten Gliedmaßen und hängenden Köpfen umherlagen, trugen die dreifarbige Kokarde. Die Toten waren Republikaner, jene Pariser, die noch den Abend zuvor, alle frisch und munter, hier in der Meierei von Herbe-en-Pail ihr Quartier hatten. Eine gewisse Symmetrie, die in dieser Unordnung herrschte, deutete darauf hin, dass sie hingerichtet worden waren, ohne langen Todeskampf, sorgfältig; es war kein einziges Röcheln zu vernehmen; nicht einer hatte die Übrigen überlebt. Tellmarch vergaß bei seiner Leichenschau keinen Einzigen. Jeder hatte ein paar Kugeln in Kopf und Brust. Diejenigen, durch welche die Exekution vollzogen worden, hatten wahrscheinlich eine solche Eile gehabt, wieder weiter zu marschieren, dass sie sich nicht damit befassen mochten, die Opfer zu begraben.

Schon wendete sich der Bettler zum Gehen, als sein Blick auf einen niedrigen Mauerrest fiel, über den er von der andern Seite her vier Füße herunterhängen sah. Diese Füße waren kleiner als die Übrigen und nicht nackt; Tellmarch trat näher. Es waren Weiberfüße. Hinter der Mauer lagen zwei Frauen nebeneinander hingestreckt, gleichfalls erschossen. Tellmarch beugte sich über sie. Die Eine trug eine Art Uniform; ihr zur Seite lag ein durchlöchertes leeres Fässchen. Die tote Marketenderin hatte vier Kugeln im Kopf. Nun untersuchte Tellmarch die Andere, eine Bäuerin. Sie lag bleich, mit offenem Munde und geschlossenen Augen da. Am Kopf hatte sie keine Wunden. Ihr Kleid, das wohl unter Mühsalen so zerfetzt worden, war durch den Sturz aufgegangen, und ließ den Oberkörper zum Teil entblößt. Tellmarch schob es noch weiter auseinander und entdeckte an der einen Schulter eine runde Schusswunde. Das Schlüsselbein war entzwei. – Mutter und Amme, murmelte der Bettler vor sich hin, indem er den blutbefleckten Busen ansah. Er berührte ihre Schulter; sie war nicht kalt; andere Verletzungen als der Bruch und der Schuss waren nicht vorhanden. Tellmarch legte ihr nun die Hand auf die Herzgrube und fühlte ein mattes Schlagen. Die Frau lebte noch.

– Ist denn niemand hier? Rief der Bettler hoch aufgerichtet, verzweiflungsvoll.

– Bist du's, Caimand? Flüsterte es kaum vernehmbar; ein Kopf tauchte hinter einem Schutthaufen auf, und gleich darauf hinter einem andern ein zweiter. Es waren Bauern, die sich versteckt hatten, die beiden einzig Überlebenden. Die wohlbekannte Stimme des Bettlers hatte ihnen Mut gegeben, aus ihren Schlupfwinkeln hervorzukriechen. Sie zitterten noch am ganzen Leib, als sie auf Tellmarch zugingen. Dieser hatte einen Schrei gefunden, aber reden konnte er nicht; so wirken große Erschütterungen auf den Menschen. Er deutete bloß auf das Weib zu seinen Füßen hin.

– Lebt sie noch? Fragte der eine Bauer.

Tellmarch bejahte mit einem Kopfnicken.

– Und die Andere lebt die auch? Fragte der zweite Bauer.

Tellmarch schüttelte den Kopf, und der Bauer, welcher sich zuerst hatte blicken lassen, sagte wieder:

– Die Andern sind alle tot, nicht wahr? Ich hab's mit ansehen müssen. Ich war drunten in meinem Keller. O, wie dankt man da seinem Schöpfer, dass man nicht Weib und Kind hat! Mein Haus brannte. Jesus Maria! Alles haben sie umgebracht. Die Frau hier hatte Kinder, drei ganz kleine, und die Kinder schrien: »Mutter!« und die Mutter schrie: »Meine Kinder!« Die Mutter haben sie zusammengeschossen und die Kleinen mitgenommen. Mein Gott! Ich habe das mit ansehen müssen, allmächtiger Gott! Die, welche alles niedergemetzelt haben, sind dann gegangen. Sie waren zufrieden. Die Kinder haben sie mit fortgenommen und die Mutter umgebracht. Aber sie ist nicht tot, nicht wahr? Sie ist nicht tot? Höre einmal, Caimand, glaubst du, dass du sie retten kannst? Wie wär's, wenn wir sie zu dir heimbrächten? Tellmarch nickte beistimmend mit dem Kopf.

Da der Wald an die Brandstätte stieß, hatten sie aus Zweigen und Farnkräutern eine Tragbahre bald hergerichtet, auf die sie das immer noch bewusstlose Weib hinlegten, und nun traten sie den Rückzug durch das Dickicht an. Die beiden Bauern trugen die Bahre, der eine zu Häupten, der andere zu Füßen, und Tellmarch hielt den Arm der Frau und fühlte ihr von Zeit zu Zeit nach dem Puls.

Den ganzen Weg entlang redeten die zwei Bauern und warfen einander über die Verwundete hinüber, deren bleiches Gesicht der Mond beschien, abgerissene Worte des Schreckens zu. - Alles umzubringen! - Alles niederzubrennen! - Ach du lieber Gott! Soll jetzt so drauf losgehaust werden?

- Der große alte Mann, der hat's haben wollen. - Ja, der war der Anführer. - Ich habe ihn nicht gesehen, wie man sie umgebracht hat; ist er dabei gewesen?

- Nein. Er war schon fort. Aber tut nichts; wie er's befohlen hat, so ist's auch geschehen.

- Dann freilich hat er alles auf dem Gewissen.

- Zusammenschießen! Hatte er gesagt; niederbrennen! Ohne Pardon!

- Ist es wirklich ein Marquis? - Wenn ich dir sage, dass er unser Marquis ist! - Wie heißt er fein nur? - Er ist Herr von Lantenac.

Tellmarch blickte gen Himmel und murmelte in seinen weißen Bart: wenn ich geahnt hätte! ...

Zweiter Teil

Zu Paris

Erstes Buch

Cimourdain

I

Die Straßen von Paris, damals

Man lebte draußen; sogar der Tisch, an dem gegessen wurde, stand draußen vor der Haustür; auf den Kirchenstufen saßen die Weiber und zupften Charpie zur Marseillaise; im Park-Monceaux und im Luxembourg-Garten wurde exerziert; auf allen Plätzen waren kleine Gewehrfabriken in Tätigkeit, und die Waffen entstanden unter den Augen der Beifall klatschenden Menge; die allgemeine Meinung war: »Geduld; wir stehen eben mitten in einer Revolution.« Mit einem heroischen Lächeln ging man ins Theater wie zu Athen während des peloponesischen Krieges; an den Straßenecken war angeschlagen: »Die Belagerung von Thionville. - Die gerettete Hausmutter. - Der Klub der Unverdrossenen. - Die Päpstin Johanna senior. - Die Philosophen in Uniform. - Ländliche Liebeskünste.« - Die Deutschen waren im Anmarsch; man erzählte, der König von Preußen habe sich schon vormerken lassen für die Opernvorstellungen. Schrecklich war alles und doch niemand in Schrecken. Das düstere Gesetz über die Verdächtigen, eine Versündigung Merlins aus Douai, ließ das Fallbeil über eines jeden Kopf hervorblitzen, aber ein denunzierter Prokurator namens Seran erwartete die Häscher im Schlafrock und in Pantoffeln und blies bei offenem Fenster auf der Flöte. Überflüssige Zeit schien's nicht mehr zu geben; alles hastete vorwärts. An jedem Hut die Kokarde. »Die rote Kappe steht uns allerliebst,« meinten die Frauen. Die Läden, wo Altertümer feilgeboten wurden, waren vollgepfropft mit Kronen, Bischofsmützen, Lilien und Szeptern von vergoldetem Holz, dem abflutenden Hausrat der königlichen Paläste. Bei den Trödlern kaufte man die Chorröcke und Messgewände auf »Pack dich damit!« Auf dem Porcherons-Platz und in der Schenke von Ramponneau tranken Leute, die sich in Stolen und Chorhemden gesteckt hatten und auf Eseln im Kirchenornat ritten, den Wein der Kneipe aus den goldenen Gefäßen der Kathedralen! In der Straße Saint-Jacques hielten barfüßige Pflasterer den Karren eines Hausierers an, der mit Schuhen handelte, und kauften mit ihrer zusammengelegten Barschaft fünfzehn Paar Schuhe, die sie für die Soldaten in den Konvent schickten. Es wimmelte von Büsten eines Franklin, Rousseau, Brutus und Marat. Unter einer jener Büsten von Marat, in der Straße Cloche-Perce, hing unter Glas in schwarzem Rahmen eine Anklage gegen Malóuet mit Belegstücken und folgender Randglosse: »Diese Angaben verdanke ich der Geliebten von Sylvain Bailly, einer guten Patriotin, die mir wohl will. – Gezeichnet: Marat« Auf dem Platze des Palais-Royal war am Brunnen die ursprüngliche lateinische Inschrift hinter zwei großen Bildern verschwunden, die, mit Leimfarbe gemalt, das eine Cahier von Gerville vorstellte, wie er der Nationalversammlung das Erkennungszeichen der »Chiffonisten« von Arles anzeigt, das andere die Rückkehr Ludwigs XVI. von Varennes mit zwei Grenadieren, welche, das Bajonett am Gewehr, jeder auf einem Ende eines Brettes saßen, das unter der Karosse mit Seilen befestigt war. Von den großen Läden waren die wenigsten offen. Auf Karren mit Lichtern, von denen der schmelzende Talg auf die Gegenstände niedertroff, wurden durch Weiber Kramwaren und dergleichen von Haus zu Haus feilgeboten. Ex-Klosterfrauen mit blonden Perrücken hatten Kaufbuden unter freiem Himmel aufgeschlagen. Die Person, die drüben in einem Schuppen Strümpfe stopfte, war eine Gräfin und dort jene Näherin eine Marquise; Frau von Boufflers bewohnte einen Dachboden mit Aussicht auf ihr Palais. Eilende Zeitungsverkäufer riefen die »papiers-nouvelles« aus. Die, deren Kinn noch in einer Halsbinde steckte, hieß man »die Skrophulösen«. Bänkelsänger gab es in Unmassen. Unter Grölen verfolgte man Pitou, den royalistischen Komiker, der zugleich ein Tapferer war, denn er ließ sich zweiundzwanzig Mal einsperren und wurde vor das revolutionäre Schwurgericht geladen, weil er beim Wort »Bürgertugend« sich einen Schlag unter den Rücken versetzt hatte; als es ihm ernstlich ans Leben ging, rief er: »Aber meine Herrschaften, schuldig ist doch im schlimmsten Fall nur das Gegenteil meines Kopfes!« ein Witz, über den die Richter selbst lachen mussten, sodass er mit heiler Haut davon kam. Dieser Pitou geißelte die Manie der griechischen und römischen Namen; in sein Lieblingskouplet war von einem Schuster die Rede, den er »Cujus« und dessen Weib er »Cujusdam« hieß. Allenthalben wurde die »Carmagnole« getanzt, wobei man nicht »Kavalier und Dame«, sondern »Bürger und Bürgerin« sagte. Man tanzte sie in den zerfallenen Klöstern mit Lampions auf dem Altar, zwei waagrecht herabhängenden gekreuzten Stöcken mit vier Lichtern am Gewölbe und Grabstätten unter den Füßen. – Es wurden »tyrannenblaue« Westen getragen und Vorstecknadeln »á la Freiheitsmütze« mit weißen, blauen und roten Steinen. Die Richelieu-Straße hieß Gesetzstraße, die Vorstadt Saint-Antoine Ruhmvorstadt und auf dem Bastille-Platz stand eine Statue der Natur. Man zeigte sich gewisse bekannte Stadtfiguren, Chatelet, Didier, Nicolas und Garnier-Delaunay, die vor der Tür des Tischlermeisters Duplay Wache hielten; Voulland, der bei keiner Hinrichtung fehlte und dem Karren mit den Verurteilten folgte, was er »in die rote Mette gehen« hieß, und den revolutionären Geschworenen und Ex-Marquis Montflabert, der sich den Namen »Zehnter August« beigelegt hatte. Man sah dem Défilé der Kriegsschüler zu, die laut Verordnung des Konvents »die Zöglinge des Mars«, durch den Volksmund aber »die Pagen von Robespierre« tituliert wurden. Dann las man wieder die Proklamationen von Fréon, in denen er den Verdächtigen das Verbrechen des »Krämertums« vorwarf. Die »Zierbengel«, die sich bei den Rathäusern herumtrieben, verhöhnten die Ziviltrauungen und umdrängten die Brautleute mit dem Spottruf »Municipaliter!« Im Invalidendom trugen die Statuen der Heiligen und Könige die phrygische Mütze. Auf den Ecksteinen wurde gespielt, und zwar mit revolutionären Karten, bei denen die Könige den Genien, die Damen den Freiheiten, die Buben den Gleichheiten und die Asse den Gesetzen hatten weichen müssen. Man pflügte die öffentlichen Gärten um; vor den Tuilerien wurde geackert. Dabei machte sich, und namentlich bei den besiegten Parteien, ein gewisser hochfahrender Überdruss geltend; an Fouquier-Tionville wurde eines Tags geschrieben: »Seien Sie so freundlich, mich von der Existenz zu befreien. Anbei meine Adresse.« Und Champcenez provozierte mitten im Palais-Royal-Garten seine Verhaftung durch die herausgeschriene Äußerung: »Der Sultan sollte die türkische Republik proklamieren; nichts würde ich lieber sehen, als wie Nichtswürdiges sich durch die hohe Pforte empfiehlt.« Nirgends durften die Zeitungen fehlen. Während die Friseurgesellen öffentlich an ihren Frauenperrücken kräuselten, las ihnen der Meister mit lauter Stimme den »Moniteur« vor; in lärmenden Gruppen wurde unter lebhaftem Gebärdenspiel über den Leitartikel im »Verstehen wir uns auch recht!« von Dubois-Crancé oder in der »Trompete des Père Bellerose« debattiert. Manche Barbiere waren gleichzeitig Wursthändler, sodass man in gewissen Auslagen neben einer goldhaarigen Kopfpuppe Würste und Schinken hängen sah. Fahrende Schenkwirte priesen den Vorübergehenden ihren »Emigrantenwein« an; ein anderer Weinhändler verzapfte »Zweiundfünfzigsortenwein«; wieder Andere handelten mit Lyra-Pendülen und Sophas à la Düchesse. Über der Tür eines Friseurs stand zu lesen: »Hier wird die Geistlichkeit über den Löffel barbiert, dem Adel in die Haare gefahren und der dritte Stand nicht geschnitten.« In der Anjou, vormals der Dauphin-Straße, ließ man sich Nummer 172 bei Martin die Karten legen. Es mangelte an Brod, mangelte an Kohlen, mangelte an Seife. Herdenweise wurden die Milchkühe aus der Provinz in die Stadt getrieben. In der Vallée kostete das Pfund Lammfleisch fünfzehn Francs. Laut Anschlag des Stadtrats wurde für jede Dekade per Kopf ein Pfund Fleisch verabreicht. Vor den Viktualienläden machte man Queue. Eine dieser regelmäßigen Menschenansammlungen hat sich sogar im Gedächtnis des Volkes erhalten; sie reichte von der Thür eines Spezereihändlers in der Straße Petit-Carreau bis mitten in die Straße Montorgueil. Queue machen hieß damals »die Schnur halten«, wegen des langen ausgespannten Seils, das alle, der Reihe nach hintereinander stehend, in die Hand nahmen. Die Weiber ertrugen dies Elend mit sanftmütiger Tapferkeit. Ganze Nächte hindurch warteten sie vor den Bäckerläden, bis die Reihe an sie kam. Die Revolution hatte mit ihren Notbehelfen Glück; es gelang ihr die Verzweiflung vermittelst zweier Maßregeln abzuwehren, des Zwangskurses der Assignaten und der Einführung des Maximums; das Assignat musste ihr als Hebel und das Maximum als Stützpunkt dienen, und durch dieses empirische Verfahren wurde Frankreich gerettet. Der Feind in Koblenz wie in London wucherte mit den Assignaten. Dirnen, welche mit Lavendelessenz, Strumpfbändern und Husarenzöpfen hausierten, betrieben die Agiotage.

Die Geldmakler der Vivienne-Straße trugen schmutzige Schuhe, fettes Haar und Bärenmützen mit Fuchsschweif, die »Mayolets« der Valois-Straße hingegen, die sich von den Dirnen duzen ließen, Lackstiefel, langhaarige Hüte und zwischen den Lippen einen Zahnstocher. Auf beide Gattungen machte das Volk Jagd, wie auch auf die Diebe, die von den Royalisten den Spitznamen »aktive Bürger« bekommen hatten. Diebstähle gehörten übrigens zu den Seltenheiten, und eine trotzige Armut, eine stoische Rechtlichkeit waren an der Tagesordnung. Mit ernst gesenktem Blick gingen die barfüßigen Hungerleider an den Auslagen der Juweliere des Palais-Egalité vorüber. Bei Gelegenheit einer Haussuchung, welche die Bezirksbehörde der Vorstadt Antoine bei Beaumarchais vornehmen ließ, pflückte ein Weib im Garten eine Blume; sie wurde vom Volk dafür geohrfeigt. Das Holz kostete das Klafter vierhundert Francs in klingender Münze; man sah auf der Straße Leute ihre Bettstatt kleinsägen; im Winter waren die Brunnen zugefroren, und die Tracht Wasser stieg auf zwanzig Sous; alle Ärmern wurden Wasserträger. Der Louisdor wurde mit dreitausendneunhundertundfünfzig Francs Papier bezahlt, die Fahrt in einem Fiaker mit sechshundert. Nach vollendeter Fahrt konnte man folgenden Dialog hören: – Kutscher, was bin ich Ihnen schuldig? – Sechshundert Francs. – Eine Gemüsehändlerin hatte eine Tageseinnahme von zwanzigtausend Francs. Bettelleute sagten zu einem: »Aus Barmherzigkeit, helfen Sie mir! Es fehlen mir zweihundertdreißig Francs, um meine Schuhe zu bezahlen.«

An den Brücken standen kolossale Statuen, die von David geschnitzt und bemalt waren, und die Mercier höhnischerweise »hölzerne Hanswurste« nannte, Statuen, welche den niedergeworfenen Föderalismus und die zurückgeworfene Koalition darstellten. Dieses Volk, in seiner düsteren Freude, mit den Thronen ein Ende gemacht zu haben, blieb der Entmutigung unzugänglich. Die Freiwilligen strömten herbei, um dem Feind die Brust zu bieten. Jede Straße stellte ein Bataillon. Die Fahnen der Bezirke wurden herumgetragen, jede mit einer Devise. Auf der Fahne des Bezirks Les Capucins war zu lesen: »Uns soll Keiner barbieren«, auf einer anderen: »Keinen Adel mehr außer im Herzen.« An allen Mauern Plakate, große und kleine, weiße und gelbe, grüne und rote, gedruckte und geschriebene, mit der Aufschrift: »Es lebe die Republik!« Selbst die kleinen Kinder stammelten schon: »Ça ira«. Diese kleinen Kinder waren die unendliche Zukunft.

Später schlug die tragische Stadt ins Zynische um. Die Straßen von Paris haben zwei gründlich verschiedene Physiognomien gehabt, vor und nach dem 9. Thermidor; auf das Paris von Saint-Just folgte das Paris von Tallien. Die Weltgeschichte lebt von Gegensätzen: gleich nach dem Sinai kam die Maskerade. Ein Anfall allgemeinen Wahnsinns gehört nicht zu den Unmöglichkeiten; das hatte sich vor achtzig Jahren schon herausgestellt. Nach Ludwig XVI. wie nach Robespierre empfindet man ein dringendes Bedürfnis des Aufatmens; daher die Regentschaft, die das Jahrhundert eröffnet, und das Direktorium, womit es abschließt: doppelte Saturnalien nach doppelter Gewaltherrschaft. Frankreich nimmt sowohl aus dem puritanischen Kloster Reißaus wie aus dem monarchischen, mit der Ausgelassenheit einer dem Kerker entsprungenen Nation. So wurde denn nach dem 9. Thermidor Paris lustig, hirnverbrannt lustig. Es strömte über von krankhafter Freude. Des Sterbens Raserei verwandelte sich in Raserei des Lebens, und die Größe erlosch. Nun erschien ein zweiter Trimalcio in der Person von Grimod de la Reynière; es erschien »der Almanach der Feinschmecker«. Man tafelte im ersten Stock des Palais-Royal unter schmetternden Fanfaren, mit einem Orchester von Weibern, welche in Trompeten bliesen und die Trommel rührten. »Der Rigaudinier« mit seinem Fidelbogen gelangte zur Herrschaft; es wurde bei Méot »orientalisch« soupiert zwischen dampfenden, duftenden Rauchpfännchen. Boze malte seine Töchter, reizende sechzehnjährige Köpfchen voller Unschuld, in »Guillotinentoilette«, das heißt in ausgeschnittenen roten Hemden. Auf die wilden Tänze in den zerfallenen Kirchen folgten die Bälle bei Ruggieri, bei Luquet, bei Wenzel, bei Manduit, bei der Montausier; nach den strengen, Charpie zupfenden Bürgerinnen kamen die Sultaninnen, die Indianerinnen, die Nymphen, und nach den nackten, blutenden, schmutz- und staubbedeckten Füßen der Soldaten, die nackten, diamantengeschmückten Füßchen der Weiber; mit der Scham war auch die Rechtlichkeit abhandengekommen; oben tauchten die Armeelieferanten und unten das kleine Raubgesindel auf; das Gewimmel von Spitzbuben überschwemmte Paris, und Jeder musste seine Brieftasche hüten. Zum Zeitvertreib begab man sich jetzt vor den Justizpalast, um die ausgestellten Diebinnen zu betrachten; es mussten ihnen die Kleider festgebunden werden; am Ausgang der Theater boten einem die Straßenjungen einen Wagen mit dem Beisatz an: »Bürger und Bürgerin, es ist Raum darin für zwei;« man bot statt des »alten Cordelier« und des »Volksfreunds« den »Brief von Polichinell« feil und das »Gesuch der Laufburschen«. In der Bezirksversammlung Les Piques am Vendôme-Platz führte der Marquis von Sade den Vorsitz. Die Reaktion war possierlich und grausam zugleich; die »Dragoner der Freiheit« aus dem Jahre 92 waren als »Ritter vom Dolch« wieder auferstanden. Auf der Bühne herrschte die typische Figur von Joerisse, in der Gesellschaft die »Merveilleuses« und die noch abgeschmackteren »Inconcevables«; man sagte: »par ma parole victimée« und »par ma parole verte«; von Mirabeau war man zu dem Possenreißer Bobêche zurückgesunken.

Das ist das große Hin und Her und Auf und Ab von Paris, der riesenhafte Pendelschlag einer ganzen Kultur von dem einen Pol zum anderen, von Thermopylä nach Sodom und Gomorrha. Nach 93 bewegte sich die Revolution durch eine absonderliche Verfinsterung weiter; es war, als ob das Jahrhundert vergessen würde, zu vollenden, was es begonnen hatte; eine unbegreifliche Orgie lenkte es ab, und schob sich vor und verschleierte die zurückgedrängte, schreckenvoll großartige Vision und brach nach all dem Schauer in ein Hohngelächter aus. Die Tragödie verschwand im Satyrspiel und das Medusenhaupt sah am Horizont nur noch ganz verschwommen herüber durch den Dunst des Karnevals. Im Jahre 93 aber, zurzeit, um die sich's hier handelt, hatten die Straßen von Paris von dem wilderhabenen Charakter jener Periode noch nichts eingebüßt. Sie hatten ihre Redner, Barlet, der von seinem Karren herab zu der Menge sprach, ihre Helden, wie zum Beispiel den »Kapitän der beschlagenen Stöcke«, ihre Lieblinge, wie Goffroy, den Verfasser der Flugschrift »Rougiff«. Einige dieser Lieblinge übten auf das Volk einen schädlichen, andere wieder einen wohltätigen Einfluss, keiner jedoch einen so verhängnisvolle wie in der Geradheit seines Herzens Einer unter ihnen: Cimourdain.

II.

Cimourdain.

Cimourdain war ein reines aber finsteres Gewissen; er war sich eines Einblicks in Ewiges bewusst. Früher hatte er dem geistlichen Stand angehört, eine Tatsache von vielbedeutender Tragweite. Bei Menschen ist, wie am Himmel, eine gewisse düstere Abklärung möglich, sowie sich nur die besondere Veranlassung dazu bietet. So war denn Cimourdain durch das Priestertum verdüstert worden; das Priestertum lässt sich nicht wieder ablegen. Aber eine Nacht, die sich in unser Gemüht senkt, kann Sterne mitbringen, und Cimourdain besaß der Tugenden und Herzenswahrheiten gar manche, die aus der Finsternis seines Wesens leuchteten. Seine äußere Lebensgeschichte war überaus einfach: Erst war er Dorfkaplan und Erzieher in einem vornehmen Hause gewesen; dann hatte er eine kleine Erbschaft gemacht und infolgedessen seine Freiheit wiedergewonnen. Hartnäckigkeit war der Grundzug seines Charakters. Er arbeitete mit seinen Gedanken, wie man mit einer Zange arbeitet, und hielt sich nur dann für berechtigt, von einem Begriff abzulassen, wenn er ihn erschöpft hatte; er war verbissen in seinem Reflektieren. Mit allen europäischen Sprachen und sogar noch mit einigen anderen bekannt, studierte er unablässig; es hatte ihm dies zwar die Erfüllung seines Keuschheitsgelübdes erleichtert, aber ein solches Zurückdrängen ist unter allen Umständen höchst gefährlich. War's nun aus Stolz oder zufällig oder aus Seelenwürde gewesen, seine Berufspflichten hatte er nie verletzt, bis auf eine einzige; die Wissenschaft hatte seinen Glauben zerstört, seinen Dogmenglauben wenigstens. Als ihm das ganz ins Bewusstsein getreten war, hatte er etwas empfunden wie eine Verstümmelung; da er nun doch einmal Priester sein musste, hatte er seine Bemühungen dahin gerichtet, wieder einen Menschen aus sich zu machen, was ihm nur dem herben Sinne nach gelang. Da er weder Weib noch Kind haben durfte, machte er das Vaterland zu seinem Kind und die Menschheit zu seinem Weibe. Bei einer so ungeheuren Ausdehnung der Gefühlssphäre bleibt der Mittelpunkt eigentlich leer.

Cimourdains Vater, ein Bauer, hatte den Sohn Priester lassen werden, damit dieser aus dem Volk heraustrete, und nun war Cimourdain zum Volk zurückgekehrt, und mit schwärmerischer Leidenschaft, mit einer furchtbaren Zärtlichkeit für alles Leidende. Aus dem Priester war ein

Philosoph und aus dem Philosoph ein Athlet geworden. Ludwig XVI. hatte noch den Thron nicht bestiegen, und schon neigte Cimourdain, wenn auch vorerst unklar, zur Republik aber zu welcher Republik? Zur Republik Platos vielleicht, vielleicht auch zu der eines Drako. Da ihm untersagt war, zu lieben, hatte er sich aufs Hassen verlegt, und so hasste er nun die Unwahrheit, das Königtum, die Priesterherrschaft, sein eigenes Gewand, hasste die Gegenwart und rief mit lautem Schrei eine Zukunft herbei, die er vorempfand, die er herannahen sah mit seinem Ahnen als etwas Fürchterliches und Herrliches; er begriff, dass dem jammervollen menschlichen Elend nur ein Ziel gesetzt werden könne durch einen Rächer, der auch ein Wohltäter sein müsse. Er vergötterte schon von ferne die Umwälzung.

Im Jahre 1789 trat sie ins Dasein und fand ihn bereit. Er stürzte sich in diesen großen menschlichen Regenerationsprozess mit Konsequenz, das heißt bei einem Mann von seinem Schlag so viel, wie unerbittlich; die Logik kann, durch nichts gerührt werden. Er durchlebte die großen Revolutionsjahre und jede Fiber in ihm war unter jedem Sturmhauch miterzittert; Anno 89 den Sturz der Bastille, das Ende der Völkermarter, Anno 90 den 4. August, das Ende des Feudalwesens, Anno 91 Varennes, das Ende des Königtums, Anno 92 die Einsetzung der Republik. Er, der die Revolution hatte aufgehen sehen, war der Mann nicht, sich vor dieser Riesin zu fürchten; im Gegenteil, dieses allgemeine Wachsen hatte ihn belebt, und wiewohl er beinahe schon alt war, ein Fünfziger, - und ein Priester altert rascher als sonst ein Mensch, - so war er selber mitgewachsen. Von Jahr zu Jahr hatte er die Ereignisse steigen sehen und war mitgestiegen. Erst hatte er befürchtet, die Revolution möchte verunglücken; er verließ sie mit keinem Auge; sie hatte die Vernunft und das Recht auf ihrer Seite, und je mehr sie Furcht erweckte, desto mehr beruhigte er sich. Er wollte diese Minerva mit den Friedenssternen der Zukunft gekrönt, zugleich aber als Pallas mit dem Medusenschild bewehrt wissen; ihr göttliches Auge sollte im Notfall den Dämonen dämonisch entgegenblitzen und Schrecknis durch Schrecknis zurückschrecken können.

Also fand ihn das Jahr 93. 93 ist der Kreuzzug Europas gegen Frankreich und Frankreichs gegen Paris und die Revolution der Sieg Frankreichs über Europa und der Sieg von Paris über Frankreich; daher die Unermesslichkeit dieser schaudervollsten Minute des Jahrhunderts. Was kann es Tragischeres geben als einen Weltteil, der auf ein Land, und ein Land, das auf eine Stadt losstürzt, sodass sich das Drama noch mit der wuchtigen Massenhaftigkeit des Epos abspielt? 93 ist ein gesteigertes

Jahr, der Sturm in seiner vollsten Wut und seiner größten Erhabenheit; Cimourdain war darin wohl ums Herz; diese jagende, wild herrliche Atmosphäre behagte seinem Flügelschlag, denn der Mann verband, wie der Seeadler, eine tiefe innere Ruhe mit Verwegenheit nach außen; gewisse verschlossen ungestüme beschwingte Wesen suchen die Windsbraut, und es gibt tatsächlich Sturmseelen.

Cimourdain hatte ein abgesondertes, nur für die Elenden zusammengespartes Mitleid. Wo ihm diejenige Gattung von Schmerz entgegentrat, welche andern Abscheu einflößt, da opferte er sich auf. Seine eigentümliche Güte äußerte sich zunächst darin, dass ihm vor nichts ekelte. Seine Barmherzigkeit streifte ans Scheußliche und war göttlich. Er konnte eiternde Wunden aufdecken, um sie zu küssen; die schönen Taten, die auf unsere Sinne abschreckend wirken, fallen uns am schwersten, und für die hatte er eine Vorliebe. Im Hotel Dieu lag eines Tags ein Mann an einer Halsgeschwulst auf dem Tod, denn wenn das abscheuliche, verpestete, vielleicht auch ansteckende Geschwür nicht ausgesogen wurde, so musste er daran ersticken; Cimourdain, der zugegen war, drückte den Mund an die Geschwulst und sog so lange, bis er den ganzen Inhalt des Geschwürs nach und nach ausgespuckt hatte und der Kranke gerettet war. Da er damals noch in geistlicher Tracht ging, sagte Jemand zu ihm: Wenn Sie dem König das getan hätten, würde er Sie zum Bischof machen. Für den König tät ich es nicht, antwortete Cimourdain. Jene Handlung und jene Antwort hatten den Grund gelegt zu seiner Beliebtheit in den düstern Stadtteilen von Paris. Über Alles, was litt und weinte und drohte, übte er eine unumschränkte Herrschaft aus. Zur Zeit der heftigen, zu oft nur fehlgreifenden Erbitterung gegen die wuchernden Aufkäufer genügte ein Wort von Cimourdain, um eines Tages am Quai Saint-Nicolas ein Schiff mit einer Seifenladung vor Plünderung zu bewahren und ein andermal der tobenden Menge Halt zu gebieten, die an der Linie Saint-Lazare die Wagen anfiel. Er war es auch, welcher das Volk anführte, als am zweiten Tag nach dem 10. August die Statuen der Könige niedergeworfen wurden. Sie fielen nicht, ohne Unheil anzurichten. Auf dem Vendôme-Platz wurde ein Weib Namens Reine Vialet von Ludwig XIV. erdrückt, während sie an dem Seil zog, das ihm um den Hals geschlungen worden war. Jene Statue Ludwigs XIV. hatte hundert Jahre gestanden, genau vom 12. August 1692 bis 12. August 1792. Auf dem Concordienplatz wurde ein gewisser Guinguerlot, der die Fürstenbilderstürmer Kanaillen geschimpft hatte, auf dem Piedestal Ludwigs XV. totgeschlagen. Die Statue hieb man in Trümmer, aus denen später Sousstücke geprägt wurden. Nur ein Arm entging der Zerstörung, der rechte, den Ludwig XV. mit der Gelberde eines römischen Imperators ausstreckte, und auf Cimourdains Antrag wurde dieser Arm dem alten Latude, der siebenunddreißig Jahre in der Bastille begraben gewesen, vom Volk geschenkt und durch eine Deputation überbracht. Als dieser Mann noch auf Befehl jenes Königs, dessen Statue über ganz Paris ragte, mit einem eisernen Ring am Hals und einer Kette um den Leib in seinem Kerker lebendig dahinmoderte, wer hätte damals gedacht, der Kerker werde fallen, die Statue fallen, Latude aus der Gruft erstehen und die Monarchie statt seiner hinuntersteigen, der Gefangene Herr werden über die Hand, die seinen Haftbrief unterschrieben, und nur ein erzener Arm übrig bleiben von jenem König der Schmach.

Cimourdain war einer jener Menschen, die eine innere Stimme in sich hören und ihr lauschen; solche Menschen sind scheinbar zerstreut, gerade weil sie aufmerken. Cimourdain wusste Alles und nichts: Alles auf dem Gebiet der Gelehrsamkeit und nichts vom praktischen Leben. Daher seine nachsichtslose Starrheit. Er hatte ein Band vor den Augen wie die homerische Themis. In ihm lag die blinde Sicherheit des Pfeils, der nur sein Ziel kennt und hinstrebt. In Revolutionszeiten ist die gerade Linie das Schrecklichste. Cimourdain schritt voran wie ein Verhängnis. Er war der Meinung, dass bei jeder sozialen Wiedergeburt das feste Land erst vom äußersten Punkt ausgeht, ein Irrtum, in den alle diejenigen Geister verfallen, welche den Verstand durch die bloße Logik ersetzen. Er ging weiter als der Konvent; weiter als der Stadtrat: Er ging mit dem Evêché.

Die Volksversammlung, welche diesen Namen führte, weil sie in einem Saal des alten bischöflichen Palais ihre Sitzungen hielt, war mehr eine Verwickelung als eine Versammlung von Menschen. Hier fanden sich, wie bei den Sitzungen des Stadtrats, als stumm bedeutsame Zuschauer Leute ein, bei denen, wie Garat sich ausdrückt, »so viel Terzerolen wie Rocktaschen vorhanden waren«. Das Evêché war ein ganz eigentümliches Durcheinander mit kosmopolitisch-pariserischer Färbung; das Letztere schließt das Erste nicht aus, da in Paris das Herz der Völker schlägt; das Evêché war der große plebejische Glutherd. Mit ihm verglichen, erschien der Konvent kühl und der Stadtrat lau. Er war eine jener revolutionären Erscheinungen, welche mit den vulkanischen Bildungen identisch sind. Im Evêché war alles vertreten: Die Unwissenheit, die Dummheit, die Redlichkeit, die Aufopferung, der Ingrimm und die Polizei; der Herzog von Braunschweig hielt Agenten dort; dort saßen Leute, die nach Sparta und Leute, die ins Zuchthaus gehört hätten. Die Mehrzahl war hirnverbrannt und rechtschaffen. Der Gironde war durch den Mund von Isnard, dem zeitweiligen Präsidenten des Konvents, ein unmenschliches

Wort entschlüpft: »Nehmt euch in acht, ihr Pariser. Von eurer Stadt wird kein Stein auf dem anderen bleiben, und man wird eines Tages die Stelle suchen müssen, wo einst Paris gestanden.« – Dieses Wort hatte das Evêché ins Leben gerufen. Viele Männer und, wie gesagt, Männer aller Nationen, hatten das Bedürfnis empfunden, sich um Paris zusammenzuscharen, und Cimourdain war jener Gruppe beigetreten. Sie reagierte gegen die Reaktion, sie war die Ausgeburt eines allgemeinen Verlangens nach Gewalttätigkeit, welches den Revolutionen ihre unheimliche und geheimnisvolle Seite gibt. Kraft dieser Kraft hatte das Evêché sofort ein spezielles Eingreifen für sich in Anspruch genommen. Bei jedem politischen Erdbeben war es der Stadtrat, welcher die Lärmkanone abfeuerte; das Evêché besorgte das Sturmgeläut.

Cimourdain glaubte in der unversöhnlichen Einfalt seines Herzens, dass dem Wahren nur das Redliche huldigen könne, und deshalb eignete er sich zur Beherrschung der extremen Parteien. Die Schufte fühlten mit Befriedigung die Ehrlichkeit aus ihm heraus, denn dem Verbrechen schmeichelt es, unter dem Vorsitz einer Tugend zu sündigen; bequem ist ihm das freilich nicht, aber es gefällt ihm sehr. Alle wurden sie durch Cimourdain in Respekt gehalten, Palloy, jener Architekt, welcher den Abbruch der Bastille für sich ausgebeutet, indem er die Steine auf eigene Rechnung verkaufte, und welcher am Kerker Ludwigs XVI., den er instand zu setzen beauftragt worden war, aus lauter Eifer eine Menge Gitter, Ketten und Halseisen angebracht hatte, und Gouchon, der zweideutige Volksredner der Vorstadt Saint-Antoine, von dem später Quittungen zum Vorschein kamen, und Fournier, der Amerikaner, der am 17. Juli, wie behauptet wurde, im Solde Lafayettes, auf diesen ein Pistol abgeschossen hatte, und Henriot, der aus Bicêtre kam und Bedienter, Gaukler, Dieb und Spion gewesen war, bevor er als General seine Kanonen gegen den Konvent auffahren ließ, und La Reynie, der frühere Großvikar von Chartres, der sein Brevier mit dem »Père-Duchesne« umgetauscht hatte; die Schlimmsten der Schlimmsten brauchten sich nur unter dem Blick von Cimourdains furchtbar überzeugter Treuherzigkeit zu wissen, um bei besondern Gelegenheiten nicht zu straucheln. In ähnlicher Weise zitterte Eulogius Schneider vor Saint-Just. Die Majorität des Evêché, welche größtenteils aus armen und gewalttätigen, dabei aber das Gute anstrebenden Leuten bestand, glaubte ohnehin an Cimourdain und war ihm ganz ergeben. Als Vikar oder als Adjutant, wie man es eben nennen will, stand ihm ein anderer republikanischer Geistlicher, Darzon, zur Seite, den das Volk schon um seiner hohen Gestalt willen gern sah und den »Sechs Fuß-Abbé« getauft hatte. Jener unerschrockene Straßenkämpfer, den man den »Piken-General« nannte, und jener kühne Truchon, auch »Grand-Nicolas« geheißen, der die Prinzessin von Lamballe an seinem Arm über die Leichen hinweggeführt hätte, um sie zu retten, was auch ohne den grausamen Witz des Barbiers Charlot gelungen wäre – sie beide wären für Cimourdain durch das Feuer gegangen.

Wie der Stadtrat ein wachsames Auge auf den Konvent hatte, so hatte wiederum das Evêché ein wachsames Auge auf den Stadtrat, und Cimourdain, dessen geraden Sinn jedes versteckte Spiel anwiderte, hatte Pache, den Beurnonville nur den »schwarzen Mann« hieß, schon manchen Faden zwischen den Fingern zerrissen. Er verkehrte im Evêché mit jedermann in unmittelbarster Weise; von Dobsont und von Momoro zu Rat gezogen, sprach er spanisch mit Gusman, italienisch mit Pio, mit Arthur englisch, mit Pereyra flämisch und mit dem fürstlichen Bastarden Proly aus Österreich deutsch. Alle diese Dissonanzen wusste er in Einklang zu bringen, was ihm denn eine dunkle Macht verlieh, vor welcher ein Hébert sich fürchtete. Er übte in jenen tragischen Zeiten und Gruppierungen die Gewalt des Unerschütterlichen aus. Diesen Reinen, der sich unfehlbar dünkte, hatte noch keiner weinen sehen. Seine unantastbar eisige Tugend machte ihn zu einem Furcht verbreitenden Gerechten.

Für den Priester gab es in der Revolution keinen Mittelweg; er konnte nur aus den niedrigsten oder aus den erhabensten Motiven in diesem gigantischen, flammenden Abenteuer aufgehen; entweder musste er die Nichtswürdigkeit oder die Seelengröße selber sein. Cimourdain war die Seelengröße, aber die Seelengröße in der Abgeschiedenheit, auf dem steilen, unwirtlich starrenden Gipfel, mitten unter Abgründen; den hohen Bergen ist solch düstere Jungfräulichkeit eigen.

Cimourdains Aussehen war ein ganz Gewöhnliches; er kleidete sich ärmlich und ohne einen Gedanken daran zu verlieren. In jungen Jahren trug er die Tonsur und jetzt eine Glatze und spärliches graues Haar um eine breite Stirn, an der man bei näherer Betrachtung ein kleines Muttermal bemerkte. Seine Sprechweise war rau, leidenschaftlich und feierlich, seine Stimme kurzatmig und im Ton schneidig; er hatte einen traurigen, verbitterten Mund, ein klares tiefes Auge und im Ausdruck des Gesichts etwas Entrüstetes.

Das war Cimourdain. Heute ist sein Name verschollen gleich dem so manches anderen furchtbaren Unbekannten der Weltgeschichte.

III.

Die Achillesferse.

War ein solcher Mann denn auch Mensch? War der Diener der Menschheitsidee einer Neigung fähig, und war er nicht zu viel Seele, um dabei noch ein Herz zu haben? Konnte dieses endlose Umfangen alles und Aller sich einem Einzelnen zuwenden, und konnte Cimourdain persönlich lieben?

Gerade herausgesagt, ja.

In seiner Jugend, da er in einer fast fürstlichen Familie als Erzieher lebte, hatte er einen Schüler gehabt, den Sohn und Erben des Hauses, und den liebte er. Ein Kind lieb haben, ist ja so leicht, und was verzeiht man nicht alles einem Kind? Man verzeiht ihm den Grafen, den Fürsten, den König. Vor dieser jungen Unschuld verschwinden die Verbrechen der Ahnen, und die Kluft zwischen den Ständen schließt sich vor der Hilflosigkeit eines Geschöpfes, dem man seine Größe um seiner Kleinheit willen vergeben muss. Selbst der Sklave vergibt ihm, dass er der Herr ist, und der alte Neger tut närrisch mit dem kleinen weißen Wurm. Cimourdain hatte zu seinem Schüler eine leidenschaftliche Zuneigung gefasst. Die Kindheit hat den unaussprechlichen Reiz, dass sich die Liebe in den verschiedensten Formen an ihr durchempfinden lässt. Alles, was sein zur Einsamkeit verdammtes Herz an Zärtlichkeit besaß, war auf dieses süße und unschuldsvolle Kind wie auf eine Beute niedergeschossen. Er hing an ihm mit der Zärtlichkeit eines Vaters, eines Bruders, eines Freundes, eines Schöpfers, mit allen weichen Regungen seiner Seele zugleich; es war ihm ein Sohn, wenn auch nicht dem Blut nach, so doch im geistigen Sinn; es war sein Werk nicht, und doch, von ihm großgezogen, sein Meisterwerk. Aus diesem kleinen Vikomte hatte er einen Menschen, vielleicht einen großen Mann gemacht; wer weiß? Wir erträumen uns ja zuweilen eine Zukunft. Ohne Vorwissen der Familie – braucht man sich denn erst die Erlaubnis einzuholen, um ein gerades Denken und Wollen heranzubilden? – hatte er dem Zögling die Ergebnisse seines eigenen inneren Vorschreitens beigebracht, hatte ihm seine eigene gewaltige Tugend eingeimpft, seine Überzeugung,, sein tiefstes Bewusstsein, sein Ideal ins Blut hinübergeleitet, hatte des Volkes Seele ausgegossen in dieses Aristokratenhirn. Der Geist ist auch eine Nahrung; dem leitenden Verstand entfließt etwas wie Muttermilch, und der Lehrer, der sein Denken hergibt, hat etwas von der Amme, die dem Säugling die Brust reicht; wie zuweilen die Amme einem Kind mehr Mutter sein kann als die Mutter, so kann ihm auch ein Vater weniger Vater sein als der Lehrer, der es erzieht. So groß war die geistige Vaterschaft, die Cimourdain an seinen Zögling knüpfte, dass ihn der bloße Anblick des Kindes schon rührte.

Er hing an ihm mit der Zärtlichkeit des Vaters.

Hier kam übrigens noch eins in Betracht: Bei diesem Kinde die Stelle des Vaters anzunehmen, war ein Leichtes, denn es hatte keinen, auch keine Mutter mehr; es war verwaist und hatte niemand auf der Welt als eine blinde Großmutter und einen fernwohnenden Großonkel. Die Großmutter starb, und das Familienoberhaupt, der Onkel, ein ehrgeiziger Offizier, der auch eine Hofcharge bekleidete, mied das alte einsame Stammschloss und lebte teils in Versailles, teils im Lager, sodass das Kind seinem Erzieher im vollsten Sinne des Wortes überlassen blieb. Und noch ein zweites trat hinzu: Cimourdain hatte es beinahe zur Welt kommen sehen; als es noch ganz klein war, hatte es eine lebensgefährliche Krankheit durchgemacht, und Cimourdain hatte ihm Tag und Nacht abgewartet; der Arzt behandelt den Kranken bloß, retten muss ihn die

Pflege, und Cimourdain hatte das Kind gerettet; also verdankte ihm der Knabe nicht allein seine Erziehung, seine Ausbildung, sein gründliches Wissen, er verdankte ihm auch noch Genesung und Gesundheit, außer der geistigen Reife überhaupt das Dasein. Die uns alles verdanken, die vergöttern wir, und so vergötterte denn Cimourdain das Kind.

Aber dennoch musste die naturgemäße Trennung eines Tages stattfinden und Cimourdain nach vollendeter Aufgabe den zum Jüngling herangereiften Knaben verlassen. Und wie kühl, ruhig und ahnungslos grausam reißen die Familien den Lehrer vom Kinde, dem er sein Denken, und die Amme vom Kinde, dem sie ihr Blut gegeben hat! Als Cimourdain bezahlt und vor die Türe gesetzt worden war, stieg er aus den höheren Regionen wieder in die heimischen zurück; die Scheidewand zwischen Groß und Klein war ja wieder vorgeschoben. Der junge Vikomte, der als geborener Offizier sofort ein Hauptmannspatent erhielt, war in irgendeine Garnison abgereist. Der unscheinbare Lehrer, schon damals im Stillen zerfallen mit der Dogmatik, war schnell wieder in jenen dunkeln Parterreraum der Kirche geschlüpft, den man niederen Klerus nennt, und hatte seinen Schüler aus den Augen verloren.

Nun war die Revolution ausgebrochen, aber die Erinnerung an jenes Wesen, aus dem er einen Menschen gemacht hatte, glomm weiter in seinem Herzen, von der Wucht der Ereignisse zwar gedeckt, allein keineswegs erstickt. Eine Statue zum Leben heranmeißeln, ist schön; eine Seele zur Erkenntnis heranbilden noch schöner. Cimourdain war der Pygmalion einer Seele. Der Geist kann sich Kinder zeugen.

Zweites Buch.

Die Schenke der Rue du Paon.

I.

Minus, Rekus und Rhadamantus.

In der Rue du Paon war eine Schenke, die man ein Kaffeehaus nannte. Dieses nunmehr historisch gewordene Kaffeehaus hatte ein Hinterstübchen, wo zuweilen heimlich Männer zusammentraten, welche so mächtig und doch wieder so überwacht waren, dass sie sich scheuten, öffentlich miteinander zu sprechen. Hier war am 23. Oktober 1792 zwischen der Montagne und der Gironde ein berühmter Versöhnungskuss gewechselt worden. Hierher war Garat, wenn er es gleich in seinen Memoiren nicht Wort haben will, auf Kundschaft ausgegangen in jener Schreckensnacht, wo er seinen Wagen am Pont-Neuf halten ließ, um auf das

Sturmgeläut zu horchen, nachdem er Clavière in Sicherheit gebracht hatte nach der Rue de Beaune.

Am 28. Juni 1793 saßen in diesem Hinterstübchen drei Männer um einen viereckigen Tisch. Ihre Stühle berührten einander nicht; jeder nahm eine Seite des Tisches ein, sodass die vierte leer stand. Es war ungefähr Abends acht Uhr. Draußen auf der Straße sah man noch hell, im Hinterstübchen aber hatte die Zuglampe bereits angezündet werden müssen, welche – damals ein Luxusgegenstand – über dem Tisch von der Decke herabhing.

Der eine dieser drei Männer war bleich, jung, ernsthaft, hatte dünne Lippen, einen kalten Blick und in der Wange ein nervöses Jucken, das ihm das Lächeln jedenfalls erschwerte. Er war gepudert, gebürstet, zugeknöpft und hatte Handschuhe an; sein hellblauer Rock warf auch nicht ein Fältchen. Er trug ein Nankinbeinkleid, weiße Strümpfe, eine hohe Halsbinde, einen gekräuselten Jabot, silberne Schnallen an den Schuhen. Von den beiden anderen war einer fast ein Riese und der andere fast ein Zwerg. Der große, ganz verwahrlost in seinem weiten scharlachroten Rock, hatte einen bloßen Hals, denn die Binde war so lose, dass sie über den Jabot herunterhing, eine aufgeknöpfte Weste, an der ein paar Knöpfe fehlten, Stulpstiefel, borstig gesträubtes Haar, dem man noch ansehen konnte, dass es geglättet und frisiert gewesen war, ein Haar, das viel von einer Mähne hatte. Das Gesicht war voller Blatternarben; zwischen den Augenbrauen stand eine Zornfalte, aber um die Mundwinkel lag ein Zug von Gutmütigkeit; dicke Lippen, große Zähne, die Faust eines Hausknechts und im Blick ein Leuchten. Der kleine mit dem gelben Teint schien, wie er jetzt da saß, verwachsen; sein Kopf war zurückgeworfen, sein Auge mit Blut unterlaufen, seine Haut voll von grünlichen Flecken; über dem fetten, steif hängenden Haar trug er ein ungebundenes Tuch; er hatte keine Stirn und einen ungeheuren, schrecklichen Mund. Strumpfhosen und Pantoffeln hatte er an, eine Weste von Atlas, der einmal weiß gewesen zu sein schien, und über der Weste einen Kittel, in dessen Falten eine harte gerade Linie einen Dolch vermuten ließ. Der erste dieser Männer hieß Robespierre, der zweite Danton, der dritte Marat.

Sonst war niemand zugegen. Vor Danton stand ein Weinglas neben einer staubigen Flasche, die an Doktor Luthers Humpen erinnern mochte, vor Marat eine Tasse Kaffee, vor Robespierre lagen Papiere. Ferner befand sich noch auf dem Tisch, außer der großen Karte von Frankreich, die in der Mitte ausgebreitet lag, eines jener runden, gerippten, schwerfälligen Tintenfässer aus Blei, die wohl noch jeder kennt, welcher zu Anfang unseres Jahrhunderts in die Schule ging; daneben eine hingeworfene Feder, und auf den Papieren ein großes kupfernes Petschaft, das ein genaues kleines Modell der Bastille vorstellte und die Inschrift »Palloy fecit« trug.

Draußen vor der Tür wachte der Haushund Marats, Laurent Basse, jener Laufbursche des Hauses Nummer 18 in der Cordeliers-Straße, derselbe, welcher ungefähr vierzehn Tage später, den 13. Juli, einen Stuhl einem Weib an den Kopf schlug, das Charlotte Corday hieß und zur Stunde in Caen vor sich hinbrütete. Laurent Basse trug die Korrekturbogen des »Volksfreunds« aus und hatte von seinem Herrn, der ihn in die Rue du Paon mitgenommen, die Weisung erhalten, das Zimmer, in dem sich Marat mit Danton und Robespierre befand, zu hüten und jedem den Eintritt zu wehren, welcher nicht zum Wohlfahrtsausschuss, zum Stadtrat oder zum Evêché gehörte. Robespierre wollte Saint-Just nicht, Danton nicht Pache und Marat Gusman nicht ausschließen.

Die Unterredung dauerte schon lange; sie hatte die Papiere zum Gegenstand, welche vor Robespierre lagen und von ihm vorgelesen worden waren. Es war zu einem Wortwechsel gekommen; zwischen den drei Männern grollte etwas hin und her wie Zorn, und nach außen tönte zuweilen ein lauterer Ausbruch der Stimmen herüber. Damals pflegte man so häufig allen möglichen Sitzungen beizuwohnen, dass man jedes Zuhören als ein Recht zu betrachten schien. Es war die Zeit, wo der Abschreiber Fabricius Pâris die Debatten des Wohlfahrtsausschusses durch das Schlüsselloch belauschte, was, nebenbei gesagt, insofern nicht unnütz war, als jener Pâris in der Nacht vom 30. auf den 31. März 1794 Danton noch verwarnen konnte. So hatte denn auch Laurent Basse sein Ohr an die Tür gedrückt, hinter welcher Danton, Marat und Robespierre verhandelten. Laurent Basse war in Marats Diensten, gehörte aber zum Evêché.

II.

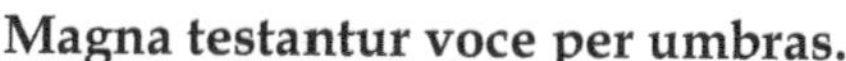

Magna testantur voce per umbras.

Danton war aufgestanden und hatte lebhaft den Stuhl gerückt.

– Ich aber, rief er, sage, dass gegenwärtig nur dies eine drängt, die Gefahr der Republik. Für mich gibt's nur dies eine, Frankreich vom Feind befreien, und dafür sind alle Mittel gut, alle, alle, alle! Wenn ich's mit jeder Gefahr aufnehmen muss, schöpfe ich aus jeder Hilfsquelle, und wenn ich alles befürchte, schlage ich allem ins Gesicht. Man muss Löwengedanken haben. Nur keine Halbheiten, kein prüdes um den Brei gehen. Die Nemesis tut nicht zimperlich. Seien wir entsetzlich und nutzbringend. Schaut der Elefant erst, wo er den Fuß hinsetzt? Zermalmen wir den Feind!

– Von Herzen gern, erwiderte Robespierre mit Gelassenheit und setzte dann hinzu: Nur handelt sich's darum, zu wissen, wo der Feind ist?

– Draußen ist er, sagte Danton, und ich habe ihn hinausgeworfen.

– Drinnen ist er, entgegnete Robespierre, und ich überwache ihn.

– Und ich werde ihn abermals hinauswerfen, fuhr Danton fort.

– Den innern Feind wirft man nicht hinaus.

– Was dann?

– Man vernichtet ihn.

– Mir schon recht, sagte Danton, und begann dann von Neuem: Aber ich sage Ihnen, Robespierre, draußen ist er.

– Und Ihnen sage ich, Danton, dass er drinnen ist.

– An der Grenze, Robespierre.

– Nein, in der Vendée

– Ruhe! Fiel eine dritte Stimme ein, er ist überall, und Ihr seid verloren, sprach Marat. Robespierre schaute ihn an und erwiderte kühl:

– Sehen wir vom Allgemeinen ab. Ich fasse mich also bestimmt. Die Tatsachen sind folgende:

– Pedant! Murrte Marat. Robespierre legte die Hand auf seine Papiere und fuhr fort: Die Depeschen von Prieur Marne habe ich Euch vorgelesen. Ich habe Ihnen die Mitteilungen jenes Gélambre soeben zur Kenntnis gebracht. Danton glauben Sie mir: Der Krieg mit dem Ausland ist nichts; der Bürgerkrieg alles. Der Krieg mit dem Ausland ritzt uns bloß am Ellenbogen; der Bürgerkrieg frisst uns wie ein Geschwür an der Leber. Aus allem, was ich Euch vorlas, erhellt aber Folgendes: Die Streitkräfte der Vendée, bis jetzt unter verschiedene Führer zersplittert, stehen im Begriff, sich zu verschmelzen; sie werden fortan einem einzigen Befehlshaber gehorchen.

– Einem Zentralmordbrenner, murmelte Danton.

Robespierre fuhr fort: Es ist dies jener Mann, der am 2. Juni bei Pontorson landete. Wer er ist, wissen Sie. Bemerken Sie ferner wohl, dass damit die Verhaftung unserer beiden Kommissäre Prieur Côte-d'Or und Romme zusammenfällt, die an eben demselben 2. Juni seitens jenes verräterischen Bezirks des Calvados zu Bayeux stattfand.

– Sie sind ins Schloss von Caen abgeführt, sagte Danton.

Robespierre begann wieder: Ich fasse die Depeschen nun weiter zusammen: Der Krieg im Busch wird in großem Maßstab organisiert und gleichzeitig eine englische Expedition vorbereitet; Vendéer und Engländer heißt Bretagne mit Bretagne, denn die Kaffern im Finistère reden die Sprache der Hottentotten von Wales. Ich habe Ihnen einen aufgefangenen Brief von Puisaye vorgelegt, worin geäußert wird, »dass zwanzigtausend rote Röcke, unter den Aufständischen verteilt, hunderttausend Bauern auf die Beine bringen werden.« Ist die Bauernempörung einmal so weit gediehen, dann geht die Landung der Engländer vor sich. Ihr Plan - folgen Sie mir nur auf der Karte - ist der:

Und Robespierre begleitete seine Auseinandersetzung mit dem Finger:

- Den Engländern steht die Wahl des Landungsplatzes frei von Cancale bis Paimpol. Craig stimmt für die Bucht von Saint-Brieuc, Cornwallis für die von Saint Cast. Doch das ist Nebensache. Das linke Loire-Ufer ist durch die Vendéer Rebellen gedeckt, und was die freien achtundzwanzig Meilen zwischen Ancenis und Pontorson betrifft, so haben vierzig Gemeinden der Normandie ihre Hülfe in Aussicht gestellt. Der Einfall wird von drei Punkten ausgehen, von Plérin, Iffinac und Pléneuf; von Plérin gegen Saint-Brieuc und von Pléneuf gegen Lamballe; tags darauf wird auf Dinan marschiert, wo sich neunhundert gefangene Engländer befinden, und gleichzeitig Saint-Jouan und Saint-Méen besetzt, wo eine Abteilung Kavallerie zurückgelassen wird; am dritten Tage rückt eine Kolonne von Jouan nach Bédée und eine andere von Dinan nach Becherel, einer natürlichen Festung, wo zwei Batterien aufgestellt werden sollen; am vierten Tag Einzug in Rennes. Rennes ist der Schlüssel der Bretagne. Wer in Rennes ist, ist überall; mit Rennes fallen Châteauneuf und Saint-Malo. In Rennes haben wir eine Million Patronen und fünfzig Feldgeschütze ...

- Die flöten gehen würden, murmelte Danton dazwischen.

- Ich schließe, sagte Robespierre. Von Rennes aus werfen sich drei Kolonnen auf Fougères, auf Vitré und auf Redon. Da die Brücken zerstört sind, wird sich der Feind, wie wir bereits in Erfahrung gebracht, mit Pontons und Bohlen versehen und außerdem noch die Furten für die Kavallerie durch Führer ausmitteln. Von Fougères aus wird dann Avranche, von Redon Ancenis, von Vitré Laval bedroht. Nantes wird sich, Brest wird sich ergeben. Redon beherrscht den Lauf der Vilaine, Fougères die Straße nach der Normandie, Vitré die Straße nach Paris. In vierzehn Tagen wird eine Armee von Dreimalhunderttausend Briganten dastehen, und die ganze Bretagne wird dem König von Frankreich gehören.

- Dem König von England, meinte Danton.

– Nein, von Frankreich, erwiderte Robespierre. Der König von Frankreich ist schlimmer. Um die Fremden zu verjagen, genügen vierzehn Tage, aber kaum achtzehnhundert Jahre, um die Monarchie auszustoßen.

Danton, der sich wieder gesetzt hatte, stützte die Ellenbogen auf den Tisch und den Kopf nachdenklich auf beide Hände.

– Die Gefahr springt in die Augen, sagte Robespierre. Vitré öffnet den Engländern den Weg nach Paris.

Danton erhob die Stirn und ließ seine zwei großen geballten Fäuste auf die Landkarte fallen wie auf einen Amboss: Robespierre öffnete Verdun den Preußen nicht auch den Weg nach Paris?

– Je nun?

– Je nun, man wird die Engländer hinauswerfen, wie man die Preußen hinausgeworfen hat.

Und Danton stand wieder auf.

Robespierre legte seine kalte Hand auf Dantons fiebernde Faust: Danton, die Champagne hielt nicht zu den Preußen, aber die Bretagne hält zu den Engländern. Verdun zurücknehmen, ist nur Krieg mit dem Ausland; Vitré zurücknehmen, ist Bürgerkrieg. Und nachdem er mit kalter, tiefer Stimme noch dazu gemurmelt hatte: Ein gründlicher Unterschied, sagte er: Setzen Sie sich wieder hin, Danton, und schauen Sie die Karte an, statt mit Fäusten daraufzuschlagen.

Danton aber war ganz in seine Auffassung vertieft.

– Das ist denn doch stark, rief er, die Katastrophe im Westen zu sehen, wenn sie von Osten herkommt! Ich will Ihnen zugeben, Robespierre, dass im Westen England zum Hieb ausholt, aber Italien holt aus hinter den Alpen, aber Deutschland holt aus hinter dem Rhein, und hinterdrein kommt der große russische Bär. Die Gefahr, Robespierre, ist ein Kreis, und wir stehen mitten drin. Außen die Koalition, innen der Verrat. Im Süden lässt Servant den König von Spanien zur halb geöffneten Tür herein. Im Norden geht Dumouriez zum Feind über; er hatte übrigens von jeher weniger Holland bedroht als Paris; vor Meerwinden verblasst Valmy und Jemappes. Der Philosoph Rabaut Saint-Etienne, falsch wie alles Protestantische, korrespondiert mit Montesquiou, dem Hofschranzen. Die Armee ist zusammengeschmolzen; wir haben kein Bataillon von über vierhundert Mann mehr, das tapfere Regiment Zweibrücken ist nur noch hundertundfünfzig Mann stark; in Givet bleiben uns kaum fünfhundert Säcke Mehl; wir ziehen uns auf Landau zurück; Wurmser ist Kleber auf den Fersen; Mainz fällt mit Ruhm, Condé mit Schmach, und

Valenciennes desgleichen, was übrigens nicht hindert, dass in Valenciennes Chancel und der alte Féraud in Condé, zwei Helden sind so gut wie Meunier, der Mainz verteidigt hat; aber die anderen samt und sonders verraten uns; uns verrät Dharville in Aachen, verrät Mouton in Brüssel, verrät Valence in Breda, verrät Neuilly in Limburg, verrät Miranda in Mastricht; Stengel ein Verräter, Lanone Verräter, Ligonnier Verräter, Menou Verräter, Dillon Verräter, sie alle der eine Dumouriez in abscheulicher Scheidemünze. Es muss durch Beispiele gewirkt werden. Die Rückmärsche von Custine sind mir verdächtig; ich habe den Argwohn, dass Custine die einträgliche Wegnahme von Frankfurt der zweckdienlichen Einnahme von Koblenz vorzieht. Frankfurt kann vier Millionen Kriegskontribution zahlen – zugegeben; aber was wiegt das im Vergleich zur Zerstörung der Emigrantenhöhle? Verrat, auf dem Wort bestehe ich. Meunier ist am 13. Juni gestorben. Kleber bleibt nunmehr allein. Unterdessen wächst der Braunschweiger an und dringt vor. Er pflanzt in allen französischen Plätzen, die er einnimmt, deutsche Fahnen auf. Der Markgraf von Brandenburg ist zur Stunde der Schiedsrichter in Europa; er steckt unsere Provinzen in die Tasche; er wird sich Belgien zuschlagen, denken Sie nur an mich; man könnte wirklich glauben, dass wir Berlin in die Hände arbeiten; wenn das so fortgeht und wir nicht rechtzeitig Ordnung schaffen, wird die Französische Revolution für Potsdam gemacht worden sein; sie wird keinen anderen Nutzen gehabt haben, als den kleinen Staat Friedrichs II. zu vergrößern, und wir haben dann den König von Frankreich umgebracht, ganz wie wir Franzosen sagen, *»pour le roi de Prusse«*.

Bei diesen Worten brach Danton in ein erschreckendes Lachen aus. Dantons Lachen entlockte Marat ein Lächeln:

– Jeder von Euch reitet sein Steckenpferdchen; das Ihrige, Danton, heißt Preußen und das Ihre, Robespierre, heißt Vendée. Auch ich will mich bestimmt fassen. Die wirkliche Gefahr seht ihr nicht; nun denn, sie liegt in den Cafés und Kneipen. Das Café Choiseul steckt voller Jakobiner, das Café Patin voller Royalisten; das Café du Rendez-Vous greift die Nationalgarde an; das Café Porte-Saint-Martin nimmt sie in Schutz; das Café de la Régence ist gegen Brissot, das Café Corazza für; das Café Procope schwört nicht höher als Diderot, das Café du Theátre-François nicht höher als Voltaire; in der Rotunde werden die Assignate zerrissen; die Cafés Saint-Marceau kennen sich nicht vor Zorn; im Café Manouré streitet man sich um die Mehlfrage; im Café von Foy wird randaliert, am Perron surren die Schacherwespen. Darin liegt eine ernste Gefahr.

Danton lächelte nicht mehr, aber Marat lächelte noch immer. Der Zwerg überlächelte das Lachen des Riesen.

– Haben Sie uns zum Besten, Marat? Grollte Danton.

Marat bekam sein allbekanntes konvulsivisches Zucken der Hüfte. Sein Lächeln war geschwunden:

– So, da wären Sie glücklich wieder der Alte, Bürger Danton. Sie waren es ja doch, der mich vor dem ganzen Konvent »das Individuum Marat« genannt hat. Wissen Sie was? Ich will es Ihnen verzeihen. Wir beißen uns durch eine alberne Übergangszeit. Also hätte ich Sie zum Besten? Ach ja, was bin ich denn auch? Ich habe Chazot entlarvt, habe Pétion entlarvt, Kersaint entlarvt, Dufriche-Balazé entlarvt, Ligonnier entlarvt, Menou entlarvt, Bonneville entlarvt, Gensonné entlarvt, Biron entlarvt, Lidon und Chambon entlarvt; tat ich etwa nicht recht? Ich wittere den Verrat aus dem Verräter heraus und halte es für zweckmäßig, den Verbrecher vor der Ausführung anzuklagen. Ich pflege tags zuvor das zu sagen, was tags darauf Ihr sagt. Ich bin's, welcher der Nationalversammlung den vollständigen Plan zu einer Kriminalgesetzgebung vorschlug. Und was tat ich bis jetzt? Ich habe Lehrmittel verlangt für die Wahlbezirke, damit sie für die Revolution geschult werden mögen. Ich habe die Siegel abnehmen lassen von den zweiunddreißig Schachteln; ich habe die bei Roland deponierten Diamanten zurückbegehrt; ich habe nachgewiesen, dass die Brissotins dem Sicherheitsausschuss unausgefüllte Haftbefehle gegeben hatten; ich habe die Lücken bezeichnet im Bericht von Linden über Capets Untaten; ich habe dafür gestimmt, dass der Tyrann binnen vierundzwanzig Stunden hingerichtet werde; ich habe die Bataillone le Mauconseil und le Republicain verteidigt; ich habe die Verlesung des Briefes von Narbonne und von Malouet verhindert; ich habe einen Antrag zugunsten der verwundeten Soldaten gestellt; ich habe die Kommission der Sechs abschaffen lassen; ich habe in der Affaire von Mons Dumouriez' Verrat kommen sehen; ich habe verlangt, man solle hunderttausend Emigrantenangehörige als Geiseln festnehmen für unsere an den Feind ausgelieferten Kommissare; ich habe vorgeschlagen, jeden Abgeordneten, der die Stadt verlassen würde, für vogelfrei zu erklären; ich habe bei Anlass der Marseiller Wirren der Coterie Roland die Maske vom Gericht gerissen; ich habe darauf bestanden, dass man einen Preis setze auf den Kopf des jüngern Egalité; ich habe Bouchotte das Wort geredet; ich habe die Abstimmung mit Namensaufruf gefordert, um Isnard vom Präsidentenstuhl zu vertreiben; ich habe die Erklärung veranlasst, dass sich die Priester ums Vaterland verdient gemacht haben; und deshalb schimpft mich Louvet einen Hanswurst, deshalb verlangt das Finistère meine Ausschließung, wünscht die Stadt Loudun, dass man mich verbanne, und die Stadt Amiens, dass mir ein Maulkorb angelegt werde, deshalb will der Prinz von Koburg mich verhaftet wissen und schlägt Lecointe-Puiraveau dem Konvent vor, mich für verrückt zu erklären. Ja, sagt mir doch einmal, Bürger Danton, warum ihr mich zu Eurer Besprechung geladen habt, wenn nicht um meine Meinung zu haben? Habe ich etwa darum gebeten? Keineswegs; ich finde nicht den geringsten Geschmack an tête-á-tête's mit Gegenrevolutionären wie Robespierre und Sie. Übrigens habt Ihr mich, wie es zu erwarten war, nicht einmal verstanden, Sie gerade so wenig wie Robespierre und Robespierre so wenig wie Sie. Ist denn hier kein Staatsmann bei der Hand? Man muss Euch also politisch buchstabieren helfen und ja nicht vergessen, auch den Punkt über jedes i zu setzen. Was ich vorhin sagte, hieß in dürren Worten: Ihr irrt Euch alle beide. Die Gefahr liegt weder in London, wie Robespierre, noch in Berlin, wie Danton glaubt; sie liegt hier in Paris, liegt in dieser Zerfahrenheit, in dem Recht, das jeder hat, an seinem eigenen Strang zu ziehen, - und ich habe dabei zu allernächst Euch zwei im Auge - liegt in dem staubartigen Auseinanderstieben der Geister, in der Anarchie der Willenskräfte ...

- Anarchie, fuhr Danton dazwischen, durch wen ist sie eingerissen, wenn nicht durch Sie?

Marat ließ sich nicht stören:

- Ja, Robespierre, ja, Danton, die Gefahr liegt in dieser Unmasse von Kaffeeschenken, in dieser Unmasse von Spielhäusern, in dieser Unmasse von Klubs, im Klub der »Schwarzen«, im Klub der »Föderierten«, im Klub der »Damen«, im Klub der »Unparteiischen«, der noch aus der Zeit von Clermont-Tonnerre stammt und der erste monarchische Klub vom Jahre neunzig gewesen ist, im »Sozialen Verein«, der durch den Claude Fauchet, den Priester, ausgeheckt worden, im Klub der »Wollmützen«, den Prudhomme, der Zeitungsschreiber, gegründet hat, und so fort, ganz abgesehen von Robespierres Jakobinerklub und Ihrem Klub der Cordeliers, Bürger Danton. Die Gefahr liegt in der Hungersnot, die den Sackträger Blin veranlasst hat, François Denis, den Bäcker vom Marché-Palu, an der Laterne des Rathauses aufzuknüpfen, und in der Justiz, die den Sackträger Blin hängen ließ, wie er dem Bäcker Denis getan. Die Gefahr liegt im Papiergeld, das entwertet wird. In der Temple-Straße fiel ein Assignat von hundert Franks auf die Erde, und ein Vorübergehender, ein Mann aus dem Volke, meinte, »es verlohne sich der Mühe nicht, sich danach zu bücken«. In den Wuchermäklern und Spekulanten, da liegt die Gefahr. Die schwarze Fahne am Rathaus soll die etwa noch ziehen? Ihr habt den Baron Trenck eingesteckt, aber das langt nicht; den Hals müsst Ihr ihm umdrehen, dem alten Gefängnis-Intriganten. Oder meint Ihr, alles sei jetzt in Ordnung, weil der Präsident des Konvents Labertêche für die einundvierzig Säbelhiebe, die er bei Jemmappes erhalten, eine Bürgerkrone aufsetzt, und weil Chénier den Elefantenführer dabei abgibt? Komödien das und Faxen! Ihr schaut nicht um Euch in Paris? Schön! Ihr sucht die Gefahr in der Ferne, während Ihr sie in nächster Nähe habt? Schön! Aber was nützt Ihnen dann Ihre Polizei, Robespierre? Denn Spione halten Sie sich ja doch, im Stadtrat Payan, beim revolutionären Schwurgericht Coffinhal, im Sicherheitsausschuss David, im Wohlfahrtsausschuss Couthon. Ich bin, wie Sie sehen, wohl unterrichtet. So wisst denn dies eine: Die Gefahr schwebt über Euren Köpfen; die Gefahr steckt unter Euren Füßen. Konspiriert wird, konspiriert, konspiriert. Auf den Straßen lesen die Leute sich aus Zeitungen vor und nicken einander zu. Sechstausend Menschen ohne patriotische Legitimationskarten, zurückgekehrte Emigranten, »Muscadins« und »Mathevons« sind in Kellern und auf Dachböden und in den hölzernen Galerien des Palais-Royal verborgen, vor den Bäckerläden wird Queue gemacht; die alten Weiber unter den Türen schlagen die Hände überm Kopf zusammen und sagen: »Wann wird denn wieder Friede?« Ihr mögt Euch, um ganz unter Euch zu bleiben, noch zehn Mal sorgfältiger in den Sitzungssaal des Exekutivrats einschließen, was drin gesprochen wird, erfährt man doch. Sie werden mir's schon glauben, wenn ich Ihnen wortwörtlich wiederhole, was Sie gestern Abend zu Saint-Just gesagt haben: »Bei Barbaroux setzt sich ein Bauch an; das wird ihm auf der Flucht unbequem werden.« Jawohl ist die Gefahr überall und im Mittelpunkt zumeist. Hier in Paris zetteln die Aristokraten Verschwörungen an, indessen die Patrioten barfuß gehen; die Gefangenen vom 9. März sind schon wieder in Freiheit gesetzt; die Luxuspferde, die an der Grenze vor unseren Kanonen eingespannt sein sollten, spritzen uns den Pflasterkot an die Beine; ein vierpfündiger Laib Brot kostet drei Francs zwölf Sous; in den Theatern spielt man Schandstücke, und Robespierre wird Danton noch auf die Guillotine bringen.

- Ja Schnecken! Unterbrach Danton.

Robespierre suchte emsig auf der Landkarte nach etwas.

- Was nottut, schrie Marat heraus, ist ein Diktator. Sie wissen, Robespierre, dass ich einen Diktator verlange.

Robespierre erhob den Kopf: Ja, Marat, ich weiß: Sie oder ich.

- Ich oder Sie, sagte Marat.

- Ein Diktator? Versuchs einmal einer! Brummte Danton zwischen den Zähnen.

Marat hatte Dantons Stirnrunzeln bemerkt: Wohlan! Begann er wieder, ich will einen letzten Versuch machen, einen Vorschlag zur Güte. Die Situation ist es wert. Haben wir doch früher schon einmal ein Einverständnis erzielt für den 31. Mai. An der Einigkeit ist mehr gelegen als an den Girondins, die nur nebenbei infrage kommen. Euren Behauptungen liegt ein Stück Wahrheit zugrunde; aber die ganze Wahrheit, die wahre

Wahrheit sitzt in dem, was ich behaupte. Der Föderalismus des Südens, der Royalismus des Westens, der Zweikampf des Konvents und des Stadtrats in Paris und an der Grenze das Zurückweichen Custine's und Dumouriez' Verrat - was bedeutet das alles? Das Auseinandergehen; und was tut not? Die Eintracht. Die rettet uns; aber es hat Eile. Paris muss sich eine revolutionäre Regierung geben. Wenn wir noch eine Stunde verlieren, können allerdings die Vendéer in Orléans einrücken und die Preußen in Paris; das Eine, Robespierre, gebe ich Ihnen zu, das Andere Ihnen, Danton; sei's drum. Doch worauf läuft auch das hinaus? Auf die Notwendigkeit einer Diktatur. Teilen wir uns drein! Wir drei sind die Träger der Revolution; wir sind die drei Köpfe des Zerberus; der Eine spricht, Sie, Robespierre; der Andere brüllt, Sie, Danton. ...

- Und der Dritte beißt, vollendete Danton, Sie Marat.

- Sie beißen alle drei, entgegnete Robespierre.

Es entstand eine Pause. Dann bewegte sich die Auseinandersetzung unter unheimlichen Erschütterungen weiter.

– Hören Sie, Marat, bevor man sich heiratet, muss man sich kennen. Woher wissen Sie, was ich gestern zu Saint-Just gesagt habe?

– Lassen Sie das *meine* Sorge sein, Robespierre.

– Marat!

– Es ist meine Pflicht, mich aufzuklären, und mein Geschäft, Erkundigungen einzuziehen.

– Marat!

– Ich liebe einmal die Klarheit.

– Marat!

– Robespierre, ich weiß, was Sie zu Saint-Just sagen, gerade so, wie ich weiß, was Danton mit Lacroix spricht, wie ich weiß, was am Theatinerquai im Hotel von Labriffe vorgeht, in jener Höhle, wo die Nymphen der Emigration einkehren, wie ich weiß, was bei Gonesse in jenem Haus von Les Thilles vorgeht, das dem früheren Postadministrator Valmerange gehört und das seiner Zeit von Maury und Cazales, nachher von Sieyès und Vergniaud besucht wurde, und wohin man sich jetzt einmal in der Woche verfügt.

Dieses »man« begleitete Marat mit einem Blick auf Danton.

– Hätte ich für einen Heller Macht in Händen, rief dieser, es wäre furchtbar.

Marat fuhr fort: Ich weiß was Sie sagen, Robespierre, wie ich wusste, was im Temple vorging, als Ludwig XVI. noch drin gemästet wurde, so wohl gemästet, dass im Monat September allein der Wolf, die Wölfin und die Jungen sechsundachtzig Körbe Pfirsiche verzehrt haben. Unterdessen hungerte das Volk. Ich weiß das, wie ich auch weiß, dass Roland in einer Hofwohnung der Straße La Harpe versteckt worden ist, wie ich weiß, dass sechshundert Piken vom 14. Juli bei Faure, dem Schlosser des Herzogs von Orléans, angefertigt wurden, wie ich weiß, was bei der Maitresse von Sillery, der Saint Hilaire, getrieben wird; wenn getanzt werden soll in der Rue Neuve-des-Mathurins, bestreicht der alte Sillery höchsteigenhändig den Fußboden des gelben Salons mit Kreide; Buzot und Kersaint haben dort diniert; am 27. war auch Saladin geladen, und mit wem, Robespierre? Mit Ihrem Freund Lasource. – Geschwätz, murmelte Robespierre. Lasource ist mein Freund nicht; dann setzte er nachdenklich hinzu: Mittlerweile überschwemmen uns zu London achtzehn Fabriken mit falschen Assignaten.

Marat fuhr mit ruhiger Stimme, aber mit einem schauerlichen leisen Zittern fort: Ihr seid die Partei der Wichtigtuer. Ja, alles weiß ich, trotz Eurer »Staatsverschwiegenheit,« wie Saint Just das Ding nennt. – Und Marat, der das Wort betont hatte, schaute Robespierre an und sprach dann weiter: Ich weiß, was an Eurem Tisch geredet wird, wenn Lebas David als Gast mitbringt, zu den Schüsseln der ihm versprochenen Elisabeth Duplay, Ihrer zukünftigen Schwägerin, Robespierre. Ich bin das ungeheuere Auge des Volkes und schaue heraus aus meinem Keller. Ja, ich sehe, ja, ich höre, ja, ich weiß. Euch genügt Kleines. Ihr staunt Euch an. Robespierre lässt sich durch seine Frau von Chalabre bewundern, die Tochter jenes Marquis von Chalabre, der mit Ludwig XV. nach der Hinrichtung von Damiens Abends die Whistpartie spielte. Ja, man trägt den Kopf hoch aufrecht. Saint-Just bewohnt eine Halsbinde. Legendre kleidet sich tadellos: neuer Rock, weiße Weste und Jabot, damit man seinen Metzgerschurz vergesse. Robespierre denkt sich, die Nachwelt werde einst froh sein, zu wissen, dass er in der konstituierenden Versammlung einen olivenbraunen und im Konvent einen himmelblauen Rock trug. Sein Porträt ziert alle Wände seines Zimmers. ...

Robespierre warf in noch ruhigerem Ton als Marat die Erwiderung dazwischen: Und das Ihre, Marat, ziert alle Kloaken.

In demselben Gesprächston fuhren sie auch fort; das langsame Tempo hob die Bitterkeit der Stöße und Gegenstöße nur umso mehr hervor und fügte der Drohung noch eine gewisse Ironie bei.

– Robespierre, Sie haben die Männer, die den Umsturz aller Throne anstreben, »die Don Quichottes aller Welt« genannt.

– Und Sie, Marat, haben nach dem 4. August in Ihrem »Volksfreund«, 559. Nummer – ja, die Zahl habe ich mir gemerkt, dergleichen schadet nie – Sie haben verlangt, man möge dem Adel seine Standesbenennungen wiedergeben, und erklärt, »ein Herzog bleibe einmal ein Herzog.«

– Robespierre, in der Sitzung des 7. Dezember haben Sie die Roland gegen Viard in Schutz genommen.

– Wie auch mein Bruder Sie, Marat, in Schutz nahm, als Sie bei den Jakobinern angefeindet wurden. Was will das heißen? Nichts.

– Robespierre, man kennt noch das Kabinett in den Tuilerien, wo Sie zu Garat gesagt haben: »Ich bin der Revolution satt.«

– Hier, Marat, in diesem Zimmer, am 29. Oktober, haben Sie Barbaroux umarmt.

– Robespierre, Sie haben sich gegen Buzot geäußert: »Die Republik, was steckt da auch weiter dahinter?«

– Marat, hier in diesem Zimmer haben Sie die Marseiller bewirtet, von jeder Kompanie drei Mann.

– Robespierre, Sie lassen sich durch einen Lastträger aus der Fruchthalle mit einem Knüppel eskortieren.

– Und Sie, Marat, haben sich am Vorabend des 10. August, als Reitknecht verkleidet, nach Marseille flüchten wollen und Buzot um seinen Beistand ersucht.

– Als die Volksgerechtigkeit zu den Septemberexekutionen schritt, haben Sie sich versteckt, Robespierre.

– Und Sie, Marat, haben sich gezeigt.

– Robespierre, Sie haben die rote Mütze von sich geworfen.

– Als ein Verräter sie entweihte, gewiss. Einen Robespierre befleckt, was einen Dumouriez ziert.

– Robespierre, beim Durchmarsch der Soldaten von Chateauvieux haben Sie sich geweigert, über Ludwigs XVI. Kopf einen Trauerflor zu werfen.

– Ich habe sein Haupt nicht verhüllt, aber ich tat mehr: Ich hieb es ihm herunter.

Nun mischte sich Danton ein, doch wie das Öl ins Feuer: Robespierre, Marat, sagte er, Mäßigung!

Marat hörte sich nicht gern in zweiter Linie nennen; er wendete sich um: Was nimmt Danton sich da heraus? Fragte er.

Danton fuhr in die Höhe: Was ich mir herausnehme? Ich nehme mir heraus, Euch zu sagen, dass der Brudermord ein Verbrechen ist, dass ich kein Zerwürfnis dulde zwischen zwei Männern, die dem Volk dienen, dass wir neben dem Krieg mit dem Ausland und dem Bürgerkrieg nicht noch den häuslichen Krieg brauchen können, dass ich, der ich die Revolution gemacht habe, nicht gestatten werde, dass Ihr sie zunichtemacht. Das nehme ich mir heraus.

– Nehmen Sie sich erst heraus, Rechenschaft abzulegen, versetzte Marat, ohne die Stimme lauter zu erheben.

– Rechenschaft? Schrie Danton. Zieht sie nur zur Rechenschaft, die Pässe der Argonne und die befreite Champagne und das eroberte Belgien und die Armeen, die mich bereits zum vierten Mal dem Kartätschenfeuer die Brust entgegenwerfen sahen! Zur Rechenschaft zieht den Revolutionsplatz, das Schaffot des 21. Januar, den niedergeschmetterten Thron, die Guillotine, jene Witwe ...

– Eine Jungfrau ist die Guillotine, unterbrach Marat; man legt sich darauf, aber man befruchtet sie nicht,

– Sie wollen das wissen? Entgegnete Danton; ich würde sie befruchten, ich!

– Das wird sich zeigen, erwiderte Marat. Und er lächelte.

Danton sah dieses Lächeln: Marat, schrie er. Sie sind der Mann der Heimlichkeit; ich bin der Mann des freien Himmels und des hellen Tages. Ein Leben wie's Reptilien führen, hasse ich; ich mag mich nicht verkriechen wie eine Kellerassel. Sie leben unter der Erde und ich oben drauf. Sie verkehren mit niemand; mich kann jeder, der vorbeigeht, sehen und sprechen.

– Schöner Junge kommt doch mit hinauf, brummte Marat und sein Lächeln verschwand: Danton, begann er in gebieterischem Ton, legen Sie Rechenschaft über die dreiunddreißig Tausend Taler in klingender Münze, die Montmorin im Auftrag des Königs an Sie ausgezahlt hat, unter dem Vorwand, Sie für Ihre eingegangene Anwaltschaft beim Châtelet zu entschädigen.

– Ich habe den 14. Juli mitgemacht, fuhr Danton hochfahrend drein.

– Aber das Garde-meuble? Aber die Krondiamanten?

– Ich habe den 6. Oktober mitgemacht.

– Aber die Diebstähle Ihres *alter ego* Lacroix in Belgien?

– Ich habe den 20. Juni mitgemacht.

– Aber die Summen, die der Montansier geliehen wurden?

– Ich führte das Volk bei der Rückkehr von Varennes.

– Und der Opernsaal, den man mit Ihren Geldern baut?

– Ich rief die Pariser Bezirke zu den Waffen.

– Und die hunderttausend Livres Geheimfonds für das Justizministerium?

– Ich habe den 10. August gemacht.

– Und die zwei Millionen für unverbuchte Ausgaben der Assemblée, wovon Sie ein Viertel übernommen?

– Ich brachte den anmarschierenden Feind zum Stehen und sperrte den verbündeten Königen den Weg.

- Prostituierter Sie! Sagte Marat.

- Ja, schrie Danton hoch aufgerichtet, furchtbar, ja ich bin eine Metze; meinen Bauch habe ich verkauft, aber ich habe die Welt gerettet.

Robespierre kaute an den Nägeln weiter. Er für sein Teil konnte weder lachen noch lächeln; ihm mangelte sowohl das, was aus Danton blitzte, das Lachen, als das, was aus Marat stach, das Lächeln.

- Ich bin wie der Ozean, fuhr Danton fort; ich habe meine Ebbe und meine Flut, bei niederer See sieht man meine Untiefen, bei hoher See meine Wogen.

- Ihren Gischt, verbesserte Marat.

- Meinen Sturm, sagte Danton.

Marat, der gleichzeitig mit ihm aufgesprungen war, platzte nun heraus; die Schlange war plötzlich zum Lindwurm angewachsen: So, schrie er, Robespierre, so, Danton, hören wollt Ihr mich also nicht? Nun denn, ich sage es Euch: Ihr seid verloren. Eure Politik verläuft sich in Sackgassen; Ihr wisst nicht mehr, wo hinaus, und greift zu Mitteln, die Euch jede Tür verschließen, nur die zum Grabe nicht.

- Unsere Größe, sagte Danton und zuckte mit den Achseln.

- Nimm Dich in acht, Danton, fuhr Marat fort; auch Vergniaud hat ein breites Maul und geschwollene Lippen und zornige Brauen; auch Vergniaud hat ein Gesicht voller Blatternarben wie Mirabeau und wie Du, und dennoch hat ihn der 31. Mai weggefegt. Ah, Du zuckst mit den Achseln? Mit so einem Achselzucken schüttelt man sich zuweilen den Kopf vom Hals. Danton, ich sage Dir, dass Du mit Deiner polternden Stimme, Deiner lockern Halsbinde, Deinen weichen Stiefeln, Deinen kleinen Soupers und Deinen großen Taschen zu guterletzt doch an Louisette geraten wirst.

Unter dem Schmeichelnamen Louisette verstand Marat die Guillotine.

- Du aber, wendete er sich nun zu Robespierre, Du gehörst zwar zu den Gemäßigten, wird Dir jedoch alles nichts helfen. Gehe nur hin und kräusle Dein Haar und frisier Dich und zier Dich und pudere Dich ein, und bürste an Dir herum, und putze Dich heraus, und sei geschniegelt, und halte was auf reine Wäsche; Du wirst nichts destoweniger auf dem Grèveplatz daran glauben müssen; lies nur die Erklärung des Braunschweigers; Du wirst um kein Haarbreit glimpflicher behandelt werden als der Königsmörder Damiens und Du wirst Dich nicht länger herrichten und anziehen, als bis an des Henkers vier Pferde die Reihe kommt, anzuziehen, um Dich hinzurichten.

– Koblenzer Echo, knirschte Robespierre.

– Robespierre, ich bin das Echo von nichts; ich bin der Aufschrei von allem. O Ihr seid noch jung, Ihr Andern. Wie alt bist Du, Danton? Vierundreißig Jahre, und wie alt bist Du, Robespierre? Dreiunddreißig. Aber ich, ich habe von jeher gelebt; ich bin das fortvererbte menschliche Leiden; sechstausend Jahre bin ich alt.

– Wohl wahr, versetzte Danton; sechstausend Jahre hindurch lebte Kain in Hass eingeschlossen, wie die Kröte im Stein; der Stein zerbricht, Kain springt unter die Menschen und heißt Marat.

– Danton! Schrie Marat, und sein Auge leuchtete auf in fahlem Glanz.

– Soll ich etwa heucheln? Sagte Danton. So redeten die drei Gewaltigen zueinander, streitende Donnerwolken.

III.

Aufzucken des innersten Nervenlebens

Das Gespräch stockte; diese Titanen waren momentan in sich selbst zurückgetreten.

Dem Löwen sind die Schlangen unheimlich; Robespierre war sehr bleich und Danton sehr rot geworden. Beide bebten vor Aufregung. Marats wildes Auge war erloschen; Ruhe, gebieterische Ruhe herrschte wieder in den Zügen dieses Mannes, der die Schreckenden abschreckte.

Danton fühlte sich besiegt, aber wollte sich nicht ergeben: Marat, hob er an, redet sehr laut von Diktatur und Einigkeit, und dennoch kann er nur eins, zersetzen.

Robespierre tat seinen zugekniffenen Mund auf und fügte hinzu: Wie Anacharsis Cloots, so sage auch ich: Weder Roland noch Marat.

– Und ich, entgegnete Marat, ich sage: Weder Danton noch Robespierre.

Er blickte den Beiden starr ins Gesicht: Danton, sprach er, ich will Ihnen einen guten Rat geben: Sie sind verliebt und gehen mit dem Gedanken um, wieder zu heiraten; lassen Sie die Hand aus der Politik; seien Sie weise. Und um einen Schritt zurücktretend, im Begriff sich nach der Thür zu wenden, verabschiedete er sich mit den ominösen Worten: Adieu, *meine Herren*.

Danton und Robespierre überlief ein Schauer. In diesem Augenblick erhob sich im Hintergrund eine Stimme:

– Marat, Du hast unrecht.

Alle drehten sich um. Während Marat seine Standrede hielt, war jemand unbemerkt zur Tür hereingetreten.

– Du bist's, Bürger Cimourdain! Sagte Marat. Guten Tag.

Es war in der Tat Cimourdain: Ich behaupte, dass Du unrecht hast, Marat, wiederholte er.

Marat wurde grün im Gesicht; es war das sein Erbleichen, und Cimourdain setzte hinzu: Du bist nützlich, aber Robespierre und Danton sind notwendig. Was drohst Du ihnen? Eintracht, Bürger, Eintracht! Das verlangt das Volk von Allen.

Dieses Auftreten wirkte gleich kaltem Wasser und brachte, wie in einem häuslichen Zwist die Dazwischenkunft eines Fremden, wenn auch keine innerliche, so doch eine äußere Besänftigung hervor. Cimourdain ging auf den Tisch zu. Danton und Robespierre kannten ihn, sie hatten schon oft auf den öffentlichen Tribünen des Konventsaales diesen mächtigen anspruchslosen Mann bemerkt, den das Volk grüßte.

Robespierre, der von der Form nicht lassen konnte, fragte dennoch: Bürger, wie sind Sie hereingekommen?

– Er gehört zum Evêché, antwortete Marat, und beinahe klang im Ton seiner Stimme etwas wie Unterordnung durch. Marat forderte den Konvent heraus, lenkte den Stadtrat und fürchtete das Evêché. Das liegt in der Natur der Sache: Mirabeau fühlt, wie in unbekannten Tiefen Robespierre, Robespierre, wie Marat, Marat, wie Hébert, Hébert, wie Babeuf sich schon regt. Solange die unterirdischen Schichten ruhig bleiben, kann der Politiker vorangehen; aber selbst unter dem radikalsten liegt noch Roherde, und auch die kühnsten stutzen und bangen, wenn sie die Bewegung, die sie auf der Oberwelt hervorgerufen, nun unter ihren Füßen wahrnehmen.

Die Wirksamkeit der lüsternen Eigenliebe von derjenigen der selbstlosen Überzeugung unterscheiden, die erste eindämmen und die andere unterstützen, – das allein kennzeichnet den genialen, redlichen, großen Revolutionsmann.

Danton bemerkte dieses Nachlassen Marats: O, der Bürger Cimourdain ist hier ganz an seinem Platz, sagte er, und streckte die Hand aus: Setzen wir nur gleich die Sachlage dem Bürger Cimourdain auseinander; er kommt ja wie gerufen: Ich vertrete die Bergpartei, Robespierre vertritt den Wohlfahrtsausschuss, Marat den Stadtrat, Cimourdain das Evêché. Er mag einen Ausgleich anbahnen.

– Gut, sagte Cimourdain mit bescheidenem Ernst. Wovon war die Rede?

– Von der Vendée, antwortete Robespierre.

– Von der Vendée! Wiederholte Cimourdain, und setzte dann hinzu: Hass ist die große Gefahr; wenn die Revolution sterben muss, so wird sie an der Vendée sterben. Die eine Vendée ist bedrohlicher als ein verzehnfachtes Deutschland, und wenn Frankreich am Leben bleiben soll, muss die Vendée ertötet werden. Diese wenigen Worte hatten Robespierre gewonnen, aber er fragte doch noch: Sind Sie früher nicht Geistlicher gewesen?

Der priesterliche Habitus konnte Robespierre nicht entgehen; was er selber in sich trug, merkte er auch bei Andern gleich heraus. Cimourdain erwiderte: Ja, Bürger.

– Liegt denn daran etwas? Rief Danton. Wenn die Geistlichen gut sind, sind sie die Besten. Eine Revolution schmelzt Geistliche in Bürger um, wie Glocken in Sousstücke und Kanonen. Danjou ist Priester; Daunou ist Priester; Thomas Lindet ist Bischof von Evreux. Im Konvent, Robespierre, sitzen Sie ja hart neben Massieu, dem Bischof von Beauvais. Der Großvikar Baugeois war mit im Insurrektionsausschuss vom 10. August. Chabot ist Kapuziner und Dom Gerle hat zum Eid im Ballhaus den ersten Anstoß gegeben. Die Erklärung, dass die Nationalversammlung über dem König stehe, hat der Abbé Audran veranlasst; der Abbé Goutte hat in der Legislative den Antrag gestellt auf Entfernung des Thronhimmels über dem Fauteuil Ludwigs XVI. und der Antrag auf Abschaffung der Königswürde ging vom Abbé Gregoire aus.

– Und wurde durch den Schauspieler Collot d'Herbois unterstützt, grinste Marat; sie beide haben die Sache ins Reine gebracht: Der Priester hat den Thron umgeworfen und der Komödiant den König gestürzt.

– Kommen wir auf die Vendée zurück, sagte Robespierre.

– Nun, wie steht's? Was beginnt sie, die Vendée?

– Dies Eine, antwortete Robespierre; sie hat einen Führer; sie wird uns furchtbar werden.

– Wer ist der Führer, Bürger Robespierre?

– Es ist ein vormaliger Marquis von Lantenac, der sich überdies für einen bretonischen Fürsten ausgibt.

Cimourdain fuhr auf: Den kenne ich, sprach er. Ich bin Priester bei ihm gewesen.

Er sann einen Augenblick nach, und setzte hinzu: Er war ein Lebemann, bevor er ein Kriegsmann wurde.

- Wie Biron zuerst Lauzun gewesen ist, bemerkte Danton.

- Ja, er war früher ein Weiberheld, meinte Cimourdain, noch immer nachdenklich. Er muss schrecklich sein.

- Abscheulich, sagte Robespierre, er steckt die Dörfer in Brand, macht die Verwundeten nieder, würgt die Gefangenen hin, füsiliert die Weiber.

- Die Weiber?

- Ja, unter Andern hat er eine Mutter dreier Kinder erschießen lassen. Was aus den Kindern geworden, ist unbekannt. Nebenbei ist er Soldat; er weiß, wie man Krieg führt.

- Allerdings, versetzte Cimourdain, er hat den Feldzug von Hannover mitgemacht, und die Truppe sagte von ihm: »Hinter Richelieu steckt Lantenac.« Eigentlich ist Lantenac der Führer gewesen. Fragen Sie nur Ihren Kollegen Dussaulx.

Robespierre schwieg einen Moment in Gedanken; dann begann er wieder:

- Nun denn, Bürger Cimourdain, dieser Mann kommandiert in der Vendée. - Seit wann? - Seit drei Wochen. - Er muss in Bann und Acht erklärt werden. - Schon geschehen. - Man muss einen Preis auf seinen Kopf setzen. - Auch geschehen. - Einen sehr hohen Preis. - Geschehen. - Nicht in Assignaten. - Geschehen. - In Gold. - Geschehen. - Und guillotiniert muss er werden. - Soll geschehen. - Durch wen denn? - Durch Sie. - Durch mich? - Ja, Sie soll der Wohlfahrtsausschuss zu diesem Zweck abordnen, mit unumschränkter Vollmacht. - Einverstanden, sagte Cimourdain.

Robespierre war als gewiegter Staatsmann rasch in der Wahl; er zog unter den Akten, die vor ihm lagen, ein weißes Blatt hervor mit der gedruckten Aufschrift: Französische eine und unteilbare Republik. Wohlfahrtsausschuss.

Cimourdain wiederholte: Einverstanden, ja. Schrecken für Schrecken. Lantenac ist unmenschlich; ich werde es nicht minder sein. Krieg bis aufs Messer mit dem Mann! Ich werde, so Gott will, die Republik von ihm befreien.

Nach kurzer Pause fügte er hinzu: Ich bin Priester; gleichviel, ich glaube an Gott.

- Gott ist alt geworden, meinte Danton.

– Ich glaube an einen Gott, sagte Cimourdam unbeirrt, und Robespierre stimmte mit einem düstern Kopfnicken bei.

– Wohin soll ich abgeordnet werden? Fragte Cimourdain.

– Zum Kommandierenden der Streifkolonne, die gegen Lantenac ausgerückt ist, erwiderte Robespierre. Nur will ich Sie gleich jetzt darauf aufmerksam machen, dass er ein Adeliger ist.

– Das sind auch Dinge, um die ich mich einen Kuckuck schere, warf Danton dazwischen. Ein Adeliger, was weiter? Mit dem Adeligen geht's just wie mit dem Geistlichen: Wenn er gut ist, ist er vortrefflich. Der Adel ist ein Vorurteil, das man ebenso wenig teilen wie umkehren soll. Ist Saint-Just nicht auch von Adel, Robespierre? Florelle von Saint-Just, versteht sich! Anacharsis Cloots ist Baron; unser Freund Karl Hessen, der keine Sitzung bei den Cordeliers versäumt, ist Prinz und leiblicher Bruder des regierenden Landgrafen von Hessen-Rothenburg; Montaut, Marats Intimus, ist Marquis von Montaut. Unter den Geschworenen des Revolutionstribunals sitzen der Priester Bilate und der Adelige Leroy, ein Marquis von Montflabert, und doch sind beide kapitelfest.

– Sie vergessen übrigens, berichtete Robespierre, den Präsidenten der Jury.

– Antonelle?

– Den Marquis von Antonelle, sagte Robespierre.

– Von Adel, beschloss Danton, sind auch Dampierre, der sich vor Condé für die Republik totschießen ließ, und Beaurepaire, der sich eine Kugel durch den Kopf jagte, nur um die Preußen nicht in Verdun einziehen zu sehen.

– Was nicht hindert, hörte man Marat dreinbrummen, dass am Tage, wo Condorcet die Äußerung tat, »die Gracchen seien Adelige gewesen«, Danton demselben Condorcet zurief: »Verräter sind die Adeligen alle, von Mirabeau an bis herunter zu Dir.«

Cimourdain's ernste Stimme hob jetzt an: Bürger Danton, Bürger Robespierre, Euer Vertrauen in mich mag wohl gerechtfertigt sein, aber das Volk ist misstrauisch, und daran tut es wohl. Wenn zur Überwachung eines Adeligen ein Priester bestellt wird, ist die Verantwortung eine zwiefache und der Priester muss unbeugsam sein.

– Gewiss, sagte Robespierre.

– Und unerbittlich.

– Wohlgesprochen, Bürger Cimourdain, bemerkte Robespierre. Es handelt sich hier um einen jungen Mann, dem Sie schon durch die doppelte Zahl der Jahre imponieren werden. Er soll gelenkt werden, aber mit Schonung. Es scheint, dass er wirklich militärisch begabt ist, sonst würden nicht alle Berichte in diesem Punkt übereinstimmen. Er gehört einem Korps an, das von der Rheinarmee nach der Vendée detachiert wurde. Er kommt von der Grenze, wo er von seinem Scharfblick und Mut glänzend Zeugnis abgelegt hat, und führt die Streifkolonne ausgezeichnet; seit vierzehn Tagen hält er bereits den erfahrenen Lantenac in Schach, fügt ihm Schlappen zu und treibt ihn vor sich her; schließlich wird er ihn noch bis ans Meer drängen und hineinwerfen. Lantenac hat die Schlauheit des alten, er die Kühnheit des jungen Soldaten für sich. Der junge Mann hat auch seine Widersacher und Neider schon. Der Generaladjudant Léchelle ist ihm missgünstig ...

– Dieser Léchelle, unterbrach Danton, das will ein Korpsführer sein! Für ihn spricht gar nichts als ein Kalauer und dazu noch ein schlechter: »Nur, wenn General Charrette eine unzählige Schar hätte, könnte er General Léchelte alle Schellen zurückgeben.« In Wahrheit aber ist es leider Léchelle, der die Schellen bekommt. Er hat sich's einmal in den Kopf gesetzt, er und kein anderer müsse mit Lantenac fertig werden. Allem Unglück im Krieg mit der Vendée liegen diese Eifersüchteleien zu Grund. Unsere Soldaten sind Helden, aber Helden ohne Führung. Ein einfacher Husarenrittmeister Namens Chérin mit einem Trompeter, der »*Ça ira*« bläst, zieht zum Beispiel in Saumur ein und ergreift Besitz von der Stadt; er konnte so fortmachen und von Cholet Besitz ergreifen; aber er muss es aufgeben, weil er ohne Instruktionen ist. In der Vendée sollten alle Kommandos neu besetzt werden. Die Wachtposten werden verzettelt, die Kräfte zersplittert; eine zerfahrene Armee ist eine gelähmte Armee, ein Block, der zu Staub zerrieben wird. Im Lager von Paramé fehlt es an Zelten. Zwischen Tréguier und Dinan liegen hundert unnütze kleine Abteilungen, die, zu einer Division verschmolzen, den ganzen Küstenstrich decken könnten. Von Parrein unterstützt, entblößt Léchelle das nördliche Meeresufer unter dem Vorwand, das südliche sicherzustellen, und öffnet dadurch den Engländern die Tür von Frankreich. Eine halbe Million Bauern in Aufruhr und eine Landung von der britischen Insel aus, das ist Lantenac's Plan. Nun aber heftet sich diesem Lantenac der junge Kommandant der Streifkolonne an die Fersen und bedrängt und schlägt ihn, ohne Léchelle's Geheiß; dieser jedoch ist sein Vorgesetzter und verklagt ihn deshalb. Über den jungen Mann gehen die Meinungen sehr auseinander: Léchelle will ihn erschießen, Prieur Marne zum Generaladjutanten ernennen lassen.

– Mir scheint der junge Mann hervorragende Eigenschaften zu besitzen, sagte Cimourdain.

– Nur hat er einen Fehler.

Die Worte waren durch Marat dazwischengeworfen worden.

– Welchen? Fragte Cimourdain.

– Die Milde. Und Marat fuhr fort: Das ist Euch während des Kampfes bombenfest und hinterher schlaff; das macht in Nachsicht und Barmherzigkeit, gibt Pardon, nimmt Euch die Nonnen und Klosterfrauen in Schutz, rettet die Weiber und Töchter der Aristokraten und gibt die Gefangenen frei und lässt die Priester laufen.

– Ein großer Fehler, murmelte Cimourdain.

– Ein Verbrechen, sagte Marat.

– Zuweilen, meinte Danton.

– Oft, sagte Robespierre.

– Fast immer, entgegnete Marat.

– Den Feinden des Vaterlandes gegenüber stets, sagte Cimourdain.

Marat wendete sich nach ihm um: Was würdest Du wohl mit einem republikanischen Befehlshaber anfangen, der einen royalistischen Befehlshaber freilassen würde?

– Ich würde Léchelle beistimmen und ihn füsilieren lassen.

– Oder guillotiniert, sagte Marat.

– Gleichviel, erwiderte Cimourdain.

Danton musste lachen: Mir wäre das Eine gerade so lieb wie das Andere.

– Eins von beiden ist Dir gewiss, brummte Marat. Und sein Blick fiel von Danton wieder auf Cimourdain: Wenn also ein republikanischer Befehlshaber strauchelte, so würdest Du, Bürger Cimourdain, ihn um einen Kopf kürzer machen lassen?

– Binnen vierundzwanzig Stunden.

– Nun denn, sprach Marat, so bin ich mit Robespierre der Ansicht, dass Bürger Cimourdain dem Kommandierenden der Streifkolonne unserer Küstenarmee als Kommissär des Wohlfahrtsausschusses beigegeben werden soll. Wie heißt er doch nur, jener Kommandant?

- Es ist ein vormaliger Adeliger, antwortete Robespierre, indem er seine Akten durchblätterte.

- Den mag uns der Priester also ins Gebet nehmen, sagte Danton. Einem einzelnen Priester traue ich nicht, so wenig, wie ich einem einzelnen Edelmann traue; doch wenn beide beisammen sind, fürchte ich keinen; der Eine überwacht den Andern und jeder tut gut.

Der entrüstete Ausdruck über Cimourdain's Brauen steigerte sich; da er jedoch der Bemerkung eine gewisse Berechtigung nicht absprechen konnte, sah er von einem persönlichen Protest ab und erklärte bloß in strengem Ton: Wenn sich der mir anvertraute republikanische General eines Fehltritts schuldig macht, stirbt er.

- Hier steht der Name, sagte Robespierre, über die Akten gelehnt: Bürger Cimourdain, der Kommandant, über den Sie unumschränkte Gewalt haben werden, ist ein vormaliger Vikomte und heißt Gauvain.

- Gauvain! Rief Cimourdain und erbleichte, Vikomte Gauvain!

- Ja, sagte Robespierre.

Marat hatte dieses Erblassen Cimourdain's bemerkt. Was ist? Fragte er, ihm scharf ins Auge schauend.

Es entstand eine Pause; dann begann Marat: Bürger Cimourdain, nehmen Sie unter den von Ihnen selbst angegebenen Bedingungen die Sendung als abgeordneter Kommissär beim Kommandanten Gauvain an? Abgemacht?

- Abgemacht, antwortete Cimourdain, der bleich und bleicher wurde.

Robespierre nahm die Feder vom Tisch, schrieb langsam in den gewohnten saubern Zügen ein paar Zeilen auf das weiße Blatt, das die Aufschrift »Wohlfahrtsausschuss« trug, unterzeichnete und reichte dann Danton Blatt und Feder; Danton unterzeichnete gleichfalls, und nach ihm Marat, der von Cimourdain's fahlem Antlitz kein Auge wendete. Robespierre griff nochmals nach dem Blatt, setzte das Datum darauf und übergab es Cimourdain, welcher Folgendes las:

»Jahr Zwei der Republik.

Hiermit wird dem Bürger Cimourdain als abgeordnetem Kommissär des Wohlfahrtsausschusses bei dem Bürger Gauvain, Kommandanten der Streifkolonne der Küstenarmee, unumschränkte Vollmacht erteilt.

Robespierre. Danton. Marat.« Und unter den Unterschriften: »Den 28. Juni 1793.«

Der republikanische oder Civilkalender war damals noch nicht gesetzlich eingeführt und wurde erst am 5. Oktober 1793 auf Rommés Antrag vom Konvent genehmigt. Während Cimourdain las, betrachtete ihn Marat noch immer, und sagte halblaut wie zu sich selber:

Das alles muss durch Verordnung des Konvents oder durch Spezialbeschluss des Wohlfahrtsausschusses genau bestimmt werden. Es fehlt noch etwas.

– Bürger Cimourdain, fragte Robespierre, wo wohnen Sie?

– Cour de Commerce.

– Sieh da, ich auch! Sagte Danton; wir sind ja Nachbarn.

– Jeder Augenblick ist kostbar, hob Robespierre wieder an. Morgen erhalten Sie Ihre regelrechte Vollmacht mit der Unterschrift sämtlicher Mitglieder des Wohlfahrtsausschusses. Dies mag Ihnen bloß zur Beglaubigung der Vollmacht dienen, namentlich in Ihren speziellen Beziehungen zu den kommissarisch abgeordneten Konventsmitgliedern Philippeaux, Prieur Marne, Lecointre, Alquier und den Übrigen. Wir wissen, wer Sie sind; Sie haben vollkommen freie Hand und können Gauvain zum General avancieren oder enthaupten lassen. Morgen um drei wird Ihnen Ihre Vollmacht zugestellt. Wann reisen Sie?

– Um vier, antwortete Cimourdain.

Und sie gingen auseinander. Als Marat heimkam, sagte er zu Simonne Evrard, dass er sich morgen zur Konventsitzung begeben wolle.

Drittes Buch.

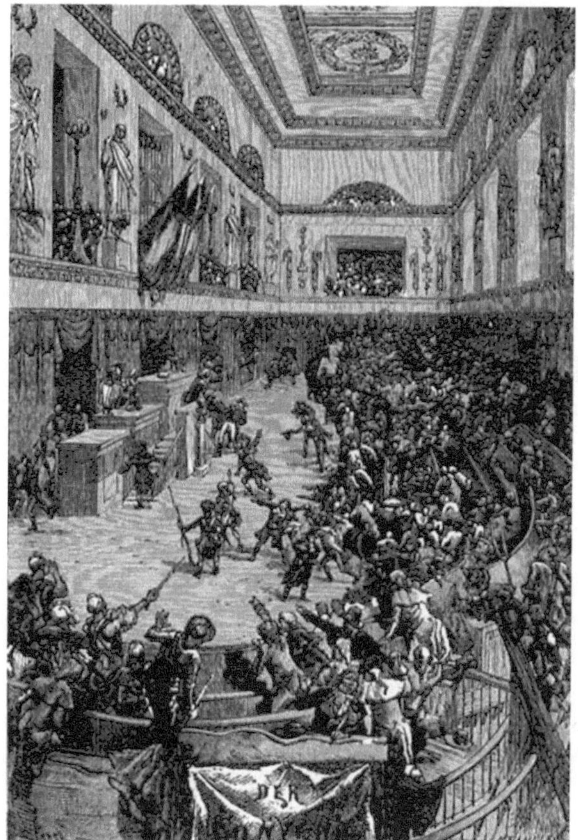

Der Konvent

I.

Wir nähern uns nun der großen Bergspitze, dem Konvent, und starren hinauf: Etwas Höheres hat sich an unserem Horizont nicht aufgetürmt; der Konvent ist auch ein Himalaja; in ihm gipfelt vielleicht die Weltgeschichte.

Bei Lebzeiten des Konvents, denn eine solche Versammlung lebt ein Eigenleben, waren sich die Menschen seines wahren Wesens kaum bewusst, denn gerade seine Größe entging dem Blick der Zeitgenossen: Man war zu bestürzt, um geblendet zu werden. Alles Große strahlt eine heilige Scheu aus. Dutzend Menschen und Hügel lassen sich leicht bewundern; aber vor dem überhoch Ragenden, sei es nun ein Genius oder ein Berg, ein Moment in der Geschichte oder ein Meisterwerk der Kunst, überläuft uns ein Schauer, wenn wir ihm zu nahe stehen; wir empfangen den Eindruck des Übertriebenen. Das Steigen erschöpft. Man wird atemlos auf den steilen Pfaden; man gleitet auf den Abhängen aus; man stößt sich wund an Härten, die für das Auge Schönheiten sind; die schäumenden Sturzbäche erzählen von den Abgründen und die Spitzen sind in Wolken gehüllt; das Steigen ist vom Schrecken des Sturzes begleitet, und deshalb überwiegt das Entsetzen statt der Bewunderung. Es überkommt einen ein ganz absonderliches Gefühl, ein Widerwillen gegen das Große. Man bemerkt die Untiefen, aber nicht die Erhabenheiten, das Wunderbare nicht, nur das Ungeheuerliche. So wurde anfänglich der Konvent beurteilt; er wurde durch Kurzsichtige angeblinzelt, er, der eine Augenweide sein sollte für die Adler. Heutigen Tages erscheint er uns perspektivisch und zeigt uns, vom tiefen Himmel sich abhebend, aus tragisch verklärter Ferne das kolossale Profil der Französischen Revolution.

II.

Der 14. Juli war ein Tag der Befreiung gewesen, der 10. August ein Tag der Zerschmetterung, der 21. September ein Tag der Begründung. Der 21. September war die Tag- und Nachtgleiche, das Gleichgewicht. Unter dem Zeichen der Waage, wie Romme damals auch bemerkte, dem Sinnbild der Gleichheit und Gerechtigkeit wurde die Republik geboren und ein Sternbild leuchtete die Nachricht durch die Nacht. Der Konvent ist die erste in Verkörperung des Volkes; er ist die erste Zeile auf dem großen neuen Blatt und mit ihm begann die heutige Zukunft.

Jeder Gedanke bedarf der sichtbaren Hülle, ein Prinzip muss eine Wohnstätte haben; eine Kirche ist nichts anderes als Gott zwischen vier Wänden; jedes Dogma braucht seinen Tempel. Die erste Frage, als der Konvent ins Leben trat, war die, wo er untergebracht werden sollte.

Zuerst wählte man die Reitschule, dann die Tuilerien. In der Reitschule stellte man einen großen Rahmen mit einem von David grau in grau gemalten Prospekt auf, symmetrische Bänke, eine viereckige Rednerbühne, gleichlaufende Pilasterreihen mit Untersätzen wie Blöcke, geradlinige Bindebalken, rechtwinklige, erhöhte Schachteln, in denen sich die Menge kaum rühren konnte und die man die öffentlichen Tribünen nannte, ein römisches Belarium und griechische Draperieen; und in diese rechten Winkel und geraden Linien hinein setzte man den Konvent, mitten zwischen die Geometrie den Sturm. An die Rednerbühne war, in Grau, eine Freiheitsmütze gemalt worden. Erst entstand unter den Royalisten großes Gelächter ob der roten Mütze, welche grau war, dem zusammengeleimten Saal, dem Pappdeckelbau, dem Heiligtum aus Papiermaschee, dem Provinz-Theater-Pantheon. Wie so bald sollte der Spott verstummen! Die Säulen bestanden aus Fassdauben, die Gewölbe aus Schindeln; die bas-reliefs waren von Mastix, die Gesimse von Tannenholz, die Statuen von Gips, die Wände von Leinwand, der Marmor gemalt; doch Frankreich schuf in diesem Provisorium Ewiges.

Als der Konvent den Saal in der Reitschule bezog, klebten die Wände noch voll Plakate, wie sie zur Zeit der Rückkehr von Varennes ganz Paris überflutet hatten. Auf dem einem war zu lesen: »Der König kommt! Wer ihm Beifall zuruft, bekommt Stockprügel; wer ihn beschimpft, kommt an den Laternenpfahl.« - Auf einem andern: »Ruhe! Hut auf behalten! Er fährt an seinen Richtern vorbei.« - Auf einem dritten: »Der König hat auf die Nation angelegt; das Gewehr ist nicht losgegangen; Volk, jetzt schieße Du!« - Und auf noch einem: »Das Gesetz vollstrecken, das Gesetz!« Zwischen diesen Mauern saß der Konvent über Ludwig XVI. zu Gericht.

Zwischen diesen Mauern saß der Konvent über Ludwig XVI. zu Gericht. (Seite 147.)

Zwischen diesen Mauern saß der Konvent über Ludwig XVI. zu Gericht.

In den Tuilerien, in die er am 10. Mai 1793 übersiedelte und die den Namen Nationalpalast erhielten, nahm der Sitzungssaal den ganzen Raum zwischen dem Pavillon de I'Horloge, damals Einheitspavillon, und dem Pavillon Marsan, damals Freiheitspavillon geheißen, ein. Der Florapavillon war nach der Gleichheit umgetauft. Zu diesem Saal führte die große Treppe von Jean Bullant. Unter dem ersten Stock, wo die Versammlung tagte, war der ganze Parterreraum eine einzige lange Wachtstube voll Gewehrpyramiden und Pritschen für die Truppen aller Waffengattungen, die den Konvent zu schützen hatten. Die Volksvertretung verfügte überdies noch über eine Ehrenwache von »Grenadieren des Konvents«. Ein dreifarbiges Band trennte das Schloß und die Versammlung vom Garten, in welchem das Volk ab- und zuging.

III

Beschreiben wir auch diesen Sitzungssaal genau: eine so furchtbare Stätte ist in jeder Einzelheit interessant. Was beim Eintreten zunächst auffiel, war, zwischen zwei großen Fenstern eine Riesenstatue der Freiheit. Zweiundvierzig Meter in der Länge, zehn in der Breite, und elf in der Höhe, in diesen Verhältnissen war der Raum gehalten, der aus einem Theater des Königs in das Theater der Revolution umgewandelt worden. Der elegante, von Vigarani für die Hofleute erbaute Prachtsaal verschwand unter dem plumpen Gerüst, welches anno 93 die Last der Volkes über sich ergehen lassen musste. Dieses zur Aufnahme des Publikums bestimmte Gerüst war insofern ein Unikum, als es sich auf nur einen Balken von zehn Metern stützte. Es haben wenig Kariatiden so Schweres geleistet wie dieser Balken, der Jahre lang den wuchtigen Anprall der Revolution ertrug. Er hielt treulich aus unter all der Begeisterung, all den Jubel- und Schmährufen, dem Gebrüll, dem Fußgestampf, den chaotischen Zornausbrüchen des Aufruhrs; nach dem Konvent sah er den Rat der Ältesten noch und wurde erst abgelöst durch den 18. Brumaire, wo ihn Percier durch Marmorsäulen ersetzte, die von kürzerer Dauer sein sollten.

Die Architekten schwärmen oft in sonderbaren Gebilden; dem Erbauer der Rivolistraße hat die durchschneidende Linie einer Kanonenkugel als Ideal vorgeschwebt, dem Erbauer von Karlsruhe ein Fächer; der Erbauer des Saals, den am 10. Mai 93 der Konvent bezog, schien es auf eine kolossale Kommodenschublade abgesehen zu haben, etwas Gestrecktes, Hohes und Flaches. An der einen Langseite des gleichlaufenden Vierecks war ein großes Amphitheater angebracht, wo sich, gleichfalls in Halbkreisen, die Bänke der Abgeordneten befanden, ohne Tische oder Pulte; Garan-Coulon, der häufig Notizen nahm, musste auf seinen Knien schreiben. Den Bänken gegenüber stand die Rednerbühne, davor eine Büste von Lepelletier-Saint-Fargeau, dahinter der Präsidentenstuhl. Der Kopf der Büste erhob sich etwas über den Rand der Tribüne und wurde deshalb in der Folge entfernt. Die Bänke waren in neunzehn stufenweise hintereinander aufsteigenden Halbkreisen aufgestellt, die sich an beiden Enden verlängern ließen. Im Hufeisen unter der Rednerbühne hielten sich die Huissiers auf. Auf der einen Seite der Tribüne hing an der Wand in einem schwarzen Holzrahmen eine neun Fuß hohe, in der Mitte durch einen szepterförmigen Strich in zwei Spalten geteilte Tafel mit dem Verzeichnis der Menschenrechte; auf der einen Seite, die jetzt noch leer stand, wurde später in ähnlicher Weise, nur durch einen schwertförmigen Strich geteilt, die Verfassung des Jahres Zwei angebracht. Über der Tribüne und der Kopfhöhe des Redners rauschten aus einer tiefen, zweigeteilten, von Zuschauern wimmelnden Galerie drei ungeheuere Trikolorfahnen um einen geschnitzten Altar, der die Inschrift »Dem Gesetz« trug und hinter dem, als Schildwache der freien Worte, hoch wie eine Säule, ein römisches Rutenbündel ragte. Den Abgeordneten zugekehrt, dicht an der Wand, standen Kolossalstatuen, zur Rechten des Präsidenten Lykurg, zur Linken Solon und gegenüber, über den Sitzen der Bergpartei, ein Plato. Die Statuen standen auf einfachen Würfeln, die auf dem langen, vorstehenden Kranz ruhten, welcher um den ganzen Saal lief, und das Volk von der Versammlung trennte; dieser Kranz diente den Galerien als Brüstung. Der schwarze Rahmen der Tafel mit den Menschenrechten reichte bis hinauf, sogar etwas über die Zeichnung des Gesimses hinaus, eine Unterbrechung der geraden Linie, über die sich Chabot Vadier gegenüber mit den Worten beschwert hatte: »Das ist unschön.« Auf den Köpfen der Statuen wechselten Kränze von Eichenlaub mit Lorbeerkränzen ab. Von dem fortlaufenden Mauerkranz hingen grüne Draperieen, auf denen in dunklerem Grün die gleichen Kränze gemalt waren, in großen steifen Falten herab und bedeckten den ganzen untern Teil der Wände, an denen oberhalb aus der weißen kalten Übertünchung zwei ausgehöhlte, wie mit dem Ausschneideeisen hineingerissene Etagen ohne Laubwerk noch sonstige Verzierung klafften, die viereckigen Zuschauergalerien unten, die runden darüber, ganz nach den damaligen Regeln der Baukunst, denn so stand es im Vitruv, der damals noch nicht entthront war. An jeder Langseite des Saals befanden sich zehn öffentliche Tribünen und an den Breitseiten je zwei ungeheuere Logen, im Ganzen also vierundzwanzig Räumlichkeiten, in denen sich die Volksmenge anhäufte. Die Zuschauer der untern Tribünen strömten über und gruppierten sich auf der Brüstung und auf jeden Vorsprung der Architektur. Eine lange auf Brusthöhe fest eingeklammerte Eisenstange diente den obern Tribünen als Geländer und schützte das dortige Publikum gegen die Folgen des stürmenden Andranges von den Treppen her; dennoch wurde einmal ein Mann in die Versammlung hinuntergestoßen, wo er zum Teil auf Massieu, den Bischof von Beauvais, zu fallen kam; das rettete ihn und gab ihm die Bemerkung ein: »Sieh da, zu etwas ist's doch gut, so ein Bischof!« – Der Saal des Konvents konnte zweitausend Menschen fassen, in bewegten Tagen sogar dreitausend. Sitzungen fanden jeden Morgen und jeden Abend statt. Der Fauteuil des Präsidenten hatte eine runde, mit vergoldeten Nägeln beschlagene Lehne; die Tischplatte davor ruhte auf vier fantastischen geflügelten und einfüßigen Tiergestalten, von denen man hätte glauben können, sie seien der Apokalypse entstiegen, um die Revolution mitzuerleben; sie schienen vom Wagen des Ezechiel ausgespannt worden zu sein, um am Henkerkarren von Samson zu ziehen. Auf dem Tisch stand eine große Schelle, fast eine mittelgroße Glocke, ein breites Messingtintenfass und ein Foliant in Pergamenteinband, der die Sitzungsprotokolle enthielt; auf diesen Tisch war schon Blut herabgetropft von abgeschnittenen, auf Piken getragenen Köpfen. Zu der Rednerbühne führten neun Stufen; sie waren hoch, steil, unbequem; Gensonné war eines Tages darauf gestolpert: »Das ist ja die reine Guillotinentreppe!« hatte er gesagt, und Carrier hatte ihm zugerufen: »Studier's nur ein!« Die Ecken des Saales, wo die kahle Wand am meisten aufgefallen wäre, hatte der Architekt mit Fasces ausgeschmückt, deren Beile nach außen gekehrt waren. Zur Rechten und Linken der Rednerbühne stand auf einem Postament je ein Kandelaber in der Höhe von zwölf Fuß und mit vier Paar Ziehlampen. Ein gleicher Kandelaber war auch in jeder Tribüne angebracht. Die Postamente waren mit ausgehauenen Ringen verziert, welche im Volksmund »Guillotinenhalsbänder« hießen. Die höchsten Bänke der Versammlung reichten beinahe bis zum Kranz vor den Tribünen hinauf, sodass die dort sitzenden Abgeordneten und das Volk miteinander reden konnten. Die Türen der Tribünen mündeten in ein Labyrinth von Gängen, die oft von einem wilden Getöse widerhallten! Der Konvent staute sich im Palast und flutete bis in die umliegenden Hotels zurück, ins Hotel Coigny und ins Hotel Longueville; in letzteres wurde, wenn einem Brief von Lord Bradford Glauben zu schenken ist, nach dem 10. August das königliche Mobiliar hinübergeschafft. Zwei Monate lang wurde damals an den Tuilerien ausgeräumt.

Die Ausschüsse waren in der Nähe des Saals untergebracht, im Gleichheitspavillon Gesetzgebung, Ackerbau und Handel, im Freiheitspavillon Marine, Kolonien, Finanzen, Assignate, öffentliche Wohlfahrt, im Einheitspavillon der Krieg. Der Sicherheitsausschuss stand mit dem Wohlfahrtsausschuss vermittelst eines dunklen Ganges in Verbindung, in dem Tag und Nacht eine Laterne brannte und wo die Kundschafter aller Parteien ab- und zugingen; es wurde dort leise gesprochen.

Die Schranken des Konvents sind mehrmals anders gestellt worden; für gewöhnlich befanden sie sich zur Rechten des Präsidenten. An beiden Enden des Saales lagen zwischen den senkrechten Wänden, die links und rechts die konzentrischen Halbkreise des Amphitheaters abschlossen, und zwischen der Saalmauer zwei enge lange Durchgänge, in die zwei dunkle viereckige Türen mündeten; durch diese Türen trat man aus und ein. Die Abgeordneten gelangten unmittelbar von der Terrasse des Feuillants in den Saal. Dieser hatte sowohl bei Tag, wo er durch die ungenügenden Fenster, wie bei hereinbrechender Dämmerung, wo er durch fahle Lichter spärlich erhellt war, etwas düster Nachtendes an sich. Die halbe Beleuchtung ergänzte nur das abendliche Dunkel und die Sitzungen bei Lampenschein waren unheimlich. Sehen konnte man sich nicht; von einem Ende des Saals zum andern, von rechts, von links warfen Gruppen von vernebelten Gesichtern einander Schmähungen zu. Man traf zusammen, ohne sich zu erkennen; nach der Tribüne eilend, war eines Abends Laignelot im Gang, der von den Bänken hinabführte, gegen jemand angerannt: »Robespierre, Pardon,« sagte er. – »Für wen hältst Du mich?« antwortet ihm eine raue Stimme. – »Pardon, Marat,« sagte nun Laignelot.

Unten, rechts und links am Präsidenten, befanden sich zwei reservierte Tribünen, denn merkwürdigerweise gab es im Konvent bevorzugte Zuschauer; diese Tribünen waren die einzigen, vor denen, in der Mitte des Architravs hinter zwei Quasten aufgebauscht, eine Draperie hing. Die öffentlichen Tribünen waren kahl.

Das Ganze bot einen gewaltsamen, wilden und dennoch regelmäßigen Anblick; Korrektheit im Ingrimm kennzeichnet überhaupt mehr oder minder die Revolution. Der Konventsaal lieferte das vollständige Muster dessen, was die Künstler seither den »Messidorbaustil« genannt haben, etwas Plumpes und Ärmliches; die damaligen Architekten verwechselten das Symmetrische mit dem Schönen. Die Renaissance hatte unter Ludwig XV. ihr letztes Wort gesprochen und nun war der Rückschlag gekommen; das Edle war ins Läppische und das stilistisch Reine ins Langweilige ausgeartet. Es gibt auch eine architektonische Prüderie.

Nachdem die Kunst des achtzehnten Jahrhunderts sich in blendenden Formen und Farben satt geschwelgt, schränkte sie sich jetzt auf Brod und Wasser ein und gestattete sich nur mehr die gerade Linie; eine derartige Äußerung des Ebenmaßes führt jedoch zum Hässlichen, denn solche nüchterne Enthaltsamkeit hat das Missliche an sich, dass sie den Stil mager werden lässt, und dass so die Kunst sich zum Skelett verknöchert.

Auch abgesehen von aller politischen Spannung und einzig und allein im Hinblick auf das Architektonische, starrte aus diesen Wänden ein beklemmendes Etwas; es stieg ein dunkles Erinnern in einem auf an das frühere Theater, an die girlandenumrankten Logen, an die azurne und purpurne Decke, an den Kronleuchter mit seinen geschliffenen Glasrauten, an die Girandolen mit ihrem Diamantengefunkel, an die hellgrauseidenen Tapeten, an die Unzahl von Nymphen und Amoretten auf Vorhang und Draperieen, an das ganze gemalte, geschnitzte, vergoldete, kosende Königsidyll, das hier gelächelt hatte über dieser strengen Stätte, wo jetzt dem Blick lauter harte, kalte, messerscharfe rechte Winkel begegneten und wo man eine dunkle Empfindung hatte, als sei hier die Fantasie eines Voucher durch David guillotiniert worden.

IV.

Brissot. Barbaroux.
Vergniaud. St. Just.

Joseph Chenier. David.
Sieyès. Camille Desmoulins.

Aber über der Versammlung vergaß man den Saal, über der Tragödie die Dekorationen. Nichts Ungestalteres und wieder nichts Verklärteres als die handelnden Personen: Eine Heldenschar und eine Herde von Feiglingen, Löwen auf einem Berg und Kröten in einem Sumpf, das wimmelnde, drängende, herausfordernde, drohende, ringende Dasein aller jener Kämpfer, die jetzt nur noch Phantome sind - ein titanisches Getümmel. Rechts eine Legion von Denkern, die Gironde, links eine Schar von Athleten, die Bergpartei. Auf der einen Seite *Brissot*, der die Schlüssel der Bastille in Empfang genommen hatte, *Barbaroux*, der Führer der Marseiller Freiwilligen, Kervélégan, der Liebling der in der Vorstadt Saint-Marceau einquartierten Bataillons von Brest, Gensonné, der die Obergewalt der Abgeordneten über die Generale zur Geltung gebracht hatte, der verhängnisvolle Guadet, dem in einer Nacht die Königin in den Tuilerien den schlafenden Dauphin gezeigt und der das Kind auf die Stirn geküsst, den Vater aber mit um den Kopf gebracht hatte, Salles, der märchenhafte Erfinder des Einverständnisses zwischen der Bergpartei und Österreich, der hinkende Sillery, der Krüppel der Rechten (auch die Linke hatte ihren Krüppel, Couthon), Lause-Duperet, welcher einen Journalisten, der ihn einen Wicht geschimpft hatte, mit der Bemerkung zu Tisch lud: »Ich weiß wohl, dass Wicht nichts anderes bedeutet als Andersdenkender«; Rabaut Saint-Etienne, der seinen Almanach für 1790 mit den Worten eingeleitet hatte: »Die Revolution hat ihr Ziel erreicht«; Quinette, einer derjenigen, die Ludwig XVI. stürzten, der Jansenist Camus, der die Zivilverwaltung der Geistlichkeit in Paragrafen brachte, an die Wunder des Diakonus Paris glaubte und sich allnächtlich vor einem in seinem Zimmer angenagelten sieben Fuß hohen Christusbild niederwarf, Fauchet, ein Priester, der Camille Desmoulins den 14. Juli hatte machen helfen, Isnard, der das Verbrechen beging, zu sagen: »Paris wird zerstört werden«, in demselben Augenblick, wo der Herzog von Braunschweig drohte: »Ich werde Paris einäschern«; Jakob Dupont, der Erste, der laut bekannte: »Ich bin Atheist«, worauf Robespierre ihm zurief: »Der Atheismus ist eine aristokratische Anschauung«; Lanjuinais, ein harter, scharfsinniger, heißer bretonischer Kopf, Ducos, der Euryalus von Boyer-Fonfrède, Rebecqui, der Pylades von Barbaroux, der seine Entlassung einreichte, weil Robespierre noch nicht guillotiniert worden war, Richaud, der die Permanenz der Bezirksräte bekämpfte, Lasource, der den mörderischen Ausspruch getan hatte: »Wehe den erkenntlichen Nationen!« und der sich später, als er das Schaffot bestieg, widersprach, indem er den Montagnards die stolzen Worte hinwarf: »Wir sterben, weil das Volk schläft, und ihr sterbt einmal, wenn es erwacht sein wird«; Biroteau, der durch seinen Antrag auf Abschaffung der parlamentarischen Unverletzlichkeit ahnungslos das Fallbeil schliff und sich selber das Blutgerüst zimmerte, Charles Villatte, der seinem Gewissen in dem Protest Luft machte: »Ich will nicht unter dem Messer abstimmen«; Louvet, der Verfasser des »Faublas«, der später mit seiner Lodoiska eine Buchhandlung im Palais-Royal eröffnete, Mercier, der Verfasser des »Tableau de Paris«, der einmal äußerte: »Der 21. Januar ist allen Königen in den Nacken gefahren«; Marec, dem »die Partei der früheren Einschränkungen« zu Herzen ging, der Journalist Carra, der auf der Guillotine zum Henker sagte: »Es verdrießt mich, zu sterben; ich hätte die Fortsetzung mit ansehen mögen«; Vigée, der sich selber »Grenadier im zweiten Bataillon von Mayenne-et-Loire« titulierte und, von den Tribünen herab bedroht, ausrief: »Ich verlange, dass beim ersten Murren auf den

Tribünen wir uns alle zurückziehen und mit dem Säbel in der Faust, nach Versailles marschieren«; Buzot, der einst dem Hungertod verfallen, Valazé, der dem eigenen Dolch erliegen, Condorcet, der im Bourg-la-Reine oder vielmehr Bourg-Egalité umkommen sollte, verraten durch den Horaz, den er bei sich trug; Pétion, dem das Geschick zuteilward, im Jahre 1792 von der Menge vergöttert und im Jahre 1793 von den Wölfen verschlungen zu werden, und zwanzig Andere noch, Pontécoulant, Marboz, Lidon, Saint-Martin, Dussaulx, der Übersetzer des Juvenal, der den Feldzug von Hannover mitgemacht hatte, Boilleau, Bertrand, Lesterp-Beauvais, Lesage, Gomaire, Gardien, Mainvieille, Duplantier, Lacaze, Antiboul und über diesen Allen, ein zweiter Barnave, *Vergniaud.*

Auf der andern Seite der bleiche dreiundzwanzigjährige Antoine-Louis-Léon Florelle von *Saint-Just* mit der niedrigen Stirn, dem reinen Profil und der tiefen Trauer im geheimnisvollen Blick, Merlin aus Thionville, den die Deutschen den Feuerteufel nannten, Merlin aus Douai, der frevelhafte Urheber des Gesetzes gegen die Verdächtigen, Soubrany, den das Volk am ersten Prairial zu seinem Anführer wählte, der vormalige Pfarrer Lebon, der in der Hand, mit der er Weihwasser gereicht hatte, jetzt einen Säbel schwang, Billaud-Varennes, der die Rechtsprechung der Zukunft erdachte: Schiedsrichter statt der Richter von Fach; Fabre-d'Eglantine, der auf einen reizenden Einfall geriet, den republikanischen Kalender, aber nur auf den einen Einfall, wie Rouget de Lisle eine einzige geniale Eingebung gehabt hatte, die Marseillaise; Manuel, der Prokurator des Stadtrats, der gesagt hatte: »Der Tod eines Königs macht die Welt um keinen Menschen ärmer«; Goujon, der in Tripstadt, in Neustadt und in Speier eingezogen war und das preußische Heer hatte fliehen sehen, Lacroix, ein General gewordener Advokat, der sechs Tage vor dem 10. August das Ludwigskreuz erhalten hatte, Fréron der Thersites, Fréron's des Zoïlus Sohn, Ruth, der unerbittliche Durchstöberer des eisernen Schranks Ludwigs XVI., der in der Folge zum großen Selbstmord des Brutus griff, weil er die Republik nicht überleben wollte; Fouché mit der Teufelsseele und dem Leichengesicht, Camboulas, der Freund des Père Duchesne, der zu Guillotin sagte: »Wenn Du auch zu den Feuillants gehörst, Deine Tochter gehört zu den Jakobinern«; Jagot, der denjenigen, welche die Gefangenen wegen ihrer mangelhaften Kleidung bedauerten, die herzlose Antwort gab: »Ein Gefängnis ist ein steinerner Anzug«; Javogues, der unheimliche Aufbrecher der Gräber von Saint-Denis, Osselin, ein eifernder Verfolger, der eine Verfolgte, Frau Charry, bei sich versteckte, Bentabole, der, wenn er den Präsidentenstuhl innehatte, den Tribünen das Zeichen zum Applaus oder zum Zischen gab, der Journalist

Robert, dessen Gattin, Fräulein Kéralio, die Worte schrieb: »Mich besucht weder Robespierre noch Marat; Robespierre empfange ich, wann es ihm genehm sein sollte, Marat aber nie«; Garan-Coulon, der, als sich der spanische Hof für Ludwig XVI. verwenden wollte, mit stolzem Trotz verlangt hatte, dass sich die Versammlung nicht herablasse, die Fürbitte eines Königs für einen König zu lesen; der Bischof Grégoire, der, nachdem er sich der apostolischen Zeiten würdig erwiesen hatte, später, unter dem Kaiserreich, den Republikaner Grégoire für Grégoire den Grafen hinwarf, Amar, welcher behauptete: »Ludwig XVI. ist in den Augen der ganzen Menschheit verurteilt; wer könnte da noch den Richterspruch revidieren? Nur die Sterne«; Rouyer, der sich am 21. Januar dem Abfeuern der Kanone vom Pont-Neuf aus dem Grunde widersetzt hatte, dass der Kopf eines Königs im Fallen nicht mehr Lärm machen solle als der Kopf eines andern Menschen«; *Chénier*, der Bruder von André Chénier, Vadier, einer von denen, die ein Pistol vor sich auf die Tribüne legten, Panis, der zu Momoro sagte: »Marat und Robespierre sollen sich bei mir, an meinem Tisch, umarmen.« – »Wo wohnst Du denn?« – »In Charenton.«– »Dacht' ich mir's doch,« erwiderte Momoro; Legendre, der, wie Pride der Fleischer der englischen Revolution gewesen, der Fleischer der französischen war. »Komm her, dass ich Dich niederschlage!« rief er eines Tages Lanjuinais zu und Lanjuinais entgegnete: »Erst lass die Verordnung ergehen, dass ich ein Ochse bin;« und Collot d'Herbois, der finstere Komödiant mit dem Januskopf, der zugleich Ja und Nein sagte, mit dem einen Mund billigte, was er mit dem andern verwarf, Carriers Verhalten in Nantes brandmarkte und Chalier's Verhalten in Lyon in den Himmel hob, der Robespierre in den Tod und Marat ins Pantheon schickte; Génissieux, der gegen jeden die Todesstrafe beantragte, bei dem die Medaille mit der Inschrift »Ludwig XVI. der Märtyrer«, gefunden wurde, Leonard Bourdon, der Schulmeister, der dem Greis vom Mont-Jura sein Haus angeboten hatte, Dobsent, ein Seemann, Gouvilleau, ein Advokat, der Kaufmann Laurent Lecointre, der Arzt Duhem, der Bildhauer Sergent, David der Maler, Joseph-Philipp Egalité der Prinz; außerdem noch Lecointe-Puiraveau, der begehrte, dass Marat durch Dekret für unzurechnungsfähig erklärt werde, Robert Lindet, der beängstigende Schöpfer jenes Ungeheuers, dessen Kopf der Sicherheitsausschuss war und das Frankreich mit einundzwanzigtausend Armen festhielt, die man die revolutionären Ausschüsse nannte, Leboeuf, auf den Girey-Dupré in seinen »Weihnachten der falschen Patrioten« den Vers gedichtet hatte: *»Le boeuf vit Legendre et beugla«*; der milde Thomas Payne, ein Amerikaner; Anacharsis Cloots, ein deutscher Baron und Millionär, Atheist, Anhänger Hebert's, treuherzig; der gewissenhafte Lebas, der Freund der Familie Duplay; Nevère, einer jener seltenen Menschen, die boshaft sind um der Boshaft willen, denn der Grundsatz, dass die Kunst sich selber Zweck ist, macht sich zuweilen auch bei Charaktereigenschaften geltend; Chalier, der die Aristokraten mit »Sie« angeredet wissen wollte; der elegische und grausame Tallien, der in der Folge aus Verliebtheit den 9. Thermidor machte; Cambacérès, erst Anwalt, dann Fürst; Carrier, erst Anwalt, dann Tiger; Laplanche, der einmal ausrief: »Ich verlange die Vorhand für die Lärmkanone«; Thuriot, der die laute Abstimmung der Geschworenen des Revolutionstribunals begehrte; Bourdon aus dem Departement Oise, der Chambon zum Zweikampf forderte, Payne verklagte und selber durch Hébert verklagt wurde; Payon, der für die Vendée »eine mordbrennerische Armee« begehrte; Tavaux, der am 13. April die Gironde und die Bergpartei beinahe versöhnte; Vernier, der beantragte, die beiderseitigen Parteiführer möchten sich als gemeine Soldaten anwerben lassen; Rewbell, der Mainz mitverteidigte; Bourbotte, dem bei der Einnahme von Saumur das Pferd unter dem Leib erschossen ward; Guimberteau, der die Küstenarmee von Cherbourg, Jard-Painvilliers, der die Küstenarmee von La Rochelle, Lecarpentier, der das Geschwader von Cancale leitete; Roberjot, der bei Rastatt ermordet werden sollte; Prieur aus der Marne, der im Lager seine alten Schwadronschef-Epauletten trug; Levasseur aus dem Departement Sarthe, der mit einem Wort den Kommandanten des Bataillons Saint-Amand, Serrant, in den Tod zu gehen bestimmte; dazu noch Reverchon, Maure, Bernard aus Saintes, Charles Richard, Lequinio und an der Spitze der ganzen Gruppe ein Mirabeau namens Danton.

Außerhalb dieser beiden Lager, beide in Schach haltend, ein einzeln Ragender, Robespierre.

V.

Unten drunten neigte sich das Entsetzen, das auch edel sein kann, und krümmte sich die niedrige Furcht. Unter all den Leidenschaften, all dem Heldenmut, all der Aufopferung, all der Wut, wogte die trübe Schar der Namenlosen in den Tiefen, die man »die Ebene« nannte. Hier fand sich jedes schwankende Element zum andern, Männer des Zweifels und Zauderns und Zurückrufens und Aufschiebens und Zuwartens oder in Angst vor jemand oder etwas. Die Montagnards waren eine Elite, die Girondins eine Elite; die Plaine war die Menge; sie verdichtete und verkörperte sich in der Person von *Sieyès*.

Sieyès war tief angelegt, aber hohl geworden; er war beim »dritten Stand« stehen geblieben und hatte sich nicht bis zum Begriff Volk emporschwingen können. Gewisse Geister sind wie eigens geschaffen, auf halben Höhen zu wandeln. Sieyés nannte Robespierre den Tiger und wurde von diesem der Maulwurf genannt. Dieser Metaphysiker hatte sich die Weisheit nicht, aber die Klugheit ergrübelt. Er war der Höfling, nicht der Diener der Revolution. Mit der Schaufel auf der Schulter spannte er sich neben Alexander Beauharnais vor einen Karren und zog mit dem Volk zur Arbeit auf das Marsfeld aus. Er riet Andern zum Durchgreifen und machte selber von dem Rat keinen Gebrauch; so sagte er zu den Girondins: »Gewinnt die Kanonen für Eure Partei.« Es gibt Denker, die kämpfen wollen; in der Weise stand Condorcet zu Vergniaud oder *Camille Desmoulins* zu Danton; und es gibt hinwieder Denker, die leben wollen, und diese standen zu Sieyès. Auch in den reinsten Kufen bildet sich ein Bodensatz. Unter »der Ebene« lag noch »der Sumpf«, eine scheußlich stagnierende Masse, durchsichtig vor lauter Selbstsucht. Da fröstelte die stumme Gespanntheit der Zitterer; da kauerte der Inbegriff der Erbärmlichkeit, jede Schändlichkeit und keine einzige aufrichtige Schande, ein verkrochener Grimm, der Aufstand hinter der Unterwürfigkeit. In hündischem Erbangen entwickelten jene Memmen den ganzen Mut der Feigheit; sie waren für die Gironde und stimmten mit der Montagne; den Ausschlag mussten immer sie geben, und immer warfen sie nach der Seite des Erfolgs um; sie lieferten Ludwig XVI. an Vergniaud aus, Vergniaud an Danton, Danton an Robespierre, Robespierre an Tallien; sie brandmarkten den lebenden Marat und vergötterten ihn im Tod; sie unterstützten alles bis zum Tag, wo sie es stürzen halfen; sie hatten den Instinkt des letzten Stoßes für alles Wankende. Da sie ihre Knechtsdienste von der Widerstandskraft ihrer Herren abhängig machten, galt deren Wanken in ihren Augen für Verrat. Sie waren Zahlen, waren die Kraft, waren die Angst; daher ihre Frechheit im Schmählichen, daher der 31. Mai, der 11. Germinal, der 9. Thermidor, Tragödienverwickelungen durch Riesen geknüpft und gelöst durch Zwerge.

VI.

Mitten unter den Berserkern hatte der Konvent auch seine Träumer; das Utopische war in allen seinen Äußerungsformen vertreten, von der kriegerischen, die das Schaffot billigte, bis zur friedlichsten, welche die Todesstrafe abschaffte – den Königen gegenüber den Dämon, den Völkern gegenüber den Engel herauskehrend. Zwischen den streitbaren saßen die brütenden Geister; jene sannen auf Kampf, diese auf Ruhe; einer jener Köpfe, der von Carnot, gebar vierzehn Armeen, indessen ein anderer, der von Jean Debry, dem Plan zu einer demokratischen Weltverbrüderung nachhing. Unter diesen tobenden Rednern mit den brüllenden Donnerstimmen saßen fruchtbringende Schweiger: Lakanal schwieg und entwarf die Grundzüge des öffentlichen Nationalunterrichts; Lanthenas schwieg und schuf dann die Volksschulen; Revellière-Lépaux schwieg und träumte von der Erhebung der Philosophie auf die Altäre der Religion. Andere beschäftigten bescheidenere, praktischere Detailfragen: Guyton-Morveaux trug sich mit einer gesünderen Einrichtung der Spitäler, Maire mit Aufhebung der Realservituten, Jean-Bon-Saint-André mit Abschaffung der Schuldhaft, Romme mit dem Vorschlag von Chappe, Duboë mit der Organisation der Archive, Coren-Fustier mit der Gründung der anatomischen und naturwissenschaftlichen Sammlungen, Guyomard mit der Regelung der Flussschifffahrt und dem Querdamm der Schelde. Auch für Kunst wurde geschwärmt, von Einzelnen sogar bis zur Manie; am 21. Januar, während auf dem Revolutionsplatz das Haupt der Monarchie niederrollte, besichtigte Bézard, ein Abgeordneter des Departements Oise, einen Rubens, der in einer Dachkammer der Straße Saint-Lazare entdeckt worden war. Künstler, Redner, Propheten, Kolossalnaturen wie Danton und kindliche Naturen wie Cloots, Gladiatoren wie Philosophen, alle hatten sie ein gemeinsames Ziel vor Augen, den Fortschritt. Durch nichts ließen sie sich beirren.

Die Größe des Konvents besteht darin, dass er idealen Dingen, welche von den Menschen als Unmöglichkeiten verschrien werden, das innewohnende Maß Wirklichkeit abzuringen trachtete. Auf der einen Seite hielt Robespierre den Blick auf das Recht, auf der andern hielt Condorcet den Blick auf die Pflicht gerichtet. Condorcet war der Mann des Traums und des Lichts, Robespierre der Mann der Ausführung, und in Perioden, die über Tod oder Leben einer altgewordenen Kultur entscheiden, ist Ausführung zuweilen gleichbedeutend mit Austilgung. Die Revolutionen haben zwei Abhänge, bergauf und bergab, und auf beiden sind die Jahreszeiten ihrer Entwicklung vertreten, vom Winterschnee bis zu den Herbstblüten, und jede Zone jener Abhänge bringt die ihr entsprechenden Männer hervor, von denen, die im Sonnenschein, bis zu denen, die im Wetterstrahl leben.

VII.

Man zeigte sich den Winkel des linken Durchgangs, in dem Robespierre Garat, dem Freund Clavière's, die drohenden Worte zugeflüstert hatte: »Clavière hat sich, wo er ging und stand, vergangen und zu komplottieren unterstanden.« In eben demselben Winkel, der sich zu heimlichen Gesprächen und halblauten Zornausbrüchen eignet, hatte Fabre d'Eglantine Romme einen Verweis gegeben, weil dieser den republikanischen Kalender durch Umänderung von »Fervidor« in »Thermidor«, wie ihm vorgeworfen wurde, entstellt hatte. Man zeigte sich auch die Ecke, wo, dicht nebeneinander, die sieben Vertreter der Haute-Garonne saßen, die bei der Urteilfällung über Ludwig XVI. zuerst aufgerufen, der Reihe nach geantwortet hatten, Mailhe: »Todesstrafe,« Delmas: »Todesstrafe«, Projean: »Todesstrafe«, Calès: »Todesstrafe«, Ayral: »Todesstrafe«, Julien: »Todesstrafe«, Desaby: »Todesstrafe« - ein Beweis dafür, dass die Weltgeschichte eine endlose Reihenfolge von Rückschlägen ist, welche von den Mauern jedes Tribunals das Echo der Gruft widerhallen lassen. Man wies in diesem wilden Getümmel von Gesichtern mit dem Finger auf alle die einzelnen, deren tragische Richtersprüche sich zu dem einen großen Racheschrei verschmolzen hatten; Paganel, der gesagt hatte: »Todesstrafe; ein König ist nur im Sterben nützlich«; Millaud, der gesagt hatte: »Wenn es heute noch keinen Tod gäbe, müsste man einen erfinden«; den alten Raffron du Trouillet, der gesagt hatte: »Schleunige Todesstrafe«; »Goupilleau, der gerufen hatte: »Gleich aufs Schaffot mit ihm! Die Zögerung verschärft den Tod«; Sieyès hatte sein Votum in das eine düstere Wort zusammengefasst: »Tod«; Thuriot hatte gegen die von Buzot vorgeschlagene Berufung an das Volk geeifert: »Wie? Man will die Wähler befragen? Vierundvierzigtausend Gerichtshöfe einsetzen? Es würde ein Prozess ohne Ende, und Ludwigs XVI. Haupt hätte Zeit genug, noch weiß zu werden vor dem Fallen«; Augustin-Bon Robespierre rief, nachdem sein Bruder gesprochen: »Ich kenne das Erbarmen nicht, das die Völker hinwürgt und den Despoten verzeiht. Todesstrafe! Aufschub verlangen, heißt, der Berufung ans Volk die Berufung an die Tyrannen unterschieben«; Foussedoire, der Stellvertreter von Benardin de Saint-Pierre, hatte gesagt: »Das Blutvergießen ist mir ein Gräuel, aber Königsblut ist kein Menschenblut; Todesstrafe«; Jean-Bon-Sant-André sagte: »Ohne toten Tyrannen kein freies Volk«; Lavicomterie tat einen ähnlichen Ausspruch: »So lang der Tyrann atmet, erstickt die Freiheit; Todesstrafe«; Chateauneuf-Randon rief: »Tod Ludwig dem Letzten«; Guyardin: »Hinrichtung bei umgestürzter Barrière«; er meinte damit die »Barrière du Thrône«; Tellier sprach: »Man gieße, um ihn auf den Feind zu feuern, eine Kanone für den Kopf Ludwigs XVI.« Man zeigte sich auch die Nachsichtsvollen: Gentil, der gesagt hatte: »Ich stimme für Gefängnis; ein zweiter Karl Stuart bringt uns einen zweiten Cromwell«; Bancal, der gesagt hatte: »Verbannung; ich will den ersten König der Welt verurteilt sehen, zu einem Handwerk zu greifen, um sein Brot zu verdienen«; Albouys, der gesagt hatte: »ins Exil mit ihm! Lasst ihn als lebendiges Gespenst zwischen den Thronsesseln umgehen«; Zangiaconi sagte: »Gefängnis; der lebende Capet sei ein Schreckbild in unsern Händen«: »Er lebe«, meinte Chaillon; »ich will den Toten nicht durch Rom heiligsprechen lassen.« Während diese Worte von strengen Lippen der Reihe nach der Weltgeschichte anheimfielen, zählten auf den Tribünen geputzte Frauen in ausgeschnittenen Kleidern die Stimmen nach und merkten sie mit Nadelstichen auf Verzeichnissen der Abgeordneten an.

Wo die Tragödie sich einmal gezeigt hat, da lassen sich Grauen und Mitleid dauernd nieder. Zu welcher Zeit man den Konvent auch betrachten mochte, immer wieder bot er einen ähnlichen Anblick wie bei der Abstimmung über den letzten Capet; die Legende vom 21. Januar schien in jeder ferneren Entschließung fortzuklingen; die gewaltige Versammlung war durchweht von jenem verhängnisvollen Sturmhauch, der über die alte, achtzehn Jahrhunderte lang brennende Fackel der Monarchie hingestrichen war und sie gelöscht hatte. Die entscheidende Verurteilung aller Könige in dem einen war gleichsam der Ausgangspunkt des großen Krieges, den der Konvent gegen die Vergangenheit führte. Ganz einerlei, welcher Sitzung man beiwohnte, stets warf das Schaffot Ludwigs XVI. seinen Schatten herein; die Zuschauer erzählten einander, wie Kersaint, wie Roland damals gesprochen, wie Duchâtel, ein Abgeordneter des Departements Deux-Sèvres, sich auf seinem Krankenbett hereintragen ließ, und, selber sterbend, für Leben stimmte, worüber Marat lachen musste; und man suchte jenes seither verschollene Mitglied mit den Blicken, das nach der siebenunddreißigstündigen Gerichtsverhandlung vor Erschöpfung auf seiner Bank eingeschlafen war, und, vom Huissier zur Abgabe seiner Stimme geweckt, mit halb geöffneten Augen »Todesstrafe« sagte und wieder einschlummerte.

Als Ludwig XVI. zur Guillotine verurteilt wurde, hatten Robespierre noch achtzehn Monate, Danton fünfzehn, Vergniaud neun, Marat fünf Monate und drei Wochen, Lepelletier-Saint-Fargeau einen Tag Leben vor sich. Furchtbar war das Atmen jener Männer und kurz.

VIII.

Für das Volk ging ein stets offenes Fenster auf den Konvent hinaus, die öffentlichen Tribünen, und genügte das Fenster nicht, so wurde die Tür aufgemacht und die Straße entleerte sich in den Saal. Jenes Einbrechen der Menge in diese Versammlung gehört zu den überraschendsten Erscheinungen der Geschichte. Meistenteils war die Invasion gut gemeint;

die Vorstädte schmollierten mit dem kurulischen Stuhl; aber es lag etwas Unheimliches in dieser herzlichen Zudringlichkeit eines Volkes, das eines Tages, ehe drei Stunden vergangen waren, die Kanonen des Invalidenhauses und Vierzigtausend Flinten ausgeführt hatte. Sehr häufig wurden die Sitzungen durch den Aufmarsch von Deputationen unterbrochen, die man mit Gesuchen, Huldigungen oder Liebesgaben an die Schranken vorließ. Es wurde durch Weiber die Ehrenpike der Vorstadt Saint-Antoine hereingetragen. Einmal widmeten Engländer den barfuß kämpfenden Soldaten zwanzigtausend Schuhe. »Der Bürger Arnoux«, las man ein andermal im Bericht des Moniteur, »Pfarrer von Aubignan und Kommandant des Bataillons vom Departement Drôme, verlangt, unter Vorbehalt seiner Pfarrei, an die Grenze zu marschieren.« Die Bezirksvertreter brachten auf Tragbahren Platten, Kelche, Monstranzen, ganze Haufen von Silber und Gold herbei, dem Vaterland von jenem Volk in Fetzen geweiht, das dafür als einzige Belohnung die Erlaubnis begehrte, dem Konvent die Carmagnole vorzutanzen. Chenard, Narbonne und Vallière kamen, um patriotische Lieder auf die Bergpartei abzusingen. Der Bezirk Mont-Blanc verehrte der Versammlung eine Büste von Lepelletier und ein Weib setzte dem Präsidenten eine rote Mütze auf, worauf sie von diesem umarmt wurde. »Die Bürgerinnen des Bezirks le Mail« streuten »den Gesetzgebern« Blumen. »Die Schüler des Vaterlandes«, voran eine Musikbande, statteten dem Konvent ihren Dank ab »für Begründung der Wohlfahrt des Jahrhunderts.« Die Frauen des Bezirks Gardes-Françaises brachten Rosen, die vom Bezirk Champs-Elysées einen Kranz von Eichenlaub; die Mädchen vom Bezirk Temple leisteten vor den Schranken einen Eid darauf, »sich nur mit echten Republikanern zu verbinden.« Der Bezirk Molière widmete eine Medaille von Franklin, die laut Verordnung an die Krone der Freiheitsstatue gehängt wurde. Die Findelkinder, nunmehr die Kinder der Republik, zogen in der nationalen Uniform vorbei. Die Jungfrauen des Bezirks Zweiundneunzig kamen in langen weißen Gewändern, und am folgenden Tage las man im Moniteur: »Der Präsident empfängt einen Strauß aus den unschuldigen Händen einer unschuldigen Schönheit.« Die Redner grüßten die Menge, riefen ihr zuweilen sogar Schmeicheleien zu, wie: »Du bist unfehlbar; Du bist untadelhaft; Du bist erhaben.« Das Volk hat etwas vom Kind: Es nascht gern Süßigkeiten. Oft auch brauste der Aufruhr durch die Versammlung; brach tobend herein und strömte beschwichtigt von dannen wie die Rhone, die beim Einmünden in den Genfer See trübe und beim Ausfluss himmelblau gefärbt ist. Mehrmals lief es jedoch so friedlich nicht ab, und Henriot ließ vor den Tuilerien Roste herbeischaffen für die Brandkugeln.

IX.

Neben dem Zündstoff für die Revolution entwickelte die Versammlung auch eine befruchtende Kulturpotenz. Der Weltbrand nährte eine schöpferische Schmiede, und in dieser Esse, wo der Schrecken brodelte, klärte sich das Gold des Fortschritts ab. Aus dem Chaos von Schatten und der jagenden Wolkenflucht flammten Lichtstrahlen der ewigen Wahrheit nieder, unvergängliche Lichtstrahlen, die den Völkerhimmel für alle Zeiten erhellen und die sich Gerechtigkeit nennen und Duldsamkeit und Wohlwollen und Vernunft und Wahrhaftigkeit und Menschenliebe. Der Konvent stellte den großen Grundsatz auf: »Die Freiheit des Bürgers hört da auf, wo die Freiheit eines anderen Bürgers anfängt,« ein Axiom, das in zwei Worten die Bedingungen alles gesellschaftlichen Lebens zusammenfasst. Er sprach das Elend heilig, heilig die Gerechtigkeit im Blinden und Taubstummen, die er der Fürsorge des Staates übergab, heilig die Mutterschaft in der Gefallenen, die er tröstete und aufrichtete, heilig die Kindheit in der Waise, die er dem Vaterland in den Arm legte, heilig die Unschuld im freigesprochenen Angeklagten, den er entschädigte. Er brandmarkte den Negerhandel und schaffte die Sklaverei ab. Er machte sich zum Herold der gegenseitigen Verbindlichkeit Aller gegen alle. Er führte den unentgeltlichen Unterricht ein, regelte die nationale Erziehung durch Gründung der Normalschule zu Paris, der Zentralschulen in den Departements-Hauptstädten und der Primärschulen in den Gemeinden, schuf Musik-Akademien und Kunstsammlungen, brachte die Einheit in der Gesetzgebung und durch das Dezimalsystem die Einheit in Maß, Gewicht und Münzwesen zustande, stellte die Ordnung in den Finanzen wieder her und rettete aus dem monarchischen Bankrott den öffentlichen Kredit. Dem Verkehr schenkte er den Signaltelegrafen, dem Alter die dotierten Versorgungshäuser, der Krankheit die verbesserten Spitäler, der höheren Ausbildung die polytechnische Schule, der Wissenschaft die geografische Vermessungsanstalt, dem menschlichen Geist die vereinigten gelehrten Körperschaften. Neben den patriotischen Zwecken verfolgte er auch kosmopolitische. Von den elftausendzweihundertundzehn Verordnungen, die der Konvent erließ, trägt ein Drittel nur einen speziell politischen, der Rest einen allgemein humanen Charakter. Der Gesellschaft wurde die Weltmoral, dem Gesetz das Gewissen der Welt zu Grund gelegt. Und Abschaffung der Dienstbarkeit, Verbrüderung Aller, Schutz für die ganze Menschheit, Läuterung des öffentlichen Gewissens, Verwandlung der ausgebeuteten Arbeit in ein gesetzlich gesichertes Recht, Befestigung des Staatsvermögens, Aufklärung und Leitung der Jugend, Förderung der Künste und Wissenschaften, Verbreitung des Lichts nach jeder Seite hin, Beistand für jedes Elend und Geltendmachung jedes höheren Grundsatzes - Alles das schuf der Konvent mit der Hydra der Vendée am Herzen und von außen zerfleischt durch die Tigerherde der europäischen Fürstenkoalition.

X.

Auf dem unermesslichen Kampfplatz vereinigten sich in episch gewaltigem Widerstreit alle menschlichen und unmenschlichen und übermenschlichen Typen. Während Guillotin David aus dem Weg ging, beschimpfte Bazire Chabot; Guadet verspottete Saint-Just; Vergniaud verschmähte Danton; Louvet klagte Robespierre, Buzot Egalité an; Chambon stellte Pache an den Pranger; alle verabscheuten Marat. Und wie viel andere Namen wären an dieser Stelle noch zu verzeichnen! Armonville, genannt Bonnet-Rouge, weil er nur in der phrygischen Mütze an den Sitzungen teilnahm, ein Freund Robespierres, der »nach Ludwig XVI. auch diesen guillotinieren lassen wollte, dem Gleichgewicht zulieb.« Massieu, der unzertrennliche Kollege des guten Bischofs Lamourette, der so ganz geschaffen war, einem berühmt gebliebenen Versöhnungskuss seinem Namen zu geben; Lehardy aus dem Morbihan, der die bretonischen Priester brandmarkte; Barère, der Mann der Majoritäten, der das Präsidium führte, als Ludwig XVI. vor den Schranken des Konvents erschien, und der zu der Pamela der Frau von Genlis in denselben Herzensbeziehungen stand wie Louvet zu Lodoïska; Daunon, welcher der Kongregation des Oratoriums angehörte und zu sagen pflegte: »Gewinnen wir nur erst Zeit«; Dubois-Crancé, mit dem Marat oft flüsterte; der Marquis von Chateauneuf, Laclos, Hérault-Séchelles, der vor Henriot mit dem Ruf zurückwich: »An die Geschütze!« Julien, der die Montagne mit den Thermopylen verglich; Gamon, der eine besondere öffentliche Tribüne für die Weiber beanspruchte; Laloy, der dem Bischof Gobel die Ehren der Sitzung zuerkannte, als dieser in den Konvent kam, um die Mitra gegen die Freiheitsmütze umzutauschen; Lecomte, der damals äußerte: »Man reißt sich ja darum, sich zu entpfaffen!« Féraud, vor dessen Kopf Boissy-d'Anglas später den Hut abzog, wodurch die offene Frage entstand: »Hat Boissy-d'Anglas den Kopf, und somit das Opfer, oder die Pike, also die Mörder, gegrüßt?« Die zwei Brüder Duprat, von denen der eine Montagnard, der andere Girondin war, und die einander hassten wie die beiden Chénier.

Von der Rednertribüne fielen zuweilen Worte von jener unabsehbaren Wirkung, von welcher der Sprechende selbst keine Ahnung hat, Worte, denen das Verhängnisvolle der Revolution innewohnt und auf die hin die materiellen Ereignisse plötzlich ins ungehalten Leidenschaftliche umgeschlagen zu sein scheinen, als hätten sie das eben Gesagte übel genommen; was geschieht, scheint dann aus Zorn zu geschehen über das, was gesprochen worden, und schmetternde Katastrophen brechen dann herein, wie zur Tollwut angestachelt durch die Worte der Menschen. So genügt auf den Schneebergen oft ein Schrei, um eine Lawine ins Rollen zu bringen, und so kann auch eine allzu scharf klingende Redensart einen Zusammensturz im Gefolge haben, der sonst ausgeblieben wäre. Oft liegt selbst in den Begebenheiten etwas persönlich Jähzorniges. Aus einem solchen Grund, weil zufällig die Äußerung eines Redners missverstanden wurde, fiel zum Beispiel das Haupt von Madame Elisabeth.

Im Konvent genoss die Maßlosigkeit im Ausdruck Bürgerrechte. Durch die Debatte schwirrten und kreuzten sich die Drohungen wie Funken in einer Feuersbrunst. – Robespierre kommen Sie zur Sache! Rief eines Tages Pétion. – Die Sache sind Sie, Pétion, entgegnet Robespierre; Ihnen werde ich nur zu früh zur Sache kommen. – Zur Guillotine mit Marat, schrie eine Stimme. – Am Tag, wo Marat sterben wird, antwortet dieser, wird kein Paris mehr sein, und am Tag, wo Paris sterben wird, stirbt die Republik mit. – Billaud-Varennes steht auf und sagt: Wir wollen ... – Du sprichst wie ein König, unterbricht ihn Barére. – Und eines andern Tages, da Philippeaux darüber klagt, dass ein Mitglied den Degen gegen ihn gezogen, ruft Audouin: Präsident rufen Sie den Mörder zur Ordnung! – Nur Geduld, sagt der Präsident; und Panis ruft ihm zu: Ich, Präsident, rufe jetzt Sie zur Ordnung. – Im Konvent wurde auch gelacht, derbe gelacht. – Der Pfarrer von Chant-de-Bout, berichtete einmal Lecointre, beschwert sich über Fauchet, seinen Bischof, der ihn nicht heiraten lassen will. – Ich sehe nicht ein, fährt eine Stimme dazwischen, warum Fauchet Maitressen halten darf, wenn er bei Andern keine Ehefrauen duldet. – Drauf los heiraten, ihr Priester, fällt eine zweite Stimme ein. – Die Tribünen mischen sich in die Debatte; sie duzten die Abgeordneten. Eines Tages bestieg Nuamps die Rednerbühne, und weil die einer seiner »Hüften« viel entwickelter war als die andere, wurde ihm von oben zugerufen: – Dreh Dich doch nach rechts mit Deiner Backe à la David. – Dergleichen Freiheiten erlaubte sich das Volk im Konvent. Einmal jedoch, beim Tumult des 11. April 1793, ließ der Präsident einen Schreier auf den Tribünen verhaften.

In einer Sitzung, die der alte Buonarotti beschreibt, ergreift Robespierre das Wort und spricht volle zwei Stunden, den Blick immer auf Danton gerichtet, bald geradeaus (schon schlimm genug), bald von der Seite, was noch weit schlimmer war. Aus unmittelbarster Nähe schmettert er seine Blitze herab und schließt mit einem Ausbruch von Entrüstung voll verderbenschwangerer Anzüglichkeiten: Man kennt die Heuchler; man kennt die Verführer und die Bestochenen; man kennt die Verräter: Sie sind hier in dieser Versammlung. Sie hören uns zu; wir sehen sie und wenden kein Auge von ihnen ab. Über ihren Häuptern erblicken sie - ja schaut hinauf, das Schwert des Gesetzes; in ihrem Gewissen - schaut nur hinein! - erblicken sie die eigene Verworfenheit. Verräter nehmt Euch in acht! - Robespierre bricht ab, und Danton, den Kopf zur Decke gewendet, mit halbgeschlossenen Augen und einen Arm über die Lehne der Bank hin- und herwiegend trällert zurückgeworfen zwei Verse von »Kadet Rousssel« halblaut vor sich hin:

»Reden hält er von gutem Klang:
Wenn sie fein kurz sind, währt's nit lang.«

- Verschwörer! - Mörder! - Schurke! - Rebell! - Reaktionär! Alle Verwünschungen platzten oft aufeinander los; man schrie seine Anklagen wechselseitig zu der Büste des Brutus hinauf; man fuhr sich an, verfluchte, forderte sich heraus: von allen Seiten wütende Blicke, geballte Fäuste, hervorschimmernde Pistolen, halb gezückte Dolche; weit und breit ein hundertfaches Emporflammen um die Tribüne. Einige sprachen, als lehnten sie an der Guillotine. Entsetzt und entsetzlich wogten die Köpfe hin und her, Montagnards, Girondins, Feuillants, Gemäßigte, Terroristen, Jakobiner, Cordeliers, darunter achtzehn Priester, die für den Tod des Königs gestimmt hatten, alle ineinander verschwimmend wie vorangetriebene Rauchwolken.

XI.

Es waren sturmgepeitschte Geister; der Sturm aber fuhr auf Fittichen des Wunders einher. Ein Mitglied des Konvents war eine Welle im Ozean, und das galt auch von den Größten. Die Triebkraft kam von oben her. Es herrschte im Konvent ein Gesamtwollen, das vom Wollen des Einzelnen ganz verschieden war, eine Idee, unbezwingbar und unermesslich, die von den Höhen niedersauste durch das Dunkel, und die wir eben die Revolution nennen. Wenn diese Idee dahinstrich, warf sie den Einen zu Boden und raffte den Andern empor, ließ diesen zu Schaum zerstieben und zerschmetterte jenen an Felsenriffen. Sie wusste, wohin sie steuerte, diese Idee, und trieb den Abgrund vor sich her. Wenn man die Revolution für das Werk der Menschen ausgeben wollte, so müsste man auch Ebbe und Flut für das Werk ausgeben der Wellen.

Die Revolution ist eine Kraftäußerung des großen Unbekannten. Man nenne sie gut oder böse, je nachdem man die Zukunft oder die Vergangenheit herbeisehnt, aber man mache ihr den Ursprung nicht streitig. Sie scheint allerdings aus dem gemeinschaftlichen Zusammenwirken von großen Ereignissen und großen Menschen hervorgegangen, ist aber in der Tat lediglich die Kraftsumme der Ereignisse. Die Ereignisse geben aus; die Menschen zahlen. Die Ereignisse diktieren; die Menschen unterschreiben. So ist der 14. Juli Camille Desmoulins, der 10. August Danton, der 2. Dezember Marat, der 21. September Grégoire, der 21. Januar Robespierre gezeichnet; aber Desmoulins, Danton, Marat, Grégoire und Robespierre haben weiter nichts dabei getan, als die Urkunden auszuschreiben. Der eigentliche gigantisch strenge Verfasser jener Geschichtsblätter heißt Gott und führt das Pseudonym Schicksal. Robespierre glaubte an einen Gott; er musste ja wohl!

Die Revolution ist eine Erscheinungsform des immanenten Wollens in und um uns; wir nennen es die Notwendigkeit. Vor dieser geheimnisvollen Verwickelung von Wohltaten und Bitternissen wirft sich das Warum des Denkers auf. »Weil eben einmal«: Diese Antwort des Nichtwissens ist zugleich die der Erkenntnis. Im Angesicht jener klimatischen Umwälzungen, welche die Kultur verheeren und beleben, scheut man vor einem Urteil über das Einzelne zurück. Ob das Ergebnis die Menschen tadeln oder loben, heißt ungefähr so viel, als man würde die Zahlen ihrer Summe wegen loben oder tadeln. Was vorbeistürmen muss, stürmt eben vorbei. Die hehre Ewigkeit wird durch diese Windstöße nicht berührt, und Wahrheit und Gleichgewicht bleiben über den Revolutionen stehen wie der Sternenhimmel über dem Orkan.

XII.

Das war jener unermessliche Konvent; eine von allen Finsternissen auf ein Mal berannte Schanze der Menschheit, das nächtliche Lagerfeuer eines belagerten Heers von Gedanken, eine ungeheuere Feldwache der Geister am Rand eines Abgrunds. Nichts lässt sich in der Geschichte zusammenhalten mit jener Versammlung von Männern, die zu gleicher Zeit Senat war und Pöbel, ein Konklave und ein Auflauf, ein Areopag und eine Agora, Richter und Angeklagter. Der Konvent hat sich stets beugen müssen unter dem Sturmhauch, aber es war auch ein Sturm ausgehaucht vom Mund des Volks, der Atemzug Gottes. Und heute, nach achtzig Jahren, wenn der Konvent vor dem Seelenspiegel eines Menschen auftaucht, gleichviel vor welchem, gleichviel ob Historiker oder Philosoph – der Mensch bleibt stehen und verliert sich im Betrachten.

Die große Geisterkarawane unbeachtet vorüberziehen zu lassen, ist ein Ding der Unmöglichkeit.

II.

Marat hinter den Kulissen

Am Tage nach der Zusammenkunft in der Rue du Paon, verfügte sich Marat, wie er es Simonne Evrard schon zu wissen getan hatte, in den Konvent. Bekanntlich gab es dort einen maratistischen Marquis, Louis von Montaut, derselbe, der später dem Konvent eine Dezimaluhr schenkte mit der Büste von Marat. Im Augenblick, wo dieser eintrat, war Chabot auf Montaut zugegangen: Ex-Marquis, sagte er ... Montaut schaute auf: Weshalb nennst Du mich Ex-Marquis?

- Weil dem so ist.

- Was?

- Du warst doch Marquis.

- Niemals.

- Unsinn!

- Mein Vater war ein Soldat, mein Großvater ein Weber.

- Was faselst Du da, Montaut?

- Ich heiße nicht Montaut.

- Wie denn sonst?

- Maribon heiße ich.

- Mir, sagte Chabot, kann's eigentlich gleich sein. Und er brummte noch zwischen den Zähnen: Man reißt sich förmlich drum, kein Marquis zu sein.

Marat war in dem Durchgang links stehen geblieben und betrachtete Montaut und Chabot.

Jedes Eintreten von Marat rief ein Gemurmel hervor, doch nur in der Entfernung: In seiner Nähe wurde geschwiegen. Dergleichen bemerkte Marat gar nicht; er verachtete »das Quaken des Sumpfes.«

Im Halbschatten, der untern obskuren Bänke wurde, mit dem Finger auf ihn gedeutet: Bei Coupé vom Departement Oise, Prunelle, Villars, einem Bischof, der später Akademiker wurde, Boutroue, Petit, Plaichard, Bonet, Thibeaudeau, Valdruche, hieß es:

- Sieh da! Marat. - Er ist also nicht krank? - Doch, weil er einen Schlafrock anhat. - Ja, einen Schlafrock! - Wahrhaftig! - Alles nimmt er sich heraus! - Die Frechheit, so im Konvent zu erscheinen! - Kam er schon einmal im Lorbeerkranz, so mag er auch im Schlafrock kommen! - Kupfergesicht mit Grünspanzähnen. - Ein neuer Schlafrock will mir scheinen. - Was für ein Stoff? - Reps. - Gestreift. - Sehen Sie nur die Aufschläge. - Pelz. - Tigerpelz. - Nein, Hermelin. - Aber falsch. - Und Strümpfe hat er an! - Sonderbar. - Und Schnallen an den Schuhen. - Von Silber! - Das werden ihm die Holzschuhe von Camboulas nie verzeihen.

Auf andern Banken befliss man sich eines gesuchten Übersehens und sprach von andern Dingen: Wissen Sie schon, Dusfaulx? Begann Santhonac.

– Was? - Vom Ex-Grafen von Brienne? - Der mit dem Ex-Herzog von Villeroy in la Force gesessen hat? - Ja, der. - Ich habe sie beide gekannt. Nun? - Sie waren so voller Angst, dass sie die rote Mütze jedes Gefangenenwärters grüßten und sich eines Tags vor einer Partie Piquet sträubten, weil man ihnen ein Spiel Karten mit Königen und Damen gegeben hatte. - Nun und? - Gestern sind sie guillotiniert worden. - Beide? - Beide. - Wie haben Sie sich im Kerker durchweg benommen? - Feig. - Und auf der Guillotine? - Mehr als tapfer. - Sterben ist eben leichter als leben, warf Dussaulx vor sich hin.

Barère verlas gerade einen Bericht über die Vendée. Neunhundert Mann aus dem Morbihan seien mit Artillerie ausgerückt, um Nantes zu decken. Redon sei von den Bauern bedroht, Paimboeuf bereits angegriffen. Von Maindrain aus kreuzten Kriegsschiffe, um eine Landung zu verhüten. Von Ingrande bis Maure strotzte das ganze linke Loire-Ufer von royalistischen Batterien. Dreitausend Bauern hielten Pornic besetzt und riefen »Vivat England!« Ein Brief von Santerre an den Konvent, den Barère mitteilte, schloss mit den Worten: »Siebentausend Bauern haben Vannes überfallen; wir haben sie zurückgeschlagen und ihnen vier Geschütze abgenommen ...«

– Und wie viel Gefangene, unterbrach eine Stimme.

– Barère fuhr fort:

– Nachschrift des Briefes: »Gefangene haben wir nicht, denn wir machen keine Gefangenen mehr.«

Marat stand immer noch unbeweglich und hörte nicht zu: er schien einem düstern Gedanken nachzuhängen; er zerknitterte ein Papier, das er zwischen den Fingern hielt und auf dem, wenn man es hätte entfalten können, folgende Zeilen von Momoro's Hand zu lesen waren, wahrscheinlich als Antwort auf eine Anfrage von Marat: »Gegen die Omnipotenz der abgeordneten Kommissäre ist nicht aufzukommen, namentlich gegen die der Kommissäre des Wohlfahrtsausschusses. Wenn Génissieur in der Sitzung vom 6. Mai auch betont hat, dass jeder Kommissär unumschränkter herrscht als ein König, geändert ward an der Sache nichts. Sie entscheiden über Leben und Tod. Massade in Angers, Frullard in Saint-Amand, Nyon bei General Marcé, Parrein bei der Armee von les Sables, Millier bei der Armee von Niort sind geradezu allmächtig. Der Jakobinerklub ist so weit gegangen, Parrein zum Brigadechef zu ernennen. Alles wird auf die Umstände geschoben und ein Kommissär des Wohlfahrtsausschusses hält einen kommandierenden General in Schach.«

Nun steckte Marat das zerknitterte Papier in die Tasche und ging langsam auf Montaut und Chabot zu, welche ihn nicht bemerkt hatten und weitersprachen.

Chabot sagte: Maribon oder Montaut pass auf: Just komme ich aus dem Wohlfahrtsausschuss. - Und was treiben sie dort? - Sie lassen einen Adeligen überwachen durch einen Priester. - So? - Einen Adeligen wie Du ... - Ich bin kein Adeliger, wiederholte Montaut. - Durch einen Priester. - Wie Du. - Ich bin kein Priester, entgegnete Chabot.

Und beide mussten lachen.

- Lass hören wo und wer, sagte Montaut.

- Es verhält sich so: Ein Priester Namens Cimourdain ist mit unumschränkter Vollmacht zu einem gewissen Vikomte Gauvain abgeordnet. Welcher Vikomte die Streifkolonne der Küstenarmee befehligt. Es soll verhütet werden, dass der Adelige falsch spielt und dass der Priester verrät.

- Nichts ist leichter, erwiderte Montaut, man braucht nur den Tod mitreden zu lassen.

- Gerade deshalb bin ich hier, fiel Marat ein.

Die Beiden schauten auf:

- Guten Tag, Marat, sagte Chabot; Du kommst selten in unsere Sitzungen.

- Mein Arzt verordnet mir Bäder, antwortete Marat.

- Den Bädern ist nicht zu trauen, meinte Chabot; Seneca ist in einem Bad gestorben.

Marat lächelte: - Hier, Chabot, haben wir keinen Nero.

- Dich haben wir, sagte eine derbe Stimme. Es war Danton, der vorbeiging, um zu seinem Platz zu steigen.

Marat wendete sich nicht um. Er streckte den Kopf vor und raunte den Beiden zu: Hört einmal, ich bin in einer ernsten Angelegenheit da; es muss einer von uns heut einen Antrag stellen im Konvent.

– Nicht ich, sagte Montaut; auf mich hört man nicht; ich bin ein Marquis.

– Auf mich, sagte Chabot, hört man nicht; ich bin ein Kapuziner.

– Und auf mich, sagte Marat, hört man auch nicht; ich bin Marat.

Alle Drei schwiegen. Marat anzureden, wenn er über etwas nachsann, war kaum geraten. Nichtsdestoweniger erlaubte sich Montaut die Frage:

– Was denn soll beantragt werden, Marat?

– Todesstrafe für jeden Befehlshaber, der einem gefangenen Rebellen zur Freiheit verhilft.

– Gibt's schon, bemerkte Chabot, die Verordnung besteht seit Ende April.

– Dann besteht sie so gut wie nicht, sagte Marat. Überall, in der ganzen Vendée, hat man's darauf abgesehen, die Gefangenen laufen zu lassen, und die Hehlerei geht straflos aus.

– Die Verordnung ist eben in Vergessenheit geraten, Marat.

– Chabot, man muss sie wieder in Wirksamkeit setzen.

– Allerdings.

– Und demgemäß im Konvent sprechen.

– Den Konvent, Marat, brauchen wir nicht; der Wohlfahrtsausschuss tut's auch.

– Der Zweck ist schon erreicht, fügte Montaut hinzu, wenn der Wohlfahrtsausschuss die Verordnung in allen Gemeinden der Vendée anschlagen lässt und zwei oder drei Mal Ernst macht.

– Mit vornehmen Köpfen, stimmte Chabot ein, mit Generalen.

– In der Tat, brummte Marat, das wird hinreichen.

– Gehe Du selber hin, Marat, meinte Chabot, und sage das dem Wohlfahrtsausschuss.

Marat sah ihm in beide Augen, was keineswegs angenehm war, sogar für Chabot:

– Chabot, sprach er, der Wohlfahrtsausschuss, das heißt so viel wie Robespierre; zu Robespierre gehe ich nicht.

– So will ich denn gehen, sagte Montaut.

– Gut, antwortete Marat.

Tags darauf wurde vom Wohlfahrtsausschuss an alle Munizipalbehörden der Vendée der Befehl erlassen, für allgemeine Verbreitung und strenge Ausführung des Dekrets Sorge zu tragen, welches die Mitschuld am Entweichen gefangener Räuber und Rebellen mit dem Tod bestrafte.

Jenes Dekret war übrigens nur der erste Schritt zu weiteren Maßregeln. Einige Monate später, am 11. Brumaire des Jahres Zwei (November 93), in Anbetracht, dass Laval die fliehenden Vendéer aufgenommen, verhängte der Konvent über jede Stadt, welche den Rebellen ein Obdach gewähren würde, gänzliche Zerstörung.

Ihrerseits hatten die Fürsten Europas im Manifest des Herzogs von Braunschweig, der vom Haushofmeister des Herzogs von Orleans, Marquis von Linnon, zu Papier gebrachten Gesinnungsäußerung der Emigranten, erklärt, jeder unter den Waffen ergriffene Franzose werde standrechtlich erschossen und Paris, falls man dem König auch nur ein Haar krümmen sollte, der Erde gleichgemacht werden.

Wildheit gegen Barbarei.

Dritter Teil.

In der Vendée.

Erstes Buch.

Die Vendée.

I.

Die Wälder.

Es gab damals in der Bretagne sieben grauenvolle Wälder. Der Vendéerkrieg ist der Priesteraufruhr gewesen, und der Wald hat ihm Vorschub geleistet, Finsternis im Bund mit Finsternis.

Die sieben »schwarzen Wälder« der Bretagne waren: Der Wald von Fougères, der den Weg zwischen Dol und Avranches versperrt; der Wald von Princé mit einem Umfang von acht Meilen; der Wald von Paimpont, der, von Schluchten und Bächen durchfurcht, für einen Angriff von Baignon her fast unzugänglich war und den Rückzug auf den royalistischen Marktflecken von Concornet deckte; der Wald von Rennes, wo Puysaye Focard verlor und wo man aus der Ferne das Sturmgeläut der republikanischen Gemeinden hören konnte, deren es um die größeren Städte herum allenthalben eine beträchtliche Anzahl gab; der Wald von Machecoul, mit seinem Ungeheuer: Charette; der Wald von La Garnache, der den Familien La Trémoille, Gauvain und Rohan, und der Wald von Brocéliande, welcher dem Feenreich gehörte.

»Herr der sieben Wälder« war ein Adelstitel, der sich unter den Vikomtes von Fontenay vererbte, welche auch den bretonischen Fürstentitel führten, bretonisch im Gegensatz zu den französischen Fürsten. Solche bretonische Fürsten waren auch die Rohan. Der Fürst von Talmont wurde am 15. Nivôse des Jahres Zwei, in einem Bericht von Garnier Saintes an den Konvent, als »jener Capet der Räuber und souveräne Herr in Maine und Normandie« bezeichnet. Über die bretonischen Wälder von 1792 bis 1800 ließe sich eine Monografie abfassen, die sich der Geschichtsschreibung der Vendéerkriege gewissermaßen als Legende anschließen würde. Wie die Geschichte, so hat auch die Legende ihre innere Wahrheit, und diese unterscheidet sich von der historischen bloß der Form nach; von einer Fiktion ausgehend, gelangt sie schließlich bei der Wirklichkeit an. Geschichte und Sage verfolgen ein gemeinsames Ziel, die Schilderung der menschlichen Wesenheit in vergänglichen Typen. Es wird nur dann ein vollständiges Verständnis der Vendée erzielt, wenn die Legende die Geschichte, das Besondere das Allgemeine ergänzt. Und sagen wir es gleich heraus, die Vendée ist es auch wert. Die Vendée ist wunderbar. Jener Ignorantenkrieg, so stupid und doch so glänzend, scheußlich und herrlich, hat Frankreich mit Jammer und doch wieder mit einem Gefühl der Genugtuung erfüllt; die Vendée ist eine ruhmvolle Wunde. Zu gewissen Zeiten gibt die menschliche Gesellschaft Rätsel auf, Rätsel, die sich für den Wissenden in Klarheit, für den Unwissenden in Verdüsterung, Gewalttätigkeit und Barbarei lösen. Der Philosoph zögert mit der Anklage. Er zieht die Verwirrung in Betracht, welche Probleme mit sich bringen, denn wie die vorüberziehenden Wolken, so werfen auch Probleme ihre Schatten unter sich.

Das Verständnis der Vendée hängt von der Beachtung des großen Gegensatzes ab zwischen der Französischen Revolution einerseits und andererseits dem bretonischen Bauern. Neben jene unvergleichlichen Ereignisse, jene ungeheuere unmittelbare Bedrohung mit allen Wohltaten zugleich, jenen Zornanfall der Kultur, jenen tobenden übers Ziel schießenden Fortschritt, jene maßlos unbegreifliche Besserungswut stelle man den sonderbar feierlichen Eingeborenen, den Mann mit dem blauen Auge und dem langen Haar, der von Milch und Kastanien lebt, dem sein Strohdach, sein Zaun und der Graben dahinter die Welt bedeuten, der jedes Nachbardorf am Klang seiner Glocke erkennt, der das Wasser lediglich zum Stillen des Durstes verwendet, der ein Lederwams mit seidenen Arabesken trägt, die Stickerei auf der Rohheit, der, wie seine keltischen Vorfahren ihr Gesicht, nunmehr seine Kleider tätowiert, der in seinem Henker noch seinen Herrn hochhält, der eine ausgestorbene Sprache spricht, seine Gedanken also unter einen Grabhügel sperrt, der seine Ochsen antreibt, seine Sense wetzt, sein Feld ausjätet, seinen Buchweizenfladen knetet, der seinen Pflug zuerst und dann seine Großmutter verehrt, der an die Heilige Jungfrau und an die weiße Dame glaubt, der in Andacht schauert vor dem Altar und auch wieder vor dem geheimnisvollen hohen Stein, welcher über der Heide ragt, der in der Ebene auf den Ackerbau, an der Küste auf den Fischfang und im Dickicht aufs Wildern ausgeht, der seine Könige, seine Schlossherren, seine Priester, ja seine Läuse lieb hat und oft stundenlang stehen bleiben kann am weiten einsamen Strand in düsterem Belauschen des Meeres - man denke sich in den Gegensatz hinein und frage sich dann, ob dieser Blinde jenes Licht zu begrüßen fähig war.

II.

Die Menschen.

Der Landmann hat an zwei Dingen einen Halt, am Feld, das ihn ernährt, am Walde, der ihn birgt. Von den bretonischen Wäldern machen wir uns kaum noch einen Begriff. Es waren Städte. Nichts Verschlosseneres, Stummeres, Wilderes, als jene ineinandergewachsenen Verstrickungen von Dornhecken und Astwerk; die dichten Gebüsche schienen Lagerstätten regungslosen Schweigens; keine Einöde konnte einen vollständigeren Eindruck des Ausgestorbenen, Grabähnlichen hervorbringen. Wären jedoch plötzlich, mit einem Zauberschlag, die Bäume vom Erdboden verschwunden, so hätte man ein ganzes Menschengewimmel erblickt.

Enge runde Gruben, durch einen unter Zweigen versteckten steinernen Deckel verschlossen, welche sich trichterförmig nach unten zu erweiterten und, erst senkrecht, dann horizontal laufend, in dunkle Kammern mündeten, das hatte Cambyses in Ägypten vorgefunden, und das fand Westermann in der Bretagne; die ägyptischen Keller dehnten sich unter der Wüste, die bretonischen unter den Wäldern aus; in jenen lagen Tote, in diesen hausten Lebendige. Eine der entrücktesten Lichtungen im Gehölz von Misdon, welche ihrem ganzen Umfang nach unterhöhlt war und in deren Stollen und Zellen eine geheimnisvolle Einwohnerschaft ab- und zuging, hieß »die große Stadt«; eine andere, oberhalb nicht minder öde und unterhalb nicht minder bevölkerte hieß »der Königsplatz«. Dies unterirdische Treiben in der Bretagne ließ sich auf undenkliche Zeiten zurückführen; von jeher hatte dort der Mensch vor Menschen flüchten müssen; daher die Schlupfwinkel zwischen den Baumwurzeln. Dies Unterkriechen schrieb sich noch von den Druiden her, und einige dieser Krypten sind so alt wie die Dolmens. Die Gespenster der Sage und die Ungeheuer der Geschichte, alles war über dieses finstere Land dahingeflutet: Teut, Cäsar, Hoël, Neomen, Gottfried von England, Alain mit dem eisernen Handschuh, Pierre Mauclerc, das französische Haus von Blois, das englische Haus der Montfort, die Könige und die Herzoge, die neun bretonischen Barone, die fahrenden Richter, die Grafen von Nantes in Fehde mit den Grafen von Rennes, die entlassenen Kriegsvölker und plündernden Vagabundenrotten, René II., Vikomte von Rohan, die königlichen Statthalter, der »gute Herzog von Chaulnes«, der unter den Fenstern der Frau von Sévigné die Bauern baumeln ließ, im fünfzehnten Jahrhundert die Feudalmetzeleien, im sechzehnten und siebzehnten die Religionskriege, im achtzehnten die dreißigtausend auf den Mann dressierten Bluthunde. Das ohne Unterlass dermaßen zusammengestampfte Volk hatte zum Verschwinden seine Zuflucht genommen: So verkrochen sich denn der Reihe nach die Ureinwohner vor den Kelten, die Kelten vor den Römern, die Bretonen vor den Normannen, die Hugenotten vor den Katholiken, die Schmuggler vor den Zollwächtern, erst in die Wälder und dann unter die Wälder, wie die Tiere, denn soweit bringt die Tyrannei den Menschen. Seit zweitausend Jahren in allen möglichen Gestalten: Eroberung, Feudalwesen, Priesterfanatismus, Steuererpressung, hetzte sie diese jammervolle, atemlose Bretagne ab und gab das unerbittliche Treibjagen in der einen Form nur auf, um es in einer neuen fortzusetzen. Die Menschen gruben sich ein. Die zornverwandte Verzweiflungsangst dehnte sich schlagfertig in den Seelen, und die Höhlen dehnten sich schlagfertig unter den Wäldern, als die Französische Revolution ausbrach. Die Bretagne hielt die aufgedrungene Freiheit für Unterdrückung und empörte sich. Aber so sind die Sklaven.

III.

Einvernehmen der Menschen und Wälder.

Die tragischen Wälder der Bretagne fielen in ihre gewohnte Rolle und spielten, wie in allen vorausgegangenen Aufständen, so auch im gegenwärtigen die Helfershelfer und Mitschuldigen. Der Boden unter jenen Wäldern war meistens sternkorallenförmig ausgehöhlt, also nach allen

Richtungen von einem unsichtbaren Netz von Schatten, Zellen und Galerien durchzogen: In jeder dieser schwarzen Zellen lebten fünf bis sechs Männer; fast ohne Luft: Darin bestand die Hauptschwierigkeit. Wie gewaltig der große Bauernaufstand organisiert war, lässt sich aus gewissen überraschenden Zahlen ersehen: Im Wald von Le Petre, Departement Ille-et-Vilaine, dem Asyl des Fürsten von Talmont, war kein Hauch zu vernehmen, keine menschliche Spur zu entdecken, und doch hatte Focard seine sechstausend Mann dort. Im Wald von Meulac, Departement Morbihan, wo sich keine Seele blicken ließ, lagen achttausend Mann, und jene zwei Wälder, Le Petre wie Meulac, gehören nicht einmal zu den größeren. Wehe dem, der sie betrat! Jene trügerischen Gebüsche mit dem unterirdischen Labyrinth voll Kämpfern glichen ungeheuern dunkeln Schwämmen, die unter dem ersten Schritt der Gigantin Revolution den Bürgerkrieg in Strömen ausspritzten. Unsichtbar lauernde Bataillone, ja, ungeahnte Armeen wanden sich unter den Füßen den republikanischen Kolonnen hin und her, quollen plötzlich aus der Erde und quollen ebenso wieder hinein, stürmten massenhaft vor und zerstoben, allgegenwärtig, allverschwindend, erst Lawine, dann Staub, Ungeheuer, welche wie durch Zauber zusammenschrumpften, im Angriff Riesen und Zwerge auf der Flucht, Leoparden mit allen Eigenschaften des Maulwurfs.

Nicht genug, dass es Wälder gab; es gab auch noch Gehölze; wie die Städte durch Dörfer, so waren die Waldungen durch eine Anzahl allenthalben zerstreuter Forste untereinander verbunden. Die alten Schlösser, aus denen nun wieder Festungen, und die Dörfer, aus denen Feldlager geworden waren, die Pachtgüter, hinter deren Umzäunungen die Hinterlist ihre Fallen legte, und die Wirtschaftsgebäude mit ihren Schanzgräben und Baumpallisaden bildeten die einzelnen Maschen des Netzes, in das die republikanischen Armeen sich verrannten. Einer jener Komplexe von Forsten hieß le Bocage. Von Bedeutung waren darin das Gehölz von Misdon, in dem ein Teich verborgen lag, wo Jean Chouan hauste; ferner das Gehölz von Gennes mit dem Bandenführer Taillefer, das Gehölz von La Huisserie mit Gouge-le-Bruant; la Charnie mit Courtillé-le-Bâtard, den man den Apostel Paulus nannte, und der im Lager von La Vache-Noire kommandierte; Burgault mit jenem rätselhaften Monsieur Jacques, der im Gewölbe von Juvardeil ein unerklärtes Ende finden sollte; das Gehölz von Charreau, wo Pimousse und Petit-Prince, von der Garnison von Châteauneuf angegriffen, sich in die republikanischen Reihen stürzten und Grenadiere zwischen ihren Armen in die Gefangenschaft forttrugen; das Gehölz von La Heureuserie, wo die Abteilung von Longue-Faye eine Niederlage erlitt; das Gehölz von l'Aulne, das einen

Ausblick hatte auf die Straße zwischen Rennes und Laval; La Gravelle, das durch einen Fürsten von La Trémoille beim Kugelspiel gewonnen worden; im Departement Côtes-du-Nord, Lorges, wo nach Bernard von Villeneuve Charles von Boishardy befahl; Bagnard bei Fontenay, wo Lescure Chalbos den Kampf bot und Chalbos ihn eins gegen fünf annahm; La Durondais, einst ein Streitgegenstand zwischen den Söhnen Karls des Kahlen, Alain Le Redru und Héripoux; das Gehölz von Croqueloup am Rand jener Heide, wo Coquereau seine Gefangenen schor; La Croix-Bataille, wo Jambe-d'Argent und Morière ihre homerischen Beschimpfungen ausgetauscht; La Saudraie, wo wir ein Pariser Bataillon auf einer Rekognoszierung begleitet haben, und noch manches andere Gehölz.

In mehreren jener Wälder und Forste gab es außer den um die Höhle des Anführers gruppierten unterirdischen Dörfern noch ganze Weiler von niedrigen Hütten, die unter Bäumen versteckt und oft so zahlreich waren, dass der ganze Wald davon wimmelte. Zuweilen wurden sie durch ihren Rauch verraten. Zwei jener Weiler im Gehölz von Misdon sind berühmt geblieben: Lorrière beim Teich und gegen Saint-Ouen-les-Toits zu der Hüttenkomplex La Rue de Bau.

Die Weiber lebten in den Hütten und in den Gruben die Männer, welche zum Kriegführen die Feengalerien und die alten keltischen Schächte verwerteten; die Nahrung wurde ihnen zugetragen, und wurde dies vergessen, so verhungerten diejenigen, welche ihre Gruben nicht zu öffnen verstanden; es waren dies, fast in allen Fällen, ungeschickte Leute, denn die bemoosten und belaubten Deckel waren nicht nur so künstlich geformt, dass man sie von außen zwischen dem Gras unmöglich unterscheiden konnte, sondern sie ließen sich auch ganz leicht von innen heben und zumachen. Die Höhlen wurden mit Sorgfalt gegraben; die abgetragene Erde warf man in den nächsten Weiher; Boden und Wände waren mit Farnkraut und Moos austapeziert. Solch ein Loch hieß »loge« und war soweit bequem, wenn der Bewohner von Licht, Feuer, Brot und Luft absehen wollte.

Ohne Vorsicht unter die Lebenden zurückzusteigen, war mit Gefahr verbunden, denn man konnte zur Unzeit auferstehen und zwischen die Beine einer Armee geraten. Schrecklich waren jene Gehölze mit ihren Doppelfallen unter und über der Erde: Die Blauen wagten sich nicht recht hinein und die Weißen nicht recht hinaus.

IV.

Das Leben unter der Erde.

Man langweilte sich unter der Erde; zuweilen, des Nachts, stieg man auf alle Gefahr hin ins Freie, um auf der Haide zu tanzen; oder man schlug die Zeit mit Beten tot. »Den ganzen Tag über,« sagt Bourdoiseau, »ließ uns Jean Chouan rosenkränzeln.« Fast unmöglich war es, die Leute von Unter-Maine davon abzuhalten, zur Zeit des Garbenfestes auszubrechen und an der Feier teilzunehmen. Einzelne gerieten auf die absonderlichsten Einfälle; so zum Beispiel ging Denys, genannt Franche-Montagne, in Weiberkleidern nach Laval ins Theater und verkroch sich dann wieder in seinem Keller. Kam es zum Kampf, so vertauschten viele dieser Männer unmittelbar den Kerker mit dem Grab. Oft hoben sie den Grubendeckel in die Höhe und lauschten, ob man sich in der Ferne nicht schlage, und folgten dem Verlauf des Gefechts mit dem Gehör; das Feuer der Republikaner war regelmäßig, das der Royalisten ungleich; darnach wurden die Chancen berechnet; wenn das Peletonfeuer plötzlich schwieg, hatten die Royalisten den Kürzeren gezogen; wenn aber das ruckweise Schießen andauerte und sich in der Entfernung verlor, waren sie im Vorteil. Die Weißen verfolgten den Feind immer, die Blauen, die das ganze Land gegen sich hatten, nie. Die unterirdischen Streitkräfte waren ganz ausgezeichnet berichtet und standen untereinander in überraschend unmittelbarer, geheimnisvoller Verbindung. Alle Brücken hatten sie zerstört, alle Fuhrwerke unbrauchbar gemacht und fanden Mittel und Wege, einander jede Ordre und jede Warnung zukommen zu lassen.

Von Wald zu Wald, von Dorf zu Dorf, von Hof zu Hof, von Hütte zu Hütte, von Busch zu Busch lösten die Kundschafter einander systematisch ab. Tölpelhaft aussehende Bauern trugen in hohlen Stöcken Depeschen hin und her. Nostidoux, welcher der konstituierenden Versammlung angehört hatte, versorgte die Aufständischen mit unausgefüllten, für die ganze Bretagne gültigen republikanischen Pässen nach neuem Muster, die jener Verräter sich bündelweise zu verschaffen wusste. Hinter alle die Schliche zu kommen, war unmöglich. »Geheimnisse,« berichtet Puysaye, »die mehr als viermalhunderttausend Individuen bekannt waren, sind ohne jegliche Ausnahme gewahrt worden.« Das ganze Viereck, das südlich durch die Strecke von Les Sables bis Thouars, östlich durch die Strecke von Thouars nach Saumur und den Bach von Thoué, im Norden durch die Loire und im Westen durch das Meer begrenzt war, schien förmlich ein Nervensystem zu besitzen, das bei jeder Berührung eines einzelnen Punktes die Erschütterung der ganzen Fläche mitteilte. Im Handumdrehen gelangte eine Nachricht von Noirmoutier bis nach Luçon und vom Lager von La Loué ins Lager von La Croix-Morineau. Fast hätte man glauben können, die Vögel verrichteten Botendienste. »Es ist gerade, als ob sie Telegrafen auf ihren Kirchtürmen hätten,« meinte Hoche in einem Schreiben vom 7. Messidor Jahr Drei. Es war eine ähnliche Einrichtung wie die der schottischen Clans; jede Gemeinde hatte ihren Anführer. Mein Vater hat diese Kämpfe mitgemacht: Ich weiß davon zu erzählen.

V.

Das Leben im Krieg

Viele waren bloß mit Piken, aber auch Viele mit guten Jagdflinten bewaffnet. Die Wilderer von Bocage und die Schmuggler aus Loroux waren unübertreffliche Scharfschützen, lauter absonderliche, grässliche, tollkühne Streiter. Die Nachricht von der Aushebung, der dreimalhunderttausend Mann hatte, in sechshundert Dörfern die Sturmglocken in Bewegung gesetzt. An allen Enden flackerte die Feuersbrunst in einem Atem auf; an einem und demselben Tag explodierten Poitou und Anjou. Bemerken wir übrigens, dass man im Jahr 92, am 8. Juli, also schon einen Monat vor dem Tuileriensturm, ein erstes Grollen auf der Halde von Kerbader vernommen hatte, und dass der heute kaum mehr genannte Alain Redeler der Vorgänger La Rochejacquelein's und Jean Chouan's gewesen war. Bei Todesstrafe zwangen die Royalisten alle wehrfähigen Männer zum Ausmarsch. Sie requirierten Pferde, Fuhrwerke, Lebensmittel. Gleich bei Anbeginn verfügte Sapinad über dreitausend, Chatelineau über zehntausend, Stofflet über zwanzigtausend Streiter und zog Charette in Noirmoutier ein. Der Vikomte von Scepeaux wiegelte Ober-Anjou auf, der Chevalier von Dieuzie die Gegend zwischen der Vilaine und der Loire, Tristan l'Hermite Unter-Maine, der Barbier Gaston die Stadt Guemenée und der Abbé Bernier alles Übrige. Man setzte in das Tabernakel eines vereidigten Pfarrers, eines »schwörenden Pfarrers«, wie sie bei den Bauern hießen, eine große schwarze Katze, die dann während der Messe plötzlich heraussprang. – »Der Teufel war's!« schrien alle, und der ganze Bezirk empörte sich. Die Beichtstühle sprühten Flammen. Um die Blauen anzupacken und über die Gräben zu setzen, führten die Landleute ihren fünfzehn Fuß langen Springstock bei sich, eine Waffe gleich geeignet für den Kampf wie für die Flucht. Mitten im Ringen, beim Angriff auf die republikanischen Karrés, wenn man auf dem Schlachtfeld auf ein Kreuz oder eine Kapelle stieß, fiel alles auf die Knie und betete unter dem Kartätschenfeuer seinen Rosenkranz ab; dann sprangen die Überlebenden auf und stürzten sich auf den Feind, wahre Riesen – ja leider! Sie hatten die besondere Fertigkeit, im Laufen ihr Gewehr zu laden. Weißmachen ließen sie sich alles; ihre Pfarrer zeigten ihnen andere Geistliche, denen sie eine rote Schnur fest um den Hals gebunden hatten, und sagten ihnen, das seien auferstandene Opfer der Guillotine. Sie hatten auch ihre Anwandlungen von Ritterlichkeit und präsentierten vor Fesque, einem republikanischen Fähndrich, der sich lieber niedersäbeln ließ, als dass er die Fahne preisgab. Auch spotten konnten sie; sie nannten die verheirateten republikanischen Priester, Leute, die ihr Priesterkäppchen weggeworfen, »Sanscalotten, aus denen Sanscülotten geworden.« Anfangs fürchteten sie sich vor der Artillerie, später warfen sie sich mit ihren Stöcken drüber her und eroberten sogar einzelne Kanonen, zuerst ein stattliches Bronzegeschütz, dass sie »den Missionsprediger« tauften, dann ein anderes, das noch aus den Religionskriegen stammte und unter einer Muttergottes das Wappen von Richelieu führte.

Sie eroberten sogar einzelne Kanonen.

Als diese Kanone, die sie ihre »Marie-Jeanne« hießen, bei der Einnahme von Fontenay wieder verloren ging, ließen sechshundert Bauern kaltblütig für sie das Leben, und als Fontenay um der »Marie-Jeanne« willen abermals genommen war, wurde diese mit Blumen bekränzt unter die Lilienfahne zurückgeführt, und die Weiber, die des Weges kamen, mussten sie küssen. Aber zwei Geschütze, das war doch gar zu wenig; Chatelineau, der Stofflet ob dessen Marie-Jeanne neidisch war, rückte von Pinen-Mange aus, und eroberte beim Sturm auf Jallais eine dritte Kanone; hierauf wurde von Forest auch Saint-Florent überfallen und die vierte weggenommen. Ein noch schöneres Stückchen lieferten zwei andere Bandenführer, Chouppes und Saint-Pol, welche aus Baumstämmen und Puppen eine falsche Batterie herstellten und unter weidlichem Lachen vermittelst dieser Artillerie die Blauen nach Mareuil zurücktrieben. Das war noch die großartige Zeit. Später, als La Marsonnière durch Chalbos in die Flucht geschlagen wurde, ließen die Bauern auf dem Feld der Schande zweiunddreißig englische Kanonen zurück. England besoldete damals die französischen Prinzen und versendete, wie Nantiat unterm 10. Mai 1794 schrieb, Gelder an Monseigneur, »weil Herrn Pitt bemerkt worden war, dass dies passend sein dürfte.« »Das Kriegsgeschrei der Rebellen«, sagte Mellinet in einem Bericht, lautet: »Vivat England!« Die Bauern verwendeten oft eine kostbare Zeit aufs Plündern. Zur Frömmigkeit gesellte sich die Raubgier. Auch Wilde haben ihre Laster, und bei diesen packt sie später die Kultur. Puysaye erzählt in seinem zweiten Band auf Seite 187: »Ich habe mehrmals den Marktflecken Plélan vor Plünderung bewahrt.« Und weiter unten, Seite 434, versagt er sich den Einzug in Montfort: »Ich machte einen Umweg, um die Plünderung der Jakobinerhäuser zu vermeiden.« Die Aufständischen stahlen in Cholet, raubten Challans aus und plünderten, nachdem ein Handstreich gegen Granville ihnen misslungen, Ville-Dieu. Sie nannten diejenigen Landbewohner, die sich den Blauen angeschlossen hatten, »Jakobinerpack« und machten sie mit besonderer Vorliebe nieder. Wie Soldaten zog es sie zum Blutbad und wie Räuber zum Gemetzel hin. Sie fanden ein Wohlgefallen daran, die »Patschfüße«, wie sie die Städter hießen, zu füsilieren und hatten dafür einen eigenen Ausdruck: »Fastenfleischspeisen genießen.« In Fontenay streckte einer ihrer Geistlichen, der Pfarrer Barbotin, einen Greis mit einem Säbelhieb zu Boden. In Saint-Germain-sur-Ille erschoss einer ihrer Führer, ein Edelmann, den Gemeindeprokurator und nahm dessen Uhr zu sich. In Machecoul verfuhren sie mit den Republikanern wie beim Abholzen eines Berges; fünf Wochen hindurch wurden tagtäglich dreißig Mann hingerichtet; jede solche Abteilung von dreißig Verurteilten – »ein Rosenkranz«, wurde vor einer offenen Grube aufgestellt und hineinfüsiliert; oft lebten einige Opfer noch und wurden nichtsdestoweniger mit den andern begraben. Dergleichen hat sich in der Folge wiederholt. Joubert, dem Bezirkspräsidenten, sägte man die Fäuste ab; den gefangenen Blauen legte man eigens geschmiedete schneidige Handschellen an; man hieb sie auf dem Marktplatz nieder und blies das Hallali dazu. Charette, der nie anders unterschrieb, als »in Brüderlichkeit der Chevalier Charette« und der, wie Marat, ein umgebundenes Tuch über den Brauen trug, verbrannte die Bevölkerung von Pornic in ihren Häusern. Es war gerade zur Zeit der Untaten von Carrier. Greuel wetteiferten mit Gräueln. Der bretonische Insurgent sah dem neugriechischen äußerlich ziemlich ähnlich: kurze Jacke, umgehängte Flinte, hohe Gamaschen, weite Hosen, die an die Fustanelle erinnerten; so ein Bauernbursche hatte wirklich manches mit dem Klephten gemein. Henri von La Rochejacquelein war im einundzwanzigsten Jahr mit einem Stock und einem paar Pistolen zu Feld gezogen. Jetzt war die Vendéer Armee hundertvierundfünfzig Divisionen stark. Man ließ sich bereits auf regelrechte Belagerungen ein; drei Tage hindurch hielt man Bressuire eingeschlossen. An einem Karfreitag beschossen zehntausend Bauern die Stadt Les Sables mit Brandkugeln, und es gelang ihnen, innerhalb vierundzwanzig Stunden, von Montigné bis Courbeveilles vierzehn republikanische Kantonnements zu zerstören. Auf der großen Mauer zu Thouars hörte man folgendes prächtiges Zwiegespräch zwischen La Rochejacquelein und einem Bauernburschen: - Karl! - Da bin ich. - Auf Deine Schultern lass mich steigen! - Hier. - Deine Flinte! - Hier. - Und La Rochejacquelein sprang von der Mauer in die Stadt und eroberte ohne Sturmleiter jene Türme, die ein Duguesclin belagern musste. Diesen Leuten war eine Patrone mehr wert als ein Louis d'Or. Sie weinten, wenn sie ihren Kirchturm aus den Augen verloren. Wenn sie die Flucht ergriffen, was ihnen ganz einfach vorkam, riefen die Führer ihnen zu: »Fort mit den Holzschuhen; nur die Flinten behalten!« Fehlte es an Munition, so beteten sie einen Rosenkranz und holten sich Pulver aus den Protzkästen der republikanischen Artillerie; später ließ sich d'Elbée durch die Engländer damit versorgen. Wenn der Feind anrückte und sie Verwundete bei sich hatten, versteckten sie sie im hohen Korn oder zwischen den größeren Farnsträuchern und suchten sie nach beendigtem Kampf dort wieder auf. Uniform hatten sie nicht. Ihre Kleider gingen in die Brüche und Edelleute wie Bauern hüllten sich in das Nächstbeste. Roger Mouliniers trug einen Turban und einen Dolman aus der Theatergarderobe von La Flèche, der Chevalier von Beauvilliers einen Richtertalar und über einer wollenen Haube einen Damenhut. Als allgemeines Abzeichen war die weiße Schärpe oder Feldbinde eingeführt; die Chargen unterschieden sich durch Schleifen. Stofflet führte eine rote Schleife, La Rochejacquelein eine schwarze. Wimpsen, der übrigens halb und halb zur Gironde gehörte und die Normandie niemals verließ, trug die Armbinde der »Carabots« von Caen. In den Reihen der Insurgenten fochten auch Weiber: Frau von Lescure, die spätere Frau von La Rochejacquelein; Therese von Mollien, die Geliebte von La Ronarie, welche das Verzeichnis der Gemeindeanführer verbrannte; die schöne junge Frau von La Rochefoucauld, welche ihre Bauern mit dem Degen in der Hand beim großen Schlossturm von Le Puy-Rousseau wieder sammelte, und jene Antoinette Adams, die unter dem Beinamen Ritter Adams eine solche Tapferkeit entwickelte, dass sie, als sie in die Hände der Blauen fiel, zwar erschossen wurde, aber aus Hochachtung aufrecht. Ein Hauch von Grausamkeit weht uns aus jenen epischen Zeiten entfesselter Leidenschaften entgegen. Frau von Lescure ritt geflissentlich über die am Boden liegenden Republikaner, über die Toten, wie sie behauptet, vielleicht wohl auch über Verwundete. Zum Verrat ließen sich Männer hin und wieder herbei, die Weiber jedoch nie; Fräulein Fleury vom Théâtre Français trat zwar von La Rouarie zu Marat über, aber aus Liebe. Die Befehlshaber waren oft ebenso unwissend, wie die Soldaten; Herr von Sapinaud hatte von einer Orthografie keine Ahnung. Die einzelnen Truppenführer hassten einander; die aus dem Marais riefen: »Nieder mit den Oberländern!« Die Kavallerie war schwach vertreten und schwer aufzutreiben. »Mancher«, schreibt Puysaye, »der mir frischweg seine beiden Söhne gibt, wird starr, wenn ich eins von seinen Pferden begehre.« Stöcke, Heugabeln, Sensen, alte und neue Flinten, Jagdmesser, Spieße eisen- und nägelbeschlagene Knüppel, jede Waffe war willkommen. Einige trugen zwei gekreuzte Menschenknochen vor der Brust. Beim Angriff stürzten sie plötzlich unter wildem Gebrüll von allen Seiten herbei, aus dem Gehölz, von den Hügeln, aus Büschen und Hohlwegen, formierten sich in einen Halbkreis, töteten, zerstörten, vernichteten wie der Donnerschlag und stoben wieder auseinander. Beim Durchmarsch durch eine republikanisch gesinnte Ortschaft hieben sie den Freiheitsbaum um, verbrannten ihn und tanzten den Reigen um das Feuer. Ihr ganzes Treiben hüllte sich in nächtliches Dunkel und ging vom Grundsatz aus: Nur immer überrumpeln. Oft marschierten sie fünfzehn Stunden in aller Stille, ohne sozusagen einen Grashalm zu zertreten; am Abend, nachdem durch die Führer in einem Kriegsrat beschlossen worden war, wo man beim nächsten Morgengrauen über die republikanischen Posten herfallen sollte, luden sie die Gewehre, murmelten ihr Gebet, zogen ihre Holzschuhe aus und huschten in gestreckten Kolonnen barfuß über das Moos und Heidekraut durch die Wälder hin, ohne ein

Wort, ein Geräusch, einen Hauch, wie Wildkatzen, unterm Schleier der Nacht.

»Barfuß, unterm Schleier der Nacht, huschten sie durch die Wälder.«

VI.

Der Erdgeist strömt in den Menschen über.

Der Aufstand in der Vendée muss allermindestens auf fünfmalhunderttausend Köpfe angeschlagen werden, Weiber und Kinder mit eingerechnet. Tussin von La Rouarie gibt sogar eine Kombattantenzahl von einer halben Million an. Dabei taten die Föderalisten noch das Ihrige; die Gironde machte sich zur Mitschuldigen der Vendée. Das Departements Lozère entsendete dreißigtausend Mann in das Bocage. Acht andere Departements, die fünf bretonischen und drei von der Normandie, schlossen einen Sonderbund. Evreux verbrüderte sich mit Caen und ließ sich bei der Insurgentenregierung durch seinen Bürgermeister Chaumont und einen Notabeln Namens Gardembas vertreten. Buzot, Gorsas und Carbaroux zu Caen, Brissot zu Moulins, Chassan zu Lyon, Rabaut-Saint-Etienne zu Nismes, Meillan und Duchâtel in der Bretagne, jeder schürte an dem großen Schmelzofen mit Hauch und Hand. Es hat zweierlei Vendéen gegeben, die große, die den Krieg im Wald, die kleine, die den Krieg im Busch führte; daher zwei verschiedene Nuancen: Charette und Jean Chouan. Die kleine Vendée war urwüchsig, die große, schlimmere, verrottet. Charette wurde Marquis, Generalleutnant der königlichen Streitkräfte und Großkreuzträger des Ludwigordens; Jean Chouan blieb Jean Chouan; er grenzte an den fahrenden Ritter, Charette hingegen an den Banditen. Was die Hochherzigen unter den Führern anbelangt, einen Bonchamps, Lescure, La Rochejacquelein, so waren sie eben in einem hochherzigen Irrtum befangen. Die große katholische Armee war eine sinnlose Gewaltanstrengung, welche die Notwendigkeit ihrer Niederlage schon mit auf die Welt brachte; man denke sich nur einen Bauernsturm, der Paris umblasen will, eine Koalition von Dörfern, die das Pantheon belagert, eine Meute von Gebeten und Kirchenliedern, die den Marseiller Hymnus anbellt, ein Getrampel von Holzschuhen, das sich gegen eine Legion von Geistern voranwälzt. Diese Tollheit wurde bei Le Mans und Savenay Lügen gestraft. Die Loire überschreiten, war der Vendée unmöglich. Alles andere war denkbar, nur dieser Riesenschritt nicht. Der Bürgerkrieg kann nicht erobern. Der Übergang über den Rhein ist die natürliche Kraftäußerung eines Cäsar oder Napoleon; für La Rochejacquelein aber ist der Übergang über die Loire der Untergang. Nur auf eigenem Grund und Boden kann die Vendée Vendée bleiben; dort ist sie mehr als unverwundbar, ist ungreifbar. Der Vendéer in der Heimat ist eben alles, Schmuggler, Ackersmann, Soldat, Schäfer, Wilddieb, Freischütz, Ziegenhirt, Glöckner, Bauer, Spion, Mörder, Messner, Schwarzwild. La Rochejacquelein ist nur ein Achilles, Jean Chouan jedoch ein Proteus. Die Vendée war eine Fehlgeburt. Andere Volksbewegungen, die schweizerische zum Beispiel, haben allerdings ihr Ziel erreicht, aber zwischen einem Bergbewohner, wie dem Schweizer, und einem Buschklepper, wie dem Vendéer, macht sich der Unterschied geltend, dass fast immer unter dem unabänderlichen Einfluss der Lebensweise jener sich für ein Ideal- und dieser für Vorurteile schlägt. Der eine schwebt und der andere kriecht. Der eine kämpft für die Menschheit, der andere um seine Abschließung; der eine will frei werden, der andere vereinzelt bleiben; der eine wehrt sich für die Bürgergemeinde, der andere für das Kirchspiel. Gemeindefreiheit! Gemeindefreiheit! Riefen die Helden von Murten. Hier der Verkehr mit dem Abgrund; dort der Verkehr mit dem Sumpf; hier Männer der schäumenden Gießbäche; dort

Männer der stagnierenden Fieberpfützen; dem einen zu Häupten der blaue Himmel; dem andern zu Häupten ein Gestrüpp; ein Wandeln auf Gipfeln gegenüber einem Wandeln in Finsternissen. Es kann nicht gleichgültig sein, ob einer auf Bergen oder in Niederungen groß wird. Der Berg ist eine Hochveste, der Wald ein Hinterhalt; der Berg erzieht den Menschen zur Kühnheit, der Wald zur List. Schon das Altertum verlegte die Götter auf den Olymp und die Satyre ins Dickicht. Der Satyr ist der Mann im wilden Zustand, halb Mensch, halb Tier. Freie Länder haben ihre Apenninen, ihre Alpen, ihre Pyrenäen, ihren Parnass. Der Mont-Blanc war ein kolossaler Bundesgenosse Wilhelm Tells, und zwischen und über dem unermesslichen Widerstreit der Licht- und Nachtgeister, von dem die indischen Dichtungen singen, ragt ein Himalaja. Griechenland, Spanien, Italien, die Schweiz, führen einen Berg, die kimmerischen Länder einen Baum im Wappen; der Wald verwildert. Die Beschaffenheit des Bodens gibt dem Menschen mancherlei Entschlüsse ein; sie wirkt mehr nach, als man glaubt. Im Angesicht gewisser unheimlicher Landschaften möchte man den Menschen entschuldigen und die Schöpfung verklagen; man fühlt eine dumpfe Schuld der Natur heraus; die Einöde ist manchmal ungesund für das Gewissen, namentlich für das seiner nur halb bewusste; das Gewissen kann ein Riese sein, und dann heißt es Sokrates oder Jesus; es kann ein Zwerg sein, und dann heißt es Atreus oder Judas, denn wie leicht kommt ein schwaches Gewissen ins Kriechen! Der Umgang mit den dämmernden Waldgründen, den stechenden Dornhecken, den überwachsenen Teichen wird ihm verhängnisvoll und bedrängt es mit tiefgeheimen, unholden Einflüsterungen. Die optischen Täuschungen, die unerklärlichen Luftspiegelungen, das unheimliche Verschwimmen von Zeit und Raum lassen im Menschen jenes halb mystische, halb tierische Grauen aufschauern, das in gewöhnlichen Zeiten den Aberglauben und in Zeiten der Umwälzung die Brutalität erzeugt. Die Truggesichte leuchten voran zum Greuel. Im Raubmörder steckt etwas vom Nachtwandler. Die wunderbare Natur birgt einen Doppelsinn, der die großen Geister ins Licht badet und die rohen Geister mit Blindheit schlägt. Wenn der unwissende Mensch in einer Einöde voller Visionen lebt, wird das Dunkel seiner Seele durch das Dunkel seiner Abgeschiedenheit ergänzt, und es tun sich Abgründe in ihm auf. Gewisse Felsen, gewisse Schluchten, gewisse Dickichte, gewisse wilde Risse im Laubwerk, durch die der Abend hereinscheint, treiben den Menschen zu rasenden Untaten. Es ließe sich beinahe behaupten, dass es verruchte Landschaften gibt. Wie viel des Tragischen hat nicht der düstere Hügel zwischen Baignon und Plélan gesehen! Weite Gesichtskreise lenken die Seele zu allgemeinen, engere Gesichtskreise hingegen zu beschränkten Anschauungen hin, und so müssen zuweilen große Herzen zu kleinen Geistern zusammenschrumpfen; man denke nur an Jean Chouan. Allgemeine Anschauungen von beschränkten Anschauungen angefeindet, das eigentlich ist der Kampf des Fortschritts; zwei Worte, Heimat und Vaterland, fassen den ganzen Vendéerkrieg in sich, den Streit des Lokalen mit der Gesamtheit, der Bauern mit den Patrioten.

VII

Die Vendée hat der Bretagne ein Ende gemacht.

Die Bretagne ist eine alte Widerspenstige. Jedes Mal, seit zweitausend Jahren, hatte sie, wenn sie sich auflehnte. Recht gehabt, nur das letzte Mal nicht. Und doch, ob gegen die Revolution gerichtet oder gegen die Monarchie, gegen die Kommissäre des Konvents oder gegen die hochadeligen Statthalter, gegen das Papiergeld oder gegen die Salzsteuer, und wer die Kämpfer auch sein mochten, ob Nikolas Rapin, François von La Noue, der Kapitän Pluviau und die Dame von La Garnache oder Stofflet, Coquereau und Lechandelier von Pierreville, unter Herrn von Rohan gegen und unter Herrn von La Rochejacquelein für den König – immer wieder führte die Bretagne denselben Krieg des Lokalgeistes gegen den Gemeinsinn. Jene alten Provinzen waren ein Teich, dessen stehenden Gewässern jede Bewegung widerstrebte; der Wind, der sie aufwühlte, reizte sie auf, anstatt sie zu beleben. An der Landspitze Finisterre – *finis terrae* (Ende der Welt) – hörte Frankreich, hörte der Kontinent auf und blieb der Vormarsch der Generationen stehen. Halt! Rief dort der Ozean dem Land, und Halt! Die Barbarei der Kultur entgegen. Jedes Mal wenn vom Mittelpunkt, von Paris, ein Impuls ausgeht, ob im royalistischen Sinn oder im republikanischen, ob in der Richtung der Willkür oder in der Richtung der Freiheit, für die Bretagne bedeutet er eine Neuerung, und dagegen sträubt sie sich: Lasst mir meine Ruhe; was wollt ihr von mir? Und in Marais wird zur Heugabel, im Bocage zum Stutzen gegriffen. Jede Bestrebung, jede Verbesserung der Gesetzgebung oder des Unterrichtswesens, Enzyklopädien, philosophische Systeme, Nationalgeist und Nationalruhm, an Le Houroux scheitert alles; die Sturmglocke von Bazouges bedroht die Französische Revolution; die Heide von Le Faou steht auf gegen das wogende Forum von Paris und der Kirchturm von Le Haut-des-Prés erklärt an den Turm vom Louvre den Krieg. Entsetzliche Taubheit! Schauerliches Missverständnis, dieser Aufruhr der Vendée! Ein Scharmützel in kolossalen Verhältnissen, ein Nörgeln von Titanen, eine ungeheuere Rebellion, die nichts als ihren glänzenden und schwarzen Namen zurücklässt, in der Weltgeschichte, ein Selbstmord für Abwesende, eine Opfertat zugunsten der Selbstsucht, ein hartnäckiges Beschenken der Feigheit mit einer Tapferkeit ohne Grenzen, ohne Berechnung, ohne Strategie, ohne Taktik, ohne Plan, ohne Zweck, ohne Oberhaupt, ohne Verantwortung, ein Beispiel, bis zu welchem Grade der Ohnmacht es die Willenskraft bringen kann, etwas Wildes und etwas Ritterliches, ein brünstiger Wahnwitz, der das Licht in Finsternis eindämmen will, ein unermüdlich dummer und heldenkühner Widerstand der Unwissenheit gegen Wahrheit, Billigkeit, Recht, Vernunft und Befreiung, ein achtjähriges Entsetzen, die Verheerung von vierzehn Departements, verwüstete Felder, zerstampfte Saaten, brennende Dörfer, zerstörte Städte, ausgeplünderte Häuser, hingewürgte Weiber und Kinder, eine Brandfackel für jedes Strohdach, ein Schwert in jedem Herzen, der Schrecken aller Kultur und die Hoffnung des jüngeren Pitt: Das war jener Krieg, jener unbewusste Versuch eines Muttermordes.

Im großen Ganzen aber ist die Vendée dem Fortschritt insofern zugutegekommen, dass sie die Notwendigkeit endgültig dargetan hat, die alte bretonische Finsternis allenthalben zu zerreißen und jenes Gestrüpp durch alle verfügbaren Sonnenpfeile zu lichten. Die Katastrophen bringen in einer unheimlichen Art und Weise gewisse Dinge ins Reine.

Zweites Buch

I.

Plus quam civilia bella[6]

Der Sommer des Jahres 1792 war sehr regnerisch gewesen; der Sommer des Jahres 93 war sehr heiß. Dank dem Bürgerkrieg gab es sozusagen keine Wege mehr in der Bretagne, aber gereist wurde doch; der schöne Sommer ließ es zu; kein besseres Reisen als auf trockenem Boden.

Am Abend eines klaren Julitages, etwa eine Stunde nach Sonnenuntergang, hielt ein Mann, der von Avranches hergeritten kam, am Eingang von Pontorson vor dem kleinen Wirtshaus von La Croix-Branchard, auf dessen Schild vor einigen Jahren noch zu lesen war: »Bon cidre à dé-

[6] Noch mehr als Bürgerkriege

poteyer« (Hier wird guter Apfelwein verzapft). Es war ein heißer Tag gewesen, aber jetzt erhob sich der Wind. Der Reiter war in einen weiten Mantel gehüllt, der das Kreuz seines Pferdes bedeckte, und trug einen breitkrempigen Hut mit der dreifarbigen Kokarde, was eine gewisse Kühnheit verriet, denn in jenem Lande der Hecken und Büchsenschüsse war eine Kokarde eine Zielscheibe. Unterhalb des festgebundenen Kragens ging der Mantel auseinander, um den Armen des Reisenden freien Spielraum zu geben, und ließ eine dreifarbige Schärpe und darüber zwei Pistolenkolben durchblicken; unterhalb des Saums hing eine Säbelscheide herab. Als das Pferd stillstand, ging das Haustor auf und der Wirt erschien mit einer Laterne auf der Schwelle. Es war gerade die Dämmerstunde: auf der Straße noch Tag und im Zimmer schon Nacht.

– Bürger, sagte der Wirt, nachdem er sich die Kokarde angesehen, steigen Sie hier ab? – Nein. – Wohin wollen Sie denn? – Nach Dol. – Dann rate ich Ihnen, nach Avranches zurückzureiten oder hier in Pontorson zu bleiben. – Warum? – Weil man sich schlägt in Dol. – So! Sagte der Fremde, und setzte dann hinzu: Geben Sie dem Pferde Hafer.

Der Wirt trug die Krippe herbei, schüttete einen Sack voll Hafer hinein und zäumte den Gaul ab, der sich schnaubend über sein Futter hermachte. Das Gespräch spann sich weiter fort:

– Bürger, haben Sie da ein requiriertes Pferd? – Nein. – Es gehört Ihnen? – Ja. Ich habe es gekauft und bezahlt. – Woher kommen Sie, Bürger? – Von Paris. – Doch nicht geraden Weges? – Nein. – Kann mir's denken; die Straßen sind versperrt. Aber die Post, die fährt noch. – Bis Alençon; dort bin ich ausgestiegen. – Ach! Eine Post wird es in Frankreich bald nicht mehr geben. Wo soll man die Pferde hernehmen? Für einen Gaul von dreihundert Franks werden heutigen Tages sechshundert gezahlt und das Futter ist sündenteuer. Ich bin Postmeister gewesen und muss mich jetzt auf den Ausschank verlegen. Von den dreizehnhundertunddreizehn Postmeistern, die es gegeben hat, sind wir bereits unser zweihundert, die nicht mehr mittun. Sind Sie nach dem neuen Tarif gereist, Bürger? – Nach dem vom ersten Mai, ja. – Erster Platz zwanzig Sous, zweiter zwölf und dritter fünf Sous. In Alençon also haben Sie das Pferd da gekauft? – Ja. – Und sind heute den ganzen Tag über geritten? – Seit Sonnenaufgang. – Und gestern auch? – Auch vorgestern. – Weiß jetzt; Sie kommen über Domfront und Mortaint. – Und Avranches. – Hören Sie auf mich, Bürger, und rasten Sie aus. Sie werden doch wohl müde sein? Der Gaul hat auch genug. – Pferde dürfen müde werden, der Mensch nicht.

Der Wirt schaute abermals zu dem ernsten, ruhigen, strengen, von grauem Haar umrahmten Gesicht des Fremden forschend empor; dann, nachdem er einen Blick auf die unabsehbar öde Landstraße geworfen, fragte er wieder:

– Und reisen so mutterseelenallein? – Nicht doch. – Wieso? – Ich habe meinen Säbel und meine Pistolen bei mir.

Nun holte der Wirt einen Eimer, gab dem Pferd zu trinken und sagte zu sich selber, indem er, während das Tier seinen Durst löschte, den Fremden unausgesetzt betrachtete: Gleichviel, wie ein Geistlicher sieht er doch aus.

– Sie sagen, dass man sich zu Dol schlägt? Fragte der Reisende. – Ja; gerade jetzt soll's losgehen. – Wer schlägt sich denn dort? – Zwei vom Adel. – Sie meinen? ... – Ich meine, dass ein Adeliger, der zur Republik hält, sich gegen einen Adeligen schlägt, der zum König hält. – Den gibt's ja nicht mehr. – Den Kleinen meine ich. Und das Sonderbare bei der Geschichte ist, dass die zwei Adeligen noch obendrein nahe Verwandte sind.

Da der Fremde aufmerksam zuhörte, erzählte der Wirt weiter: Der eine ist jung, der andere alt, Großneffe und Großonkel; der Alte ist Royalist und der Junge Patriot; der Onkel kommandiert die Weißen und der Neffe die Blauen. Die geben einander keinen Pardon; das steht fest. Sie bekämpfen einander bis auf den Tod. – Bis auf den Tod? – Jawohl, Bürger. Da schauen Sie nur einmal her, was die sich für Artigkeiten an den Kopf werfen. Das hier ist ein Zettel, den der Alte, Gott weiß, wie, überall anzubringen versteht; an jeden Hof und jeden Baum, ja sogar an mein eigenes Haustor ist er angeschlagen worden.

Der Wirt leuchtete mit seiner Laterne auf ein Plakat, das an einem der Türflügel klebte, und so groß gedruckt war, dass es der Reisende vom Pferde herab lesen konnte.

»Der Marquis von Lantenac gibt sich die Ehre, seinem Großneffen, dem Herrn Vikomte Gauvain, zur Kenntnis zu bringen, dass, wenn dem Herrn Marquis das Glück zuteilwerden sollte, sich seiner Person zu bemächtigen, er so frei sein wird, den Herrn Vikomte nach aller Form rechtens über die Klinge springen zu lassen.«

– Und hier, fuhr der Wirt fort, ist die Antwort. Er wendete sich seitwärts und leuchtete mit der Laterne auf ein anderes Plakat, das in gleicher Höhe wie das erste am andern Türflügel klebte. Der Fremde las die bündigen Worte:

»Gauvain tut Lantenac zu wissen, dass er, falls er ihn fängt, ihn standrechtlich erschießen lassen wird.«

– Gestern, bemerkte der Wirt, ist der eine Zettel hier angeschlagen worden und heute früh der zweite. Die Antwort hat nicht auf sich warten lassen.

Der Reisende sprach halblaut und wie zu sich selber ein paar Worte, die der Wirt hörte, ohne sie sonderlich zu verstehen: Ja, das ist noch mehr als der Bürgerkrieg; es ist der Krieg in der Familie. So muss es sein, und so ist es auch recht. Eine große Verjüngung ist nicht billiger zu haben. Und der Fremde, dessen Blick noch immer am zweiten Plakat haftete, erhob die Hand zum Hut und machte ihm die Honneurs.

– Wissen Sie, Bürger, fuhr der Wirt fort, die Dinge liegen so: In den größeren Städten und Marktflecken sind wir für die Revolution; auf dem Land sind sie dagegen; mit anderen Worten, die Städte sind französisch und in den Dörfern ist man bretonisch. Es ist eben ein Krieg zwischen Bürgers- und Bauersleuten. Sie schimpfen uns Patschfüße und wir schimpfen sie Dickschädel, und hinter ihnen stecken die Adeligen und die Geistlichkeit.

– Nicht alle unterbrach der Fremde.

– Freilich nicht; sehen wir doch selber, wie ein Vikomte einem Marquis zusetzt, sagte der Wirt und dachte bei sich: Und entweder bin ich blind, oder ich habe es mit einem Priester zu tun.

– Wer von beiden behält die Oberhand? Fragte der Reisende.

– Bis jetzt der Vikomte. Aber es kostet Hitze. Der Alte hat Haare auf den Zähnen. Sind aus einem alten Geschlecht aus der hiesigen Gegend, die Leute; die Familie zerfällt in zwei Linien, in die Hauptlinie mit dem Marquis von Lantenac als Oberhaupt und in die Seitenlinie mit dem Vikomte Gauvain. Jetzt raufen die beiden Linien miteinander. Ja, bei den Bäumen kommt so was nicht vor, aber bei den Stammbäumen schon. Dieser Marquis von Lantenac ist in der Bretagne allmächtig; den Bauern gilt er für einen Fürsten. Am Tage, wo er gelandet ist, hat er im Handumdrehen achttausend Mann um sich gehabt und innerhalb einer Woche waren dreihundert Gemeinden in Aufruhr; und wenn er von der Küste nur so viel hätte besetzen können, hatten wir die Engländer am Hals. Glücklicherweise war aber jener Gauvain bei der Hand, sein Großneffe – schnurrige Geschichte das. Er ist der Kommandant der Republikaner und hat seinem Herrn Onkel heimgeleuchtet. Und dann hat auch das Glück gewollt, dass dieser Lantenac, der gleich bei seiner Ankunft eine Menge Gefangener umgebracht hat, zwei Weiber miterschießen ließ, wovon die eine drei Kinder hatte, die von einem Pariser Bataillon angenommen worden waren. Daraufhin wurde das Bataillon teufelswild; Bonnet-Rouge heißt es. Sind ihrer zwar nicht mehr viel, aber das Donnerwetter haben sie in ihren Bajonetten, diese Pariser. Man hat sie der Kolonne von Gauvain zugeteilt. Nichts hält vor ihnen Stand. Sie wollen die Weiber rächen und die Kinder wieder haben. Was der Alte angefangen hat mit den Kleinen, darüber ist man im Unklaren. Das macht die Pariser Grenadiere ganz rabiat. Ja, wären die Kinder nicht, so würde manches in diesem Kriege unterbleiben. Der Vikomte ist ein guter, wackerer junger Mann; aber der Alte ist ein scheußlicher Marquis. Die Bauern heißen das den Kampf des heiligen Michael mit Beelzebub. Sie wissen vielleicht, dass der Erzengel Michael ein Landespatron ist; er hat einen eigenen Berg mitten im Meer, in der Bucht. Es wird von ihm erzählt, er habe den Teufel niedergestochen und hier in der Nähe unter einem anderen Berg begraben, unter dem Tombelaine.

– Ja, murmelte der Fremde, Tumba Beleni, das Grab des Belenus oder Belus, Baal, Belial, Beelzebub.

– Sie wissen davon, wie ich höre. Und der Wirt setzte wieder im Geist hinzu: Wahrhaftig, er redet lateinisch; jetzt ist kein Zweifel mehr. Dann fuhr er fort: Nun denn, Bürger, in den Augen der Bürger ist es jener Kampf, der aufs Neue losgeht. Der heilige Michael ist selbstverständlich kein anderer, als der royalistische General und der republikanische muss für Beelzebub herhalten; wenn aber hier einer der Satan ist, so ist es Lantenac, und der Engel ist Gauvain. Bürger, wollen Sie nicht eine Stärkung zu sich nehmen?

– Ich habe meine Feldflasche und ein Stück Brot bei mir. Aber Sie sagen mir nicht, was in Dol vor sich geht?

– Folgendes: Gauvain kommandierte also die Küstenkolonne. Lantenac hatte die Absicht, weit und breit alles auf die Beine zu bringen, die untere Bretagne mit der untern Normandie zu verbinden, Herrn Pitt die Tür aufzuschließen und dann mit zwanzigtausend Engländern und zweimalhunderttausend Bauern der großen Vendéer Armee auf die Strümpfe zu helfen. Nun hat Gauvain einen Strich durch die Rechnung gemacht. Er hält die Küste besetzt und treibt Lantenac ins Innere, die Engländer auf die hohe See zurück. Lantenac stand hier auch und hat weichen müssen; Gauvain hat ihm Pont-au-Beau wieder abgenommen, hat ihn aus Avranches verjagt, aus Villedieu verjagt und hat ihm den Weg nach Granville versperrt; er zielt jetzt darauf hin, ihn in den Wald von Fougères zurückzuwerfen und dort zu umzingeln. Gestern war noch alles im besten Gang; Gauvain war hier mit seiner Kolonne. Da, plötzlich, wird er alarmiert. Der Alte, ein Fuchs, hat einen Vorstoß gegen Dol gemacht. Fällt die Stadt in seine Gewalt und pflanzt er auf dem Mont-Dol eine Batterie auf, denn Geschütz hat er ja, so beherrscht er einen Teil der Küste, wo dann die Engländer landen können, und alles ist hin. Und deshalb, weil keine Minute zu verlieren war und weil er ein heller Kopf ist, hat Gauvain bloß bei sich selber Rat geholt, und ohne eine Ordre zu verlangen noch abzuwarten, zum Aufbruch blasen lassen, seine Artilleriepferde vorgespannt, seine Infanterie zusammengetrommelt, seinen Säbel gezogen, und so fällt nun, während Lantenac über Dol hinfällt, Gauvain über Lantenac her. Dort werden sie ihre zwei bretonischen Schädel gegeneinanderrennen; sie müssen bereits an Ort und Stelle sein.

– Wie viel Zeit braucht man bis Dol?

– Eine Kolonne mit Train mindestens drei Stunden; aber sie sind jedenfalls schon dort.

Der Fremde horchte auf und sagte: In der Tat, mich dünkt, ich höre die Kanonade.

Der Wirt lauschte gleichfalls: Jawohl, Bürger, auch Gewehrfeuer. Es wird zum Tanz aufgespielt. Sie sollten hier übernachten. Dort drüben lässt sich nichts Gescheutes einkaufen.

– Ich darf keine Zeit verlieren und muss weiter.

– Sie haben unrecht. Zwar weiß ich nicht, was Sie für Geschäfte haben, aber Sie setzen alles aufs Spiel, und wenn es sich nicht um Ihr Liebstes handelt in dieser Welt ...

– Darum handelt sichs freilich, unterbrach der Fremde.

– Etwa um einen Sohn ...

– Ja, etwas dergleichen, sagte der Fremde.

Der Wirt schaute ihn an und sprach mit sich selber: Aber wie ein Priester sieht er doch aus. Dann besann er sich noch einen Augenblick: Ei was, das hat auch Kinder, so ein Priester.

– Zäumen Sie mein Pferd, sagte der Reiter. Was bin ich Ihnen schuldig?

Er zahlte. Der Wirt stellte Krippe und Eimer an die Mauer und trat dann wieder vor den Fremden hin: Wenn Sie durchaus fort wollen, nehmen Sie wenigstens einen guten Rat mit. Dass Sie nach Saint-Malo reisen, liegt auf der Hand. Nun denn, reiten Sie nicht durch Dol. Es gibt außer dem Weg über Dol noch einen Weg längs dem Meer, der kaum weiter ist als der andere: er geht über Saint-Georges de Brehaigne,

Cherrueix und Hirel-le-Vivier, nördlich von Dol und südlich von Cancale. Am Ende dieser Straße, Bürger, zweigen sich die beiden Wege ab, der über Dol nach links, der über Saint-Georges de Brehaigne nach rechts. Merken Sie wohl auf: wenn Sie durch Dol reiten, geraten Sie mitten ins Blutbad hinein; darum nicht links einbiegen, sondern rechts.

– Danke, sagte der Fremde und trieb sein Pferd an; bald war er, dem nachschauenden Ratgeber nicht mehr sichtbar, in der mittlerweile hereingebrochenen Nacht verschwunden. Am Straßenende, wo sich die Wege abzweigten, hörte er den Wirt von Weitem rufen: Rechts abschwenken, rechts!

Er schwenkte nach links.

II.

Dol

Dol, wie in den alten Urkunden geschrieben steht, eine spanische Stadt Frankreichs in der Bretagne, ist keine Stadt, nur eine Straße, eine lange, alte, gotische Straße, sehr breit, mit zwei unregelmäßigen Reihen von säulengetragenen vorspringenden oder zurücktretenden Häusern. Die übrige Stadt ist weiter nichts als ein Netz von Gässchen, die mit der großen durchlaufenden Straße in Verbindung stehen und hineinmünden wie Bäche in einen Fluss. Ohne Tor noch Mauern, vom Mont-Dol überragt, konnte die offene Stadt keine Belagerung aushalten, wohl aber die Straße, denn die vorspringenden Häuser, die vor fünfzig Jahren noch zu sehen waren, und die zwei auf Säulen ruhenden Galerien zu beiden Seiten boten sehr günstige, widerstandsfähige Verteidigungslinien. Jedes Haus war eine Festung, die gestürmt werden musste, zumal die alte Markthalle, die ungefähr in der Mitte der Straße stand.

Der Wirt von La Croix-Branchard hatte recht gehabt: Im Augenblick, wo er sprach, wälzte sich durch Dol ein wütendes Handgemenge, ein plötzlich über die Stadt hereingebrochener Zweikampf zwischen den morgens angekommenen Weißen und den abends eingetroffenen Blauen. Die Kräfte waren ungleich, denn die Weißen zählten sechstausend, die Blauen bloß fünfzehnhundert Mann; gleich war jedoch die Erbitterung der Gegner. Merkwürdigerweise waren es die Fünfzehnhundert, welche die Sechstausend angegriffen hatten.

Auf der einen Seite ein Gewühl, auf der anderen eine Phalanx. Hier sechstausend Bauern mit Herzen Jesu auf den Lederjacken weißen Bändern an den runden Hüten, christlichen Denksprüchen auf den Armbinden, Rosenkränzen am Gürtel, mit mehr Heugabeln als Säbeln und mit

Stutzen ohne Bajonett, mit Kanonen, die sie selber an Seilen mit sich zogen, mit schlechter Montur, schlechter Disziplin, schlechten Waffen, aber voller Tollwut. Dort fünfzehnhundert Soldaten mit Trikolorekokarden an den dreieckigen Hüten, in langen Röcken mit hohen Aufschlägen am gekreuzten Wehrgehänge, den kurzen Säbel mit Messinggriff und am Gewehr das lange Bajonett führend, eingeschult, in Reih und Glied, lenksam und unbändig, Leute, die zu gehorchen wissen, wie sie auch befehlen könnten, Freiwillige wie die Gegner, aber Freiwillige für das Vaterland, im Übrigen zerfetzt und ohne Schuhe. Auf Seite der Monarchie mittelalterlich ritterliche Bauern, auf Seite der Revolution barfuß kämpfende Helden; beide Scharen beseelt von ihrem Führer, die Royalisten von einem Greis, die Republikaner von einem Jüngling. Hie Lantenac, hie Gauvain.

Die Revolution hat neben ihren gigantischen auch ihre idealen männlich jugendlichen Gestalten, neben Danton, Saint-Just und Robespierre einen Hoche und Marceau. Eine solche Gestalt war auch Gauvain. Er war dreißig Jahre alt, hatte die Figur eines Herkules, den schwärmerisch feierlichen Blick eines Propheten und konnte lachen wie ein Kind. Er rauchte nicht, trank nicht, fluchte nicht, führte mitten im Krieg ein Toilettenkästchen mit sich, pflegte sorgfältig seine Nägel, seine Zähne und sein prachtvolles braunes Haar und schüttelte, wenn er Halt kommandiert hatte, seinen bestaubten, von Kugeln durchlöcherten Hauptmannsrock selber aus. Trotzdem er sich immer tollkühn ins Handgemenge stürzte, war er nie verwundet worden. Seine sehr sanfte Stimme brach, wenn es nottat, in ein ungestüm gebieterisches Schmettern aus. Wo es auf bloßer Erde zu übernachten galt, unter Sturmwind, Regen oder Schneegestöber, ging immer er mit dem guten Beispiel voran und legte sich in den Mantel gewickelt nieder, mit einem Stein als Kissen für sein anmutiges Haupt. Er war eine unschuldsvolle Heldenseele. Ihn verklärte der gezogene Degen. Er hatte jenes Weibliche an sich, das furchtbar wird in der Schlacht. Dabei war er ein Denker und Philosoph, ein junger Weiser; einen Alkibiades sah, wer ihn anschaute, und wer ihm lauschte, hörte einen Sokrates aus ihm sprechen.

In jener unermesslichen Schöpfung aus dem Stegreif, die man die Französische Revolution nennt, war dieser junge Mann sofort ein Kriegsmann geworden. Seine Kolonne, sein eigenes Werk, war, wie die römische Legion, eine vollständige Armee im Kleinen mit Fußvolk und Reiterei, Scharfschützen, Pionieren, Sappeurs und Pontoniers, und wie die römische Legion ihre Wurfmaschinen, so hatte die Kolonne ihre Artillerie, drei wohl bespannte Feldgeschütze, die ihr einen Halt gaben, ohne die Beweglichkeit zu beeinträchtigen.

Lantenac seinerseits war auch ein Kriegsmann und hatte neben der Bedachtsamkeit seiner Jahre zugleich noch die größere Kühnheit vor Gauvain voraus. Ein wirklicher alter Degen ist kühler als der junge, weil er den Morgen längst hinter sich hat, und kecker, weil er dem Ende näher steht. Er hat ja so gut wie nichts mehr zu verlieren. Daher die gleichzeitig tollkühne und durchdachte Kriegführung Lantenac's. Und dennoch, in diesem hartnäckigen Ringkampf des Jünglings und des Greises blieb fast immer im Großen und Ganzen Gauvain im Vorteil, allerdings wohl nur, weil er Glück hatte; der Erfolg, selbst der Erfolg im Furchtbaren, gehört eben der Jugend: Die Siegesgöttin ist zum Teil noch Weib.

Lantenac war auf Gauvain rein wütend, erstens, weil Gauvain ihn schlug, und zweitens, weil Gauvain mit ihm verwandt war. Was hatte er sich auch unterstanden, unter die Jakobiner zu gehen, dieser Gauvain! Der Schlingel! Der einzige Erbe des Marquis, denn Kinder hatte dieser nicht; sein leiblicher Großneffe, fast ein Enkel! »O, sagte der Pseudo-Großvater, wenn er mir in den Wurf kommt, schieß ich ihn nieder wie einen Hund!«

Die Republik hatte übrigens allen Grund, über diesen Marquis von Lantenac in Aufregung zu geraten. Kaum gelandet verbreitete er schon das Entsetzen. Wie ein Lauffeuer hatte sein Name in der ganzen Vendée und Bretagne die Runde gemacht, und sofort war er der Mittelpunkt des Aufruhrs geworden. In einem solchen Aufruhr aber, wo jeder dem anderen neidisch ist und jeder seinen eigenen Busch oder Hohlweg beherrscht, schart der hinzugekommene Höhere die vereinzelten gleichberechtigten Befehlshaber um seine Person. So hatten sich fast alle Bandenführer an Lantenac angeschlossen und gehorchten ihm nah und fern. Nur einer hatte ihn verlassen, der Erste, der zu ihm gestoßen, jener Gavard. Weshalb? Weil er ein Mann des blinden Vertrauens war; Gavard hatte alle Geheimnisse und Absichten jener früheren Kriegführung geteilt, die Lantenac nun beseitigte und durch ein anderes System ersetzte. Das Zutrauen des Untergebenen vererbt sich nicht auf jeden neuen Vorgesetzten, und da Lantenac sich der Taktik von La Rouarie nicht anbequemen konnte, hatte sich Gavard mit Bonchamp vereinigt.

Lantenac war ein Soldat aus der Schule Friedrichs II. und strebte eine Verschmelzung des großen und des kleinen Krieges an. Er wollte weder von einer »ungegliederten Masse« im Stil der großen königlich katholischen Armee etwas wissen, die bloß für das Zermalmen taugte, noch von einer Verzettelung durch Wälder und Gebüsch, womit der Feind wohl beunruhigt, nicht aber niedergeworfen werden konnte. Der Guerillakrieg bringt es zu keinem oder zu einem elenden Abschluss; man beginnt mit dem Angriff auf eine Republik und endigt mit der Plünderung eines Eilwagens. Lantenac wollte den Kampf weder auf das offene Feld beschränken wie La Rochejacquelein, noch auf den Busch wie Jean Chouan, also weder Vendée noch Chouannerie; er wollte den vollständigen Krieg, wollte das bäuerische Element strategisch verwerten, aber im Zusammenhang mit dem soldatischen, auf Grundlage taktisch ausgebildeter Regimenter. Die Vortrefflichkeit der plötzlich zusammengeläuteten und ebenso plötzlich wieder zerstiebenen Dorfarmeen für Angriff, Hinterhalt und Überfall sah er vollkommen ein, aber sie waren ihm zu flüssig; sie zerrannen ihm zwischen den Händen wie Wasser; er wollte den in alle Richtungen auseinander flutenden Kampf um einen festen Kern zusammenziehen, wollte den wilden Banden in den Wäldern eine geschulte reguläre Truppe als Angelpunkt zugrunde legen, und darauf gestützt, mit ihnen manövrieren, ein furchtbar fruchtbarer Gedanke, dessen Ausführung die Vendée unüberwindlich gemacht hätte. Wo aber jenes Element, wo die Soldaten, die Regimenter, wo eine schlagfertige Armee hernehmen? Aus England. Daher Lantenac's fixe Idee: die Landung der Engländer. So kapituliert das Gewissen der Parteien; die weiße Kokarde deckt den roten Rock. Lantenac hatte nur noch das eine Trachten, sich irgendeines Küstenstrichs zu bemächtigen, um ihn Pitt zu überantworten. Deshalb hatte er sich auf das zurzeit wehrlose Dol geworfen, um dadurch in den Besitz des Mont-Dol und durch den Mont-Dol in den Besitz des Strandes zu gelangen. Die Stellung war vortrefflich gewählt. Eine Batterie auf dem Mont-Dol konnte nach der einen Seite Le Fresnois, nach der andern Saint-Brelade bestreichen, konnte das Geschwader von Cancale in Schach halten und den Landungstruppen die ganze Uferstrecke zwischen Le Raz-sur-Couesnon und Saint-Meloir-des-Ondes zur Verfügung stellen. Um diesen entscheidenden Schlag zu führen, hatte Lantenac etwas über sechstausend Mann an sich gezogen, die Auslese der unter seinem Befehl stehenden Banden, und zur Errichtung einer starken Batterie auf dem Mont-Dol zehn sechszehnpfündige Feldschlangen, eine achtpfündige Schiffskanone und einen Vierpfünder mitgenommen, seine sämtliche Artillerie, denn er ging von dem Grundsatz aus, dass zehn Geschütze mit tausend Schüssen mehr ausrichten als fünf mit fünfzehnhundert. Der Erfolg schien gesichert. Den sechstausend Mann stand, gegen Avranches zu, bloß Gauvain mit seinen fünfzehnhundert gegenüber und gegen Dinan zu Léchelle, der allerdings fünfundzwanzigtausend Mann stark, dafür aber auch zwanzig Stunden weit abseits war. So hatte denn Lantenac, was Léchelle betraf, von der großen Zahl in Folge der großen Entfernung und, was Gauvain anbelangte, von der geringen Entfernung in Folge der geringen Zahl nichts zu besorgen. Dazu kam noch, dass Léchelle unfähig war, was er später mit Selbstmord büßte, nachdem er mit seinen fünfundzwanzigtausend Mann auf der Haide von La Croix-Bataille eine Niederlage erlitten. Lantenac fühlte sich demnach vollständig sicher. Rasch und rücksichtslos war er in Dol einmarschiert, und da seine unerbittliche Härte bereits sprichwörtlich war, war nicht der geringste Versuch eines Widerstandes gemacht worden. Die entsetzten Einwohner schlossen sich in ihre Häuser ein. In bäuerischer Unordnung, fast wie bei einem Jahrmarkt, ließen sich die Vendéer in der Stadt nieder; ohne Fouriere, ohne Quartieranweisung, bivouakierten sie, wo es ihnen just gefiel, kochten ihre Menage unter freiem Himmel, verliefen sich in die Kirchen, legten die Flinten ab und griffen zum Rosenkranz. Lantenac nahm mit einigen Artillerieoffizieren sofort die Rekognoszierung des Mont-Dol vor und übergab das Kommando an Gouge-le-Bruant, den er zu seinem Stellvertreter ernannt hatte.

Gauvain schrie, den Degen schwingend

Dieser Gouge-le-Bruant hat in der Geschichte eine dunkle Spur hinter sich zurückgelassen; er hatte zwei Beinamen: »Brisebleu«, wegen seines Wütens gegen die Blauen und »der Imânus«, wegen des unaussprechlichen Grausens, das von ihm ausging. Imânus, vom Lateinischen »immanis« abgeleitet, bezeichnet im Dialekt der unteren Normandie, das übermenschlich Hässliche, dämonisch Entsetzliche, den Teufel, den Unhold, den Kinderfresser. Schon in einer alten Handschrift lesen wir: »d'mes daeux iers j'vis l'imânus« (mit meinen beiden Augen sah ich den Bösen). Die alten Leute vom Bocage wissen heutigen Tages nicht mehr, wer Gouge-le-Bruant war, und was Brisebleu bedeuten soll, aber sie entsinnen sich ganz dunkel des Imânus. Der Imânus hat sich in den Lokalaberglauben eingeflochten. Von ihm wird noch in Trémorel und Plumeaugat erzählt, zwei Dörfer, wo Gouge-le-Bruant schauerliche Spuren hinterließ. Die Andern in der Vendée waren die Wilden; Gouge-le-Bruant war der Barbarische. Er war tätowiert wie ein Indianerhäuptling, nur mit Kinderfibelkreuzen und Lilien; aus seinem Gesicht brach das scheußliche, fast übernatürliche Schimmern einer Seele, der keine andere menschliche Seele ähnlich sah. Im Kampf war er teuflisch tapfer und teuflisch grausam nachher. Er hatte ein Herz voll verschlungener Irrgänge, das jeder Aufopferung fähig war und zu jedem Greuel hinneigte. Konnte er nachdenken? Ja, doch wie die Schlangen kriechen, in Windungen. Beim Heldentum fing er an, um mit dem Mord aufzuhören. Unmöglich war es, zu erraten, wie er zu seinen Entschlüssen kam, die oft vor lauter Ungeheuerlichkeit etwas Großartiges an sich trugen. Ihm war alles grässlich Überraschende zuzutrauen. Seine Entsetzlichkeit war episch wie die der Zyklopen. Daher der ungestalte Beiname Imânus. Der Marquis von Lantenac baute auf seine Grausamkeit, und mit vollem Recht; darin war der Imânus Meister, weit mehr als in den Künsten des Krieges, weshalb denn auch der Marquis vielleicht nicht wohl daran tat, ihn zu seinem Stellvertreter zu erwählen. Gleichviel, er ließ ihn als solchen mit dem Auftrag zurück, für alles Sorge zu tragen. Gouge-le-Bruant mit seinem mehr streitbaren als militärischen Wesen eignete sich weit eher zur Niedermetzelung eines Clans als zur Bewachung einer Stadt. Nichtsdestoweniger stellte er Posten auf.

Als Lantenac nach gepflogener Untersuchung des Terrains Abends nach Dol zurückritt, hörte er plötzlich Kanonenschüsse und sah aus der Hauptstraße einen rötlichen Rauch emporsteigen; das bedeutete Überfall, Einbruch, Sturm: In der Stadt schlug man sich. Obgleich den Marquis fast nichts in Erstaunen zu setzen vermochte, jetzt war er verblüfft. Dieser Zwischenfall kam ihm ganz unerwartet. Wer konnte das sein? Gauvain offenbar nicht; in einer Minderzahl von eins gegen vier greift man nicht an. War es etwa Léchelle? Aber was hätte das für ein Eilmarsch sein müssen! Von beiden Vermutungen war also die eine unwahrscheinlich, die andere unmöglich. Lantenac spornte sein Pferd an; bald darauf stieß er auf fliehende Stadtleute, die er anhielt; sie waren ganz außer sich vor Schrecken und riefen nur immer: Die Blauen! Die Blauen!

Als der Marquis endlich eintraf, stand es um die Seinen schlimm. Zugetragen hatte sich Folgendes:

III.

Kleine Heere, große Schlachten.

Nach dem Einmarsch in Dol hatten sich, wie gesagt, die Bauern nach Gutdünken in der Stadt herumgetrieben als Leute, die, wie ihr eigenes Schlagwort lautete, »aus Freundschaft gehorchen«, ein Gehorchen, welches zwar Helden, aber nimmermehr Soldaten heranbilden kann. Artillerie und Gepäck hatten sie unter den Bögen der alten Markthalle untergebracht und lagerten nun ausruhend, essend und trinkend, oder »rosenkränzelnd«, in buntem Durcheinander auf der Hauptstraße, mehr als Hindernisse des Verkehrs denn als Hüter des Platzes. Bei sinkender Nacht schoben die Meisten den Schnappsack unter den Kopf und schliefen ein, Der und Jener an der Seite seines Weibes, denn oft geschah es, dass Bäuerinnen mit ausrückten und dann, besonders die in gesegneten Umständen waren, Kundschafterdienste versahen. Es war eine milde Julinacht, und am tiefen schwarzblauen Himmel funkelten die Sternbilder. Während diese Menge, die man eher für eine rastende Karawane als für ein Biwak gehalten hätte, friedlich schlummerte, fiel den Wenigen, welche die Augen noch nicht geschlossen, plötzlich auf, dass an der einen Straßenmündung, vom Zwielicht beschienen, drei Kanonen gegen sie gerichtet waren – Gauvains Kanonen; er hatte die Wachtposten überrumpelt, war in die Stadt eingedrungen und hielt den Eingang der Straße besetzt. Ein Bauer richtete sich aus, schrie Werda? Und feuerte seine Flinte ab. Ein Kanonenschuss war die Antwort. Gleich darauf schlug ein Platzregen von Gewehrkugeln ein. Alles fuhr aus dem Schlaf empor, ein schreckenvolles Erwachen für Leute, die eben noch unter dem Sternenschimmer einschlummerten.

Der erste Augenblick war schauderhaft, denn es gibt nichts Entsetzlicheres als das Hin- und Herwimmeln einer Masse, auf welche Blitzstrahlen hereinhageln. Man warf sich auf die Waffen, schrie, rannte, stürzte getroffen nieder. Die angefallenen Bauernburschen schossen in fassungsloser Verwirrung auf die eigenen Leute. Aufgeschreckte Gestalten huschten aus den Häusern und huschten wieder herein oder liefen wie wahnsinnig im Getümmel umher. Die zueinander gehörten, riefen einander an. Mitten in dem furchtbaren Gefecht heulten Weiber und Kinder. Die Finsternis war allenthalben von pfeifenden Kugeln durchstrichen; aus jedem dunkeln Winkel Flintenschüsse; das Ganze ein riesiger in Rauch verschwimmender Wirrwarr zwischen durcheinanderstehenden Karren und Munitionswagen. Die Pferde schlugen aus; aufbrüllende Verwundete wurden auf dem Boden zerstampft; neben der Verzweiflungswut starres Entsetzen, Soldaten, die ihre Führer, und Führer, die ihre Soldaten suchten; stellenweise auch düstere Gleichgültigkeit, an einer Mauer ein Weib, dass ihren Säugling stillte, während ihr Mann, der blutend, mit zerschmettertem Bein neben ihr lehnte, kaltblütig den Stutzen lud und auf gut Glück hin den Tod in die Finsternis hinaussendete. Zwischen den Rädern der Fuhrwerke lagen Bauern der Länge nach ausgestreckt und feuerten durch die Speichen. Zuweilen gellte ein tausendstimmiger Aufschrei durch die Nacht; dann behielt der Donner der Kanonen wieder die Oberhand. Es war grauenvoll. Wie Bäume unter einem Bergsturz fielen die Leichen auf die Leichen. Aus seinem Hinterhalt schmetterte Gauvain mit Sicherheit und beinahe ohne einen Mann zu verlieren alles nieder.

Nach einiger Zeit jedoch kam eine gewisse Ordnung in das Gedränge der unverzagten Bauern; sie zogen sich unter den großen dunkelen Säulenwald der Markthalle wie hinter ein Vorwerk zurück und fassten dort festen Fuß; was nur irgendwelche Ähnlichkeit mit einem Walde hatte, flößte ihnen Selbstvertrauen ein. Der Imânus suchte nach besten Kräften den Marquis zu ersetzen. Seine Geschütze ließ er zwar, zu Gauvains größtem Erstaunen, unbenutzt, denn nur die mit Lantenac ausgerittenen Artillerieoffiziere wussten damit umzugehen; die Bauernburschen waren zur Bedienung der Feldschlangen und des Achtpfünders nicht einexerziert, entsendeten aber dafür einen Hagel von Kugeln auf die Kanoniere der Blauen und erwiderten die Kartätschensalven mit Gewehrfeuer. Die besser Gedeckten waren jetzt sie; denn sie hatten alle, in der Markthalle befindlichen Karren, Fuhrwerke, Proviantsäcke und Fässer im Nu zu einer hohen Barrikade mit Schießscharten aufgestapelt, aus denen sie ein mörderisches Feuer unterhielten, im Nu, denn bevor eine Viertelstunde verstrichen war, erhob sich vor dem Gebäude eine unübersteigbare Mauer.

Gauvain geriet dadurch in eine kritische Lage. Diese plötzlich in eine Zitadelle umgewandelte Markthalle, in welcher die Bauern eine feste, konzentrierte Stellung einnahmen, kam ihm unerwartet. Den Feind zu überfallen war ihm zwar gelungen, nicht aber, ihn in die Flucht zu schlagen. Er war abgesessen und spähte aufgerichtet, den Degen in der Faust, mit verschränkten Armen beim Schein einer Fackel, die seine Batterie beleuchtete, in die Dunkelheit hinaus. Sein hoher Wuchs und der Fackelschein machten ihn zur Zielscheibe der Barrikade, doch daran dachte er nicht und ließ, in Sinnen versunken, den Kugelregen um sich her einschlagen. Zum Glück konnte er den Flinten allen mit seinen Geschützen Trotz bieten; die Kanonen behalten immer das letzte Wort und auf Seite der Artillerie bleibt der Sieg; mit seiner wohlbedienten Batterie war er noch immer im Vorteil.

Da, plötzlich sprühte aus der finsteren Markthalle ein Blitz, und donnernd schmetterte eine Kanonenkugel über Gauvain in ein Haus. Die Barrikade setzte der Artillerie Artillerie entgegen. Was hatte das zu bedeuten? Offenbar hatte sich drüben etwas ereignet und das Gefecht trat in ein neues Stadium.

Eine zweite Kugel folgte der ersten auf dem Fuß und schlug dicht neben Gauvain in die Mauer ein; eine dritte riss ihm den Hut vom Kopf. Die Kugeln waren von schwerem Kaliber, sechszehnpfündig.

– Auf Sie ist es abgesehen, Kommandant, riefen die Kanoniere und löschten die Fackel. Nachdenklich bückte sich Gauvain nach seinem Hut.

In der Tat hatte es jemand auf ihn abgesehen, und zwar Lantenac.

Der Marquis hatte die Barrikade von der entgegengesetzten Seite her erreicht, und der Imânus war auf ihn zugestürzt: Gnädiger Herr, man hat uns überfallen!

– Wer?

– Ich weiß nicht.

– Steht der Weg nach Dinan offen?

– Ich glaube.

– So muss der Rückzug angetreten werden.

– Geschieht schon; es sind bereits Viele entwischt.

– Es handelt sich nicht um das Entwischen; es handelt sich darum, sich zurückzuziehen. Warum ist die Artillerie nicht zugezogen worden?

– Man hat den Kopf verloren, und dann waren die Offiziere nicht bei der Hand.

– Ich will dafür sorgen.

– Gnädiger Herr, ich habe möglichst viel Gepäck, die Weiber und alles Überflüssige nach Fougères abgehen lassen. Was soll aus den drei kleinen Gefangenen werden?

– Ach so, aus den Kindern?

– Ja.

– Wir behalten sie als Geisel. Sorge dafür, dass sie nach La Tourgue gebracht werden.

Hierauf trat der Marquis hinter die Barrikade. Das Eintreffen des Führers änderte die ganze Sachlage. Beim Bau der Barrikade war auf die Artillerie keine Rücksicht genommen worden; es war bloß für zwei Geschütze Raum vorhanden; der Marquis ließ zwei größere Öffnungen durchbrechen und zwei Sechszehnpfünder dahinter aufpflanzen. Als er sich über die eine der Feldschlangen beugte, um die feindliche Batterie durch die Schießscharte zu beobachten, erblickte er Gauvain. – Er ist es! Rief er und griff nach Wischer und Setzkolben, lud das Geschütz, richtete das Visier und zielte. Zu dreien Malen feuerte auf Gauvain und fehlte. Mit dem dritten Schuss riss er ihm den Hut vom Kopf. – Gestümpert! Murmelte er vor sich hin. Ein paar Zoll tiefer und ich traf den Kopf.

Da erlosch plötzlich die Fackel, und er hatte nur noch Finsternis vor sich. – Sei es drum, sagte er und rief seinen Artilleristen zu: Mit Kartätschen!

Gauvain war seinerseits nicht ruhiger. Seine Lage verschlimmerte sich. Der Kampf nahm einen anderen Charakter an. Jetzt setzte die Barrikade ihm mit Kanonen zu. Wer konnte wissen, ob sie nicht von der Defensive zur Offensive übergehen würde? Er hatte es, die Toten und Flüchtigen auch abgerechnet, mit mindestens fünftausend Mann zu tun und verfügte selber über nur mehr zwölfhundert kampffähige Leute. Was sollte aus den Republikanern werden, wenn der Feind sich von ihrer geringen Zahl überzeugte. Die Rollen würden unfehlbar vertauscht und die bisherigen Angreifer die Angegriffenen werden. Ein Ausfall aus der Barrikade konnte die Vernichtung herbeiführen. Was tun? Die Barrikade in der Front anzupacken, daran war nicht zu denken; ein Gewaltstreich wäre eine Chimäre gewesen; zwölfhundert Mann können fünftausend aus einer solchen Stellung unmöglich verjagen. Mit Überstürzung ließ sich nichts ausrichten, und jedes Abwarten war vom Übel. Ein Ende musste gemacht werden, aber wie?

Gauvain, der ja aus der Gegend gebürtig war, kannte die Stadt; er wusste, dass die alte Markthalle, in der sich die Vendéer verschanzt hatten, mit der Rückseite an ein Labyrinth von engen, winkeligen Gässchen stieß, und wendete sich nun an seinen Unterkommandanten, den tapferen Hauptmann Guéchamp, der sich später dadurch so rühmlich auszeichnete, dass er Jean Chouan's Heimat, den Wald von Concise, säuberte und durch die Verteidigung des Dammweges am Teich La Chaîne die Wegnahme von Bourgneuf vereitelte. – Guéchamp, sagte er, ich übertrage Ihnen das Kommando. Setzen Sie das Feuer nach besten Kräften fort; schießen Sie Bresche in die Barrikade und halten Sie mir die Leute in Atem.

- Verstanden, erwiderte Guéchamp.

- Formieren Sie alle verfügbaren Kräfte in eine Angriffskolonne, und warten Sie mit geladenen Gewehren das Zeichen zum Stürmen ab.

Und er flüsterte Guéchamp ein paar Worte ins Ohr. - Abgemacht, sagte dieser. - Sind alle Tambours noch auf den Beinen? Fragte Gauvain. - Ja wohl. - Es sind ihrer neun. Ich lasse Ihnen zwei davon zurück; die andern sieben gehen mit mir.

Die sieben Tambours stellten sich schweigend vor Gauvain in Reih und Glied.

- Heran das Bataillon Bonnet-Rouge! Rief Gauvain.

Es trat ein Sergeant an mit elf Mann.

- Ich meine das ganze Bataillon, sagte Gauvain.

- Hier, antwortete der Sergeant.

- Euer zwölf!

- Nur noch unser zwölf.

- Schön, sagte Gauvain.

Der Sergeant war jener wackere soldatischderbe Radoub, der im Namen des Bataillons die drei Kinder aus dem Wald von La Saudraie angenommen hatte. Man wird sich wohl noch erinnern, dass bloß die eine Hälfte des Bataillons in Herbe-en-Pail niedergemetzelt worden; Radoub war so glücklich gewesen, der andern Hälfte anzugehören.

- Sergeant, sagte Gauvain, indem er mit dem Finger auf einen in der Nähe stehenden Fouragewagen deutete, lassen Sie Ihre Leute Strohwische binden und um die Gewehrläufe legen, damit es beim Aneinanderstoßen kein Geräusch gibt.

Einige Minuten darauf war der Befehl in der Dunkelheit still vollzogen worden. - Ist geschehen, meldete der Sergeant.

- Soldaten zieht die Schuhe aus, befahl Gauvain weiter.

- Haben keine, bemerkte der Sergeant.

Die Tambours mitgerechnet, waren es neunzehn Mann, und Gauvain war der zwanzigste. - In einer einzigen Reihe, rief er, mir nach! Hinter mir die Tambours, dann das Bataillon; Sie führen es, Sergeant.

Er stellte sich an die Spitze der neunzehn Mann, und während auf beiden Seiten die Kanonade fortgesetzt wurde, bogen sie, wie Schatten dahingleitend, in die öden Gässchen ein. So schlichen sie eine Zeit lang längs den Häusern hin. Die Stadt schien ausgestorben zu sein; die Einwohner hatten sich in den Kellern versteckt; jede Tür war verrammelt, jeder Fensterladen geschlossen, von einem Licht keine Spur. Wütend dröhnte es von der Hauptstraße her in diese Stille herüber; der Artilleriekampf dauerte fort und die beiden Batterien spien mit Erbitterung ihre Kartätschen aufeinander. Nachdem man sich zwanzig Minuten hindurch im Zickzack vorwärts bewegt hatte, erreichte Gauvain, der sich in der Finsternis vortrefflich zurechtfand, ein Gässchen, welches wieder in die Hauptstraße mündete, aber auf der andern Seite der Markthalle. Die Stellung war somit umgangen. Diese Seite – die Unvorsichtigkeit der Barrikadenkämpfer bleibt ewig dieselbe – war nicht verschanzt, sondern stand offen und gewährte freien Eintritt in das säulengetragene Gewölbe, wo ein paar reisefertige Gepäckwagen hielten. Die zwanzig Mann hatten die fünftausend Vendéer vor sich, aber jetzt mit dem Rücken statt mit der Front. Nachdem Gauvain dem Sergeanten ein paar Worte zugeflüstert, wurden die Strohwische von den Gewehren entfernt; die zwölf Grenadiere nahmen im Winkel des Gässchens Stellung und die sieben Tambours warteten mit den Trommelstöcken in den Fäusten auf das Signal.

Die Artilleriesalven erfolgten immer noch in regelmäßigen Zwischenräumen. Einen solchen benutzte Gauvain und schrie, den Degen schwingend, mit einer Stimme, die wie ein Trompetentusch durch die momentane Stille schmetterte: Zweihundert Mann rechts vor! Zweihundert Mann links! Alles andere in der Front!

Sofort fielen die zwölf Gewehrschüsse, die sieben Tambours trommelten zur Attacke und Gauvain brach in den gewaltigen Kampfruf der Blauen aus: Bajonett vor! Drauf los!

Die Wirkung war eine unerhörte; die ganze Bauernmasse fühlte sich im Rücken angegriffen und glaubte sich von einer zweiten Armee überrumpelt. Zu gleicher Zeit setzte sich vom obern Ende der Straße her auf das verabredete Signal hin die Kolonne von Guéchamp, ebenfalls unter Trommelwirbel, in Bewegung und stürmte im Laufschritt gegen die Barrikade vor. Die Bauern sahen sich einem doppelten Feuer ausgesetzt. Der panische Schrecken vergrößert alles; für ihn wird der Pistolenschuss zum Kanonendonner, das Bellen eines Hundes zum Gebrüll des Löwen, jeder Lärm zum gespenstigen Schrecknis. Fügen wir noch hinzu, dass der Bauer ins Fürchten gerät wie ein Strohdach ins Brennen und dass gerade wie die Flamme im Strohdach in eine Feuersbrunst, die Furcht des Bauern in unaufhaltsame Flucht ausartet. Es entstand ein ganz unbeschreibliches Drängen und Jagen. In einigen Minuten war die Halle leer; die entsetzten Burschen rannten auseinander, unbekümmert um ihre Offiziere, unbekümmert um den Imânus, der vergebens ihrer zwei oder drei niederschoß, und unter Angst- und Verzweiflungsgeschrei verlief sich die royalistische Armee durch die Gässchen der Stadt wie durch die Löcher eines Siebs und zerstob im freien Feld mit der Schnelligkeit einer sturmgepeitschten Wolke. Die Einen flohen in der Richtung von Chateauneuf, Andere gegen Plerguer, Andere wieder gegen Antrain zu.

Der Marquis von Lantenac musste diese tolle Flucht mit ansehen. Mit eigener Hand vernagelte er die Geschütze und zog sich dann, von Allen der Letzte, langsam und kaltblütig mit den Worten zurück: Auf die Bauern ist entschieden kein Verlass. Ohne die Engländer geht es nicht.

IV.

Zum zweiten Mal.

Es war ein vollständiger Sieg. Gauvain wendete sich zu den Grenadieren des Bataillons Bonnet-Rouge um und sagte: Ihr zwölf wiegt ein Tausend auf. So ein Wort aus dem Mund des Chefs war das Ehrenkreuz jener Zeiten. Guéchamp jagte, auf Gauvains Befehl, den Fliehenden nach und brachte viele Gefangene ein. Dann wurde die Stadt bei Fackelschein durchsucht. Alle, die nicht mehr entkommen konnten, ergaben sich. Die Hauptstraße, die man mit Pechkränzen beleuchtete, war mit Toten und Verwundeten übersät. Hin und wieder setzten sich noch, denn jeder Kampf hat sein gewaltsames Nachspiel, verzweifelte Gruppen zur Wehr, streckten jedoch, sowie sie umringt waren, die Waffen.

Im rasenden Gewirr des Ausreißens war Gauvain ein tollkühner Mensch aufgefallen, eine stämmige, flinke Faunengestalt, welche die Flucht der Anderen gedeckt hatte, ohne dann selber zu fliehen. Meisterhaft hatte dieser Bauer seine Flinte gehandhabt und so lange mit Schüssen und Kolbenschlägen um sich geworfen, bis sie zerbrochen war; nun stand er da mit einem Pistol in der einen Faust und einem Säbel in der anderen. Keiner wagte sich an ihn heran. Da sah ihn Gauvain plötzlich taumeln und sich gegen den Pfeiler eines Hauses lehnen. Der Mann war verwundet, hielt aber noch immer sein Pistol und seinen Säbel fest. Gauvain nahm den Degen unter den Arm und trat auf ihn zu. - Ergib dich, sagte er.

Der Bauer stierte ihn an. Das Blut troff ihm unter den Kleidern aus der Wunde und rann zu seinen Füßen in eine Lache zusammen.

- Du bist mein Gefangener, wiederholte Gauvain.

Der Mann blieb stumm.

– Dein Name?

– Ich heiße Danse-à-l'Ombre, antwortete der Bauer.

– Du bist ein Tapferer, sagte Gauvain und streckte ihm die Hand entgegen.

– Vivat der König! Rief der Mann, und mit dem letzten Aufwand seiner Kräfte beide Arme zugleich erhebend, führte er einen Säbelhieb nach Gauvains Kopf und schoss ihm nach dem Herzen.

Es war dies mit der Behändigkeit des Tigers vor sich gegangen; noch behänder war aber ein Anderer gewesen, ein Reiter, der eben angekommen, unbeachtet in nächster Nähe hielt und der, im Augenblick, wo er den Vendéer Säbel und Pistol erheben sah, zwischen diesen und Gauvain vorgestürzt war. Ohne den Reiter war Gauvain verloren. So aber fing das Pferd den Schuss, der Mann den Hieb auf, und beide sanken zu Boden. Das alles war so rasch geschehen, wie man einen Schrei ausstößt. Auch der Insurgent war jetzt am Pfeiler zusammengebrochen.

Der Reiter, dem der Hieb mitten im Gesicht saß, lag bewusstlos am Boden. Sein Pferd war tot.

– Wer ist der Mann, fragte Gauvain, indem er vor ihn hintrat. Er betrachtete ihn. Das Gesicht des Verwundeten war von Blut derart übergossen, dass es wie unter einer roten Maske verschwand. Erkennen ließ sich nur so viel, dass das Haar grau war.

– Der Mann hat mir das Leben gerettet, hob Gauvain wieder an; weiß keiner, wer er ist?

– Dieser Mann, Kommandant, sagte ein Soldat, ist eben erst in die Stadt hereingeritten, von Pontorson her; ich habe ihn kommen sehen.

Der Regimentsarzt war mit seinem Verbandzeug herbeigeeilt, untersuchte den noch immer Bewusstlosen und erklärte: Nur eine Schramme hat nichts zu bedeuten, wird einfach wieder zusammengenäht. In acht Tagen geheilt; aber ein schöner Schmiss.

Der Verwundete trug einen Mantel, eine dreifarbige Schärpe, Pistolen und einen Säbel. Er wurde auf eine Tragbahre gelegt und halb entkleidet. Der Arzt, dem man einen Eimer Wasser gebracht hatte, wusch ihm das Blut vom Gesicht, dessen Züge allmählich sichtbar wurden.

– Hat er Papiere bei sich? Fragte Gauvain, der den Fremden mit gespanntester Aufmerksamkeit betrachtete.

Der Arzt betastete den Rock des Mannes und zog aus der Brusttasche ein Portefeuille hervor, das er Gauvain überreichte. Mittlerweile brachte die Berührung mit dem kalten Wasser den Verwundeten nach und nach zur Besinnung, und seine Augenlider gerieten in ein leises Zucken. Beim Durchsuchen der Brieftasche fand Gauvain ein zusammengelegtes Blatt Papier, das er entfaltete: »Wohlfahrtsausschuss. Der Bürger Cimourdain ...« Als er die Worte gelesen, that er einen Schrei: – Cimourdain! Bei diesem Schrei schlug der Verwundete die Augen auf. Gauvain war außer sich: – Sie sind es, Cimourdain! Zum zweiten Male verdanke ich Ihnen mein Leben.

Cimourdain sah ihn an und ein unbeschreibliches Freudenblitzen verklärte sein blutendes Gesicht. Gauvain fiel auf die Knie nieder und rief:

– Mein Lehrer!

– Dein Vater, sprach Cimourdain.

V.

Der Tropfen kalten Wassers.

Lange Jahre waren es her, dass sie einander nicht mehr gesehen, aber ihre Herzen hatten einander nie verloren und sie fanden sich wieder zusammen, als hätten sie sich erst am Abend zuvor getrennt. Im Rathaus von Dol hatte man in aller Eile ein Lazarett eingerichtet und Cimourdam wurde auf einem Bett in ein Zimmerchen gebracht, das an den großen allgemeinen Krankensaal stieß. Der Arzt, der die Schramme zugenäht hatte, setzte den Herzensergüssen der Beiden ein Ziel, indem er es für notwendig erklärte, Cimourdain ausschlafen zu lassen. Übrigens musste auch Gauvain tausenderlei Dingen nachgehen, welche die Vorsicht dem Sieger zur Pflicht macht. Cimourdain blieb allein, aber er schlummerte nicht; ihn schüttelte ein zwiefaches Fieber, das Wundfieber und das Fieber der Freude. Er schlummerte nicht, und doch konnte er sich kaum einreden, dass er ja wache. War's denn auch möglich, dass sein Traum zur Wirklichkeit geworden? Cimourdain gehörte zu den Leuten, die sich keinen Treffer zutrauen und nun hatte er ihn doch gezogen. Gauvain, das Kind, das er hatte, verlassen müssen, fand er jetzt wieder, fand ihn herangereift zum Mann, groß dastehend, gefürchtet und tapfer; siegreich hatte er ihn wiedergefunden, und siegreich in der Sache des Volkes. Gauvain war die Stütze der Revolution in der Vendée und er, Cimourdain, hatte der Republik diesen Strebepfeiler errichtet. Der Triumphator war sein Schüler und was er aus diesem jugendlichen Antlitz strahlen sah, dem vielleicht dereinst die Ehren des Pantheon zuteilwerden sollten, war ja sein, Cimourdains, Gedanke; sein Jünger, der Sohn seines Geistes, bereits ein Held, konnte demnächst eine Ruhmessäule der

Republik werden. Es war Cimourdain, als grüße ihn, zum Genius verklärt, seine eigene Seele; hatte er doch mit eigenen Augen gesehen, wie Gauvain Krieg führte. Ihm war zumute wie dem alten Chiron, als er Achilleus kämpfen sah; - eine geheimnisvolle Übereinstimmung zwischen dem Priester und dem Kentauren, denn auch der Priester ist nur zur Hälfte Mensch. Alle Wechselfälle dieses Abenteuers wirkten mit dem fiebernden Brennen seiner Wunde zusammen, um Cimourdain in eine gewisse mystische Verzückung zu versetzen. Ein junges Geschick ging in Sonnenherrlichkeit auf und er, der Glückselige, durfte es lenken; nur noch ein einziger Erfolg wie der heutige, und ein bloßes Wort von Cimourdain bewog die Republik, eine ihrer Armeen Gauvain anzuvertrauen. Nichts blendet mehr als das Staunen darüber, dass alles gelungen ist. In jener Zeit trug sich jeder mit seinem militärischen Traum; jeder wollte einen General emporbringen, Danton Westermann, Marat Rossignol, Hébert Ronsin; nur Robespierre wollte keinen aufkommen lassen. Warum also nicht auch Gauvain? Dachte Cimourdain, in Zukunftspläne vertieft; vor ihm eröffnete sich ein unermessliches Feld; er baute Hypothese auf Hypothese; alle Hindernisse schwanden. Wer einmal auf diese Leiter den Fuß gesetzt hat, der hält nicht mehr inne, der steigt ins Unendliche und versteigt sich nach und nach vom Menschen bis hinauf zum Stern. Ein großer General bricht bloß seinen Heeren, ein großer Kriegsheld bricht zugleich auch seinen Ideen Bahn. Cimourdain träumte sich Gauvain als Kriegshelden; schon sah er ihn, denn Träume haben Siebenmeilenflügel, auf dem Ozean die Engländer verjagen, am Rhein die Könige des Ostens züchtigen, auf den Pyrenäen die Spanier zurückwerfen, von den Alpen herab Rom zur Freiheit wachrufen. Die zwei Menschen, die in Cimourdain wohnten, der zärtliche wie der düstere, waren beide zufrieden, denn das Ideal, die Unerbittlichkeit, blieb ja gewahrt: Gauvain verbreitete nicht allein Strahlen; er verbreitete auch Schrecken. Cimourdain fasste zunächst immer das ins Auge, was vor dem Aufbau niedergerissen werden musste, und glaubte nicht, dass die Stunde der hinschmelzenden Rührung schon gekommen sei. Er dachte sich Gauvain, wie das damalige Schlagwort hieß, »auf der Höhe der Situation«, den Dämon der Nacht zertretend, im Panzer des Lichts, mit einem Leuchten der Herrlichkeit auf der Stirn, die idealen Schwingen der Gerechtigkeit und der voranstrebenden Vernunft ausbreitend und ein feuriges Schwert schwingend - Engel, aber Engel des Gerichts.

Mitten in dieser Träumerei, die an die Ekstase grenzte, hörte er durch die zugelehnte Tür im nebenanliegenden großen Lazarettsaal sprechen und erkannte die Stimme Gauvain's; sie hatte ihm, der langen Trennung zum Trotz, fortwährend im Herzen fortgeklungen und in der Stimme des Mannes lässt sich etwas wiederfinden von der Stimme des Kindes. Er lauschte. Man hörte auch Schritte.

- Kommandant, sagte ein Soldat, das hier ist der Mann, der auf Sie geschossen hat; während alles um den Reiter beschäftigt war, verkroch er sich in einen Keller. Dort haben wir ihn entdeckt, und hier ist er. Und nun vernahm Cimourdain folgendes Zwiegespräch zwischen Gauvain und dem Bauern:

- Du bist verwundet.

- Bin aber noch kräftig genug, um füsiliert zu werden.

- Bringt den Mann in ein Bett; er soll verbunden und geheilt werden.

- Sterben will ich.

- Du wirst leben: Im Namen des Königs hast Du mich umbringen wollen; im Namen der Republik sei begnadigt.

Über Cimourdain's Stirn fuhr ein Schatten. Ihm war, als sei er plötzlich aus dem Schlaf aufgeschreckt worden und mit einer gewissen düstern Niedergeschlagenheit murmelte er vor sich hin:

- Kein Zweifel; er hat ein mürbes Gemüt.

VI.

In geheilter Brust ein blutend Herz.

Eine Schramme heilt rasch wieder zu; weit schwerer als Cimourdain war sonst jemand verwundet worden, nämlich das angeschossene Weib, das Tellmarch der Bettler bei der großen Blutlache von Herbe-en-Pail aufgelesen hatte. Michelle Fléchard war damals noch schlimmer dran, als Tellmarch zuerst geglaubt: außer dem Schuss über der Brust saß noch ein Schuss im Schulterblatt; während ihr die eine Kugel das Schlüsselbein gebrochen hatte, war ihr eine zweite von hinten in die Achsel gefahren. Da die Lunge jedoch unversehrt geblieben, konnte die Genesung zustande kommen. Tellmarch war, wie die Bauern sagen, »ein Philosoph«, das heißt zum Drittel Arzt, zum Drittel Chirurg und zum Drittel Zauberer. Er behandelte die Kranke in seiner Höhle, auf dem Lager von Seegras, mit jenen geheimnisvollen Kräutersäften, aus denen die Leute auf dem Land ihre sogenannten Hausmittel bereiten, und unter seiner Pflege blieb sie am Leben. Das Schlüsselbein wuchs wieder zusammen; die Löcher über der Brust und in der Schulter heilten zu und nach einigen Wochen war die Verwundete auf dem Wege vollständiger Besserung, sodass sie eines Morgens, auf Tellmarch gestützt, die Höhle verlassen und sich unter den Bäumen in die Sonne hinsetzen konnte. Tellmarch war über ihre näheren Verhältnisse so ziemlich im Unklaren; Brustwunden erheischen anhaltendes Schweigen und während des halben Deliriums, das der Wiederherstellung vorangegangen war, hatte die Frau nur wenige Worte gesprochen, denn sowie sie reden wollte, wehrte Tellmarch es ihr; aber sie hing einer hartnäckigen Träumerei nach und ihr Blick verriet ein inneres Hin- und Herwälzen von herzbeklemmenden Gedanken.

Jetzt fühlte sie sich bei Kraft und konnte beinahe ohne Stütze gehen. Eine gelungene Kur gewährt dem Arzt eine väterliche Befriedigung: Stillglücklich betrachtete Tellmarch seine Patientin; der gute alte Mann lächelte sie an: – Nun, nun, jetzt wären wir ja wieder munter und alles ist vernarbt.

– Bis auf das Herz, antwortete das Weib und setzte dann hinzu: Ihr wisst also gar nicht, wo sie sind?

– Wer? Fragte Tellmarch.

– Meine Kinder.

In diesem Wörtchen »also« lag eine ganze Welt von Gedanken; dieses Wörtchen sagte: »Weil Ihr mir nicht von ihnen sprecht, weil Ihr nun schon so manchen Tag um mich seid, ohne ihrer auch nur zu erwähnen, weil Ihr mir Schweigen gebietet, so oft ich den Mund auftue, weil Ihr zu befürchten scheint, dass ich die Frage an Euch richte, so könnt Ihr mir eben keinen Aufschluss geben.«

Im Fieber, in der Aufwallung, im Delirium, hatte sie häufig nach ihren Kindern gerufen und wohl bemerkt, denn auch das Delirium hat sein Fassungsvermögen, dass der alte Mann ihr darauf keine Antwort gab. Und was hätte Tellmarch ihr auch mitteilen sollen? Es ist kein Leichtes, einer Mutter von ihren verschwundenen Kindern zu sprechen, und was wusste er denn eigentlich? Nichts, als dass ein Weib niedergeschossen worden war, dass er dieses Weib am Boden liegend gefunden, dass es, als er es zu sich nahm, sozusagen eine Leiche war, dass diese Leiche drei Kinder hatte und dass der Marquis von Lantenac, nachdem er die Mutter niederschießen ließ, die Kleinen mit fortgenommen. Mehr hatte er ja nicht erfahren. Was war aus den Kindern geworden? Waren sie überhaupt am Leben? Nur so viel hatte er ermitteln können, dass es zwei Knaben waren und ein kaum entwöhntes kleines Mädchen; sonst nichts. Er richtete betreffs der bejammernswerten Kleinen an sich selber eine Menge Fragen, die er nicht beantworten konnte. Aus den Leuten, die er um Auskunft gebeten hatte, war nichts herauszubringen gewesen als ein Kopfschütteln. Herr von Lantenac war ein Mann, von dem niemand gerne sprach. Und nicht nur sprach man nicht gern von Lantenac, sondern man sprach auch nicht gern mit Tellmarch. Die Bauern haben ihr absonderliches Misstrauen. Sie fühlten sich von ihm abgestoßen; Tellmarch der Caimand war für sie eine unheimliche Erscheinung; warum starrte er immer in den Himmel hinauf? Was tat er und was machte er sich für Gedanken, wenn er stundenlang so unbeweglich dastand? Dahinter musste etwas stecken. In dieser Gegend voller Krieg, die sich in flammendem Aufruhr verzehrte, wo jedermann nur einem Geschäft, der Zerstörung, einer Arbeit, dem Gemetzel, nachging, wo man in gegenseitigem Wettstreit Häuser in Brand steckte, Familien hinschlachtete, Wachtposten niederhieb und Dörfer plünderte, wo alles Sinnen und Trachten darauf hinauslief, sich in einen Hinterhalt zu legen, den Feind in eine Falle zu locken und sich beiderseits umzubringen, hatte er entschieden etwas Beunruhigendes an sich, jener in den Anblick der Natur versenkte, gewissermaßen im unendlichen Frieden der außermenschlichen Dinge untergegangene Einsiedler, der seine Gräser und Kräuter pflückte und sich lediglich mit Blumen, Waldvögelchen und Sternen abgab; er war offenbar nicht bei Verstand; er kroch ja mit keiner Flinte hinter den Hecken und schoss auf niemand; deshalb betrachtete man ihn mit einem dumpfängstlichen Gefühl. »Der Mann ist verrückt«, sagten die, die an ihm vorbeigingen; Tellmarch war mehr als einsam: Er war gemieden. Man redete ihn nicht an, antwortete ihm nur selten, und so war es ihm denn nicht möglich geworden, alle gewünschten Erkundigungen einzuziehen. Der Kampf hatte sich weitergewälzt; man hatte den Kriegsschauplatz gewechselt; der Marquis von Lantenac war hinter dem Horizont verschwunden und das Wüten des Hasses musste ein Mensch wie Tellmarch, wenn er es beachten sollte, auf seinem Nacken fühlen.

Bei der Äußerung »meine Kinder« hatte Tellmarch zu lächeln aufgehört und die Mutter nachzugrübeln begonnen. Was ging in ihrer Seele vor? Sie war wie gefangen in einem Abgrund. Plötzlich schaute das Weib zu Tellmarch auf und rief abermals, fast im Ton des Zornes: – Meine Kinder!

Tellmarch senkte das Haupt wie einer, der sich schuldig weiß; er dachte an jenen Marquis von Lantenac, welcher seiner gewiss nicht dachte, ja längst wohl vergessen hatte, dass ein Tellmarch existierte. Das sah er auch ein und sagte zu sich selber: Ein vornehmer Herr, der kennt einen, solange die Gefahr währt; nachher ist's aus mit der Bekanntschaft. Aber, warum, fragte er sich, warum hast Du den vornehmen Herrn gerettet? Weil es ein Mensch ist, gab er sich zur Antwort und verweilte eine Zeit lang bei dem Gedanken; dann fragte er weiter: Ist das auch so gewiss?

Und schloss mit seinem bittern Ausspruch von damals: Hätte ich ahnen können! ...

Das ganze Abenteuer mit dem Marquis drückte ihn nieder, denn aus seiner Tat blickte ihn etwas Rätselhaftes an, das wehmütige Betrachtungen in ihm wachrief: Eine gute Handlung konnte also auch eine böse Handlung sein; wer den Wolf rettet, tötet die Lämmer; wer die Schwinge des Geiers heilt, wird verantwortlich für die Klauen.

Er warf sich wirklich eine Schuld vor und gab dem unbewussten Zorn der Mutter Recht. Dass er diese gerettet hatte, ließ ihn zwar die Rettung des Marquis wieder verschmerzen; aber die Kinder?

Auch die Frau brütete noch immer vor sich hin. Beider Gedanken hielten Schritt miteinander und mochten sich wohl, wenn auch ohne Worte, im Halbdunkel der Träumerei verschmelzen. Jetzt richtete die Mutter den umnachteten Blick wieder auf Tellmarch: – So kann es doch nicht ausgehen, sagte sie. – Still, flüsterte Tellmarch und legte den Finger auf den Mund. Sie jedoch fuhr fort: – Es war nicht recht von Euch, mich ins Leben zurückzurufen und ich verarg es Euch. Lieber wäre ich tot; dann könnte ich sie wenigstens sehen und wüsste, wo sie sind, und wenn auch sie mich nicht sehen würden, so wäre ich doch um sie; so etwas wie eine Tote, das darf gewiss über die Seinen wachen.

Tellmarch streckte die Hand aus und griff ihr nach dem Puls: – Beruhigt Euch; Ihr redet Euch ja ins Fieber.

– Wann werde ich fort können? Fragte sie; fast mit barscher Stimme.

– Fort? – Ja, in die Welt hinaus.

– Nie, wenn Ihr nicht vernünftig seid; wollt Ihr aber brav sein, schon morgen.

– Was heißt Ihr brav sein? – Dem lieben Gott vertrauen. – Gott! Was hat er mit meinen Kindern angefangen?

Sie war wie von Sinnen: – Ihr begreift doch, setzte sie hinzu, und ihre Stimme klang plötzlich sehr weich, dass ich so nicht weiterleben kann. Ihr habt keine Kinder gehabt, aber ich. Das ist doch ein Unterschied. Man kann sich keinen Begriff von einer Sache machen, wenn man nicht weiß, was es ist. Ihr habt nie Kinder gehabt, nicht wahr?

– Nein, antwortete Tellmarch.

– Und ich habe sonst nichts gehabt als Kinder. Was wäre ich denn ohne meine Kinder? Es soll mir einer nur erklären, warum ich meine Kinder nicht bei mir habe. Eben weil ich's nicht verstehe, merke ich, dass etwas vorgeht. Sie haben mir meinen Mann umgebracht, haben auf mich geschossen; aber ich versteh's einmal nicht.

– Da packt Euch schon Euer Fieber wieder. Seid doch nur still. Sie sah ihn an und verstummte. Von diesem Augenblick sprach sie nicht mehr. Sie wurde gehorsamer, als es Tellmarch lieb war. Stundenlang konnte sie beim alten Baum kauern, und vor sich hinstarren, brütend und schweigend. Im Schweigen finden die einfachen Gemüter, wenn sie sich in einen Schmerz vertieft haben, eine Art Zuflucht. Sie schien es aufzugeben, ihre Lage zu begreifen. Über ein gewisses Maß hinaus ist dem Verzweifelnden die Verzweiflung nicht mehr fassbar. Tellmarch betrachtete sie voller Rührung. Beim Anblick dieses Jammers verfiel der alte Mann in die Denkweise eines Weibes: Ach ja, sagte er zu sich selber, mit den Lippen spricht sie nicht; sie spricht aber mit den Augen; ich sehe schon, was ihr fehlt; sie hat bloß ein einziges Gefühl: Mutter gewesen zu sein und es nicht mehr zu sein, einen Säugling gestillt zu haben und ihn nicht mehr stillen zu können. Sie kann's nicht verwinden. Sie denkt an das ganz Kleine, dem sie noch vor Kurzem die Brust reichte. Daran denkt und denkt sie immer und immer. Und es muss ja auch so überaus lieblich sein, zu fühlen, wie ein kleiner roter Mund einem die Seele aus dem Leib trinkt und sich ein eigenes Leben saugt aus dem Leben der Mutter.

Auch er schwieg jetzt, denn dieser Zerknirschung gegenüber leuchtete ihm die Ohnmacht der menschlichen Sprache ein. Eine stumme fixe Idee ist etwas Schreckliches. Und wie wäre der fixen Idee einer Mutter beizukommen? Aus der Mutterempfindung gibt es keinen Ausweg; mit ihr lässt sich nicht rechten. In dieser vernunftlosen Verbohrtheit liegt gerade das Erhabene an einer Mutter. Die Mutterliebe ist das Göttliche im Tierischen. Eine Mutter ist nicht mehr das Weib; sie ist das Weibchen und die Kinder sind ihre Jungen. Daher ein Etwas, welches zugleich unter und über dem logischen Denken steht, ein sechster Sinn. In der Mutter webt das unendliche, geheimnisvolle Wollen der Schöpfung, eine Blindheit voll Erkenntnissahnen. Jetzt bemühte sich Tellmarch, die Unglückliche wieder zum Reden zu bringen, leider umsonst.

– Es ist ein Elend, sagte er eines Tags zu ihr, dass ich alt bin und nicht mehr gehen kann. Ich bin beim Ende meiner Kraft früher angelangt als beim Ende meines Wegs. Schon nach einer Viertelstunde versagen die Beine mir den Dienst und ich muss ausruhen. Sonst könnte ich Euch begleiten. Doch wer weiß? Vielleicht ist es doch gut so; ich würde Euch eher Gefahr als Nutzen bringen. Hier duldet man mich, aber den Blauen bin ich als Bauer verdächtig und den Bauern als Hexenmeister.

Er wartete auf eine Antwort. Sie schaute nicht einmal auf. Eine fixe Idee führt zum Wahnsinn oder zum Heldentum. Doch zu welchem Heldentum kann ein armes Bauernweib sich versteigen? Zu keinem; es kann Mutter sein, weiter nichts. So versank sie denn, unter Tellmarchs Augen, täglich tiefer in ihre Träumerei. Er versuchte nun, sie zu beschäftigen, brachte ihr Faden, Nadel- und Fingerhut und, zur Freude des armen Bettlers, fing sie wirklich zu nähen an; sie war zwar stets noch verträumt, aber doch fleißig, immerhin ein Zeichen von Gesundheit. Ihre Kräfte nahmen sichtlich zu. Sie stickte ihre Wäsche, ihre Kleider, ihre Schuhe, doch ihr Auge blieb verglast. Mitten unter der Arbeit sang sie mit halber Stimme verworrene Liederweisen vor sich hin und murmelte Namen, wahrscheinlich Kindernamen, aber so undeutlich, dass Tellmarch sie nicht verstand. Zuweilen hielt sie inne, um die Vögel zu belauschen, als ob sie von ihnen etwas erfahren könnte. Auch nach dem Wetter schaute sie. Ihre Lippen bewegten sich und leise sprach sie mit sich selber. Sie nähte sich einen Sack und füllte ihn mit Kastanien. Eines Morgens machte sie sich auf, den Blick aufs Geratewohl vor sich hingerichtet in den tiefen Wald.

– Wo wollt Ihr hin, fragte Tellmarch?

– Sie suchen, erwiderte sie.

Tellmarch ließ sie ohne jegliche Vorstellung ziehen.

VII.

Die beiden Pole des Wahren.

Nach einigen Wochen, reich an allen Abwechselungen des Bürgerkriegs, wurde in der Gegend von Fougères nur noch von zwei Männern gesprochen, die, trotz ihrer gründlichen Charakterverschiedenheit, ein gemeinsames Ziel verfolgten, das heißt nebeneinander die große revolutionäre Schlacht ausfochten. Der Zweikampf in der Vendée dauerte fort; nur verlor die Vendée von ihrem Terrain. Im Departement Ille-et-Vilaine namentlich war es dem jungen Kommandanten, der in Dol zu so geratener Zeit die Kühnheit der sechstausend Royalisten mit der Kühnheit der fünfzehnhundert Patrioten übertrumpft hatte, gelungen, den Aufstand wenn nicht zu ersticken, so doch bedeutend zu schwächen und einzudämmen. Auf diesen Handstreich waren seitdem noch ein paar ähnliche gefolgt und durch dies Kriegsglück wurde eine neue Situation geschaffen.

Die Lage hatte eine andere Gestalt angenommen, aber zu gleicher Zeit war eine eigentümliche Verwickelung eingetreten. Dass in diesem Teil der Vendée die Republik die Oberhand hatte, darüber war kein Zweifel möglich, doch was für eine Republik? Mitten im aufkeimenden Triumph standen einander zwei Verkörperungen der Republik gegenüber, die Republik des Schreckens und die Republik der Milde; die eine wollte durch Einschüchterung, die andere durch Großmut siegen. Welche sollte recht behalten? Beide Systeme waren durch zwei Männer von besonderem Einfluss und Ansehen vertreten, durch einen Militärchef und einen Civilbevollmächtigten. Welchem von den Zweien gehörte die Zukunft? Der Eine, der Civilbevollmächtigte, stützte sich, um seine Anschauung durchzusetzen, auf manchen gebieterischen Rückhalt: auf die drohende Parole des Pariser Stadtrats, die er den Bataillonen von Santerre zu überbringen hatte: »Keine Gnade, keinen Pardon!« ferner auf die Verordnung des Konvents, die über jeden Todesstrafe verhängte, »der einem gefangenen Rebellenführer die Freiheit schenken oder zur Flucht verhelfen würde«, ferner auf die ihm vom Wohlfahrtsausschuss übertragene unumschränkte Gewalt und endlich auf eine Bekräftigung seiner Vollmacht durch Robespierre, Danton und Marat. Der Andere, der Soldat, konnte sich nur auf die Kraft berufen auf das Mitleid. Er hatte nichts als seinen Arm, der die Feinde schlug, und sein Herz, das sich ihrer erbarmte. Als Sieger beanspruchte er das Recht, die Besiegten zu schonen. Daher eine verborgene aber tief gehende Spaltung zwischen diesen Männern, die von zwei verschiedenen Wolken herab im Kampf mit der Rebellion ihren besonderen Donnerkeil schleuderten, der Eine den Sieg, der Andere den Schrecken.

Im ganzen Bocage war nur von ihnen die Rede und allenthalben richtete man den Blick mit umso größerer Spannung auf sie, als die zwei so schroff einander Gegenüberstehenden, hiervon abgesehen, aufs Innigste verbunden waren. Nie hatten sich zwei Seelen in edlerer und wärmerer Zuneigung zueinander hingezogen gefühlt; trug doch der Hartherzige eine Narbe auf der Stirn, die davon erzählte, dass er dem Weichmütigen das Leben gerettet hatte. Aus dem Einen starrte der Tod; aus dem Andern strömte das Leben; aus dem Einen sprach der Grimm, aus dem Andern die Versöhnung, und - seltenes Rätsel! - sie liebten einander dennoch. Man denke sich einen barmherzigen Orest und einen unerbittlichen Pylades, oder denke sich Ahriman als den Bruder von Ormuzd. Bemerken wir übrigens noch, dass derjenige, den wir den Hartherzigen genannt haben, zugleich der aufopferndste Mensch der Welt war, dass er die Verwundeten verband, die Kranken pflegte, Tag und Nacht in Lazaretten und Spitälern wachte, dass ihn ein barfüßiges Bettelkind im Tiefsten rühren konnte, dass er nichts besaß, weil er den Armen alles gab. Wo man sich schlug, war er dabei; an der Spitze der Kolonnen drang er ins dichteste Schlachtgewühl vor, bewaffnet, denn er trug ja einen Säbel und im Gürtel zwei Pistolen, und wehrlos, denn noch nie hatte man ihn den Säbel ziehen oder die Pistolen abfeuern sehen. Er trotzte jedem Hieb, ohne ihn zu erwidern. Er sei eben Priester gewesen, sagte man. Zwischen den Menschen Gauvain und Cimourdain waltete Freundschaft, aber ihre Anschauungsweisen stießen einander feindlich ab. Sie glichen den beiden Hälften einer entzweigeschnittenen Seele; es war, als habe Cimourdain seinen zarten Teil, den hellen Strahl, dem Schüler abgetreten und für sich behalten, was man den dunkeln Strahl nennen möchte. Darin lag eine schlummernde Dissonanz, ein dumpfer Widerstreit, der früher oder später einen Anprall herbeiführen musste. So brach denn auch eines Morgens der offene Kampf aus. Cimourdain sagte zu Gauvain:

– Wie weit wären wir jetzt eigentlich?

– Das wissen Sie so gut wie ich, antwortete Gauvain. Ich habe Lantenac's Banden zerstreut.

Mit den paar Mann, die er noch bei sich hat, kommt er aus dem Wald von Fougères nicht mehr heraus. In acht Tagen ist er umzingelt.

– Und in vierzehn Tagen?

– Gefangen.

– Und dann?

– Sie haben mein Plakat ja gelesen?

– Ja, also dann?

– Dann wird er erschossen.

– Immer wieder diese Milde. Guillotiniert muss er werden.

– Ich, sagte Gauvain, bin für den Soldatentod.

– Und ich, entgegnete Cimourdain, bin für die revolutionäre Hinrichtung.

Er schaute Gauvain scharf zwischen die Augen und fragte:

– Warum hast Du jene Klosterfrauen von Saint-Marc-le-Blanc auf freien Fuß setzen lassen?

– Ich führe nicht Krieg gegen Frauen, erwiderte Gauvain.

– Jene Frauen hassen das Volk und im Hassen wiegt ein Weib zehn Männer auf. Warum hast Du Dich geweigert, jenes ganze Rudel von fanatischen alten Priestern, das in Louvigné gefangen ward, vors revolutionäre Schwurgericht zu verweisen?

– Ich führe nicht Krieg gegen Greise.

– Ein alter Priester ist schlimmer als ein junger und umso gefährlicher die Rebellion, wenn man sie predigt mit weißem Haar, denn so eine runzelige Stirn imponiert den Menschen. Nur kein falsches Mitleid, Gauvain. Von den Königsmördern geht die Befreiung aus. Lass mir den Turm le Temple nicht aus dem Auge.

– Den Turm le Temple! Aufschließen würde ich ihn dem gefangenen Dauphin: Ich führe nicht Krieg gegen Kinder.

– Wisse, Gauvain, sagte Cimourdain mit strafendem Blick, dass Krieg geführt werden soll auch gegen das Weib, wenn es Marie-Antoinette, auch gegen den Greis, wenn er Pius VI., auch gegen das Kind, wenn es Louis Capet heißt.

– Lieber Lehrer, ich bin kein politischer Kopf.

– Ein gefährlicher Kopf zu sein, davor hüte Dich. Beim Angriff auf den Wachtposten von Cossé, als der Rebell Jean Treton, in die Enge getrieben, mit dem gewissen Tod vor Augen, sich, den Säbel in der Faust, allein, auf Deine ganze Kolonne warf, warum hast Du gerufen: »Öffnet die Reihen, lasst ihn durch?«

– Weil man nicht zu Fünfzehnhundert zusammensteht, um einen Einzelnen umzubringen.

– Und in la Cailleterie d'Astillé, als Deine Soldaten sich anschickten, den verwundet am Boden hinkriechenden Joseph Bézier niederzumachen, warum hast Du da gerufen: »Vorwärts Marsch! Lasst das meine Sache sein«, und hast Dein Pistol dann in die Luft abgefeuert?

– Weil man keinen umbringt, der am Boden liegt.

– Und hast doch wieder unrecht gehabt, denn zur Stunde führt jeder von beiden eine Bande an; aus Joseph Bézier ist Moustache geworden und aus Jean Treton Jambe-d'Argent. Durch die Rettung jener zwei Männer hast Du die Feinde der Republik um zwei vermehrt.

– Mein Streben aber war und ist, ihr Freunde zu werben, anstatt ihre Feinde zu verbittern.

– Warum hast Du nach dem Sieg von Landéau Deine dreihundert Gefangenen nicht erschießen lassen?

– Weil Bonchamp zuvor die gefangenen Republikaner geschont hatte und nicht gesagt werden sollte, die Republik sei minder hochherzig als ein Royalist.

– So würdest Du also auch Lantenac, wenn er in Deine Hände fiele, am Leben lassen?

– Nein.

– Warum denn nicht, da Du die dreihundert Bauern am Leben gelassen hast?

– Die Bauern sind blinde Werkzeuge; Lantenac hingegen weiß, was er tut.

– Aber mit Lantenac bist Du verwandt.

– Ich bin verwandt mit Frankreich.

– Lantenac ist ein Greis.

– Lantenac ist ein Fremder. Lantenac hat kein Alter. Lantenac ruft die Engländer herein. Lantenac ist die Invasion. Lantenac ist der Feind des Vaterlands und der Zweikampf zwischen ihm und mir kann nur mit seinem Tod enden oder mit dem meinen.

– Gauvain, diese Worte grabe in Dein Gedächtnis.

– Das sind sie schon.

Es entstand eine Pause; beide schauten einander an.

– Blutrot wird sie in der Geschichte stehen, diese Jahreszahl 93, bemerkte Gauvain.

– Sei auf der Hut vor Dir selber, rief Cimourdain. Die furchtbaren Pflichten sind Wirklichkeiten. Klage nicht an, was nicht angeklagt werden kann. Seit wann trägt der Arzt die Schuld an der Erkrankung? Freilich ist es die Unerbittlichkeit, welche diesem Ungeheuern Jahr den Stempel aufdrückt. Und warum? Weil es das große Revolutionsjahr ist. Dies Jahr, in dem wir leben, ist die Verkörperung der Revolution. Die Revolution hat einen Feind, die alte Welt, und für den kennt sie kein Erbarmen, gerade wie der Wundarzt einen Feind hat, den Krebs, und für den auch kein Erbarmen kennt. Die Revolution schneidet das Königtum aus in der Person des Königs, den Adel in der Person des Adeligen, die Willkürherrschaft in der Person des Söldlings, den Aberglauben in der Person des Priesters, die Barbarei in der Person des Richters, mit einem Wort alle Tyrannei in der Person derer Aller, welche der Tyrann sind. Die Operation ist grässlich; mit sicherer Hand führt die Revolution sie zu Ende, und was das gesunde Fleisch betrifft, das mit ausgeschnitten wird, frage nur einmal bei einem Boerhave an, wie er darüber denkt. Welches Geschwür lässt sich entfernen ohne Blutverlust? Welcher Stadtbrand lässt sich löschen, ohne dass man ihm ein paar Häuser erst aufopfert? Gerade diese schrecklichen Notwendigkeiten sind die Grundbedingungen des Erfolgs. Ein Wundarzt hat immer eine gewisse Ähnlichkeit mit dem Fleischer, und wer da heilt, läuft immer Gefahr, für einen gehalten zu werden, welcher hinrichtet. So gibt sich die Revolution opfermutig zu dem Schicksalswerk her und verstümmelt, um zu retten. Und Ihr, Ihr ruft sie um Gnade an für die Fäulnis? Verlangt Nachsicht von ihr für den Giftstoff? Aber sie hört nicht auf Euch. Sie hält die Vergangenheit unter dem Messer und wird ihr den Rest geben. Sie schneidet unserer Kultur eine klaffende Wunde, aus welcher die Gesundheit des ganzen Menschengeschlechts hervorblühen wird. Ihr leidet darunter? Freilich; doch auf wie lang? Nur bis die Operation überstanden sein wird, und dann sollt Ihr leben. Die Revolution amputiert der Welt ein paar Glieder, und den Blutabfluss nennen wir das Jahr 93.

– Der Chirurg bleibt kalt, sagte Gauvain, und die Männer von heute sind voller Leidenschaft.

– Die Revolution, entgegnete Cimourdain, braucht wilde Gehilfen. Sie weist jede Hand zurück, die ins Zittern gerät, und vertraut sich nur den Unerbittlichen an. Danton ist der Furchtbare; Robespierre ist der Unbeugsame; Saint-Just ist der Unabwetzbare; Marat ist der Unversöhnliche. Nimm Dich in acht, Gauvain. Diese Namen sind Notwendigkeiten, sind ebenso viel Armeen und vor ihnen wird die europäische Koalition zurückbeben.

– Die Nachwelt vielleicht auch, sagte Gauvain und fuhr dann nach kurzem Schweigen fort: Sie irren sich übrigens, mein lieber Lehrer, wenn Sie glauben, dass ich jemand anklage. Für mich lässt sich die Revolution nur von einem Standpunkt aus beurteilen, von dem der Unverantwortlichkeit und ohne allen Schuldbegriff. Ludwig XVI. ist ein Lamm unter Löwen. Er will fliehen, sucht Rettung, möchte sich verteidigen, würde beißen, wenn er nur könnte, aber Löwe kann nicht jeder sein; es bloß sein zu wollen, gilt für ein Verbrechen. Das zornentbrannte Lamm zeigt die Zähne. Seht den Verräter! Sagen die Löwen und sie zerreißen es. Und dann, dann bekriegen sie einander selbst. – Ein Lamm ist ein Tier. – Und ein Löwe, was ist der?

Dieser Einwurf gab Cimourdain zu denken.

– Jene Löwen, sagte er, das Haupt wieder erhebend, jene Löwen sind ebenso viele Gewissen, ebenso viele Ideen, ebenso viele Prinzipien.

– Sie führen die Schreckenszeit herauf.

– Die vollbrachte Revolution wird die Rechtfertigung der Schreckenszeit sein. Sorgen Sie dafür, dass die Schreckenszeit nicht die Verleumdung der Revolution werden möge. Und Gauvain fuhr fort: Freiheit, Gleichheit, Verbrüderung, das sind doch Grundsätze des Friedens und Herzenseinklangs; warum also ihnen eine abschreckende Gestalt geben? Was wollen wir denn? Die Völker für die Weltrepublik gewinnen. Flößen wir ihnen also vor allem keine Furcht ein. Wozu die Einschüchterung? Gerade so wenig wie die Vögel fühlen sich die Menschen zu einem vor ihnen aufgerichteten Schreckbild hingezogen. Man soll nicht um des Guten willen Böses tun. Man stürzt einen Thron nicht, um ein Schaffot stehen zu lassen. Den Königen Tod, aber für die Völker Leben! Reißen wir die Kronen herab, nicht die Köpfe! Die Revolution ist die Eintracht, nicht das Entsetzen, und zur Verbreitung milder Anschauungen taugen keine nachsichtlosen Männer. In der ganzen menschlichen Sprache ist das Wort Aussöhnung für mich das Schönste. Blut will ich nur da vergießen, wo ich mein eigenes in die Schanze schlage. Indem kann ich nichts Anderes und bin weiter nichts als ein Soldat. Wenn jedoch nicht verziehen werden darf, verlohnt sich's kaum mehr, zu siegen. Seien wir darum nur während der Schlacht die Feinde unserer Feinde, dann aber ihre Brüder!

– Zum dritten Mal warne ich Dich, sagte Cimourdain. Du, Gauvain, bist mir mehr als ein Sohn; darum lass Dich warnen! Und in Gedanken versunken, fügte er noch hinzu: In unsern Zeiten ähnelt das Mitleid möglicherweise dem Verrat.

Der Meinungsaustausch dieser zwei Männer aber ähnelte einem Zwiegespräch zwischen dem Degen und der Axt.

VIII.

Dolorosa.

Unterdessen suchte die Mutter ihre Kleinen.

Sie wanderte, wanderte. Wie sie lebte? Es lässt sich schwer sagen; sie selber wusste es kaum. Tage und Nächte lang war sie unterwegs; sie bettelte; sie stillte ihren Hunger mit dem Gras des Feldes, schlief auf der harten Erde oder im Gestrüpp, unter freiem Himmel, oft unter den Sternen, oft auch unter Regen und Sturm. Sie erkundigte sich von Dorf zu Dorf, von Hof zu Hof, auf den Türschwellen, in Fetzen, hier aufgenommen, dort weitergejagt. Wenn sie in den Häusern nicht geduldet wurde, ging sie ins Gehölz. Die Gegend war ihr unbekannt; unbekannt war ihr überhaupt alles außer Siscoignard und der Gemeinde von Azé. Planlos streifte sie umher, fand sich oft an der Stelle wieder, die sie kurz zuvor verlassen hatte, und legte den unnütz gemachten Weg zwei Mal zurück, bald auf Steinen, bald in den Geleisen der Karren, bald auf Waldpfaden. Ihre elenden Kleider fielen ihr auf der Irrfahrt vom Leib. Erst ging sie in ihren Schuhen, dann barfuß, zuletzt auf blutenden Sohlen. Sie lief mitten durch den Krieg, zwischen den Flintenschüssen einher, ohne zu hören, ohne zu sehen, ohne auszuweichen, immer nach ihren Kindern. Alles war in Aufruhr; es gab weder Gendarmen mehr, noch Bürgermeister, noch Gemeindebehörden, sie war lediglich auf die zufällig Vorübergehenden angewiesen; die redete sie denn an: Habt Ihr irgendwo drei kleine Kinder gesehen? Fragte sie. Die Vorübergehenden schauten. Zwei Knaben und ein Mädchen, fuhr sie fort; René Jean, Gros-Alain, Georgette? Ist Euch so was nicht vorgekommen? Der Älteste, setzte sie hinzu, ist vier und ein halbes Jahr alt, die Kleine zwanzig Monate. Wisst Ihr vielleicht, wo sie sind? Fragte sie weiter; weggenommen hat man sie mir.

Die Kinder wachten auf.

Aber man schaute sie an, und dabei blieb es. Da sie merkte, dass man sie nicht verstand, erklärte sie: Die Kinder gehören eben mir; so verhält es sich.

Und wenn die Leute weitergingen, blickte sie ihnen schweigend nach und riss sich den Busen mit den Nägeln wund. Ein Tages jedoch hörte ihr ein Bauer zu und schien sich auf etwas zu besinnen. Ja, was wäre denn das? Meinte der gute Mann. Drei Kinder sagt Ihr?

- Drei Kinder.

- Zwei Knaben?

- Und ein Mädchen.

- Das also sucht Ihr?

- Ja.

- Ich habe von einem großen Herrn gehört, der drei Kinder mit fortgenommen und bei sich hatte.

- Wo ist der Herr? Rief sie. Wo sind sie. - Geht einmal nach La Tourgue. - Und dort werde ich meine Kinder wiederfinden?

- Allem Anschein nach, ja.

- Wohin sagtet Ihr?

- Nach La Tourgue.

- Was ist das, La Tourgue?

- Eine Gegend halt.

- Ein Dorf oder ein Schloß oder ein Gehöft?

- Dort gewesen bin ich nie.

- Habe ich weit dorthin?

- Nahe ist's nicht.

- Wozugegen?

- Gegen Fougères zu.

- Wie kann ich hinkommen?

- Ihr seid zu Vantortes, sagte der Bauer, müsst also Ernée links und Coxelles rechts liegen lassen und geradeaus dorthin, wo die Sonne untergeht, fuhr er fort und deutete mit dem Arm nach Westen; erst über Lorchamp und nachher über Leroux.

Während der Bauer noch hindeutete, hatte sie sich schon auf den Weg gemacht. - Aber passt auf, rief er ihr nach; dort drüben schlägt man sich.

Sie gab keine Antwort und eilte, ohne auch nur umzuschauen, in der gegebenen Richtung voran.

IX.

1.

La Tourgue.

Der Wanderer, der von Laignelet nach Parigne durch den Wald von Fougères ging, wurde, noch vor vierzig Jahren, am Saume des wilden Dickichts angelangt, durch eine düstere Begegnung überrascht. Beim Heraustreten aus dem Wald stand er plötzlich La Tourgue gegenüber, oder vielmehr der geborstenen, zerschossenen, durchlöcherten, verstümmelten Leiche von La Tourgue. Die Ruine verhält sich zum Gebäude wie das Gespenst zum Menschen. Man konnte nichts Unheimlicheres sehen als den hohen, runden, wie einen Verbrecher einsam am Waldrand lauernden Turm La Tourgue. Diesen Turm, der auf einem senkrechten Felsen emporragte, hätte man für einen Römerbau halten können, denn in ihren regelmäßigen, mächtigen Dimensionen legte einem die gewaltige Steinmasse zugleich mit dem Begriff des Verfalls den Begriff der Dauerhaftigkeit nahe. Einigermaßen römisch war sogar der Turm auch, denn er war romanisch; im neunten Jahrhundert entstanden, war er im zwölften Jahrhundert, nach dem dritten Kreuzzug, vollendet worden; für dies Alter zeugten die rechtwinkeligen Vorsprünge an den Kämpfern der Thür- und Fensteröffnungen. Wenn man näher trat, die Höhe erklomm und sich durch eine Bresche wagte, die man jetzt gewahrte, war man drinnen, und drinnen war alles leer. Man denke sich in etwas wie eine kolossale, aufrechtstehende, steinerne Trompete hinein; von unten bis hinauf kein Hemmnis für den Blick, weder Decken noch Fußböden mehr, nur hin und wieder Gewölbe- und Kaminunterlagen, und in verschiedener Höhe Lücken für das Querholz, granitene Mauerkränze mit Balkenträgern, und noch einige, die Lage der Stockwerke andeutende, von den dort hausenden Nachtvögeln verunreinigte Balken; sonst nichts als die riesige, am Boden fünfzehn und an der Spitze zwölf Fuß dicke Mauer, mit Löchern, die einst Türen gewesen, und durch welche man die im Innern dieser Mauer aufsteigenden dunkeln Treppen halb erraten, halb wahrnehmen konnte. Der Wanderer, der am Abend bis hierher vordrang, hörte das Geschrei der Eulen, der Windfänger, der Ziegenmelker und Schildreiher, und sah Dornsträucher, Steine, Reptilien zu seinen Füßen, zu Häupten aber, durch eine schwarze Rundung, welche die Turmspitze war und der Öffnung eines ungeheuern Brunnens glich, die Sterne. In der Gegend war von alters her das Gerücht verbreitet, dass in den oberen Stockwerken des Turms geheime Türen seien, große Steine, die, wie die Pforten an den jüdischen Königsgräbern, auf einem Zapfen ruhend, durch Drehen geöffnet wurden, und die, wieder zugemacht, in der Mauerfläche verschwanden, – eine architektonische Mode, welche, wie auch der Spitzbogen, infolge der Kreuzzüge dem Orient entlehnt worden. Geschlossen waren diese Türen für den nicht Eingeweihten unmöglich zu finden, so täuschend sahen sie allen übrigen Steinen der Mauer ähnlich. Solche Pforten kommen heutigen Tages noch in den geheimnisvollen Ortschaften des Libanon vor, welche vom Erdbeben der zwölf Städte unter Tiberius verschont geblieben sind.

2.

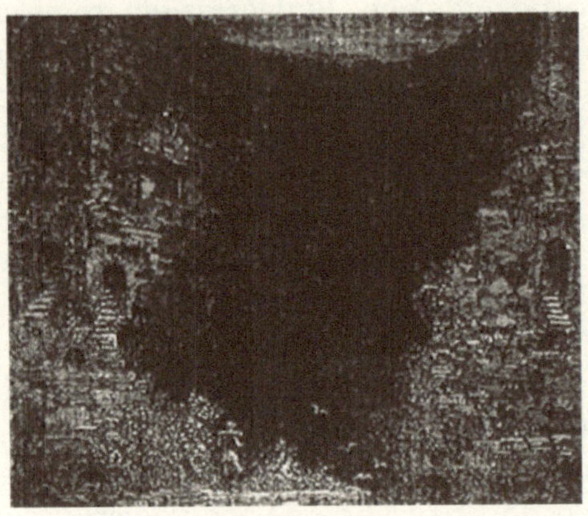

Die Bresche.

Die Bresche, durch die man in die Ruine trat, rührte von einer Mine her, welche den vollen Beifall eines mit Errard, Sadi und Pagan vertrauten Kenners verdient hätte. Die pfaffenmützenförmige Pulverkammer stand zum Objekt, das sie sprengen sollte, in richtigem Verhältnis und musste mindestens ihre zwei Zentner Pulver enthalten haben. Sie befand sich am Ende eines geschlängelten Ganges, der ja dem geraden immer vorzuziehen ist. Das Springen der Mine hatte im zerrissenen Gemäuer die Bahn der Pulverwurst bloßgelegt, welche den erforderten Durchmesser eines Hühnereis aufwies, und dem Turm eine tiefe Wunde beigebracht, durch welche die Belagerer jedenfalls eindringen konnten. Dass dieser Turm zu allen möglichen Zeiten solche regelmäßige Belagerungen hatte aushalten müssen, zeigten die je nach ihrem Alter verschiedenartigen Verletzungen, mit denen er über und über bedeckt war; jedes Geschoss hinterlässt seine charakteristische Spur, und dem Turm hatte auch jegliches seine Siegel aufgedrückt, von den steinernen Kugeln des vierzehnten bis zu den eisernen des achtzehnten Jahrhunderts.

Gegenüber der Bresche, durch die man in den Raum trat, der früher das Parterre gewesen, öffnete sich in der Turmmauer das Pförtchen, durch welches man zu einer in den Felsen gehauenen Krypte hinunterstieg, welche sich zwischen dem Fundament des Gebäudes bis unter das Erdgeschoss ausdehnte. Diese zu drei Vierteln bereits verschüttete Krypte hat der Altertumsforscher von Bernau, Herr August Le Prevost, im Jahr 1855 säubern lassen.

3.

Das Burgverlies

Das eigentliche Burgverlies des Schlosses La Tourgue.

Die Krypte war das Burgverlies, das unter dem Hauptturm keines Schlosses fehlen durfte; sie war, wie viele unterirdischen Kerker aus derselben Zeit, zweistöckig. Den ersten Stock, in den man durch das Pförtchen gelangte, bildete ein ziemlich geräumiges Gewölbe, das an den ebenerdigen Saal grenzte. An den Seitenwänden dieser Kammer bemerkte man gegenüberliegend je eine senkrechte Furche; beide Furchen liefen längs der Decke mit tiefem Einschnitt geleiseförmig ineinander. Geleise waren es auch, denn sie waren durch zwei Räder gegraben worden. Früher, zur Zeit der Feudalherrschaft, wurde in dieser Kammer die Viertheilung vollzogen, und zwar in einfacherer Weise als vermittelst der vier Pferde. Auf jeder Seite stand nämlich, die Speichen der Wand zukehrend, ein Rad, welches so stark und groß war, dass es sowohl Wand wie Decke berührte. An jedes Rad wurde ein Arm und ein Bein des armen Sünders befestigt; dann wurden die Räder in entgegengesetzter Richtung gedreht und der Mann infolgedessen mitten entzweigerissen. Da dies nur mit bedeutendem Kraftaufwand geschehen konnte, hatten die Räder die Wände durchfurcht. Ein ähnliches Gewölbe findet man in Vianden heute noch.

Unter dieser Kammer lag eine zweite, das eigentliche Burgverlies. Es führte in dieselbe keine Tür, sondern ein Loch; der arme Sünder wurde, nachdem man ihn entkleidet hatte, an einem unter seinen Achselhöhlen festgebundenen Seil durch eine in der Mitte des steinernen Fußbodens der oberen Kammer angebrachte Öffnung hinuntergelassen. Wenn er beharrlich weiterlebte, warf man ihm auf gleichem Weg seine Nahrung herab. Solch ein Loch ist jetzt noch in Bouillon zu sehen. Durch dies Loch zog ein Luftstrom aufwärts. Die tiefere Kammer, welche unter dem ebenerdigen Saale lag, war mehr ein Brunnen als eine Kammer; sie stand stellenweise voller Wasser und war von einem eisigen Windhauch durchweht. Dieser Windhauch, unter dem der untere Gefangene erstarrte, war eine Lebensbedingung für den Darüberwohnenden; er ermöglichte dem unter seinem Gewölbe im Finstern Herumtastenden das Atmen, denn nur durch dieses Zugloch wurde ihm Luft zugeführt. Wer übrigens in das Verlies hinabgelassen ward oder hinunterfiel, kam nie wieder heraus. Vor einem solchen Hinabfallen musste sich der Bewohner des ersten Kerkers wohl in acht nehmen, denn es bedurfte nur eines Fehltritts, und der arme Sünder von oben musste unten zugrunde gehen; dass ihm dies nicht widerfuhr, dafür hatte er eben zu sorgen. War ihm sein Leben lieb, so war das Loch für ihn eine Gefahr; war er hingegen des Lebens überdrüssig, so war es ihm ein Befreier. Das obere Stockwerk war das Gefängnis, das untere das Grab, eine Abstufung, die ein Abbild darbietet der damaligen Kulturzustände.

Von außen gewahrte man über der Bresche, durch die allein man vor vierzig Jahren in das Innere des Turms gelangte, eine Öffnung, welche breiter war als die anderen Schießscharten und an der ein zum Teil losgekittetes eingeschlagenes Gitterwerk aus Eisen herunter hing.

4.

Das Brückenschlösschen.

Die Hinrichtung der Charlotte Corday
Der Tod Marats.

An der der Bresche entgegengesetzten Turmseite schloss sich, auf drei fast noch unversehrten Pfeilern ruhend, eine steinerne Brücke an, auf welcher ein Gebäude gestanden hatte, von dem nur noch die Trümmer vorhanden waren, das offenbar durch eine Feuersbrunst geschwärzte und angefressene Gebälk, eine Art Knochengerüst, durch welches die Sonne schien, und das sich neben dem Turm erhob wie ein Skelett neben einem Phantom.

Nunmehr ist die Ruine ganz niedergerissen worden und keine Spur mehr davon übrig geblieben. Oft kann ein Bäuerlein in einem Tag abtragen, was manche Könige durch Jahrhunderte hindurch aufgebaut.

Der Name La Tourgue ist die volkstümliche Abkürzung von La Tour-Gauvain, ebenso wie »La Jupelle« eine Abkürzung von La Jupellière ist und der Name des Bandenführers »Pinson-le-Tort« das abgekürzte Pinson-le-Tortu.

La Tourgue, welches vor vierzig Jahren eine Ruine war und jetzt nur eine Erinnerung ist, war im Jahr 1793 noch eine Festung. Es war die alte Burg derer von Gauvain, die Hochmacht am westlichen Eingang des Waldes von Fougères, der heutigen Tages ebenfalls kaum mehr ein Gehölz ist. Die Zitadelle war auf einen jener unzähligen großen Schieferblöcke gebaut, die zwischen Mayenne und Dinan auf den Heiden und im Dickicht zerstreut liegen, als hätten kämpfende Titanen damit herumgeworfen. Der Turm war die ganze Festung; darunter der Fels, und unten am Felsen einer jener Bäche, die im Januar schäumend vorbeiströmen und im Juni versiegen. Diese überaus einfach angelegte Veste war im Mittelalter so gut wie unbezwingbar gewesen. Jetzt war ihre Widerstandsfähigkeit durch die Brücke beeinträchtigt. Diese Brücke war neueren Datums. Solange die von Gauvain Vikomte's waren, hatte ihnen einer jener schwanken Stege genügt, die sich mit ein paar Beilhieben beseitigen lassen, als sie aber Marquis geworden und ihren Horst mit dem Hof vertauschten, bauten sie drei Pfeiler in das Bett des Baches und machten ihre Burg von der Ebene her zugänglich, wie sie selber zugänglich geworden waren für die Gunstbezeugungen des Königs. Die Marquis des siebzehnten und achtzehnten Jahrhunderts gaben wenig mehr auf uneinnehmbare Schlösser; anstatt wie früher in die Fußstapfen ihrer Ahnen zu treten, kopierten sie jetzt Versailles.

Dem Turm gegenüber, nach Westen zu, lag ein ziemlich hohes Plateau, das sich verlorenerweise an das Flachland anschloss; dieses Plateau stieß beinahe an den Felsen des Turmes und war von ihm nur durch die tiefe Schlucht getrennt, in welcher der Bach dahinfloss, um in den Couesnon zu münden. Die Brücke, welche die Festung mit dem Plateau verband, ruhte, wie gesagt, auf Pfeilern, und auf diesen Pfeilern wurde, wie zu Chenouceaux, im Stile Mansards ein Gebäude aufgeführt, welches wohnlicher war als der Turm; da sich jedoch die Sitten damals nur unmerklich gemildert hatten, hausten die Burgherren nach altem Brauch vorzugsweise noch in den kerkerähnlichen Räumen ihres Turmes. Was das Schlösschen auf der Brücke betrifft, so enthielt es ein langes Hochparterre, das man den Saal der Garden nannte, und durch welches man aus- und einging, darüber eine Bibliothek und über dieser den Dachboden. Lange Fenster mit kleinen Rundscheiben von böhmischem Glas; zwischen den Fenstern Pilaster; steinerne Médallions in den Mauern;

drei Stockwerke; im unteren Partisanen und Musketen, im mittleren Bücher und im oberen Säcke voll Hafer: Das Ganze war etwas romantisch und sehr vornehm.

Der Thurm nebenan war bedrohlich. Seiner ganzen unheimlichen Höhe nach beherrschte er den koketten Anbau, und von seiner Plattform aus konnte man die Brücke zerschmettern. Die beiden Wohnstätten, die steil ragende und die niedlich schwebende, stießen eher wider als aneinander; der Stil der einen widersprach dem Stil der anderen. Wenn es auch den Anschein hat, als müssten zwei Halbkreise identisch sein, so steht doch dem romanischen Rundbogen nichts schroffer gegenüber als eine klassische Bogenverzierung. Jener Thurm, der nur in den Wald passte, war für diese Brücke, die nach Versailles gepasst hätte, eine sonderbare Nachbarschaft. Man denke sich einmal Alain den Krummbart Arm in Arm mit Ludwig XIV. Die Zusammenstellung war abschreckend und es lag ein gewisses peinlich gewaltsames etwas in der Aneinanderkoppelung so unverträglicher Vorzüge.

Vom militärischen Standpunkt aus war, wir wiederholen es, die Brücke dem Thurm äußerst gefährlich; durch sie verziert und entwaffnet, gewann er einen Schmuck und verlor dafür von seiner Stärke, denn durch die Brücke war er jetzt an das Plateau festgeschmiedet; von der Waldseite her noch immer unüberwindlich, war er nach der Ebene zu nunmehr verwundbar und wurde von dem Plateau, das früher er beherrschte, selber beherrscht. Wie leicht konnte sich von dort aus ein Feind der Brücke bemächtigen! Bibliothek und Dachboden kamen dem Belagerer als Bundesgenossen gegen den Verteidiger zustatten. Eine Bibliothek hat mit einem Dachboden das gemein, dass sowohl Bücher wie Stroh Zündstoff sind. Dem Belagerer, dem die Feuersbrunst zugutekommt, gilt es gleich, ob ein Homer oder ein Bündel Stroh brennt, wenn überhaupt nur etwas brennt; dafür liefern französischerseits Heidelberg und deutscherseits Straßburg den Beweis. Demnach war der Anbau der Brücke ein strategischer Fehler; aber im siebzehnten Jahrhundert, unter Colbert und Louvois, ließen sich die Fürsten Gauvain, ebenso wenig wie die Fürsten von Rohan oder von La Trémoille, träumen, dass sie jemals noch belagert werden dürften. Dennoch hatte der Architekt einige Vorsichtsmaßregeln getroffen. Erstens war für den Fall einer Feuersbrunst vorgesorgt worden: unter den drei Fenstern des Schlösschens bachabwärts hing querüber an Haken, welche vor einem halben Jahrhundert noch zu sehen waren, eine starke Rettungsleiter, deren Länge der Höhe des unteren und mittleren Stockwerks, also der Höhe von drei gewöhnlichen Stockwerken, entsprach. Zweitens war auch gesorgt für den Fall eines Angriffs:

Die Brücke war vom Turm durch eine schwere, niedrige, gewölbte Tür von Eisen getrennt, deren großer Schlüssel sich in einem dem Schlossherrn allein bekannten Versteck befand und die, einmal zugesperrt, des Sturmbocks spotten, ja vielleicht wohl auch den Kanonen Trotz bieten konnte. Zu dieser Tür führte nur die Brücke und in den Turm nur diese Tür. Einen anderen Eingang gab es nicht.

5. Nummer

Die eiserne Tür.

Die mittlere Etage des auf den ragenden Pfeilern ruhenden Brückenschlösschens entsprach dem zweiten Stock des Turmes, und in dieser Höhe war, der größeren Sicherheit halber, die eiserne Tür angebracht worden. Gegen die Brücke zu führte sie in die Bibliothek und gegen den Turm zu in einen großen gewölbten Saal mit einer Säule in der Mitte; dieser Saal bildete, wie wir bereits wissen, das zweite Stockwerk des Turmes und war deshalb rund; seine Beleuchtung erhielt er durch lange Schießscharten, die auf die Ebene hinausgingen. Die rohe Mauer trug keinerlei Verzierung und zeigte, übrigens symmetrisch sauber aneinandergereiht, ihre nackten Steine. Zu dem Saal führte eine in der Mauer aufsteigende Wendeltreppe, was bei einer Mauer von fünfzehn Fuß Tiefe nichts Absonderliches war. Im Mittelalter eroberte man eine Stadt Straße für Straße, eine Straße Haus für Haus, ein Haus Zimmer für Zimmer. Bei einer Festung musste ein Stockwerk nach dem anderen belagert werden, und in dieser Hinsicht war La Tourgue vortrefflich eingerichtet; es setzte einem im Innern weiter dringenden Feind große Schwierigkeiten und Hindernisse entgegen. Die Treppen, durch welche die verschiedenen Stockwerke miteinander in Verbindung standen, waren, abgesehen von ihren Windungen, auch noch sehr steil und die schrägen Türen so niedrig, dass man sich bücken musste, um durchzukommen; mit vorgebeugtem Kopf eintreten müssen, hieß aber so viel wie mit zerschmettertem Kopf hereinfallen, denn hinter jeder Tür lauerte der Belagerte dem Belagerer auf.

Unter diesem runden Saal mit dem Pfeiler lagen zwei ähnliche Räume, einer im ersten Stock und einer im Erdgeschoss; darüber noch volle drei Etagen, und über den sechs aufeinander stehenden Gemächern war der Turm durch einen steinernen Deckel geschlossen, welcher die Plattform bildete und auf den man durch ein enges Schautürmchen emporstieg.

Die fünfzehn Fuß dicke Mauer, durch die man die Öffnung hatte brechen müssen, in welche man die eiserne Tür angebracht, schloss diese in eine lange Wölbung ein, sodass sich, wenn sie zu war, vor und hinter ihr, sowohl nach dem Saal wie nach der Brücke zu je eine Vorhalle von sieben bis acht Schuh Tiefe befand; stand hingegen die Pforte offen, so bildeten die beiden Vorhallen ein einziges doppelt so langes Torgewölbe.

Unter der Vorhalle an der Brückenseite öffnete sich im Innern der Mauer das niedrige Pförtchen einer fliegenden Treppe, die in den unter der Bibliothek gelegenen Durchgang hinabführte; daraus erwuchs dem Belagerer wieder eine Schwierigkeit. Das Schlösschen auf der Brücke kehrte da, wo diese in geringer Entfernung vom Plateau mit dem dritten Pfeiler abschloss, dem Feind eine senkrechte Mauer zu, die nur durch eine niedere Tür durchbrochen war; von dieser Tür aus wurde vermittelst einer Zugbrücke, die wegen der Höhe des Plateaus nur in schiefer Lage herabgelassen werden konnte, die Verbindung zwischen jenem Plateau und dem langen Durchgang, den man den Saal der Garden nannte, hergestellt. Hatte sich der Angreifende dieses Durchgangs bemächtigt, so musste er, um zur eisernen Tür zu gelangen, sich erst auf der fliegenden Brücke zum zweiten Stockwerk Bahn brechen.

6.
Die Bibliothek

Die Bibliothek war ein schmales Viereck von gleicher Länge und Breite wie die Brücke und hatte keinen andern Ein- und Ausgang als die eiserne Pforte. Eine grün ausgefütterte blinde Tür mit einem Gewicht fiel, wenn man ihr von innen einen Stoß gab, zu und verdeckte die Wölbung, welche in den Turm führte. An der Wand des Bibliothekzimmers nahmen die ganze Höhe vom Fußboden bis zur Decke Glasschränke ein im geschmackvollen Möbelstil des siebzehnten Jahrhunderts. Sechs große Fenster, drei zu jeder Seite und zwei über jedem Pfeiler der Brücke, erhellten den Raum. Zwischen diesen Fenstern, durch die man vom Plateau aus hereinschauen konnte, standen auf Postamenten von geschnitztem Eichenholz sechs Marmorbüsten: Hermolaus von Byzanz, Athenäus, der Grammatiker aus Naukratis, Suidas, Casaubonus, Klodwig, König von Frankreich und sein Kanzler Anachalus, der, nebenbei bemerkt, gerade so wenig Kanzler wie Klodwig König von Frankreich gewesen. Die Glasschränke enthielten gleichgültige Bücher. Ein einziges nur brachte es zu einer gewissen Berühmtheit: es war dies ein alter Quartband mit Kupfern, auf dessen Titelblatt in großen Lettern »Bartholomäus« gedruckt war und darunter als zweiter Titel: »Das Evangelium Bartholomäi mit einer Vorrede des christlichen Philosophen Pantaeni, worinnen untersucht wird, ob dieses Evangelium für unecht erklärt werden soll und ob der heilige Bartholomäus und Nathanael nicht eine und dieselbe Person sind«. Dieses Buch, welches für ein Unikum galt, lag mitten im Zimmer auf einem Pult auf und wurde im vorigen Jahrhundert als Merkwürdigkeit besichtigt.

7.
Der Dachboden

Der Dachboden hatte, wie die Bibliothek, die länglich viereckigen Dimensionen der Brücke und lag unmittelbar unter dem rohen Sparrenwerk des Dachstuhls; es war eine große von sechs kleinen Fenstern erhellte Mansarde voller Heu und Stroh, ohne jede weitere Verzierung als an der Tür einen ins Holz geschnitzten heiligen Barnabas mit dem lateinischen Vers: »*Barnabus sanctus falcem juvat ire per herbam*«.

Ein hoher, dicker, sechsstöckiger, hin und wieder mit Schießscharten durchbrochener Turm, in welchem und aus welchem einzig und allein eine eiserne Tür führte, die auf ein vermittelst einer Zugbrücke abgesperrtes Brückenschlösschen hinausging; hinter dem Turm, zwischen ihm und dem Plateau, eine tiefe, enge, mit Gesträuch bewachsene Schlucht, im Winter ein Strom, im Frühling ein Bach, im Sommer eine steinige Grube: Das also war La Tour-Gauvain, genannt La Tourgue.

X.

Die Geisel.

Die letzten Julitage waren bereits dahin; im August strich über Frankreich ein wildheroischer Sturmhauch einher; zwei blutige Schatten waren am Horizont vorbeigefahren, Marat mit einem Messer im Herzen und die enthauptete Charlotte Corday: Immer furchtbarer wurden die Zeiten. Die Vendée, im großen Krieg überwunden, nahm wieder zu dem kleinen und, wie schon bemerkt, entsetzlichem ihre Zuflucht, zu einer ungeheuern durch die Wälder auseinandergewürfelten Schlacht. Die Niederlagen der großen sogenannten katholisch-königlichen Armee hatten bereits begonnen; laut Verordnung des Konvents marschierten die Regimenter von Mainz in die Vendée ein; Ancenis hatte den Ausständigen achttausend Mann gekostet; von Nantes zurückgeschlagen, aus ihrer Stellung von Montaigu vertrieben, verdrängt aus Thouars, aus Noirmoutier verjagt, zurückgeworfen aus Chollet, aus Mortagne und aus Saumur, räumten sie Parthenay, gaben Clisson auf, verließen Chatillon, verloren eine Fahne bei Saint-Hilaire, wurden bei Pornic besiegt, besiegt bei les Sables, bei Fontenay, bei Doué, bei Château-d'Eau, bei Ponts-de-Cé, erlitten bei Luçon eine Schlappe, bei La Chataigneraye einen Rückstoß, bei La Roche-sur-Yon eine Niederlage; einerseits aber bedrohten sie La Rochelle und anderseits wartete eine englische Flotte unter Admiral Craig nur auf ein Zeichen des Marquis von Lantenac, um einige britische Regimenter und die tüchtigsten Offiziere der französischen Marine an die Küste zu setzen. Diese Landung konnte der royalistischen Empörung wieder zum Sieg verhelfen. Pitt war übrigens ein politischer Missetäter. In der Staatskunst ist auch der Verrat vertreten, wie bei den Wandtrophäen der Dolch. Pitt erdolchte das Land des Gegners und verriet sein eigenes, denn sein Vaterland entehren, heißt es verraten. Unter und durch Pitt's Regierung verlegte sich England auf die punische Arglist, spionierte, log und betrog; ihm war, vom Mord bis zur Münzfälschung, kein Mittel zu schlecht, und in seinem Hass stieg es bis zur Kleinlichkeit herab. Es ließ den Talg aufkaufen, der damals fünf Francs das Pfund kostete; einem Engländer wurde zu Lille ein Schreiben von Prigent, dem Agenten Pitt's in der Vendée, abgenommen, worin wortwörtlich gesagt war: »Ich bitte Sie, den Geldpunkt nicht zu berücksichtigen. Dagegen hoffen wir, dass die Attentate auf Personen mit der nötigen Klugheit ausgeführt werden mögen; hierfür empfehlen sich vor Allen die verkappten Priester und die Weiber. Schicken Sie sechzigtausend Livres nach Rouen und fünfzigtausend nach Caen«. Dieser Brief wurde am 1. August durch Barrère im Konvent vorgelesen. Auf diese Nichtswürdigkeiten antworteten die Untaten von Parrein und später die Greuel von Carrier. Die Republikaner von Metz und die aus dem Süden verlangten, gegen die Rebellen ausmarschieren zu dürfen. Der Konvent verordnete die Errichtung von vierundzwanzig Pionierkompanien, um im Bocage die Zäune und Einfassungen in Brand zu stecken. In dieser unerhörten Krisis erlosch der Krieg an einer Stelle, nur um an einer anderen zu entbrennen. Keine Gnade! Keine Gefangenen! Lautete beider Parteien Losung und eine furchtbare Verfinsterung brach herein über das Land.

In diesem Monat August wurde la Torgue belagert. Eines Abends – gerade gingen in der friedlich sommerlichen Dämmerung die Sterne auf; im Wald regte sich kein Blättchen und kein Grashalm erschauerte in der Ebene –, da tönte von den Zinnen des Thurms durch das Schweigen der sinkenden Nacht ein Hornstoß, dem von unten her ein Trompetenstoß antwortete. Auf der Plattform des Thurms befand sich ein bewaffneter Wächter und unten, in der Dunkelheit, ein Feldlager. Man gewahrte um La Tour-Gauvain im Finstern ein undeutliches Gewimmel von schwarzen Gestalten, und dieses Gewimmel war ein Biwak. Hier und da begannen unter den Bäumen des Waldes und zwischen dem Heidekraut des Plateaus einige Wachfeuer die Schatten der Nacht aufflackernd zu durchbrechen, als wolle die Erde ihre Sterne leuchten lassen wie der

Himmel, die düstern Sterne des Kriegs. Das Lager, welches sich vom Plateau aus bis in die Ebene erstreckte und nach dem Walde zu sich im Dickicht verlor, ließ seiner Ausdehnung nach auf eine große Truppenmasse schließen und hielt die Festung so eng blockiert, dass es auf der Turmseite bis an den Felsen und auf der Brückenseite bis an die Schlucht reichte.

Zum zweiten Male ertönte das Horn und zum zweiten Male die Trompete; Rede und Gegenrede; der Turm fragte: Kann man Euch sprechen? Und das Lager antwortete mit: Ja. Die Vendéer wurden damals vom Konvent nicht als Krieg führende Partei angesehen, und da infolgedessen gesetzlich verboten war, mit den »Banditen« durch Parlamentäre zu verhandeln, suchte man, so gut es sich eben tun ließ, einen Ersatz für den Verkehr, welchen das Völkerrecht im internationalen Kampf erlaubt, im Bürgerkrieg jedoch untersagt. So kam es denn noch gerade zu einem gewissen Einverständnis zwischen dem Horn des Bauern und der Trompete des Soldaten. Das erste Signal war nur eine vorläufige Einleitung gewesen; das zweite enthielt die bestimmte Anfrage: Wollt Ihr mich anhören? Schwieg der Trompeter, so hieß das Nein, blies er aber, so hieß es Ja, und die Feindseligkeiten wurden auf ein paar Minuten eingestellt.

Da das zweite Zeichen erwidert worden war, fing der Mann vom Thurm folgendermaßen zu sprechen an: – Ihr Männer da drunten, ich bin Goug-le-Bruant, genannt Brisebleu, weil ich schon der Euren Viele vertilgt habe, und auch der Imânus geheißen, weil ich noch mehr der Euren umbringen werde, als ich bis jetzt getan; mir hat ein Säbelhieb beim Sturm auf Granville einen Finger vom Flintenlauf abgehackt, und zu Laval habt Ihr mir meinen Vater, meine Mutter und meine Schwester Jacqueline, die erst achtzehn Jahre alt war, guillotinieren lassen. Jetzt wisst Ihr, wer ich bin. Und nun rede ich zu Euch im Namen des Herrn Marquis Gauvain von Lantenac, der auch Vikomte von Fontenau, bretonischer Fürst und Herr der sieben Wälder ist, im Namen meines Gebieters. Erfahrt zuerst, dass der Herr Marquis, bevor er sich in diesen Turm einschloss, in dem Ihr ihn belagert, sechs Anführer zu seinen Stellvertretern gewählt hat, um den Krieg fortzusetzen, Delière für die Gegend zwischen der Straße von Brest und der Straße von Ernée, Treton für die Gegend zwischen La Roë und Laval, Jacquet, auch Taillefer geheißen, für das Grenzland von Ober-Maine, Gaulier, genannt Grand-Pierre, für Château-Gontier, Lekomte für Craon, Herrn Dubois-Gun für Fougères und für die ganze Mayenne Herrn von Rochambeau, sodass mit der Einnahme dieser Festung für Euch noch nichts gewonnen ist und dass, selbst wenn der Herr Marquis sterben sollte, die Vendée, die für den allmächtigen Gott und Seine Majestät den König kämpft, am Leben bleiben wird. Wenn ich Euch dies alles sage, so wisst, dass dies nur geschieht, um Euch zu warnen. Mein gnädiger Herr steht hier oben an meiner Seite. Ich bin der Mund, durch den er zu Euch spricht; darum hört schweigend zu. Ihr Männer, die Ihr uns belagert! Von Wichtigkeit ist, dass Ihr vernehmt, was ich Euch jetzt sagen werde: Vergesst nicht, dass der Krieg, den Ihr gegen uns führt, kein gerechter Krieg ist. Wir wohnen hier in unserer Heimat und kämpfen einen ehrlichen Kampf und leben einfachen und reinen Sinnes unter der Allmacht Gottes wie das Gras unter dem Tau. Die Republik aber hat uns angegriffen; sie ist herübergekommen zu uns und hat uns in unserem Frieden gestört, hat uns die Häuser und die Ernten niedergebrannt, unsere Meierhöfe zusammengeschossen und unsere Weiber und Kinder barfuß waldeinwärts gejagt, während die Grasmücke noch ihre Winterweisen sang. Ihr, die Ihr dort unten steht und mich hört, Ihr habt uns bis in den Busch gehetzt und haltet uns hier in diesem Thurm eingeschlossen; diejenigen, welche zu uns gestoßen waren, habt Ihr getötet oder zersprengt; ihr führt Kanonen mit Euch, habt Eure Kolonne durch die Besatzungen und Wachtposten von Mortain, von Barenton, von Teilleul, von Landivy, von Evran, Tinténiac und Vitré verstärkt, sodass Ihr uns selbst fünfhalbtausend angreift und wir uns selbst neunzehn verteidigen. Wir haben Proviant und Munition. Euch ist gelungen, eine Mine anzulegen und ein Stück von unserem Felsen, sowie ein Stück von unserer Mauer zu sprengen. Es ist dadurch eine Lücke in den untersten Teil des Turms gebrochen worden, und durch diese Bresche könnt ihr eindringen, obwohl sie nicht unter freiem Himmel liegt und vom Thurm, der immer noch fest und aufrecht dasteht, überwölbt ist. Ihr bereitet Euch nunmehr zum Sturm vor und wir, zuerst der Herr Marquis, der Fürst ist in der Bretagne und weltlicher Prior der Abtei von Sainte-Marie de Lantenac, in der die Königin Johanna eine tägliche Messe gestiftet hat, ferner wir anderen, die wir den Turm halten, insbesondere der Herr Abbé Turmeau, im Feld Grand-Francoeur genannt, mein Kamerad Guinoiseau der Oberste, des Lagers Camp-Vert, mein Freund Chante-en-Hiver, der Oberste des Lagers von l'Avoine, mein Kamerad La Musette, der Oberste des Lagers von les Fourmis, und ich, ein Bauer aus dem Flecken Daon, wo der Moriandre-Bach durchfließt, wir alle haben Euch deshalb zuvor noch etwas zu sagen. Hört, Ihr Männer unten am Thurm! Wir haben hier drei Gefangene bei uns, drei Kinder, die von einem Eurer Bataillone angenommen worden und folglich Eure sind. Wir machen uns anheischig, diese Kinder Euch zurückzugeben, unter der einen Bedingung, dass Ihr uns freien Abzug gewährt. Wollt Ihr das nicht, so merkt wohl auf: Angreifen könnt Ihr uns nur auf zweierlei Arten, durch die Bresche vom Wald her oder vom Plateau her über die Brücke. Das Gebäude auf der Brücke hat drei Stockwerke; in das unterste habe ich, der Imânus, der zu Euch spricht, sechs Tonnen voll Teer und hundert Bündel trockenes Heidekraut bringen lassen; das oberste Stockwerk liegt voll Stroh und das mittlere voll von Büchern und Papieren. Die eiserne Tür, welche von der Brücke ins Schloß führt, ist zugesperrt, und der gnädige Herr hat den Schlüssel dazu in der Tasche; unter der Tür habe ich ein Loch durchgebrochen, und durch dieses Loch läuft eine geschwefelte Lunte, deren eines Ende in einem der Teerfässer steckt und deren anderes Ende sich im Innern des Turmes befindet; ich brauche mich nur danach zu bücken, um es zu der von mir beliebten Stunde anzuzünden. Weigert Ihr uns den Abzug, so werden die drei Kinder in den mittleren Raum der Brücke gesetzt, zwischen das Stockwerk, in das die geschwefelte Lunte ausläuft und wo die Teerfässer liegen, und zwischen dasjenige, das voll Stroh liegt; hierauf wird die eiserne Tür hinter ihnen abgeschlossen. Stürmt Ihr von der Brücke her, so wird das Gebäude durch Euch, stürmt Ihr gegen die Bresche, so wird es durch uns den Flammen übergeben; stürmt Ihr auf beiden Seiten zugleich, so wird es auch zugleich durch Euch und durch uns in Brand gesteckt, und in jedem der drei Fälle gehen die Kinder zugrunde. Jetzt sagt Ja oder Nein! Wenn Ihr Ja sagt, ziehen wir ab; sagt Ihr Nein, so sterben die Kinder. Jetzt wisst Ihr's.

Der Mann oben auf dem Turm schwieg, und von unten rief ihm eine Stimme zu: Wir sagen Nein!

Die Stimme klang scharf und herb. Eine zweite, weniger strenge, wenngleich feste Stimme, fügte hinzu: Wir lassen Euch vierundzwanzig Stunden Bedenkzeit, Euch auf Gnade oder Ungnade zu ergeben.

Nach einer Pause fuhr die Stimme fort: Wenn Ihr morgen, zu dieser Stunde, die Waffen nicht gestreckt habt, wird Sturm gelaufen.

– Und dann ohne Pardon schloss die erste, die raue Stimme, und ihr ward eine Antwort. Von der Plattform des Turmes sah man zwischen zwei Zinnen eine hohe Gestalt herunterschauen und konnte beim Sternenlicht die gewaltigen Gesichtszüge des Marquis von Lantenac erkennen, dessen Blick unten in der Dunkelheit jemand zu suchen schien und der hinabrief:

– Bist Du's beichtstuhlentlaufener Gesell?

– Ja, Rebell! Rief die herbe Stimme zurück.

XI.

Schauderschaft wie der Mythus.

Die scharfe Stimme war Cimourdain's Stimme und die jugendliche, weniger gebieterische die Stimme Gauvain's. Also hatte der Marquis von Lantenac den vormaligen Abbé richtig erkannt.

In dieser unter dem Bürgerkrieg blutenden Gegend hatte, wie wir wissen, Cimourdain in wenigen Wochen eine Berühmtheit erlangt, eine entsetzliche Berühmtheit: Neben Marat in Paris und Châlier in Lyon nannte man Cimourdain in der Vendée. Er wurde noch eigens gebrandmarkt für all die Hochachtung, die man ihm einst gezollt, für das Priesterkleid, das er nunmehr ausgezogen hatte; man verabscheute ihn. Unglücklich sind die Gestrengen, denn wer ihr Handeln sieht und sie verdammt, würde sie vielleicht freisprechen, wenn er ihnen ins Gewissen schauen könnte; gar leicht läuft ein unverstandener Lykurg Gefahr, für einen Tiber gehalten zu werden. Wie dem auch sei, zwei Männer brachten die Wagschalen des Hasses ins Gleichgewicht: der Marquis von Lantenac und der Abbé Cimourdain. Die Verwünschungen, womit diesen die Royalisten, und die Flüche, womit jenen die Republikaner verfolgten, wogen einander auf. Jeder von beiden galt im gegnerischen Lager für das Ungeheuer, und daraus ergab sich sogar die erwähnenswerte Tatsache, dass während in Granville Prieur-Marne auf Lantenacs Kopf einen Preis setzte, Charette in Noirmoutier einen Preis setzte auf den Kopf von Cimourdain. Beide, der Marquis wie der Priester, waren in der Tat auch bis zu einem gewissen Grad identisch miteinander. Die eiserne Janusmaske des Bürgerkriegs kehrt mit gleich tragischem Blick das eine ihrer Gesichter der Vergangenheit und ihr zweites der Gegenwart zu; das erste dieser Gesichter war Lantenac und das andere Cimourdain; nur starrte um Lantenacs verbitterten Mund nächtlicher Schatten, während auf Cimourdains verhärteter Stirn ein Morgenleuchten aufdämmerte.

Das eingeschlossene La Tourgue hatte vierundzwanzig Stunden Ruhe vor sich; so lang dauerte ja die durch Gauvain anberaumte Frist, die so ziemlich einem Waffenstillstand gleichkam. Von den numerischen Verhältnissen der Belagerer war der Imânus offenbar wohl unterrichtet, denn infolge der Aufgebote Cimourdains zernierte Gauvain La Tourgue wirklich mit viertausendfünfhundert Mann Linientruppen und Nationalgarden und verfügte über zwölf Geschütze, von denen sechs in niedrig liegender Batterie am Waldsaum gegen den Thurm und auf dem Plateau sechs in Hochbatterie gegen die Brücke der Festung gerichtet waren. Auch hatte er die Mine spielen lassen können und dadurch unten am Turm die Bresche zu Stand gebracht. Nach Verlauf der vierundzwanzigstündigen Frist sollte zwischen den viertausendfünfhundert Mann auf dem Plateau und im Wald und zwischen den neunzehn Mann im Turm der Kampf sofort beginnen; was die Namen jener neunzehn betrifft, so lassen sie sich durch die veröffentlichten Listen der in Bann und Acht Erklärten ermitteln, und wir selber werden vielleicht noch in den Fall kommen, den und jenen unter ihnen zu erwähnen. Als Kommandierenden von viertausendfünfhundert Mann, also schon einer kleinen Armee, hatte Cimourdain seinen Zögling zum Generaladjutanten avancieren lassen wollen, doch Gauvain hatte das Anerbieten mit der Bemerkung ausgeschlagen: »Warten wir erst einmal ab, bis Lantenac gefangen ist; ich habe noch kein Anrecht auf Auszeichnung«. Es war überhaupt republikanischer Brauch, mit einer bescheidenen Charge ein wichtiges Kommando zu vereinigen. So war später zum Beispiel Bonaparte gleichzeitig Artilleriemajor und Oberbefehlshaber der Armee von Italien.

Das eigenartige Schicksal, demzufolge La Tour Gauvain von einem Gauvain verteidigt und von einem Gauvain belagert wurde, mischte dem Angriff eine gewisse Zurückhaltung bei, eine Zurückhaltung, die der Gegner keineswegs teilte, denn Herr von Lantenac war der Mann nicht, irgendwelche Rücksicht walten zu lassen; auch hatte er ja die meisten Jahre in Versailles verlebt und konnte schon deshalb nichts Individuelles empfinden für das ihm so wenig vertraut gewordene La Tourgue. Er hatte sich lediglich aus Not hingeflüchtet, und hätte unter Umständen nicht das geringste Bedenken getragen, das Schloß niederzureißen. Pietätvoller hingegen fühlte Gauvain. Der wunde Fleck an der Festung war entschieden die Brücke; doch die Bibliothek über der Brücke enthielt alle Familienurkunden. Wenn nun von dieser Seite gestürmt wurde, so war die Zerstörung der Bibliothek unvermeidlich, und das Familienarchiv verbrennen, das weckte in Gauvain eine Empfindung, als solle er sich an seinen Vätern vergreifen. La Tourgue war die Stammburg seines Geschlechts; bei diesem Turm ging alles bretonische Besitztum derer von Gauvain zu Lehen, wie alles Besitztum der französischen Krone bei dem Turm des Louvre; hier knüpften alle Familienerinnerungen an; hier war Gauvain geboren worden, und nun versetzten ihn die verhängnisvollen Verwickelungen des Lebens in die Notlage, als Mann die ehrwürdigen Mauern anzugreifen, die des Kindes Schutz gewesen. Sollte er die Pietätlosigkeit gegen das Vaterhaus soweit treiben, es in Asche zu legen, seine eigene Wiege vielleicht in Asche zu legen, die wohl noch in einem Winkel des Dachbodens über der Bibliothek stehen mochte? Gewisse Begriffe sind Schauer der Rührung, und Gauvain fühlte sich gerührt angesichts der alten Wohnstätte der Seinen; darum hatte er bis jetzt das Schlösschen geschont und sich darauf beschränkt, durch Aufstellung einer Batterie jeden Ausfall oder Fluchtversuch von der Brücke her unmöglich zu machen; darum hatte er die entgegengesetzte Seite für den Angriff ausersehen und am Fuß des Turms die Mine graben lassen. Und Cimourdain hatte nicht dreingeredet; zwar warf er sich's vor, denn seine Strenge runzelte die Stirn beim Anblick all des mittelalterlichen Gerümpels und er wollte mit Gebäuden nicht nachsichtsvoller verfahren als mit Menschen; Nachsicht mit einem Haus war ja schon ein Ansatz zur Milde; die Milde aber war Gauvains schwache Seite, und, wie wir wissen, lag Cimourdain auf der Lauer, um ihn von jedem Schritt aus dieser schiefen Ebene abzuhalten, die er zu betreten für verderblich hielt. Und doch musste er mit einem gewissen Ingrimm sich selber eingestehen, dass auch er La Tourgue nicht ohne einen heimlichen Herzensschauer wiedergesehen hatte, dass ihn der Anblick jenes Studierzimmers weichmachte, welches die ersten Bücher enthielt, die Gauvain mit ihm gelesen. Von seiner Pfarrei Parigné, dem nächstgelegenen Dorf, war er, Cimourdain, auf den Dachboden des Brückenschlösschens umgezogen; in der Bibliothek hatte der kleine Gauvain buchstabierend auf seinen Knien gesessen; zwischen diesen alten vier Wänden war sein viel geliebter Schüler, der Sohn seiner Seele, unter seinem Vaterauge körperlich herangewachsen und geistig gediehen; und in diese Bibliothek in dieses Schlösschen, in diese Mauern, zwischen welchen er so oft Segen herabgefleht hatte auf das Kind, sollte er den Feuerbrand und die Vernichtung schleudern? Nein, er ließ Gnade walten, aber ihm schlug dabei sein Gewissen. So hatte er denn Gauvain die Belagerungsarbeiten vom Wald her beginnen lassen und ihm stillschweigend gestattet, von La Tourgue statt der gesitteten Seite, dem Schlösschen, die barbarische anzubrechen, den Turm. Von einem Gauvain angegriffen und von einem Gauvain verteidigt, wurde die alte Festung, mitten in der Französischen Revolution, wieder in ihre gewohnten Feudalzustände zurückversetzt; weist doch die ganze Geschichte jener Zeiten kaum etwas Anderes auf als häusliche Fehden. Gestalten wie Eteokles und Polynikes gehören nicht bloß der antiken, sondern auch der mittelalterlichen Welt an, und Hamlet führt in Helsingör einen ähnlichen Todesstoß wie Orestes in Argos.

XII.

Ein Rettungsgedanke.

Auf beiden Seiten wurde die Nacht unter Vorbereitungen durchwacht. Gleich nach der düstern Unterhandlung, die wir mit angehört, war Gauvains erste Sorge gewesen, seinen Unterkommandanten zu sich zu rufen. Guéchamp, den wir schon ein wenig näher betrachten müssen, war eine Natur zweiten Ranges, ehrenfest, unverzagt, von keiner besonderen Bedeutung, ausgezeichnet als Soldat und mittelmäßig als Führer, eine jener Intelligenzen, die gerade bis dahin reichen, wo es ihnen zur Pflicht wird, inne zu halten, ein schroffer, unzugänglicher Mann, der weder sein Gewissen durch niedrige Mittel noch seinen Gerechtigkeitssinn durch Mitleid bestechen ließ. Geist und Herz waren ihm zwischen der Disziplin und der Ordre eingedämmt wie Wagenpferde, die an beiden Augen ein Scheuleder tragen, und bewegten sich im frei gebliebenen Raum schnurgerade, aber beschränkt vorwärts. Er war ein durchaus zuverlässiger Offizier, stramm im Erteilen und pünktlich im Ausführen eines Befehls.

- Guéchamp, eine Leiter her! Redete ihn Gauvain lebhaft an.

- Wir haben keine, Kommandant.

- Es muss eine geschaffen werden.

- Eine Sturmleiter?

- Nein, eine Rettungsleiter.

Guéchamp besann sich und erwiderte: Ich verstehe, aber zu dem Zweck müsste sie sehr lang sein.

- Mindestens drei Stock hoch.

Als die Sonne aufging.

– Jawohl, Kommandant, so schätze es beiläufig auch ich.

– Eher noch länger, damit wir unserer Sache ganz gewiss sind.

– Allerdings.

– Wie kommt es denn, dass wir keine Leiter bei der Hand haben?

– Da Sie nicht für gut fanden, vom Plateau aus La Tourgue anzufassen, sondern es auf besagter Seite bloß zu blockieren, um vom Wald her anzugreifen, hat man sich ausschließlich mit der Mine beschäftigt und von einer Ersteigung der Brücke abgesehen; deshalb sind keine Leitern gemacht worden.

– Lassen Sie auf der Stelle eine machen.

– Eine drei Stock hohe Leiter lässt sich nicht aus dem Ärmel schütteln.

- So lassen Sie einige kürzere aneinander binden.

- Auch die müssten wir erst haben.

- Requirieren Sie welche.

- Verlorene Mühe. In der ganzen Gegend zerstören die Bauern jede Leiter, wie sie auch ihre Karren ruinieren und die Brücken abschneiden.

- Sie wollen die Republik lahmlegen, allerdings.

- Weder ein Fuhrwerk sollen wir benutzen können, noch einen Fluss überschreiten, noch eine Mauer erklimmen.

- Und doch ist die Leiter durchaus nötig.

- Kommandant, da fällt mir gerade der große Zimmerhof zu Iavené bei Fougères ein; dort ist vielleicht eine zu bekommen.

- Wir haben keine Minute zu verlieren.

- Wann müssen Sie die Leiter haben?

- Morgen, spätestens um diese Zeit.

- Ich lasse einen Reiter mit der Ordre hingaloppieren. Der Kavallerieposten, der in Javené liegt, wird die Eskorte abgeben, und morgen, vor Sonnenuntergang, kann die Leiter hier sein.

- Gut, das ist früh genug, sagte Gauvain. Also rasch!

Zehn Minuten darauf kam Guéchamp mit der Meldung zurück: Kommandant, der Bote ist schon unterwegs.

Gauvain stieg nun auf das Plateau und maß lange Zeit das Brückenschlösschen über der Schlucht mit den Augen. Der Giebel des Schlösschens hatte keine andere Öffnung als den tief liegenden durch die aufgerichtete Zugbrücke verschlossenen Eingang und stand der jähen Böschung der Schlucht gegenüber. Um vom Plateau aus unten an die Brückenpfeiler zu gelangen, musste man, was nicht unmöglich war, längs dieser Böschung von Strauch zu Strauch niederklettern, war aber, wenn dies gelungen, allen Kugeln ausgesetzt, die aus den Fenstern der drei Stockwerke in die Schlucht herabhageln konnten. Gauvain hatte sich schließlich zur Genüge überzeugt, dass, wie die Dinge gegenwärtig standen, der eigentliche Angriff durch die Bresche des Turmes erfolgen musste. Er traf alle Vorkehrungen zur Vereitelung jedes Fluchtversuchs, vervollständigte die enge Zernierung von La Tourgue und zog die Maschen seiner Bataillone so dicht zusammen, dass ganz unmöglich etwas durchkonnte. Dann teilte er sich mit Cimourdain in die Belagerung der Veste; Cimourdaain bekam die Brückenseite; die Turmseite behielt Gauvain für sich, und es wurde ausgemacht, dass, während Gauvain, von

Guéchamp unterstützt, den Sturm gegen die Bresche leiten würde, Cimourdain und seine Batterie mit brennenden Lunten das Schlösschen und die Schlucht überwachen sollten.

XIII.

Tätigkeit des Marquis.

Wie draußen alles für den Angriff, so wurde drinnen alles für den Widerstand aufgeboten. Nicht ohne Grund heißt in gewissen Gegenden von Frankreich ein Turm auch eine Daube, denn oft kann man einem Turm mit einer Mine zusetzen wie der Daube mit dem Stecheisen und gleichsam ein Spundloch durch die Mauer bohren. Das zeigte sich zu La Tourgue, denn das Stecheisen von Gauvain, die Mine mit den zwei oder drei Zentnern Pulver, hatte in die ungeheure Mauer durch und durch eine Lücke gebrochen, welche am Fuß des Turms einen annähernd trichterförmigen Einschnitt bildete und als ungestaltete Wölbung in das Erdgeschoss der Festung mündete. Dieses Loch hatten von außen her die Belagerer überdies noch mit Artillerie erweitert und zurechtgeschmettert, um es für den Sturm zugänglicher zu machen.

Der ebenerdige Raum, auf den sich die Bresche öffnete, war ein großer runder Saal mit ganz rohen Wänden und einem Mittelpfeiler, auf dem der Schlussstein des Gewölbes ruhte. Dieser Saal, der allergrößte des Turms, hatte einen Durchmesser von vollen vierzig Fuß. Jedes Stockwerk des Turms bestand in einem ähnlichen Raum; nur waren jene Säle von geringerem Umfang und hatten kleine Verschlage an den Nischen ihrer Schießscharten. Solche Schießscharten fehlten im Erdgeschoss; überhaupt fehlte irgendwelche Öffnung sowohl am Boden wie an der Decke, und Licht und Luft gab es hier nicht mehr und nicht weniger als in einem Grab. Eine Tür, fast ganz von Eisen, führte in die beiden Burgverliese und eine zweite zur Treppe, auf der man in die oberen Stockwerke stieg. Alle Treppen waren in die Mauer hineingebaut. Diesen unteren Saal konnten die Belagerer durch ihre Bresche erstürmen; waren sie erst einmal so weit, dann hatten sie noch den Turm zu erobern. An ein eigentliches Atmen war in diesem Raum früher nie zu denken gewesen, und binnen vierundzwanzig Stunden hätte jeder darin ersticken müssen. Jetzt, da die Bresche Luft zuführte, war's wenigstens zum Aushalten, und deshalb mauerten die Belagerten die Lücke, – was hätte es auch genützt? – nicht zu. Durch die Kanonen draußen wäre doch wieder alles gleich zerstört worden.

Die Männer stießen einen eisernen Fackelhalter zwischen zwei Steine, stellten eine Fackel hinein, und man konnte sich umsehen.

Wie nun das Erdgeschoss halten? Da ein Vermauern der Bresche zwecklos erschien, entschied man sich für einen Abschnitt. Ein Abschnitt ist eine Verschanzung mit einspringendem Winkel, eine sparrenförmige Barrikade, von der aus die Angreifenden in ein Kreuzfeuer genommen werden, und welche, ohne äußerlich die Bresche zu schließen, sie nach innen zu versperrt. An Baumaterial war kein Mangel; bald war der Abschnitt errichtet und mit Schießscharten für die Gewehrläufe versehen. Der einspringende Winkel ging vom Mittelpfeiler aus, und die beiden Flügel stießen mit ihren Enden an die Mauer. An den passendsten Stellen wurden auch einige Flatterminen angelegt.

Lantenac leitete alles als Urheber, Anordner, Führer und Gebieter, kurz als die Seele des Ganzen. Er gehörte jenem Geschlecht von Kriegshelden aus dem achtzehnten Jahrhundert an, die noch als Achtziger verlorene Städte zu retten vermochten, wie jener Graf von Alberg, der nahebei in seinem hundertsten Lebensjahr den König von Polen aus Riga vertrieb.

– Mut, Freunde, sagte der Marquis, zu Anfang unseres Jahrhunderts, anno 1713, hat Karl XII. in seinem Haus zu Bender mit dreihundert Schweden zwanzigtausend Türken die Spitze geboten.

Die zwei unteren Stockwerke wurden ebenfalls befestigt, die Säle verschanzt, die Verschläge mit Zinnen und die Türen mit eingehämmerten Balken versehen, die diese wie Strebepfeiler stützten. Nur die Wendeltreppe, welche die Stockwerke miteinander verband, musste dem Verkehr offenbleiben, denn wenn man sie verrammelt hätte, um sie den Stürmenden unzugänglich zu machen, wären zugleich die Belagerten voneinander abgeschlossen worden. So hat jede Verteidigung ihre schwache Seite.

Der Marquis, kräftig und unermüdlich wie ein Jüngling, ging rastlos mit dem Beispiel voran, half Balken heben und Steine tragen, überall Hand anlegend, befehlend, beispringend, kameradschaftlich lachend mit seinen milden Spießgesellen, aber dennoch der Herr und Gebieter, hochfahrend und herablassend, unbändig und elegant. Da gab es kein Widersprechen. »Wenn sich eine Hälfte der Mannschaft auflehnen wollte, sagte er, so würde ich sie durch die andere Hälfte erschießen lassen und den Platz mit den Überlebenden halten«. Wer eine solche Sprache führt, wird von seinen Leuten vergöttert.

XIV.

Tätigkeit des Imânus.

Während Lantenac um die Bresche und den Turm beschäftigt war, beschäftigte sich der Imânus mit der Brücke. Schon bei Beginn der Belagerung war auf Befehl des Marquis die außen unter den Fenstern des zweiten Stocks quer überhängende Rettungsleiter entfernt und durch den Imânus in die Bibliothek geschafft worden. Durch sie mochte Gauvain wohl auf den Gedanken gekommen sein, eine Leiter für seine Zwecke zu verwenden. Jedes Einbrechen durch die Fenster des Saales der Garden oder des Hochparterres war durch ein in den Stein gelötetes dreifaches Gitter von Eisenstäben unmöglich gemacht. Die Fenster der Bibliothek standen frei, lagen dafür aber auch sehr hoch. Der Imânus ließ sich von drei Männern begleiten, die wie er jeder Tat fähig und, auch zu allem entschlossen waren: von Hoisnard, genannt Branche d'Or und den beiden Brüdern Pique-en-Bois. Er nahm eine Blendlaterne, öffnete die eiserne Thür und untersuchte bis ins Kleinste die drei Stockwerke des Brückenschlösschens. Hoisnard Branche d'Or war nicht minder erbittert als der Imânus, da ihm die Republikaner einen Bruder getötet hatten. Der Imânus besichtigte den Dachboden, der von Stroh und Heu strotzte, stieg dann in den Saal der Garden hinab, in den er noch Pechkränze bringen ließ, die er neben den Teerfässern anhäufte, schichtete die Bündel von Heidekraut über den Tonnen auf, nachdem er zuvor geprüft, ob die geschwefelte Lunte, die von der Brücke in den Turm lief, auch in gutem Stande sei, und goss unten an den Fässern und Bündeln eine Teerlache aus, in die er das Ende der Schwefellunte untertauchte. Dann ließ er in die Bibliothek, zwischen den Parterreraum voll Teer und den Dachboden voll Stroh, die drei Wiegen herübertragen, in denen René-Jean, Gros-Alain und Georgette ganz fest schliefen; man ging vorsichtig dabei zu Werke, denn man wollte die Kleinen nicht wecken. Es waren drei Wiegen, wie sie auf dem Lande gebräuchlich sind, ein sehr niedriges Korbgeflecht, das unmittelbar auf der Erde ruht, sodass das Kind ohne Beihilfe nach Belieben heraussteigen kann. Neben jede Wiege ließ der Imânus eine Schüssel voll Suppe mit einem hölzernen Löffel hinstellen. Die abgehakte Rettungsleiter lag, an die Wand gelehnt, auf dem Fußboden; an der anderen Wand, parallel mit der Leiter, standen in einer Flucht hintereinander die Wiegen. Um einen zweckdienlichen Luftzug zu gewinnen, öffnete der Imânus die sechs Fenster der Bibliothek auf die bläuliche, klare, laue Sommernacht hinaus und schickte die Brüder Pique-en-Bois in die zwei anderen Stockwerke, um dort ein Gleiches zu tun. An der Ostseite des Gebäudes war die Brücke über und über von altem, verdorrtem, braungelbem Efeu überrankt, der die Fenster der drei Stockwerke förmlich einrahmte. Kann auch nicht schaden, dachte der Imânus, prüfte noch alles mit einem letzten Blick und kehrte dann mit seinen drei Gefährten in den Turm zurück. Die schwere eiserne Tür sperrte er doppelt ab, untersuchte noch sorgfältig das ungeheure, furchtbare Schloß daran und betrachtete mit zufriedenem Kopfnicken die geschwefelte Lunte, die durch das von ihm durchgebrochene Loch ging und nunmehr das Einzige war, was Turm und Brücke verband. Diese Lunte lief vom runden Saal aus unter der eisernen Tür durch, unter der Wölbung der Turmmauer weiter und schlängelte sich über die fliegende Treppe und am Fußboden des Saals der Garden hin bis mitten in die Teerlache an den Reisigbündeln. Nach der Berechnung des Imânus musste die Lunte, einmal im Innern des Thurms angezündet, ungefähr eine Viertelstunde lang glimmen, bis sie die Teerlache unter der Bibliothek in Brand steckte. Nachdem für alles genügend gesorgt und das Kleinste untersucht worden, überreichte der Imânus den Schlüssel der eisernen Tür dem Marquis, und dieser steckte ihn zu sich.

Nun galt es, alle Bewegungen der Feinde zu beobachten. Der Imânus stieg auf die Plattform des Turms hinauf und hielt, mit seinem Hirtenhorn an der Seite, oben im Schautürmchen Wache. Auf dem Fenstersims des Türmchens hatte er eine Pulverflasche stehen, daneben einen leinenen Sack mit Kugeln von einem Kaliber, und drehte, während er mit einem Auge nach dem Wald und mit dem anderen nach dem Plateau spähte, aus ein paar alten Zeitungen Patronen.

Als die Sonne wieder aufging, beschien sie am Waldsaum acht Bataillone, kampfbereit, den Säbel an der Seite, mit voller Patronentasche und aufgepflanztem Bajonett; auf dem Plateau eine Batterie mit vollen Protzkasten und angehäuften Kartätschen; in der Festung neunzehn Männer, welche Mauerbüchsen, Musketen, Pistolen und Jagdstutzen luden, und in den drei Wiegen drei schlummernde Kinder.

Drittes Buch.

I.

Die Bartholomäusmetzelei.

Die Kinder wachten auf.

Zuerst die Kleine.

Das Erwachen eines Kindes ist das Aufgehen einer Blume; so ein frisches Seelchen atmet Duft.

Georgette, das Jüngste von den Dreien, das erst anderthalb Jahre alt, noch im Mai von der Mutter gestillt wurde, erhob das Köpfchen, setzte sich in der Wiege aufrecht, betrachtete seine kleinen Füße und fing zu plaudern an.

Beim Sonnenstrahl, der gerade auf die Wiege fiel, hätte es schwer gehalten, zu entscheiden, wer von beiden rosiger sei, Georgettes Füßchen oder der junge Morgen.

Die zwei anderen schliefen noch; freilich, kleine Mannsleute sind schwerfälliger; Georgette aber plauderte stillvergnügt vor sich hin.

René-Jean war braun, Gros-Alain etwas lichter und Georgette blond; bei Kindern hat oft jedes Alter seine Haarfarbe, die sich mit den Jahren ändert. Beide Fäuste gegen die Augenhöhlen gestemmt, lag René-Jean auf dem Bauch wie ein kleiner Herkules und Gros-Alain ließ im Schlaf seine Beinchen auf den Fußboden hinaushängen.

Alle Drei waren in Fetzen, denn die Kleider, die ihnen das Bataillon Bonnet-Rouge gegeben hatte, waren in die Brüche gegangen. Sie hatten kaum mehr Hemdchen an; die zwei Knaben waren halb nackt und Georgette steckte in einem zerlumpten Etwas, das einmal ein Röckchen gewesen und jetzt fast nur ein Leibchen war. Wer nahm sich dieser Kleinen an? Niemand. Eine Mutter war nicht da und die wilden Bauernsoldaten, die sie aus einem Wald in den andern mitschleppten, gaben ihnen von ihrer Suppe zu essen; im Übrigen mochten die Kinder eben schauen, wie sie zurechtkamen. In jedem hatten sie einen Herrn gefunden, in keinem einen Vater. Aber Kindern stehen selbst die Fetzen hübsch und die Kleinen waren reizend.

Georgette plauderte immer darauf los. Kinderplaudern oder Vogelsang, es ist dasselbe undeutlich gestammelte, tiefsinnige Lied; nur hat das Kind außerdem noch das düstere Menschenlos vor sich, und darum schauert auch schon in der Freude des zwitschernden Kleinen ein wehmütiges Ahnungslauschen auf. Die Erde hat keinen Hymnus, der erhabener wäre als so ein Lallen der menschlichen Seele von Kinderlippen. In einem verworrenen Hinsäuseln eines Gedankens, der sich noch nicht zum Bewusstsein verdichtet hat, liegt gewissermaßen ein unwillkürlicher Aufschrei zur ewigen Gerechtigkeit, vielleicht wohl ein Erbangen vor dem Übertreten der Lebensschwelle, ein demütig herzrührender Hilferuf. Diese Unschuld, die dem Unendlichen entgegenlächelt, macht die ganze Schöpfung verantwortlich für das spätere Schicksal, das sie dem schwachen, wehrlosen Wesen bereiten wird, ja, beschuldigt sie sozusagen eines Missbrauchs des Vertrauens, wenn sie ihm eine unglückliche Zukunft in die Wiege legt.

Das Gelispel des Kindes steht unter und über dem Wort; es besteht nicht aus Silben und doch ist es ein Gesang; es besteht nicht aus Silben und doch ist es eine Sprache; dieses Lispeln stammt noch vom Himmel her und wird auch auf Erden nicht aufhören; vor der Geburt hat es begonnen und klingt jetzt weiter; es ist eine Fortsetzung. Dieses Stammeln enthält, was das Kind als Engel sagte und was es sagen wird als Mensch; die Wiege hat ihr gestern, wie das Grab seinen Morgen, und dieses doppelt unergründliche Gestern und sein Morgen verschmilzt in dem rätselhaften Gezwitscher. Für Gott, für das Ewige, für unsere Verantwortlichkeit, für unser Doppelwesen, spricht nichts so laut wie jene schauervollen Schatten in einer rosigen kleinen Seele.

Was Georgette jetzt vor sich hinlallte, stimmte sie indessen nicht traurig, denn ihr ganzes niedliches Gesichtchen war ein Lächeln, ein Lächeln ihres Mundes, ein Lächeln ihrer Augen, ein Lächeln der Grübchen in ihren Wangen, und aus diesem Lächeln nickte es wie ein geheimnisvolles Inempfangnehmen des Lebensmorgens, wie ein vertrauensseliges Aufgehen der Seele im Strahlenden: Unter dem blauen Himmel, in der lauen Luft, war es ja so schön. Ohne von etwas zu wissen, ohne etwas zu erkennen oder zu begreifen, wohlig gewiegt in gedankenlosem Hinträumen, fühlte sich das zerbrechliche Geschöpf geborgen in dieser Natur, zwischen den ehrlichen Bäumen, dem treuherzigen grünen Laub, in dieser klaren, friedlichen Gegend, mitten in dem bunten Treiben der Vögel, der Quellen, der Fliegen und windbewegten Blätter, über dem die strahlenmilde Unschuld der Sonne leuchtete.

Zunächst erwachte René-Jean, der Ältere, der Große, der schon ins fünfte Jahr ging. Er setzte sich aufrecht, schwang sich mannhaft aus seiner Wiege, erblickte, was er für ganz selbstverständlich hielt, seine Schüssel und machte sich, am Boden kauernd, über die Suppe her.

Durch Georgettes Plaudereien war Gros-Alain nicht geweckt worden; aber beim Klappern des Löffels fuhr er aus dem Schlaf und riss beide Augen auf. Gros-Alain, »der dicke Alain«, war der Dreijährige. Auch er sah seine Suppe, streckte die Hand danach aus, nahm sie zu sich ins Bettchen und begann wie sein Bruder die Schüssel, die er mit der einen Faust auf seinem Schoß festhielt, tapfer zu bearbeiten.

Georgette hörte die Beiden nicht und schien sich durch das eigene Hin- und Herwogen ihrer Stimme in Traum zu lullen. Mit weit geöffneten Augen schaute sie in die Höhe und sah himmlisch dabei aus; einerlei zu welcher Decke oder zu welchem Gewölbe ein Kind emporblickt, was sich in seinen Augen spiegelt, ist immer der Himmel.

Als René-Jean zu Ende war, scharrte er mit dem Löffel noch in der Schüssel herum, seufzte und äußerte dann würdevoll: Ich bin fertig mit meiner Suppe.

Das riss auch Georgette aus all ihren Träumen: Tuttuppe, sagte sie, und nachdem sie den mit Essen fertigen René-Jean und den noch essenden Gros-Alain betrachtet, langte sie nach ihrer Schüssel und machte sich ans Werk, allerdings mit weniger Virtuosität als die Knaben, denn sie führte viel öfter den Löffel zum Mund als diese; von Zeit zu Zeit gab sie sogar aller höheren Kultur den Laufpass und aß mit den Fingern.

Nachdem Gros-Alain am Boden seiner Schüssel gescharrt hatte wie René-Jean, lief er auf seinen Bruder zu und sprang hinter ihm her.

II.

Plötzlich ertönte draußen, unten vom Wald her, eine strenge, gebieterische Fanfare, welcher oben vom Thurm herab das Horn antwortete.

Dies Mal begann die Trompete das Gespräch, und das Horn ging darauf ein. Nachdem das Signal von beiden Seiten wiederholt worden, erhob sich im Wald eine Stimme, die laut vernehmlich aus der Ferne herüberrief:

– Ihr Räuber entscheidet! Vor Abend Übergabe auf Gnade und Ungnade oder wir stürmen.

– Stürmt, dröhnte es vom Turm zurück.

– Ein Kanonenschuss, fuhr die Stimme von unten fort, wird Euch zum letzten Mal ermahnen, eine halbe Stunde, bevor wir stürmen.

– Stürmt, erwiderte die Stimme von oben.

Die Stimmen tönten nicht bis zu den Kindern herüber, wohl aber der Schall der Trompete und des Horns. Bei den ersten Trompetenklängen schaute Georgette von ihrer Schüssel auf und stellte das Essen ein; bei der Antwort des Horns ließ sie den Löffel in die Suppe fallen, folgte, das Zeigefingerchen ihrer rechten Hand abwechselnd erhebend und wieder senkend, dem Takt der Trompetenfanfare, die durch das einfallende Horn fortgesetzt ward, und als Horn und Trompete verstummten, blieb sie regungslos mit aufrechtem Finger sitzen und murmelte nachdenklich vor sich hin: Midik; so hieß nämlich in ihrer Sprache die Musik.

Die Knaben hatten Horn und Trompete nicht beachtet; sie waren von einer Assel, die eben querüber durch die Bibliothek lief, viel zu sehr in Anspruch genommen. Gros-Alain erblickte sie zuerst und rief: Ein Tier!

René-Jean kam herbeigelaufen.

- Es sticht, sagte Gros-Alain.

- Tu' ihm nichts, meinte René-Jean.

Und beide vertieften sich in die Betrachtung dieses Ereignisses.

Georgette, die mittlerweile ihre Suppe aufgegessen hatte, suchte ihre Brüder mit den Augen. René-Jean und Gros-Alain kauerten in einer Fensternische, mit ernsthaften Gesichtern über die Assel gebeugt, Stirn gegen Stirn, sodass ihre Haare ineinanderflossen; in atemlosem Staunen beobachteten sie das Tierchen, das von all der Bewunderung wenig erbaut, stillstand und sich tot stellte.

Die Aufmerksamkeit der Brüder machte Georgette neugierig; obgleich es für sie nichts weniger als leicht war, zu ihnen zu gelangen, versuchte sie es dennoch; die Reise war mit unzähligen Hindernissen verknüpft, denn auf dem Fußboden lagen eine Masse von Sachen herum, hier ein umgeworfenes Tabouret, dort ein paar Bündel Papiere, dort wieder offene, ausgepackte Kisten, Truhen und andere imponierende Gegenstände, die umschifft werden mussten, kurz ein ganzes Inselmeer von Klippen. Georgette wagte sich hinein; erst arbeitete sie sich aus der Wiege heraus, dann steuerte sie auf die Riffe los, schlängelte sich durch die Kanäle, rückte ein Tabouret beiseite, kroch zwischen zwei Truhen und über ein Aktenbündel weiter, bis sie, bald kletternd, bald kollernd, in harmloser Unbekümmertheit um ihre armen kleinen Blößen, die hohe See, das heißt eine ziemlich ausgedehnte Stelle des Fußbodens, erreichte, die der ganzen Breite des Saales nach freistand, und wo keine Gefahr mehr drohte. Nun eilte sie auf allen Vieren, mit der Behändigkeit einer Katze, der Wand zu; dort stieß sie auf eine gewaltige Schwierigkeit, nämlich auf die gegen die Mauer gelehnte Leiter, deren Ende noch die halbe Fensternische versperrte und so zwischen Georgette und den Knaben eine Art Vorgebirge bildete. Sie hielt inne und besann sich; als sie mit ihrem stummen Selbstgespräch fertig war, schritt sie sofort zur Ausführung ihres Plans; entschlossen fasste sie mit ihren rosigen Händchen eine der Sprossen an, welche senkrecht und nicht waagerecht liefen, da ja die Leiter auf dem einen ihrer Seitenpfosten ruhte, und machte den Versuch, sich vom Boden aufzuraffen; er misslang; zwei Mal wiederholte sie ihn vergeblich, ein drittes Mal endlich mit Erfolg, und jetzt marschierte sie gerade und aufrecht, sich immer an der nächstfolgenden Sprosse festhaltend längs der Leiter hin; als sie die letzte Sprosse losließ und der gewohnte Stützpunkt ihr fehlte, strauchelte sie, packte jedoch mit ihren beiden Händchen das Ende des gewaltigen Pfostens, schwang sich glücklich um das Vorgebirge hinüber und lachte René-Jean und Gros-Alain an.

III.

In demselben Augenblick hatte René-Jean den Kopf erhoben und mit großer Befriedigung als Ergebnis seiner Asselstudien verkündigt: Es ist ein Weibchen.

Beim Auflachen von Georgette musste er gleichfalls lachen, und Gros-Alain lachte seinerseits wieder mit, weil er René-Jean lachen sah. Georgette bewerkstelligte nun den Anschluss an ihre Brüder, und so saßen sie jetzt in einem kleinen Konventikel beisammen. Die Assel aber war verschwunden; sie hatte Georgettes Dazwischenkunft benutzt und sich in die nächstgelegene Ritze verkrochen. Doch diesem Abenteuer folgten andere. Zuerst Schwalben, die wahrscheinlich unter dem Vorsprung des Daches nisteten. Sie kamen bis ganz nahe an das Fenster, flatterten dann, durch die Anwesenheit der Kinder etwas beunruhigt, in weiten Kreisen durch die Luft und ließen ihr sanftes Frühlingsgezwitscher ertönen. Diesem Treiben schauten die Kinder zu, und die Assel war vergessen. Georgette deutete mit dem Finger hinaus und rief: Walbe.

Aber René-Jean wies sie zurecht: – Kleine, man sagt nicht Walbe; man sagt Schwalbe.

– Wawalbe, buchstabierte Georgette.

Und alle Drei starrten durch das Fenster.

Dann flog eine Biene in das Fenster.

Eine Biene ist das Sinnbild der Seele. Sie eilt von Blume zu Blume, wie eine Seele von Stern zu Stern und wie die Seele Licht einsammelt, so sammelt die Biene ihren Honig.

Geräuschvoll summte sie herein; sie schien zu sagen: »Da bin ich; gerade komme ich von einem Besuch bei den Rosen; jetzt will ich auch die Kinder besuchen. Womit beschäftigt man sich hier?« So eine Biene ist eine Wirtschafterin, und das brummt, auch wenn es singt. Solange sie dablieb, verwendeten die drei Kleinen kein Auge von ihr. Sie besichtigte die ganze Bibliothek, durchstöberte jeden Winkel, flog einher, als befände sie sich hier zu Hause in einem Bienenkorb, schwebte mit melodischen Flügeln von einem Schrank zum anderen und schaute durch die

Scheiben nach den Büchertiteln wie ein gebannter Geist. Nachdem sie alles untersucht hatte, empfahl sie sich. – Sie geht heim, sagte René-Jean.

– Es ist ein Tier, meinte Gros-Alain.

– Nein, entgegnete René-Jean, es ist eine Fliege.

– Liege, plapperte Georgette nach.

Gros-Alain, der soeben in einer Ecke eine Schnur mit einem Knoten an dem einem Ende entdeckt hatte, hielt sie nun am entgegengesetzten Ende zwischen Daumen und Zeigefinger fest und drehte sie mit gespanntester Aufmerksamkeit im Kreise herum. Georgette war wieder unter die Vierfüßler gegangen und hatte ihre Irrfahrten über den Fußboden abermals unternommen; auf der Irrfahrt war ihr ein ehrwürdiger, wurmstichiger gepolsterter Armstuhl aufgefallen, an dem aus mehreren Wunden die Rosshaarfüllung hervorquoll. Diesem Fauteuil hatte sie sich nun gewidmet; sie erweiterte die Risse und zupfte voller Andacht die Polsterung heraus.

Plötzlich hob sie den Finger wieder in die Höhe, wie um zu sagen: Da hört! Auch die Brüder kehrten sich um. Von außen her hörten sie ein fernes, dumpfes Getöse, das wohl von einer strategischen Bewegung der Belagerungstruppen im Wald herrührte; Rossegewieher, Trommelwirbel, Wagenrollen, Kettengeklirr und Trompetensignale, die sich gegenseitig verständigten, das alles lärmte durcheinander und verschmolz zu einer gewissen wilden Harmonie, welcher die Kinder mit Entzücken lauschten.

– Der Liebergott, der macht das, sagte René-Jean.

IV.

Es wurde wieder still. René-Jean war ins Träumen geraten.

Wie mögen sich wohl in so einem kleinen Hirn die Gedanken zersetzen und wieder verketten? Und was mag wohl die geheimnisvollen Schwankungen eines dermalen noch so trüben und kurzatmigen Gedächtnisses bedingen? In diesem sanften, sinnenden Köpfchen entstand eine Mischung von »Liebergott«, von Abendgebet, von gefalteten Händen, von einem behütenden Liebeslächeln, das verloren gegangen war, und René-Jean murmelte ganz leise: Mama.

– Mama, wiederholte Gros-Alain.

– Mam, wiederholte Georgette.

Dann fing René-Jean zu springen an, worauf Gros-Alain gleichfalls herumsprang. Gros-Alain machte überhaupt jede Miene und jede Gebärde seines Bruders nach, weit mehr als Georgette; drei Jahre, die erblicken bereits in vier Jahren ein Vorbild, aber zwanzig Monate, die halten noch etwas auf ihre Unabhängigkeit. Georgette blieb sitzen und zwitscherte zuweilen ein Wort; sie bildete noch keine Sätze und sprach in kurzen Sinnsprüchen wie ein Denker; ihr gaben die Silben noch zu schaffen. Nach einiger Zeit wirkte jedoch das Beispiel ansteckend auf sie und sie versuchte, es wie die Brüder zu halten, sodass die sechs nackten Füßchen nun miteinander tanzten, liefen und stolperten auf den alten, staubigen, polierten Eichendielen, unter den feierlichen Blicken der Marmorbüsten, denen Georgette hier und da einen bangverstohlenen Seitenblick zuwarf, bei dem sie »Mannemann« vor sich hinmurmelte, ein Wort, das in ihrer Sprache alles bezeichnete, was einem Mann irgendwie ähnlich sah und doch keiner war; in einem Kinderköpfchen sind Wesen und Schein noch eins.

Georgette wackelte mehr, als sie ging, und folgte zwar den Bewegungen ihrer Brüder, aber am liebsten auf allen Vieren.

Plötzlich streckte René-Jean, bei einem Fenster angekommen, den Kopf in die Höhe, zog ihn aber zurück und flüchtete hinter die Mauer, welche die Fensternische bildete. Er hatte jemand erblickt, der ihn betrachtete. Es war ein blauer Soldat aus dem Lager des Plateaus, der, den Waffenstillstand benutzend, oder auch wohl etwas übertretend, sich bis zur Böschung der Schlucht vorgewagt hatte, von wo aus man in die Bibliothek hineinschauen konnte. Als Gros-Alain René-Jean flüchten sah, flüchtete auch er; er kauerte sich neben ihn hin, und Georgette versteckte sich hinter die Beiden. So blieben sie eine Weile ganz still und unbeweglich; Georgette mit dem Finger auf dem Mund. Dann ermannte sich René-Jean und streckte den Kopf abermals vor, fuhr aber, da der Soldat immer noch dastand, rasch wieder zurück, und eine geraume Zeit wagten die drei Kleinen kaum mehr, zu atmen. Endlich ward Georgette des Fürchtens überdrüssig, raffte ihre Kühnheit zusammen und guckte hinaus: Der Soldat war fort, und nun begann das Rennen und Spielen von Neuem.

Obwohl ein Bewunderer und Nachbeter von René-Jean, hatte sich Gros-Alain eine Spezialität vorbehalten, nämlich die der Entdeckungen. Auf einmal sahen ihn Bruder und Schwester wie toll vor einem kleinen vierräderigen Fuhrwerk einhergalloppieren, das er, Gott weiß, wo, aufgestöbert hatte. Dieses Puppenwägelchen, das, bestaubt und vergessen, schon seit langen Jahren in guter Nachbarschaft mit den Büchern der

Denker und den Büsten der Weisen dahinlebte, mochte wohl ein Überbleibsel aus Gauvain's Kinderzeit sein. Gros-Alain machte aus seiner Schnur eine Peitsche, die er stolzgebieterisch schwang. So sind die findigen Köpfe einmal: Wenn sie Amerika nicht entdecken, so entdecken sie einen Miniaturkarren, immerhin etwas. Jetzt mussten Rollen verteilt werden. René-Jean wollte sich vor den Wagen spannen und Georgette wollte drinsitzen. Es gelang ihr auch, und René-Jean machte das Pferd, Gros-Alain den Kutscher. Doch der Kutscher konnte nichts und musste sich durch das Pferd belehren lassen.

Sage doch: Hüst! Rief René-Jean dem Bruder zu.

– Hüst! Wiederholte Gros-Alain.

Aber der Kutscher warf um.

Aber der Kutscher warf um; Georgette rollte auf den Fußbogen hin. Schreien, das tut selbst ein kleiner Engel, und so schrie denn Georgette. Sie war sogar schon im Begriff, zu weinen. – Kleine, sagte René-Jean, Du bist zu groß, um zu weinen.

– Droß, ja, meinte Georgette und fand in ihrer Größe einen Trost für ihren Fall.

Auf den sehr breiten Mauerkranz, der draußen unter den Fenstern hinlief, hatte der Wind eine ganze Schicht zerstäubten Heidegrunds vom Plateau hergeweht, den der Regen dann wieder zu Erde verdichtet hatte; so hatte sich denn ein gleichfalls vom Wind hergewehtes Samenkorn das bischen Heidegrund zunutze gemacht und daraus war eine jener unausrottbaren Brombeerstauden entstanden, die im August reife Früchte tragen; eine Ranke hing zu einem der Fenster herein bis herab auf den Fußboden, und Gros-Alain, der Entdecker der Schnur, der Entdecker des Wägelchens, sollte nun auch der Entdecker der Ranke werden. Er ging darauf los, pflückte eine Brombeere und aß sie.

– Mich hungert, sagte René-Jean, und Georgette rannte auf Händen und Knien herbei. Die Plünderung begann, und die Ranke wurde bis auf das letzte Beerchen abgegrast. Schwelgend, verschmiert, über und über voll dunkelroten Saftflecken, wurden jetzt aus den drei kleinen Engeln drei kleine Faune, einem Dante zum Ärgernis und einem Virgil zum Ergötzen. Das Lachen wollte nicht aufhören; nur stachen sie sich, da doch alles erkauft werden will, hier und da in die Finger; Georgette hielt René-Jean den Daumen hin, aus dem ein Blutströpfchen hervorperlte, und sagte, mit der anderen Hand nach der Ranke deutend: Ticht.

Gros-Alain, der auch nicht verschont geblieben, schaute misstrauisch hin und folgerte:

– Es ist ein Tier.

– Nein, berichtigte René-Jean, es ist ein Stecken.

– Ein Stecken ist etwas Böses, erwiderte Gros-Alain.

Auch dies Mal war Georgette dem Weinen sehr nahe, aber sie brach dennoch in ein Lachen aus.

V.

Unterdessen war in René-Jean, den die Entdeckungen seines jüngeren Bruders Grois-Alain vielleicht mit einem gewissen Neid erfüllten, ein großer Plan gereift. Während er seine Brombeeren pflückte und sich in die Finger stach, schweiften seine Blicke seit einiger Zeit beharrlich zu dem Pult hinüber, das auf seiner Drehschraube wie ein Monument mitten in der Bibliothek stand, und auf dem das berühmte Evangelium Bartholomäi auflag, ein wirklich prachtvoller und merkwürdiger Quartband aus der Offizin des berühmten Kölner Verlegers der Bibel von anno 1682, Bloeuw oder auf lateinisch Coesius; das Buch war noch mit der alten Presse und nicht auf holländischem Papier gedruckt, sondern auf jenem schönen, von Edrisi so bewunderten arabischen Papier, das aus Seide und Baumwolle bereitet wird und nie vergilbt. Es hatte einen Einband von vergoldetem Leder und silberne Schlösser. Die innere Garnitur war von jenem Pergament, das die Pariser Pergamenthändler nur im Saal Saint-Mathurin »und sonst nirgends« anzukaufen sich eidlich verpflichten mussten. Das Werk enthielt eine Menge Holzschnitte, Kupferstiche und geografische Abbildungen verschiedener Länder. Es ging ihm ein Protest der Drucker, Papier- und Buchhändler gegen das Edikt von 1635 voraus, welches »die Lederwaren, die Biere, das Vieh mit gespaltenen Klauen, die Seefische und das Papier« mit einer Abgabe belegte, und auf der Rückseite des Titelblatts stand eine Widmung an die Gryphus, welche in Lyon dieselbe Rolle spielten, wie die berühmte Firma der Elzevir zu Amsterdam. Dem Allen zufolge hatte man es mit einem Exemplar zu tun, welches beinahe ebenso wertvoll und selten war wie der Moskauer »Apostol«.

Der Prachtband, der René-Jean, vielleicht nur zu sehr, in die Augen stach, war gerade auf der Seite eines großen Kupfers aufgeschlagen, das den heiligen Bartholomäus darstellte, wie er seine Haut unter dem Arm trägt, und dieses Kupfer konnte René-Jean von unten wahrnehmen. Nachdem alle Brombeeren vertilgt waren, starrte er es mit verhängnisvoll zärtlicher Begehrlichkeit an, und Georgette, die unverwandt den Blicken ihres Bruders folgte, sah es nun auch und sagte: Bibild.

Diese Äußerung schien René-Jean endgültig zu bestimmen, und er verstieg sich zu einem Beginnen, das Gros-Alain mit sprachlosem Staunen erfüllte. In einem Winkel der Bibliothek stand ein großer eichener Stuhl; zu dem ging René-Jean hin, fasste ihn an und schleifte ihn ganz allein an das Pult hin; dann kletterte er hinauf und stemmte beide Fäuste auf das Buch. Zu solcher Höhe angelangt, glaubte er sich selber eine großmütige Handlung schuldig zu sein; er packte das »Bibild« an der oberen Ecke und riss es herab, sorgfältig, aber, trotz allem guten Willen, schief; die linke Hälfte mit einem Auge und einem Stück vom Heiligenschein des alten zweifelhaften Evangelisten ließ er im Buch zurück und reichte den halben Bartholomäus mit seiner ganzen Haut dem Schwesterchen; dieses nahm das Geschenk in Empfang und sagte: Mannemann.

– Ich auch! Rief Gros-Alain.

Mit der ersten Seite hat es dieselbe Bewandtnis wie mit dem ersten vergossenen Blut. Ist der erste Schritt einmal getan, so kommt das Gemetzel rasch in Gang. René-Jean wendete das zerfetzte Blatt um; hinter dem Heiligen befand sich der Kommentator, Pantönus. Gros-Alain wurde der Pantönus zuerkannt.

Mittlerweile machte Georgette aus ihrem großen Stück zwei kleine.

Mittlerweile machte Georgette aus ihrem großen Stück zwei kleine und aus den zweien vier noch kleinere, sodass behauptet werden könnte, dass der heilige Bartholomäus, nachdem man ihn in Armenien geschunden, in der Bretagne gevierteilt wurde.

VI.

Nach vollzogener Vierteilung hielt Georgette die Hand hin und sagte zu René-Jean: Mehr.

Hinter dem Heiligen und dem Kommentator kamen die sauer dreinschauenden Erklärer, Gavantus an der Spitze; ein Ruck und René-Jean händigte Georgette den Gavantus ein, und so erging es der Reihe nach den Erklärern allen. Der Gebende ist der Überlegene. René-Jean beanspruchte nichts für seine eigene Person; Gros-Alain und Georgette starrten ihn an, und das war ihm Lohns genug; er begnügte sich mit dem

Bewusstsein, von seinem Publikum bewundert zu werden. Unerschöpflich in seiner Selbstverleugnung beschenkte er den Bruder mit Fabricio Pignatelli und das Schwesterchen mit dem Pater Stilling; ferner wurde Gros-Alain noch mit Alphonse Postat, Henri Hammond und dem Protest der Papierhändler beglückt, Georgette aber mit Cornelius a Lapide, mit dem Pater Roberti nebst Ansicht der Stadt Douai, wo derselbe 1619 geboren ward, und endlich mit der Widmung an die Gryphus. Auch die paar Landkarten wurden verteilt: Gros-Alain erhielt Äthiopien und Georgette Lykaonien. Und zu guter Letzt stieß René-Jean das Buch vom Pult herunter.

Es war dies ein furchtbarer Moment. Mit schauderndem Entzücken sahen die beiden Geschwister, wie René-Jean die Stirn runzelte, wie er alle seine Sehnen anspannte und mit krampfhaft zitternden Fäusten den schweren Quartband über das Pult wegschob. Eine majestätische Scharteke, die das Gleichgewicht verliert, hat etwas Tragisches. Eine Sekunde lang schwebte die herunterhängende Hälfte des dicken Bandes wie zögernd in der Luft; dann polterte er, geborsten, zerknittert, zerrissen, in allen Fugen ächzend und mit beschädigten Schlössern, elendiglich platt auf den Fußboden herunter; ein Glück, dass er auf keines der Kinder gefallen war, die jetzt geblendet und unversehrt hinschauten. Nicht alle Heldentaten laufen so glatt ab; diese hatte bloß den allen Heldentaten eigenen großen Lärm gemacht und sehr viel Staub aufgewirbelt.

Nach glorreich überstandenem Kampf stieg René-Jean vom Stuhl. Es folgte ein Augenblick des stummen Entsetzens, denn auch der Sieg hat seine Schrecken. Die drei Kinder hielten einander bei den Händen und starrten aus einer gewissen Entfernung nach dem gewaltigen, niedergeschmetterten Buch. Kaum war jedoch das erste Staunen vorüber, so ging auch Gros-Alain entschlossen hin und versetzte dem Besiegten einen Fußtritt. Damit war alles entschieden. Die Zerstörungslust brach hervor. René-Jean gab seinen Fußtritt Georgette gab ihren Fußtritt und fiel dabei auf die Erde, aber sitzend, ein Umstand, den sie benutzte, um sich mit den Händen über den heiligen; Bartholomäus herzumachen. Die letzte Spur von Scheu war verschwunden: René-Jean griff an, Gros-Alain stürmte, und jubelnd, lachend, unbändig, außer sich, triumphierend, unbarmherzig, schossen die drei kleinen Raubengel auf den wehrlosen Evangelisten herab, zerzausten die Bilder, zerfetzten die Blätter, rupften die Merkbändchen aus, zerkratzten die Deckel, zerrten das vergoldete Leder los, zwickten die Nägel der silbernen Eckenbeschläge ab, rissen die Pergamentstreifen aus dem Rücken, und wüteten, mit Händen, Füßen, Nägeln und Zähnen arbeitend, gegen den ehrwürdigen Text. Sie vernichteten Armenien, Judäa, das Herzogthum von Benevent, wo die Reliquien des Heiligen aufbewahrt werden, Nathanael, so vielleicht identisch ist mit Bartholomäo, den Papst Gelasius, so das Evangelium Bartholomäi-Nathanaels für unecht erklärte, alles bis aufs letzte Bild und auf die letzte Karte, und die unerbittliche Hinrichtung des alten Buchs beschäftigte sie so ganz ausschließlich, dass eine Maus hätte vorbeilaufen können, ohne von ihnen berücksichtigt zu werden. Kurz, es war eine gründliche Verheerung. Einem Stück Geschichte, der Legende, der Theologie, den wahren und falschen Wundern, dem Kirchenlatein, dem Aberglauben, dem Fanatismus, den Mysterien den Garaus machen und eine ganze Religion von oben bis unten entzweizureißen, ist für drei Riesen ein schwer Stück Arbeit und sogar auch für drei Kinder; Stunden gingen darüber hin, aber der Zweck ward auch vollständig erreicht: Der heilige Bartholomäus war nicht mehr.

Nach getaner Arbeit, als die letzte Seite ausgemerzt worden, das letzte Kupfer am Boden lag und vom ganzen Werk nur noch ein paar Text- und Bildertrümmer in dem Skelett eines Einbandes übrig blieben, reckte sich René-Jean in die Höhe, betrachtete den mit Papierblättern übersäten Fußboden und klatschte in die Hände. Gros-Alain klatschte mit. Georgette nahm eins der Blatter, stand auf, lehnte sich an den Fenstersims, der ihr bis ans Kinn reichte, und ließ ein abgerissenes Stückchen Papier nach dem andern hinausfliegen. René-Jean und Gros-Alain folgten dem Beispiel; sie hoben auf und ließen fliegen, ließen stiegen und hoben auf, bis der weitaus größte Teil des altehrwürdigen Buches, von den rastlosen Fingerchen zerbröckelt, Blatt für Blatt durchs Fenster gewandert war. Georgette sah diesen Schwärmen, die der Wind auseinander trieb, sinnend nach und sagte: Metterling. Und so zerstob denn das Gemetzel wie ein Blütenregen im blauen Himmel.

VII.

Das war die zweite Passion Bartholomai, der bereits sein erstes Martyrium im Jahr 49 nach Christi Geburt erduldet hatte.

Nun rückte die Abendstunde heran; die Hitze nahm zu; die Mittagsruhe schwamm in der Luft, und Georgette zwinkerte schon mit den Augen. René-Jean ging zu seiner Wiege hin, zog den Sack voll geschnittenem Stroh heraus, der ihm als Matratze diente, schleifte ihn bis ans Fenster, streckte sich der Länge nach darauf aus und sagte: Wir wollen schlafen. Gros-Alain legte seinen Kopf auf René-Jean, Georgette stützte den ihren auf Gros-Alain und die drei Missetäter schlummerten ein. Lau wehte es herein durch die offenen Fenster, Wildblumenduft von Hügel und von Schlucht, einherspielend im Atemzug des Abends; eine begnadende Ruhe dehnte sich über den Gefilden; alles leuchtete; alles war befriedet; alles ging in Liebe auf zu allem; die Sonne liebkoste die Erde mit ihrem Strahl; durch alle Poren sog man jene harmonische Stimmung ein, die der unermesslichen Milde der Natur entsteigt und mutterzärtlich hinschauert durch das All. Die Welt ist ein ewig werdendes Wunder; sie ergänzt ihre ungeheure Erhabenheit durch ihre Güte. Es war, als ob man das geheimnisvoll vorsorgende Walten einer unsichtbaren Macht fühlte, die im fürchterlichen Widerstreit der Geschöpfe die Schwächlichen in Schutz nimmt gegen die Starken; schön, schön war alles in diesen Wechselwogen von Sanftmut und von Herrlichkeit. Über der schlummerseligen Landschaft flutete jener prunkende Flimmer, den das Hin- und Herweben von Licht und Schatten über Bach und Wiesen hinhaucht; Rauchflocken schwebten zu den Wolken empor wie Träume zu den Regionen übermenschlichen Schauens; um La Tourgue kreisten gefiederte Schwärme und die Schwalben blickten durch die Fenster herein, als wollten sie sehen, ob die Kinder auch gut schliefen. Wie eine Gruppe von Amoretten lagen sie da, nebeneinander hingegossen, halb nackt und unbeweglich, anbetungswert im Reiz ihrer Unschuld; alle drei zusammenzählten sie noch keine neun Lebensjahre; an ihren traumlächelnden Gesichtchen zogen paradiesische Erscheinungen vorüber; vielleicht flüsterte ihnen Gott gerade ein Vaterwort ins Ohr; gehörten sie ja doch zu denjenigen, die in jeder menschlichen Sprache die Schwachen und die Gesegneten heißen; sie waren die heilige Unschuld; um sie her schwieg alles still, als wäre der Hauch, unter dem ihre zarte Brust auf- und niederging, der Inbegriff des Weltalls und als müsste diesem Hauch die ganze Schöpfung lauschen; kein Blatt bewegte sich; kein Grashalm schauerte zusammen; die unendliche Natur mit ihren Sternen allen schien den Atem anzuhalten, um die himmlisch arglosen kleinen Schläfer nicht zu wecken, und nichts auf Erden war erhabener als dieses ehrerbietige Verstummen von allem um dies holde Bild der unbewussten Demut.

Schon berührte die untergehende Sonne den Horizont ... Da, plötzlich, flammte vom Wald her durch den tiefen Frieden ein Blitzstrahl, dem ein Donnerschlag folgte; das Echo machte sich den Kanonenschuss zu eigen und ließ ihn von Hügel zu Hügel in zehnfach tobendem, grässlichem Gebrüll fortrollen. Georgette erwachte davon; sie erhob ein klein wenig ihr Köpfchen, streckte lauschend ihr Fingerchen in die Höhe und sagte: Bumm!

Dann verhallte der Lärm; alles wurde still wie zuvor; Georgette legte den Kopf wieder auf Gros-Alain und schlief weiter.

Viertes Buch

I

Der Tod fährt vorbei.

Diesen ganzen Tag über war die Mutter, die wir mitten auf ihrer Irrfahrt verlassen, unterwegs gewesen. Sie wusste ja überhaupt von nichts anderem mehr, als tagtäglich unausgesetzt vorwärtszugehen. Wenn sie, vor Erschöpfung niedersinkend, im nächstbesten Winkel einschlummerte, so konnte dabei ebenso wenig von einem Ruhen die Rede sein, wie von einer Nahrung, wenn sie, dem Vogel gleich, der ein einzelnes Korn aufpickt, hin und wieder etwas zu sich nahm. Sie aß und schlief eben gerade so viel, wie notwendig war, um nicht leblos zusammenzubrechen.

In einer verlassenen Scheune hatte sie die letzte Nacht zugebracht; ein Bürgerkrieg räumt ja allenthalben aus, und so hatte sie denn auf einem öden Feld vier Wände gefunden, eine offene Tür und unter einem Überrest von Dach ein wenig Stroh; darauf hatte sie sich hingelegt. Neben sich hörte sie das Rascheln der huschenden Ratten und über sich, durch das durchlöcherte Dach, sah sie die Sterne aufgehen. Einige Stunden darauf war sie, mitten in der Nacht, aus dem Schlaf gefahren und hatte sich wieder auf den Weg gemacht, um noch vor der Mittagshitze soweit wie möglich zu kommen. Im Sommer ist die zwölfte Nachtstunde für den Fußgänger barmherziger als die zwölfte Stunde des Tages.

Sie verfolgte, so gut sie eben konnte, den ihr vom Bauern in Vantortes summarisch vorgezeichneten Weg und hielt die Richtung gegen Sonnenuntergang ein, fortwährend »La Tourgue« vor sich hinflüsternd. Nebst den Namen ihrer drei Kinder war ihr kaum mehr ein anderes Wort geläufig als dieses. Während sie so vor sich hinging, grübelte sie; sie überdachte alle Abenteuer, die sie erlebt, überdachte alles, was sie gelitten, alles was ihr begegnet und was sie hatte hinnehmen müssen an Erniedrigungen, alles was ihr zugemutet, was von ihr begehrt und bewilligt worden, bald um ein Obdach, bald um ein Stück Brot, bald wieder um eine bloße Auskunft über ihren Weg. Ein elend Weib ist unglücklicher als ein elender Mann, weil sie immer möglicherweise noch andere Gefühle wecken kann als das Mitleid. O über dieses grässliche Umherirren! Ihr war übrigens alles ganz einerlei, wenn sie nur ihre Kinder wiederfand.

Schon beim Morgengrauen dieses Tages hatte sie im nächstgelegenen Dorf Menschen gesehen. Noch war das Dunkel der Nacht nicht geschwunden, und doch standen an der Hauptstraße des Orts einige Haustüren halb offen und neugierige Gesichter schauten aus den Fenstern. Das Ganze glich einem aufgeschreckten Bienenkorb. Die Leute waren durch Wagengerassel und Eisengeklirr geweckt worden.

Auf dem Platz vor der Kirche stand eine verblüffte Gruppe und betrachtete mit vorgestreckten Köpfen einen Karren, der vom Hügel her gegen das Dorf zufuhr. Auf diesem vierräderigen Wagen, vor dem fünf Pferde an Ketten eingespannt waren, bemerkte man unter einer Blahe, die einem Bahrtuch ähnlich sah, eine unförmige Masse, die auf einer Menge aufgeschichteter Balken zu liegen schien. Voran und hinterher ritten je zehn Männer, welche dreieckige Hüte trugen und über deren

Schultern etwas hervorragte wie gezogene Säbel. Das alles bewegte sich langsam vorwärts und hob sich tiefschwarz vom fahlen Himmel ab, Wagen, Pferde, Reiter, alles schwarz, und dahinter der aufdämmernde Morgen. Im Dorf angelangt, schlug es die Richtung nach dem Platz ein. Mittlerweile war es schon ein wenig Tag geworden, und nun konnte man das Ganze, das einer Schattenkavalkade glich, so stumm war die Eskorte, deutlich unterscheiden. Die Reiter waren Gendarmen, in der Tat mit gezogenem Säbel, und die Blahe war wirklich schwarz.

Die bejammernswerte irrende Mutter hatte in dem Augenblick den Platz erreicht und sich den zusammengelaufenen Bauern genähert, wo auch die Gendarmen mit dem Karren ankamen. In der Gruppe wurde fragend und antwortend hin und hergeflüstert: Was ist das?

- Die Guillotine fährt vorbei. - Woher? - Von Fougères. - Und wohin? - Ich weiß nicht. Man sagt, nach einem Schloß gegen Parigné zu. - Nach Parigné? - Lasst sie fahren, wohin sie will, wenn sie nur hier nicht hält!

Dieser große Karren, der wie mit einem Bahrtuch bedeckt war, die Pferde, die schweigenden Gendarmen, das Kettengeklirr in der Dämmerstunde machten einen gespenstischen Eindruck. Der Zug bewegte sich über den Platz und verschwand. Da das Dorf in einer Vertiefung zwischen zwei Hügeln lag, erschien er jedoch den Bauern, die wie versteinert stehen geblieben waren, nach einer Viertelstunde auf der andern Anhöhe gegen Westen zu noch ein Mal. Die schweren Räder wurden in den Geleisen hin und hergerüttelt; die Ketten des Karrens zitterten im Morgenwind, und die Säbel glitzerten unter der aufgehenden Sonne. Jetzt bog es um die Ecke und fort war's.

In demselben Augenblick war im Bibliothekssaal Georgette zwischen den schlafenden Brüdern erwacht und wünschte ihren rosigen Füßchen einen guten Tag.

II.

Der Tod spricht.

Die Mutter hatte das schwarze Ding, dessen Bedeutung sie weder begriff noch zu begreifen versuchte, vorbeifahren sehen, aber dabei etwas ganz Anderes vor Augen gehabt: ihre Kinder draußen im Dunklen. Auch sie verließ, kurze Zeit, nachdem der Zug vorüber war, das Dorf auf demselben Weg und folgte in einiger Entfernung der zweiten Abteilung Gendarmen. Plötzlich fiel ihr das Wort Guillotine wieder ein; Guillotine! Michelle Fléchard, diese Wilde, wusste nicht, was das sei; aber ein gewisser Instinkt warnte sie davor; ohne dass sie verstanden hätte, warum, überlief sie ein Schauder; es schien ihr entsetzlich, hinter dem Ding herzugehen, und nach links von der Straße abbiegend, verlor sie sich unter Bäumen; diese Bäume gehörten zum Wald von Fougères.

Nachdem sie eine Zeit lang umhergeirrt, gewahrte sie am Saum des Waldes den Kirchturm und die Dächer eines Dorfes; darauf schritt sie zu, denn sie war hungrig. Die Ortschaft lag innerhalb des militärischen Rayons der Blauen und war von einem republikanischen Wachtposten besetzt. Michelle Fléchard ging auf den Marktplatz los. Auch dieses Dorf war voller Aufregung und Angst. Ein Menschenauflauf drängte sich gegen die Stufen des Gemeindehauses, und oben auf dem Perron stand ein Mann, der ein großes entfaltetes Blatt Papier in den Händen hielt; hinter ihm ein paar Soldaten zur Bedeckung, rechts ein Tambour, links ein Zettelankleber mit Kleistertopf und Pinsel. Auf der Altane über der Tür stand, in Bauernkleidern, aber mit umgebundener dreifarbiger Schärpe, der Bürgermeister. Der Mann mit dem Blatt Papier war ein öffentlicher Ausrufer. Er trug sein Reisebandelier und an diesem eine Ledertasche, woraus zu ersehen war, dass er von Dorf zu Dorf wanderte und durch die ganze Gegend etwas bekannt zu machen hatte. Im Augenblick, wo Michelle Fléchard näher trat, hatte er das Papier entfaltet, und begann jetzt mit lauter Stimme, den Inhalt vorzulesen: »Französische eine und unteilbare Republik.«

Der Tambour schlug einen Wirbel. In der Menge entstand gewissermaßen ein Hin- und Herwogen; die Einen nahmen die Mützen ab; Andere drückten den Hut tiefer in die Stirn. Zu jener Zeit und in jener Gegend ließen sich die politischen Gesinnungen beinahe mit Gewissheit an der Kopfbedeckung erkennen; die Schlapphüte waren royalistisch, die Mützen republikanisch. Das verworrene Gemurmel verstummte; man horchte auf, und der Ausrufer fuhr fort: »In Gemäßheit der uns vom Wohlfahrtsausschuss erteilten Befehle und Vollmachten ...«

Abermals schlug der Tambour einen Wirbel. Der Ausrufer las weiter: »und zur Vollziehung des Dekrets des Nationalkonvents, welches die in Waffen ergriffenen Rebellen als außer dem Gesetz stehend erklärt und die Todesstrafe über jeden verhängt, der ihnen ein Asyl gewährt oder zur Flucht verhilft ...«

– Was ist das, ein Asyl? Fragte mit gedämpfter Stimme ein Bauer seinen Nachbar.

– Weiß nicht, antwortete dieser.

Der Ausrufer machte eine Bewegung mit seinem Papier: »Laut Artikel 17 des Gesetzes vom 30. April, welches die Kommissäre und Unterkommissäre bei den im Feld stehenden Truppentheilen mit unumschränkter Gewalt ausstattet, sind hiermit als außer dem Gesetz stehend erklärt ...«

Der Ausrufer hielt einen Augenblick inne und fuhr dann fort: »die unter folgenden Namen oder Beinamen bekannten Individuen ...«

Alles lauschte hin. Mit dröhnender Stimme las der Ausrufer die Namen: »Lantenac, Räuber ...«

– Das ist ja der gnädige Herr, murmelte ein Bauer. Und durch die Menge flüsterte es: Der gnädige Herr.

Der Ausrufer wiederholte: »Der vormalige Marquis von Lantenac, Räuber. Der Imânus, Räuber ...«

Zwei Bauern warfen einander einen Seitenblick zu: Es ist Gouge-le-Bruant. – Ja, Brise-bleu.

Indessen fuhr der Ausrufer fort: »Grand-Francoeur, Räuber ...«

– Ein geistlicher Herr, murmelte es durch die Menge. – Ja, der Herr Abbé Turmeau. – Freilich, irgendwo beim Wald von La Chapelle ist er Pfarrer. – Und Räuber, setzte ein Mann mit einer Mütze hinzu.

– »Boisnouveau, Räuber,« las der Ausrufer weiter: »Die zwei Brüder Pique-en-Bois, Räuber. Houzard, Räuber...«

– Das ist Herr von Quélen, sagte ein Bauer.

– »Panier, Räuber, Place-Nette, Räuber...«

– Herr Jamois.

Ohne sich durch diese Erläuterungen stören zu lassen, fuhr der Ausrufer fort: »Guinoiseau, Räuber. Chatenay genannt Robi, Räuber...«

– Guinoiseau, flüsterte ein Bauer, das ist Le Blond, und Chatenay ist aus Saint-Ouen.

– »Hoisnard, Räuber,« las der Ausrufer weiter.

Und in der Menge wurde bemerkt: Der ist aus Ruillé. – Ja, er heißt auch Branche-d'Or. – Sein Bruder hat beim Sturm auf Pontorson das Leben lassen müssen. – Hoisnard-Malonniecre, ja. – Ein schmucker Bursch von neunzehn Jahren.

– Achtung! Mahnte der Ausrufer. Jetzt kommen die Letzten: »Belle-Vigne, Räuber. La Musette, Räuber. Sabre-tout, Räuber. Brin d'Amour, Räuber.

Bei diesem schäkerhaften Spitznamen (er bedeutet: Ein bisschen Liebe) stieß ein Bauernbursch ein Mädel mit dem Ellenbogen in die Seite, und das Mädel schmunzelte dazu.

– »Chante-en-hiver, Räuber,« fuhr der Ausrufer fort. »Le Chat, Räuber...«

– Das ist Moulard, meinte ein Bauer.

– »Tabouze, Räuber...«

– Der heißt Gauffre, meinte ein Anderer. – Es sind zwei Brüder, die Tabouze, setzte ein Weib hinzu. – Lauter brave Kerle, brummte ein Bursch.

Der Ausrufer schwenkte das Papier, und der Tambour trommelte. – »Genannte Individuen,« begann der Ausrufer wieder, »sollen, wo immer sie auch aufgegriffen werden mögen, nach Feststellung ihrer Identität sofort hingerichtet werden.«

Es entstand eine allgemeine Bewegung.

– »Und wer denselben ein Asyl gewährt oder zur Flucht verhilft,« las der Ausrufer weiter, »wird einem Kriegsgericht überwiesen und gleichfalls hingerichtet. Gezeichnet...«

Jetzt herrschte atemlose Stille.

– »Gezeichnet: der Kommissär des Wohlfahrtsausschusses, Cimourdain.«

– Ein Priester, bemerkte ein Bauer. – Ja, der frühere Pfarrer von Parigné, bestätigte ein zweiter. – Turmeau und Cimourdain, sagte ein Bürgersmann, ein weißer Priester und ein Blauer. Und ein anderer Bürgersmann fügte hinzu: Schwarz sind alle Zwei.

Der Gemeindevorsteher auf der Altane nahm den Hut ab und rief: Es lebe die Republik!

Dann wurde durch einen neuen Trommelwirbel bekannt gegeben, dass der Ausrufer noch nicht zu Ende gesprochen habe; in der Tat winkte dieser mit der Hand und sagte: Aufgepasst! Jetzt verlese ich die letzten Zeilen der amtlichen Verordnung. Sie sind gezeichnet vom Chef der Streifkolonne von Les Côtes-du-Nord, vom Kommandanten Gauvain.

– Hört! Rief es aus der Menge.

Und der Ausrufer hob an: »Bei Todesstrafe...«

Alles verstummte.

– »Bei Todesstrafe ist, in Anbetracht obiger Verordnung, jedem verboten, Hilfe und Vorschub den genannten neunzehn Rebellen zu leisten, welche gegenwärtig im Schloß La Tourgue umzingelt und belagert sind.«

– La Tourgue?! Schrie eine Stimme, eine Weiberstimme, die Stimme der Mutter.

III.

Bauernklatsch.

Michelle Fléchard stand mitten im Gedränge. Sie hatte nicht zugehorcht; aber wenn man auch nicht horcht, so hört man, und so hatte sie das Wort La Tourgue gehört und war in die Höhe gefahren: Was? Wiederholte sie, La Tourgue?

Alles sah zu ihr hin. Sie war in Fetzen.

– Die sieht aus wie eine Räuberdirne, murmelte es.

Eine Bäuerin, die einen Korb mit Buchweizenfladen am Arm trug, flüsterte ihr zu: Seid doch still!

Eine Bäuerin flüsterte ihr zu: Seid doch still.

Michelle Fléchard starrte die Frau verwundert an. Sie verstand schon wieder nicht. Dieser Name, La Tourgue, war ihr wie ein Blitz durchs Herz gefahren, und nun verfinsterte sich alles wieder. Hatte sie denn nicht ein Recht, zu fragen? Und warum schaute man sie so groß an?

Unterdessen hatte der Tambour zum letzten Mal gewirbelt; der Zettelankleber hatte die Bekanntmachung angeschlagen; der Bürgermeister war ins Gemeindehaus zurückgetreten; der Ausrufer hatte sich zu seinem Rundgang aufgemacht und die Menge verlief sich. Aber eine Gruppe war vor dem Plakat stehen geblieben. Zu dieser Gruppe trat Michelle Fléchard hin. Es war von den in Acht und Bann erklärten Insurgenten die Rede, und unter den Bauern befanden sich auch Bürgersleute, also unter den Weißen auch Blaue.

– Tut nichts, sagte ein Bauer, alle haben sie damit noch lange nicht, und neunzehn sind eben nur neunzehn. Sie haben weder Rion, noch Benjamin Moulins und Goupil aus der Gemeinde von Andouillé ebenso wenig.

– Und auch Lorieul aus Monjean nicht, bemerkte ein Zweiter. Und andere Stimmen setzten weitere Namen hinzu.

– Dummes Geschwätz, sagte ein alter Weißkopf mit harten Gesichtszügen. Alles ist aus, wenn sie den Lantenac einmal haben.

– Den haben sie aber noch nicht, brummte einer von den Burschen.

– Mit Lantenac wird dem Aufstand das Herz ausgebrochen, fuhr der Greis fort. Stirbt Lantenac, so stirbt auch die Vendée.

– Was ist das denn eigentlich mit diesem Lantenac, fragte einer der Bürgersleute.

– Das ist ein vormaliger Marquis.

Und ein Anderer setzte hinzu: Einer, der die Weiber umbringt.

– Das ist wahr, sagte Michelle Fléchard, welche zugehört hatte. Man wendete sich nach ihr um, und sie fuhr fort: Ja, ich selber bin ja erschossen worden.

Das klang sonderbar; man betrachtete, und zwar etwas schief, diese Lebendige, die sich für tot ausgab. Unheimlich genug sah sie aus, bei der kleinsten Gelegenheit erbebend, verstört, verwildert, unstet, vor lauter Erschrockenheit ein Gegenstand des Schreckens. In der Verzweiflung eines Weibes liegt eine Hilflosigkeit, die ins Furchtbare hinüberspielt. Man glaubt ein Wesen vor sich zu haben, das außerhalb des gewöhnlichen menschlichen Schicksals schwebt. Doch die Bauern fassen die Dinge derber auf, und schon brummte jemand: Die spioniert wohl.

– Aber so seid doch still und geht Eures Weges! Sagte die gute Frau zu ihr, die sie bereits gewarnt hatte.

– Ich tue ja nichts Böses, antwortete Michelle Fléchard. Ich suche meine Kinder.

Die Bäuerin schaute die Leute an, die Michelle Fléchard anschauten, und erklärte, mit den Augen zwinkernd, indem sie den Finger an die Stirn legte: Die ist von Sinnen.

Dann nahm sie sie beiseite und gab ihr einen Buchweizenfladen. Michelle Fléchard biss gierig hinein, ohne auch nur zu danken. – Ja, meinten die Bauern, sie frisst wie das liebe Vieh; sie ist wirklich von Sinnen.

Und langsam zerstreute sich die übrig gebliebene Gruppe.

Nachdem Michelle Fléchard gegessen hatte, sagte sie zu der Bäuerin: Gut, jetzt bin ich satt. Wo geht es nach La Tourgue?

– Nun kommt es schon wieder über sie! Rief die Bauernfrau.

– Nach La Tourgue muss ich. Zeigt mir den Weg nach La Tourgue.

– Nun und nimmer, entgegnete die Bäuerin. Damit Ihr Euch umbringen lasst? Den Weg weiß ich übrigens gar nicht. Ja, seid Ihr denn wirklich verrückt? Hört einmal, arme Frau, Ihr schaut recht müde aus. Wollt Ihr nicht ein wenig bei mir rasten?

– Ich raste nie, sagte die Mutter.

– Sie hat ganz wunde Füße, murmelte die Bäuerin.

– Ich habe Euch ja gesagt, fuhr Michelle Fléchard fort, dass man mir meine Kinder gestohlen hat; ein kleines Mädel und zwei Knaben. Ich komme aus der Waldhöhle. Fragt nur Tellmarch den Caimand oder den Mann, den ich drüben auf dem Feld angetroffen habe. Der Caimand hat mich ja geheilt; es scheint, dass etwas an mir gebrochen war. Das alles sind lauter Dinge, die mir widerfahren sind. Da ist noch der Sergeant, Radoub, auch den könnt Ihr fragen. Der wird es Euch schon sagen, denn er hat uns ja im Wald gefunden. Es sind ihrer drei; drei Kinder sind es; ich kann es Euch versichern. Wenn ich Euch sage, dass der Älteste René-Jean heißt. Ich will alles beweisen. Und der Andere heißt Gros-Alain und das Kleine Georgette. Mein Mann ist tot. Sie haben ihn umgebracht. Er war Pächter zu Siscoignard. Ihr habt ein gutmütig Gesicht, geht, zeigt mir den Weg! Ich bin keine Närrin; ich bin eine Mutter. Meine Kinder habe ich verloren und jetzt suche ich nach ihnen. Weiter nichts. Ich weiß nicht recht, woher ich komme. Diese Nacht habe ich in einer Scheune auf dem Stroh geschlafen. Nach La Tourgue muss ich gehen. O ich bin keine Diebin. Ihr seht ja, dass ich die Wahrheit spreche. Meine Kinder sollte man mir doch wiederfinden helfen. Ich bin hier fremd. Sie haben mich erschossen, aber ich weiß nicht recht wo.

Die Bäuerin schüttelte den Kopf und sagte: Hört einmal, Frau, in Revolutionszeiten muss man nicht Sachen daherreden, die kein Mensch versteht; das könnte Euch noch in den Turm bringen.

– Aber La Tourgue! Schrie die Mutter. Liebe Frau, bei unserem Heiland und bei der guten Heiligen Jungfrau Maria im Himmel bitte ich Euch, liebe Frau, ich beschwöre Euch, mit gefalteten Händen, sagt mir, wie komme ich nach La Tourgue!

Jetzt wurde die Bäuerin zornig: Ich weiß es nicht, und wenn ich es wüsste, würde ich es Euch erst recht nicht sagen. Das sind Plätze, wo es nicht geheuer ist, und da geht man nicht hin.

– Ich gehe doch hin, sagte die Mutter und machte sich auf den Weg. Die Bäuerin sah ihr nach und brummte: Aber essen muss sie doch. Und ihr nachlaufend, legte sie ihr einen Fladen in die Hand: Da nehmt, für den Abend!

Michelle Fléchard nahm den Fladen, aber antwortete nicht, wendete den Kopf nicht um und ging weiter. Bei den letzten Häusern des Dorfes begegnete sie drei zerlumpten, barfüßigen kleinen Kindern. Sie trat zu ihnen hin und sagte: Das ist das Gegenteil: zwei Mädchen und ein Knabe. Und da die Kinder den Fladen betrachteten, schenkte sie ihn her. Die Kleinen langten danach und fürchteten sich. Sie aber ging waldeinwärts.

IV.

Ein Irrtum.

Am selben Tage, beim Morgengrauen, hatte sich in der verworrenen Dunkelheit des Waldes auf der Straße zwischen Javené nach Lécousse Folgendes zugetragen: Jeder Weg im Bocage ist ein Hohlweg, besonders aber die sehr tief gelegene Straße, die von Javéne über Lécousse nach Parigné führt. Diese Straße, die von Vitré kommt und die Ehre gehabt hat, die Karosse der Frau von Sévigné hin- und herzuschütteln, macht nebenbei noch sehr scharfe Krümmungen und gleicht überhaupt mehr einer Schlucht als einem Weg; sie ist rechts und links mit Hecken wie zugemauert und infolgedessen zu einem Hinterhalt geeignet wie sonst keine.

Früh morgens also, eine Stunde bevor Michelle Fléchard auf einer anderen Seite des Waldes in jenes erste Dorf gekommen war, wo ihr der schauerliche Karren mit der Gendarmen-Eskorte erschien, wimmelte es im Dickicht, durch das sich bei der Brücke über den Couesnon die Straße von Javené hinzieht, von unsichtbaren Männern hinter den Zweigen.

Diese Männer waren Bauern und trugen alle den »Grigo«, jenen Kittel aus Ziegenhaar, der im sechsten Jahrhundert die bretonischen Könige und im achtzehnten die Bauern kleidete. Bewaffnet waren sie teils mit Flinten, teils mit Äxten. Die mit den Äxten hatten soeben aus trockenen Reisigbündeln und Holzklötzen in einer Lichtung eine Art Scheiterhaufen errichtet, den man bloß mehr anzustecken brauchte. Die mit den Flinten waren auf beiden Seiten der Straße aufgestellt und schienen auf etwas zu warten. Wer durch das Laubwerk hätte hindurchschauen können, hätte hinter den Lücken zwischen den Zweigen an jedem Drücker einen Finger und allenthalben gesenkte Gewehrläufe erblickt. Die Leute lagen auf der Lauer und alle Büchsen waren gegen die Straße gerichtet, die fahl sich abhob in der Morgendämmerung. Durch das Zwielicht flüsterten Stimmen:

- Weißt Du es auch gewiss? - Wenigstens habe ich es gehört. - Dass sie vorbeifahren wird? - Man sagt, sie sei in der Gegend. - Sie soll nicht wieder hinaus. - Brennen muss sie. - Dafür sind wir ja hier, volle drei Dörfer. - Ja, aber die Bedeckungsmannschaft? - Die wird niedergemacht. - Doch ist es auch gewiss, dass sie diesen Weg fährt? - Man sagt so. - Dann käme sie also von Vitré? - Warum denn nicht? - Aber es wurde doch gesagt, sie komme von Fougères. - Fougères oder Vitré, gleichviel, sie kommt aus der Hölle. - Ja. - Und dorthin muss sie zurück. - Gewiss. - Also fährt sie nach Parigné? - So scheint es. - Das soll sie nicht. - Nein. - Freilich nicht, nein, nein! - Aufgemerkt!

Und in der Tat war das Schweigen jetzt am Platz, denn es begann, schon ein wenig zu tagen.

Plötzlich hielten die lauschenden Männer den Atem an; sie hatten Pferdegetrampel und das Rollen eines Wagens gehört, und, zwischen den Zweigen durchblickend, sahen sie die undeutlichen Umrisse eines langen Karrens, auf dem etwas lag und der mit einer Reitereskorte den Hohlweg heraufkam.

- Da ist sie, flüsterte derjenige, der das Kommando zu führen schien.

- Ja, sagte einer, der hinausspähte, unter Bedeckung.

- Wie viel Mann?

- Zwölf.

- Es hieß doch, sie seien ihrer zwanzig.

- Zwölf oder zwanzig, alle müssen hin werden.

- Nur abwarten, bis sie uns recht in den Schuss kommen.

Bald darauf bogen Karren und Eskorte um die Ecke und waren da.

– Der König hoch! Rief der Anführer der Bauern, und hundert Flintenschüsse fielen mit einem Knall. Als der Rauch zerstob, war auch die Eskorte zerstoben. Sieben Reiter waren gefallen, die fünf andern geflohen. Die Bauern eilten zum Karren hin.

Das ist ja die Guillotine gar nicht, das ist nur eine Leiter.

– Da schau, rief der Anführer, das ist ja die Guillotine gar nicht; das ist nur eine Leiter.

Und wirklich, die Ladung des Karrens bestand einzig und allein in einer langen Leiter. Die beiden Pferde waren verwundet niedergestürzt, der Fuhrmann erschossen, aber nur aus Versehen.

– Gleichviel, sagte der Anführer, eine Leiter unter Kavalleriebedeckung ist immerhin verdächtig, und in der Richtung von Parigné ... Was gilt's? Die Leiter sollte nach La Tourgue.

– Ins Feuer mit ihr! Schrien die Bauern, und die Leiter wurde verbrannt. Während dessen war der unheimliche Karren, dem sie aufgelauert hatten, auf einer andern Straße schon zwei Meilen weiter in jenem Dorf, wo ihn Michelle Fléchard bei Sonnenaufgang vorbeifahren sah.

V.

Vox in deserto.[7]

Als Michelle Fléchard die drei Kinder verließ, denen sie ihren Buchweizenfladen geschenkt hatte, streifte sie aufs Geratewohl durch den Wald. Da man ihr den Weg nicht sagen wollte, musste sie ihn schon selber finden. Zuweilen setzte sie sich, wanderte dann weiter und setzte sich wieder. Auf ihr lastete jene Müdigkeit, die von den Muskeln bis ins Mark der Knochen übergeht, die Sklavenmüdigkeit, und eine Sklavin war sie auch, die Sklavin ihrer verlorenen Kinder, ihrer Muttersehnsucht, ihrer Angst, jede versäumte Minute könnte möglicherweise die Trennung zu einer ewigen machen. Sklavin einer Pflicht, welche kein Recht neben sich duldet, nicht einmal das Recht, aufzuatmen. Aber sie war sehr matt, so erschöpft, dass jeder neue Schritt infrage gestellt war; hatte sie zu diesem einen Schritt überhaupt noch die Kraft? Seit Sonnenaufgang war sie unterwegs; ein Dorf oder sogar nur ein Haus war ihr nicht mehr zu Gesicht gekommen. Zuerst schlug sie den richtigen, dann den unrechten Pfad ein, und schließlich stand sie ratlos mitten im Einerlei des Dickichts. Näherte sie sich dem Ziel? War sie bald am Ende ihrer Leiden angelangt? Ihr Weg war der Weg zum Kreuz und sie empfand die Todesschwäche der letzten Station. Wenn sie jetzt zusammenbräche und stürbe? Es trat ein Augenblick ein, wo ihr das Weitergehen als ein Ding der Unmöglichkeit erschien. Am Himmel sank schon die Sonne; es dunkelte bereits im Wald; die Pfade verloren sich in Grasflächen und sie wusste nicht, was aus ihr werden sollte; keinen Halt hatte sie mehr auf Erden, außer ihrem Gott. Sie rief um Hilfe, aber niemand antwortete.

Sie blickte um sich her, und es fiel ihr eine Stelle auf, wo sich das Dickicht lichtete; in dieser Richtung schleppte sie sich fort und befand sich plötzlich im Freien. Vor ihr lag ein Talgrund, der kaum breiter war als ein Laufgraben und in dem ein klares Wässerchen zwischen Steingeröll rieselte. Jetzt erst wurde sie auf ihren quälenden Durst aufmerksam; sie stieg zum Bächlein nieder, trank, und, da sie nun schon einmal kniete, verrichtete sie auch ein Gebet. Als sie wieder aufstand, suchte sie sich zu orientieren. Sie schritt über das Rinnsal weg. Hinter dem kleinen Talgrund dehnte sich, soweit der Blick reichte, eine weite mit niedrigem Gesträuch bewachsene Ebene, welche, vom Bett des Baches ab verlorenerweise steigend, die ganze Breite des Horizonts einnahm. Der Wald war die Einsamkeit, diese Ebene die Wüste; im Wald konnte man hinter jedem Busch vielleicht einem Menschen begegnen, aber hier auf dem Pla-

[7] Eine Stimme in der Wüste.

teau war weit und breit nicht die geringste Spur von Leben zu entdecken; nur ein paar Vögel, die den Ort zu fliehen schienen, flatterten über dem Heidekraut davon.

Und nun, im Angesicht dieser endlosen Verlassenheit, mit wankenden Knien und wie irrsinnig, ließ die verstörte Mutter den wunderlichen Schrei in die Wüstenei hinausgellen: Ist denn niemand hier?

Sie wartete auf eine Antwort.

Dies Mal wartete sie nicht vergebens. Vom fernen Horizont her erhob sich eine dumpfe, tiefe Stimme, die von Echo zu Echo wiederholt wurde, etwas wie ein Donnerrollen oder ein Kanonenschuss, der die Frage der Mutter mit einem Ja zu erwidern schien.

Dann wurde es wieder still. Die Mutter raffte sich neu gestärkt auf; es war doch wenigstens etwas zugegen; ihr war, als habe sie jetzt jemand, mit dem sich reden ließ. Der Labetrunk und das Gebet gaben ihr Kraft, und sie schritt aufwärts, der Stelle des Plateaus zu, wo sich die ungeheure, ferne Stimme erhoben hatte.

Plötzlich sah sie am äußersten Horizont einen hohen Turm emporragen. Der Turm stand einsam, von der untergehenden Sonne rötlich angeglüht, in der wilden Gegend, in einer Entfernung von über einer Meile; hinter ihm verlor sich in Nebeln eine verschwimmende grünliche Baumwand, der Wald von Fougères. Der Turm stand an eben derselben Stelle des Horizonts, von wo aus der rollende Lärm ertönt war, den Michelle Fléchard als eine Art Zuruf begrüßt hatte. Also rührte der Lärm wohl vom Turm her. Die Mutter hatte das Plateau erstiegen, und vor ihr lag jetzt eine flache Ebene; auf dieser schritt sie in der Richtung des Turms voran.

VI.

Situation.

Der Augenblick war da. Der Unerbittliche war über den Unbarmherzigen gekommen. Cimourdain hielt Lantenac in seiner Hand. Der alte rebellische Royalist saß in seiner Höhle gefangen; an eine Flucht war nicht zu denken und Cimourdains Plan zufolge sollte der Marquis in der Heimat, an Ort und Stelle, auf seinem Grund und Boden und gewissermaßen in seinem eigenen Haus enthauptet werden; damit das Beispiel recht unvergesslich bleibe, sollte die mittelalterliche Burg den Kopf ihres mittelalterlichen Herrn fallen sehen. Zu diesem Zweck hatte Cimourdain die Guillotine von Fougères herbestellt, und diese war, wie wir wissen, auch bereits unterwegs. Lantenacs Tod war der Tod der Vendée und der Tod der Vendée die Rettung Frankreichs. Cimourdain wankte nicht; ihm wurde wohl bei der blutigen Erfüllung seiner Pflicht.

Der Marquis war schon so gut wie hingerichtet; darüber machte sich Cimomdain keine Sorgen; aber ein anderer Gedanke beunruhigte ihn. Es musste ein grässlicher Kampf werden und Gauvain, der ihn leitete, war der Mann nicht, bloß zuzuschauen; der junge Führer hatte schon so oft mit eingehauen wie ein alter Soldat. Wenn er sich nun mitten ins Gewühl hineinstürzte? Wenn er umkäme? Gauvain! Cimourdains Kind, der einzige irdische Gegenstand seiner Einzelliebe! Bis jetzt hatte Gauvain wohl Glück gehabt, aber das Glück ist wandelbar, und davor zitterte Cimourdain, durch ein seltsam Geschick zwischen zwei Menschen hingestellt, die denselben Namen trugen und für deren einen er Vernichtung, für deren andern er Leben ersehnte. Der Kanonenschuss, der Georgette weckte und die Mutter aus ihrer ratlosen Einsamkeit herbeirief, hatte sich damit nicht begnügt. Der Zufall oder der Soldat, der das Geschütz gerichtet, hatte es gefügt, dass durch die Kugel, die doch nur mahnen sollte, das eiserne Gitterwerk, das die große Schießscharte der ersten Etage des Turmes markierte und schloss, getroffen, zerfetzt und zur Hälfte losgebrochen wurde. Diesen Schaden auszubessern, hatten, die Belagerten keine Zeit mehr gehabt.

Mit den Munitionsvorräten hatte der Imânus bloß geprahlt; sie waren in Wirklichkeit sehr gering. Überhaupt war die Situation - der Umstand muss betont werden - noch kritischer, als die Belagerer es sich vorstellten. Wäre genug Pulver vorhanden gewesen, so hätten die Verteidiger La Tourgue, sich und den Feind mit in die Luft gesprengt; es war das ihr Traum; aber die Mittel reichten nicht aus. Es kamen auf den Mann kaum dreißig Schüsse; Flinten, Karabiner und Pistolen gab es die Menge, aber nur wenig Patronen. Um ein ununterbrochenes Feuer zu ermöglichen, waren sämtliche Waffen geladen worden; aber wie lange konnte dies Feuer andauern, das zugleich genährt und aufgespart werden wollte? Darin lag die Schwierigkeit. Zum Glück - ein entsetzliches Glück - würde hauptsächlich Mann gegen Mann, mit blanker Waffe, Säbel oder Dolchmesser, gekämpft, also mehr gerungen als geschossen werden. Mit der Hoffnung auf ein derartiges Gemetzel trösteten sich die Verteidiger.

Das Innere des Turmes schien uneinnehmbar. Im ebenerdigen Saal, in den die Bresche mündete, stand der Abschnitt, jene von Lantenac kunstvoll errichtete Barrikade, die den Eingang wehrte; dahinter ein langer Tisch mit geladenen Büchsen, Stutzen, Karabinern, Musketen, Äxten und Dolchmessern. Da das an den Saal stoßende Kerkerverlies zur Sprengung des Turmes nicht hatte benutzt werden können, hatte der Marquis die Tür dazu verschließen lassen. Über diesem Saal lag die Kammer des ersten Stockwerks, zu der man nur durch eine sehr enge Wendeltreppe gelangen konnte. Diese Kammer, in der sich wie im unteren Saal ein Tisch mit schussbereiten Waffen befand, nach denen man die Hand bloß auszustrecken brauchte, war durch die große Schießscharte erhellt, deren Gitter durch die Kanonenkugel zerschlagen worden. Von hier aus stieg die Wendeltreppe zur runden Kammer des zweiten Stockwerks, wo die eiserne Tür des Brückenschlösschens angebracht war; dieser Raum hieß entweder »das Zimmer mit der eisernen Tür« oder »das Spiegelzimmer,« weil dort unmittelbar auf dem nackten Stein an verrosteten Nägeln viele kleine Spiegel hingen, ein sonderbarer Luxus an einer sonst so verwahrlosten Stätte. Da sich die obersten Kammern nicht erfolgreich verteidigen ließen, war das Spiegelzimmer der Ort, den Manesson-Mallet, eine maßgebende Autorität in derartigen Dingen, »die letzte Stellung« nennt, »in der den Belagerten meistens nichts mehr übrig bleibt, als zu kapitulieren.« Es handelte sich, wie gesagt, darum, dem Feind das Vordringen in diesen Raum unmöglich zu machen. Trotzdem durch mehrere Schießscharten Licht genug hereinfiel, brannte hier eine Fackel; diese Fackel, die, gleich der des ebenerdigen Saales, in einem eisernen Halter stand, war durch den Imânus, und zwar in nächster Nähe der geschwefelten Lunte, angezündet worden, in einer grässlichen Absicht.

Im Hintergrund des ebenerdigen Zimmers war, wie in einer homerischen Höhle, für Hunger und Durst gesorgt; große Schüsseln mit Reis, mit Buchweizensuppe und gehacktem Kalbfleisch, runde Kuchen aus Mehl und gedünstetem Obst und Krüge voll Äpfelwein standen dort auf einem quer über zwei Böcke gelegten Brett. Jeder konnte nach Belieben zugreifen.

Der Kanonenschuss hatte eine allgemeine Spannung hervorgerufen. In der nächsten halben Stunde musste es ja zur Entscheidung kommen. Vom Turm herab beobachtete der Imânus die Bewegungen der Feinde. Lantenac halte Befehl gegeben, sie heranrücken zu lassen, ohne einen Schuss zu tun. Sie sind ihrer Viertausendfünfhundert, hatte er gesagt; draußen ein paar umzubringen, wäre nutzlos. Wartet damit, bis sie drinnen sind, hier gleicht es sich wieder aus. Und lachend hatte er hinzugesetzt: Gleichheit, Verbrüderung. Der Imânus sollte, einer Verabredung gemäß, den Anmarsch der Blauen durch ein Hornsignal ankündigen.

Hinter dem Abschnitt und auf den untersten Treppenstufen aufgestellt, in stummer Erwartung, hielt jeder mit der einen Hand sein Gewehr, mit der anderen seinen Rosenkranz. Die Situation war vollkommen klar. Die

Stürmenden hatten eine Bresche zu ersteigen, eine Barrikade zu nehmen, drei über einander liegende Säle nacheinander in hartem Kampf zu erobern und unter einem Kugelregen zwei Wendeltreppen Stufe für Stufe dem Gegner abzuringen. Die Belagerten hatten weiter nichts zu tun, als zu sterben.

VII.

Vor dem Angriff.

Seinerseits traf Gauvain die letzten Vorkehrungen für den Angriff und gab Cimourdain und Guéchamp noch einige ergänzende Winke. Cimourdain sollte, wie schon gesagt worden, ohne in die Aktion einzugreifen, das Plateau bewachen und Guéchamp hatte den Befehl, im Wald mit dem Gros der Truppen eine beobachtende Stellung einzunehmen. Es war ausgemacht worden, dass sowohl die tief gelegene Batterie am Waldsaum wie die hohe Batterie auf dem Plateau nur im Fall eines Hervorbrechens oder eines Fluchtversuches feuern sollten. Gauvain hatte sich, zu Cimourdains heimlichem Bedauern, das Kommando über die Sturmkolonne vorbehalten.

Eben war die Sonne untergegangen.

Ein Turm auf freiem Felde gleicht einem Schiff auf offener See und muss auch in ähnlicher Weise angegriffen werden; es ist dies mehr ein Entern als ein Stürmen, wobei die Kanonen überflüssig werden und wie alles Überflüssige wegfallen; was können auch Kanonen einer fünfzehn Fuß dicken Mauer anhaben? Ein Loch an der Stückpforte, dessen Eingang die Einen verteidigen und die Anderen erzwingen, Beile, Messer, Pistolen, Fäuste und Zähne, mehr braucht es nicht.

Gauvain wusste, dass es kein anderes Mittel gab, La Tourgue zu bewältigen; aber er wusste auch, dass es nichts Mörderischeres gibt, als einen Kampf Brust gegen Brust; er kannte aus seinen Kinderjahren her die gewaltige innere Einrichtung des Turms und stand in tiefernsten Gedanken. Da rief Guéchamp, der, einige Schritte weiter, den Horizont gegen Parigné zu durch ein Fernrohr betrachtete, plötzlich: Ah! Endlich!

Dieser Ausruf riss Gauvain aus seiner Träumerei:

- Guechamp, was gibt's?

- Kommandant, dort kommt die Leiter.

- Unsere Rettungsleiter?

- Jawohl.

- Wie? Erst jetzt?

- Ja, Kommandant, und ich war schon in Sorgen. Der Reiter, den ich nach Javéne abgeschickt, ist ja längst zurück.

- Ich weiß.

- Er hat auf dem Zimmerhof von Javené eine Leiter in der erforderlichen Länge vorgefunden, hat sie requiriert, auf einen Karren bringen und unter Bedeckung von zwölf Mann Kavallerie nach Parigné abgehen lassen. Er selber hat die Leiter noch fortfahren sehen und ist dann in gestrecktem Galopp hergesprengt.

- Ja, und hat das alles gemeldet. Er hat auch noch hinzugefügt, der Karren werde, da er kräftig bespannt und schon gegen zwei Uhr fortgefahren sei, vor Sonnenuntergang hier eintreffen. Das weiß ich schon; was weiter?

- Was weiter, Kommandant? Untergegangen ist die Sonne bereits, und der Karren mit der Leiter war noch nicht da.

- Wie ist das nur möglich? Aber wir müssen dennoch angreifen. Die halbe Stunde ist vorüber. Einen Aufschub würde der Feind missdeuten.

- Es kann angegriffen werden, Kommandant.

- Aber die Rettungsleiter haben wir doch nötig.

- Allerdings.

- Und die haben wir nicht.

- Wir haben sie.

- Wieso?

- Darum sagt ich ja: Endlich kommt sie! Gerade weil sie nicht kam, habe ich mir die Straße von Parigné hierher durch das Fernrohr betrachtet und bin jetzt beruhigt. Dort drüben, Kommandant, können Sie den Karren, von den Reitern eskortiert, die Anhöhe herunterfahren sehen.

Gauvain nahm das Glas und schaute hin: In der Tat, da ist er. In der Dunkelheit lässt sich nicht alles mehr unterscheiden; aber man sieht ja die Reiter. Es ist kein Zweifel. Nur scheint mir die Bedeckung stärker, als Sie gesagt hatten, Guechamp.

- Mir auch.

- Sie haben ungefähr noch eine Viertelmeile hierher.

- In fünfzehn Minuten ist die Leiter da, Kommandant.

- Nun kann gestürmt werden.

Was hergefahren kam, war wirklich ein Karren, aber der nicht, den die Beiden meinten.

Als Gauvain sich umwendete, erblickte er den Sergeanten Radoub, der in militärischer Positur, aufrecht und gesenkten Blicks mit Achtung dastand.

– Was ist, Sergeant Radoub?

– Bürger Kommandant, wir, die Leute vom Bataillon Bonnet-Rouge, möchten Sie um eine Vergünstigung bitten.

– Die wäre?

– Uns doch wieder mitsterben zu lassen.

– Ah so! Sagte Gauvain.

– Wollen Sie uns die Liebe erweisen?

– Aber ... je nach Umständen, antwortete Gauvain.

– Sehen Sie, Kommandant, seit der Affaire von Dol gehen Sie haushälterisch mit uns um. Wir sind noch unser zwölf.

– Nun?

– Wir fühlen uns zurückgesetzt.

– Ihr gehört zur Reserve.

– Wir gehören lieber zur Avantgarde.

– Aber ich bedarf Eurer für den entscheidenden Ruck gegen Ende der Aktion. Ich bewahre Euch auf.

– Leider.

– Und dann, zur Sturmkolonne gehört Ihr ja schon; Ihr marschiert ja mit.

– Hinterher. Paris hat ein Recht voraus zu marschieren.

– Ich will mir es überlegen, Sergeant Radoub.

– Jetzt gleich, Kommandant. Eine bessere Gelegenheit wird sich kaum finden lassen. Heute gilt es, eine Mordsuppe einzubrocken oder auszuessen. Es setzt was ab. An La Tourgue wird sich mehr als einer die Finger verbrennen. Da bitten wir denn um die Gunst, mittun zu dürfen.

Der Sergeant hielt inne, drehte seinen Schnurrbart und fuhr mit bewegter Stimme fort:

– Und dann, Kommandant, in dem Turm, wissen Sie, sind unsere drei kleinen Kerlchen, unsere Kinder, die Kinder des Bataillons, und diese Schandfratze von einem Himmelsakramenter, dieser sichere Brise-bleu, dieser sichere Imànus Gouge-le-Bruand oder Bouge-le-Gruand oder Fouge-le-Truand, der Gottsdonnerwetterschuft des Teufels, bedroht unsere Kinder, sage unsere Kinder, unsere drei Würmer, Kommandant. Und wenn auch alle Schwerenot dazwischenfährt, es soll ihnen kein Leids geschehen; verstanden, Obrigkeit? Wir leiden es nicht. Vor Kurzem habe ich die Waffenruhe benutzt und bin auf das Plateau gestiegen und habe sie durch die Fenster betrachtet; ja, sie sind wirklich da; vom Rand der Schlucht aus kann man sie sehen, und ich habe sie auch gesehen, und sie haben sich vor mir gefürchtet, die lieben Dinger. Kommandant, wenn Ihnen nur ein einziges Härchen an ihren kleinen Engelsperrücken gekrümmt wird, ich schwör es, Kreuzmillionenschockdonnerwetter, bei allem, was nur irgendwie heilig ist, so ziehe ich, der Sergeant Radoub, die alten Knochen des himmlischen Vaters zur Rechenschaft. Wir wollen unsere drei Rangen retten oder draufgehen, so spricht das Bataillon; das ist unser gutes Recht, Hagelstrambach! Draufgehen alle Zwölf, Kommandant, versteht sich mit allem schuldigen Respekt.

Gauvain reichte Radoub die Hand und sagte: Ihr seid die Tapferen unter den Tapferen und sollt stürmen. Ich will die Arbeit zwischen Euch teilen; sechs vorn, um den Impuls zu geben, und sechs bei der Arrièregarde, um nachzuschieben.

- Kommandiere wiederum ich die Zwölf?

- Gewiss.

- Dann dank ich, Kommandant, denn ich gehöre zur Avantgarde.

Und Radoub machte die Honneurs und trat in die Reihen zurück. Gauvain sah nach der Uhr, flüsterte Guéchamp ein paar Worte ins Ohr, und die Sturmkolonne wurde formiert.

VIII.

Rede und Gebrüll.

Cimourdain, der seinen Posten auf dem Plateau noch nicht bezogen hatte und neben Gauvain stand, trat zu einem Trompeter hin und sagte: Blase noch einmal zur Unterhandlung.

Der Trompeter blies und das Horn antwortete. Auch auf die zweite Anfrage antwortete das Horn.

- Was soll das? Sagte Gauvain zu Guéchamp. Was will nur Cimourdain?

Cimourdain schwenkte sein weißes Tuch und näherte sich dem Turm.

- Ihr Männer da droben, rief er mit lauter Stimme, kennt Ihr mich?

– Ja, erwiderte eine Stimme, die Stimme des Imânus, von den Zinnen des Thurms herab.

Beide Stimmen tauschten nun Rede und Gegenrede aus, und man vernahm folgendes Gespräch:

– Ich bin der Abgesandte der Republik.

– Du bist der frühere Pfarrer von Parigné.

– Ich bin der Bevollmächtigte des Wohlfahrtsausschusses.

– Du bist ein Priester.

– Ich bin der Vertreter des Gesetzes.

– Du bist ein Renegat.

– Ich bin der Kommissär der Revolution.

– Du bist ein Abtrünniger.

– Ich bin Cimourdain.

– Du bist der Satan.

– Ihr kennt mich?

– Wir verabscheuen dich.

– Ihr möchtet mich wohl gern in Eurer Gewalt haben?

– Wir sind hier unser achtzehn, die ihren Kopf hergeben würden für den Deinen.

– Nun denn, ich bin bereit, meine Person an Euch auszuliefern.

– Vom Turm gellte ein wildes Auflachen und der Schrei: Komm!

Das Schweigen höchster Spannung herrschte im Lager. Cimourdain fuhr fort: Ich stelle nur *eine* Bedingung.

– Welche?

– Hört mich.

– Sprich.

– Ihr hasst mich doch?

– Ja.

– Ich, ich liebe Euch und bin Euer Bruder.

– Bruder Kain, rief die Stimme vom Thurm.

– Schmäht nur, aber hört, entgegnete Cimourdain in einem eigentümlichen Ton, der streng und mild zugleich klang. Ihr seid arme, irr geleitete Menschen. Ich bin Euer Freund. Ich bin das Licht und rede zu der Unwissenheit. Im Licht wohnt Bruderliebe, und eine gemeinsame Mutter haben wir ja, das Vaterland. Also hört. Später werdet Ihr oder werden Eure Kinder oder Kindeskinder noch erfahren, dass alles, was in diesem Augenblick geschieht, die Erfüllung höherer Gesetze fördert, und dass hinter der Revolution Gott steht. Soll sich bis zur Stunde, die in jedes Gewissen, auch in das Eure, Klarheit bringen und wo jeder Fanatismus, auch der unsere, schwinden wird, soll sich bis zum Aufdämmern jener großen Morgenröthe nicht *eine* Seele finden, die sich Eurer Verfinsterung erbarmt? Ich trete vor Euch hin und biete Euch meinen Kopf, mehr noch, ich reiche Euch die Hand und bitte Euch um die Gnade, Euch sterbend retten zu dürfen. Ich bin mit unbegrenzter Vollmacht ausgestattet und kann also erfüllen, was ich verspreche. In diesem Augenblick der Entscheidung strenge ich einen letzten Versuch an. Ja, ein Bürger ist, der zu Euch redet, und dieser Bürger ist zugleich ein Priester. Der Bürger bekämpft Euch, aber der Priester darf zu Euch stehen. Hört auf mich. Viele von Euch haben Weib und Kinder. Ich ergreife die Partei Eurer Weiber und Eurer Kinder, ergreife sie gegen Euch selber. O meine Brüder ...

– Predige nur zu, grinste der Imânus.

– Brüder, fuhr Cimourdain fort, lasst die fluchwürdige Stunde nicht schlagen. Es soll hier zu einem Gemetzel kommen, und Viele der Unsern, die hier vor Euch stehen, werden morgen die Sonne nicht mehr aufgehen sehen; ja, es werden Viele von uns fallen, und Euch ist Allen der Tod gewiss. Übt Barmherzigkeit an Euch selber. Wozu dies Blutbad, wenn es überflüssig ist? Wozu so viele Menschen umbringen, wenn deren zwei genügen?

– Zwei? Fragte der Imânus.

– Ja wohl, zwei.

– Wer?

Lantenac und ich. Und mit gesteigertem Affekt sprach Cimourdain: Zwei Männer sind hier zu viel auf der Welt: für uns Lantenac und ich für Euch. Nehmt mein Anerbieten an, und alle sollt Ihr das Leben behalten: gebt uns Lantenac und nehmt dafür mich hin. Lantenac wird guillotiniert werden und mit mir könnt Ihr anfangen, was Euch beliebt.

– Pfaffe, brüllte der Imânus, wenn wir Dich hätten, wir würden Dich auf glühenden Kohlen rösten.

– Tut das, sagte Cimourdain und fuhr dann fort: Ihr, die Verurteilten im Turm, könnt Euch binnen einer Stunde samt und sonders Eures Leben und Eurer Freiheit erfreuen. Ich trage Euch die Rettung entgegen. Geht Ihr drauf ein?

Jetzt brach der Imânus los: Nicht allein bist Du ein Schurke; Du bist auch noch ein Narr. Ja, warum hältst Du uns überhaupt denn hin? Wer heißt Dich überhaupt zu uns reden? Wir unsern gnädigen Herrn ausliefern? Ja, was forderst Du denn da?

– Seinen Kopf, und Euch biete ich dafür ...

– Deine Haut, denn Dich würden wir bei lebendigem Leib schinden wie einen Hund, Pfarrer Cimourdain. Aber nein, sein Kopf ist uns Deine Haut nicht wert. Hebe Dich weg.

– Es wird grässlich werden. Zum letzten Mal besinnt Euch.

Während dieses düstern Wortwechsels, den sowohl die in, wie die vor dem Turm mit anhörten, wurde es Nacht. Der Marquis von Lantenac schwieg und ließ den Imânus reden; bei Feldherren ist dieser düstere Egoismus ein Vorrecht ihrer Verantwortlichkeit.

Mit dröhnender Stimme rief der Imânus über Cimourdain hinweg ins Weite: Männer, die Ihr uns angreift, unsern Vorschlag habt Ihr gehört; er ist ein für alle Mal gemacht, und nichts haben wir daran zu ändern. Nehmt ihn an, wo nicht wehe! Wollt Ihr? Wir geben Euch die drei Kinder zurück, die hier sind und Ihr sichert uns Allen das Leben und freien Abzug.

– Allen, ja, erwiderte Cimourdain, mit Ausnahme eines Einzigen.

– Wessen?

– Lantenacs.

– Der gnädige Herr! Unsern gnädigen Herrn ausliefern? Nie.

– Lantenac müssen wir haben.

– Nie.

– Unter der Bedingung allein können wir uns verständigen.

– Dann fangt an.

Es wurde wieder still. Der Imânus gab das Hornsignal und stieg zu den Seinen herab. Der Marquis zog den Degen. Schweigend fassten die neunzehn Belagerten im ebenerdigen Saal hinter dem Abschnitt Posto und knieten nieder. Sie hörten, wie die Sturmkolonne mit regelmäßigem Schritt in der Dunkelheit gegen den Turm heranmarschierte, immer näher; plötzlich stand die Kolonne still, dicht vor der Mündung der Bresche. Und jetzt, immer noch auf den Knien, legten alle durch die Schießscharten des Abschnittes auf den Feind an, und einer unter ihnen, Pfarrer Turmeau genannt Grand-Francoeur, erhob sich und sprach, in seiner Rechten den Säbel und in der Linken ein Kruzifix schwingend, mit feierlicher Stimme:

– Im Namen des Vaters, des Sohnes und des Heiligen Geistes!

Alles feuerte, und der Sturm begann.

IX.

Titanen gegen Riesen

Es war auch in der Tat grässlich, denn den grässlichsten Traum übertraf noch dieses Handgemenge. Um etwas Ähnliches zu finden, müsste man zu den großen Zweikämpfen im Aeschylos oder zu den alten Metzeleien aus der Feudalzeit zurückgreifen, zu jenen »Angriffen mit kurzen Klingen«, die bis ins siebzehnte Jahrhundert hineinreichen, tragische Erstürmungen, bei denen man durch das Hinterpförtchen vordrang und die der alte Kriegsmann der Provinz Alentejo folgendermaßen beschreibt: »Nachdem die Mine ihre Schuldigkeit getan, gehen die Belagerer mit blechbeschlagenen Brettern, Rundschilden, Sturmdächern, sowie auch reichlich mit Handgranaten versehen, vorwärts und bemächtigen sich der Verschanzungen oder Abschnitte, indem sie deren Verteidiger durch eine lebhafte Attacke aus denselben vertreiben.«

Der Schauplatz des Angriffs war fürchterlich; es war eine jener Breschen, welche die Fachmänner »gewölbte Breschen« nennen, das heißt kein offener Durchbruch unter freiem Himmel, sondern, wie man sich wohl noch entsinnen wird, ein Riss durch die Mauer. Das Pulver hatte wie ein Bohrer gearbeitet, und seine Wirkung war so kräftig gewesen, dass es den Turm mehr als vierzig Fuß über der Minenkammer gesprengt hatte; aber dennoch war es nur ein Spalt, und die praktikable Öffnung der Bresche, die in den ebenerdigen Saal führte, erinnerte mehr an einen stechenden Lanzenstoß als an den schneidenden Hieb einer Axt. Es war eine Punktion an der Seite des Turms, ein langer, durchdringender Einbruch, etwas wie ein horizontaler Schacht, ein darmartig geschlängelter, unmerklich aufsteigender Durchgang durch eine fünfzehn Fuß dicke Mauer, eine Art Zylinder, dessen ungestalte Höhlung von Hindernissen, Fallen und sonstigen Gefahren strotzte und in dem man mit der Stirn gegen den Granit, mit den Füßen gegen den Schutt, mit den Blicken gegen die Nacht stieß. Diese schwarze Wölbung gähnte die Angreifer gleich einem Schlund an, dessen Ober- und Unterkiefer durch die Steine der zerrissenen Mauer gebildet wurden, und starrte von Zacken wie ein Haifischrachen von Zähnen. Durch dieses entsetzliche Loch musste man ein- und ausgehen; drinnen hagelte es Kugeln, und drüber hinaus, das heißt in dem niedrigen Parterresaal, erhob sich der Abschnitt.

Nur das Aufeinanderprallen der Sappeurs in den Galerien, wenn die Gegenmine die Mine durchschnitten hat, oder die Metzeleien mit dem Beil im Zwischendeck eines in der Seeschlacht geenterten Schiffes lassen sich mit diesem über alles Maß grässlichen Grubenkampf an Grässlichkeit vergleichen. Nichts Schaudervolleres als ein Blutbad in einem geschlossenen Raum.

Im Augenblick, wo die erste Woge der Belagerer hereinbrach, bedeckte sich die ganze Barrikade mit Blitzen, als schlügen unterirdische Wetterstrahlen ein. Der angreifende Donner antwortete dem Donner im Hinterhalt und zwischen den hin- und herknallenden Schüssen schmetterte Gauvain's Ruf: »Drauf los!« dann der Ruf des Marquis: »Fest gegen den Feind!« dann der Ruf des Imânus: »Zu mir, die Männer von le Maine!« dann wieder das Geklirr der einhauenden Säbel und, Schlag auf Schlag, grässliche Lücken reißende Gewehrsalven. Die Fackel, die an der Wand hing, warf einen verschwommenen Flimmer auf das Entsetzliche; unterscheiden konnte man nichts; über allem dehnte sich eine rötliche Schwärze, und wer hereindrang, wurde plötzlich blind und taub, taub vor Lärm und blind vor Rauch. Die Verwundeten lagen unter dem Geröll herum. Man trat auf Leichen, stampfte auf Wunden, quetschte gebrochene Gliedmaßen, aus denen sich ein Geheul erhob, und wurde in die Füße gebissen von Sterbenden. Die Stille, die zuweilen entstand, war noch abscheulicher als das Getümmel; man hörte, wie unter schauerlichem Ringen nach Atem, zähneknirschend, röchelnd, fluchend, Brust an Brust gerauft wurde; dann brach der Donner wieder los. Ein Blutbach rann durch die Bresche in die Dunkelheit hinaus und staute sich draußen im Gras zu einer dampfenden Lache. Fast hätte man glauben können, es blute der Turm selber aus seiner riesigen Seitenwunde.

Merkwürdigerweise war von all dem Lärm im Freien kaum etwas zu vernehmen; rings um die angegriffene Festung, im Wald wie auf dem Plateau, herrschte in der stichdunkeln Nacht ein unheimlicher Friede. Drinnen wütete die Hölle; draußen schwieg das Grab. Dieser Anprall von Menschen, die sich in der Finsternis hinwürgten, das Gewehrfeuer, das Geschrei, das Wutgebrüll, das ganze rasende Getümmel verhallte zwischen den Steinmassen der Mauern und Gewölbe; durch den luftkargen Raum wurde der Schall erstickt, und dem Gemetzel gesellte sich noch die Beklemmung zu. So wenig war außerhalb des Thurms von allem zu hören, dass die kleinen Kinder in der Bibliothek weiterschliefen.

Mit der Hartnäckigkeit der Verteidigung wuchs die Erbitterung des Angriffs. Es bietet keine Verschanzung größere Schwierigkeiten als diese Art Barrikaden mit einspringendem Winkel, und was den Belagerten an numerischer Stärke abging, das wurde durch die Vorteile ihrer Stellung ausgeglichen. Die Sturmkolonne erlitt bedeutende Verluste. Draußen am Fuß des Turms in einer lang gestreckten Zeile aufgestellt, drang sie langsam durch die Mündung der Bresche vor, immer kürzer werdend, wie eine Schlange, die in ein Mauerloch schlüpft.

Gauvain bewegte sich im dichtesten Gewühl des ebenerdigen Saals, mitten im Kugelregen, mit der Tollkühnheit des jungen Feldherrn und der Zuversicht des Mannes, der noch nie verwundet worden. Da er sich eben umwendete, um einen Befehl zu erteilen, beleuchtete das Aufblitzen eine Gewehrsalve in seiner nächsten Nähe ein Gesicht.

- Cimourdain! Rief er, was wollen Sie hier? Es war richtig Cimourdain.

- Ich will bei Dir sein, antwortete er.

- Aber Sie setzen ja Ihr Leben aufs Spiel!

- Und Du, was tust Du mit dem Deinen?

- Mein Hiersein ist notwendig, Ihres nicht.

- Wo Du bist, muss auch ich sein.

- Nicht doch, liebster Lehrer.

- Doch, mein Kind.

Und Cimourdain blieb bei Gauvain.

Auf den Steinplatten des Saals häuften sich die Toten. Wiewohl die Barrikade immer noch Stand hielt, schließlich musste sie offenbar der Übermacht erliegen. Wohl waren die Angreifenden ohne Deckung, die Angegriffenen hingegen in sicherer Hut; wohl fielen für einen der Verteidiger zehn der Belagerer; aber diese füllten ihre Lücken wieder aus und vermehrten sich, während jene an Zahl abnahmen. Die neunzehn Belagerten befanden sich alle hinter dem Abschnitt, gegen den ja der Sturm gerichtet war; sie hatten bereits Verwundete und Tote und konnten höchstens mehr ihrer fünfzehn weiterkämpfen. Einer der Wildesten, Chant-en-hiver, ein untersetzter Bretone, mit krausem Haar, war grässlich verstümmelt; er hatte ein Auge verloren und die Kinnlade war ihm zerschmettert worden. Da er noch gehen konnte, schleppte er sich zur Wendeltreppe, stieg in die Kammer des ersten Stocks hinauf, um dort zu beten und zu sterben, und lehnte sich, weil ihm der Atem ausging, bei der großen Schießscharte gegen die Mauer.

Unten wurde das Gemetzel vor der Barrikade mit jedem Augenblick grauenvoller.

– Belagerte! Rief Cimourdain, einen stillen Moment zwischen zwei Salven erhaschend, soll denn noch länger Blut fließen? Ihr seid verloren. Ergebt Euch. Bedenkt, dass wir unser viertausendfünfhundert sind, gegen Euch neunzehn, das heißt über zweihundert gegen einen. Drum streckt die Waffen!

– Lassen wir die sentimentalen Stilübungen, entgegnete der Marquis.

Und zwanzig Kugeln sausten als Antwort von der Barrikade herab.

Die Verschanzung stieg nicht bis zur Decke hinauf; dieser Umstand, der den Belagerten erlaubte, darüber hinwegzuschießen, erlaubte aber auch den Angreifenden, hinüberzuklettern. – Sturm auf die Barrikade! Rief Gauvain. Meldet sich einer, der hinauf will?

– Ich, sagte Radoub der Sergeant.

X.

Radoub

Den Belagerungstruppen stand eine große Überraschung bevor: Nachdem Radoub, der mit sechs Mann seines Bataillons an der Spitze der Sturmkolonne durch die Bresche gedrungen war – jetzt lagen von den sechs Parisern bereits vier tot am Boden –, nachdem also Radoub gerufen hatte: »Ich!« sah man ihn, statt voranzustürzen, zurückweichen und gebückt, geduckt, fast hinkriechend zwischen den Beinen der Soldaten, den Eingang der Bresche wieder erreichen und hinauseilen. War er geflohen? Radoub und Flucht? Wie reimte sich das wohl zusammen?

Als Radoub ins Freie kam, rieb er sich, noch ganz blind von all dem Rauch, die Augen, gleichsam um das Grauen der Nacht daraus wegzuwischen, und untersuchte beim Sternenschein die Mauer. Gleich darauf nickte er zufrieden mit dem Kopf wie jemand, der zu sich selber sagt: Gut, ich habe mich nicht geirrt. Er hatte bemerkt, dass der tiefe Riss der explodierten Mine sich über der Bresche bis zu jener Schießscharte im ersten Stockwerk hinaufzog, deren Vergitterung durch eine Kanonenkugel eingeschlagen und losgelöst worden war. Die verbogenen Eisenstäbe hingen halb zerschmettert herunter, sodass ein Mann schon durchschlüpfen konnte, durchschlüpfen freilich, aber wie ließ sich denn das Fenster erreichen? Durch den Riss vielleicht, doch dazu war die Gewandtheit einer Katze erforderlich. Dem Sergeanten Radoub war eine solche Gewandtheit eigen; er gehörte zu jener Gattung von Kämpfern, welche Pindar »die geschmeidigen Athleten« nennt. Bei einem alten Soldaten kann sich unter Umständen die Behändigkeit der Jugend erhalten. Radoub, der früher bei den Gardes-françaises gedient hatte, war noch kein Vierziger und unbeschadet seiner herkulischen Stärke ein flinker Gesell. Er stellte seine Muskete hin, legte sein Wehrgehänge ab, zog Waffenrock und Weste aus und behielt nur seinen Säbel, den er zwischen die Zähne nahm, und seine zwei Pistolen, die er mit den Kolben nach oben in seinen Hosengurt steckte. Allen Ballastes also entledigt begann er unter den Augen desjenigen Teils der Kolonne, der noch nicht in die Bresche vorgedrungen war, an den Steinen des Mauerrisses wie über die Stufen einer Treppe hinaufzuklettern. Dass er keine Schuhe anhatte, kam ihm dabei nur zustatten, denn nichts ist schmiegsamer als ein nackter Fuß; mit den Zehen in die Vertiefungen des Steins festgekrallt, arbeitete er sich mit Händen und Knien empor. Es war ein mühseliges Steigen, etwas wie ein Aufklimmen an der gezähmten Klinge einer Säge. Ein wahres Glück, sagte er zu sich selber, dass niemand im ersten Stock ist, sonst käm ich nicht so gemütlich weiter.

Er hatte eine Höhe von wohlgemessenen vierzig Fuß in dieser Weise zu bewältigen, und dabei waren ihm noch die vorstehenden Kolben seiner Pistolen etwas hinderlich. Auch wurde, je höher er stieg, der Riss in der Mauer desto enger, sodass die Schwierigkeiten immer wuchsen und mit der Tiefe des Abgrunds die Gefahr eines Sturzes verhältnismäßig zunahm.

Endlich hatte er den Sims der Schießscharte erreicht; er schob das verdrehte, gelockerte Gitter beiseite, schwang sich, da die Öffnung nun weitaus groß genug war, mit einer gewaltigen Kraftanstrengung empor, stemmte sich mit einem Knie auf den Fenstervorsprung, packte mit der einen Hand links und mit der andern rechts den festgebliebenen Stummel einer Eisenstange und bog, mit dem Säbel zwischen den Zähnen an beiden Fäusten über der Untiefe hängend, den Oberkörper in die Schießscharte vor. Nur noch ein Satz, und er stand im Saal des ersten Stockwerks.

Da erschien am Fenster eine Gestalt; urplötzlich tauchte vor Radoub etwas Grauenvolles in der Dunkelheit auf, ein blutiges Gesicht mit einem ausgeschlagenen Auge und einer zerschmetterten Kinnlade, und diese einäugige Schreckensmaske starrte ihn an. Nun langte die Gestalt mit ihren zwei Händen aus der Finsternis heraus nach Radoub, und die eine zog ihm mit einem einzigen Griff die beiden Pistolen aus dem Gürtel, während die andere ihm dem Säbel zwischen den Zähnen wegriss.

Radoub war wehrlos. Ihm glitt das Knie auf der abschüssigen Brüstung der Schießscharte zurück; kaum konnte er sich noch mit seinen festgekrampften Händen an den zwei abgebrochenen Gitterstäben halten und hinter ihm klaffte ein vierzig Fuß tiefer Abgrund.

Die Schreckensgestalt war Chante-en-hiver, welcher, im Rauch, der von unten aufstieg, erstickend, sich zu der Fensteröffnung emporgerafft und dort wieder ein wenig erholt hatte, weil ihn die frische Nachtluft, die er jetzt einatmete, erquickte und ihm das Blut an den Wunden gerinnen machte. Plötzlich war auch vor ihm eine dunkle Gestalt aufgetaucht, und da Radoub, mit den Händen an die Eisenstäbe angeklammert, sich entweder ins Leere hinabstürzen oder entwaffnen lassen musste, hatte ihm Chante-en-hiver mit entsetzlicher Kaltblütigkeit die Pistolen vom Gürtel und den Säbel aus den Zähnen gewissermaßen abpflücken können. Und jetzt entspann sich ein unerhörter Zweikampf, der Zweikampf zwischen dem Wehrlosen und dem Verwundeten, in dem der Sterbende offenbar Sieger bleiben musste, denn eine Kugel genügte, um Radoub in den Abgrund niederzuschmettern, der unter ihm gähnte.

Zum Glück für Radaub konnte Chante-en-hiver die Pistolen, die er beide in einer Hand hielt, nicht sofort verwenden und bediente sich einstweilen des Säbels, mit dem er einen Stoß nach Radoub's Schulter führte. Durch diesen Stoß aber wurde Radoub zugleich verwundet und gerettet. Ohne Waffen, doch im Besitz seiner Vollkraft und seiner Wunde nicht achtend, die übrigens auch nicht gefährlich war, schwang er sich, die Gitterstäbe loslassend, voran, setzte mit mächtigem Sprung über die Fensterbrüstung und stand nun dicht vor Chante-en-hiver, der den Säbel weggeworfen hatte, und mit einem Pistol in jeder Hand, sich auf den Knien aufrichtend, in unmittelbarster Nähe auf ihn anlegte, aber nicht sofort losdrückte, weil ihm vor Schwäche der Arm zitterte.

Radoub lachte dem Zögernden ins Gesicht: – Du Pfuiteufelslarve, schrie er ihn an, willst mir wohl gar bange machen mit Deinem Boeuf-à-la-mode-Rüssel? Donnerwetter, Dir haben sie die Schnauze nach Noten beschädigt.

Chante-en-hiver zielte noch immer.

– Nichts für ungut, Kamerad, lachte Radoub weiter, aber die blauen Bohnen haben Dir die Fratze recht gediegen zugestutzt. Armer Junge, Dir hat Bellona die Physiognomie zertrümmert. Nun ja spuck ihn nur einmal heraus, Deinen kleinen Pistolenknaller, lieber Alter.

Der Schuss fiel und fuhr Radoub so hart am Kopf vorbei, dass er ihm das halbe Ohr mit fortriss. Chante-en-hiver erhob den andern Arm mit dem zweiten Pistol, aber Radoub ließ ihn nicht mehr zum Zielen kommen. – Ich habe genug, rief er, an dem einen abgeschossenen Ohr. Zwei Mal hast Du mich schon verwundet. Jetzt ist die Reihe an mir.

Und aus Chante-en-hiver losstürzend, fiel er ihm in den Arm, sodass die Kugel in die Wand einschlug, und schüttelte ihn bei der Kinnlade. Der Bauer stieß ein Gebrüll aus und sank in Ohnmacht. Radoub schritt über ihn weg und ließ ihn liegen. Jetzt da mein Ultimatum an Dich ergangen ist, sagte er, rühr Dich nicht mehr. Bleibe ruhig liegen, bösartige Blindschleiche. Du wirst wohl begreifen, dass es juxlos für mich wäre, Dich zu vertilgen. Krieche nur nach Herzenslust am Boden herum, Mitbürger meiner Pantoffeln. Stirb; das ist immerhin etwas; dann siehst Du wenigstens ein, dass Dir Dein Herr Pfarrer lauter dummes Zeug vorgeschwatzt hat. Fahr ab in das große Problem, Bauernseele.

Und er sprang in den Saal hinein. Stockfinstere Nacht, brummte er vor sich hin. Da Chant-en-hiver in den Zuckungen der Agonie heulte, drehte sich Radoub abermals um: Tu mir nur den einzigen Gefallen, und sei still, Du latenter Bürger. Mit Deinen Privatangelegenheiten befasse ich mich nicht weiter, und Dir den Rest zu geben, verschmäh ich. Lass mich ungeschoren.

Und unschlüssig fuhr er sich, während er Chante-en-hiver betrachtete, mit der Hand durch die Haare.

– Holla, was fang ich nur gleich an? Alles wäre schön und gut, aber da steh ich jetzt wie der Ochs am Berge. Über zwei Schüsse hätte ich verfügen können; Du hast den Stoff vergeudet, einfältiger Tropf, und dazu noch dieser Malefizrauch, der einem die Augen beizt. ... Au! Unterbrach er sich, da er zufällig sein Ohr berührt hatte, und wendete sich wieder zu Chante-en-hiver: Was hast Du jetzt davon, mir ein Ohr konfisziert zu haben? Übrigens entbehre ich das noch lieber als sonst etwas; es ist so nur ein Zierrat. Du hast mir auch die Schulter aufgeritzt, aber darauf pfeif ich. Gilb Deinen Geist in Frieden auf, ich verzeihe Dir, Landbewohner.

Er lauschte. Das Getöse im ebenerdigen Saal war schauderhaft. Der Kampf tobte toller denn je.

– Da drunten gehts hoch her, meinte er. Sie grölen »Vivat der König«; allen Respekt davor: Sie krepieren mit Anstand.

Er stieß mit dem Fuß gegen seinen Säbel, hob ihn vom Boden auf und sagte noch zu Chante-en-hiver, der sich nicht mehr regte und vielleicht schon tot war: Siehst Du, Waldmensch, ein Säbel oder ätsch, das bleibt sich für das, was ich vorhatte, ganz gleich. Ich nehm ihn nur aus alter Freundschaft wieder zu mir. Meine Pistolen aber, die gehen mir ab. Hol Dich der Teufel, Du Kaffer! Wetter, was fang ich jetzt an? So richte ich hier nichts aus.

Er trat weiter vor und schaute um sich her, um sich zu orientieren. Da erblickte er plötzlich im Halbdunkel hinter dem Mittelpfeiler einen langen Tisch mit undeutlich schimmernden Gegenständen. Er tastete hin. Es waren Stutzbüchsen, Pistolen, Karabiner, eine ganze Reihe sorgfältig geordneter Feuerwaffen, die nur darauf zu warten schienen, dass ein Schütze sie zur Hand nehme. Diese Waffensammlung war der Kriegsvorrat, den die Belagerten für die zweite Phase des Kampfes aufgestapelt hatten.

– Man bediene sich beim Büffet, rief Radoub und warf sich freudestrahlend drüber her.

Jetzt konnte er walten wie ein Verhängnis.

Die Tür der Treppe, welche in das obere und untere Stockwerk führte, stand weit offen hinter dem Tisch mit den Waffen. Radoub ließ seinen Säbel fallen, fasste mit jeder Hand ein doppelläufiges Pistol an und entlud beide zugleich unter der Tür aufs Geratewohl in die Wendeltreppe; dann griff er nach einem Karabiner, mit dem er gleichfalls feuerte, und schoss ferner noch eine schwer geladene Stutzbüchse, die kartätschenähnlich fünfzehn Rehposten ausspie. Daraufhin schöpfte er wieder Atem und schrie mit Donnerstimme die Treppe hinab: – Es lebe Paris! Dann, eine zweite Stutzbüchse packend, die noch dicker war als die Erste, legte er auf die gewundene Höhlung der Wendeltreppe an und wartete.

Die Bestürzung im Erdgeschoss war unbeschreiblich; gegen dergleichen sinnverwirrende Überraschungen hält kein Widerstand mehr Stich. Von den drei Schüssen, die Radoub abgefeuert, hatten zwei Kugeln getroffen; die Eine hatte den ältern Pique-en-Bois niedergestreckt, die Andere Herrn von Quélen genannt Houzard.

– Sie sind oben! Rief der Marquis, und mit diesem Ruf war auch der Rückzug entschieden. Nicht rascher fliegt ein aufgeschreckter Schwarm Vögel davon, als jetzt alles nach der Treppe stürzte. Der Marquis drängte selber zur Flucht: – Macht schnell, sagte er; der Mut besteht hier im Entrinnen. Im zweiten Stock sammeln wir uns: Dort nehmen wirs wieder auf.

Er war der Letzte, der die Barrikade verließ, und dieser seiner Tapferkeit verdankte er das Leben, denn, hinter der Tür des ersten Stockwerks verschanzt, den Finger am Drücker der Stutzbüchse, lauerte Radoub den Entweichenden auf. Die Ersten, die um die Krümmung der Treppe bogen, erhielten die Ladung mitten in die Brust und wurden niedergeschmettert. Wäre der Marquis zuerst geflohen, so war auch er des Todes. Ehe Radoub zu einer andern Flinte greifen konnte, eilten die Andern vorüber; der Marquis kam zuletzt und stieg weniger rasch hinauf als seine Leute. Sie glaubten alle, das erste Stockwerk wimmle von Soldaten und stürmten, ohne auch nur hineinzuschauen, in die zweite Etage, ins Spiegelzimmer, wo sich die eiserne Tür, wo sich die geschwefelte Lunte befand, und wo kapituliert werden musste oder gestorben.

Gauvain, den das Gewehrfeuer auf der Treppe nicht weniger überrascht hatte als seine Gegner und der nicht begreifen konnte, von wannen ihm diese Hilfe kam, hatte sie sich, ohne weiter darüber nachzugrübeln, zu Nutzen gemacht und mit den Seinen über die Barrikade setzend, die Belagerten mit dem Degen im Rücken bis zum ersten Stockwerk verfolgt. Dort fand er Radoub, der salutierend meldete: – Nur auf zwei Worte, Kommandant: Der Urheber bin ich; ich habe mich an Dol erinnert, es gehalten wie Sie und den Feind in ein Kreuzfeuer genommen.

– Der Schüler macht mir alle Ehre, sagte Gauvain mit einem Lächeln.

Wenn man eine geraume Zeit im Finstern zugebracht hat, gewöhnen sich die Augen schließlich daran wie die Nachtvögel; so bemerkte denn Gauvain, dass Radoub ganz mit Blut bedeckt war.

– Aber Kamerad, da bist ja verwundet!

– Ist nicht der Rede wert, Kommandant. Ein Ohr mehr oder weniger, was hat das zu bedeuten? Ich hab auch einen Säbelstich abgekriegt, aber ich pfeife drauf. Wer eine Fensterscheibe eindrückt, schneidet sich immer ein wenig in die Finger. Übrigens ist auch noch fremdes Blut dabei.

In dem von Radoub eroberten ersten Stock wurde nun eine Zeit lang gerastet. Man schaffte eine Laterne herbei. Cimourdain kam herauf und beriet sich mit Gauvain. Es musste auch in der Tat alles reiflich überlegt werden. Die Belagerer waren im Unklaren über die Absichten der Belagerten; sie wussten von deren Munitionsmangel nichts, ahnten nicht, dass es ihnen an Pulver gebrach, und da der zweite Stock die letzte haltbare Verteidigungslinie war, konnte möglicherweise in der Treppe eine Mine angebracht worden sein.

So viel jedoch war gewiss: Zu entrinnen vermochte der Feind nicht. Wer nicht gefallen war, saß oben wie unter Schloß und Riegel; Lantenac war in einer Mausefalle. Mit dieser Gewissheit durfte man sich wohl schon etwas Zeit lassen, um die beste Lösung auszuersinnen, und da man schon viele Verluste zu beklagen hatte, wollte man bei diesem neuen Angriff möglichst wenig Menschenleben opfern. Dieser letzte Sturm schien mit großen Gefahren verbunden, und aller Wahrscheinlichkeit nach war dabei ein verheerendes erstes Feuer, auszuhalten.

Der Kampf war also unterbrochen. Im Besitz des Erdgeschosses und ersten Stockwerks warteten die Belagerer, dass ihn der Kommandant wieder aufnehme. Gauvain und Cimourdain aber hielten noch immer Kriegsrat, und Radoub wohnte der Besprechung schweigend bei. Auf einmal wagte er, schüchtern salutierend, eine Frage: – Kommandant?

– Was wünschen Sie, Radoub?

– Verdiene ich nicht eine kleine Belohnung?

– Freilich. Verlange, was Du immer magst.

– So verlange ich, wiederum der Erste zu sein.

Das durfte ihm allerdings nicht abgeschlagen werden, und getan hätte er es übrigens auch ohne Erlaubnis.

XI.

Die Verzweifelten

Während man sich im ersten Stock beriet, verschanzte man sich im zweiten. Im Erfolg steckt etwas wie Raserei, in der Niederlage die Tollwut; ein wahnsinniger Zusammenstoß stand bevor. Den Sieg aus nächster Nähe winken sehen, berauscht; unten herrschte die Hoffnung, von allen Seelenkräften die mächtigste, wenn die Verzweiflung nicht wäre. Oben aber herrschte Verzweiflung, klare, überlegte, grausige Verzweiflung. Die erste Sorge der Belagerten, nachdem sie die Zufluchtstätte erreicht hatten, die letzte, die ihnen noch zu Gebot stand, war, den Eingang zu versperren. Die Tür verschließen, war unnütz, praktischer hingegen, die Treppe zu verrammeln, denn in einer solchen Situation ist ein Hindernis, hinter welchem man sehen und kämpfen kann, einer verriegelten Pforte vorzuziehen. Der Raum war durch die Fackel erhellt, die der Imânus bei der Schwefellunte an der Maurer angebracht hatte. In diesem zweiten Stockwerk stand eine jener starken und schweren Truhen aus Eichenholz, in denen, vor Erfindung der Kasten mit Schubladen, Kleider und Wäsche aufbewahrt wurden; diese Truhe schleiften nun die Belagerten zur Treppentür hin und zwängten sie in aufrechter Stellung so fest hinein, dass die Öffnung der Breite nach ganz verstopft war und nur oben unter dem Gewölbe ein enger Raum freiblieb, der bloß einen einzigen Mann durchließ und also den Vorteil bot, dass man die Eindringlinge einzeln niedermachen konnte; ob irgendjemand sich durchwagen würde, war überhaupt zweifelhaft. Nachdem der Eingang nun versperrt war, gönnten sich die Männer etwas Ruhe und zählten sich. Von den Neunzehn waren nur noch sieben übrig, darunter der Imânus; außer diesem und dem Marquis waren sie alle verwundet, nichtsdestoweniger aber sehr lebendig, denn in der Hitze des Gefechts behält jeder, der nicht tödlich getroffen ist, seine Rührigkeit. Die fünf Verwundeten waren Chatenay genannt Robi, Guinoiseau, Hoisnard Branche-d'Or, Brin-d'Amour und Grand-Francoeur. Die andern waren sämtlich gefallen. Munition gab es keine mehr. Der Vorrat war erschöpft. Man zählte die Patronen, und es stellte sich heraus, dass die Sieben bloß noch vier Schüsse abfeuern konnten. Es war also der Augenblick gekommen, wo es zu sterben galt. Man war hingedrängt zum furchtbar gähnenden Abgrund, und zwar an den äußersten Rand. Mittlerweile hatte der Angriff wieder begonnen, bedächtig und deshalb umso bedrohlicher. Man hörte, wie die Aufsteigenden die Treppe Stufe für Stufe mit den Gewehrkolben prüften. Kein Entrinnen; wohin auch? Durch die Bibliothek? Drüben auf dem Plateau standen die Kanoniere mit glimmender Lunte bei ihren Geschützen. Oder hinauf in die obersten Stockwerke? Wozu? Sie führten zur Plattform, und dort blieb kein anderer Ausweg, als sich vom Turm herabzustürzen. Die sieben Überlebenden dieses epischen Kampfes sahen sich in dieser runden Mauer, welche sie zugleich schützte und preisgab, unerbittlich eingeschlossen und festgehalten; ohne gefangen zu sein, waren sie doch schon Gefangene. Jetzt ergriff der Marquis das Wort: Freunde, alles ist verloren. Und nach einer Pause setzte er hinzu: Grand-Francoeur wird nun wieder der Abbé Turmeau.

Alle knieten mit ihren Rosenkränzen nieder. Immer lauter dröhnten die Kolbenschläge der Belagerer auf der Treppe. Grand-Francoeur, der mit Blut übergossen war, weil ihm ein Streifschuss einen Teil der Kopfhaut weggerissen hatte, erhob in der Rechten das Kruzifix. Der Marquis, wenn auch im Grund ein Skeptiker, war gleichfalls niedergekniet.

– Jeder, sagte Grand-Francoeur, bekenne jetzt lautvernehmlich seine Sünden; zuerst Sie, gnädiger Herr.

– Ich habe getötet, antwortete der Marquis.

– Ich habe getötet, beichtete Hoisnard.

– Ich habe getötet, beichtete Guinoiseau.

– Ich habe getötet, beichtete Brin-d'Amour.

– Ich habe getötet, beichtete Chatenay.

– Ich habe getötet, beichtete der Imânus.

Und Grand-Francoeur hob wieder an: Im Namen des dreieinigen Gottes erteile ich Euch die Absolution. Fahrt hin in Frieden.

– Amen, setzten alle hinzu.

– Jetzt lasst uns sterben, sagte der Marquis, indem er aufstand.

– Und weiter töten, sagte der Imânus.

Nun schmetterten die Kolbenstöße bereits gegen die Truhe, welche die Tür versperrte.

– Denkt nur noch an Euren Gott, sagte der Priester. Die Erde ist für Euch nicht mehr vorhanden.

– Ja, bemerkte der Marquis, wir liegen schon im Grab.

Und alle neigten die Stirn und schlugen an ihre Brust. Nur der Marquis und der Geistliche standen aufrecht. Jeder Blick war gesenkt; der Abbé betete; die Bauern beteten; der Marquis brütete vor sich hin, und die Truhe erdröhnte schauerlich wie unter Hammerschlägen. Da erhob sich plötzlich hinter den Betenden eine frische, kräftige Stimme und rief: Hatte ich's nicht gesagt, gnädiger Herr?

Da erhob sich plötzlich hinter den Betenden eine kräftige Stimme.

Staunend wendeten sich alle um. Die Mauer hatte eine Lücke. Diese Lücke rührte davon her, dass ein Stein, der vollständig, aber nur nicht mit Mörtel, an die übrigen angepasst und unten und oben mit einer Angel versehen war, sich auf der Angel, wie ein Weghaspel halb umgedreht hatte, und so auf beiden Seiten, rechts und links eine sehr enge Öffnung darbot, die jedoch immerhin ein einzelner Mann noch als Durchgang benutzen konnte. Hinter dieser ungeahnten Tür erblickte man die obersten Stufen einer Wendeltreppe und über der höchsten Stufe ein dem Marquis wohlbekanntes Gesicht.

XII.

Ein Retter

– Du bist's, Halmalo?

– Ja ich, gnädiger Herr. Da sehen Sie nun, dass es das wirklich gibt, Steine, die sich drehen lassen, und dass man heraus kann von hier. Ich komme gerade recht, aber machen Sie schnell. In zehn Minuten sind wir mitten im Wald.

– Ehre sei Gott in den Höhen, sagte der Priester.

– Retten Sie sich, gnädiger Herr, rief es aus aller Mund.

– Ihr alle zuerst, gebot der Marquis.

– Vor allen Sie, gnädiger Herr, bat der Abbé Turmeau.

– Nein, ich zuletzt. Und mit strenger Miene fuhr der Marquis fort: Nur jetzt keinen edlen Wettstreit. Zur Großmut fehlt uns die Zeit. Ihr seid verwundet, und ich befehle Euch, zu leben und zu fliehen. Rasch den Ausweg benutzt! Ich danke Dir, Halmalo.

– Herr Marquis, fragte der Abbé Turmeau, sollen wir uns denn trennen?

– Unten, freilich. Entkommen muss man immer nur einzeln.

– Wollen der gnädige Herr einen Sammelplatz bestimmen?

– Ja, eine Lichtung im Walde, Pierre-Gauvaine. Kennt Ihr den Ort?

– Alle, ja.

– Morgen um Mittag bin ich dort, und wer noch gehen kann, finde sich ein.

– Es soll geschehen.

– Und dann fangen wir den Krieg von Neuem an, sagte der Marquis.

Unterdessen hatte Halmalo bei einem Druck gegen den Stein bemerkt, dass derselbe festsaß und dass die Lücke nicht mehr geschlossen werden konnte. – Gnädiger Herr, mahnte er, lassen Sie uns eilen; der Stein gibt nicht mehr nach. Ich habe den Durchgang öffnen können, vermag aber nicht, ihn wieder zuzumachen.

Der seit vielen Jahren unbenutzt gebliebene Stein war wirklich wie verwachsen mit seinem Scharnier und widerstand fortan jeder Anstrengung.

– Gnädiger Herr, hob Halmalo nochmals an, ich hoffte, den Weg versperren zu können, und hoffte, dass dann die Blauen beim Eintreten gar nichts vorfinden und nicht verstehen würden, wie alles in Rauch und Nebel zerstoben sei. Aber nun will der Stein nicht mehr. Der Feind wird die Lücke wahrnehmen und kann uns verfolgen. Darum lassen Sie uns wenigstens keine Minute verlieren. Schnell die Treppe hinunter, jedermann,

Der Imânus legte Halmalo die Hand auf die Schulter: Wie viel Zeit braucht man Kamerad, um durch diesen Gang zu einer Stelle des Waldes zu gelangen, wo man ganz sicher ist?

- Keiner ist doch schwer verwundet? Fragte Halmalo.

- Keiner, wurde ihm geantwortet.

- Unter diesen Umständen reicht eine Viertelstunde hin.

- Kommt also, fuhr der Imânus fort, der Feind erst in einer Viertelstunde herein ...?

- So kann er uns verfolgen, einholen aber nicht.

- Aber, sagte der Marquis, schon in fünf Minuten werden sie hier sein; länger kann ihnen diese alte Truhe nicht widerstehen. Noch ein paar Kolbenschläge, und sie ist gesprengt. Eine Viertelstunde? Ja, wer vermag denn den Feind eine volle Viertelstunde hindurch aufzuhalten?

- Ich, versetzte der Imânus.

- Du, Gouge-le-Bruant?

- Ja, ich, gnädiger Herr. Hören Sie nur: Von Euch sechsen sind fünf verwundet. Mir hingegen ist nicht einmal die Haut aufgeritzt worden.

- Auch mir nicht, sagte der Marquis.

- Sie, gnädiger Herr, sind der Anführer; ich bin bloß ein Soldat; der Anführer und ein Soldat sind zweierlei.

- Nun ja. Jeder von uns hat seine besondere Pflicht.

- Nicht doch, gnädiger Herr. Wir haben, Sie und ich, eine und dieselbe Pflicht, nämlich die, Ihr Leben zu retten. Kameraden, sprach der Imânus, zu den Übrigen gewendet«, es gilt, den Feind hinzuhalten und die Verfolgung möglichst lang zu hintertreiben. Hört also: Ich besitze noch meine ungeschmälerte Kraft und habe keinen Tropfen Blut verloren; da ich unverletzt bin, habe ich mehr Ausdauer als jeder andere. Darum geht, aber lasst mir Eure Waffen zurück; ich werde einen guten Gebrauch davon machen und getraue mir, dem Feind eine starke halbe Stunde hindurch zu schaffen zu geben. Wie viel Pistolen sind noch geladen?

- Viere.

- Legt sie auf den Boden hin.

Man tat ihm den Willen.

– Gut denn, ich bleibe. Ich will schon noch ein Wörtchen zu ihnen reden. Jetzt geht, und schnell!

Auf dem Gipfelpunkt einer Situation fallen die äußerlichen Formen des Dankes weg, und kaum gönnte man sich die Zeit, mit dem Imânus einen Händedruck zu wechseln.

– Auf baldiges Wiedersehen, sagte der Marquis.

– Nein, gnädiger Herr, darauf hoffe ich nicht; wir sehen uns so bald nicht wieder, denn ich werde sterben.

Alle betraten jetzt, einer nach dem Andern, die enge Treppe, voran die Verwundeten. Während sie hinabstiegen, zog der Marquis einen Bleistift aus seiner Brieftasche und schrieb auf den Stein, der nicht mehr gedreht werden konnte und den Durchgang offen ließ, ein paar Worte.

– Kommen Sie, gnädiger Herr, mahnte Halmalo; die Anderen sind schon unterwegs.

– Und er verschwand im Treppenraum; der Marquis folgte nach, und der Imânus allein blieb zurück.

XIII.

Ein Henker

Von den vier Pistolen, die auf den Steinplatten lagen, denn gedielt war der Saal nicht, nahm der Imânus in jede Hand eine und ging schräg auf die Treppentür zu, welche vermittelst der Truhe versperrt und geschlossen war. Offenbar besorgten die Angreifer irgendeine Überraschung, einen jener Verzweiflungsausbrüche, die den Sieger wie den Besiegten in eine gemeinsame Schlusskatastrophe verwickeln. In demselben Maß wie die erste Attacke ungestüm gewesen, war die letzte langsam und vorsichtig. Die Truhe konnten oder wollten vielleicht die Belagerer nicht einschlagen, und so hatten sie denn bloß den Boden derselben mit Kolbenstößen gesprengt und durch den Deckel mit dem Bajonett Löcher durchgebrochen, durch die sie in den Saal zu schauen versuchten, bevor sie sich hineinwagten. Durch diese Lücken drang der Schein der Laternen, womit die Treppe beleuchtet war, und hinter einer der Öffnungen gewahrte der Imânus eines jener hereinspähenden Augen. So fuhr er mit dem Lauf eines seiner Pistolen hinein und drückte los: der Schuss fiel und zu seiner großen Zufriedenheit vernahm der Imânus einen entsetzlichen Schrei; die Kugel hatte Auge und Hirn durchbohrt, und der lauernde Soldat war rücklings die Treppe hinuntergestürzt. Den unteren Teil des Deckels hatten die Angreifer an zwei Stellen erheblich beschädigt und zwei schießschartenartige breite Ritzen hineingeschnitten, wovon der Imânus nun die eine benutzte, um den Arm durchzustecken und sein zweites Pistol in die Masse der Belagerer aufs Geratewohl abzufeuern; wahrscheinlich sprang dieser Schuss an der Mauer ab, denn man hörte vielfach aufschreien, als wären drei oder vier Menschen getötet oder verwundet worden, und auf der Treppe entstand ein wirres Getöse, wie wenn Leute eine Stellung aufgeben und sich zurückziehen. Der Imânus schleuderte die beiden entladenen Pistolen beiseite, packte die zwei letzten und blickte, die Waffen fest in den Fäusten haltend, durch die Scharten der Truhe. Seine Vermutung bestätigte sich. Die Soldaten waren weiter hinabgestiegen und auf den drei oder vier sichtbaren Stufen der Treppenkrümmung wanden sich ein paar Sterbende. Nun wartete der Imânus ab. – Immerhin so viel Zeit gewonnen, dachte er. Da gewahrte er einen Mann, der auf dem Bauch heraufkroch, und zugleich erschien weiter unten, hinter dem Mittelpfeiler, an den sich die Stufen anlehnten, der Kopf eines Feindes. Auf diesen Kopf legte der Imanus wieder an und schoss. Mit einem Schrei sank auch dieser Soldat zurück. Und nun packte der Imânus das letzte geladene Pistol, das er in seiner linken Hand hielt, mit der rechten, aber plötzlich durchzuckte ihn ein grässlicher Schmerz, und an ihm kam jetzt die Reihe, in ein Gebrüll auszubrechen. Ihm wühlte ein Säbel in den Eingeweiden. Eine Faust, die des herangekrochenen Mannes,, hatte zu einer der unteren Lücken der Truhe hereingelangt und dem Imânus eine Klinge in den Leib gebohrt. Die Wunde war entsetzlich, der Bauch von oben nach unten aufgeschlitzt. Dennoch fiel der Imânus nicht zu Boden; er knirschte nur mit den Zähnen und murmelte: Auch gut.

Dann schleppte er sich taumelnd bis zur Fackel zurück, die neben der eisernen Tür brannte, legte sein Pistol weg, nahm die Fackel herunter und senkte sie, mit seiner linken Hand die hervorquellenden Eingeweide zurückhaltend, mit der Rechten nach der geschwefelten Lunte, die Feuer fing und aufflackerte; hierauf ließ er die Fackel wieder fallen und auf den Steinplatten weiterbrennen, griff abermals nach seinem Pistol und raffte sich, bereits am Boden liegend, noch auf, um mit seinem sterbenden Hauch die feurige Lunte anzufachen. Rasch glomm diese weiter, unter der Tür weg, dem Brückenschlösschen zu. Und nun, da ihm das Abscheulichste gelungen, stolzer auf sein Verbrechen als auf seinen Opfermut, fand dieser Mann, der eben noch ein Held gewesen und jetzt nur mehr ein Mörder war, dieser Mann, dem schon der Tod im Herzen saß, ein Lächeln. – Sie werden an mich denken, murmelte er: An ihren Kindern räche ich das Unsrige, den kleinen König in seinem Gefängnis.

XIV.

Auch der Imânus flüchtet.

In diesem Augenblick entstand ein gewaltiger Lärm; über die wuchtig zurückgeworfene Truhe stürzte sich ein Mann mit blankem Säbel in den Saal. - Ich bin's Radoub; wer will Hiebe? Zum Teufel mit dem ledernen Abwarten! Ich will's darauf ankommen lassen. Einem habe ich übrigens schon heimgeleuchtet. Jetzt packe ich Euch alle an. Ob mit oder ohne Reisegesellschaft, hier bin ich. Wie viel seid Ihr?

Radoub war in der Tat ohne alle Reisegesellschaft. Nach der Verheerung, die der Imânus auf der Treppe angerichtet, hatte Gauvain, der das Springen einer maskierten Flattermine befürchtete, seine Leute zurückkommandiert und beriet sich wieder mit Cimourdain.

Radoub, säbelschwingend am Eingang dieses dunklen Gemachs, in dem nur noch der fahle Schimmer der erlöschenden Fackel zitterte, wiederholte seine Frage: Ich bin allein; wie viel seid denn Ihr? Und als niemand antwortete, tat er ein paar Schritte vorwärts. Da sprühte aus der Fackel einer jener Lichtstrahlen, die zuweilen einem verglimmenden Feuer entsteigen und die man ein Glutenschluchzen nennen möchte: Der ganze Saal wurde dadurch erhellt. Radoub sah die kleinen Wandspiegel schillern, trat vor einen hin, betrachtete sein blutiges Gesicht und sein herabhängendes Ohr und murrte: Scheußliche Beeinträchtigung eines gewinnenden Äußern!

Dann wendete er sich um, ganz verblüfft, das Gemach leer zu treffen: Niemand da, rief er; Präsenzstärke gleich Null.

Jetzt erst fiel sein Blick auf den gedrehten Stein, die Lücke und die Wendeltreppe. - Ah so! Nun verstehe ich. Ausgeflogen! So kommt doch, Kameraden! Alle herauf! Sie sind auf und davon, abgeschoben, ausgekniffen, durchgebrannt, verduftet. Dieser lumpige alte Thurm hat Sprünge und macht Sprünge. Durch das Loch hier haben sie sich gedrückt, die Kanaillen! Und da soll einer mit Pitt und dem Koburger fertig werden, wenn dergleichen Dummheiten erlaubt sind! Der liebe Herrgott des Gottseibeiuns hat ihnen seine Protektion angedeihen lassen! Es ist keine Katze mehr da!

Da knallte ein Pistolenschuss; die Kugel fuhr Radoub am Ellenbogen vorbei und schlug sich an der Wand platt.

- Aber nein, es ist doch jemand da. Wer hat die Gewogenheit gehabt, so gefällig zu sein?

- Ich, antwortete eine Stimme.

Ein Windstoß riss den Rauchschleier entzwei.

Radoub streckte den Kopf vor und entdeckte im Halbdunkel die Gestalt des Imânus. - Ah, rief er, einen wenigstens habe ich. Die Anderen sind abgefahren, aber Dich halten wir fest.

- Meinst Du? Entgegnete der Imânus.

Radoub tat einen Schritt und blieb dann stehen. - Holla, Du dort am Boden, wer bist Du?

- Ich bin einer, der am Boden denen, die aufrecht stehen, ins Gesicht lacht.

- Was hältst Du da in der rechten Hand?

- Ein Pistol.

- Und in der Linken?

- Meine Gedärme.

- Ich nehme Dich gefangen.

- Fehlgeschossen.

Und der Imânus lehnte sich über die glimmende Lunte, hauchte noch seinen letzten Atemzug darüber aus und starb.

Kurz darauf standen Gauvain, Cimourdain und die Anderen im Gemach. Alle starrten nach der Lücke in der Mauer. Man forschte jeden Winkel aus und durchstöberte die Treppe; sie mündete in die Schlucht. Die Flucht war Tatsache. Den Imânus wollte man aufrütteln, aber er war tot. Gauvain untersuchte, beim Schein einer Laterne, die Öffnung, durch welche die Belagerten entwichen waren; auch er hatte früher von diesem Drehstein erzählen hören, aber auch er hatte das Gerücht für eine Fabel gehalten. Bei näherer Betrachtung des Steins bemerkte er, dass etwas mit Bleistift darauf geschrieben stand; er leuchtete hin und las die Worte: »Auf Wiedersehen, Herr Vikomte. Lantenac.«

Mittlerweile war Guéchamp heraufgekommen. Der Gedanke an eine Verfolgung musste von vornherein aufgegeben werden. Die Flucht war einmal gelungen und es ließ sich an der Sache nichts ändern, denn die Flüchtigen hatten die ganze Gegend mit Busch, Dickicht, Schluchten und Bewohnern für sich, mochten wohl auch schon weit fort sein, und wo hätte man sie überhaupt suchen sollen? Der ganze Wald von Fougères war ein einziges ungeheures Versteck. Was nun? Alles musste wieder von vorn angefangen werden. Gauvain und Guéchamp tauschten ihren Verdruss und ihre Vermutungen aus. Cimourdain hörte tiefernst zu, ohne selber ein Wort zu sprechen.

– Da fällt mir eben unsere Leiter wieder ein, nun, Guéchamp? Fragte Gauvain.

– Die ist nicht eingetroffen, Kommandant.

– Wir haben den Karren unter Gendarmenbedeckung doch herfahren lassen.

– Auf dem war aber keine Leiter, erwiderte Guéchamp.

– Was denn sonst?

– Die Guillotine, sagte Cimourdain.

XV.

Es tut nicht gut, eine Uhr und einen Schlüssel in dieselbe Tasche zu stecken.

Der Marquis von Lantenac war so weit noch nicht, als man oben meinte, war aber nichtsdestoweniger vor jeder Gefahr, eingeholt zu werden, vollständig sicher. Er war Halmalo gefolgt. Die Treppe, auf der sie beide hinter den übrigen Flüchtlingen hinabstiegen, lief hart bei der Schlucht und den Brückenpfeilern in einen engen gewölbten Durchgang aus, und dieser Durchgang mündete wieder in eine tiefe natürliche Erdspalte, die sich nach der einen Seite zur Schlucht, nach der andern in den Wald hinzog. Diese jedem Blick entrückte Zerklüftung des Bodens krümmte sich unter undurchdringlichem Gestrüpp durch. Hier jemand einzufangen, war ein Ding der Unmöglichkeit; wer sich einmal in diese Erdspalte gerettet hatte, brauchte sich bloß wie eine Schlange zu verkriechen, um gänzlich ungreifbar zu werden. Die Mündung des geheimen Durchgangs unten an der Treppe war mit Dornhecken so dicht verwachsen, dass es den Erbauern der unterirdischen Galerie zwecklos erschienen war, sie anderweitig zu schließen. Der Marquis hatte sich jetzt nur mehr zu entfernen. Auch für eine Verkleidung brauchte er nicht zu sorgen, denn nach seiner Ankunft in der Bretagne hatte er sein Bauernkostüm nicht wieder abgelegt; er hielt das für vornehmer. Bloß schnallte er sein Degengehänge los und warf es von sich.

Als Halmalo aus dem Durchgang in die Erdspalte getreten war, waren die fünf Andern, Guinoiseau, Hoisnard Branche-d'Or, Brin-d'Amour, Chatenay und Abbé Turmeau bereits auf und davon.

– Die haben sich nicht lange besonnen, sagte Halmalo.

– Mache es auch so, versetzte der Marquis.

– Der gnädige Herr befiehlt, dass ich ihn verlassen soll?

– Gewiss. Du weißt es ja schon: Auf der Flucht muss man stets allein sein; oft kommt, wo zwei nicht durchkommen, einer durch. Beisammen würden wir die Aufmerksamkeit auf uns lenken, und Du könntest mich, ich Dich in eine üble Lage bringen.

– Der gnädige Herr kennt also die Gegend?

– Ja.

– Und beim Sammelplatz von La Pierre-Gauvaine bleibt's, gnädiger Herr?

– Morgen Mittag.

– Ich werde dort sein, wir alle. Ach! Gnädiger Herr, unterbrach sich Halmalo selber, wenn ich bedenke, dass wir auf hoher See fuhren, wir beiden allein, dass ich Sie töten wollte, dass Sie mein gnädiger Herr waren, dass Sie es nur zu sagen brauchten und es doch nicht gesagt haben! Sind Sie ein Mann! – England, sagte der Marquis, es gibt kein anderes Mittel mehr. In vierzehn Tagen müssen die Engländer landen.

– Ich habe dem gnädigen Herrn noch über alles Mögliche Rechenschaft abzulegen. Die Aufträge sind besorgt.

– Das soll morgen an die Reihe kommen.

– Also auf Wiedersehen morgen, gnädiger Herr.

– Noch eins; bist Du hungrig?

– Wohl möglich, gnädiger Herr; ich hatte es so eilig, dass ich nicht mehr weiß, ob ich heute gegessen habe.

Der Marquis zog eine kleine Schokoladentafel aus der Tasche, brach sie mitten durch und teilte mit Halmalo.

– Gnädiger Herr, bemerkte dieser noch, zu Ihrer Rechten haben Sie die Schlucht, zu Ihrer Linken den Wald.

– Schön. Verlass mich jetzt, und gehe Deiner Wege.

Halmalo gehorchte. Er tauchte in die Dunkelheit unter; noch ein Rascheln im Gesträuch, dann nichts mehr. Wenige Sekunden darauf wäre es unmöglich gewesen, ihm auf die Spur zu kommen. Diese buschige unentwirrbare Bocage-Gegend war der Bundesgenosse jedes Entrinnens; man verschwand nicht, man zerstob darin, und diese Leichtigkeit, mit der alles sich nach den vier Winden zerstreuen konnte, war der Grund, weshalb die republikanischen Armeen sich vor dieser immer zurückweichenden Vendée und ihren so bedrohlich flüchtigen Kriegern scheute.

Der Marquis stand unbeweglich. Er gehörte zu jenen Charakteren, die durchaus nichts empfinden wollen; aber diesmal konnte er sich des wohltuenden Gefühls nicht erwehren, nach all dem Blut und den Gräueln wieder die frische Luft einzuatmen. Sich gänzlich gerettet wissen, nachdem man gänzlich verloren gewesen, in vollster Geborgenheit ausruhen, nachdem man schon in sein Grab geschaut, aus dem Tod ins Leben zurückkehren, das musste sogar einen Lantenac bewegen, und obwohl ihm die Situation nicht neu war, konnte er von seiner unerschütterlichen Seele eine momentane Erschütterung nicht fernhalten; er musste zugeben, dass er zufrieden war; doch bald drängte er diese Erregung, die fast einem Aufjubeln ähnlich sah, zurück. Er zog seine Repetieruhr und ließ sie schlagen. Wie viel Uhr? Zu seiner größten Verwunderung erst zehn. Wenn man einen jener entscheidenden Momente des Daseins, wo alles infrage steht, eben durchlebt hat, muss man immer staunen, dass so inhaltsschwere Minuten nicht länger gewesen sind als die gleichgültigen. Der Kanonenschuss, der den Sturm ankündigte, war etwas vor Sonnenuntergang gelöst und La Tourgue eine halbe Stunde darauf, bei sinkender Nacht, zwischen sieben und acht, von der Kolonne angegriffen worden. Also war der kolossale Kampf, der gegen acht begonnen hatte, um zehn schon aus gewesen, und dieses ganze Heldengedicht hatte nicht über hundertundzwanzig Minuten gedauert. Katastrophen brechen zuweilen mit Blitzesschnelle herein; es sind dies die malerischen Verkürzungen der Ereignisse. Bei reiferer Überlegung hätte man es übrigens wunderbar finden müssen, wenn nicht dem also gewesen wäre, denn dass ein verschwindend kleines Häuflein einer so erdrückenden Übermacht volle zwei Stunden widerstanden hatte, war merkwürdig genug, und sicherlich war sie weder kurz noch überstürzt zu nennen, jene Schlacht zwischen neunzehn und viertausendfünfhundert Gegnern.

Nun war es aber Zeit, von hinnen zu gehen. Halmalo musste schon weit fort sein, und der Marquis hielt es nicht für ratsam, länger zu verweilen. Er steckte seine Uhr wieder zu sich, aber nicht in die Tasche, aus der er sie hervorgezogen, weil er bemerkt hatte, dass sie dort mit dem ihm vom Imânus eingehändigten Schlüssel der eisernen Tür in Berührung kam, und deshalb fürchtete, dieser Schlüssel möchte das Glas zerschlagen. Als er schon im Begriff war, seinerseits links einzubiegen, um sich nach dem Wald aufzumachen, glaubte er einen matten Glanz wahrzunehmen, der zu ihm herableuchtete. Er wendete sich um, und zwischen den scharfen Umrissen des Astwerks, die sich von einem geröteten Himmel plötzlich bis in ihre kleinsten Einzelheiten deutlich abhoben, sah er die Schlucht durch einen weit gedehnten Schimmer beleuchtet. Von dieser war er aber nur wenige Schritte entfernt und ging schon darauf zu, als er sich eines Bessern besann und den Entschluss fasste, sich der Helle lieber nicht auszusetzen; woher sie auch kommen mochte, seine Sache war es jedenfalls nicht, sich darum zu kümmern. Schon hatte er die ihm von Halmalo bezeichnete Richtung eingeschlagen und näherte sich dem Wald; da, auf einmal, tönte in sein tiefes Versteck, durch das undurchdringliche Gestrüpp zu ihm herab ein fürchterlicher Schrei, der vom Rand des über der Schlucht ragenden Plateaus niederzugellen schien. Der Marquis schaute wieder hinauf und blieb stehen.

Fünftes Buch

In daemone deus

I.

Gefunden, aber verloren.

Als Michelle Fléchard den vom Abendrot beleuchteten Turm entdeckte, war sie noch über eine Meile davon entfernt. Sie, die sich kaum noch einen Schritt weiter zu schleppen getraute, schrak jetzt vor dieser Meile nicht zurück. Weiber sind schwach, aber Mütter sind stark, und so wanderte sie denn weiter. Die Sonne war untergegangen; erst war die Dämmerung, später die Nacht hereingebrochen; unterwegs hatte sie aus der

Ferne, auf einem ihr nicht sichtbaren Kirchturm acht und dann neun schlagen hören, wahrscheinlich auf dem Kirchturm von Parigné. Von Zeit zu Zeit blieb sie stehen, um einem dumpfen, stoßweisen Lärm zu lauschen, der sich wohl auf den Widerhall in der Nachtruhe zurückführen ließ. Schnurgerade schritt sie vor sich hin, über die Stechpfriemen und die schneidigen Schilfblätter weg mit ihren wunden Füßen, dem fernen Turm zu, von dem ihr ein matter Schimmer leuchtete, aus dem er, von geheimnisvollem Glanz umwoben, dunkel hervorstach. Dieser Schimmer wurde bei jedem deutlicheren Schall heller und nahm dann wieder ab. Auf dem ausgedehnten, meistens mit Gras und Heidekraut bewachsenen Plateau, auf dem sich Michelle Fléchard fortbewegte, erhob sich weder ein Haus noch ein Baum. Es stieg verlorenerweise, unabsehbar an und durchschnitt mit einer harten geraden Linie, der ganzen Breite nach, den gestirnten Horizont. Was ihr Kraft verlieh auf dieser Wanderung, war das allmähliche Anwachsen des ihr fortwährend aus der Ferne winkenden Turms. Die gedämpften Schläge und der fahle Flimmer, die von ihm ausgingen, hatten, wie gesagt, ihre Höhen und Tiefen; bald setzten sie aus, bald waren sie wieder da und gaben der erbarmungswürdigen verzweifelnden Mutter wie ein herzbeklemmendes Rätsel zu lösen. Plötzlich hörte alles auf; Lärm wie Licht verhallte und erlosch und es herrschte tiefe Stille, düsterer Friede. Gerade zu dieser Zeit erreichte Michelle Fléchard den Rand des Plateaus und gewahrte zu ihren Füßen eine Schlucht, deren Niederungen im weißlichen Nebel der Nacht verschwammen, zu ihrer Rechten, in einiger Entfernung, ein Gemisch von Rädern und durchbrochenen Erdaufwürfen, welches eine Geschützbatterie war, und vor sich, durch die glimmenden Lunten der Kanoniere spärlich erhellt, ein großes Gebäude, das aus dichteren Finsternissen als die umgebende Nacht zusammengeballt schien. Dies Gebäude war eine Art Schloß, welches sich über einer Brücke erhob, deren Pfeiler in die Schlucht hinabtauchten, und das sich an eine hohe, runde, schwarze Masse anlehnte, an den Turm, welcher der Mutter als Ziel ihrer langen Wanderung vorgeschwebt hatte. Ab und zu sah man durch die Schießscharten des Turms Lichter schimmern, und aus dem Getöse, das daraus hervorbrach, ließ sich schließen, dass ihn eine Menschenmenge besetzt hielt, von der auch zuweilen einige schwarze Gestalten oben auf die Plattform überströmten. Hinter der Batterie befand sich ein Lager, dessen Vorposten Michelle Fléchard zählen, konnte, ohne dass sie in der Dunkelheit und im Gestrüpp selber von ihnen erblickt wurde. Sie stand dicht am Rand des Plateaus, so nahe bei der Brücke, dass sie glaubte, sie könne sie mit der Hand berühren, wiewohl die tiefe Schlucht dazwischen lag. Trotz der Finsternis unterschied sie auch die drei Stockwerke des Brückenschlösschens. So verharrte sie vor dieser klaffenden Schlucht und diesem schwarzen Gebäude, wie lange wusste sie selber nicht, denn der Begriff der Zeit zerrann ihr im Hirn. Was war das alles, und was ging hier vor? Stand sie vor La Tourgue? Sie war jenes heimlichen Schwindelns der Erwartung voll, das man bei einer Ankunft oder einem Aufbruch empfindet. Sie fragte sich, warum sie eigentlich hier sei und starrte und lauschte. Plötzlich sah sie nichts mehr. Zwischen ihr und dem Gegenstand, den sie betrachtete, war ein Schleier von Rauch aufgestiegen, dessen ätzende Schärfe sie die Augen zuzudrücken zwang. Sie hatte sie kaum geschlossen, da leuchtete es purpurn durch ihre Wimpern hindurch, und als sie wieder hinschaute, hatte sie die Nacht nicht mehr vor sich, sondern den hellen Tag, aber einen schrecklichen Tag, den künstlichen Tag einer Feuersbrunst, die unter ihren Blicken auszubrechen begann. Der schwarze Rauch war scharlachrot geworden und enthielt eine mächtige Flamme, die, aufflackernd und wieder verschwindend, jene unbändigen Krümmungen beschrieb, welche dem Blitz und den Schlangen eigen sind. Diese Flamme züngelte aus etwas heraus, das einem Rachen glich und ein Fenster voller Feuer war mit bereits weißglühenden Gitterstäben, eines der Fenster im untersten Stockwerk des Brückenschlösschens. Weiter war von dem ganzen Gebäude nichts mehr wahrzunehmen. Der Rauch verhüllte alles, sogar das Plateau, von dem aus nur noch der Rand der Schlucht, schwarz auf blutigem Hintergrund, zu erblicken war. Staunend starrte Michelle Fléchard vor sich hin. Der Rauch ist eine Wolke, und die Wolke ist Traum; sie wusste nicht mehr, was sie vor sich hatte, ob sie fliehen, ob sie bleiben sollte; sie dünkte sich fast außerhalb der Wirklichkeit. Ein Windstoß, der vorüberfuhr, riss den Rauchschleier entzwei, und, plötzlich enthüllt und durch den Spalt hindurch sichtbar geworden, ragte die ganze tragische Ritterburg, Turm, Brücke, Schlösschen, in der blendenden schauervoll herrlichen Vergoldung der Feuersbrunst strahlend, zum Himmel empor, sodass Michelle Fléchard jetzt bei der furchtbaren Klarheit der Flamme alles unterscheiden konnte.

Das unterste Stockwerk des Brückenschlösschens brannte lichterloh. Die beiden oberen Stockwerke waren noch unversehrt, aber schwebten wie über einem Geflecht von Gluten. Vom Vorsprung des Plateaus aus, wo Michelle Fléchard stand, konnte man, durch das Feuer und den Rauch, die davor aufwirbelten, stellenweise einen Blick tun. Alle Fenster waren geöffnet, und durch die sehr großen Fenster der zweiten Etage hindurch entdeckte Michelle Flechard längs der Wand Schränke, welche Bücher zu enthalten schienen, und hinter dem einen Fenster, am Fußboden im Halbdunkel, eine kleine verworrene Gruppe, einen unbestimmten Knäuel, der aussah wie die Brut in einem Vogelnest; ihr war, als rege sich zuweilen dieses Etwas, und sie stierte zu ihm hinüber. Was mochte die kleine dunkle Gruppe wohl sein? Hin und wieder glaubte sie eine Ähnlichkeit mit lebenden Wesen darin zu erkennen; sie fieberte; seit früh morgens hatte sie nichts genossen und war ohne Unterbrechung weiter gewandert; sie war todmüde, und es tauchten krankhafte Fantasiegebilde vor ihr auf, vor denen sie instinktmäßig zurückbangte. Immer hartnäckiger bohrten sich ihre Blicke in jenes dunkle Häuflein von unbekannten, vermutlich dennoch leblosen und anscheinend unbeweglichen Gegenständen auf dem Fußboden des über der Feuersbrunst ragenden Saales. Plötzlich streckte die Flamme drunten, als ob sie von einem eigenen Willen beseelt gewesen wäre, eine ihrer Zungen nach dem großen abgestorbenen Efeustamm hinaus, der die Michelle Fléchard zugekehrte Mauer des Schlösschens übersponnen hatte. Als ob dieses Netz von dürren Ranken erst jetzt durch die Glut entdeckt worden wäre, so züngelte diese nun gierig darauf hin und klomm mit der grässlichen Behändigkeit eines Lauffeuers daran empor. Im Nu hatte die Flamme das zweite Stockwerk erreicht und leuchtete von der Mauer her in den Saal hinein. In hellem Glanz hoben sich mit einem Mal die drei schlummernden Kleinen ab, ein reizendes Häuflein von verschränkten Ärmchen und Beinchen und lächelnden blonden Lockenköpfchen mit geschlossenen Wimpern. Die Mutter erkannte ihre Kinder und stieß einen entsetzlichen Schrei aus, einen unnennbaren Jammerschrei, wie er nur den Müttern eigen ist, einen Schrei wild und rührend, wie sonst nichts auf Erden. Wenn ihn ein Weib ausstößt, so gellt eine Wölfin daraus hervor, und stößt ihn eine Wölfin aus, so glaubt man, ein Weib zu hören. Homer nennt den Verzweiflungsschrei der Hekuba ein Gebell, und so war auch der Schrei von Michelle Fléchard eher ein Gebrüll zu nennen als ein Schrei. Dieses Gebrüll war es, das der Marquis von Lantenac vernommen hatte.

Er war, wie wir bereits wissen, stehen geblieben, und zwar zwischen der Schlucht und der Mündung des Durchgangs, durch welchen Halmalo ihn aus dem Thurm hinausgeleitet. Zwischen dem über ihm verschlungenen Gesträuch hindurch sah er die Brücke in Flammen, deren Widerschein den Turm rötete, und durch eine andere Lichtung der Zweige, auf der entgegengesetzten Seite, über seinem eigenen Haupt, am Rande des Plateaus, dem brennenden Schloß gegenüber und von der Feuersbrunst taghell überstrahlt, die verstörte Jammergestalt eines über die Schlucht vorgebeugten Weibes. Dieses Weib, das den Schrei ausgestoßen hatte, war aber nicht mehr Michelle Fléchard; es war eine Medusa. Die Elenden sind auch die Schrecken bringenden. Die Bäuerin war zur Eumenide verklärt, und das unbedeutende, gewöhnliche, unwissende, stumpfsinnige Weib aus dem Dorf war urplötzlich zur epischen Größe der Verzweiflung emporgewachsen, denn ein wilder Schmerz dehnt die Seele ins Gigantische aus. Diese Mutter war jetzt die Mutterliebe selber; alles, was ein menschliches Empfinden erschöpft, ist übermenschlich, und so bäumte sie sich denn auch am Rand dieser Schlucht, vor diesem Glutenmeer, vor diesem Verbrechen, wie eine Beherrscherin der Unterwelt, mit dem Schrei eines Tiers und den Gebärden einer Göttin; flammende Flüche schleuderte ihr Haupt wie das Schlangenhaupt der Gorgo, und man konnte nichts gebieterisch Erhabeneres sehen als den Blick ihrer tränenverschwommenen Augen, als diesen Blick, der ein Wetterstrahl war auf die Feuersbrunst, der Marquis aber horchte auf die abgebrochenen, herzzerreißenden Laute, die ihm gleichsam aufs Haupt herunterhagelten und die mehr ein Schluchzen waren als ein Reden.

– Ach! Großer Gott! Meine Kinder! Meine Kinder sind es! Zu Hilfe! Feuer! Feuer! Feuer! Mordbrenner seid Ihr ja! Ist denn niemand hier? Meine Kinder müssen ja verbrennen! Ach! Ist das ein Tag! Georgette! Meine Kinder! Gros-Alain! René-Jean! Was soll denn das alles bedeuten? Wenn ich nur wüsste, wer meine Kinder da hineingetan hat? Sie schlafen. Ich bin verrückt! Es ist nicht möglich. Hilfe!

Unterdessen war in La Tourgue und auf dem Plateau alles lebendig geworden. Das ganze Lager lief um das brennende Gebäude zusammen. Kaum waren die Belagerer mit den Kugeln fertig, und schon wartete ihrer ein neuer Kampf. Gauvain, Cimourdain, Guéchamp erteilten Befehle. Was tun? Aus dem kärglichen Bächlein in der Schlucht ließen sich mit knapper Not ein paar Eimer Wasser schöpfen. Immer höher stieg die Bestürzung. Der Vorsprung des Plateaus stand voller Leute, die mit verstörten Gesichtern hinüberschauten; und was sie sahen, war auch entsetzlich, und sie mussten es mit ansehen und konnten nicht helfen. An den brennenden Efeuranken hatte das Feuer das oberste Stockwerk erreicht, in dem eine Unmasse von Stroh aufgespeichert lag, über das es herfiel. Schon stand der ganze Dachboden in Flammen; sie tanzten förmlich darin hin und her voll düsterer Freude, denn es war, als fache ein verruchter Hauch diesen Scheiterhaufen an, als hause hier, in einen Funkenwirbel verwandelt, der schauervolle Imânus, als sei er zu einem mörderischen Glutendasein neu erwacht und als flackere seine ungeheuerliche Seele nun als Feuersbrunst auf. Das mittlere Stockwerk war zwar noch nicht ergriffen worden, weil die hohe Decke und die dicken Mauern die Flammen noch abhielten, aber der verhängnisvolle Augenblick rückte immer näher; an den Dielen der Bibliothek leckte die Feuersbrunst des Erdgeschosses und den Plafond streichelte die Feuersbrunst der Dachkammer; schon streifte die Kinder der grässliche Kuss des Todes; unten ein Keller voll Lava und oben ein Gewölbe voll glühenden Kohlen. Ein Loch im Fußboden, und alles versank im Pechpfuhl; ein Loch in der Decke, und alles wurde unter den knisternden Heubündeln begraben.

René-Jean, Gros-Alain und Georgette waren noch nicht erwacht; sie schliefen den tiefen urkräftigen Schlaf der Kindheit, und zwischen den Flammen und dem Rauch, die vor den Fenstern ab und zuwogten, sah man sie, wie von einem Heiligenschein umstrahlt, friedlich, anmutig und regungslos in ihrer Feuergrotte daliegen wie drei Jesuskindlein, die voller Vertrauen in einer Hölle eingeschlummert sind, und ein Tiger selbst hätte weinen müssen, wenn er diese Rosen in diesem Glutofen erblickt hätte und diese Wiegen in diesem Grab. Drüben aber rang die Mutter die Hände: Feuer! Ich rufe Feuer! Ist denn alles taub, dass mir niemand antwortet? Sie verbrennen mir meine Kinder! So kommt doch her, Ihr Leute von dort drüben! Bin schon seit so viel Tagen unterwegs und muss sie so wiederfinden! Feuer! Hilfe! Es sind ja kleine Engel! Wenn man bedenkt, dass es kleine Engel sind! Was haben sie denn getan, die unschuldigen Würmer? Mich hat man erschossen und sie verbrennt man! Wer macht denn das alles nur? Hilfe! Rettet meine Kinder! Hört Ihr mich nicht? Ein Hund, mit einem Hund hätte man Erbarmen! Meine Kinder! Meine Kinder! Sie schlafen! Ach! Georgette! Dort sehe ich dem lieben Ding seinen kleinen Bauch! René-Jean! Gros-Alain! Ja, so heißen sie. Ihr seht wohl, dass ich die Mutter bin. Was heutzutage geschieht, ist ja niederträchtig. Tag und Nacht bin ich gelaufen. Erst heute Morgen habe ich noch mit einer Frau gesprochen. Hilfe! Hilfe! Feuer! Ist man denn lauter Ungeheuer hier? Es ist geradezu abscheulich! Der Älteste ist keine fünf Jahre alt, das Kleine noch keine zwei. Dort sehe ich ihre nackten Beinchen. Sie schlafen, o Du gütige Muttergottes! Die Hand des Himmels gibt sie mir zurück und die Hand der Hölle nimmt sie mir wieder weg. Und soweit habe ich gehen müssen! Meine Kinder, die ich mit meiner Milch getränkt habe! Und war noch unglücklich darüber, dass ich sie nicht finden konnte! So habt doch Erbarmen mit mir! Meine Kinder begehr ich zurück; ich muss meine Kinder wieder haben! Ach! Es ist wirklich wahr, dass sie da drüben mitten im Feuer sind! Da seht nur meine armen Füße, die ich mir blutig lief. Hilfe! Es ist nicht möglich, dass es Menschen gibt in der Welt, und dass man die armen Kleinen so zugrunde gehen lässt! Hilfe! Mörder! So was ist ja noch nie vorgekommen. O die Mordbrenner! Was ist denn das für ein grässlich Haus! Gestohlen hat man sie mir, um sie umzubringen! Jesus Maria ist das ein Elend! Ich will meine Kinder! O ich weiß gar nicht mehr, was ich tun könnte! Sie dürfen nicht sterben. Hilfe! Hilfe! Hilfe! Wenn sie mir so wegsterben, o dann möcht ich den lieben Herrgott umbringen!

Während dieser fürchterlichen Beschwörung der Mutter rief es auf dem Plateau und in der Schlucht durcheinander:

– Eine Leiter her!

– Man hat keine Leiter.

– Wasser!

– Wir haben keins!

– Da droben im Turm, im zweiten Stock, ist eine Tür!

– Sie ist von Eisen.

– Schlagt sie ein!

– Es geht nicht!

Und immer verzweifelter heulte die Mutter: Feuer! Hilfe! Aber so macht doch! Oder dann tötet mich! Meine Kinder! Meine Kinder! O das entsetzliche Feuer! Holt sie heraus oder schmeißt mich hinein! Und in den kurzen Pausen, die diese Wehrufe voneinander trennten, hörte man die Feuersbrunst ruhig weiterprasseln.

Der Marquis, seine Tasche befühlend, berührte den eisernen Schlüssel. Dann ging er auf das Gewölbe zu, durch das er sich geflüchtet hatte, bückte sich und trat in die soeben verlassene Galerie zurück.

II.

Von der steinernen zur eisernen Tür.

Eine ganze Armee, außer sich, vor einer unlösbaren Aufgabe, viertausend Mann, unfähig, drei Kindern zu Hilfe zu kommen, das war die Situation. Leitern waren keine da, und die von Javené war ausgeblieben; wie wenn sich ein Krater auftut, griff die Feuersbrunst immer mehr um sich. Der Versuch, mit dem Wasser aus dem beinah versiegten Bach zu löschen, wäre kaum weniger lächerlich gewesen, als wenn man ein Glas Wasser über einen Vulkan ausschütten wollte.

Cimourdain, Guéchamp und Radoub waren in die Schlucht, Gauvain wieder in den Saal des zweiten Stockwerks von La Tourgue gestiegen, wo sich der Drehstein mit dem geheimen Ausgang und die eiserne Tür der Bibliothek befanden, wo der Imânus die Schwefellunte angezündet und von wo aus das Feuer sich verbreitet hatte. Dorthin hatte Gauvain zwanzig Sappeurs mitgenommen, denn nur wenn die eiserne Tür gesprengt wurde, konnte geholfen werden. Sie war verzweifelt gut verschlossen. Man versuchte es zunächst mit Beilhieben, aber die Äxte brachen.

– Auf diesem Eisen, sagte einer der Sappeurs, springt der Stahl wie Glas.

Die Tür bestand auch in der Tat aus doppelten, mit Riegelnägeln aneinander geschmiedeten, je drei Zoll dicken Platten von Eisenblech. Nun stemmte man Eisenstangen darunter, um sie aus den Angeln zu heben; die Eisenstangen brachen.

- Wie Schwefelfaden, sagte der Sappeur.

Düster murmelte Gauvain vor sich hin: Nur mit Kanonenkugeln wäre der Tür beizukommen. Ein Geschütz müsste hier heraufgeschafft werden können.

- Erst noch die Frage, sagte der Sappeur.

Eine momentane Niedergeschlagenheit hatte Platz gegriffen. Alle die ohnmächtigen Arme hielten inne, und stumm, besiegt, bestürzt, starrten die Männer die abscheuliche, unerschütterliche Tür an. Ein roter Widerschein schimmerte darunter hervor, denn dahinter nahm die Feuersbrunst immer zu und unheimlich triumphierend lag der grässliche Leichnam des Imânus in der Nähe. Noch ein paar Minuten vielleicht und das Schlösschen sank in sich zusammen. Was noch versuchen? Es war keine Hoffnung mehr, und mit bitterem Ingrimm, den Blick auf den verdrehten Stein und auf die Lücke in der Mauer geheftet, rief Gauvain: Und dem Marquis von Lantenac hat dieses Loch zur Flucht verholfen!

- Wie zur Rückkehr, sagte eine Stimme, und in dem Mauerrahmen des geheimen Ausgangs erschien ein weißes Haupt.

Es war wirklich der Marquis. Gauvain, der ihn seit langen Jahren so nah nicht gesehen hatte, tat einen Schritt rückwärts und wie versteinert verharrten alle Anwesenden in ihrer zufälligen Stellung.

Der Marquis kehrte mit einem seiner Kinder zurück.

Der Marquis hielt einen großen Schlüssel in der Hand. Mit einem herrischen Blick brachte er einige Sappeurs, die vor ihm standen, zum Weichen, ging schnurstracks auf die eiserne Tür los, bückte sich unter die Wölbung und steckte den Schlüssel ins Loch. Das Schloß knarrte; die Tür sprang auf und mit festem Fuß und hohem Haupte trat der Marquis in den Flammenpfuhl, der dahinter sichtbar wurde, hinein. Schaudernd folgte ihm alles mit den Blicken. Kaum hatte er in dem brennenden Saal einige Schritte getan, so sank, vom Feuer angefressen und vom Tritt des Marquis erschüttert, der Fußboden hinter ihm zusammen, sodass jetzt zwischen ihm und der Tür ein Abgrund klaffte. Aber er wendete den Kopf nicht um, und man sah ihn weiterschreiten, bis er im Rauch verschwand. Was war aus ihm geworden? Hatte sich ein neuer Krater unter ihm geöffnet? War ihm bloß gelungen, mit zugrunde zu gehen? Das wusste keiner. Man hatte eine Mauer von Glut und Rauch vor sich und hinter dieser Mauer befand sich, tot oder lebendig, der Marquis.

III.

Das Erwachen der Kinder, die man einschlafen sah.

Endlich hatten die Kinder die Augen wieder aufgeschlagen.

Die Feuersbrunst, welche den Bibliothekssaal noch nicht ergriffen hatte, warf einen rosenroten Widerschein gegen die Decke, eine Art Morgenrot, das den Kindern unbekannt war. Sie schauten hin und Georgette träumte sich sogar hinein. Alle Herrlichkeiten des Elements entfalteten sich vor ihren Blicken. In der dunkeln und goldigen Pracht der ungebärdigen Rauchsäulen tummelten sich die schwarze Hydra und der blutrote Drache. Lange davonfliegende Feuerbrände zogen Flammenstreifen durch die Finsternis, als wären sie hintereinander herstürzende, kämpfende Kometen. Eine Feuersbrunst ist eine Verschwenderin, welche die Juwelen ihrer Glutherde in alle Winde streut, und nicht umsonst ist der Diamant identisch mit der Kohle. In der Mauer des dritten Stockwerks waren Risse entstanden, aus denen ganze Kaskaden von Edelsteinen in die Schlucht hinabperlten, und in Lawinen von Goldstaub stoben die entzündeten Hafer- und Strohmassen des Dachbodens aus den Fenstern, und aus den Haferkörnern waren Amethysten und aus den Strohhalmen Karfunkel geworden.

- Nett! Sagte Georgette.

Sie saßen alle Drei aufrecht.

- Ha! Schrie die Mutter; sie erwachen!

René-Jean stand zuerst auf, dann Gros-Alain und dann Georgette. René-Jean streckte die Ärmchen, trat ans Fenster und sagte: Es ist so warm.

- So warm, wiederholte Georgette.

Nun rief die Mutter zu ihnen herauf: Meine Kinder! René! Alain! Georgette!

Die Kinder schauten rings um sich und suchten das alles zu begreifen. Was Männer mit Grausen erfüllt, weckt bei Kindern nur die Neugierde. Je leichter aber jemand in Staunen gerät, desto schwerer gerät er in Furcht; wer unwissend ist, ist auch unerschrocken, und Kinder sind ja so unschuldig, dass sie selbst die Hölle, wenn sie sich vor ihnen auftäte, noch bewundern würden.

- René! Alain! Georgette! Wiederholte die Mutter.

René-Jean wendete den Kopf um, denn diese Stimme hatte ihn aus seiner Zerstreutheit herausgerissen; das Gedächtnis der Kinder ist kurz, aber ihre Erinnerungen lassen sich umso rascher wachrufen; ihre ganze Vergangenheit ist für sie ein einziges Gestern; René-Jean fand es nur selbstverständlich, dass er seine Mutter wiedersah, und da, unter den Wunderdingen, die ihn umgaben, ein verworrenes Gefühl der Hilfsbedürftigkeit in ihm aufkam, schrie er: Mama!

– Mama! Schrie Gros-Alain.

– Mam! Schrie Georgette und streckte die Ärmchen nach ihr aus.

– Meine Kinder! Brüllte die Mutter.

Jetzt standen sie alle Drei am Fenstersims; glücklicherweise wütete die Feuersbrunst vor diesem Fenster gerade nicht.

– Es ist zu heiß, sagte René-Jean und setzte noch hinzu: Es brennt mich. Und er blickte wieder nach seiner Mutter: Komm doch her, Mama!

– Her, Mam! Wiederholte Georgette.

Mit zerrauftem Haar, zerfetzt, blutend, hatte sich die Mutter von Strauch zu Strauch in die Schlucht hinabgleiten lassen, wo Cimourdain und Guéchamp sich, ganz wie droben im Turm Gauvain, ihre Ohnmacht eingestehen mussten. Um sie her wimmelte es von Soldaten, die über ihr unnützes Zuschauen ganz außer Fassung gerieten. Die unerträgliche Hitze blieb völlig unbeachtet; alles war in die Betrachtung der ragenden Brücke, der steilen Pfeiler, der hohen Stockwerke, der unerreichbaren Fenster und der Notwendigkeit schleunigsten Eingreifens versunken. Volle drei Etagen! Ein Hinaufklimmen war undenkbar. Radoub, verwundet, mit einem Säbelstich in der Schulter und einem weggeschossenen Ohr, war, von Schweiß und Blut triefend, herbeigestürzt, und erkannte Michelle Fléchard.

– Sieh da, sagte er, die Füsilierte! Sind Sie denn aus dem Grab auferstanden?

– Meine Kinder! Schrie die Mutter.

– Ganz recht, antwortete Radoub; für die Gespenster haben wir keine Zeit.

Und nun machte er einen vergeblichen Versuch an einem der Brückenpfeiler hinaufzusteigen. Er krallte seine Nägel in die Fugen und kletterte ein paar Sekunden; aber die Steinschichten waren glatt, ohne jeden Bruch oder Vorsprung; das Mauerwerk war noch so unversehrt wie am ersten Tag, und Radoub glitt wieder herab. Fürchterlich wütete die Feuersbrunst weiter. Im Rahmen des geröteten Fensters sah man die drei blonden Köpfchen auftauchen, und Radoub erhob die geballte Faust zum Himmel, als suche er dort jemand mit den Blicken, und rief: Ist das eine Aufführung, Du Herrgott?

Auf den Knien hielt die Mutter einen Brückenpfeiler umfangen und schrie: Gnade!

Durch das Prasseln der Flammen hindurch erdröhnte ein dumpfes Gekrach. Klirrend fielen droben die gesprungenen Scheiben der Wandschränke herab. Das Gebälk gab offenbar schon nach. Hier konnte keine menschliche Kraft mehr Hilfe schaffen. Ein Augenblick noch, so musste alles in sich zusammenbrechen, und während man nichts mehr erwartete als die Schlusskatastrophe, hörte man die kleinen Stimmen immer ängstlicher herabrufen: Mama! Mama!

Der Gipfelpunkt des Entsetzens war erreicht.

Plötzlich erschien am Fenster, das dem, wo die Kinder standen, zunächst lag, vor dem purpurrotem Hintergrund der Feuerbrunst eine hohe Gestalt. Mit stieren Blicken staunte jetzt alles zu ihr hinauf. Droben, im Bibliothekssaal, im Glutofen, war ein Mann; schwarz hob er sich ab vom Schein der Flammen; nur das Haar schimmerte weiß, und man erkannte jetzt den Marquis von Lantenac. Der schauerlich ragende Greis verschwand wieder, kam aber bald darauf mit einer ungeheuern Leiter zurück. Er hatte die gegen die Wand der Bibliothek gelehnte Rettungsleiter geholt und zum Fenster geschleppt. Er packte sie bei dem einen Ende und ließ sie mit der vollendeten Meisterschaft eines Athleten über den Mauerkranz in die Schlucht hinabgleiten. Von unten streckte Radoub, außer sich vor Freude, die Hände danach aus, fasste sie an und rief, indem er sie an die Brust presste: Es lebte die Republik!

– Es lebe Seine Majestät der König! Antwortete der Greis.

– Meinetwegen schreie Du den blühendsten Unsinn in die Welt, murrte Radoub; der liebe Herrgott bist Du doch.

Sowie die Verbindung zwischen der Schlucht und dem brennenden Saal durch die Leiter hergestellt war, eilten zwanzig Mann herbei und fassten, Radoub voran, von oben bis herab gegen die Sprossen gelehnt, in gleichmäßigen Zwischenräumen Posto darauf, wie die Maurer, wenn sie Backsteine hinauf oder hinunter schaffen. Ganz oben auf dieser Leiter von Holz und von Menschen stand Radoub dicht vor dem Fenster, der Feuersbrunst zugekehrt. Von allen Gemütsbewegungen gleichzeitig durchschüttert, drängte sich das Ganze auf der Heide und der Böschung zerstreute kleine Heer zum Plateau, zur Schlucht, zur Plattform des Turms.

Wieder verschwand der Marquis und kehrte dies Mal mit einem der Kinder zurück, dem nächstbesten, das er hatte greifen können; es war Gros-Alain, welcher jammerte: Ich fürchte mich.

Der Marquis reichte Gros-Alain dem Sergeanten hin; dieser reichte ihn seinerseits dem unter und hinter ihm lehnenden Soldaten, der ihn in ähnlicher Weise weiter beförderte. Während der erschrockene, schreiende Gros-Alain auf diesem Wege von Arm zu Arm hinuntergelangte, kam der abermals verschwundene Marquis mit René-Jean ans Fenster zurück, der sich unter Tränen wehrte und Radoub ins Gesicht schlug, als er diesem vom Marquis überliefert ward. Und zum dritten Mal eilte Lantenac in den flammenerfüllten Saal zu der allein noch übrig gebliebenen Georgette; da sie ihm zulächelte, fühlte dieser Mann von Erz, wie ihm etwas Feuchtes in die Augen trat und fragte:

– Was hast Du für einen Namen?

– Orgette, sagte sie.

Er nahm die immer noch lächelnde Kleine auf den Arm, und im Augenblick, wo er sie Radoub einhändigte, bewältigte der blendende Abglanz der Unschuld auch dieses steil ragende, verdüsterte Gewissen und der Greis gab dem Kind einen Kuss.

– Das kleine Mädel! Jubelten die Soldaten, und unter schwärmerischen Zurufen glitt nun auch Georgette von Arm zu Arm zur Erde nieder. Die alten Grenadiere klatschten in die Hände, stampften mit den Füßen, schluchzten, und Georgette lächelte noch immer.

Unten an der Leiter stand die Mutter, atemlos, von Sinnen, von all dem Unerwarteten berauscht, unmittelbar aus der Hölle hinabgeschleudert ins Paradies. Auch die Überfülle der Wonne reißt das Herz in Stücke. In ihren weit ausgestreckten Armen empfing sie zuerst Gros-Alain, dann René-Jean, dann Georgette; sie bedeckte sie, ohne sie mehr voneinander unterscheiden zu können, mit Küssen, brach in ein krampfhaftes Gelächter aus und fiel ohnmächtig zu Boden.

– Gerettet, alle! Donnerte es in die Weiten.

Gerettet waren in der Tat alle mit Ausnahme des Greises. Aber an den dachte kein Mensch, vielleicht er selber am Wenigsten.

Er blieb eine Zeit lang sinnend am Fenster stehen, als wolle er dem flammenden Schlund eine Frist geben, um sich zu entscheiden. Dann schwang er sich ohne jegliche Hast, gemächlich und stolz, auf das Gesims und stieg, ohne umzuschauen, aufrecht gegen die Sprossen gelehnt, die Feuersbrunst hinter sich und dem Abgrund zugewendet, mit der stummen Majestät eines Phantoms allmählich an der Leiter herab. Wer noch darauf stand, eilte hinunter. Alle Anwesenden überlief ein Schauer, und wie vor einem übermenschlichen Gesicht wich jedermann vor dem niederschreienden Greis in heiliger Scheu zurück. Feierlich tauchte er immer tiefer in die Finsternis, die sich unter ihm dehnte, und näherte sich der vor ihm zurückflutenden Menge. In seinen marmorblassen Zügen war kein Zucken, in seinem geisterhaften Auge kein Aufblitzen zu entdecken; mit jedem Schritt, den er jenen Männern entgegentat, die in der Dunkelheit ihre starren Blicke auf ihn hefteten, erschien er größer; die Leiter bebte und stöhnte unter seinen gespenstischen Tritten, und man hätte ihn für die Statue des Kommandeurs halten können, der in die Gruft zurückkehrte.

Dann stieg der Marquis, aufrecht gegen die Sprossen gelehnt, an der Leiter herab.

Als der Marquis unten angelangt war, als er den Fuß von der letzten Sprosse auf festen Boden gesetzt hatte, senkte sich eine Hand auf seine Schulter. Er drehte sich um.

– Ich verhafte Dich, sagte Cimourdain.

– Ich stimme Dir bei, sagte Lantmac.

Sechstes Buch

Nach dem Sieg der härteste Kampf

I.

Lantenac gefangen

Der Marquis war wirklich in die Gruft zurückgekehrt. Man führte ihn ab. Sofort wurde, unter Cimourdain's strenger Aufsicht das ebenerdige in den Stein gehauene Verlies von La Tourgue geöffnet, eine Lampe, ein Krug Wasser, ein Kommisslaib und ein Strohbündel hineingeschafft, und bevor noch eine Viertelstunde verflossen war, seitdem die Hand des Priesters den Marquis berührt hatte, schloss sich bereits hinter Lantenac die Tür seines Kerkers. Gleich darauf – es schlug in der Ferne auf dem Kirchturm von Parigné gerade elf – begab sich Cimourdain zu Gauvain und sagte zu ihm: Ich werde ein Kriegsgericht einsetzen, ohne jedoch Dich beizuziehen. Du bist ein Gauvain und Lantenac ist ein Gauvain. Ihr seid zu nahe verwandt, als dass Du sein Richter sein könntest, und ich tadele es, dass Egalité über Capet mit abgeurteilt hat. Das Kriegsgericht wird aus drei Richtern bestehen, einem Offizier, dem Hauptmann Guéchamp, einem Unteroffizier, dem Sergeanten Radoub, und mir, dem Präsidenten. Mit allem, was von jetzt ab geschehen soll, hast Du Dich nicht zu befassen. Wir halten uns an den Beschluss des Konvents und werden ganz einfach die Identität des vormaligen Marquis von Lantenac feststellen. Morgen die Gerichtssitzung, übermorgen die Guillotine. Die Vendée ist tot.

Gauvain machte nicht die geringste Einwendung, und Cimourdain, von dieser seiner endgültigen Aufgabe völlig in Anspruch genommen, verließ ihn, denn es blieben noch Stunden zu bestimmen und Lokalitäten zu wählen. Wie Lequinio zu Granville, Tallien zu Bordeaux, Châlier zu Lyon, Saint-Just zu Straßburg, pflegte er bei den Hinrichtungen zugegen zu sein; diese Gewohnheit des Richters, dem Henker zuzuschauen, galt für ein gutes Beispiel und war von den dreiundneunziger Schreckensmännern den französischen Parlamenten und der spanischen Inquisition entlehnt worden.

Nicht minder in Anspruch genommen war auch Gauvain.

Vom Wald her blies ein rauer Wind. Gauvain überließ es Guéchamp, die nötigen Befehle zu erteilen, ging in sein Zelt am Waldsaum, auf dem Rasenplatz vor La Tourgue, und hüllte sich in seinen Mantel. Dieser Mantel war mit einer Kapuze versehen und mit jener einfachen Borte besetzt, in der die prunklos republikanische Auszeichnung der Korpskommandanten bestand. Dann wandelte er auf der blutigen Wiese, wo der Sturm auf La Tourgue begonnen hatte, auf und nieder. Er war ganz ungestört. Das Feuer, dem nunmehr keine besondere Aufmerksamkeit geschenkt wurde, brannte weiter. Radoub war bei den Kindern und der Mutter, fast ebenso mütterlich wie diese. Das Brückenschlösschen war beinahe vernichtet; die Sappeurs isolierten nur noch den Glutherd. Man warf Gruben auf für die Toten, verband die Verwundeten, riss die Barrikade nieder, entfernte die Leichen aus den Gemächern und von den Treppen, reinigte den Schauplatz des Gemetzels und schaffte den fürchterlichen Kehricht des Sieges beiseite. Die Soldaten besorgten mit militärischer Hurtigkeit, was man das Hauswesen einer beendigten Schlacht nennen könnte. Aber von dem Allen sah Gauvain nichts. Kaum dass er, aus seiner Träumerei heraus, einen Blick auf den Wachtposten vor der Bresche warf, der auf Cimourdains Befehl verdoppelt worden war. Der Wiesenfleck, wo er gewissermaßen eine Zuflucht gesucht hatte, lag etwa hundert Schritt von der Bresche, deren schwarzen Schlund er in der Dunkelheit unterscheiden konnte. Dort hatte vor drei Stunden der Angriff begonnen; dort war Gauvain in den Turm eingedrungen; dort befand sich der Saal, wo die Barrikade gestanden; jener Saal führte in den Kerker des Marquis, welcher durch den Wachtposten der Bresche bewacht wurde, und jedes Mal, wenn Gauvains Blick diese Bresche streifte, tönte ihm wie Grabgeläute ein verworrener Nachhall der Worte ins Ohr: »Morgen die Gerichtssitzung, übermorgen die Guillotine.«

Die Feuersbrunst, wiewohl begrenzt und durch die Sappeurs mit allem verfügbaren Wasser begossen, erlosch nicht ohne Widerstand und wirbelte stellenweise noch Flammen auf; hin und wieder hörte man das Gekrach des Gebälks und der aufeinander einstürzenden Stockwerke, und dann sprühte das Schlösschen, wie eine geschwungene Fackel, ganze Wirbel von Funken; der äußerste Horizont erglänzte wie bei einem Blitzstrahl und La Tourgue warf plötzlich einen riesenhaften Schlagschatten bis zum Waldsaum hinüber.

Gauvain, der langsamen Schritts in der Dunkelheit vor der Bresche auf und abging, kreuzte zuweilen beide Hände hinter der Kapuze seines Soldatenmantels, die er über den Kopf geschlagen hatte, und sann.

II.

Gauvain in Gedanken

Es war ein unergründlich tiefes Hinbrüten; hatte doch eine unerhörte Verwandlung soeben stattgefunden. Der Marquis von Lantenac hatte sich verklärt, und diese Verklärung hatte Gauvain mit angesehen. Nie hätte er geglaubt, dass irgendwelche Verwickelung von Umständen dergleichen Dinge mit sich bringen könne, und nie, selbst im Schlaf nicht, geahnt, dass so etwas möglich sei. Das Unerwartete, dieses unbestimmte, mit den Menschen spielende herrische Walten, hatte ihn erfasst und hielt ihn fest. Unter seinen Augen war das Unmögliche, Sichtbare, Greifbare, Unvermeidliche, unerbittliche Wirklichkeit geworden. Wie stellte sich nun er, Gauvain, zu dieser Tatsache? Nicht Ausflüchte zu suchen galt es hier; es galt, einen Schluss zu ziehen. Es war eine Frage an ihn gerichtet worden, welcher er nicht ausweichen durfte, und wer richtete diese Frage an ihn? Die Ereignisse, und die Ereignisse nicht allein, denn wenn die wandelbaren Ereignisse anfragen, steht die unwandelbare Gerechtigkeit dahinter und fordert Antwort. Hinter der Wolke, die ihren Schatten auf uns wirft, leuchtet der Stern, und wir können, uns dem Licht ebenso wenig entziehen wie dem Schatten.

Gauvain bestand ein Verhör. Er erschien vor einem Richter, einem furchtbar strengen Richter: seinem eigenen Gewissen. Er empfand ein innerliches Taumeln; seine festesten Vorsätze, seine bestimmtesten Versprechungen, seine unwiderruflichsten Entschlüsse, das alles kam in den Grundfesten seiner Willenskraft in ein Wanken. Wie Erdbeben, so gibt es auch Seelenbeben. Je mehr er dem Gesehenen nachgrübelte, desto tiefer wühlte sich die Umwälzung. Ihm, der als Republikaner das Wahre erfasst zu haben glaubte und auch erfasst hatte, erschien nun urplötzlich eine höhere Wahrheit, über der politischen Idee die rein menschliche. Was in ihm vorging, ließ sich nicht bemänteln; der Tatbestand fiel schwer ins Gewicht; Gauvain, der in diesen Tatbestand mit verflochten war, konnte sich nicht zurückziehen, und trotz Cimourdains Versicherung: »Mit allem, was von jetzt ab geschehen soll, hast Du Dich nicht zu befassen«, fühlte er in seinem Innern etwas Ähnliches wie ein Baum, der von seiner Wurzel losgerissen wird. Jeder Mensch hat eine Grundlage, und jede Erschütterung dieser Grundlage versetzt den Menschen in namenlose Verwirrung; diese Verwirrung war über Gauvain gekommen, und er drückte beide Hände gegen seine Stirn, als wolle er das Richtige daraus hervorpressen.

Eine solche Situation klar zusammenzufassen war kein Leichtes; es gab sogar nichts Schwereres; großmächtige Zahlen ragten vor ihm auf, aus denen er eine Summe ziehen sollte; ein ganzes Schicksal zusammen addieren, wem schwindelt davor nicht? Er machte den Versuch; er rang nach Aufklärung; er mühte sich ab, seine Gedanken zu sammeln, das oder jenes heimliche Widerstreben zu überwältigen, die Tatsachen der Reihe nach zu prüfen und sie sich selber zu erläutern.

Wer hat sich nicht schon einen Selbstbericht erstattet und ist nicht, an Wendepunkten seines Lebens, mit sich zu Rath gegangen, um sich einen Weg. Für den Vorstoß oder für den Rückzug vorzuzeichnen?

Gauvain hatte etwas Unerklärliches geschaut. Gleichzeitig mit dem irdischen Kampf war ein himmlischer ausgefochten worden, der Kampf zwischen dem Guten und dem Bösen; in diesem Kampf war ein steinern Herz überwunden worden, und wenn man alle Verdüsterungen dieses Herzens in Betracht zieht, die Gewalttätigkeit, die Selbsttäuschung, die Blindheit, die krankhafte Verstocktheit, den Hochmut, die Eigenliebe, so war hier wirklich ein Wunder geschehen: der Sieg der Menschheit über den Menschen. Das Menschliche hatte über das Unmenschliche triumphiert. Und wie hatte es einen Riesen an Zorn und Hass niedergeworfen? Durch welche Mittel? Mit welchen Waffen, welcher Kriegsmaschine? Durch eine bloße Kinderwiege.

Gauvain war wie durch einen Meteor geblendet. Mitten im sozialen Kampf, im Auflodern aller Feindseligkeiten und Rachegelüste, im dunkelsten, wildesten Moment des Aufeinanderprallens, in der Stunde, wo das Verbrechen in seinen hellsten Flammen und der Hass in seiner vollsten Finsternis aufging, in diesem Augenblick der Schlacht, wo alles zur Waffe wird und wo das Handgemenge so verhängniswuchtig tobt, dass man nicht mehr weiß, auf welcher Seite die Gerechtigkeit, die Ehrlichkeit, die Wahrheit zu suchen sind, hatte das unbekannte Etwas, der geheimnisvolle Seelenmahner, über dem menschlichen Licht- und Schattenwiderstreit, urplötzlich den großen ewigen Strahlenborn leuchten lassen. Über dem düstern Zweikampf des Falschen und des nur bedingt Richtigen war mit einem Mal, in tiefster Ferne, das Antlitz der Wahrheit erschienen und die Macht der Schwachen zum Durchbruch gekommen. Man hatte drei armselige, kaum geborene, kaum ihrer selbst bewusste, verlassene, verwaiste, vereinsamte, stammelnde, lächelnde Wesen den

Sieg davontragen sehen über den Bürgerkrieg, über die systematische Wiedervergeltung, über die grässliche Logik der Gegenwehr, über den gewaltsamen Tod, das Gemetzel, den Brudermord, die Raserei, den verbissenen Groll, kurz über alle Gorgonen; man hatte eine verruchte, zu einem Verbrechen gedungene Feuersbrunst misslingen und fehlschlagen gesehen, gesehen, wie ein unmenschlicher Vorbedacht entwaffnet und vereitelt wurde, gesehen, wie die überlieferte Grausamkeit des Mittelalters, die alte unerbittliche Menschenverachtung, die erfahrungsmäßigen angeblichen Notbehelfe der Kriegführung mitsamt der Staatsräson und den eingefleischten, angemaßten Vorurteilen eines grausamen Greisentums in nichts zerstoben waren vor dem blauen Blick Solcher, die noch nicht gelebt hatten: eigentlich ein natürlicher Vorgang, denn wer noch nicht gelebt hat, hat auch noch nicht gesündigt; er ist die Gerechtigkeit, die Wahrheit, die weiße Reinheit, und in den kleinen Kindern verkörpern sich die Engel des Himmels.

Ein nutzbringend Schauspiel, ein guter Rat, eine Lehre war's für die maßlosen Kämpfer eines unbarmherzigen Kampfes, plötzlich zu sehen, wie sich im Angesicht all der Untaten, all der Frevel, all der Parteiwut, der Blutgier, der Scheiterhaufen anfachenden Rache, des fackelschwingenden Todes die Allmacht der Unschuld über die unzählige Legion von Gräueln erhob. Und die Unschuld hatte gesiegt. Und jetzt konnte man sagen: Nein, es gibt keinen Bürgerkrieg, es gibt keine Barbarei, gibt keinen Hass, kein Verbrechen, keine Finsternis mehr, dies Heer von Unholden zu zerstreuen genügte ein einzig Morgenrot: Die Kindheit.

In keinen Kampf, niemals, hatte sowohl das Göttliche wie das Teuflische sichtbarlicher eingegriffen. Der Kampfplatz war ein Gewissen gewesen, das Gewissen Lantenacs, und nun brach, noch heißer und noch entscheidender, in einem andern Gewissen der Kampf los, in Gauvains Gewissen. Ein Mensch, welch ein Schlachtfeld! Göttern, Ungeheuern und Riesen sind wir preisgegeben, unsern eigenen Gedanken, und diese wilden Ringer, wie oft zerstampfen sie uns die Seele!

Immer tiefer versank Gauvain in sein Grübeln.

Der Marquis von Lantenac, eingeschlossen, bestürmt, verurteilt, in Bann und Acht, festgekeilt wie ein Löwe in der Arena, wie der Nagel in der Zange, in seiner kerkergewordenen Höhle gefangen und allenthalben bedrängt von einer feurigen Eisenmauer, hatte ihr zu entrinnen vermocht; er war wie durch ein Wunder entkommen; ihm war ein Meisterstück gelungen, in einem solchen Krieg das schwerste unter allen, die Flucht. Er hatte wieder Besitz ergriffen von seinem Wald, um sich darin zu verschanzen, von der ganzen Umgegend, um darin zu kämpfen, von der Finsternis, um darin zu verschwinden. Er war der schreckenverbreitende Auf- und Niedertaucher wieder, der düstere Irrfahrer, das Oberhaupt der Unsichtbaren, der Anführer der unterirdischen Männer, der Herr der Wälder. Gauvain hatte den Sieg, Lantenac aber seine Freiheit errungen. Er hatte fortan die vollste Sicherheit, den unbegrenzten Raum, die unerschöpfliche Wahl seiner Schlupfwinkel vor sich; er war ungreifbar, unentdeckbar, unerreichbar; der gefangene Löwe war der Falle entsprungen und in diese Falle war er zurückgekehrt, hatte freiwillig, aus eigenem Antrieb, willkürlich, den Wald und den Schatten und die Geborgenheit und das Asyl seiner Freiheit verlassen, um sich tollkühn in die entsetzlichste Gefahr zu begeben, ein erstes Mal, als er sich in das Gebäude stürzte, das ihn mit dem Untersinken in den Flammen bedrohte, und dann noch ein zweites Mal, als er an jener Leiter hinabstieg, die ihn seinen Feinden überantwortete und die, eine Rettungsleiter für die Anderen, für ihn die Leiter zum Grab war. Und weshalb hatte er das alles getan? Um drei Kinder dem Tode zu entreißen. Und was wollte man jetzt mit diesem Mann beginnen? Ihm den Kopf vor die Füße legen. Für drei Kinder - waren es seine Kinder? Nein; gehörten sie wenigstens seiner Familie an? Nein; seiner Kaste? - Nein - für die drei Kinder einer Bettlerin, die nächstbesten, für unbekannte, zerlumpte, halb nackte Findlinge hatte dieser Edelmann, dieser Fürst, dieser Greis, der Gerettete, der Befreite, der Sieger - denn solch ein Entrinnen ist ein Triumph - alles gewagt, alles aufs Spiel gesetzt, alles wieder infrage gestellt und hatte, in demselben Augenblick, da er die Kinder zurückgab, seinen bis dahin verhassten, nunmehr aber verehrungswürdigen Kopf mit gebieterischer Überlegenheit zurückgebracht und dem Henker angeboten. Und was geschah jetzt? Das Gebotene war angenommen worden. Lantenac hatte die Wahl gehabt zwischen fremdem Leben und zwischen seinem eigenen und hatte sich majestätisch für seinen Tod entschieden. Und den wollte man ihm jetzt zuerkennen, ihm den Tod zur Belohnung seines Heldentums, wollte auf eine hochherzige Tat mit einer barbarischen antworten und der Revolution diese Blöße geben! Wie klein müsste da die Republik erscheinen neben dem Marquis! Während der Mann der Vorurteile und der Unterdrückung, plötzlich umgewandelt, in die Menschheit zurückkehrte, sollten sie, die Männer der Befreiung und der Unabhängigkeit, im Bürgerkrieg verharren, in der Routine des Blutvergießens, im Brudermord! Das göttliche Gesetz der Vergebung, der Selbstverleugnung, der Erlösung, der Opferfreudigkeit sollte also den Verfechtern des Irrtums heilig sein und den Soldaten der Wahrheit nicht! Wie? Sollte man etwa an Großmut hinter dem Gegner zurückbleiben? Diese Niederlage über sich ergehen lassen? In der Vollkraft sich als der schwächere Teil erweisen, siegreich morden und die Behauptung möglich machen, es ständen auf der Seite der Monarchie die, welche die Kinder retten, und die, welche Greise umbringen, seien unter den Republikanern zu suchen? Dieser tapfere Soldat, dieser gewaltige Achtziger, dieser entwaffnete, eher geraubte als gefangene Feind, mitten aus einer edlen Tat herausgerissen, mit seiner eigenen Erlaubnis festgenommen, noch mit den Schweißperlen einer erhabenen Opfertat auf der Stirn, sollte die Stufen des Schafotts hinansteigen, wie man hineinsteigt zur Apotheose? An das Fallbeil sollte dieses Haupt ausgeliefert werden, von den bittenden drei Seelen der geretteten kleinen Engel umschwebt? Und bei dieser Selbsterniedrigung seiner Henker sollte Lantenacs Antlitz lächeln und das Antlitz der Republik erröten? Und in seinem, Gauvains, des Befehlshabers, Beisein sollte das geschehen? Und er, der es verhindern konnte, sollte sich nicht rühren, sich zufriedengeben mit der stolzen Abfertigung: »Mit dem, was von jetzt ab geschehen soll, hast Du Dich nicht zu befassen?« Würde er nicht zu sich selber sagen müssen, dass in solchen Fällen eine Abdankung die Mitschuld ist? Und müsste er sich nicht eingestehen, dass der, welcher eine so ungeheuerliche Tat zulässt, noch verwerflicher handelt, als der sie vollbringt, weil er nebenbei noch die Rolle des Feiglings spielt?

Aber hatte er nicht bereits versprochen, den Tod des Marquis herbeizuführen? Hatte er, Gauvain, der Mann der Milde, nicht erklärt, dass Lantenac als Ausnahme außer dem Bereich der Milde stehe und dass er ihn Cimourdain überantworten werde? Diesen Kopf war er schuldig; er zahlte ganz einfach seine Schuld ein. Aber war es denn auch noch derselbe Kopf? Bis jetzt hatte Gauvain in Lantenac lediglich den barbarischen Gegner gesehen, den fanatischen Vorkämpfer des Königtums und der Feudalzustände, den Schlächter der Gefangenen, den durch den Bürgerkrieg losgelassenen Mörder, den Blutmenschen, und jenen Menschen fürchtete er nicht; gegen den Wüterich konnte er wüten, dem Unversöhnlichen die Unversöhnlichkeit entgegensetzen. So wäre die Sache äußerst einfach und der vorgeschriebene Weg mit düsterer Leichtigkeit einzuhalten gewesen; den Tötenden töten war weiter nichts als die gerade Linie des Grässlichen. Jetzt aber war diese gerade Linie ganz unvermutet unterbrochen worden und hinter ihrer Krümmung tat sich, wie durch eine Offenbarung, ein neuer Gesichtskreis auf. Der unbekannte, verwandelte Lantenac betrat die Bühne. Dem Ungeheuer entstieg ein Held, ja, mehr noch als ein Held, ein Mensch, und mehr noch als eine Seele, ein Gemüt. Gauvain hatte keinen Würger mehr, einen Retter hatte er vor sich. Er war niedergeworfen durch einen himmlischen Lichtstrom; Lantenac hatte ihm einen Donnerschlag der Güte ins Herz geschmettert.

Und dieser verklärte Lantenac sollte Gauvain nicht auch verklären? Was? Auf diesen Strahlenstoß sollte kein Rückstoß erfolgen? Der Mann der Vergangenheit sollte voran- und der Mann der Gegenwart zurückschreiten? Der Mann der Grausamkeit und des Aberglaubens sollte, auf plötzlich ausgebreiteten Schwingen einherschwebend, den Mann des Ideals von oben herab im Staub und in der Nacht kriechen sehen, weiterkriechen im ausgefahrenen Geleise der Rohheit, indessen er, Lantenac, in den Lüften hinsegelte, erhabenen Begegnungen zu?

Und dann noch dies Andere: die Familie! Das Blut, das Gauvain vergießen sollte - denn es vergießen lassen, hieß es selber vergießen - war es nicht sein eigenes? Sein Großvater war gestorben, aber sein Großonkel lebte, und dieser Großonkel war der Marquis. Musste derjenige der beiden Brüder, der im Grab lag, nicht daraus hervorsteigen, um zu verhindern, dass der andere hinabgestoßen werde? Musste er nicht seinem Enkel befehlen, fortan diese Krone von weißem Haar, die Schwester seiner eigenen Strahlenkrone, zu ehren, und blitzte nicht zwischen Gauvain und Lantenac der Entrüstungsblick eines Toten? Hatte die Revolution denn die Entartung der Gemüter zum Zweck? War sie gemacht worden, um die Bande der Familie zu sprengen und alles menschliche Fühlen zu ersticken? Im Gegenteil, 89 war ja über der Welt aufgegangen, um diese höchsten Wahrheiten zur Geltung zu bringen und nicht, um sie zu verneinen, denn die Bastillen niederwerfen, heißt die Menschheit befreien, die Feudalherrschaft abschaffen, heißt die Familie begründen. Da der Urheber der Ausgangspunkt der Autorität ist, und da die Autorität dem Urheber innewohnt, gibt es keine andere Autorität als die des Vaters; daher die berechtigte Herrschaft der Bienenkönigin, die ihr Volk gebiert und ihre Königswürde der Mutterschaft entlehnt; daher der Widersinn des Menschenkönigs, der, ohne der Vater zu sein, dennoch der Herr sein will; daher die Absetzung dieses Königs; daher die Republik. Was ging aus dem Allen hervor? Die Familie, die Menschheit, die Revolution. Die Revolution war die Thronbesteigung der Völker und im Grund ist das Volk nichts anderes als das Individuum. Die Frage war so gestellt, ob jetzt, da Lantenac in die Menschheit zurückgekehrt war, Gauvain seinerseits nicht in die Familie zurückkehren werde; die Frage war, ob Oheim und Neffe sich in der höheren Lichtregion zusammenfinden sollten oder ob dem Fortschreiten des Oheims ein Rückschritt des Neffen entsprechen müsse. Auf diese Frage also lief Gauvains erregte Auseinandersetzung mit seinem Gewissen hinaus, und die Antwort schien sich von selber zu ergeben: Rettung für Lantenac.

Wohl, aber Frankreich?

Hier wechselte das schwindelnde Problem plötzlich die Gestalt. Wie? Frankreich lag in den letzten Zügen! Frankreich stand offen, ausgesetzt, ohne Bollwerk; es hatte keinen Wallgraben mehr: Deutschland drang über den Rhein; es hatte keine Mauern mehr: Italien stieg über die Alpen und Spanien über die Pyrenäen. Ihm blieb nur der große Schlund des Ozeans, nur den Abgrund hatte es noch für sich. Dem den Rücken zuwendend, konnte es freilich, auf seine Meere gestützt, dem ganzen Festland die Stirne bieten. Eigentlich war diese Stellung unüberwindlich. Aber nein, diese Stellung war im Rücken bedroht. Dieser Ozean gehört Frankreich nicht mehr. Auf diesem Ozean hausten die Engländer. England wusste allerdings nicht, wie es hinüberkommen sollte, doch siehe da! Es fand sich ein Mann, der ihm eine Brücke bauen wollte, ein Mann, der ihm die Hand reichte, ein Mann, der zu Pitt, zu Craig, zu Cornwallis, zu Dundas, zu den Piratenschiffen sagte: Kommt! Ein Mann, der eben hinüberschreien wollte: Da, England, nimm Frankreich hin! Und dieser Mann war der Marquis von Lantenac und diesen Mann hielt man fest. Nach drei Monaten der Hartnäckigkeit, der Verfolgung, der Hetzjagd, war man seiner endlich habhaft geworden. Gerade war auf den Fluchbeladenen die Hand der Revolution niedergefahren; die zusammengekrampfte Faust von 93 hatte den royalistischen Henker beim Kragen gefasst, und durch eine Fügung jenes geheimnisvollen Vorbedachts, der von oben herab in die irdischen Ereignisse eingreift, erwartete just in seinem eigenen Stammkerker dieser Muttermörder die Strafe, der mittelalterliche Mensch im mittelalterlichen Burgverlies; die Steine seines Kastells standen wider ihn auf und schlossen sich über ihm, und der sein Vaterland gefangen geben wollte, wurde selber gefangen gegeben durch sein Haus. Das alles hatte Gott augenscheinlich also angeordnet; die Stunde der Gerechtigkeit hatte geschlagen; die Revolution hatte diesen öffentlichen Widersacher festgenommen; er konnte nicht mehr kämpfen, nicht mehr handeln, nicht mehr schaden; in jener Vendée, die über so viele Arme gebot, war er der einzige Kopf; mit ihm ging der Bürgerkrieg zu Ende; er war gefangen und damit alles zum tragisch glücklichen Abschluss gekommen; nach so vielen Blutszenen und Metzeleien saß er hinter Schloß und Riegel, und sterben sollte nun auch der, welcher getötet hatte. Und dieser Mann hätte einen Retter finden sollen? Cimourdain, das heißt 93, hielt Lantenac, das heißt die Monarchie, in seiner Faust und es sollte sich eine Hand rühren, um der eisernen Kralle diese Beute zu entreißen? Lantenac, derjenige, in dem sich jene Garbe von Plagen zusammenflocht, die man die Vergangenheit nennt, der Marquis von Lantenac lag im Grab; die schwere Pforte der Ewigkeit schlug hinter ihm zu, und es sollte jemand nahen und von außen den Riegel wieder wegschieben? Dieser soziale Übeltäter war tot und mit ihm der Aufruhr, der brudermörderische Kampf, der unmenschlich geführte Krieg, und ihn sollte jemand zurückrufen ins Leben? O wie würde der Totenkopf dazu lachen! Recht so würde dieses Gespenst grinsen, da habt ihr mich wieder, ihr dummen Tröpfe! Und wie würde er dann wieder an seine verruchte Arbeit gehen! Mit welcher freudigen Unversöhnlichkeit würde er sich wieder in den Pfuhl des Hasses und der Kriegswut stürzen! Wie würden, schon am nächsten Tag, die Häuser in Brand gesteckt, die Gefangenen hingeschlachtet, die Verwundeten niedergemacht, die Weiber erschossen werden!

Und jene Tat, die Gauvain also blendete, maß er ihr denn auch wirklich keinen übertriebenen Wert bei? Drei Kinder waren verloren, und Lantenac hatte sie gerettet. Aber weshalb waren sie verloren? Waren sie's nicht durch Lantenacs Schuld? Wer hatte jene Wiegen jener Feuersbrunst ausgesetzt? War's nicht der Imânus? Und was war der Imânus? Das Werkzeug des Marquis. Verantwortlich ist der Befehlshaber. Der Mordbrenner war also kein anderer als Lantenac. Was hatte er demnach so Bewundernswertes getan? Nichts, als dass er von seinem Vorsatz abließ. Nachdem er das Verbrechen zur Hälfte begangen, war er davor zurückgebebt, hatte sich selber Abscheu eingeflößt. Der Schrei der Mutter hatte jenen Rest von angestammtem menschlichen Mitleid in ihm aufgerührt, der als eine Art Ablagerung des allgemeinen organischen Lebens jeder Seele, sogar der ungeheuerlichsten, innewohnt. Bei jenem Schrei hatte er sich umgewendet und war aus der Nacht, in der er sich verlor, zum Licht zurückgekehrt und hatte die Wirkung seines Verbrechens aufgehoben. Sein ganzes Verdienst bestand lediglich darin, dass er nicht bis zum Schluss der Unmensch gewesen.

Und für ein so geringes Verdienst sollte man ihm alles wiedergeben? Den offenen Raum, die Gefilde, die Ebenen, die Lüfte, den Tag, den Wald ihm wiedergeben, dass er ihn für seine rebellischen Zwecke, die Freiheit, dass er sie zur Knechtung, die Existenz, dass er sie zur Vertilgung anderer ausnütze?

Oder konnte man etwa einen Versuch machen, sich mit ihm zu verständigen, mit seiner gebieterischen Seele zu unterhandeln, ihm bedingungsweise die Befreiung vorzuschlagen, ihn zu fragen, ob er sein Leben mit dem Versprechen erkaufen wolle, sich fortan jeder weiteren Auflehnung und Feindseligkeit zu enthalten? Wie verfehlt wäre solch ein Anerbieten gewesen und welch ein Triumph für ihn! Und mit welch stolzer Geringschätzung könnte er dem Fragenden die Antwort ins Angesicht schlagen: Die Entwürdigungen behaltet für Euch und tötet mich!

Mit diesem Mann war in der Tat nichts Anderes zu beginnen, als ihn zu töten oder zu befreien. Bei ihm gipfelte sich alles; er war stets bereit, zu entschweben oder sich zu opfern; er war der Adler und der Abgrund seiner selbst, ein psychisches Rätsel. Ihn töten, welch ein Alp! Ihn befreien, welch eine Verantwortung! War Lantenac frei, so musste in der Vendée alles wieder von Neuem begonnen werden; von Neuem musste man ringen mit dem Lindwurm, dem man den Kopf nicht abgeschlagen. In einem Nu, wie der Blitz, würde die verglimmende Flamme beim ersten Wiedererscheinen dieses Mannes aufflackern, und dieser Mann würde nicht eher ruhen, als bis ihm sein fluchwürdiger Plan gelungen, demzufolge, wie ein Sargdeckel, die Monarchie über die Republik und England über Frankreich geschraubt werden sollte. Lantenac retten, hieß Frankreich opfern; Lantenacs Leben bedeutete den Tod einer Menge von unschuldigen, dem Bürgerkrieg aufs Neue anheimfallenden Wesen, Frauen und Kinder so gut wie Männer; es bedeutete die Landung der Engländer, den Rückprall der Revolution, die Verwüstung der Städte, ein zerfleischtes Volk, eine verblutende Bretagne, ein der Klaue zurückerstattetes Opfer. Und mitten in einem Meer von verworrenen Lichterscheinungen und durcheinander gekreuzten Strahlen sah Gauvain, wie sich allmählich vor seiner hinträumenden Seele das Problem abklärte und aufrichtete: Freigebung des Tigers.

Und dann trat die Frage wieder in ihrer ersten Gestalt an ihn heran; der Sisyphosblock, das Sinnbild des inneren Widerstreits im Menschen, rollte wieder zurück. War Lantenac denn auch wirklich der Tiger? Er mochte ein Tiger gewesen sein; aber war er auch jetzt noch einer? Gauvain empfand die peinlich schwindelnden Windungen des Gedankens, der wie die Schlange in sich selber zurückschnellt. Ließ sich denn schließlich auch nach redlichster Prüfung die Opfertat Lantenacs, seine stoische Selbstverleugnung, seine majestätische Uneigennützigkeit in Abrede stellen? Vor dem aufgerissenen Rachen des Bürgerkrieges der Humanität huldigen, in den Konflikt der untergeordneten Wahrheiten die höhere Wahrheit schleudern, den Beweis führen, dass es über den Königsthronen, über den Revolutionen, über den irdischen Streitfragen noch das endlos zärtliche Hinschmelzen der Seele gibt, die Pflicht der Starken, den Schwachen zu beschützen, die Rettungspflicht der Geretteten gegen die Rettungsbedürftigen, die Vaterpflicht aller Greise gegen alle Waisen –

diese Herrlichkeiten zur Geltung bringen und das eigene Haupt dafür einsetzen, General sein und auf den Krieg, auf die Schlachten, auf die Revanche verzichten, Royalist sein und zu einer Waage greifen und auf die eine Schale den König von Frankreich, eine fünfzehnhundertjährige Monarchie, die wiederherzustellenden alten Gesetze, die wiedereinzuführende alte gesellschaftliche Ordnung und auf die andere Schale die nächstbesten drei Bauernkinder legen und den König, den Thron, das Szepter, die fünfzehn Jahrhunderte leicht befinden gegen eine dreifache Unschuld - das alles sollte so viel sein wie nichts, und der dies vollbracht, sollte der Tiger bleiben, und als Bestie ausgerottet werden? Nein, zehnmal nein! Ein Unmensch war es nicht, der soeben noch den Abgrund des Bürgerkrieges mit dem Strahl einer göttlichen Tat erhellt hatte! Aus dem Schwertschwinger war ein Lichtspender geworden; der Höllenfürst war wieder Luzifer der Engel. Durch sein Opfer hatte sich Lantenac von allen früher verübten Gräueln losgekauft; er hatte sich durch seinen zeitlichen Untergang moralisch gerettet, hatte sich eine neue Unschuld erkämpft, hatte seine eigene Begnadigung unterschrieben, denn es besteht ein Recht der Selbstverzeihung, und von nun an war Lantenac ehrwürdig. Er hatte das Außerordentliche bereits geleistet, und nun kam die Reihe an Gauvain; Gauvain war ihm die Antwort schuldig. Der Widerstreit der edlen und unedlen Leidenschaften hatte dermalen die Welt in ein Chaos zurückgestoßen und diesem hatte Lantenac die Humanität abgerungen; Gauvain fiel nun die Aufgabe zu, dem Chaos noch ein Zweites abzuringen, die Familie. Was musste geschehen? Konnte Gauvain unterlassen, was Gott selber ihm zutraute? Nimmermehr, und aus seinem Tiefsten heraus flüsterte ihm eine Stimme zu: Retten wir Lantenac! - Nun denn, entgegnete eine andere, tue es nur, arbeite den Engländern nur in die Hände, desertiere, lauf über zum Feind, rette Lantenac und werde zum Verräter am Vaterland!

Und er schauderte in sich zusammen.

O Du Träumer, Deine Lösung des Problems ist keine Lösung. - Vor Gauvain stieg in der Finsternis, die ihn umgab, die düster lächelnde Sphinx auf. Seine Situation glich einem grauenhaften Kreuzweg, in den die widersprechenden Wahrheiten einmündeten und sich einander gegenüberstellten, und wo die drei höchsten Güter des Lebens einander anstarrten: die Menschheit, das Vaterland, die Familie. Jede dieser Wahrheiten ergriff der Reihe nach das Wort und der Reihe nach sagte jede etwas Richtiges. Wie sollte da gewählt werden? Eine um die andere schien den Berührungspunkt der Weisheit und der Billigkeit entdeckt zu haben und mahnte: So musst Du handeln. Aber musste wirklich so gehandelt werden? Ja und Nein. Die Vernunft riet zu dem, das Gefühl zu jenem, und die beiden Ratschläge bildeten einen Gegensatz. Die Vernunft ist bloß unser Hirn und geht vom Menschlichen aus; das Gefühl ist oft das Gewissen der Weltseele und geht demnach aus vom Übermenschlichen. Darum auch hat das Gewissen die mindere Klarheit, aber die größere Macht. Und dennoch, was liegt in der strengen Vernunft nicht für eine Gewalt! Gauvain schwankte in grausamer, Ratlosigkeit zwischen zwei Abgründen hin und her: Den Marquis verderben oder ihn retten. In einen von beiden musste er sich stürzen; aus welchem von beiden aber rief die Pflicht?

III.

Der Mantel des Kommandanten.

Die Pflicht und abermals die Pflicht: Vor Cimourdain stieg sie düster, vor Gauvain bedrohlich empor, einfach vor jenem und vor diesem vielseitig, widerspruchsvoll, verwickelt.

Mittlerweile hatte es Zwölf und Eins geschlagen.

Ohne dass er es merkte, hatte sich Gauvain allmählich der Bresche genähert.

Die Feuersbrunst war zu einer sterbenden Glut verglommen, deren Widerschein auf das gegenüberliegende Plateau fiel und es in den Zwischenräumen, wo der Rauch sie nicht umwölkte, matt erhellte. Dieser stoßweise auflebende und plötzlich wieder erlöschende Schimmer gab den Gegenständen ein unverhältnismäßiges Aussehen und die Schildwachen des Lagers tauchten wie Gespenster darin auf. Aus seiner Traumwelt heraus folgte zuweilen Gauvains Blick mechanisch diesem Untergehen des Qualms im Aufleuchten und des Aufleuchtens im Qualm. Das Auf- und Abwogen der Glut entsprach einigermaßen der innern Flut und Ebbe seiner Seele.

Plötzlich warf zwischen dem Aufwirbeln zweier Rauchwolken ein davonfliegender Feuerbrand des verglimmenden Glutherdes ein grelles Licht auf die höchste Stelle des Plateaus und beschien dort mit rötlichem Glanz die Umrisse eines Karrens. Gauvain schaute hinüber. In diesem Karren, um welchen berittene Gendarmen hielten, glaubte er das Fuhrwerk wiederzuerkennen, das er vor einigen Stunden, bei Sonnenuntergang, durch Guechamp's Fernrohr betrachtet hatte. Es standen Menschen darauf, die etwas abzuladen schienen, und zwar etwas Schweres, das hin und wieder dumpf durcheinander klirrte; was es eigentlich war, hätte sich schwerlich bestimmen lassen; dem Aussehen nach mochte es wohl Balkenwerk sein. Zwei von den Männern schafften eben eine dreieckige flache Kiste herab, die auf die Erde gestellt wurde. Da erlosch der Feuerbrand und alles verschwamm wieder im Dunkeln. Nachdenklich starrte Gauvain noch immer hinüber nach dem Plateau, auf dem Laternen angezündet worden waren und undeutliche Gestalten ab und zugingen, die Gauvain, von unten und diesseits der Schlucht, nur dann wahrnahm, wenn sie zum äußersten Rand des Plateaus vortraten. Man hörte auch Stimmen, konnte jedoch keine Worte unterscheiden. Hier und da ertönte es wie von Hammerschlägen auf Holz oder gab jenen eigentümlichen metallischen Klang, der das Wetzen einer Sense begleitet. Es schlug Zwei.

Langsam wie einer, der nach zwei Schritten vorwärts, am liebsten drei andere wieder rückwärts tun möchte, ging Gauvain auf die Bresche zu. Als er näher kam, erkannte ihn die Schildwache trotz der Dunkelheit an der goldenen Borte seines Mantels und präsentierte das Gewehr. Nun trat Gauvain in den ebenerdigen Saal, der jetzt in eine Wachtstube umgewandelt worden; die Laterne, die von der Decke herunterhing, gab gerade so viel Licht, dass man durch das Gemach schreiten konnte, ohne über die am Boden auf Stroh ausgestreckten Soldaten des Postens zu stolpern, die fast alle schliefen. Da wo sie vor wenig Stunden noch gekämpft, schlummerten sie jetzt, zwar nicht gerade bequem, denn auf den mangelhaft gekehrten Steinplatten kam mancher noch auf ein von der Schlacht übrig gebliebenes Eisen- oder Bleigeschoss zu liegen; aber sie waren müde und rasteten wenigstens aus. Auf dieser grässlichen Stätte des ersten Angriffs war gebrüllt, geheult, mit den Zähnen geknirscht, geschlagen, gewürgt, geröchelt worden; auf diesem Fußboden, der ihnen nun als Lager diente, waren gar viele der Ihrigen getroffen niedergestürzt; das Stroh, auf dem sie ruhten, trank das Blut ihrer Kameraden; jetzt war alles vorüber, man hatte das Blut fortgespült, die Säbel abgewischt; die Toten waren tot und die Überlebenden friedlich eingeschlummert. So will es der Krieg. Und auch in der nächsten Nacht sollte ebenso friedlich geschlafen werden.

Als Gauvain erschien, erhoben sich diejenigen, die bloß dämmerten, und unter diesen der Kommandierende des Wachtpostens, vom Boden. Gauvain deutete nach der Kerkertür und sagte: Machen Sie mir auf. Die Riegel wurden zurückgeschoben und Gauvain trat durch die geöffnete Tür ein, die sich sofort wieder hinter ihm schloss.

Siebentes Buch.

Mittelalter und Neuzeit.

I.

Der Ahnherr.

Auf einer Steinplatte des Gefängnisses, neben der viereckigen Öffnung des unterirdischen Verlieses, brannte eine Lampe; weiter hinten war auch der Wasserkrug mit dem Kommissbrot und das Bündel Stroh. Da der Kerker in den Felsen gehauen war, wäre der Einfall, dieses Stroh in Brand zu stecken, dem Insassen übel bekommen, denn er hätte, ohne den geringsten Schaden anrichten zu können, unfehlbar im Rauch ersticken müssen.

Im Augenblick, wo sich die Tür in den Angeln drehte, schritt der Marquis in seinem Gefängnis auf und nieder, mit der mechanischen Unruhe des Löwen im Käfig. Beim Geräusch der auf- und zugehenden Pforte erhob er den Kopf und die Lampe zwischen Gauvain und ihm leuchtete den Beiden von unten ins Gesicht. Sie schauten einander an, mit einem Blick, vor dem jeder erstarrte. Dann brach Lantenac in schallendes Gelächter aus und rief: – Guten Tag, mein Herr. Es sind nun schon hübsch viele Jahre, dass mir das Glück nicht mehr zuteilgeworden, mit Ihnen zusammenzutreffen. Sie haben die Gewogenheit, mir einen Besuch abzustatten. Ich danke Ihnen. Es kommt mir ganz erwünscht, ein klein wenig zu plaudern, denn ich war bereits auf dem besten Weg, mich zu langweilen. Ihre guten Freunde vergeuden die Zeit mit allerlei Weitschweifigkeiten, mit Feststellungen der Identität und Kriegsgerichten. Ich ginge rascher zu Werk. Bemühen Sie sich nur ganz herein – ich bin hier zu Hause. Nun, was sagen denn Sie zu allem, was sich jetzt abspielt? Recht originell, nicht wahr? Es war einmal ein König und eine Königin; der König war der König; die Königin war Frankreich. Den König hat man enthauptet und die Königin mit Robespierre vermählt; dieser Herr und diese Dame haben eine Tochter bekommen, die man die Guillotine heißt und deren Bekanntschaft ich allem Anschein nach morgen früh machen werde. Es soll mir ein Vergnügen sein, gerade so vorzüglich, mein Herr, wie das, Sie hier bei mir zu sehen. Führt Sie etwa diese Angelegenheit her? Wären Sie wohl gar zum Henker avanciert? Wenn Sie mir hingegen einen bloßen Freundschaftsbesuch zugedacht haben, so bin ich unendlich gerührt. Sie wissen vielleicht nicht mehr, was ein Edelmann ist. Nun wohl, hier steht einer: ich. Sehen Sie sich das sonderbare Ding nur an; das glaubt Ihnen an Gott; das glaubt an Althergebrachtes, glaubt an die Familie, an seine Vorfahren, an das Beispiel seines Vaters, an die Loyalität, an die Treue gegen den Landesherrn, an die Achtung vor den überlieferten Gesetzen, an eine Tugend, an eine Gerechtigkeit und das würde Sie mit Freuden füsilieren lassen. Aber bitte, gefälligst Platz zu nehmen, auf dem Stein zwar, denn in diesem Salon kann ich Ihnen keinen Fauteuil anbieten; doch wer im Unrat lebt, kann sich auch am Boden niedersetzen. Glauben Sie ja nicht, dass ich mit dieser Äußerung eine beleidigende Absicht verbinde, denn was wir den Unrat nennen, das nennen Sie die Nation und von mir werden Sie doch schwerlich verlangen, dass ich mitrufe: Freiheit, Gleichheit, Verbrüderung. Wir stehen hier in einem alten Gemach meines Hauses; vor Zeiten sperrten die Herren die Hintersassen, jetzt sperren die Hintersassen die Herren hinein. Dergleichen Albernheiten heißt man eine Revolution. In sechsunddreißig Stunden soll mir auch, so scheint es, der Hals abgeschnitten werden. Ich sehe nicht ein, was ich daran aussetzen sollte. Nur hätte man wenigstens so höflich sein können, mir meine Dose herunterzuschicken, die ich droben im Spiegelzimmer ließ, wo Sie als kleines Kind oft gespielt haben und auf meinen Knien geritten sind. Bei dieser Gelegenheit will ich Ihnen auch mitteilen, dass Sie den Namen Gauvain führen und dass sonderbarerweise edles Blut in Ihren Adern fließt, ja weiß Gott, dasselbe Blut wie in den meinen, und dass dies Blut aus mir einen Mann von Ehre macht und aus Ihnen etwas Anderes. Jeder hat seine Eigenheiten. Sie werden mir vielleicht bemerken, das sei nicht Ihre Schuld; nun, meine ist es auch nicht. Mein Gott, man kann ja ein Übeltäter sein, ohne es zu wissen; das liegt an der Luft, in der man lebt, und in Zeiten, wie wir sie jetzt haben, ist man für sein Handeln keineswegs verantwortlich; die Revolution, die nimmt jede einzelne Nichtswürdigkeit auf ihre Kappe, und all Ihre großen Verbrecher sind die leibhaftige Unschuld. Einfaltspinsel sind's! Sie zu allermeist. Erlauben Sie, dass ich Ihnen meine Bewunderung ausspreche. Ja, ich bewundere einen Jungen, der wie Sie, von hoher Geburt, eine hervorragende Stellung im Staat einzunehmen und ein edles Blut zu vergießen hat für eine edle Sache, einen Vikomte von La Tour-Gauvain, einen bretonischen Fürsten, der von Rechtswegen Herzog und von Erbschaftswegen Pair von Frankreich sein könnte, so ziemlich alles, was ein vernünftiger Mensch hienieden verlangen dürfte, und der seinen Spaß daran findet, dem, der er ist, zum Trotz der zu sein, der Sie sind, sodass er schließlich seinen Feinden als ein Bösewicht und seinen Freunden als ein Dummkopf erscheinen muss. Da fällt mir eben ein, empfehlen Sie mich doch auch dem Herrn Abbé Cimourdain.

Der Marquis sprach behaglich und gelassen, ohne irgendetwas besonders zu betonen, mit einer Salonstimme, mit klarem, ruhigem Blick und mit den Händen in den Westentaschen. Nachdem er innegehalten, um aufzuatmen, begann er wieder: – Ich will Ihnen nicht verschweigen, dass ich alles aufgeboten habe, um Ihnen das Leben zu nehmen. Wie Sie mich hier sehen, habe ich zu dreien Malen, ich selber, eigenhändig eine Kanone auf Sie abgefeuert, ein unfeines Verfahren, ich gebe es zu, aber es hieße von einer irrigen Voraussetzung ausgehen, wenn man sich einbilden wollte, dass in Kriegszeiten der Feind bemüht sei, sich einem gefällig zu erweisen, und wir führen ja Krieg, Herr Neffe, mit Feuer und Schwert, und es lässt sich auch nicht in Abrede stellen, dass der König hingerichtet worden ist. Ein anmutiges Jahrhundert das!

Er schwieg abermals und hob dann wieder an: – Wenn man bedenkt, dass dies alles unterblieben wäre, hätte man nur Voltaire gehenkt und Rousseau auf eine Galeere gesetzt! O die geistreichen Männer, welch ein

Krebsschaden! Ei, zum Teufel, was können Sie ihr denn vorwerfen, dieser Monarchie? Sie hat allerdings den Abbé Pucelle in seine Abtei von Corbigny zurückgeschickt mit der freien Wahl der Fahrgelegenheit und der Bewilligung einer beliebigen Reisedauer, und was Ihren Herrn Titon anbelangt, der mit Verlaub ein rechter Wüstling war und bei den Dirnen vorsprach, eh er dem wundertätigen Diakonus Paris nachlief, so wurde er vom Schloß von Vincennes nach dem Schloss von Ham in der Picardie übergeführt, welches, ich leugne es nicht, allerdings ein ziemlich garstiger Aufenthaltsort ist. Das waren die Beschwerdepunkte; ich erinnere mich noch ganz gut; ich habe meiner Zeit auch mitgeschrien; ich bin so einfältig gewesen wie Sie.

Der Marquis griff an seine Tasche, als wolle er die Tabaksdose herausnehmen und fuhr fort: Aber so bösartig nicht. Man redete, um eben zu reden. Es wurde auch Unfug getrieben mit den Untersuchungen und Eingaben, und nachher kamen die Herren Philosophen; statt der Verfasser hat man ihre Schriften verbrannt; die Hofintrigen haben mitgespielt; dann kamen auch alle die Dummköpfe wie Turgot, Quesnay, Malesherbes, die Physiokraten und Konsorten, und die Hetzerei ging los. Die Schmieranten und Versifexe haben den ganzen Wirrwarr in Szene gesetzt. Die Enzyklopädisten! Diderot! d'Alembert! O über die nichtsnutzigen Tröpfe! Dass ein anständiger Mann wie jener König von Preußen sich in dergleichen verrennen konnte. Wie hätte ich an seiner Stelle die Tintenkleckser samt und sonders aus dem Weg geschafft! Ha, wir Andern, wir wussten noch mit der Rechtspflege umzugehen. Hier diese Mauer mit den Räderspuren erzählt noch davon. Wir machten Ernst. Nein, nein, fort mit dem Schreiberpack! Solange es noch Leute gibt wie einen Arouët, wird es auch Leute geben wie Marat; solange noch Krakeeler Papier verkratzen, werden Spitzbuben morden; solange die Tinte fließt, werden die schwarzen Flecken nicht ausbleiben, und solange eine Menschenpfote einen Gänsekiel halten wird, werden die frivolen Albernheiten in niederträchtige Albernheiten ausarten. Die Verbrechen werden durch die Bücher in die Welt gesetzt. Das Wort Chimäre hat einen doppelten Sinn: Es bezeichnet einen Traum und bezeichnet ein Ungeheuer. Wie bereitwillig gibt man sich mit leeren Redensarten zufrieden! Was faselt ihr mir da vor von Rechten? Von Menschenrechten, Volksrechten! Lässt sich etwas Hohleres, etwas Stupideres, etwas Unmöglicheres, etwas Inhaltloseres aushecken? Ich, wenn ich sage: Havoise, die Schwester Conans II., brachte dem Grafen Hoël von Nantes und Cornouailles die Grafschaft Bretagne mit in die Ehe; von diesem vererbte sich die Krone auf Alain Fergant, den Oheim von Bertha, welche sich mit dem souveränen Herrn zu La Roche-sur Yon, Alain dem Schwarzen, vermählte und ihm Conan den Kleinen, den Ahnen von Guy oder Gauvain von Thouars, dem Gründer unseres Stamms, gebar, - wenn ich so spreche, so spreche ich eine bestimmte Tatsache aus und leite ein bestimmtes Recht davon ab. Auf welche Rechte aber berufen sich Ihre Strolche, Ihre Gaudiebe, Ihre Hungerleider? Auf die Gotteslästerung und auf den Königsmord. Und das soll nicht niederträchtig sein? O welche Hallunken! Es tut mir leid für Sie, mein Herr, aber Sie sind aus jenem stolzen bretonischen Geschlecht; Sie wie ich stammen von Gauvain von Thouars ab, auch von jenem großen Herzog von Montbazon, der französischer Pair und Großkreuz des königlichen Hausordens war, der die Vorstadt von Tours stürmte, im Gefecht von Arques verwundet wurde und in seinem sechsundachtzigsten Lebensjahr als Oberstjägermeister von Frankreich auf seinem Schloß von Couzières in der Touraine verstarb. Ich könnte Ihnen ferner noch vom Herzog von Laudunois, dem Sohn der Freifrau von La Garnache, erzählen, von Claude von Lothringen, Herzog von Chevreuse, und von Henri von Lenoncourt und von Françoise von Laval-Boisdauphin; aber wozu? Der junge Herr haben die Ehre, ein Simpel zu sein, und wollen durchaus mit meinem Stallknecht rangieren. Ich sage Ihnen nur so viel, dass ich schon ein betagter Mann war, als Sie noch in den Windeln lagen. Ich habe Ihnen oft das Rotznäschen geputzt und möchte es wieder tun, denn Sie haben das Kunststück geliefert, mit den Jahren kleiner zu werden. Seitdem wir uns nicht mehr gesehen haben, ist jeder von uns seiner Wege gegangen, ich den rechtschaffenen, Sie den entgegengesetzten. Wozu das alles führen wird, weiß ich zwar nicht, aber das weiß ich, dass Ihre Herren Freunde famose Schurken sind, O ja, es ist alles recht schön und gut; ich muss es loben; der Fortschritt ist kolossal; in der Armee hat man die Strafe des dreitägigen Wassertrinkens für die Säufer abgeschafft; man hat das Maximum, den Konvent, den Bischof Gobel, die Herren Chaumette und Hébert und rottet die ganze Vergangenheit mit Stumpf und Stiel aus, von der Bastille bis herab zum Kalender, in dem die Heiligen durch Gemüsesorten ersetzt werden. Schön, Ihr Herren Bürger, herrscht nur zu, regiert, macht es Euch bequem, tut Euch gütlich, geniert Euch nicht. Dafür bleibt die Religion doch die Religion; dafür füllt das Königtum doch fünfzehn Jahrhunderte in unserer Geschichte aus; und dafür steht der alte französische Adel doch über Euch, auch wenn Ihr ihn köpft. Und über Eure Nörgeleien am historischen Recht der Dynastien zucken wir nur die Achseln. Hilperich war bloß ein Mönch namens Daniel und wurde durch Rainfried untergeschoben, um Karl Martell zu ärgern; das alles wissen wir so gut wie Ihr. Aber darum handelt sich es nicht; es handelt sich darum, ein großes Reich zu sein, das alte Frankreich, dieses herrlich organisierte Land: An der Spitze die geheiligte Person des Monarchen, dann die Prinzen, dann die Würdenträger der Krone für den Krieg zu Land und zu See, für die Artillerie, für die Oberleitung und Pflege der Finanzen, dann die souveräne und subalterne Justiz, dann das Steuerwesen und die Staatseinnahmen und zuletzt die drei verschiedenen Abstufungen der Königlichen Polizei. Das war schön und vornehm angeordnet; Ihr habt es zerstört, habt die Einteilung der Provinzen zerstört, Ihr jämmerlichen Ignoranten, ohne auch nur zu ahnen, was die Provinzen bedeuten sollten. In Frankreichs Genius konzentrierte sich der Genius des ganzen Kontinents und jede französische Provinz vertrat eine europäische Tugend, die Pikardie die deutsche Offenherzigkeit, die Champagne die schwedische Großmut, Burgund den holländischen Gewerbefleiß, das Languedoc die polnische Rührigkeit, die Gascogne den spanischen Ernst, die Provence die italienische Klugheit, die Normandie den griechischen Scharfsinn, das Dauphiné die schweizerische Treue. Von dem Allen habt Ihr nichts gemerkt; Ihr habt zerbrochen, zertrümmert, zerschmettert, niedergerissen, in aller Seelenruhe, wie die Bestien. Ah, Ihr wollt keinen Adel mehr? Nun gut, Ihr sollt auch keinen mehr haben. Ergebt Euch denn darein; verzichtet nur gleich auf die Paladine, auf die Helden; gute Nacht, du alte Größe! Zeigt mir heutzutage einen d'Assas! Ihr seid alle besorgt um Eure Haut; es ist vorbei mit jenen ritterlichen Kämpfern von Fontenoy, die den Feind grüßten, ehe sie losschlugen, vorbei mit den Heroen in seidenen Strümpfen, die bei der Belagerung von Lerida gefochten, vorbei mit jenen stolzen Schlachten, wo die Federbüsche wie Meteore einherstürmten; Ihr seid ein bankrott gewordenes Volk; Ihr werdet die Notzucht der Invasion über Euch ergehen lassen, und wenn ein zweiter Alarich kommt, wird er keinen zweiten Klodwig finden; wenn Abderrahman wiederkehrt, wird kein Karl Martell, wenn die Sachsen wiederkehren, wird kein Pipin da sein. Ihr werdet kein Agnadel, kein Rocroy, kein Lens, Staffarde, Neerwinden, Steinkirchen, La Marsaille, Rocoux, Laufeld, Mahon mehr erleben, kein Marignan mit seinem Franz I., kein Bouvines mit seinem Philipp August, der mit der einen Hand den Grafen Renaud von Boulogne und mit der anderen den Grafen Ferrand von Flandern gefangen nimmt. Nur zu einem Azincourt werdet Ihr es bringen, aber ohne dabei einen Oriflammenträger zu haben wie den edlen Herrn von Bacqueville, der sich, in seine Fahne gewickelt, niederhauen lässt. Aber geht, geht nur immer Eures Wegs und seid die Männer der Neuzeit und werdet klein.

Der Marquis machte eine kurze Pause und fuhr dann fort: – Aber uns lasst groß bleiben. Bringt die Könige um, die Edelleute, die Priester, zerstört, verheert, guillotiniert, tretet mit Füßen alles, setzt Eure Stiefelsohlen auf die Überlieferungen der Vergangenheit, trampelt auf dem Thron herum, stampft die Altäre nieder, schmettert Gott in den Staub und tanzt darüber hinweg! Das ist Eure Sache. Ihr seid Verräter und Feiglinge, unfähig, Euch für etwas hinzugeben und aufzuopfern. Ich bin zu Ende. Jetzt lassen Sie mich guillotiniert, Herr Vikomte. Ich habe die Ehre, Ihr Allergehorsamster zu sein.

Und er setzte noch hinzu: Nicht wahr, ich habe Ihnen die Leviten gelesen? Warum sollte ich nicht? Ich bin ja tot.

– Sie sind so frei, sagte Gauvain. Und er trat auf den Marquis zu, knöpfte den Mantel auf, warf ihm denselben über die Schultern und zog ihm die Kapuze über die Stirn. Sie waren beide in einer Größe.

– Ei, was tust Du denn da? Fragte der Marquis.

– Leutnant! Schließen Sie auf! Rief Gauvain mit lauter Stimme. Die Tür wurde geöffnet.

– Riegeln Sie die Tür gleich wieder hinter mir zu! Befahl Gauvain und stieß den staunenden Marquis zum Kerker hinaus.

Der ebenerdige Saal, der jetzt eine Wachtstube war, hatte, wie man sich erinnern wird, keine andere Beleuchtung als die einer Hornlaterne, die alles ganz trübe erscheinen ließ und mehr Nacht verbreitete als Licht. In diesem verschwommenen Dämmerdunkel sahen die noch wach gebliebenen Soldaten einen hochgewachsenen Mann in dem Mantel und der Kapuze des Kommandanten dem Ausgang zu vorüberschreiten und salutierten. Langsam trat der Marquis zur Bresche und durch diese, nicht ohne sich mehrmals die Stirn anzurennen, vor den Turm hinaus. Dort präsentierte ihm die Schildwache, welche Gauvain zu erkennen glaubte, das Gewehr. Als er draußen war, auf dem Grasplatz, zweihundert Schritte vom Wald, mit dem unbegrenzten Raum und der Nacht und der Freiheit und dem Leben vor sich, stand er eine Weile regungslos, wie einer, dem ohne sein Zutun etwas durch Überraschung aufgenötigt worden und der nun nach Benutzung der offenen Tür, mit sich selbst im Unklaren, zaudert und, bevor er weitergeht, erst seine Gedanken sammelt. Nach einigen Momenten aufmerksamer Überlegung, erhob er die rechte Hand, drückte den Mittelfinger gegen den Daumen und sagte, indem er ein Schnippchen schlug: Meinetwegen!

Als er den Wald betrat, war der Kerker, in welchem Gauvain zurückgeblieben, schon längst wieder verriegelt.

II.

Das Kriegsgericht

In der damaligen Militärjustiz herrschte so ziemlich die Willkür. Dumas hatte wohl in der gesetzgebenden Versammlung Grundzüge zu einem Kodex für die Kriegsgerichte entworfen und seine Arbeit war auch durch Talot im Rat der Fünfhundert wieder aufgenommen worden, aber die endgültige Gesetzgebung für die Armee ist das Werk des Kaiserreichs. So war zum Beispiel zur Revolutionszeit den Kriegsgerichten noch nicht vorgeschrieben, beim Einsammeln der Stimmen mit der untersten Charge zu beginnen. Im Jahre 93 vereinigten sich so gut wie alle Befugnisse eines solchen Gerichtshofs in der Person des Präsidenten; er wählte die Votanten, bestimmte die beizuziehenden Chargen, entschied über den Abstimmungsmodus, kurz war Machthaber und Richter in einer Person.

Zum Sitzungslokal war durch Cimourdain der ebenerdige Saal ausersehen, wo die Barrikade gestanden hatte und wo sich jetzt der Wachtposten befand. Alles sollte möglichst abgekürzt werden, sowohl der Weg vom Gefängnis zur Verhandlung, wie von dieser zum Schafott. Hier hatte sich das Gericht, Cimourdain's Anordnung zufolge, um zwölf Uhr mittags versammelt. Die ganze äußere Ausstattung bestand aus drei Strohsesseln, einem Tisch aus Tannenholz, darauf zwei brennende Lichter und dahinter ein hoher Schemel: die Sessel für die Richter, der Schemel für den Angeklagten. An jedem Ende des Tisches stand noch ein anderes Tabouret für den Auditor, der ein Fourier, und für den Schriftführer, der ein Korporal war. Auf dem Tisch befand sich ferner noch eine Stange von rotem Siegellack, ein kupfernes Amtssiegel, zwei Tintenfässer, Schreibpapier und zwei ihrer ganzen Größe nach entfaltete gedruckte Plakate, das eine mit der Bekanntmachung, dass Lantenac außer dem Gesetz stehe, das andere mit der Verordnung des Konvents. Über dem mittleren Stuhl erhoben sich ein paar dreifarbige Fahnen. In diesen prunklos derben Zeiten verlor man mit der Ausschmückung nicht viel Zeit und konnte im Handumdrehen eine Wachtstube in einen Gerichtssaal umwandeln. Der mittlere Sessel, der Präsidentenstuhl, war der Kerkertür zugewendet. Soldaten bildeten das Publikum, und hinter dem für den Angeklagten bestimmten Schemel standen zwei Gendarmen.

Cimourdain saß auf seinem Platz, zu seiner Rechten den Hauptmann Guéchamp als ersten Richter und als zweiten zur Linken den Sergeanten Radoub. Er hatte einen Hut mit dreifarbigem Federbusch auf, seinen Säbel an der Seite und in der Schärpe seine zwei Pistolen. Der grimmige

Ausdruck seines Gesichts wurde durch die hochrote Narbe noch gesteigert.

Radoub, der sich schließlich hatte verbinden lassen, trug ein Tuch um den Kopf gewickelt, auf dem ein Blutflecken zu sehen war, welcher allmählich um sich griff.

Die Sitzung hatte noch nicht begonnen. Beim Gerichtstisch stand eine Stafette, deren Pferd man draußen scharren hörte, und Cimourdain schrieb folgende Worte nieder: »Bürger und Mitglieder des Wohlfahrtsausschusses, Lantenac ist gefangen und wird morgen guillotiniert.« Er setzte das Datum hinzu, unterschrieb die Depesche, faltete und versiegelte sie und reichte sie dann dem Boten, der sich damit entfernte. Hierauf sagte Cimourdain mit lauter Stimme: Man öffne das Gefängnis.

Die zwei Gendarmen schoben die Riegel zurück, schlossen auf und traten hinein. Cimourdain hob den Kopf in die Höhe, verschränkte die Arme, schaute nach der Tür und rief: Man führe den Gefangenen vor.

Da erschien unter der Wölbung der Tür zwischen den zwei Gendarmen ein Mann.

Cimourdain zuckte zusammen, als er ihn erblickte: Gauvain! Rief er aus und setzte dann hinzu: Den Gefangenen will ich haben.

- Der bin ich, sagte Gauvain.

- Du?

- Ich.

- Und Lantenac?

- Ist frei.

- Frei?

- Ja.

- Ausgebrochen?

- Ausgebrochen.

Zitternd stammelte jetzt Cimourdain: Allerdings dies Schloß hier ist ja sein; er kennt alle Schliche; sein Gefängnis hat wohl einen geheimen Ausgang; daran hätte ich denken sollen; es wird ihm eben gelungen sein, zu entrinnen, ohne irgendwelcher fremden Hilfe zu bedürfen.

- Ihm ward geholfen.

- Zur Flucht?

- Zur Flucht.

– Und wer verhalf ihm dazu?

– Ich.

– Du?!

– Ja, ich.

– Du sprichst im Traum!

– Ich bin zu ihm in den Kerker gegangen, war dort mit ihm allein, habe meinen Mantel von den Schultern genommen und um die seinen geworfen; habe ihm die Kapuze über das Gesicht zurückgeschlagen, dann hat er sich statt meiner entfernt; ich bin statt seiner geblieben, und hier stehe ich.

– Das hast Du nicht getan!

– Ich habe es getan.

– Es ist rein unmöglich.

– Es ist so.

– Bringt mir Lantenac!

– Er ist schon weit. Die Soldaten, die ihn im Kommandantenmantel sahen, haben ihn für mich gehalten und an sich vorübergehen lassen. Es war noch Nacht.

– Du redest irre.

– Ich rede die Wahrheit.

Nach einer Pause stotterte Cimourdain: Aber dann verdienst Du ja ...

– Den Tod, sagte Gauvain.

Cimourdain's Gesicht war blass geworden wie ein abgeschnittener Kopf; er saß regungslos da, wie vom Blitz gerührt. Es war, als atme er nicht mehr, und Schweißtropfen perlten auf seiner Stirn. Endlich sprach er mit etwas festerer Stimme: Man lasse den Gefangenen niedersitzen.

Gauvain nahm seinen Platz auf dem Schemel ein. – Gendarmen, hob Cimourdain wieder an, zieht die Säbel.

Es war dies die gebräuchliche Form, wenn jemand eines Verbrechens angeklagt war, das durch den Tod bestraft wurde.

Die Gendarmen zogen blank. Cimourdain's Stimme hatte ihre ganze gewohnte Festigkeit wiedergewonnen. Angeklagter, sagte er, stehen Sie auf.

Er redete Gauvain nicht mehr mit Du an.

III.

Die Abstimmung.

Gauvain erhob sich.

- Wie heißen Sie? Fragte Cimourdain.

- Gauvain.

Nun nahm das Verhör seinen weiteren Verlauf.

- Wer sind Sie?

- Ich bin Oberkommandant der Streifkolonne vom Departement Côtes-du-Nord.

- Sind Sie mit dem flüchtig Gewordenen blutsverwandt oder verschwägert?

- Ich bin sein Großneffe.

- Sie haben Kenntnis von der Verordnung des Konvents?

- Dort liegt sie gedruckt auf dem Tisch.

- Haben Sie betreffs dieser Verordnung etwas zu bemerken?

- Ich habe zu bemerken, dass ich sie mit unterzeichnete, dass ich die Vollstreckung in Aussicht stellte und dass ich selber das von mir unterschriebene Plakat anschlagen ließ.

- Wählen Sie sich einen Verteidiger.

- Ich werde mich selber verteidigen.

- Sie haben das Wort.

Cimourdain beherrschte sich wieder; nur glich diese Selbstbeherrschung weniger der Seelenruhe eines Menschen als der Starrheit eines Felsens. Gauvain blieb eine Weile stumm und in sich gekehrt.

- Was können Sie zu Ihrer Verteidigung vorbringen? Mahnte Cimourdain.

Langsam erhob Gauvain das Haupt und antwortete, ohne jemand anzublicken: Dies Eine: Mich hat ein Umstand verhindert, einen anderen in Betracht zu ziehen; eine gute Tat, allzu sehr in der Nähe beschaut, hat mir hundert Missetaten verdeckt; ein Greis einerseits und andererseits die Kinder, das alles hat sich zwischen mich und meine Pflicht gedrängt. Ich habe die eingeäscherten Dörfer vergessen, die verwüsteten Felder, die erschossenen Gefangenen, die niedergemachten Verwundeten, die hingerichteten Weiber, habe das an England verratene Frankreich vergessen und den Mörder des Vaterlandes in Freiheit gesetzt. Ich bin schuldig. Indem ich also spreche, könnte man vielleicht glauben, ich spräche gegen mein Interesse, aber das wäre ein Irrtum: Ich rede mir selber das Wort, denn wenn der Schuldige seine Schuld erkennt, so rettet er das Einzige, was zu retten sich der Mühe verlohnt, die Ehre.

– Ist das alles, was Sie zu Ihrer Verteidigung zu sagen haben? Fragte Cimourdain.

– Ich füge noch hinzu, dass, wie mir als dem Kommandanten obgelegen hätte, mit gutem Beispiel voranzugehen, Ihnen als den Richtern jetzt ein gleiches obliegt.

– Worin soll das gute Beispiel bestehen?

– In meinem Tod.

– Sie finden ihn also gerechtfertigt?

– Und notwendig.

– Setzen Sie sich.

Nun erhob sich der Fourier und verlas in seiner Eigenschaft als Auditor erstens den Beschluss, der den vormaligen Marquis von Lantenac in die Acht erklärte, zweitens die Verordnung des Konvents, welcher über jeden die Todesstrafe verhängte, welcher einem gefangenen Rebellen zur Flucht verhelfen würde, und schloss mit den der Verordnung beigefügten wenigen Zeilen, durch welche, gleichfalls bei Todesstrafe, strengstens verboten wurde, dem obengenannten Rebellen Beistand und Vorschub zu leisten, und welche die Unterschrift trugen: »Der Kommandant der Streifkolonne, Gauvain.«

Nachdem dies geschehen, setzte sich der Auditor wieder. Cimourdain schlug die Arme übereinander und sagte: Angeklagter merken Sie wohl auf, und Ihr Anwesenden hört, schaut und schweigt. Jetzt waltet das Gesetz. Ich lasse abstimmen. Die einfache Majorität soll entscheiden. Der Reihe nach und in Gegenwart des Angeklagten, denn die Gerechtigkeit hat nichts zu verheimlichen, werden die Richter ihr Urteil fällen. Ich erteile dem ersten Richter das Wort; Hauptmann Guéchamp, reden Sie.

Der Hauptmann Guéchamp schien weder Cimourdain noch Gauvain zu sehen; seine gesenkten Wimpern versteckten seine unbeweglichen Augen, die zu dem Plakat des Konvents hinüberstarrten, als starrten sie in einen Abgrund: Der Wortlaut des Gesetzes, sagte er, ist klar. Ein Richter aber ist mehr und weniger als ein Mensch, weniger, denn er darf kein Herz haben, und mehr, denn er führt das Schwert. Im Jahr 414 der römischen Zeitrechnung ließ Manlius seinen eigenen Sohn das Verbrechen, ohne seinen Befehl gesiegt zu haben, mit dem Leben büßen. Die verletzte

Disziplin erheischte diese Sühne. Im vorliegenden Fall nun ist das Gesetz verletzt worden und das Gesetz steht noch über der Disziplin. Das Vaterland schwebt in Folge einer Anwandlung von Mitleid wieder in Gefahr. Auch das Mitleid kann zum Verbrechen anwachsen. Der Kommandant Gauvain hat dem Rebellen Lantenac zur Flucht verholfen. Gauvain ist schuldig. Ich stimme für Todesstrafe.

– Schriftführer, sagte Cimourdain, nehmen Sie zu Protokoll: »Hauptmann Guéchamp Todesstrafe.«

Während der Korporal schrieb, erhob Gauvain die Stimme und sprach: Sie haben ein gerechtes Urteil gefällt, Guéchamp, und ich danke Ihnen dafür.

– Jetzt hat der zweite Richter das Wort, begann wieder Cimourdain. Reden Sie, Sergeant Radoub.

Radoub stand auf und wendete sich gegen Gauvain.

Radoub stand auf, wendete sich gegen Gauvain und machte vor dem Angeklagten die Honneurs; dann rief er: Ja, wenn das so ist, so köpft mich mit, denn hier lege ich bei allen Himmeldonnerwettern mein heiligstes Ehrenwort darauf ab, ich möchte gehandelt haben erstens wie der Alte und zweitens wie mein Kommandant. Als ich sah, wie sich der achtzigjährige Patron ins Feuer warf, um die drei Tierchen zu retten, da habe ich gesagt: Weißkopf, Du bist ein braver Kerl! Und wenn ich jetzt erfahre, dass durch meinen Kommandanten der Alte Eurer dummen Guillotine aus dem Rachen gerissen worden ist, Gott verdamm mich, da muss ich sagen: Kommandant, Sie sollten mein General sein, denn Sie sind ein ganzer Mann, und hol mich der Teufel! Ihnen würde ich das Ludwigskreuz anhängen, wenn es noch Kreuze und heilige Ludwige und dergleichen gäbe. Ja Wetter! Soll etwa von nun an der höhere Blödsinn Trumpf sein? Wenn dafür die Schlacht von Valmy und die Schlacht von Jemappes und die Schlacht von Fleurus und die Schlacht von Wattignies gewonnen worden sind, so muss man's nur gleich heraussagen. Wie! Da ist der Kommandant Gauvain, der seit vier Monaten all die royalistischen Kaffern nach Noten zu Paaren treibt und der die Republik mit seinem Säbel aus dem Gedränge heraushaut und der das Dol ins Werk gesetzt hat, wozu doch wahrhaftig eine gewisse Pfiffigkeit gehörte, und wenn man einmal einen solchen Mann hat, so gibt man sich alle Mühe, ihn wieder loszuwerden, und will ihm, anstatt ihn zum General avancieren zu lassen, gar noch die Gurgel abschneiden? Da möchte man doch gleich kopfüber über das Geländer vom Pont-Neuf springen; Ihnen aber, Bürger Gauvain, meinem Kommandanten, sage ich, dass, wenn Sie, anstatt mein General zu sein, mein Korporal wären, ich Ihnen sagen würde, dass Sie vorhin strohdummes Zeug gesagt haben. Der Alte hat wohl daran getan, die Kinder zu retten; Sie haben wohl daran getan, den Alten zu retten; und wenn man die Leute für jede gute Tat guillotiniert, dann soll das Donnerwetter dreinfahren; dann weiß ich nicht mehr, was die Uhr geschlagen hat, dann sehe ich nicht ein, wo man aufhören soll. Ja, ist das alles denn auch wirklich wahr? Man muss sich wirklich zwicken, um zu sehen, dass man nicht träumt. Mir steht der Verstand still. Hätte vielleicht der Alte die kleinen Dinger bei lebendigem Leibe verbrennen und mein Kommandant dem Alten den Hals entzweischneiden lassen sollen? Nun gut schneidet den Hals auch mir entzwei; mir kann es schon recht sein. Noch eins: Nehmen wir an, die Kleinen wären umgekommen, so war das Bataillon Bonnet-Rouge entehrt. Wäre das etwa in der Ordnung gewesen? Nun dann fressen wir einander nur gleich auf dem Kraut! In der Politik weiß ich ebenso gut Bescheid wie Sie alle und habe oft genug im Klub vom Bezirk Les Piques gesessen. Hol es der Teufel! Wir gehen nachgerade den Krebsgang. Kurzum, mir ist alles zuwider, was den Nachteil hat, zu bewirken, dass man sich schließlich gar nicht mehr zurechtfinden kann. Warum, zum Henker, lassen wir uns denn umbringen? Damit man uns unseren Kommandanten umbringt? Nichts da, Frau Tante. Meinen Kommandanten will ich zurückhaben; ich muss ihn haben meinen Kommandanten; heute gefällt er mir noch immer besser als gestern. Den auf die Guillotine schicken – lächerbar! Von dem allem wollen wir ein für alle Mal nichts wissen; ich habe herumgehorcht, und was auch gesagt werden mag, Punktum, aus der Geschichte wird nichts.

Und Radoub setzte sich. Seine Wunde hatte sich wieder geöffnet und von der Stelle, wo ihm das Ohr abgeschossen worden, rann ihm das Blut tropfenweise durch die Binde am Hals herab.

– Sie stimmen also für Freisprechung des Angeklagten? Fragte ihn Cimourdain.

– Ich stimme dafür, dass er zum General ernannt werde, antwortete Radoub.

– Ich will wissen, ob Sie für seine Freisprechung stimmen?

– Ich stimme für seine Ernennung zum obersten Posten der Republik.

– Sergeant Radoub stimmen Sie, Ja oder Nein, für Freisprechung des Kommandanten Gauvain?

– Ich stimme dafür, dass man mir an seiner Stelle den Kopf abschneide.

– Freisprechung, sagte Cimourdain. Schriftführer, nehmen Sie zu Protokoll: »Sergeant Radoub Freisprechung.«

Nachdem der Korporal geschrieben, bemerkte er: Die Stimmen sind also geteilt.

Nun kam die Reihe an Cimourdain. Er stand auf, nahm seinen Hut ab und legte ihn auf den Tisch. Er war weder bleich noch fahl mehr; sein Gesicht war erdfarbig geworden. Wenn alle Anwesenden in Leichentüchern da gelegen hätten, es hätte keine tiefere Stille geherrscht als jetzt. Mit feierlicher, gedehnter und fester Stimme sagte Cimourdain: Angeklagter, die Verhandlung ist geschlossen. Im Namen der Republik und mit zwei Stimmen gegen eine ...

Er stockte und hielt inne; zauderte er, sich für den Tod, oder zauderte er, sich für das Leben zu erklären? Alles stand atemlos. Jetzt fuhr er fort: Verurteilt Sie das Kriegsgericht zum Tod.

Auf Cimourdain's Gesicht malte sich die Marterqual des düsteren Triumphes. Als Jakob sich durch den Engel, den er in der Finsternis überwunden hatte, segnen ließ, zuckte wohl solch ein entsetzliches Lächeln über sein Antlitz. Nur dies eine flüchtige Aufblitzen und Cimourdain's Züge erstarrten wieder zu Marmor; er setzte sich, bedeckte sich und fügte hinzu:

– Gauvain, die Hinrichtung wird morgen bei Sonnenaufgang vollzogen.

Gauvain erhob sich, grüßte und entgegnete: Ich spreche dem Gerichtshof meinen Dank aus.

– Man führe den Verurteilten zurück, befahl Cimourdain. Auf seinen Wink hin tat sich die Kerkertür wieder auf; Gauvain trat ein und die Tür ging zu. Die Gendarmen blieben mit blankem Säbel rechts und links als Schildwachen davor stehen. Radoub wurde ohnmächtig fortgetragen.

IV.

Nach dem Richter Cimourdain Cimourdain der Gebieter

Ein Lager ist ein Wespennest, zumal in Revolutionszeiten. Gern und rasch tritt der dem Soldaten innewohnende Stachel des Bürgersinns hervor und trägt kein Bedenken, sich, nachdem der Feind verjagt worden, am eigenen Anführer zu vergreifen. Im Hin- und Hersummen der tapferen Schar, die La Tourgue eingenommen hatte, machten sich verschiedene Strömungen geltend; die erste richtete sich gegen den Kommandanten Gauvain, als Lantenac's Flucht bekannt wurde. Der Augenblick, da man Gauvain aus dem Kerker treten sah, in dem man den Marquis festzuhalten glaubte, wirkte wie ein elektrischer Funke, denn im Nu hatte sich im ganzen Lager die Nachricht davon verbreitet und durch das kleine Heer zog ein brummend Geflüster: Jetzt gehen sie mit Gauvain wohl ins Gericht, aber sie machen uns nur blauen Dunst vor. Da traue einer den Junkern und Pfaffen! Erst haben wir gesehen, wie ein Vikomte einem Marquis das Leben gerettet hat, und nun werden wir sehen, wie der Priester den Vikomte freispricht. Als man aber Gauvain's Verurteilung erfuhr, erhob sich ein anderes Murren. Das ist doch etwas stark! Unser Chef, unser wackerer Chef, unser junger Kommandant, ein Held! Er ist Vikomte, allerdings; aber deshalb sind seine Verdienste um die Republik gerade umso höher anzuschlagen. Was? Ihn, den Befreier von Pontorson, von Villedieu, von Pont-au-Beau, den Sieger von Dol und von La Tourgue, den Mann, dem wir unsere Unüberwindlichkeit verdanken, den rechten Arm der Republik in der Vendée, den Feldherrn, der seit fünf Monaten die Chouans in Schach hält und alle Böcke von Léchelle und Konsorten wieder gut macht, den wagt dieser Cimourdain, zum Tode zu verurteilen? Und warum? Weil er einen Greis rettete, der drei Kinder gerettet hat? Ein Soldat, der von Priesterhand fällt, ist das nicht unerhört?

In diesen und ähnlichen Worten machte sich der Missmut der siegreichen und unzufriedenen Truppe Luft. Cimourdain war von einem finstern Grollen umgeben. Viertausend Mann gegen einen einzigen, man sollte meinen, das sei ein wirksames Gegengewicht, aber nein: diese Viertausend waren bloß eine Menschenmenge, und Cimourdain war ein Wille. Man wusste, dass sich Cimourdain's Stirn gar leicht in Falten zog, und das genügte, um das Armeekorps in Respekt zu halten. In jenen strengen Zeiten brauchte sich hinter jemand nur der Schatten des Wohlfahrtsausschusses zu erheben, um ihn bedrohlich erscheinen zu lassen und die Verwünschungen zu einem Geflüster zu dämpfen und das Geflüster zum Schweigen zu bringen. Nach wie vor diesem Gemurmel blieb Cimourdain der unumschränkte Gebieter über Gauvain's wie über aller Anderen Schicksal. Man wusste, dass man von ihm nichts fordern durfte und dass er lediglich auf die übermenschliche, ihm allein verständliche Stimme seines Gewissens hören werde. Von ihm hing alles ab. Er allein konnte das Urteil, das er als Präsident des Kriegsgerichts gefällt hatte, als Zivilkommissär wieder umstoßen. Ihm allein stand das Recht der Begnadigung zu. Kraft seiner unbegrenzten Vollmacht bedurfte es nur eines Winks von ihm, und Gauvain war frei; Cimourdain war der Herr über Leben und Tod; ihm nur gehorchte die Guillotine, und in dieser tragischen Situation war er der Mann der Entscheidung.

Der Tag ging bereits zur Neige. Man konnte nur abwarten, was der nächste Morgen bringen würde.

V.

Im Kerker

Aus dem Gerichtssaal war wieder eine Wachtstube geworden, in welcher wie am Abend zuvor, ein doppelter Posten aufzog, und vor der Kerkertür schritten zwei Schildwachen auf und nieder.

Gegen Mitternacht kam ein Mann mit einer Laterne in der Hand her, gab sich zu erkennen und ließ sich das Gefängnis aufschließen. Er trat hinein, und die Tür blieb hinter ihm zugelehnt.

Dunkel und still war's im Kerker. Cimourdain tat einen Schritt vorwärts in diese Finsternis, stellte die Laterne auf den Fußboden hin und blieb unbeweglich. Die gleichmäßigen Atemzüge eines Schlafenden drangen an sein Ohr durch die Schatten der Nacht und sinnend lauschte er dem friedlichen Hauch Gauvain's, der an der Rückwand des Kerkers auf dem Bündel Stroh in tiefem Schlummer lag. So geräuschlos wie möglich schlich er sich dicht an ihn heran und betrachtete ihn mit einem Blick so zärtlich und so unaussprechlich, wie ihn nur eine Mutter haben kann, wenn sie ihren Säugling anschaut. Dieser Blick war wohl stärker als er, denn er drückte sich, wie oft Kinder tun, beide Fäuste gegen die Augen und rührte sich nicht. Nachdem er eine Weile so gestanden, kniete er nieder, nahm Gauvain's Hand und führte sie zu seinen Lippen. Gauvain machte eine Bewegung, schlug staunend die Augen auf wie jeder, der nicht von selber aufwacht, und erkannte beim trüben Schein der Laterne Cimourdain. – Sieh da, sagte er. Sie sind's, mein Lehrer. Mir träumte, fügte er hinzu, meine Hand küsse den Tod.

Cimourdain empfand jene Erschütterung, mit der uns zuweilen das plötzliche Hervorbrechen einer Gedankenflut durchzuckt, und diese Flut geht hier und da so stürmisch hoch, dass sie die Seele zu ertränken droht. Dem tiefsten Herzen Cimourdain's konnte sich nur ein einziger Laut entringen: Gauvain!

Und beide blickten einander in die Augen, Cimourdain mit jenen Flammen darin, welche die Tränen verbrennen, Gauvain mit seinem sanftesten Lächeln.

– Diese Narbe hier auf Ihrer Stirn, sagte Gauvain, indem er sich auf den Ellenbogen stützte, ist der Säbelhieb, den Sie für mich aufgefangen haben. Gestern noch standen Sie neben mir und mir zulieb im Kugelregen, und wenn die Vorsehung Sie nicht an meine Wiege gestellt hätte, wo wäre ich jetzt? Mitten in Finsternissen. Dass ich jetzt einen Begriff habe von der Pflicht, verdanke ich Ihnen allein, denn in Banden war ich geboren, in Banden des Vorurteils, und Sie haben mich davon befreit, haben meinem Wachstum Spielraum gegeben und haben aus etwas, das schon eingepfercht war wie eine Mumie, wieder ein Kind gemacht. In eine Seele, die sonst hätte verkrüppeln müssen, haben Sie ein Gewissen gepflanzt. Ohne Sie hätte ich mich zum Zwerg entwickelt. Durch Sie lebe ich. Ich war nur ein Vikomte und Sie haben mich zum Bürger herangezogen; ich war nur ein Bürger und herangezogen haben Sie mich zu einem Geist; durch Sie bin ich als Mann für die Existenz auf Erden und als Seele für die im Himmel reif geworden. Sie haben mir, um in das Menschliche einzudringen, den Schlüssel der Wahrheit, und um einzudringen ins Übermenschliche, den Schlüssel des Lichts gegeben. O mein Lehrer, wie dank ich Ihnen, dass Sie mein Schöpfer gewesen!

Cimourdain setzte sich neben ihn auf das Strohlager und sagte: Lass uns zu Nacht essen miteinander.

Gauvain brach sein schwarzes Brot und reichte es Cimourdain, der die eine Hälfte davon nahm; dann hielt er ihm den Wasserkrug hin.

– Trink Du zuerst, sagte Cimourdain.

Gauvain gehorchte und gab dann den Krug an Cimourdain. Er hatte bloß einen Schluck getan; Cimourdain hingegen trank in langen Zügen. Überhaupt war bei diesem Liebesmahl Gauvain der Hungrige und Cimourdain der Durstige, ein Beweis für die Ruhe des Einen und die fieberhafte Aufregung des Andern.

Nun verbreitete sich in diesem Kerker eine geheimnisvolle Verklärtheit. Die beiden Männer unterhielten sich miteinander:

– Die großen Dinge sind im Werden, sagte Gauvain. Die jetzige Tätigkeit der Revolution ist eine rätselhafte, und hinter dem sichtbaren Werk geht das unsichtbare seinen Gang; das eine verdeckt das andere. Das sichtbare Werk ist grausam, das unsichtbare erhaben. Das alles leuchtet mir ein in diesem Augenblick. Ein seltsames, herrliches Schauspiel. Freilich hat man sich mit dem vorgefundenen Material behelfen müssen; daher dieses außergewöhnliche 93. Unter einem Gerüst von Barbarei wird der Humanität ein Tempel aufgebaut.

– Jawohl, erwiderte Cimourdain. Aus diesem Übergangszustand wird sich der endgültige entwickeln, das heißt ein Parallelismus von Recht und Pflicht, verhältnismäßig gesteigerte Besteuerung, obligatorischer Kriegsdienst, eine Ausgleichung ohne Ausnahmen und über Allen und Allem die gerade Linie des Gesetzes, die logische Republik.

– Die ideale Republik, entgegnete Gauvain, wäre mir die liebste. Und nach einer Pause fuhr er fort: O mein Lehrer, wo findet in allem, was Sie da erwähnt haben, die Hingebung, die Aufopferung, die Selbstverleugnung, die großmütige Verkettung der wohlwollenden Gefühle, mit einem Wort die Nächstenliebe ihren Platz? Ein allgemeines Gleichgewicht ist viel wert, noch mehr aber die allgemeine Harmonie. Über der Waage steht doch noch das Saitenspiel. Durch Ihre Republik wird der Mensch gemessen, eingeteilt, geregelt; meine trägt ihn zum blauen Himmel empor; beide unterscheiden sich gerade so voneinander wie ein mathematischer Lehrsatz und ein Adler. – Du verlierst Dich in den Wolken. – Und Sie verlieren sich in der Berechnung. – Diese Harmonie versteigt sich ins Reich der Träume. – Das tut die Algebra auch. – Durch einen Euklid möchte ich den Menschen konstruiert wissen. – Und ich, meinte Gauvain, durch einen Homer.

Cimourdains strenges Lächeln schien Gauvain Halt gebieten zu wollen:

- Dichterfantasten! Durch die Poeten lass Dich nicht bestechen.

- O ich kenne das. Lass Dich durch keinen Lufthauch bestechen, nicht bestechen durch alles, was strahlt, durch alles, was duftet, durch die Blumen, durch die Sternbilder. - Von dergleichen lässt sich auch nicht leben. - Wissen Sie das so genau? Auch die Ideen sind in ihrer Art eine Speise; eine Hälfte unseres Wesens nährt sich von Gedanken. - Nur keine Utopien. Die Republik ist ein Einmaleins, und wenn ich jedem gegeben, was ihm unbedingt zukommt ... - Sind Sie jedem noch das schuldig, was ihm nicht unbedingt zukommt. - Was meinst Du damit? - Damit meine ich die unendliche Reihe von gegenseitigen Konzessionen, zu welchen alle gegen jeden Einzelnen verpflichtet sind und auf denen das ganze soziale Leben beruht. - Außerhalb des streng begrenzten Rechts gibt es nichts mehr. - Oder alles. - Ich sehe nur eins vor mir, die Gerechtigkeit. - Und ich sehe höher. - Was stände wohl noch über der Gerechtigkeit? - Die Billigkeit.

Zuweilen hielten beide inne, als folgte ihr Blick einem vorüberschwebenden Leuchten. - Drücke Dich bestimmt aus, hob Cimourdain wieder an; ich wette, Du vermagst es nicht. - Wohlan. Sie erstreben den obligatorischen Kriegsdienst. Gegen wen? Gegen Mitmenschen. Ich strebe ihn nicht an, weil ich den Frieden anstrebe. Sie wollen den Elenden geholfen, ich aber will das Elend abgeschafft wissen. Sie verlangen die fortschreitende Besteuerung; ich bin jeder Besteuerung abgeneigt und möchte die allgemeinen Ausgaben auf ein Minimum zurückführen, das durch den sozialen Überschuss gedeckt würde. - Was willst Du damit wieder sagen?

- Weiter nichts, als schafft vor allem das Berufsparasitentum ab, den Priester, den Richter, den Soldaten. Beutet ferner Eure Reichtümer aus; leitet den Dünger statt in die Kloake auf die Felder; drei Viertel des Bodens liegen brach; macht Frankreich einmal urbar; bebaut die nutzlosen Triften; verteilt die Gemeindegründe; gebt jedem Menschen einen Acker und jedem Acker einen Menschen. Im Augenblick, wo wir sprechen, gewinnt der französische Bauer der Erde nur die Möglichkeit ab, sich vier Mal des Jahres mit Fleisch zu nähren, und dieselbe Erde könnte, bei einer praktischeren Verwendung, dreihundert Millionen Menschen, ja ganz Europa erhalten. Zieht doch Nutzen aus der urkräftigen, unbeachteten Bundesgenossin, aus der Natur. Macht Euch jeden Windhauch dienstbar, jeden Wasserfall, jede magnetische Strömung. Unser Planet ist von einem Netz von unterirdischen Adern durchwoben, und in diesen

Adern fließt Wasser, Öl und Feuer die Menge; diese Adern schneidet auf und verwertet das Wasser für Eure Brunnen, das Öl für Eure Lampen, das Feuer für Euren Herd. Vertieft Euch in die Schwankungen der Wellen, in die Ebbe und die Flut, in dieses gewaltige Hin- und Herwogen. Was ist der Ozean Anderes als eine ungeheure verlorene Kraft? Wie töricht ist es doch von der Erde, dass sie das Meer nicht für sich arbeiten lässt! – Da segelst Du schon mitten im Traum. – Das heißt mitten in der Wirklichkeit.

– Und das Weib, fuhr Gauvain fort, was macht Ihr aus dem? – Was es ist, antwortete Cimourdain, die dienende Gefährtin des Mannes.

– Einverstanden, aber unter einer Bedingung. – Welche? – Dass der Mann seinerseits der dienende Gefährte sei, des Weibes.

– Bist Du bei Sinnen? Rief Cimourdain; der Mann und dienen? Nimmermehr. Der Mann ist der Herr; ich erkenne nur eine Oberherrschaft an, die am häuslichen Herd; dort ist der Mann ein König. – Einverstanden, aber unter einer Bedingung. – Und die wäre? – Dass die Frau dort eine Königin sei. – Du begehrst also für den Mann und für das Weib ... – Gleichberechtigung. – Gleichberechtigung? Weißt Du denn auch, was Du sprichst? Zwei grundverschiedene Wesen! – Darum habe ich Gleichberechtigung gesagt, nicht absolute Gleichheit.

Wieder entstand eine Pause, etwas wie eine Waffenruhe für diese zwei aufeinanderblitzenden Geister; dann brach Cimourdain das Schweigen: Und das Kind, wem gehört das? – Zuerst dem Vater, der es zeugt, dann der Mutter, die es zur Welt bringt, dann dem Lehrer, der es unterrichtet, dann der Heimat, die es zum Mann erzieht, dann der Mutter im höheren Sinn, dem Vaterland, und endlich der Mutter im allerhöchsten Sinn, der Menschheit. – Und Gott übergehst Du? – Jede dieser Bildungsstufen, Vater, Mutter, Lehrer, Heimat, Vaterland, Menschheit ist ja eine Sprosse der Himmelsleiter, die zu ihm emporsteigt.

Cimourdain verstummte und Gauvain setzte hinzu: Wer die letzte Sprosse erreicht hat, ist bei der Gottheit angelangt, die sich dann vor ihm auftut und ihn in sich aufnimmt.

Cimourdain machte die Gebärde, mit der man einen Andern aus der Ferne zu sich nimmt: Kehre auf die Erde zurück, Gauvain. Das Mögliche wollen wir verwirklichen. – Drum sorgt vor allem dafür, dass es unten Euren Händen nicht zum Unmöglichen werde. – Verwirklichen lässt sich das Mögliche immer. – Immer nicht. Wenn man mit der Hoffnung zu derb umgeht, so tötet man sie. Nichts ist wehrloser als das werdende Ei. – Aber man muss die Hoffnung immerhin anfassen und sie durch das kaudinische Joch der Wirklichkeit treiben und dem Rahmen der Tatsachen anbequemen. Der abstrakte Begriff muss zu Fleisch und Blut werden; was er an Schönheit und Größe einbüßt, gewinnt er dafür an Nützlichkeit und an Gehalt. Das Recht muss sich in das Gesetz hineinzwängen, und ist dies einmal geschehen, dann wohnen auch dem Gesetz die ewigen Eigenschaften des Rechts inne, und dann ist das erreicht, was ich das Mögliche nenne. – Das Mögliche reicht auch weiter. – So, nun ergehst Du Dich schon wieder in Träumen. – Das Möglichste ist ein geheimnisvoller Adler, der stets über den Menschen kreist. – Diesen Adler muss man einfangen. – Aber lebendig. Ich denke so, fuhr Gauvain fort: Nur immer voran. Wenn Gott gewollt hätte, dass der Mensch zurück schreite, hätte er ihm die Augen nicht vorn in den Kopf gesetzt. Richten wir nur immer den Blick dem Morgenrot, dem Aufblühen, dem Werden zu. Jedes Abfallen bedingt ein Hervorkeimen, und das Ächzen des absterbenden Baumes ruft dem Samenkorn entgegen: Sprieß auf! Jedes Jahrhundert wird sein Werk vollbringen, heute noch das staatliche, morgen das allgemein menschliche. Heute handelt es sich um das Recht; morgen wird sich's um den Lohn handeln. Lohn und Recht sind im Grunde genommen eins. Der Mensch lebt nicht, um leer auszugehen, denn indem Gott Leben schafft, übernimmt er eine Verpflichtung; das Recht ist der angeborene Lohn und der Lohn das zur Geltung gekommene Recht.

Gauvain sprach mit der Innigkeit eines Propheten und Cimourdain lauschte; die Rollen waren vertauscht; jetzt schien der Schüler der Lehrer zu sein.

– Deine Gedanken fliegen rasch, murmelte Cimourdain. – Weil ich wohl etwas eilen muss, sagte Gauvain mit einem Lächeln. – Mein teurer Lehrer, begann er wieder, der Unterschied zwischen unseren beiden Träumen liegt darin, dass Ihnen die obligatorische Kaserne, mir die Schule vorschwebt; Ihr Ziel ist der Soldat und meines ist der Bürger; Sie streben den Furcht einflößenden Menschen an, ich den sinnenden; Sie gründen die Republik des Schwertes; ich gründe ... Das heißt, unterbrach er sich, gründen würde ich eine Republik der Geister.

Cimourdain senkte den Blick auf die Steinplatten des Kerkers und sagte: Und bis dahin, was willst Du haben? – Was schon ist. – Du klagst also die Gegenwart nicht an? – Nein. – Weshalb nicht? – Weil sie ein Sturm ist und ein Sturm immer weiß, was er tut; für einen Eichbaum, den er entwurzelt, braust er vielen Wäldern ein frischeres Leben zu. Die menschliche Kultur litt an einer Pest und dieser Orkan befreit sie davon. Vielleicht ist er nicht wählerisch genug, aber wie wäre das auch möglich bei einer solchen Reinigungsaufgabe? Von so verderblichen Dünsten ist die Luft geschwängert, dass ich die Wut der Windsbraut wohl begreife. Übrigens, fuhr Gauvain fort, was kümmert mich der Sturm, wenn ich einen Kompass, was kümmern mich die Ereignisse, wenn ich mein Gewissen habe! Und mit jener gedämpften Stimme, die oft die feierlichste ist, setzte er hinzu: Es lebt jemand, den man unter allen Umständen walten lassen soll. - Wer? Fragte Cimourdain. Gauvain deutete nach oben, und Cimourdain, dessen Blick die Richtung des erhobenen Fingers verfolgte, glaubte durch das Gewölbe des Kerkers hindurch den Sternenhimmel leuchten zu sehen.

Abermals schwiegen beide.

- Was Du herbeisehnst, begann dann Cimourdain, ist größer, als es die Natur zulässt. Ich wiederhole es: Du greifst über das Mögliche hinaus; das sind Utopien. - Nein, das ist der Endzweck. Wenn nicht, wozu das gesellschaftliche Zusammenleben? Warum dann nicht ganz bei der Natur bleiben, im Zustand der Wildheit? Otahiti ist ein Paradies, aber ein Paradies, in dem nicht gedacht wird, und solch einem stumpfsinnigen Paradies würde ich eine geistig tätige Hölle noch vorziehen. Doch nein, fern sei uns auch solch eine Hölle! Lassen Sie uns eine menschliche Gesellschaft werden, die über die Schranken der Natur hinauswächst! Wenn zum Naturzustand nichts Weiteres hinzukommen sollte, weshalb aus ihm heraustreten? Dann begnügt Euch mit der Arbeit wie die Ameise und mit dem Honig wie die Biene und entscheidet Euch für die fleißige Tierheit statt für die gebietende Intelligenz. Sobald Ihr der Natur etwas beifügt, werdet Ihr notwendigerweise größer als sie, denn beifügen heißt mehren und mehren heißt vergrößern. Die Gesellschaft ist die sublimierte Natur und ich beanspruche für sie alles, was dem Bienenkorb, alles, was dem Ameisenhaufen fehlt, die Prachtbauten, die Künste, die Poesie, die Helden der Tat und die Helden des Gedankens. Der Mensch kann unmöglich dazu verurteilt sein, ewig Lasten zu tragen. Nein, nein, fort mit den Parias, mit den Sklaven, mit den Galeerenruderern, mit den Verdammten! Jedes Attribut des Menschen sei ein Sinnbild der höhern Kultur und ein Gefäß des Fortschritts! Freiheit für die Geister, Gleichheit für die Herzen, Verbrüderung für die Seelen! Kein Joch mehr, nein! Um Schwingen auszubreiten und nicht um Ketten zu schleppen, sind wir geschaffen. Darum nicht weiter gekrochen am Boden! Ich verlange, dass sich die Larve zum Schmetterling verkläre, dass sich der Wurm in eine lebendige, davonsteigende Blume verwandle, verlange ...

Er hielt inne. Sein Auge glühte; seine Lippen bewegten sich noch, aber er sprach nicht mehr.

Durch die nur angelehnte Tür drang das Geräusch der Außenwelt bis in den Kerker. Erst vernahm man gedämpfte Trompetenklänge, wahrscheinlich die Reveille, dann das Dröhnen von Gewehrkolben: Draußen wurden die Schildwachen abgelöst; und endlich entstand, ziemlich nah beim Thurm, eine Bewegung, die man, soweit man sich in der Dunkelheit davon Rechenschaft zu geben vermochte, für ein Hin- und Herschieben von Brettern halten konnte, welches von regelmäßigen dumpfen Hammerschlägen begleitet war.

Cimourdain erblasste und lauschte hin, aber Gauvain sah und hörte nicht. Immer tiefer war er in seine Träumerei versunken. Er schien nicht einmal mehr zu atmen, so war er in den Anblick dessen verloren, was aus der visionenerfüllten Wölbung seiner Stirn vor ihm aufstieg. Zuweilen durchzuckte ihn ein seliges Aufschauern und immer glänzender strahlte das Morgenleuchten seines Auges.

Nachdem die Beiden geraume Zeit stumm da gesessen, fragte Cimourdain: Woran denkst Du?

– An die Zukunft, sagte Gauvain und sank in seine Betrachtungen zurück. Er bemerkte nicht, dass Cimourdain sich vom Strohlager erhob, auf das dieser sich neben ihm niedergelassen hatte; Cimourdain aber bewegte sich rücklings, den Blick bis zu Ende auf den sinnenden Jüngling zärtlich geheftet, langsamen Schritts der Tür zu und entfernte sich so aus dem Kerker, der gleich darauf wieder geschlossen wurde.

VI.

Bei Sonnenaufgang

Es dauerte nicht mehr lange, so graute der Morgen und mit dem Morgengrauen tauchte über dem Wald von Fougères, auf dem Plateau vor La Tourgue, etwas Seltsames, Unbewegliches, Befremdendes auf, das die Vögel des Himmels hier noch nie gesehen hatten. Es war über Nacht aufgebaut oder besser aufgepflanzt worden und sein Profil hob sich vom Horizont in lauter harten, geraden Linien ab, die an die Form eines hebräischen Buchstabens oder einer Hieroglyphe aus dem alten ägyptischen Rätselalphabet erinnerten. Der erste Begriff, den dieses Ding im Beschauer weckte, war der der Zwecklosigkeit. Man fragte sich, wozu es dort auf jener Fläche von glühendem Heidekraut stand. Dann aber überlief einen ein Schauder. Man hatte ein auf vier Posten ruhendes Podium vor sich. An dem einen Ende dieses Podiums ragten zwei lange Pfähle hoch aufgerichtet in die Luft und an dem Querbalken, der sie oben miteinander verband, hing ein rechtwinkeliges Dreieck, das im blauen Morgenhimmel schwarz erschien. Am anderen Ende war eine Leiter angebracht. Am Podium zwischen den beiden Pfählen, also unter dem Dreieck, gewahrte man eine Art Riegelwand, aus zwei beweglichen Hälften bestehend, die zusammen, wenn die obere auf der unteren ruhte, ein rundes, dem Umfang eines menschlichen Halses so ziemlich entsprechendes Loch bildeten. Die obere Hälfte griff rechts und links in eine Fuge an die Pfähle ein und konnte so hinaufgezogen und heruntergelassen werden. Dermalen waren die beiden Hälften mit ihren halbkreisförmigen Einschnitten voneinander getrennt. Am Fuß der zwei Pfähle mit dem Dreieck bemerkte man ferner ein Brett mit Scharnieren, das sich schaukelförmig heben und senken ließ. Neben diesem Brett stand ein langer und zwischen den beiden Pfählen, gegen den Rand des Podiums zu, ein viereckiger Korb. Das Ganze war, mit Ausnahme des eisernen Dreiecks, von Holz und rot angestrichen. Man sah ihm an, dass es von Menschenhand gezimmert worden, so hässlich, kleinlich und armselig war es, und dennoch schaute es so entsetzlich drein, dass es verdient hätte, durch Rachegenien hergetragen worden zu sein. Dies ungestaltete Balkenwerk war die Guillotine. Ihr hart gegenüber ragte aus der Schlucht ein anderes Ungeheuer, La Tourgue; das steinerne Ungeheuer bildete die Folie zum hölzernen. Es lässt sich fast behaupten, dass Holz und Stein, wenn vom Menschen einmal gestaltet, aufhören, Holz und Stein zu sein und etwas vom Wesen ihrer Bearbeiter annehmen. Ein Gebäude ist zugleich auch ein Grundsatz und eine Maschine eine Idee. La Tourgue war jenes verhängnisvolle Ergebnis der Vergangenheit, welches in Paris die Bastille hieß, in England der Londoner Tower, in Deutschland der Spielberg, in Spanien das Eskurial, zu Moskau der Kreml und das Kastell Sant'-Angelo zu Rom. In La Tourgue hatten sich fünfzehnhundert Jahre zusammengedrängt, das ganze feudale Mittelalter mit seinem Lehenswesen und seiner Leibeigenschaft; in der Guillotine verkörperte sich das eine Jahr 93, und diese zwölf Monate hielten jenen fünfzehn Jahrhunderten die Waage. La Tourgue war die Monarchie; die Guillotine war die Revolution. Welch tragisches Gegenüber! Auf der einen Seite die Schuld, auf der anderen die Verfallzeit, hier die unentwirrbare soziale Verwickelung, Hörige und Herren, Sklaven und Gebieter, Bürgertum und Adel, eine Unmasse von Gesetzbüchern, jedes abgezweigt in eine andere Unmasse Gewohnheitsrechte, das Bündnis des Richters und des Priesters, die zahllosen Unterbindungen aller Lebensadern, der Fiskus, die Salz- und Kopfsteuer, die tote Hand, die Ausnahmestellungen, die Privilegien, der königliche Vorbehalt des Bankrotts, das Szepter, der Thron, die Willkür, das Gottesgnadentum; dort ein einfaches Fallbeil. Dem Knoten gegenüber das Schwert. Wie lange hatte La

Tourgue in dieser Einsamkeit gebieterisch gewaltet! Da stand es noch mit seinen Mauervorsprüngen, aus denen einst siedendes Öl und brennendes Pech und geschmolzenes Blei hinabströmte, mit seinem Verlies voll Gebeinen, mit seiner Folterkammer, mit der ungeheuren Tragik seines Vorlebens, eine unselige Gestalt, die im Schatten dieses von ihr beherrschten Waldes fünfzehn Jahrhunderte wilder Ruhe genossen; für die ganze Umgegend war dieser Turm die einzige Macht, die einzige Respektsperson, der einzige Schrecken gewesen; er hatte regiert, barbarisch und unumschränkt, und sah nun plötzlich etwas, nein mehr als etwas, jemand vor sich und gegen sich aufstehen, der ebenso grässlich war, die Guillotine. Dem Stein scheint zuweilen ein rätselhaftes Schauen innezuwohnen, als könne die Statue beobachten, der Turm lauern, der Palast betrachten. So war es jetzt auch, als ob La Tourgue, die Guillotine mit den Augen verschlingend, an sich selber die Frage richte, was das sei. Jenes Etwas schien aus der Erde herausgewachsen zu sein, und so verhielt es sich auch in der Tat; aus dieser verhängnisvollen Erde war ein verhängnisvoller Baum aufgeschossen; aus diesem Boden, den so viel Schweiß, so viele Tränen, so viel Blut gedüngt hatte, aus diesem Boden, in den so viele Gruben und Gräber, Höhlen und Fallen gegraben worden, aus diesem Boden, in dem alle Opfergattungen jeder Gattung von Tyrannei moderten, aus diesem Boden, der auf so vielen Abgründen lag und in den so manche Untaten wie ebenso viel fruchtbare Samenkörner versenkt waren, aus diesem tief durchfurchten Boden war zur gegebenen Stunde jene unbekannte Rächerin, jene blutdürstige schwertführende Maschine emporgestiegen, und 93 hatte zu der alten Welt gesagt: Da bin ich. Mit vollem Recht konnte die Guillotine dem Turm zurufen: Ich bin Deine Tochter. Und der Turm seinerseits fühlte – denn dergleichen lebt ein dunkles Rätselleben –, dass ihm diese seine Tochter das Leben nahm. Wie verstört blickte er zu der drohenden Erscheinung hinüber, man hätte fast meinen können, er fürchte sich davor. Seine ungeheuerliche Granitmasse war in ihrer majestätischen Verruchtheit durch jene zwei Balken mit dem Dreieck überboten und mit Abscheu bebte die gestürzte vor der neu eingesetzten Allmacht zurück. Die Kriminalgeschichte und die Geschichte der Feudaljustiz starrten einander an. Die Gewalttätigkeit von ehemals verglich sich mit der jetzigen und die alte Festung, das alte Gefängnis, die alte Herrenburg, die einst vom Geheul entzweigerissener armer Sünder widerhallte, der kampfunfähig und nutzlos gewordene, geschändete, entwaffnete, seiner Krone beraubte Krieg- und Mordbau, dieser Steinhaufen, der nun gerade so viel wert war wie ein Häuflein Asche, dieser abscheuliche, imponierende Leichnam, in dem noch die Seelenschwingungen gräuelvoller Jahrhunderte nachzitterten, sah jetzt mit Grauen die gegenwärtige Stunde an sich vorüberziehen. Dem Gestern schauderte vor dem Heute; die alte Grausamkeit erkannte, und erduldete das Entsetzen der Neuzeit; das schon ins Nichts Hinschwindende riss vor dem Werkzeug der Schreckenstage seine Geisteraugen auf und das Phantom betrachtete das Gespenst.

Die Natur ist unbarmherzig; sie übt die Gnade nicht, vor den menschlichen Freveln mit ihren Blumen, ihrem Wohllaut, ihren Strahlen und Düften zurückzuhalten, und erdrückt den Menschen lieber unter dem Kontrast ihrer göttlichen Pracht und seiner sozialen Hässlichkeit; sie erlässt ihm auch nicht einen Schmetterlingsflügel, auch nicht einen Vogeltriller; mitten im Mord, mitten in der Rache, mitten in der Barbarei, muss er den Anblick der heiligen Dinge ertragen und darf sich nicht dem unendlichen Vorwurf der allgemeinen Milde und dem unerbittlich heitern Blau des Himmels entziehen.

Mitten im blendenden Glanz der Ewigkeit muss die Missgestalt der menschlichen Satzungen sich in ihrer ganzen Nacktheit bloßstellen. Der Mensch zerbricht und zermalmt; der Mensch zerstört und tötet, aber der Sommer bleibt der Sommer, die Lilie bleibt Lilie, das Gestirn Gestirn.

Nie war die frische Morgensonne lieblicher aufgegangen als an diesem Tag. Ein lauer Wind wiegte die Grashalmen hin und her; weich schmiegten sich Dunstflocken durch die Zweige und ganz durchweht vom Atemhauch der Quellen dampfte der Wald von Fougères wie ein großer duftender Altar. Das blaue Firmament, die weißen Wolken, das klare, durchsichtige Wasser, das Grün der Blätter, jene harmonische Farbentonleiter, die vom Aquamarin aufsteigt bis zum Smaragd, die brüderlichen Baumgruppen, die Rasenteppiche, die tief gedehnten Landflächen, das Ganze war von jener Reinheit durchdrungen, mit der die Natur dem Menschen von Ewigkeit her ins Gewissen redet. Und unter dem allem machte sich des Menschen verruchtes Treiben schamlos breit; aus dem allem erhoben sich die Festung und das Schaffot, der Krieg und das Hochgericht, die Verkörperungen des blutgierigen Zeitalters und der blutigen Minute, die Nachteule der Vergangenheit und die Fledermaus der Zukunftsdämmerung. Der leuchtende Himmel aber, der im Angesicht der blühenden, duftenden, liebenden und liebenswerten Schöpfung auch La Tourgue und die Guillotine in Morgenstrahlen badete, schien den Menschen zu sagen: Da seht, was ich tue und was Ihr tut. So kann ein gewaltiger Mahnruf oft hervorklingen aus dem Licht der Sonne.

Dieses Schauspiel hatte zahlreiche Zuschauer. Die viertausend Mann der kleinen Expeditionsarmee standen in Schlachtordnung auf dem Plateau, zu drei Seiten der Guillotine, um die sie, um uns bildlich auszudrücken, die Figur eines lateinischen großen *E* beschrieben, in dessen längerer Linie die Batterie die Mitte einnahm. Die rote Maschine war zwischen den drei Fronten, diesen Mauern von Soldaten, die sich zu zwei Seiten bis zum Rande des Plateaus ausdehnten, wie eingesperrt; nur die vierte Seite, die der Schlucht und dem Turm zugekehrte, war frei. Das Ganze bildete also ein längliches Viereck, in dessen Zentrum sich das Schaffot erhob. Je höher die Sonne stieg, desto mehr verkürzte sich der Schatten, den die Guillotine warf. Die Kanoniere standen mit glimmender Lunte bei ihren Geschützen. Aus der Schlucht qualmte ein sanfter bläulicher Rauch, das letzte Lebenszeichen der hinsterbenden Feuersbrunst. Dieser Rauch umschwamm, ohne ihn jedoch zu verschleiern, den Turm von La Tourgue, dessen ragende Plattform den ganzen Horizont beherrschte. Plattform und Guillotine waren nur durch die Breite der Schlucht voneinander getrennt, sodass man hüben und drüben miteinander sprechen konnte. Auf diese Plattform hatte man den Gerichtstisch und den Sessel mit den dreifarbigen Fahnen geschafft und am immer sonnigeren Hintergrund hob sich die Steinmasse der Festung und oben drüber auf dem Präsidentenstuhl und unter den Trikoloren die Gestalt eines mit verschränkten Armen dasitzenden Mannes schwarz ab, Cimourdain's Gestalt. Er war wie am Abend zuvor als Zivilkommissar gekleidet und trug den Hut mit dreifarbigem Federbusch, an der Seite einen Säbel und im Gürtel seine Pistolen. Er schwieg. Es schwieg alles. Mit gesenktem Blick standen die Soldaten Gewehr bei Fuß, so dicht nebeneinander, dass sie einander mit den Ellenbogen berührten, aber dennoch flüsterte keiner mit seinem Nebenmann. In dumpfem Hinbrüten ließen sie diesen ganzen Krieg vor ihrem Geist vorüberziehen mit all seinen Kämpfen, mit den Kugel sprühenden Hecken, die sie so mutig angriffen, mit den Schwärmen von anstürmenden Bauern, die ihre Tapferkeit zurückgeworfen, mit den eroberten Festungen, den gewonnenen Schlachten, den Triumphen allen, und jetzt ward ihnen, als verkehre sich in Schande ihr ganzer Ruhm. Eine düstere Erwartung schnürte jede Brust zusammen. Auf der Plattform der Guillotine sah man im wachsenden Morgenglanz, der sich majestätisch über den Himmel ausbreitete, den Henker auf- und niederschreiten.

Plötzlich vernahm man den gedämpften Schall von umflorten Trommeln, ein schauerliches Wirbeln, das immer näher kam. Die Front tat sich auf und ließ einen Zug durch, der sich nach dem Blutgerüst bewegte, voran die verschleierten Trommeln, dann eine Kompanie Grenadiere mit umgekehrtem Gewehr, dann ein Peloton Gendarmen mit blankem

Säbel, dann der Verurteilte, Gauvain, der frei einherschritt, ohne Fesseln, in kleiner Uniform, den Degen an der Seite, und endlich ein anderes Peloton Gendarmen. Gauvain's Antlitz war noch von jener sinnigen Glückseligkeit umflossen, die ihn verklärt hatte, als er zu Cimourdain gesagt: »Ich denke an die Zukunft,« und es ließ sich nichts Erhabeneres denken als dieses fortleuchtende Lächeln. Sein erster Blick, als er die düstere Stätte erreichte, galt, die Guillotine verschmähend, der Plattform des Turms, denn er wusste, dass Cimourdain es für seine Pflicht halten werde, der Hinrichtung beizuwohnen. Ihn suchte sein Auge und fand ihn auch dort oben.

Cimourdain ward erdfahl und eisstarr. Die neben ihm Stehenden konnten seinen Atemzug nicht vernehmen.

Als er Gauvain ankommen sah, war auch nicht das leiseste Zucken an ihm zu bemerken gewesen.

Unterdessen ging Gauvain auf die Guillotine zu, schaute aber, während er so dahinwandelte, immer noch zu Cimourdain hinüber, der auch ihn unverwandt anschaute. Es war, als stütze sich Cimourdain auf diesen Blick.

Nun war Gauvain am Fuße des Schafotts angelangt und bestieg es, gefolgt von dem Offizier, der die Grenadiere befehligte. Er schnallte den Degen los und überreichte ihn dem Offizier; dann nahm er die Halsbinde ab und reichte sie dem Henker. Nie war er so schön gewesen; er strahlte wie ein Traumbild. Seine braunen Locken flatterten im Wind; damals war es nicht Brauch, dem Verurteilten das Haar abzuschneiden, sein Nacken war lieblich anzusehen wie der eines Weibes und sein Blick heldenmütig und erhaben wie der eines Erzengels. So stand er traumhaft auf dem Blutgerüst. Auch diese Stätte ist ein Gipfel, und auf diesem Gipfel thronte Gauvain befriedet und von der Sonne wie mit einem Glorienschein umwoben.

Gnade! Gnade! Rief es von allen Seiten.

Nun trat der Henker mit einem Strick in der Hand an ihn heran, um ihn zu binden, und jetzt, im Augenblick, wo sie ihren jungen Führer wirklich dem Beil verfallen sahen, hielten es die Soldaten nicht länger aus; den Kriegern sprengte diese Minute das Herz, und man hörte etwas Unerhörtes, das Aufschluchzen einer Armee. – Gnade! Gnade! Rief es von allen Seiten. Einige fielen auf die Knie; Andere warfen ihre Gewehre weg und erhoben die Arme zur Plattform des Turms nach Cimourdain. – Nimmt man denn für das Ding da keine Ersatzmänner an? schrie ein Grenadier, indem er auf die Guillotine deutete; hier bin ich! Und wie außer sich riefen alle wieder: Gnade! Gnade! Und selbst Löwen hätten bei diesem Anblick der Rührung und des Schreckens sich nicht erwehrt, denn es ist etwas Furchtbares um die Tränen eines Soldaten. Selbst der Henker hielt inne und stand ratlos. Da sprach vom Turm herab eine abgebrochene, leise Stimme, deren Worte doch jedermann vernahm:

– Dem Gesetz die Ehre!

Jetzt kannte man den Ausspruch der Unerbittlichkeit. Cimourdain hatte entschieden. Der Armee überlief ein Schauder. Der Henker zögerte nicht länger; er trat näher.

- Warten Sie, sagte Gauvain. Und gegen Cimourdain gewendet, winkte er ihm mit seiner frei gebliebenen Rechten einen Scheidegruß zu; dann ließ er sich binden. - Pardon, noch eins, sagte er, als dies geschehen war, zum Henker, und rief mit lauter Stimme: Es lebe die Republik!

Dann wurde er auf das Schaukelbrett gelegt; der verruchte Ring schloss sich hinter seinem anmutigen stolzen Haupt; sanft hob ihm der Henker das Haar vom Nacken und drückte an der Feder. Das eiserne Dreieck löste sich vom Querbalken und glitt erst langsam, dann blitzschnell herab; ein grässlich Dröhnen und ...

In demselben Augenblick dröhnte es ebenso grässlich von drüben her. Dem Dröhnen des Fallbeils antwortete das Dröhnen eines Schusses. Cimourdain hatte eine der Pistolen aus seinem Gürtel gerissen und jagte sich, im Moment, da Gauvains Kopf in den Korb rollte, eine Kugel durch das Herz. Aus seinem Mund brach ein Blutstrom und er sank tot in den Sessel zurück.

So entschwebten sie denn miteinander, diese zwei Seelen, tragisch verschwistert und so innig ineinander hinschmelzend, dass der Schatten der einen im Licht der anderen zerfloss.

Ende.

www.ingramcontent.com/pod-product-compliance
Lightning Source LLC
Chambersburg PA
CBHW060810310726
48980CB00002B/299

* 9 7 8 3 7 3 4 0 0 1 0 0 0 *